A NOVEL

THE GRAPES OF WRATH

愤怒的葡萄

[美]约翰·斯坦贝克——著　胡仲持——译

浙江人民出版社

只 为 优 质 阅 读

好
读

Goodreads

献给

卡罗尔

是他促成我写了这本书

献给

汤姆

他经历了书中的生活

第一章

俄克拉何马的红色原野和一部分灰色原野上，最近不紧不慢地下了几场雨，雨水并未冲裂结了一层硬壳的土地。耕犁在雨水流过的印迹上来回地划了一列列的犁沟。最近这几场雨很快就催起了玉米，并使大路两边到处长出了野草，于是灰色原野和深红色原野开始呈现一片绿色。五月下旬，天空渐渐变成灰白，入春以来，长久悬在高空的一团团浮云消散了。太阳天天逼射着成长中的玉米，使每一片绿色托叶的边缘上都出现了棕色线条，并逐渐扩展。天上的云出现后又飘散了，有一段时间再也不见影踪。野草为了维持自身的生存，变成了深绿色，再也不蔓延了。地面结了壳，一层薄薄的硬壳。天空变成灰白，大地也跟着变成了灰白，红色的原野变成了淡红色，灰色的原野变成了白色。

在雨水冲成的沟渠中，细土像流水似的直往下滚。土拨鼠和蚁狮一活动，尘土就像雪崩似的坍了下来。酷烈的太阳天天照射着，稚嫩的玉米叶子没有原先那样坚挺了，这些叶子起初变成弧形，随后因为叶脉逐渐虚弱，每片都斜倒下去。后来到了六月，阳光更为酷烈。玉米叶子上的棕色线条扩展到了叶脉上。连野草也蔫了，叶子朝根部耷拉下来。空气稀薄，天色更加灰白；大地也一天比一天变得灰白。

在车马往来、路面被车轮磨损和马蹄践踏的大路上，干结的泥块化成了尘埃。地面上的各种活动都会把尘土扬到空中：步行的人把薄薄的一层尘土扬到齐腰一般高，大车把它扬到篱笆顶端，汽车则在后面滚起一阵尘雾。这尘土很久才会落下来。

六月过了一半，得克萨斯和墨西哥海湾的天空中泛起了大块大块的云，高高的、含雨的浓云。田野上的人们抬起头来望着这些云，用鼻子去闻一闻，伸出湿润的手指去辨辨风势。天上飘着云的时候，田野上的马都有些着慌。浓云洒下几点雨，便匆匆忙忙地转到别的地方去了。云飘走以后，天空又恢复了灰白色，太阳依旧像烈焰般照射着。只是尘埃中间雨点落到的地方有了一些凹穴，玉米上有了一些澄清的水珠。

一阵和风追随着雨云，把它们赶向北方，轻轻地吹动着正在干枯的玉米。一天过去了，风渐渐大了起来，但风势还很平稳，不是一阵阵的。大路上的尘埃飞扬起来，落在田边的野草上，落在附近的田地里。现在风更大了，刮着玉米地里雨后干结的地面。天空弥漫着尘土，越来越暗；风掠过大地，卷起尘土送往别处。风越刮越猛。雨后干结的地面裂了开来，田野上的尘土飞扬到空中，形成一道一道灰色的烟雾。玉米迎风扑打着，发出了呼啦啦的干涩声响。最细的尘土现在已不落回大地，而是消失在逐渐变暗的天空中了。

风越刮越猛，在石头底下吹过，卷起稻草和枯叶，甚至还卷起小土块，在掠过田野的时候留下了它的踪迹。天空很昏暗，太阳已成了一团红光，空气中有一种刺人的阴冷感。夜里，风以更快的速度掠过地面；它在玉米的根脚间灵巧地掘着，玉米用它软弱了的叶子与风搏斗，直到根部被猛掀猛撬的风刮松了，于是每一根茎秆都横倒在地上，标志着风向。

黎明到来了，白昼却不露面。灰蒙蒙的天空中出现了一轮红日，那只是一个曚昽的红色圆盘，放射出微弱的光线，好似黄昏一般；再过些时候，阴暗的天色重新变成了一片漆黑，风在伏倒的玉米上呜呜地悲鸣。

男男女女都挤在自己的家里，出去的时候都在脸上扎了手帕遮住鼻子，还戴了风镜保护眼睛。

一到夜里更是漆黑一团，因为星光没法穿过尘沙照到地面，窗内的灯光甚至还照不出院落。现在，尘沙和空气匀称地掺杂在一起，成了尘沙和空气的混合物了。家家户户都紧关着门窗，用布塞住了缝隙，然而细得连肉眼也看不出的尘沙还是钻了进来，像花粉一般停积在桌椅上和碟子上。人们从自己的肩膀上把尘土掸下来。门槛上也积聚着一行一行的尘沙。

夜半，风止了，地面平静下来。尘沙弥漫的空气所起的隔音作用比雾还大。睡在床上的人听见风停了。他们是在大风平息之后醒来的。他们静静地躺在那里，在沉寂中凝神谛听。一会儿，鸡叫了，啼声也是沉闷闷的，人们在床上辗转反侧，巴望着天亮。他们知道空中的尘沙得经过好久才能澄清。早上，尘沙像雾一般笼罩着，太阳红得像鲜血一样。尘沙整天像从天空中筛下来一样，到第二天还是往下筛落，给大地铺了一床平整的毯子。这尘沙落在玉米上，积在篱笆顶上，堆在电线上；它也落在屋顶上，覆盖在野草和树木上。

人们从家里出来，嗅到了热辣辣的刺鼻的空气，赶紧掩住了鼻子。孩子们也从家里出来，却不像雨后那样奔跑着或是叫喊着。男人们站在他们的篱笆旁边，看着受灾的玉米正迅速地干枯下去，只有少许绿意从尘沙的障翳下透出来。他们沉默着，不大动弹。妇女们从家里出来，站在自己的男人身边，悄悄窥测他们这回是否会完全泄了气。妇女们偷偷地打量着男人们的脸色，只要他们不气馁，玉米没有收成也不要紧。孩子们站在旁边，用光着的脚指头在尘沙上画着图，暗自留意着大人们是否会泄气。孩子们窥探着大人们的面孔，又用脚趾小心地画着线条。马儿来到水槽边，用鼻子拨开水面的尘沙喝水。过了一会儿，那些呆望的男人的脸上失去了迷惘的神态，变得勇敢、愤怒，有应付困难的决心了。于是妇女们知道她们已经平安无事，男人们不会泄气了。她们问道，我们怎么办呢？男人们回答说，我不知道。但是问题已经解决了。妇女们知道问题已经解决了，那些呆望着的孩子也知道问题已经解决了。妇女们和孩子们都深深地知道，只要家里的男人挺得住，他们就再没有忍受不住的灾难了。妇女们走进屋去做活儿，孩子们开始玩耍，但是起初玩得很小心。这一天太阳升得越高，它的红色也褪得越多。强烈的阳光照射着尘沙覆盖的土地。男人们坐在自己的家门口，他们手里拿着小树枝和小石头，忙着在地上写算。男人们静静地坐在那里——想着——算着。

第二章

一辆巨大的红色运货汽车停在路旁一家小酒铺门前。立式的排气管噗噗地响着，从车尾冒出一股几乎看不见的青烟。这是一辆闪亮的红色新汽车，两旁漆着几个十二英寸见方的大字——“俄克拉何马城运输公司”。汽车上的双轮胎是崭新的，后边大车门的搭扣上显眼地套着一把铜挂锁。那家装着铁纱门的酒铺里，有一台收音机播放着柔和的舞曲，声音已经照没有人听的时候那样拨小了。大门顶上的一个圆洞里，有一个换气的小风扇静静地转着，苍蝇在门窗外急躁地飞着，扑打着门上的铁纱。酒铺里面只有一个男人，也就是那个货车司机，他坐在一张圆凳上，胳膊肘放在柜台上，从咖啡杯上抬头望着那清瘦而又孤独的女招待。他跟她谈着一些得体的、无聊的闲话。“我在三个月以前看见过他。他动了一次手术。割掉了一点东西。割掉的是什么，我记不得了。”于是她说：“我最后一次看见他离现在好像还不到一个星期。那时候他看上去身体还很好。他只要不喝醉，倒是个很不错的家伙。”苍蝇不时地在铁纱门外嗡嗡地响。咖啡壶喷着蒸气，女招待连看也不看，便伸手到背后，把它关掉了。

外边，一个沿着公路边上走路的男人穿过公路，向汽车走来。他慢腾腾地走到汽车前面，把手放在锃亮的挡泥板上，朝挡风玻璃上“拒绝搭车”的条子看了一眼。他刚想顺着大路继续往前走，但略一踌躇，终于在背着酒铺那一边的踏板上坐了下来。他还不到三十岁。他的两眼是深褐色的，略微带有几分棕黄色。他的颧骨又高又阔，一道道很深的皱纹顺着脸颊而下，在嘴边弯成了弧形。他的上唇很长，两瓣嘴唇为了要盖住他的龅牙绷得很紧，因为他的嘴老是紧闭着。他的一双手很结实，长着粗大的指头和蛤壳似的又厚又拱的指甲。虎口上和手掌上都长着亮闪闪的老茧。

这人穿着一身新衣服——全是廉价而又崭新的。他那灰色的鸭舌帽很新，连帽舌都还是硬挺挺的，纽扣也没有掉，并不像被用于各种目的——如代替口袋、毛巾、手帕，等等——之后的便帽那样走了样子，变得胀鼓鼓的。他的衣服是用廉价的灰色粗布做的，还新得很，裤子上还留着折痕。他那件蓝条纹布衬衫是有衬料的，既挺括又光滑。他的上装太大，裤子太短，因为他是个高个子。上装的托肩耷拉在他的胳膊上，尽管这样，袖子还是太短，上装的前襟还是松松地在他的肚子上摆荡。他穿着一双名叫“军用式”的棕黄色新皮鞋，鞋底钉满了平头钉，还有蹄铁似的两个半圆形的后掌保护鞋跟，免得磨损。这人坐在踏板上，脱下他的帽子来揩脸。揩好脸，他又把帽子戴上，帽舌拉了几次，已开始走样了。他的两脚引起了他的注意。他俯下身去，解松了鞋带，再也不把鞋带头系好。在他头上，柴油机的排气管噗噗地响着，急急地喷出一股股青烟。

酒铺里的音乐停了，有一个男人的声音在广播，但是女招待却没有另换节目，因为她并不知道音乐已经停了。她的指头已在耳朵底下摸到了一个小疙瘩。她想要在柜台后面的镜子里照一照那疙瘩，但又不想让那货车司机看见，因此她就假装拢一绺头发。货车司机说：“在肖尼[①]

① 俄克拉何马州中部城市。

举行了一个大舞会。我听说打死了一个人什么的。你听见了什么消息吗？”“没听说。”女招待说着，用指头轻轻抚摸着耳朵底下那个小疙瘩。

外面，那个坐着的人站起来，从货车的车头上方向这边望了一望，仔细地看了一会儿酒铺。然后他又在踏板上坐下，从旁边的口袋里掏出一袋烟草和一叠卷烟纸来。他慢慢地、熟练地搓好烟卷，仔细查看了一番，把它摩挲平。最后他把烟卷点着，把燃着的火柴插进脚下的尘土里。这时已近中午，太阳逐渐照入货车的阴影里了。

货车司机在酒铺里付了账，把找回的两个镍币放进吃角子老虎机[①]里。转筒转了几下，他落了空。“他们要了花招，反正你赢不到钱。”他向女招待说。

她回答道：“不到两个钟头前，有个家伙得了头彩。他得了三块八呢。你打算什么时候回来？”

他把铁纱门稍微推开了一点。“一个星期到十天，”他说，“得到塔尔萨去一趟，我回来总没有我希望的那么快。”

她含怒说：“别把苍蝇放进来。要么出去，要么就进来。”

“再见。”他说着就推门出去了。铁纱门砰的一声在他背后关上了。他在阳光里站着，剥去一块口香糖的包皮纸。他是个粗壮的汉子，肩膀很宽，肚子很胖。他的脸很红，一双蓝眼睛由于在强烈的阳光下经常眯缝着，已成了两条长长的细缝。他穿着军装裤和结带的高筒靴。他把那块口香糖放到嘴边，隔着铁纱门喊道：“你可别干什么见不得我的事呀。”女招待已经转身面向着后面墙上的一面镜子。她嘟嘟囔囔地回答了一声。货车司机慢慢地嚼着那块口香糖，每嚼一下，下巴带嘴唇都张得很大。他向那辆红色大货车走去，一路上嚼着口香糖，还把它卷在舌头底下。

那个想搭乘货车的徒步旅行者站起来，隔着车窗望着他。“能让我

① 一种无人管理的赌具。

搭一段车吗，先生？”

司机迅速地回头向酒铺那边望了一下。“你没看见挡风玻璃上贴的‘拒绝搭车’的条子吗？”

“当然看见了。可是好人总是好人，尽管有钱的杂种让他在车上贴了条子，他照样肯帮忙。”

司机慢腾腾地钻进卡车，心中琢磨着这句答话的内容。他要是当场拒绝，那么他就不但不是个好人，而且甘受压迫，因为在车上贴了条子而得不到人做伴。要是他让那个家伙搭了车，他自然成了好人，而且还不是哪个有钱的杂种所能任意摆布的。他知道他中了圈套，可是想不出应付的办法。他是要做一个好人的。他又向那酒铺瞟了一眼。“在踏板上蹲下，到前面拐了弯再说。”他说。

搭车的人蹲下身子，紧攥着车门把。发动机隆隆地一阵响，排挡咔嗒一声推了上去，大货车就开动了，头挡、二挡、三挡，然后在加快速度的呜呜声中推到了四挡。公路在那紧攥着车门的人的脚下飞快地掠过，使他头昏眼花。朝第一个拐角走了一英里路，货车逐渐放慢了速度。搭车的人站起来，轻轻打开车门，溜到座位上。司机眯缝着眼睛，掉过头来望着他。他嚼口香糖的样子，就像是思想和印象都先经过他的嘴加以挑选和安排，然后才按着次序装进脑子去一般。他的眼光先落在那顶新帽子上，然后顺着新衣服移到新鞋上。搭车的人舒适地靠在座位上蠕动着背部，脱下帽子，拿它揩着流汗的额头和下巴。“谢谢你，伙计。”他说，“我这两只脚丫子跑累了。”

“新鞋。”司机说。他的声音也像他的眼睛一样，有点鬼鬼祟祟，像在探索什么似的。“大热天，你不该穿着新皮鞋走路。”

搭车的人低下头来，望着那双沾满尘土的黄皮鞋。“没有别的鞋了，”他说，“没有别的，就只好穿这一双。”

司机识时务地眯着眼向前望着，把汽车速度加快了一些。“出远门吗？”

“嗯——嗯！要不是我这两只脚累了，我倒是想走着去的。”

司机的问话都带着盘问的口吻。他好像用那些问话撒下网，设好圈套似的。“找工作吧？”他问。

“不，我老爹有块地，四十英亩。他是个分益佃农[①]，可是我们在那儿已经很久了。”

司机向大路两边的田野意味深长地看了一眼，田里的玉米都横倒了，上面堆积着沙土。从尘沙覆盖的土壤里露出小块的燧石。司机仿佛自言自语似的说道：“四十英亩地的佃农，他没被沙土赶走，也没被拖拉机赶走吗？”

“我近来的确没得到音信。”搭车的人说。

“好久了吧。”司机说。一只蜜蜂飞进了驾驶台，在挡风玻璃后面嗡嗡地叫。司机小心地伸手把那只蜜蜂赶进一股气流，让它被顺风吹出了窗外。“现在离家出走的佃农越来越多了，”他说，“一台拖拉机就能撵跑十家。现在到处都是拖拉机，它闯进来把佃农一个个撵跑。你家老头儿怎么还顶得住呢？”他的舌头和牙床又忙着嚼起那块已被遗忘的口香糖来，把它翻来覆去嚼了一阵。每次开口，都看得出他的舌尖在顶着口香糖翻身。

“噢，近来我没听到音信。我从来不写信，我老爹也一样。”他连忙补充一句，“可是只要我们肯写，倒是都能写信的。”

“一向干着活儿吧？”又是那种鬼鬼祟祟想打听什么却又装得漫不经心的口气。他望着外面的田野，望着闪着微光的空气，把口香糖送到腮的一边，向窗外吐了一口唾沫。

“当然啦。”搭车的人说。

---

① 指耕种地主土地并与之进行收益分成的农民。

“我也是这么想的。我看了你的手。准是使大镐、斧头或是大锤什么的。这样你的手上就会发亮。我留意这一类小事情，还因此觉得自豪呢。”

搭车的人定睛望着他。汽车的轮胎在公路上歌唱。“要不要知道些别的事情？我告诉你就是了。你用不着猜。”

“别冒火。我并没有要打听别人私事的意思。”

“我什么都可以告诉你。我没什么要隐瞒的。”

“别冒火。我不过喜欢留心一些小事情，消遣消遣。”

“我什么都可以告诉你。我叫乔德，汤姆·乔德。老头儿就是老汤姆·乔德。”他的眼睛盯着司机出神。

“别冒火。我并没安坏心眼儿。”

“我也没安坏心眼儿，”乔德说，“我只求咱们河水不犯井水。”他住了嘴，望着外面干旱的田野，望着骄阳肆虐的远处一丛丛不自在地垂着枝条的干旱的树。他从旁边的口袋里取出了烟草和卷纸。他在两膝之间把纸烟卷好，因为风吹不到那里。

司机像牛一样有节奏地、若有所思地咀嚼着。他在等待前面这段谈话所引起的不快全部消失并被忘掉。后来气氛仿佛缓和了，他才说道：“没当过司机的人不会知道干这一行的苦。老板不准我们让人搭车，我们也就只好干坐在这里一个劲儿开着车，除非像我现在这样，为了你冒着丢掉饭碗的危险。”

“我领你的情。”乔德说。

“我认识一些在开车的时候干着古怪事儿的家伙。我记得有个家伙常常作诗消遣。”他悄悄地转过眼来，看看乔德是否感兴趣，是否吃惊。乔德沉默不语，只是顺着公路凝视着前面远处，这条白色公路有点起伏不平，像是陆地上的浪涛。司机终于继续说道：“我还记得这家伙的一首诗。诗里写他和另外两个家伙游历世界，到处饮酒作乐，胡作非为。可惜我背不出全诗。这家伙的诗里有些字句连老天爷都不会知道是什么意思。有一部分好像是这样说的，‘我们在那里看见一个黑黑的小子，他的鼻子大于象的呼吸器和鲸的喷水器’。呼吸器也就是鼻子。长在象身上就是象鼻子。这家伙还把字典翻给我看。那字典他老是随身带着的。每逢他打尖吃咖啡点心的时候，他总要翻开字典来看看。”说了那么多话，他感到无聊，便停住了。他那隐秘的眼光又转到他的搭车客身上。乔德始终沉默着。司机烦躁地一心要迫使他参与谈话。“你见过说这种莫名其妙的话的人没有？”

“牧师。”乔德说。

“噢，你听到一个家伙说这种莫名其妙的话，总是要生气的。当然，牧师说这种话倒没什么，因为谁也不会挑牧师的错儿。可是这家伙却有趣得很。他说出那些莫名其妙的话，你听了满不在乎，因为他只不过随便说着玩玩罢了。他并不装腔作势。”司机安心了。他知道至少乔德是在用心听。他狠狠地扭转方向盘，让大货车转过了路上的一个弯，车胎嘘地尖叫了一声。“我刚才说过，”他接着说，“开车的人常干怪事。他并非那么不行。车一开，路在底下老是往后退，简直叫人发疯。有人说过，当司机的老爱吃——一路上每逢有小吃店的站头，就要停下来吃东西。”

“真像是在那儿住家似的。”乔德附和着说。

“他们准在那儿歇歇脚，不一定是要吃。他们根本就不饿，只不过赶路赶得厌烦了——厌烦了。只有站头上可以停车，你停下来，就得买些东西，才好跟柜台里的美人儿聊聊天、调调情。所以你喝一杯咖啡，吃一块饼子，总算可以休息一会儿。”他慢慢地嚼着口香糖，又用舌头把它翻转过来。

“想必是够呛。”乔德随便说了这一句。

司机迅速地瞥了他一眼，要找些讽刺的话题。“哎，他妈的，这可不是轻松的事呢。”他急躁地说，“看起来倒容易，只不过坐定在这儿，过那么八个钟头，也许十个或者十四个钟头。可是路程叫人闷极了。他总得干些什么事儿才行。有人唱唱歌，有人吹吹口哨。公司是不准我们带收音机的。少数几个人带着一瓶酒，可是这种人干不长。”最后一句他说得很得意，“我非等开完了车，否则决不喝酒。”

“真的吗？”乔德问道。

“真的！人总得求上进。瞧，我打算选修函授学校的一门课程——机械工程。这很容易，只消在家里把浅显的几样功课研究研究就行了。我在盘算这事情。等学好了，我就不必再开汽车。那时候，我就要叫别人来开车了。”

乔德从他那上衣一侧的口袋里拿出一瓶威士忌来。“你当真是一滴也不肯喝的啰？”他的声音是带着嘲弄意味的。

“不，发誓不喝。我是决不肯沾的。谁想像我那样，打算用功，就不能老是喝酒。”

乔德拔掉了瓶塞，急忙咽了两口，又把瓶子塞好，放回他的口袋里。浓烈的威士忌的香气充满了驾驶台。“你的兴头真大，”乔德说，“怎么回事？是有了个姑娘了吗？”

“唔，对了。不过我反正得求上进。我训练我的脑子已经很久了。”

威士忌似乎提起了乔德的兴致。他又卷了一支香烟，点着了。“往前走不了多远我就可以下车了。”他说。

司机急忙说下去。“我一口酒也不用喝，”他说，“我一直在训练我的脑子。两年前我就开始下功夫了。”他用右手拍一拍方向盘，“比如我在路上从一个人旁边经过。我看他一眼，等我过去之后，我就要记住他的一切，衣服怎样，鞋子怎样，帽子怎样，走路的姿势怎样，甚至多高，体重该有多少，脸上有没有疤，等等。我记得挺清楚。我能在脑子里绘出一幅图来。有时我心里还想学一门课程，做个指纹专家。一个人能记住那么多事情，真会叫你吃惊。”

乔德就着酒瓶急忙喝了一口酒。他在那支已经松开的烟卷上抽了最后一口，用长着老茧的大拇指和食指拧熄了烧得红红的烟头。他把烟蒂搓作一团，拿到窗外，让风把烟蒂从他手指上吹掉。巨大的轮胎在路面上发出了高亢的嘘嘘的响声。乔德一路上只顾定睛望着外面，他那双不动声色的深褐色眼睛显露出了很感兴趣的神情。司机等了一会儿，转过头去，不自在地瞟了一眼。乔德那很长的上嘴唇从牙齿上掀了起来，他暗自咯咯地笑着，笑得胸脯都在抖动。“你费了老大功夫才弄清楚呢，朋友。”

司机没有转过头来看。“弄清楚什么？你这是什么意思？”

乔德先伸长了嘴唇，把两排长牙齿紧紧地盖住了一会儿，然后他像狗一样舔着嘴唇，一次向左，一次向右，舔了两下。他的声音变得粗厉起来了。“你明白我的意思，我刚上车的时候，你就把我周身打量了一番。我看见了的。”司机直瞪瞪地望着前面，抓紧了方向盘，紧得连手掌旁边的肉都鼓了起来，手背也发白了。乔德继续说道：“你知道我是从什么地方来的。”司机沉默着。“对不对？”乔德又追问道。

“唔——是的。也许是吧。可是这与我不相干。我只管我自己的事情。这不关我的事。”现在他不由自主地把心里的话说出来了，“我并不爱管别人的闲事。”忽然间，他又住了口，等着对方说话。他的手按在方向盘上，还是铁青的。一只蚱蜢蹦进窗子，落在仪表板顶上，开始用两只弯成大角的腿搔着翅膀。乔德伸过手去，用手指掐碎了它那硬邦邦的脑袋，让它在窗外顺着风势飘去。当他从指尖上弄掉这虫儿的残肢的时候，他又咯咯地笑了。“你看错我了，先生。”他说道，“不瞒你说，我在麦卡莱斯特坐过牢，在那儿待了四年。这些衣服是我出来的时候，他们给我的。让人家知道，我也不在乎。我要上我老爹那儿去，省得为了找工作还要向人撒谎。”

司机说：“噢——这不关我的事。我不是爱管闲事的人。”

“见鬼，亏你还说不爱管闲事，”乔德说，“你这大鼻子一直伸到你面前八英里以外去了。你拿这大鼻子盯住了我打量，就跟菜园里的羊一样。”

司机的脸色紧张起来。“你把我全估计错了——”他有气无力地说。

乔德对他笑了一阵。“你是个好人。你让我搭了车。真见鬼！我坐过牢。那又怎样！你想知道我为了什么事坐牢，是不是？”

“这不关我的事。”

“你除了开这狗日的车什么都不管，你就只干这点事吧。喂，你瞧。你看见前面那条路了吗？”

“看见了。”

“我就在那儿下车，我知道你一定急着想知道我做过什么事。我也不是个叫你失望的人。”汽车发动机洪亮的声音低沉下去，车胎的响声也降低了。乔德掏出他的酒瓶来，又匆匆地喝了一口。货车在一条土路和公路直角交叉的地方缓缓地停住了。乔德走下车，站在司机台的窗边。立式排气管冒出不容易看出的青烟来。乔德向司机侧过身去。“杀人罪，”他迅速地说，“这个词儿不好懂，也就是说我杀了一个人，被判了七年。因为我在牢里守规矩，只坐了四年牢，就被释放了。”

司机的眼光溜到乔德的脸上，要把它记在心里。“我根本没向你打听过这件事，”他说，“我只管我自己的事。”

“从这儿到特克索拉，每到一个站头，你不妨把这桩事说给人家听。”乔德笑眯眯地说，“再会，朋友。你是个好人。可是你要知道，只有你自己坐过一回牢，才能感觉到一个突然冒出来的问题。你刚一开口，自己就露了马脚了。”他用手掌拍了拍金属车门。“谢谢你让我搭车，”他说道，“再会。”他转身走上了那条土路。

司机在他后面定睛看了一会儿，随后喊道：“祝你走运！”乔德挥挥手，没有回头。随后发动机又吼起来，排挡咔嗒地响了一声，那辆红色大货车又沉甸甸地开走了。

第三章

混凝土公路两旁是一片乱七八糟的枯草，落在草梢上的燕麦须免不了沾在狗身上，狐尾草免不了缠住马蹄上的毛，苜蓿的芒刺免不了沾住羊身上的毛；沉睡着的生命等候着传播和扩散，每一粒种子都有传播的装备，比如螺旋形的箭头，利用风力的降落伞以及小标枪和小刺棘球之类的东西，它们全都在那里等候着动物，等候着风，等候着男人的裤脚或是女人的裙子。一切都被动却又充满了原始的活力。

阳光照射在草地上，草地暖洋洋的，草的阴影里有各种昆虫在活动，蚂蚁和蚁狮忙着布置捕捉昆虫的陷阱，蚱蜢向空中跳起，轻轻地拍一拍翅儿，潮虫用许多只细脚像犰狳一般慢腾腾地踱步。路边的草上有一只乌龟在爬行，不知怎的转向一边，拖着它那隆起的甲壳在草上走着。它那粗硬的腿和长着黄爪的脚吃力地从草丛中缓缓穿过，并不是真正在走，而是一路在推着和拖着它的甲壳前进。麦须从它的甲壳上溜下来，苜蓿的芒刺落到它身上，又滚到地上。它那角状的尖嘴微微张着，一双凶狠而可笑的眼睛在指甲般的额头下直瞪瞪地望着前方。它爬过草地，在后面留下一条踩过的足迹，小山似的路坎却高耸在它的前面。它停了一会儿，高高地仰起头来，它眨眨眼睛，上下看了看。后来它终于开始攀登路坎了，有爪的两只前脚向前伸去，可是还够不着。两只后脚使劲把甲壳往前拱，甲壳便蹭着草，蹭着石子向前推进。路坎越来越陡，乌龟也越来越拼命地加紧使劲。它那两条撑着身子前进的后腿紧张地爬着，爬几步又往下滑，勉强把甲壳往上推，脖子有多长，那角状的头便伸出多长。它的甲壳渐渐溜上了路坎，最后有一道低墙挡住了它的去路，这就是四英寸高的混凝土墙壁，公路的肩角。它的两只后腿仿佛独立行动着似的，把甲壳拱上了那道墙。它高高地抬起头来，从墙上探望那广阔平滑的水泥路面。现在它的两只前脚抓住墙顶，使劲往上挣，它的甲壳缓缓爬上来，把前半截贴在墙顶上了。乌龟休息了一会儿。一只红蚂蚁钻进了甲壳，钻进了甲壳里的软皮，于是乌龟的头和腿忽然缩进去，尾巴也向旁边一扭，缩进甲壳里。红蚂蚁在乌龟的身子和两腿之间被夹死了。一根野生燕麦梢头也被它的前腿拖进了甲壳。乌龟在那里一动不动地躺了好一会儿，然后才伸出脖子，用它那双愁苦而可笑的眼睛向四周望一望，然后把腿和尾巴都伸出来。两条后腿像大象的腿一般使劲往上顶，甲壳便倾斜到一个角度，使得前腿够不着水泥的路面。但是后腿把甲壳拱得越来越高，终于到了平衡的中心，前半截向下一扑，两条前腿抓住了路面，于是大功告成，乌龟便上了公路。但是那根野生燕麦的梢头仍然在它的前腿周围缠绕着。

现在走路容易了，它的四条腿同时并举，甲壳摇摆着，一拱一拱地向前推进。一个四十岁光景的女人开着一辆轿车渐渐驶近了。她看见了这只乌龟，便把车子往右一转，拐出了公路，车轮吱吱地叫着，掀起一阵尘沙。两个车轮有片刻工夫腾在空中，接着就着了地。车子又退回了路面，继续往前开，不过开得比原先慢些了。乌龟本已缩进甲壳，这时因为公路热得厉害，它便急忙向前爬动起来。

过了一会儿，又有一辆轻便卡车过来了，车子开近的时候，司机看见了乌龟，便故意兜过去要撞它。车的前轮碰着了甲壳的边缘，把乌龟像做弹圆片游戏的人弹圆片似的一弹，像旋铜币似的一旋，一下子就叫它滚到公路旁边去了。运货汽车又兜回原来靠右边的路线。乌龟脊背着地仰卧着，在甲壳里紧紧地蜷缩了好一会儿。它的四条腿在空中晃来晃去，想抓住什么东西，使身子翻转过来。最后，它的两只前脚终于抓住了一块石头，甲壳一点一点地翻起，砰的一声翻正了。那根野生燕麦梢头落了下来，于是便有三颗矛头似的种子掉在地里了。乌龟爬下路坎的时候，它的甲壳拖带了一些泥土，盖住了这三颗种子。乌龟爬上了一条土路，一颠一颠地向前移动，它的甲壳在尘沙里划出了一条弯弯曲曲的浅沟。它那双可笑的眼睛望着前面，角状的嘴微微张着。它那黄色的趾爪在尘沙里留下了细碎的痕迹。

第四章

乔德听见货车开动了，速度越来越快，地面在轮胎的碾压下震动起来，他便停住脚步，回过头来张望，直到汽车不见为止。汽车开出视线以后，他还在那里注视着远方和那泛着青光的空际。他若有所思地从衣袋里拿出酒瓶，旋开金属瓶盖，津津有味地啜了些威士忌，然后把舌头伸进瓶颈，再舔一舔嘴唇周围，唯恐遗漏了余香。他尝试着说道：“我们在那里看见了一个黑黑的小子——”他记得的只是这么一句。最后他转过身来，面对那条呈直角穿过田野的小路。太阳热辣辣的，没有一丝风吹动天上筛下来的尘沙。这条路上，在尘沙被车轮滚过的地方，留下了一条条浅沟。乔德走了几步，面粉似的尘沙在他那双黄色新皮鞋前面飞扬起来，于是皮鞋原来的黄色就被灰色的尘沙掩盖了。

他俯下身子，解开鞋带，把两只皮鞋先后脱下来。他把那双汗湿的脚在又燥又热的尘沙里舒舒服服地摆动了一阵，直到一股股的尘沙落进了他的脚趾缝，他的脚皮干燥得绷紧了。他脱去上衣，裹住皮鞋，把这一包东西夹在腋下。最后他终于沿着这条路向前走去，一路踢着前面的尘土，在背后留下一片离地很近的烟尘。

小路右边有篱笆隔开，那是两排钉在柳树桩子上的倒刺铁丝网。这些桩子是弯的，而且都没有好好修削过。遇到树杈高矮正合适的地方，铁丝就挂在树杈里，没有树杈的地方，那倒刺铁丝就用发锈的软铁丝捆在桩子上。围篱外面的玉米受了炎热、干旱和风的摧残，倒在地里，叶子和茎秆连接处的各个凹膛里都装满了尘沙。

乔德一路踉踉跄跄地走着，身后老拖着一片烟尘。他看见前面不远处，一只乌龟的隆起的甲壳慢慢地在尘沙里往前爬，四条腿僵硬地、一颠一颠地移动着。乔德停下来看着它，他的影子落到了乌龟身上。霎时，乌龟的头和四条腿都缩进了甲壳，粗短的尾巴也往旁边一甩，缩进去了。乔德拾起它，把它翻过来。乌龟的背是灰褐色的，像尘沙一样，但是甲壳下面的部分却是浅黄的奶油色，又干净又光滑。乔德把他腋下的包裹夹高了一些，用手指摸一摸那平滑的底壳，按了一下。底下比背上要软一些。坚硬的龟头伸了出来，想看看按它的那根手指头，四条腿也乱摆乱动。乌龟往乔德手上撒了一泡尿，枉费气力地在空中挣扎着。乔德把它翻正，连同皮鞋卷在上衣里。他感觉得出它在他的腋下推挤、挣扎、乱动。他现在向前走得比先前快了，脚跟微微刮着纤细的尘沙。

前面路边，有一棵枯瘦的蒙着尘沙的柳树，投下了一片碎影。乔德看得见那棵树在他前面，看得见那些枯萎的枝条垂在路上，满树的叶子都凋敝不堪，好像一只脱毛的小鸡。现在乔德已经流汗了。他的蓝衬衫背部和胳肢窝以下的颜色都变深了。他扯了一下便帽的帽舌，在扯的过程中把里面的硬纸壳衬完全弄断了，使这顶帽子再也不像新的了。他加快了脚步，一心朝老远的那棵柳树走去。他知道那棵柳树底下有阴凉的地方，至少总有树干投下的一道深深的阴影，因为太阳已经过了天顶。阳光现在晒着他的后颈，使他的脑袋里嗡嗡地响起来。他看不见这棵树的树脚，因为它长在一片比平地积水更久的洼地里。乔德冒着太阳加快脚步，向斜坡走下去。他发现那条深深的黑影已经被人占据了，便小心地放慢了脚步。有一个人靠着树干坐在地上。他交叉着两条腿，一只光脚翘得几乎跟头一样高。他不曾听见乔德过来，因为他正在一本正经地吹着《是呀，先生，这是我的小宝贝》那支歌的调子。他那只翘着的脚按着拍子一上一下地摆着。这不是跳舞的拍子。他停止了吹口哨，用一种随随便便的轻柔的男高音唱起来：

不错，先生，这是我的救主，
耶——稣是我的救主，
耶——稣现在是我的救主了。
老实说，这不是魔鬼，
耶稣现在是我的救主了。

乔德走进凋零的叶子遮掩下的那片稀疏的阴影里，那人这才听见他走近，于是停止歌唱，转过头来。这是一个皮包骨的长脑袋，安置在一只芹菜梗似的结实而多筋的脖子上。他的眼珠呆滞而突出；眼皮伸得很长，把眼珠盖住，眼眶发红像生肉一般。他的两颊是棕黄色的，闪闪发光，脸上没有胡子，嘴巴长得很丰满——那样子可以说是滑稽，也可以说是肉感。坚硬的鹰钩鼻把皮肤绷得很紧，鼻梁都显得发白了。他脸上没有一点汗，连苍白的高额头上也没有。这是个高得古怪的额头，两旁的太阳穴上露着几条细细的青筋。这张脸足有一半是在眼睛上面。他那粗硬的灰白头发从额上乱七八糟地披到后边，仿佛他用手指头向后梳过似的。他穿的是工装裤和蓝衬衫。一件钉着铜纽扣的粗斜纹布上衣和一顶皱得像肉包子似的、有污渍的棕黄色帽子放在他旁边的地上。他附近有一双被尘沙弄成了灰色的帆布鞋，还在他把它们踢掉的时候落下的老地方。

那人向乔德看了好久。光线似乎钻进了他那双褐色的眼睛，使眼球深处的虹膜折射出了金黄色的小点。脖子上绷得很紧的一团筋肉分明地显露出来。

乔德悄悄地站在疏疏落落的阴影里。他脱下便帽，拿它揩揩汗湿的脸，把便帽和那卷着的上衣扔在地上。

树干浓荫里的那个人把交叉的双腿分开，用脚趾掘着泥土。乔德说道：“嗐，路上真热得要命。”

坐着的那个人像盘问似的盯着他。“噢，你不就是老汤姆的儿子小汤姆·乔德吗？”

“唔，”乔德说，“一点不错。现在回家来了。”

“我想你大概不会认识我了。”那人说。他笑了笑，丰满的嘴唇里露出了粗大的牙齿。“啊,你一定不认得了。从前我给你讲‘圣灵’的时候，你老是忙着拉小姑娘的辫子。你一心想把那条辫子连根拔掉。你也许不记得了，我可是记得的。你们俩为了揪辫子玩，一同来参加布道会。我在水沟旁边给你们俩同时施了洗礼。你们俩打架，大叫大嚷，活像一对猫儿。”

乔德眼睛朝下，看了他一会儿，然后大笑了起来。“哈哈，你就是牧师呀！你就是牧师呀！不到一个钟头以前，我刚向一个家伙谈起了你。”

“我从前是牧师，”那人一本正经地说，“吉姆·凯西牧师——是个热心的传教士。常常高呼耶稣的名字，拼命赞美他。常到水沟旁边给许多悔罪的人讲道，人多得站不开，有一半都差点掉下水去淹死了。可是现在不干这一行了，”他叹了口气，“现在只不过是吉姆·凯西。再也不传道了。有了许多邪恶的念头——可是这些念头倒似乎是合情合理的。”

乔德说道:“你只要想事情，就不能不起一些念头。我当然记得你喽。你常常开布道会，讲得挺好。记得有一次你布道的时候，两手着地爬来爬去，还拼命地怪声叫喊。我妈比什么人都喜欢你。奶奶说你是对圣灵着了迷。”乔德掏了掏他那卷着的上衣，找到了口袋，拿出酒瓶来。乌龟将一条腿动了动，他却把它紧紧地裹住了。他旋开瓶盖，把瓶子递过去。“喝一口吧？”

凯西接过酒瓶，若有所思地仔细看了一会儿。“我现在不常布道了。现在人们不大相信圣灵了；更糟的是，我也不信了。当然，圣灵有时候还是会活动活动，我也就开个布道会，或者人家摆好了饭的时候，我给他们做一次饭前祷告。可是我不是真心诚意的。我这么做，不过是因为别人要我这么做罢了。”

乔德又用便帽揩了揩脸。“你总不至于太古板，连一口酒都不肯喝吧？”

凯西仿佛是初次见到酒瓶似的。他把瓶子往上一抬，咽了三大口。“好酒。”他说。

“怎么能不好，”乔德说，“这是酒厂里的产品。一块钱一瓶呢。”

凯西又咽了一口，才把酒瓶递回去。“是好，您哪！”他说，“是好！”

乔德从他手上接过酒瓶，为了礼貌，并没有用袖子来揩瓶口，便直接喝了。他蹲下来，让酒瓶靠着那件卷起的上衣，直竖在那儿。他的指头摸到了一根小树枝，用来把他的心思画在地上。他拂开一块地面上的叶子，弄平了尘土，画了一些角和小圆圈。“我好久没见到你了。”他说。

“谁也没见到我，”牧师说，“我一个人走到一边，坐在那儿转念头。我的信念很强，只是跟先前不一样了。我对许多事情都不大有把握了。”他靠着树身比先前坐得更挺直一些。他那瘦削的手像松鼠一般探进工装裤的袋子，掏出一块咬过的黑色板烟来。他仔细刷去了稻草屑和袋子里带来的灰色绒毛，然后才咬下一角来放在嘴里。他把板烟递给乔德的时候，乔德将树枝一挥，表示谢绝。乌龟在那件卷好的上衣里拼命钻动。凯西向那一动一动的衣服望过去。“你那里面包着什么——小鸡吗？你会把它闷死的。”

乔德把上衣卷得更紧一些。“一只乌龟，”他说，“路上拾来的。是个吓人的家伙。我打算带给我的小兄弟。孩子们喜欢乌龟。”

牧师慢慢地点点头。“每个孩子迟早要弄只乌龟玩玩。可是谁也养不住乌龟。他们为乌龟煞费苦心，到头来不知哪一天，它们却跑到别处去了——不知跑到什么地方去了。这就跟我自己一样。我不肯老守着身边那本好好的福音书。我过去老爱把它翻来翻去，一直翻到稀烂。现在我在这里有时候还是能受到圣灵的感召，可是要想布道却不知说什么才好。圣灵叫我引导大家，可是究竟该把他们引到什么地方去，我却不知道。”

“领着他们兜圈子好了，”乔德说，“把他们扔到浇地的水沟里好了。告诉他们，如果他们不像你那么想，他们就会在地狱里被烧死。你何苦要想着引导他们到什么地方去呢？只要引导他们就行了。”

笔直的树干的影子已经在地面上拉长了。乔德满心欢喜地把身子移到影子里来，蹲在地上，又弄平了一块地，用小树枝把他的心思画在上面。一只看羊的厚毛黄狗顺着路跑来，低着头，舌头耷拉着，滴着口水。它懒洋洋地卷着尾巴，大声地喘着气。乔德对它打了个呼哨，但是它只把头略微低了一下，就匆匆地向某个确定的目的地跑去了。“它要到什么地方去呢，”乔德有些气恼地解释道，“也许是回家去吧。”

牧师还是丢不开他的话题。“到什么地方去，”他跟着也说了一句，“对了，它是要到一个什么地方去。我呢——我就不知道自己要到什么地方去。老实告诉你——我从前老爱给人家讲道，使人家高兴得跳起来，谈得很高兴，大声嚷着感恩，直到他们倒在地上晕过去。有些人我就给他们施个洗礼，使他们醒过来。然后——你猜我怎么办？我把那些女孩子中的一个带到草地上去，跟她野合。每次都这么干。干完了我又感到懊悔，于是我就反复祷告，可是祷告是不济事的。到下一次，他们和我都对圣灵着了迷，我却又干那种事。我觉得自己真是不可救药，简直是个该死的伪君子。可是我实在不是有意干坏事的。”

乔德笑了笑，张开一嘴长牙齿，舔着嘴唇。“把她们钓到手来玩玩，真是再痛快不过的，”他说，“我自己就干过。”

凯西兴奋地探过身来。“你瞧，”他大声说，“我也觉得是那样，所以我就开始想了。”他挥动他那骨节很粗的瘦削的手，一上一下地做着轻轻拍打的姿势。“我不由得这么想——‘我在这儿布道。他们那些人那么热心地听道，高兴得跳起来、嚷起来。大家都说跟一个女孩子野合是着了恶魔。可是她悟道越深,却越要到草地上去野合。'于是我就想到,一个女孩子全心充满了圣灵的时候,她的鼻子和耳朵里都有圣灵冒出来,这时候恶魔怎么能够钻进她心里去呢?你也许认为那是赶上恶魔在地狱里没机会施展花招的时候吧。反正它是来捣鬼了。"他兴奋得两眼闪出光来。他鼓动了一会儿两颊,向尘沙里吐了一口唾沫,唾沫在地上打了两个滚,卷起了尘沙,看上去就像一颗干了的小药丸。牧师摊开了一只手,像读书似的,细看着手掌。"我呢,"他低声说下去,"我在那儿掌握着那许多人的灵魂——我担负着责任,也感到我的责任——可是每次我都要跟一个女孩子野合。"他向乔德这边望着,脸上显出无可奈何的神情。他的表情是在寻求帮助。

乔德在沙土里细心地画出了一个女人的中间一段身子,包括乳房、大腿和骨盆。"我从来没做过牧师,"他说,"我只要能抓住什么机会,就决不放过。从不为这种事情转什么念头,只要机会到手,我就高兴。"

"可是你不是牧师呀,"凯西执拗地说,"在你看来,女孩子只不过是女孩子。她们与你无关。可是对我来说,她们却是'圣器'。我要拯救她们的灵魂。我负着那么大的责任,可是我却只是使她们充满了圣灵,随即就把她们带到草地上去了。"

"也许我也应该当当牧师吧。"乔德说。他拿出他的烟草和卷烟纸来,卷了一支纸烟。他把它点着了,从青烟里斜过眼去望着牧师。"我好久没跟女孩子玩了,"他说,"要费点劲去追求才行。"

凯西继续说道:"这个念头搅得我睡不着觉。我去布道,心里就说,'天哪,这回我可不能干这种事了'。可是就在我这么想的时候,我知道自己又在打算那么干了。"

"你该娶个老婆才是,"乔德说,"从前有一对牧师夫妇住在我们这个地方。他们都是耶和华的崇拜者。在楼上睡觉。在我们的晒谷场上开布道会。我们那些孩子常常去听。每到晚上散会之后,牧师太太就要挨一顿狠打。”

“你告诉我这个，我倒很高兴，”凯西说，“我从前总以为只有我才是这样。后来我觉得太痛苦了，就不干这一行，独自跑开，仔细把这事情想了一想。”他叠起两条腿来，在他那满是灰尘的干脚趾缝里搔痒。“我在心里问自己：‘你为什么这么苦痛？是不是为了不该跑掉？’我说：‘不，是因为犯了罪。’我又自问：‘一个人到了满脑子都是耶稣，应该抵挡得住邪恶的时候，为什么偏要想到去解开裤子纽扣呢？’”他把两个指头有节奏地按在手掌上，仿佛把每一个字都整整齐齐地放在那里似的。“我说：‘也许这不是什么罪恶吧。也许大家都是这样吧。也许我们是无缘无故地拼命责备自己吧。’于是我想到了有些女修道士用一根三英尺长的带刺铁丝打自己的情形。我想她们也许是喜欢折磨自己，我自己也许是喜欢折磨自己吧。唔，我想出这番道理的时候，正躺在一棵树下，于是就睡着了。后来到了夜里，我醒过来的时候，天已经黑了。附近有只野狗在叫。不知怎的，我忽然大声说：‘活见鬼！世上根本就没有什么善与恶。人们各有各的做法。道理都是一样的。人们干的事，有的算好，有的算坏，无论什么人都只能这么说。’”他停了一会儿，从他刚才放下那些字的手掌上抬起眼睛来。

乔德咧着嘴对他嬉笑着，但是他的眼色却是锐利而兴奋的。“你仔细想过这个问题，”他说道，“你把道理想通了。”

凯西又讲下去，声音里带着痛苦和迷惘的味道。“我问自己：‘这种感召，这种圣灵，究竟是什么？’我说：‘这就是爱。有时候我爱人们爱得发疯。’我又问自己：‘你爱不爱耶稣？’唔，我想来想去，最后又说：‘不，我并不知道有谁名叫耶稣。我知道一大堆耶稣的故事，可是我爱的就只是人。我往往爱他们爱得要命，我很想使他们幸福，所以我就把我认为可以使他们幸福的道理讲给他们听。’于是我就讲了一大堆话。现在你听见我说邪话，也许觉得奇怪吧。可是对我来说，这已经不算邪话了。这不过是大家所说的话，人家说出来并没有什么邪恶的意思。无论如何，我还要把我想出来的一点道理告诉你；这种话从牧师嘴里说出来，是最背叛教义的；我不能再做牧师了，因为我想出了这个道理，而且还相信这个道理。”

“什么道理？”乔德问道。

凯西怯生生地看着他。“如果你觉得我的话不对，你可别生气，好不好？”

“除了有人打我耳光，我是不会生气的，”乔德说，“你想出了什么道理？”

“我考虑了圣灵和耶稣的道理，我心里想：‘为什么我们非在上帝或是耶稣身上转念头不可？’我想：‘我们所爱的也许就是一切男男女女；也许这就是所谓圣灵——那一大套反正就是这么回事。也许所有的人有一个大灵魂，那是大家所共有的。’我坐在那儿想着，忽然就大悟了。我深深地知道这就是真理，现在我仍旧相信。”

乔德埋头望着地上，仿佛不敢直视牧师眼睛里那股赤诚的神情似的。“你有了这样的思想，就不能再布道了，”他说，“你有这种思想，大家就要把你赶走了。跳跃、叫嚷，人们就喜欢这一套。这使他们痛快。奶奶骂起人来，你简直挡不住她。她会用拳头把一个专职的教堂执事打倒。”

凯西沉思地看了他一会儿。“我有一件事要问问你，”他说，“那是一件常常使我心里痛苦难熬的事。”

“说吧。有时候我也可以谈谈。”

“噢，”牧师慢吞吞地说，“我当牧师传道的时候，你就是我给施的洗礼。那天我信口讲了一些耶稣的道理。你大概不记得了，因为你正忙着揪那条辫子。”

“我记得，”乔德说，“那是苏茜·利特尔的。一年以后，她把我的手指头扭断了。”

“那么，你经过那次洗礼，得到了什么好处吗？你的行为是不是改好了一些？”

乔德想了一想。“没——改——好，说不上有什么好处。”

“那么，你受到了什么坏影响吗？仔细想想看。”

乔德拿起酒瓶，喝了一大口。“好处和坏处都没有。我只是觉得有趣罢了。”他把酒瓶递给牧师。

他叹了一口气，喝了点酒，望了望瓶里剩得不多的威士忌，又喝了一小口。“那就好了，”他说，“我老在担心，我那么爱管闲事，也许对别人有害处呢。”

乔德朝他的上衣望过去，看见那只乌龟已经从衣服里钻出来，正向他发现它时它所爬的方向急急地爬去。乔德看了它一会儿，然后慢慢站起来，又把它捉住，重新裹进上衣里。“我没什么东西送给孩子们，”他说，“只带了这只乌龟。”

“这玩意儿挺有趣，”牧师说，“刚才你走过来的时候，我正在想着老汤姆·乔德呢。我想去看看他。我常常想，他是个不信上帝的人。现在老汤姆怎么样？”

“我不知道他的情况。我有四年没回家了。”

“他没写信给你吗？”

乔德有些难为情。“噢，我爸不大会写字，想写也写不好。他签自己的名字倒是签得跟人家一样好，还爱舔舔铅笔尖。可是我爸从来就不写信。他常说，他不能亲口向人家说的话，就不值得拿铅笔写出来。”

“你是出远门跑码头去了吗？”凯西问道。

乔德以怀疑的眼光打量着他。“你没听说过我的事吗？我的名字在各种报纸上都登出过。”

“没有——从来没听说过。怎么回事？”他突然把一条腿跷起来，搭在另一条腿上，靠着树坐低了一些。下午的时光迅速地过去了，太阳的色调逐渐深起来。

乔德愉快地说道："现在不妨老实告诉你，了却一桩心事吧。要是你还在传道，我就不肯说了，怕的是你又要为我祷告。"他喝光了瓶里剩下的酒，随手把瓶子甩掉，那棕色的扁瓶子就在尘土上轻轻地滑开了，"我在麦卡莱斯特坐了四年牢。"

凯西向他转过身来，眉毛皱得很紧，因此高高的额头显得更高了。"嘿，你不愿意谈这桩事情吧？你要是干了什么坏事，我并不会盘问你……"

"我干过的事，往后还要再干。"乔德说，"我跟一个家伙打架，把他揍死了。我们在舞会上喝醉了酒。他戳了我一刀，我顺手拿起身边的一把铁锹，就把他打死了。把他的脑袋打成了肉酱。"

凯西的眉头又恢复到了正常的位置。"你当时一点也不觉得难过吗？"

"不，"乔德说，"我不难过。我只被判了七年徒刑，因为他戳了我一刀。坐了四年牢就被放出来了——假释。"

"那么，你有四年没得到家里人的消息吗？"

"啊，有过消息。两年前我妈寄过一张明信片给我，去年圣诞节我奶奶又给我寄了一张。嗐，同牢的那些伙伴都哈哈大笑了！那张明信片上印着一棵树和一些发亮的东西，好像是雪。那上面还有几行诗：

> 耶稣温和，耶稣慈祥，
> 祝你圣诞节快乐健康，
> 注意这棵圣诞树，
> 底下有我的礼物。

"我猜奶奶根本就没有看明信片上的文字。大概是从小贩那儿买来的；她选中了上面印着顶亮的东西的这么一张。好家伙，我那排牢房里的伙伴们差点儿笑死了。从那以后，他们就把我叫作'耶稣温和'。我奶奶并不是拿它开玩笑的；她不过是觉得这张画片很漂亮，也就懒得看上面印的字。我去坐牢的那年，她眼镜掉了。也许一直没找到吧。”

“你在麦卡莱斯特，他们待你好不好？”凯西问道。

“噢，还不错。一天照常有饭吃，穿的衣服也很干净，还有洗澡的地方。有些地方倒是挺好，可惜没有女人，不免叫人难受。”他忽然大笑起来。“有个家伙假释出来了，”他说，“大概过了一个月，他犯了假释的规矩，回到监狱来了。有个家伙问他为什么要犯规。‘噢，见鬼，’他说，‘我老头儿那里没有新式设备。没有电灯，没有淋浴。又没有书，吃的东西也糟得很。’他说他回到监狱里来，还可以享受几样新式设备，到时候就有饭吃。他说他在外面老是要想以后干什么，实在无聊得很。所以他就偷了一辆车，又回到牢里来了。”乔德掏出烟叶来，从一叠棕色的卷烟纸上吹开一张，卷成了一支香烟。“这家伙倒是做得对，真的。”他说，“昨天晚上，我一想起往后要在什么地方睡觉，心里就发慌。我就想起我在监狱里睡的那张床，还想起牢里的一个发神经病的伙伴，不知道他现在怎么样。我和几个伙伴搞了一个弦乐队。演奏得挺好。有个家伙说，我们完全可以给广播电台演奏一个节目。今天早上我不知道应该什么时候起来。老躺在那儿，还等着电铃响才起床呢。”

凯西咯咯地笑了。“有人听惯了锯木厂的响声，忽然听不见，还怪想得慌呢。”

空中弥漫着灰尘，下午发黄的阳光给大地染上了一层金黄色。玉米秆也像是金黄色的。一群飞燕在头上掠过，向一个水坑飞去。乔德的上衣裹着的乌龟又开始企图逃跑。乔德把他的便帽的帽舌折了一下，现在它渐渐变成乌鸦的嘴那样的一个向外伸出的长弧形了。“我看我该往前走了，”他说道，“我怕晒大太阳，可是现在太阳已经不算很毒了。”

凯西振作起精神。“我好久没见老汤姆了，”他说道，“反正我得去看看他。我给你们一家人传过很久耶稣的福音，从来没收过钱，只吃过一点儿东西。”

“跟我一起走吧，”乔德说，“我爸见到你会高兴的。他常常说你这张嘴太刻薄了，当牧师不大合适。”他拿起上衣裹着的东西，把他那双皮鞋和那只乌龟仔细卷紧了。

凯西拾起他的胶底帆布鞋，把他那双赤脚塞了进去。“我没有你那么大的胆，”他说，“我老害怕土里有铁丝和玻璃碴儿。我最怕的是划破了脚指头。”

他们在树荫边上迟疑了一下，然后鼓足勇气走进那黄色的阳光里，好像两个泅水的人急于要游到岸上一般。他们赶快走了几步之后，就把脚步缓下来，一面从从容容地走着，一面想着心事。现在玉米秆的旁边投射出灰色的阴影了，空气中有一股晒热了的尘沙的刺鼻气味。接着玉米地的是一片深绿色的棉花地，深绿色的叶子上蒙着一层薄薄的尘沙；棉桃正在成长。这片棉花长得不整齐，在有水的低洼地上长得很密，高地上却是光秃秃的。这些植物抵抗着阳光，顽强地生长着。靠近天边的远方是一片隐隐约约的黄褐色。那一条土路在他们前面起伏不平地伸展着。一条小溪旁的柳树在西岸排列着，西北方有一片休耕地渐渐长出稀疏的小树丛来了。但是空中有一股晒热了的尘沙的气味，空气是干燥的，因此鼻子里的黏液结成了一层硬壳，眼睛里老是淌出泪水来，不让眼珠发干。

凯西说：“你瞧，没有风沙的时候，这儿的玉米长得多好。那才真是呱呱叫的庄稼呢。”

“每年都是一样，”乔德说，“我还记得我们每年的庄稼起初都长得挺好，可是到了收割的时候就不行了。我爷爷说起初种的那五次，地里还有野草，收成倒是挺好。”

那条路顺着一座小山下去，又爬上了另一座隆起的小山。

凯西说：“老汤姆的家离这儿顶多不过一英里了。是不是在第三个山头那一边？”

“对了，”乔德说，“除非有人把它偷走了，就像我爸当初把它偷过来那样。”

“你爸偷来的？”

“是呀，从这儿的东边一英里半的地方搬过来的。那儿原来住着一户人家，后来他们搬走了。爷爷、爸爸和我哥哥诺亚本想把整所房子都搬过来，可是没能搬完。他们只搬了一半。就是因为这个，这所房子有一头样子挺古怪。他们把它劈成了两半，用十二匹马和两头骡子搬过来的。他们打算再去搬另外那一半，把它搭在一起，可是他们还没赶到那儿，温克·曼利就带着他几个儿子把另外那一半偷走了。爸和爷爷有点生气，可是后来过了不久，他们就和温克一起喝醉了，大家谈起这桩事情，还乐不可支呢。温克说他的房子可以做种马，我们要是把我们的房子搬过去，繁殖一下，也许还可以生一窝小房子出来呢。温克喝醉了的时候，真是爽快得很。从那以后，他跟爸和爷爷就成朋友了。一有机会，就在一起喝得烂醉。”

“老汤姆是个了不起的人。”凯西跟着说。他们拖着沉重的步子，脚下扬起尘沙，走到峡谷底下，然后放慢脚步，再爬上另一个山冈。凯西用袖子揩一揩额头，又把他那顶瘪了的帽子戴上。“真的，”他重复着说道，“老汤姆确实是个了不起的人。以不信教的人而论，他是了不起的。我在做礼拜的时候，有时也会看见他，他只要稍微感受到一点点圣灵，就高兴得跳起来。我给你说吧，老汤姆只要受了一点圣灵的感召，你就得赶快躲开，免得让他撞倒。他简直像马棚里的种马似的乱蹦乱跳。”

他们又登上了一个山冈顶，前面的路在一条山洪冲成的干水沟里，那是一条怪模怪样、凹凸不平的路，两旁都有流到这条沟里的大水冲刷的痕迹。交汇的地方有几块石头。乔德光着脚用小步子一颠一颠地走过去。“你谈到我爸了。”他说，“从前他们在波克的庄子上给约翰伯伯施洗礼，叫他入教的时候，你也许没看见他吧。噢，他连蹦带跳，真热闹呢。他跳过了一个像钢琴那么大的小树丛。他跳过去，又跳过来，还像有月亮的夜里公狼那么大叫。我爸看见了，觉得自己是这一带为耶稣跳得最出色的人。他就挑了一个小树丛，比约翰伯伯那个大一倍，他像一只母猪躺在一堆碎玻璃瓶上似的，大叫一声，就朝那个树丛跑过去，猛一跳，把右腿摔断了。这么一来，就把爸身上的圣灵赶跑了。牧师要用祷告来给他接骨，可是爸说：'哎呀，那可不行。'他一心要找个大夫来治。碰巧那时候没有大夫，只有一个走方牙医，把他摔断了的腿接上了。可是牧师好歹还是替他祷告了一通。"

他们又拖着沉重的步子，登上了水沟对面那个山冈。现在太阳西落了，已经失去了几分威力；空气虽然还是热辣辣的，那炙人的光线却微弱一些了。路边还是有绷在弯曲的桩子上的铁丝篱笆。右边有一道铁丝篱笆从棉田中间穿过去，两边那些蒙着尘沙的绿色棉秆都一样，叶子发干，颜色深绿。

乔德指着那划界的篱笆。"那就是我们的地界了。其实我们并不需要什么篱笆，可是我们还是装了铁丝网，爸很喜欢那样。他说一是一，二是二，这样他才放心。如果不是有一天晚上，约翰伯伯驾着小车带了六大圈铁丝来的话，这道篱笆是不会有的。他把铁丝给了爸，换了一只小猪。我们不知道他是从什么地方弄来这铁丝的。"他们放慢了脚步，走上那个山冈，一脚一脚地踏进厚厚的细沙，触到了底下的土。乔德眯着眼睛，回想从前的事情。他仿佛是在心里暗笑。"约翰伯伯真是个疯头疯脑的家伙，"他说，"像他吃那只小猪那样，就很古怪。"他咯咯地笑着，向前走去。

吉姆·凯西等得不耐烦了。这故事没有继续说下去。凯西白等了好些时候，最后有些生气似的追问道："那么，他是怎么吃那只小猪的呢？"

"嗯？啊，你问这个呀，他当场宰了那只小猪，叫我妈把炉子生起来。

他把肋条肉剁下来，放在锅里，把排骨和一只腿放到烤箱里去烤。他吃完肋条肉，排骨就烤好了，吃完排骨，腿子又烤好了。接着他又撕开那条猪腿，切下大块的肉，送进嘴去。我们这些孩子站在周围直淌口水，他给我们吃了些，可就是一点也不肯给我爸吃。后来他吃得太饱了，便呕吐了一阵，睡觉去了。他睡着了的时候，我们几个孩子和爸便把那条腿吃光了。第二天早上，约翰伯伯醒过来，他把另外一条腿放到烤箱里去烤。爸说：'约翰，你要把整只猪统统吃掉吗？'他说：'我打算吃掉它，汤姆。我想吃猪肉，想得厉害，只怕吃不完就要坏掉一些。你最好拿一盘去，还我两圈铁丝吧。'嗐，先生，爸可不是傻瓜。他让约翰伯伯再吃，等到他吃腻了，驾着马车走了之后，那只猪还剩下一半呢。爸说：'你怎么不拿盐来把它腌上呢？'可是约翰伯伯却不那么办；他一想到要吃猪肉，就要吃整只的猪，吃够了，就不再动猪肉的念头。因此他就走了，爸便把剩下的猪肉用盐腌起来。"

凯西说道："我要是还在布道的话，就会把这件事编出一番大道理来讲给你听，可是现在我再也不干这一行了。你想他为什么要这么干呢？"

"我不知道，"乔德说，"他无非嘴馋，想吃猪肉罢了。这使我一想起来，也馋得很。我在四年里只吃过四块烤猪肉——每年圣诞节吃一块。"

凯西煞费苦心地暗示了一下："也许老汤姆会像《圣经》里所说的那样，给回头的浪子杀一头肥牛呢。"①

乔德轻蔑地笑了笑。"你不知道爸的脾气。爸要是杀一只小鸡，叫得厉害的是他，而不是小鸡。他是得不到教训的。他老是要把猪养到圣诞节才杀，哪知道猪在九月里就害瘟病死了，使他吃不成。约翰伯伯呢，他没活儿干的时候，就想吃猪肉。他也就真的吃成了。"

---

① 出自《圣经·路加福音》，一个父亲有两个儿子，小儿子分得了部分家产，离家后又将财产肆意挥霍，只能为人放猪谋生。后来他回家，父亲立即原谅了他，还宰牛庆祝。这个故事常被用来劝诫浪子回头。

他们走过弧形的山顶，便看见了下面乔德家的田庄。乔德站住了脚。“改样了，”他说，“你看那房子。出过什么事了。那儿没人。”两人站在那里，定睛望着那些簇拥在一起的房子。

第五章

田地的业主们有时到田地上来，业主的代理人来的次数更多。他们坐着门窗紧闭的小汽车来，用手指头摸摸干燥的土地，有时还用钻探机钻进地里去验验土质。那些门窗紧闭的小汽车顺着田野开来的时候，佃户们从他们那些被太阳晒得干巴巴的门前院子里不自在地望着。最后，业主方面的人把车子开进院子来，坐在车上，从摇下的车窗里跟人谈话。佃户方面的人在汽车旁边站了一会儿，随即蹲在地上，找些枝条来在尘土里写下些什么。

妇女们站在敞开的门里向外看，孩子们站在她们背后——一些脑袋尖瘦的孩子，眼睛睁得大大的，一只光脚叠在另一只光脚上，脚趾扭动着。妇女们和孩子们望着家里的男人们和业主方面的人谈话。他们默不作声。

业主方面的人有的很和气，因为他们憎恶自己所不得不做的事情；有的很生气，因为他们并不愿意残忍；有的很冷酷，因为他们早就体会到人要是不冷酷，就不能做业主。他们全都被一种大于他们自己的东西控制住了。对于那些驱策他们的数学，他们有人憎恶，有人害怕，也有人崇拜，因为那些数学可以使他们回避思想和感情。如果土地归什么银行或是什么公司所有，业主方面的人就说，银行——或是公司——必须怎样——要想怎样——坚持要怎样——非怎样不可——仿佛银行或公司是一个具有思想情感的怪物，已经把他们钳制住了似的。这些受钳制的人是不替银行或是公司负任何责任的，因为他们是人，是奴隶，而银行既是机器，同时又是主人。业主方面有一些人做了这种冷酷的、强有力的主人的奴隶，还觉得很得意。业主方面的人坐在汽车里解释着。你们知道这土地不出庄稼。你们在这里苦干了很久了，天知道。

蹲在地上的佃户方面的人点点头，感到惶惑，在尘沙里写出一些数字。是呀，他们知道，天也知道。只要不起风沙就好了。只要这尘沙在土地上待住，也许就不至于这么糟糕。

业主方面的人继续往下说，把话头渐渐转到本题：你们也知道这土地越来越糟了。你们知道棉花对土地起了什么作用；它把土地弄坏了，吸干了地里的血。

蹲着的人点点头——他们知道，天也知道。如果他们可以轮种各样的庄稼，那也许可以给土地输回血液吧。

噢，现在来不及了。于是业主方面的人把那比他们自己更强有力的怪物的行动和见解解释一番。一个人只要能吃饱，缴得出捐税，他就能保住土地；这是办得到的。

是的，在得不到收成、不得不向银行借钱那一天以前，一个人是可以这么维持下去的。

但是——你要知道，一个银行或是一个公司却不能这么办，因为它们是既不呼吸空气，也不吃肋条肉的。它们所呼吸的是利润，所吃的是资本的息金。如果它们得不到这个，它们就会死去，正如你呼吸不到空气，吃不到饭就会死去一样。这是可叹的事，但是事实却是如此。恰恰如此。

蹲着的男人们抬起眼睛来，想要理解这个问题。让我们凑合着对付下去不行吗？明年也许是个丰年。天知道明年棉花的收成会有多么好。况且还有打不完的仗——天知道棉花的市价会涨到多么高。人家不是用棉花做炸药、做军装吗？只要老打仗，棉花的价钱就会涨上天。明年也许会这样吧。他们以探询的眼色抬头望着。

我们是不能指望这一点的。银行这怪物非经常有盈利不可。它不能等待，它会死的。要知道租税老在不断地增加。如果这怪物停止发展，它就死了。它是不能停顿在一个限度之内的。

柔软的手指头开始轻敲着车窗的框子，粗硬的指头却紧捏着枝条，不自在地乱画。在佃户人家被太阳晒得干巴巴的门口，妇女们叹叹气，把两只脚调换了一下，将原来在下面的一只放在另一只上面，脚趾仍旧在扭动着。一群狗走近业主的汽车去嗅一嗅，在四只轮胎上撒了尿。鸡在阳光照射的尘沙里躺着，抖一抖身上的羽毛，要把尘沙抖到皮肤上去，起沙浴的作用。小猪圈里的猪吃着肮脏的残剩的饲料，以怀疑的神情哼叫着。

蹲着的男人们又低下头来望着地上。你们叫我们怎么办呢？收成我们不能再少分了——我们现在已经快要饿死了。孩子们老是吃不饱。我们浑身破破烂烂，穿不上衣服。如果不是左邻右舍都和我们一样，我们都不好意思去做礼拜了。

最后，业主方面的人终于讲到了本题。租佃制度再也行不通了。一个人开一台拖拉机能代替十二三户人家。只要付给他一些工资，就可以得到全部收成。我们只得这么办了。我们并不喜欢这么办，但是那怪物病了。那怪物出了毛病，不这么办就不行。

但是你们老种棉花，会把土地毁掉的。

我们也知道。我们要趁这地还没有完蛋之前，赶快种出棉花来。然后我们就把地卖掉。东部有好多人家想要买些地呢。

佃户方面的人惊恐地抬头望着。可是我们怎么办呢？我们靠什么吃饭呢？

你们非离开这地方不可。拖拉机要开进这院子里来了。

现在，蹲着的男人们愤怒地站了起来。从前爷爷为了占领这块地，得把印第安人打死，把他们赶跑。爸爸出生在这里，他清除了野草，消灭了蛇。后来遇到荒年，他只得借些钱。接着我们又在这里出世了。在这道门里——我们的孩子就是在这里出世的。于是爸又只得去借点钱。

结果土地归了银行，可是我们还留在这里，我们还可以分得一点自己种出的东西。

这一切我们都知道。这并不是我们的事，而是银行的事。银行和人不一样。或者也可以说，有五万英亩地的业主，他也跟人不一样。这就是那个怪物了。

话倒是对的——佃户方面的人大声说——可这究竟是我们的地呀。地是我们量出来的，也是我们开垦出来的。我们在这地上出世，在这地上卖命，在这地上死去。即使地不济事，究竟还是我们的。在这里生，在这里死，在这里干活儿——所以这块地应该算是我们的。所有权应该以这些为凭，不应该凭着一张写着数字的文契。

对不起。这不怨我们。只怨那怪物。银行跟人是不一样的。

对，但是银行毕竟也是人开的呀。

不，那你就弄错了——大错特错了。银行是跟人完全不同的一种东西。银行所做的事情，往往是银行里的人个个都讨厌的，而银行偏要这么做。银行这种东西是在人之上的。我告诉你吧，它是个怪物。人造出了银行，却又控制不住它。

佃户们叫喊道，为了这块地，爷爷消灭了印第安人，爸爸消灭了蛇。我们也许可以消灭银行——银行比印第安人和蛇都更可恶呢。我们为了保全我们的地，也许非起来斗争不可，像爸爸和爷爷那样干。

于是业主方面的人动气了。你们非走不可。

不过这是我们的地呀——佃户方面的人叫喊道——我们……

不，这地是归银行这怪物管理的。你们非走不可。

我们要像爷爷当初在印第安人来了的时候那样，拿起枪来。看你们怎么办！

哼——首先有警察，其次是军队。如果你们赖在这里，你们就是犯了盗窃罪，如果你们杀了人赖在这里，你们就成了凶手。那怪物并不是人，可是它却能叫人做它所要做的事情。

可是如果我们走开，我们到什么地方去呢？我们怎么去呢？我们没有钱呀。

对不起——业主方面的人说道——这银行，这五万英亩地的业主是不会负责的。你们所种的地并不是你们自己的。你们搬出了地界，也许可以在秋天摘摘棉花。你们也许可以领些救济金来过活儿。你们为什么不往西部去，到加利福尼亚去呢？那边有工作，天气也不冷。嗐，你们无论走到什么地方，一伸手就可以摘到橙子，经常会有庄稼活儿给你们做。你们为什么不上那儿去呢？说完，业主方面的人就开动汽车，一溜烟跑掉了。

佃户方面的人又蹲在地上，用枝条拨弄着尘沙，想着心事。他们晒黑了的脸是阴沉的，太阳熬炼过的眼睛是发亮的。妇女们从门口小心翼翼地移步到自己的男人身边，孩子们跟在妇女们后面，小心翼翼地悄悄走着，打算跑开。年纪大些的男孩子蹲在他们的父亲身边，因为这么一来，他们就显得像大人了。过了一会儿，妇女们问道，他们要怎么样？

男人们抬起头来望了一会儿，他们的眼光显出一股沉痛的神情。我们要滚蛋了。他们要派一台拖拉机和一个管理员来。像工厂一样。

我们上哪儿去呢？妇女们问道。

我们不知道。我们不知道。

于是妇女们一声不响地赶快回到屋里去，还撵着孩子们在她们前面走。她们知道那么忧伤和烦恼的男人即使对自己心爱的人也是会发脾气的。所以她们便撇下了男人，让他们蹲在尘沙上盘算，想着心事。

过了一会儿，那些佃农朝四周张望了一下——看看十年前装置的那个抽水机，那上面有一个鹅颈形的把手，喷水管的嘴上有一些铁花；看一看那块杀过上千只鸡的砧板；看一看放在棚舍里的手犁和挂在棚舍梁上的那只别致的摇篮。

屋子里，孩子们聚集在女人身边。我们怎么办，妈？我们上哪儿去？

妇女们说，我们还不知道。出去玩玩吧，但是不要走近爸爸身边。如果你们到他身边去，他也许要打你们。妇女们又继续工作了，可是她们却一直望着蹲在尘沙里想着心事、大伤脑筋的男人们。

几辆拖拉机从大路上开过来，开进了田野，它们是些像虫子一般爬行的巨物，有那么大的了不起的气力。它们在地面上爬行着，把履带滚下来，在地面上滚过，又把它卷上去。拖拉机停歇的时候，那上面的柴油机啪嗒啪嗒地响着；一开动，便轰隆轰隆地响起来，渐渐变成单调的吼声了。这些狮子鼻的怪物扬起尘沙，向尘沙里钻进去。它们一直越过原野，越过篱笆，越过家家户户门前的院子，沿着一条条的直线来回地闯过许多水沟。它们并不是在地面上跑，而是在自己的路基上跑。它们完全不把高冈、低谷、水道、篱笆和房屋等东西放在眼里。

坐在铁座上的那个人，看上去并不像一个人；他戴着手套和风镜，鼻子和嘴上套着橡皮质的防沙面具，他是那怪物的一部分，是个坐着的机器人。汽缸的雷鸣声响彻了原野，与空气和大地合为一体，大地和空气都跟着颤动起来，发出低沉的声响。驾驶员控制不住它——它一直越过原野，划破十多个农庄，又一直转回来。只要拨动一下操纵杆，就可以改变拖拉机的方向，但是驾驶员的两只手却不能随意拨动，因为造出拖拉机和派出拖拉机来的那个怪物仿佛控制了驾驶员的一双手，控制了他的脑子和筋肉，给他戴上了眼罩，套上了口罩——蒙住了他的心灵，堵住了他的嘴，掩盖了他的理智，制止了他的抗议。他看不见土地的真面目，嗅不出土地的真气息；他的两脚踏不到泥土，感觉不到大地的温暖和力量。他坐在铁座上，踏着铁踏板。他对自己的力量的扩张既不会欢呼，也不会遏制；既不会诅咒，也不会鼓励。因此他对自己也就不能鼓舞、鞭策、诅咒或是激动了。他对土地既不熟悉，也没有所有权；既不信赖，也无所求。如果撒下的种子没有发芽，那也不相干。如果长出来的幼芽在大旱天枯萎了，或是在大雨里淹死了，那也与驾驶员不相干，正如不关拖拉机的事一样。

驾驶员并不比银行更爱土地。他尽可以夸赞拖拉机——赞美它那机器制成的表面，它那雄伟的力量，它那些汽缸震耳的吼声，但是这毕竟不是他的拖拉机。拖拉机后边滚着亮晃晃的圆盘耙，用锋刃划开土地——这不像耕作，倒像施外科手术。一排圆盘耙把土划开，掀到右边，另一排圆盘耙又把它划开，掀到左边；圆盘耙的锋刃都被掀开的泥土擦得亮亮的。圆盘耙后面拖着的铁齿耙又把小小的泥块划开，把土均匀地铺平。耙后是长形的播种机——在翻砂厂里装置的十二根弯曲的铁管，由齿轮推动着，按部就班地在土里插进抽出。驾驶员坐在铁座上，看着自己无意划出的那些直线，感到得意；看着并非自己所有和他所不爱的拖拉机，也感到得意；看着自己所不能控制的那股力量，也感到得意。庄稼生长起来和收割的时候，没有人用手指头捏碎过一撮泥土，让土屑从他的指尖当中漏下去。没有人接触过种子，或是渴望它成长起来。人们吃着并非他们所种植的东西，大家跟面包都没什么关系了。土地在铁的机器底下受苦受难，在机器底下渐渐死去。因为既没有人爱它，也没有人恨它；既没有谁为它祈祷，也没有谁诅咒它。

中午，拖拉机驾驶员往往在一家佃户人家的近旁停下来，打开他的一包午餐：蜡纸包着的三明治、白面包、泡菜和乳酪，还有一块名叫“斯帕姆”的、有机器零件图案商标的馅饼。他毫无滋味地吃着。还没有搬走的佃户们出来看他，他摘下护目镜和橡皮质的防沙面具，眼睛周围留着一道白圈儿，鼻子和嘴的周围也留着一个大白圈儿，人家就趁这时候以好奇的神情望着他。拖拉机的排气管啪嗒啪嗒地继续响着，因为燃料十分低廉，与其重新烘热柴油机的管口，使它开动，不如让它转个不停。好奇的孩子们紧紧地聚拢来，这些衣衫褴褛的小孩一面望着，一面吃着煎过的面包。他们很馋地看着三明治被揭开了包装纸，他们那因嘴馋而变得特别灵敏的鼻子嗅到了泡菜、乳酪和“斯帕姆”的气味。他们没有对驾驶员讲话，只望着他的手把食物送到嘴里去。他们没有看他咀嚼，他们的眼睛紧盯着那只拿三明治的手。过了一会儿，那不能离开这地方的佃户走出来，蹲在拖拉机旁边的阴影里。

“嘿，原来你是乔·戴维斯的儿子呀！”

“不错。”驾驶员说。

“那么你为什么干这种活计来跟自己人作对呢？”

“三块钱一天。我东奔西跑地找饭吃——总是找不到，实在找烦了。我有老婆孩子。我们非吃饭不可。三块钱一天，每天都能拿到手。”

“这倒是对的，”佃户说，“可是为了你一天拿三块钱，就有一二十户人家什么也吃不到了。为了你一天拿三块钱，差不多就有一百人只得出去流落在路上。是不是这么回事？”

驾驶员说道：“不能往这上面想。我得顾自己的孩子，三块钱一天，每天都能拿到手。时代变了，先生，你还不知道吗？你要是没有两千、五千、一万英亩地和一台拖拉机，就不能靠种地过活。种庄稼的地再也不会给我们这样的人受用了。你不能造汽车，不是电话公司，光只乱嚷一阵是不行的。哎，现在种庄稼也是这样。你简直无可奈何。你干脆想办法到什么地方去一天赚三块钱吧。这是唯一的办法了。”

佃户思量着。“这事情想起来也真是奇怪。一个人如果有了一份小产业，这份产业就跟他分不开，就和他融为一体。如果他有了田产，能在田地上走，能给田地做些安排，收成不好的时候他发愁，雨下到地上的时候他就快活，那么这块田地就和他分不开，他就会因为有了这份产业，多少神气一些。即使他并不顺当，他有了一份田产，也总是很神气的。这是实话。”

那佃户又思量着。“可是如果让一个人得了一份田产，他自己看不见，又没时间去亲自照料，也不能在上面走走，那么，产业就是人的主宰了。

他不能照他的心意行事，也不能随意转念头。产业成了人的主宰，而且比他更强大。他自己却很渺小，并不神气。只有他的产业才算神气——他成了他的产业的仆人了。这也是实话。”

驾驶员使劲嚼着那块有商标的馅饼，把硬皮抛掉。“时代变了，你还不知道吗？你转那种念头是养不活儿女的。快去一天挣三块钱，养活儿女吧。你别管旁人的儿女，只顾自己的儿女就是了。你讲那一套道理，就算出了名，一天也挣不到三块钱。如果你除了一天挣三块钱外，还转着别的念头，大老板们就不会一天给你三块钱。”

“为了你那三块钱，差不多有一百人要流落在路上。我们有什么地方好去呢？”

“这倒提醒我了，”驾驶员说，“你最好是马上搬出去。我吃完了饭，就要穿过你门前的院子了。”

“早上你把水井填掉了。”

“我知道。我得照直线开才行。我吃完了饭，就得穿过你门前的院子。得照直线开。噢，你认得我老爹乔·戴维斯，所以我才对你老实说。我接到了命令，每到有人家不肯搬出的地方——如果我闯了祸，你知道吧，就是开得太近了，把屋子撞塌一点——那我还可以多得两块钱奖赏。要知道，我最小的孩子还没穿过鞋呢。”

“这屋子是我亲手盖成的。敲直了许多旧钉子，才盖了屋顶。椽子是用铁丝扎在长桁条上的。这是我的屋子。我亲手盖的。你要撞倒它，我就在窗口里拿枪对付你。只等你开得够近了，我就像打兔子似的，一枪把你干掉。”

“这不是我的事。我也没法。如果我不那么办，我就要失业。你想——你打死了我又会怎样呢？人家只会把你绞死罢了，可是你还没上绞架，就会有另外一个开拖拉机的家伙把这屋子撞倒。你并没把该死的人打死。”

“这话有理，”佃户说，“是谁给你下的命令？我要把他找到。应该杀了他才对。”

“你错了。他是奉银行的命令的。银行告诉他，‘把那些人通通撵走，否则唯你是问’。”

“那么，银行有行长，有董事会。我要把来复枪装好了弹药，闯进银行去。”

驾驶员说道：“有人告诉我，银行也是奉了东部发来的命令。那命令上说：‘赶紧叫这块地赚钱，否则我们就要叫你关门。’”

“这么说还有个完吗？我们到底可以把什么人一枪打死？不先把那个叫我饿死的人杀掉，我是决不甘心饿死的。”

“我不知道。也许你开枪打死谁都不行。也许问题根本就不在人。也许正像你所说的，是产业本身在作怪。不管怎样，反正我已经把我收到的命令告诉你了。”

“我得想一想，”佃户说，“我们都得盘算盘算才行。要阻止这件事是有办法的。这不像打雷或是地震。这是人为的祸患，靠老天爷保佑，我们是可以改变过来的。”佃户坐在他的门口，驾驶员把机器弄得轰隆轰隆响了一阵，便开动了。拖拉机上的履带一起一落，一弯一曲，铁耙梳理着土壤，播种机的铁杆插进地里。拖拉机划过门前的院子，于是原先给脚踩得硬实的地面变成撒过种子的田地，拖拉机又从这里划过；不曾划过的空地只有十英尺宽了。于是他又开回来。钢铁的护板撞着了屋角，把墙撞倒，使小屋兜底一动，便向一边坍塌下去，像一只甲虫似的被粉碎了。驾驶员戴着护目镜，鼻子和嘴上蒙着橡皮面具。拖拉机继续沿着直线划过去，空气和地面便随着它的轰隆声而震荡了。那个佃户手里拿着来复枪，在它后面眼睁睁地望着。他的老婆在他身边，老老实实的孩子们站在后面。他们大家都眼睁睁地望着远去的拖拉机。

第六章

凯西牧师和小汤姆站在山冈上，望着下面的乔德小农庄。未经油漆的小屋被撞毁了一角，由于墙脚塌陷，屋身倾斜了，前面的板窗指向远在地平线上的一抹天空。篱笆不见了，棉花长在门口的院子里，紧靠着屋边，仓棚四周也长着棉花。门外连着正房的小屋也倒了，旁边也长着棉花。门口的空地上，过去被孩子们的脚、马蹄和宽大的大车轮子压硬实了的地方，现在都成了农田，长着深绿的蒙着尘沙的棉花。小汤姆向干涸的马槽旁边那棵破败的柳树，向原先抽水机所在的那块水泥地基定睛看了好久。“天哪！”他终于说道，“这儿弄得天翻地覆了。根本就没人住了。”最后，他急忙走下山冈，凯西跟在他后面。他向仓棚里望了望，仓棚已经被遗弃了，地上还铺着一些稻草；他又望了望角落里的一个骡圈。他向里面看的时候，地上起了一阵轻微的骚动，一群耗子躲到了稻草底下。乔德在做农具间的披屋进口处站了一会儿，那里面什么农具也没有了——角落里有一个破了的犁头，一堆捆干草的铁丝，一个干草耙子上的铁轮子，一个被老鼠啃过的骡子护肩，一只积着油污的扁油箱，还有一条撕破了的工装裤挂在钉子上。“什么东西也没剩下，”乔德说，“我们以前有些很好的农具。现在一件也没有了。”

凯西说道：“如果我还是个牧师，我就会说这是主伸手打了一拳。可是现在这到底是怎么回事，我却不知道。这阵子我到别处去了。我没听到什么消息。”他们穿过棉花丛，向用混凝土做的井盖走去，棉桃结在茎上，土地已经耕种过了。

“我们从来没在这儿种过庄稼，”乔德说，“我们一向空着这块地。嗐，现在要是牵马进来，就非踩坏棉花不可。”他们在干涸的水槽旁边站住，水槽下面本来该长着野草，现在却不见了，水槽的那块又旧又厚的木板也已经干裂了。井盖上原来扣住抽水机的大螺丝钉竖立着，螺丝纹上长了锈，螺丝帽也不见了。乔德向井里看了看，吐了一口唾沫，听了一听。他又向井里丢下一块泥土，听了一下。“这原是口好井，”他说，“现在听不出水声了。”他似乎不想走进屋里去。他把泥土一块又一块地投到井里。“也许他们都死了。”他说，“可是总该有人告诉我一声才对。我好歹总该得到一点消息呀。”

“也许他们在屋里留了一封信或是别的东西，会把情况告诉你。他们会不会知道你被放出来了？”

“我不知道，”乔德说，“不，我想他们还不知道。我自己也还是一个星期之前才知道的。”

“我们且到屋里去看看吧。这屋子坍塌得不成样子了。不知是被什么东西捣毁的。”他们慢慢地走向那所倒塌的房子。门廊的撑柱被撞倒了两根，屋顶向一头耷拉下来，屋角也被撞倒了。从一大堆碎木片看过去，可以看到屋角上的一个房间。前门向里开着，一扇坚实的矮栅门系着皮铰链向外开着。

乔德在一块十二英寸见方的木踏板上站住。“门口的台阶还在，”他说，“可是人都不见了——只怕我妈是死了。”他指着前门外边的矮栅门，“如果妈在附近什么地方，就一定会关好扣好这扇栅门。她有一个老习惯——总要把那扇栅门关好才放心。”他的眼睛发酸了，“从前有头猪闯进了雅各布的屋里，吃了他家的小毛娃娃。米莉·雅各布正好到仓棚里去了。她进来的时候，那头猪还在吃呢。哎，米莉·雅各布肚里正怀着孩子，她心疼得发了疯，一直没好。从那以后老是疯疯癫癫的。妈却从这件事得到了教训。她自己不在屋里的时候，从不让猪圈的栅门开着。从来不忘记这件事。唉！他们走了——也许都死了。”他爬上破裂了的门廊，向厨房里望了一望。窗户都被砸掉了，从外边抛来的石头留在地板上，地板和墙壁都陷下去了，跟屋门成了倾斜的角度，尘沙蒙在木板上。乔德指着破碎的玻璃和石头。“孩子们，”他说，“往往会跑二十英里路去砸人家的窗户。我自己就干过。每逢谁家屋里搬空了，他们都知道。人家搬家的时候，孩子们最喜欢干这一手。”厨房里家具都没有了，炉子也不见了，墙上圆圆的烟囱洞里透着光。污水槽的架子上放着一把开啤酒瓶的旧起子和一把掉了木柄的叉子。乔德小心地溜进屋里，地板在他体重的压力下嘎嘎地直响。一份旧的费城《纪事报》靠墙丢在地板上，每页都已经发黄，卷起了角。乔德向卧室里看了看——没有床，没有椅子，什么都没有了。墙上有一幅彩色的印第安姑娘的画片，标题是《红翼》。一块床板靠在墙边，一个角落里有一只带纽扣的高筒女鞋，鞋尖翘起，鞋背裂开了。乔德拾起来一看，说：“这我记得，这是妈的鞋子，现在全穿破了。她喜欢这种鞋，穿了许多年。不，他们是搬走了——什么都带走了。”

太阳现在已经落得很低，射进房屋尽头那些塌了的窗子，照在碎玻璃的边上发出闪光。乔德终于转身走了出来，穿过了门廊。他在门廊边上坐下，把两只光脚踏在那块十二英寸见方的台阶木板上。夕阳的余光照在田野上，棉花秆在地面上投下了很长的影子，那棵凋零的柳树也投下了一道长影。

凯西在乔德身边坐下。“他们从来没写信给你吗？”他问道。

“没有。刚才我说过，他们都是不爱写信的人。爸会写信，可就是不肯写，不高兴写。他写起信来就得捏把汗。他能勉强写一封订货清单的信，不比别人差，可是他却不肯随便为了一点小事写信。”他们并排坐在那里，眼睁睁地望着远处。乔德把他那卷着的上衣放在身边的门廊上。他用两只空出来的手卷好一支纸烟，摩平了一下，点上火，深深地吸了一口，使烟从鼻孔里喷出来。“准是出了什么事了，”他说，“我简直莫名其妙。我很担心这里出了天翻地覆的大乱子。这座房子也被撞塌了，家里的人也走掉了。”

凯西说：“对面就是那道水沟，我当初就是在那儿给人家施洗礼的。

你并不讨厌，只是脾气很犟。你老是像只斗狗似的，揪着那个小姑娘的辫子不放手。我本着神的意旨给你们俩施了洗礼，可你还是揪着。老汤姆说：‘把他按到水里去。’我就把你的头按下去，你直到在水里喷出水泡来，才放开那根辫子。你并不讨厌，只是脾气很犟。犟脾气的孩子长大了倒是有一股劲头呢。”

一只瘦小的灰猫悄悄地钻出仓棚来，爬过棉花丛，来到了门廊的尽头。它默默地跳上门廊，肚子紧挨着地面，向这两个人爬过来。它来到了两人背后当中的地方坐定了，把尾巴笔直地伸在地板上，末梢微微地摆动着。这只猫坐在那里，瞪着眼睛，望着这两个人瞭望的远处。

乔德转过头来向它瞥了一眼。“天哪！你瞧这是谁？有别人在这里住过。”他伸过手去，但是那只猫却跳到他够不着的地方，又坐下来，舔着它那举起的脚爪上的肉掌。乔德望着它，脸上显露出了迷惘的神色。“我猜到这是怎么回事了，”他喊道，“就是这只猫使我猜到这里出了什么事了。”

“依我看，还出了许多事呢。”凯西说。

“对！绝不光是这个地方遭了殃。这只猫为什么没跟几个邻居一同搬进来？比如兰斯那一家。怎么没人到这屋里来偷些木板去？这儿已经有三四个月没住人了，怎么没人到这儿来偷木板呢？仓棚上有好板子，房子上也有许多好板子，还有窗户框子——都没人来拿过。这可不对头。这真叫我焦心，我真摸不着头脑。”

“那么，你猜是什么事呢？”凯西伸手脱掉胶底帆布鞋，在台阶上扭动他那些长脚趾。

“我不知道。好像是一个邻居都没有了。如果有的话，难道这些好板子还会留在这儿吗？哎，天哪！有一年圣诞节，艾伯特·兰斯带着一家人，连孩子和狗全都带着，到俄克拉何马城去了。他们是探望艾伯特的表弟去的。这儿的邻居们以为艾伯特悄悄地搬走了——也许因为他负了债，也许是有哪个女人要找他算账。过了一个星期，等艾伯特回来的时候，他家里什么也没有了——火炉不见了，床不见了，窗户框子也不见了，屋子朝南的一边一块八英尺的木板也被揭去了，你可以一眼就望穿整个屋子。后来他赶着车回家来，正好碰上了缪利·格雷夫斯搬着他家的门和井边的抽水机往回走。艾伯特费了两星期的时间，驾着车到四邻兜了一圈，才把他的东西要回来。”

凯西舒舒服服地抓着他的脚趾。“谁也没跟他争吵吗？他们都爽快地交还了东西吗？”

“当然喽。他们并不是偷东西。他们以为他丢下了这些东西，因此就拿走了。所有东西他都讨回来了——只有一只丝绒的沙发垫子没收回，那上面绣着一只印第安人的水瓶。艾伯特说这是我爷爷拿走的。说我爷爷有印第安人的血统，所以他才要那只水瓶。哎，那的确是我爷爷拿的，可是他并不在乎那垫子上绣的水瓶。他不过喜欢那垫子罢了。他老爱带着它到处走，放在他要坐的地方。他还老不肯还给艾伯特。他说：‘如果艾伯特想要垫子想得厉害，那就请他来拿好了。可是他最好还是带着枪来，如果他因为这垫子来找我麻烦，我就要打破他的脑袋。’艾伯特终于让步了，他把那垫子送给了我爷爷。可是这么一来，我爷爷又转起别的念头来了。他开始收集鸡毛，说他要做一整床鸡绒铺盖。可是他却永远没做成鸡绒铺盖。有一次，从屋里的鸡毛底下钻出一只黄鼠狼，把我爸气得要命，他拿一块木板子把那只黄鼠狼揍了一下，后来我妈把鸡毛全给烧掉了，我们这才能在屋里住下去。”他大笑道，“爷爷是个犟脾气的老怪物。他坐在那只印第安垫子上说：‘让艾伯特来把它拿去吧。’‘哼，我要揪住这个小矮个儿，像拧干一条裤衩似的把他拧死。’”

猫又爬到挨近两人中间的地方，平放着尾巴，不时抖动着胡须。太阳落到地平线上去了，尘沙弥漫的空中呈现出红色和金黄色。猫伸出一只探索的灰脚爪，触到了乔德的上衣。乔德转过头来一看。“糟糕！我把那乌龟忘了。我并不打算包着它到处跑呀。”他把那乌龟解开，往屋底下一推。但是过了一会儿，它就出来了，照起初那样，直往西南方向爬。猫向它扑过去，碰着它那伸长的头，按着它那走动的脚。那只又老又硬的、怪有趣的脑袋缩了进去，粗大的尾巴也缩进了甲壳。猫等得不耐烦，走开了。乌龟便又照直向西南方爬去。

小汤姆·乔德和牧师眼看着乌龟去了——一路上摆动着四条腿，推着它那高耸的沉重的甲壳，向西南方向去了。猫在后面悄悄地跟了一会儿，走了十几码之后，便弓起背来打了个呼噜，偷偷地回到坐着的两个人身边来。

“你猜它要到什么地方去？”乔德说，“我这辈子看见的乌龟多得很，它们老是往一个什么地方爬，似乎要到哪里去。”灰猫又在他们中间的后边坐下了。它慢慢地眨着眼睛。它肩上的皮被跳蚤一叮，向前抽动了一下，又慢慢恢复原状。猫举起一只脚爪，查看了一下，又把爪子轻轻地一伸一缩，算是做做试验，然后又用淡红色的舌头舔舔肉掌。红色的太阳触到了地平线，像水母一般扩张开来，它上面的天空似乎比先前明亮、鲜艳得多了。乔德解开卷着的上衣，拿出那双新黄皮鞋来，先用手把沾着尘沙的脚揩干净了，才把鞋穿上。

牧师向田野对面的远处凝视着，说道：“有人来了。瞧！在那边，正在穿过棉花地。”

乔德朝凯西指点的地方看过去。“是走着来的，”他说，“他扬起了灰尘，我看不清楚。到底是谁上这儿来了？”他们在夕阳里看着那个人影慢慢走近，他扬起的尘沙被落日映得通红。“是个男人。”乔德说。那人走近了，经过仓棚的时候，乔德又说：“嘿，我认识他。你也认识他——他就是缪利·格雷夫斯。”于是他就喊道：“喂！缪利，你好吗？”

来人听见喊声，吃了一惊，他先站住了一会儿，随即急忙走过来。他是个瘦子，身材相当矮。他的动作摇摇晃晃，显得急匆匆。他手里提着一只粗麻布口袋。他那蓝斜纹布裤子在膝部和屁股上都发白了，他穿着一件黑色的旧上装，有好些污迹和斑点，袖子在肩部的背后扯开了，肘部有些破洞。他那顶黑帽子也像他的上装一样，沾有污迹，帽箍扯脱了一半，他走着的时候，这条带子老是上下飘动。缪利的脸很光滑，没有皱纹，却摆着顽皮孩子的一副凶相，嘴巴闭得小而且紧，两只小眼睛露出有些阴沉，也有些急躁的神情。

“你记得缪利吧？”乔德轻声对牧师说。

“谁呀？”过来的人喊道。乔德没有回答。缪利走近了，他走得很近的时候，才认清了那两张脸。“啊，好家伙，”他说，“原来是汤姆·乔德呀。你什么时候被放出来的，汤姆？”

“才出来两天，”乔德说，“搭车回家，费了点工夫。你瞧我这个家成了什么样子。我家里的人在什么地方，缪利？为什么这房子被撞倒了，棉花种到家门口来了？”

“谢天谢地，我来得真巧！”缪利说，“因为老汤姆记挂着你呢。他们收拾东西准备搬走的时候，我坐在厨房里。我告诉汤姆，说我不搬。汤姆说：‘我正惦着汤米[①]。他要是回家来，这儿没人了，他会怎么想呢？’我说：‘你不好写封信给他吗？’汤姆说：‘我也许要写。我得先想想。可是我如果没写信，你还在这一带，就请你照看一下汤米，好吗？’‘我不会走，’我说，‘我要留在附近一带，除非到了天崩地裂的时候。谁也休想把我格雷夫斯从这个地方赶走。’他们毕竟没把我赶走呢。”

乔德性急地问道：“我家里的人在什么地方？你自己怎么对付那些人的话，等以后再谈；我家里的人在什么地方？”

“噢，银行派了拖拉机到这地方来的时候，他们赖着不肯走。你爷爷拿着来复枪站在这外头，他打掉了拖拉机前头的灯，可是那东西还是

---

① 汤米为汤姆昵称，即本书主人公汤姆·乔德，他的父亲是老汤姆·乔德。

开过来了。你爷爷不打算打死驾驶员——威利·菲利，威利也明白，所以他还是把拖拉机开过来，把房子撞毁了，就像狗咬住猫一甩那样。这吓破了汤姆的胆，把他气疯了。从此以后，他就变了样。”

“我家里的人在哪儿？”乔德气冲冲地说。

“我正要告诉你这个呀。他们借你约翰伯伯的车搬了三趟。炉子、抽水机和床铺都搬去了。搬走的时候，孩子们跟你奶奶和爷爷都坐在床上，靠着床头的木板，你哥哥诺亚坐着抽香烟，还冲着车旁边哼小调。”乔德刚想开口讲话，缪利却抢着说：“他们都在你约翰伯伯家里了。”

“啊！都在约翰伯伯那儿。他们在那儿干什么？你先讲这个吧，不要讲别的。过一会儿随便你讲什么都行。他们在那儿干什么？”

“噢，他们砍棉花，他们都干这种活儿，连孩子们和你爷爷也在干。要挣些钱，攒起来好搬到西部去。他们打算买一辆汽车，搬到西部去，那儿容易挣钱。这儿没什么搞头。五毛钱得足足砍一英亩的棉花，大家还拼命央求着干这种苦活儿的机会呢。”

“他们还没走吗？”

“没有，”缪利说，“据我所知，还没走。四天以前，我看见你哥哥诺亚在外边用枪打兔子，他说他们打算过两星期左右就走。约翰也接到通知，叫他迁走。约翰的庄子离这儿只有八英里。你去了就可以看到你家里的人挤在约翰的房子里，好像冬天的土拨鼠挤在洞里一样。”

“好吧，”乔德说，“你随便取笑好了。你还是老样子，一成不变，缪利。你要讲到西北的事儿，你的鼻子总是冲着东南。”

缪利粗蛮地说：“你也没改老样子。你是个自作聪明的孩子，你现在还是自作聪明。难道你要教我死守规矩吗？”

乔德咧着嘴笑了笑。“不，我没这个意思。你要是想把脑袋钻到一堆碎玻璃碴里去，也没人会说二话。你认得这位牧师吗，缪利？凯西牧师。”

“唔，当然认得，当然认得。刚才没看清楚，熟是很熟的。”凯西站起来，两人便握握手。“又见到你，真高兴，”缪利说，“你好久不到这地方来了。”

“我上别处打听一些事情去了，”凯西说，“这儿出了什么事？他们为什么要把这地方的人赶走？”

缪利闭紧了嘴，像小鹦鹉的尖喙似的，用上唇尖盖住了下唇。他绷紧了脸。“他们那些狗日的，”他说，“他们那些狗日的坏蛋。我告诉你们吧，伙计们，我可不走。他们是赶不走我的。他们把我赶开了，一会儿我又回来。他们要是以为我埋在地下就会老老实实，我就要他们的狗命，叫他们的尸首给我做伴。”他拍拍上衣口袋里一件很重的东西，“我可不走。我爸是五十年前上这儿来的。我可不走。”

乔德说：“为什么要把人们赶走呢？”

“啊！他们讲倒讲得很好听。你知道这几年是些什么年头呀。沙土一来，什么都糟蹋了，收的庄稼还喂不饱一张嘴。家家都欠店里的账。你知道那是什么滋味吧。这些地的主人说：‘我们没法养活佃户了。’他们说：‘佃户所得的一份正是我们损失不起的利润。’他们说：‘如果我们把地并作一整片，我们也只能勉强维持。’所以他们就用拖拉机把这地上所有的佃户都赶走了。大家都走了，只有我不走，对天发誓，我决不走。汤米，你是知道我的，你从小就知道我这个人。”

“一点不错，”乔德说，“从小就知道。”

“噢，你知道我不是个傻子。我明知这块地不大好，除了做牧场，没多大用处。当初根本就不该把这些地开垦出来。现在却种满了棉花。假如他们没叫我滚蛋，那我现在也许就到加利福尼亚随便吃葡萄、摘橙子去了。可是那些狗日的却叫我滚蛋，天哪，那可不行，男子汉大丈夫可不能随便叫人摆布！”

“当然，”乔德说，“我不知道爸为什么那么轻易离开。爷爷怎么没有打死什么人。从来没有谁支使过爷爷到什么地方去。妈也不是好摆布的人。我记得有一次她抓着一只活鸡把一个铁匠打得晕头转向，因为他跟她顶了嘴。她一手抓着鸡，一手拿着斧头，正要宰鸡头，她一时火起，拿斧头要追过去砍那铁匠，可是她弄错了手，拿鸡去打他。等到她出了气，她却吃不成鸡了，只剩了一对鸡腿在手里。爷爷简直笑破了肚子。我家里的人怎么会这么轻易就离开呢？”

“噢，到这儿来的那个家伙话可说得真甜，像糖饼似的。‘你们得搬走。这不怪我。’‘那么怪谁呢？’我说，‘我要去干掉那个家伙。’‘是肖尼地产畜牧公司。我不过是奉了命令。’‘肖尼地产畜牧公司是谁？’‘这不是什么人，是个公司。’这可把人气疯了。你根本打不着什么人。人家找不到出气的对象，没奈何就算了——可是我偏不甘休。我恨透了这一切。我要待在这儿。”

一大团红色的太阳在地平线上停留了一些时候才落下去，太阳落下的地方，天空灿烂夺目，浮着一片血红的破絮似的彩云。暮色从东方地平线爬上了天空，黑暗从东边笼罩了大地。金星在黄昏中闪烁着。灰猫悄悄地向仓棚溜过去，像一个黑影一般钻到里面去了。

乔德说：“今晚我们可不要走那么八英里路到约翰伯伯的庄子上去。我这两只脚丫子痛得像火烧似的。我们上你家里去怎么样？只有一英里距离。”

“那没什么好处。”缪利似乎有些尴尬，“我老婆、孩子和她兄弟都上加利福尼亚去了。家里什么吃的东西也没有。他们不像我这样脾气大，所以他们都走了。那儿没什么东西可吃。”

牧师心神不安地动了动。“你也应当去。你不该拆散你的家。”

“我不能走，”缪利·格雷夫斯说，“我有股怪脾气，偏不让我走。”

“哎，天哪，我饿了，”乔德说，“我有整整四年是准时吃饭的。我现在饿得要命。你打算吃什么，缪利？你近来怎么弄饭吃呢？”

缪利难为情地说：“有一段时间，我找些青蛙、松鼠和野狗来吃。只好这样。现在呢，我在干涸的河边矮树林里安上铁丝圈套，可以捉到野物。有时捉到野兔，有时捉到野鸡。黄鼠狼和树狸也捉得到。”他伸手拾起他的口袋，把袋里的东西倒在门廊上。软绵绵地滚出两只白尾灰兔和一只长耳兔来。

“谢天谢地，”乔德说，“我四年多没吃过新宰好的肉了。”

凯西拾起一只白尾兔来，拿在手里。“你让我们一块儿吃，好吗，缪利·格雷夫斯？”他问道。

缪利有些尴尬，不知如何是好。“这事情我只有一个办法。”他觉得说话的声调太不客气，就停了一下，“我的本意并不是这样。不是的。我的意思是……”他结结巴巴地说不下去——“我的意思是，如果一个人有东西吃，而另一个人却挨着饿——那第一个人就只有一个办法。我的意思是，假如我拿着这几只兔子，到别处去吃，这样行吗？”

“我明白了，”凯西说，“我明白你的意思。缪利说话很有意思吧，汤姆。缪利想通了一番大道理，这对他太好了，对我也太好了。”

小汤姆搓搓手。“谁有刀？我们来收拾这些可怜的野物吧。我们来收拾它们。”

缪利伸手到裤袋里掏出一把牛角把儿的大折刀。汤姆·乔德从他手里接过来，拉开了刀片，闻了闻。他把刀片向地里插了几下，又闻了闻，在裤脚上揩一下，又用大拇指摸摸刀刃。

缪利又从裤袋里拿出一瓶水来，放在门廊上。“这点水可得省着用才行，”他说，“就只有这点水了。这儿的井让人填塞了。”

汤姆把一只兔子拿在手里。“你们谁到仓棚里去找些铁丝来吧。我们用屋里的板子来生个火。”他向那只死兔看了一眼。“再没有比弄兔子吃更容易的事了。”他说。他揪起兔背上的皮，割了一刀，把指头插在切开的缝里，开始剥皮。兔皮像袜子一般脱下来，从身上剥到脖子，从腿上剥到脚爪。乔德又拿起刀，把头和脚爪切掉。他把兔皮放在地上，顺着兔子的肋部剖开，挖出内脏，放在兔皮上，随后又把这堆东西都抛到棉田里。筋肉干净的小兔身子打点好了。乔德割下四条腿，再把正身切成两块。他正要拿起第二只兔子，恰好凯西手里拿着一卷铁丝回来了。“现在生起火来，竖几根桩子吧。”乔德说，“天哪，我看着这些兔肉馋得慌了！”他把其余两只也剖净割好，便将兔子一一穿在铁丝上。

缪利和凯西从破败的屋角抽出了一些碎木板，生起了火，两边地上都竖了一根桩子，可以拴住铁丝。

缪利回到乔德跟前。“小心不要把长耳兔烤焦了，”他说，“我吃不惯有乌焦疤的长耳兔。”他从衣袋里掏出了一只小布袋，放在门廊上。

乔德说：“这长耳兔可真是干净极了——天哪，你还有盐吗？说不定你口袋里还带着几只碟子和一个帐篷吧？”他把盐倒在手里，撒在用铁丝穿着的兔肉上。

火熊熊地燃烧着，投了好些影子在屋子里，干燥的木板毕毕剥剥地响着。天空现在几乎是黑尽了，星星发出闪烁的亮光。灰猫从仓棚里跑了出来，喵呜喵呜地叫着跑向火边，又从火边转开身，一直朝摆在地上的几小堆内脏走去。它嚼一阵，咽一阵，嘴上还挂着一些肠子。

凯西坐在火旁的地上，用碎木片添着火，把被火焰烧掉末端的长板推进去。晚间的蝙蝠在火光里飞进飞出。猫儿弓着背坐下，舔着嘴唇，擦洗它的脸和胡须。

乔德双手提起一串兔肉，向火边走去。“喂，拉住一头，缪利。把你那一头拴在木桩上。好，行了！我们来把它绷紧。我们本该等火小一些再烤，可是我等不及了。”他绷紧了那铁丝，又找了一根细柴，拨动铁丝上一块块的肉，让它们全都烤得着火。火焰在兔肉的周围卷着火舌，使肉的表面变硬，发出油光。乔德在火旁坐下，不过他还是用细棍不住地转动兔肉，免得它粘住铁丝。“这就是聚餐了，”他说，“缪利弄来了盐，还有水和兔子。我巴不得他能再从袋子里拿出一钵玉米片粥来。我很想吃这东西。”

缪利隔着火说道："我过这种日子，你们两位也许觉得我是发神经病吧。"

"这不算发神经病，"乔德说，"如果你是发神经病，我想大家都该算是发神经病了。"

缪利接着又说："哎，先生，这事情说起来也怪有趣。他们叫我离开这地方的时候，我心里转了个念头。我起先打算豁出去，去把他们那批人杀光。后来我家里的人都到西部去了。我呢，只好四处流浪。只不过是在近处转来转去，并没走多远。我走到哪儿就在哪儿睡觉。今天我来到这儿，那就要在这儿睡一夜。我本来心里想，我这是在照料着一切，使大家回来的时候还可以住。可是我后来知道这不对。这儿没有什么东西可照料的了。大家也绝不会回来。我不过是四处流浪，好像坟地上的鬼一样。"

"人们住惯了一个地方，要离开是很难的，"凯西说，"人们习惯了某种想法，要丢开也是很难的。我现在已经不当牧师了，可是我却时刻觉得自己不知怎么的，还是在做祷告。"

乔德把铁丝上一块块的肉翻转过来。现在肉汁一点点地滴下来了，每一滴落在火里都溅起一团火焰。肉的滑溜溜的表面皱缩起来，变成了淡褐色。"闻闻看，"乔德说，"哎呀哈，低下头来闻闻看。"

缪利继续说："好像坟地上的鬼一样。我老是到从前出过事情的那些地方去。比如那边有个地方，峡谷里有片矮树林。我第一次跟一个女孩子野合就是在那地方。那时我才十四岁，像雄鹿似的跺着脚，摆动着身子，喷着鼻子，像公山羊似的撒野。我就到那儿去，躺倒在地上，又觉得当初的事情就在眼前。还有一个地方在仓棚旁边，我爸就是在那儿被一头牛用角撞死的。他的血现在还在那块地里。一定还在。谁也没把它洗掉。我把手放在那块地上，那块地的泥土里掺和着我亲爸的血。"他不自在地顿了一顿，"你们俩觉得我是发神经病吗？"

乔德又把肉翻了一转，他的两眼是向着内心的。凯西把两只脚收缩起来，凝神望着火。他们背后十五英尺的地方，坐着那只吃饱了的猫，灰色的长尾巴乖巧地绕着两只前脚，头上掠过一只大猫头鹰，尖声叫了一阵，火光映出了它那白色的肚皮和展开的翅膀。

“不，”凯西说，“你只是孤独——并不是发神经病。”

缪利那张绷得很紧的小脸严肃起来了。“我把手正放在留着血迹的那块地上。我仿佛看见我爸胸口上有个窟窿，仿佛感觉到他当初挨着我的身子发抖的样子，仿佛看见他往后一躺，手脚直伸的样子。我又仿佛看见他因为伤痛，两眼发白，接着就一动不动，眼珠亮晶晶的——望着天。当时我还只是个小娃娃，坐在那儿，既没哭，也没怎么样，只不过是坐在那儿发愣。”他使劲摇了摇头。乔德把肉转了又转。“我还走进乔出生的屋里去。床不在了，可是屋子还是原样。过去的事情全是真的，仿佛又在那儿出现了。乔就是在那儿出生的，他出生时先喘了口气，然后哇地大叫了一声，你在一英里路以外都听得见，他奶奶站在那儿，便连声说：‘是个乖娃娃，是个乖娃娃。’她那天晚上因为太得意了，一连失手打碎了三只杯子。”

乔德轻轻咳了一声。“我想最好现在就吃吧。”

“让它烤透一些，烤得又黄又透，差不多烤黑了再吃，”缪利烦躁地说，“我还要谈谈呢。我没跟别人谈过话。说我发神经病就发神经病吧，反正就是这样完事。我像坟地上的鬼一样，晚上摸进邻居们的房子里去。彼得家、雅各布家、兰斯家、乔德家都去过；家家都是漆黑的，好像一些破旧的板箱似的竖着，可是那里面却有过热闹的集会和跳舞。还开过祈祷会和教友联欢会。喜事也家家都办过。我去过这些人家的屋里之后，就要到城里去杀人。因为他们用拖拉机赶跑了这地方的人之后，他们夺去了什么？他们为了保住自己的利润，抢走了什么？他们把我爸死去的地方、乔哇哇地叫那第一声的地方和我像公山羊似的在矮树林里撒野的地方全都霸占了。天知道这儿的地并不好，谁都有好几年没得过好收成。可是坐在写字台后面的那些王八蛋就只为了自己的利润，把这地方的人都劈成两半。他们把这些人劈成了两半，就不管了。大伙儿住家的地方就是他们的命根子。他们被人撵出来，紧紧地挤在卡车上，流落在路上，那就不能算是完整的人了。他们再也不能算是活着了。是那批王八蛋要了他们的命。”于是他沉默了，他那薄薄的嘴唇还在动，他的胸口还在喘气。他坐在那里，在火光里望着他那两只手。“我——我好久没对什么人说过话了，”他细声细气地道歉说，“我一直像坟地上的鬼一样，悄悄地在四处游荡。”

凯西把几块长板子推进火里去，火焰在木板周围升腾起来，又往那些肉上面跳。晚上的凉爽空气使木质紧缩了，房屋咯吱咯吱地响起来。凯西轻声说道：“我得去看看那些流落在路上的人。我觉得非去看看他们不可。他们需要人家帮忙，可是布道是不中用了。他们到了活不下去的时候，还会希望升天吗？他们的心灵到了悲惨的地步，还会指望你给他们讲什么圣灵吗？他们需要有人帮忙。他们总得先活下去，才能死得起。”

乔德兴奋地喊道：“哎呀，这肉再不吃，就要缩得比烤的老鼠还小了！看一看、闻一闻吧。”他跳起来，在铁丝上把一块块的肉移开，使火头烤不到。他拿起缪利的刀，把一块肉从铁丝上割下来。“这块请牧师吃。”他说。

“我跟你说过我不是牧师了。”

“噢，那么，就请这位先生吃吧。”他又割下了一块，“这块你吃，缪利，只要你心里不太难受，吃得下就好。这是长耳兔。比牛肉还难嚼呢。”他又坐下去，用长牙齿扯下一大块肉来嚼着，“哎呀哈！听这嚼肉的响声！”于是他又贪婪地咬下了一块。

缪利还是坐在那里看着他的肉。“也许我不该谈这些话，”他说，“这种话也许是该放在心里不说才对。”

凯西向他那边望过去，满嘴都是兔肉。他嚼着，肌肉发达的喉部咽食物的时候很吃力。“不，你倒是应该说。”他说道，“有时候，伤心人可以把伤心的事从嘴里吐出来。有时候，想杀人的人会把杀人的事从嘴里说出来，可是并不真的去杀人。你说得对。可是你能不杀人就别杀人吧。”于是他又咬了一口兔肉。乔德把骨头扔到火里，跳起来又把铁丝上的肉割下一块。缪利现在也在慢慢地吃，他那双小眼睛骨碌碌地对着两个伙伴，一会儿看看这个，一会儿看看那个。乔德像一只畜生似的瞪着眼睛大吃大嚼，嘴边带上了一圈油渍。

缪利有些怯生生地向他看了好久。他放下了那只拿肉的手，说道："汤米。"

乔德抬起头来看了看，还是不停地嚼着肉。“嗯？”他含着满嘴的肉说。

“汤米，我谈杀人的话，你不生气吗？你是不是不高兴，汤姆？”

“不，”汤姆说，“我哪会不高兴。反正我是干过这种事。”

“谁都知道不是你的错，”缪利说，“老特恩布尔说，只等你出来，他还要找你算账。他说谁也不能打死他的儿子。可是这里的人都劝他，总算没事了。”

“我们喝醉了，”乔德细声细气地说，“在舞会上喝醉了。我也不知道是怎么闹起来的。后来我挨了一刀，酒才醒了。我首先看见赫布又拿着刀子向我冲过来。恰巧有一把铁锹在身边，我就拿起来，冲他头上打去。我跟赫布从来没什么仇。他是个挺好的小伙子。他小的时候，还纠缠过我妹妹罗莎夏呢。我是喜欢赫布的。”

“是呀，大家对他爸说明了实情，终于使他平下气来了。有人说老特恩布尔的母亲家里有赫特菲尔德的血统，所以他也得保持那种人家的作风。这个我倒不清楚。他和他一家人六个月以前到加利福尼亚去了。”

乔德从铁丝上把剩下的兔肉拿下来，分给大家。他又坐下去，现在他吃得慢了，细细地嚼着，用袖子揩掉嘴上的油。他那双阴沉的、半闭的眼睛望着熄下去的火出神。“大家都到西部去，”他说，“我假释出来，可得遵守保证。不能离开这个州。”

“保证？”缪利问道，“这我听人说过。保证有什么作用？”

“噢，我提前出狱了，提前了三年。我得照保证行事，要不他们会把我再关进监牢里。我得经常向他们报告才行。”

“你在麦卡莱斯特时，他们待你怎么样？我老婆的堂兄弟也在麦卡莱斯特坐过牢，他们可把他折磨惨了！”

“并不那么坏，”乔德说，“像别处一样。你要是吵吵闹闹，他们就给你苦头吃。你得老老实实地待着，谨防看守讨厌你。否则你就要倒霉了。我是老老实实的。只管我自己的事，谁都得这样才行。我拼命练习写字。不单是写字，还画些鸟儿花儿这些东西。爸要是看见我这么一笔就画成一只鸟儿，他一定会生气。爸看见我干这种事，准会气得要命。他可不喜欢这套把戏，他连写字都不喜欢。大概有些害怕吧，我想。爸每回看见人家写字，总是有些不对劲似的。”

“他们没有打你或是给你吃什么苦头吧？”

“不，我只管自己的事。当然，四年中间，天天叫你干一样的事，你总免不了要厌烦。如果你做过于心有愧的事，你也许会想起来。可是，他妈的，假如现在赫布·特恩布尔拿着刀来戳我，我还是要用铁锹打破他的头。”

“谁都会这么做的。”缪利说。牧师呆呆地望着火，他那高高的前额在夜色中显得发白。小小的火焰的闪光照出他颈上的筋来。他那双抱住了膝盖的手不停地拉响指头上的关节。

乔德把吃剩的骨头抛到火里，舔舔指头，舔过了又把指头在裤子上揩一揩。他站起来，从门廊上拿起水瓶，喝了一小口，把水瓶递给别人，才又坐下去。他继续说道：“最使我苦恼的就是这么治我实在毫无意义。

要是雷打死一头牛，或是河里涨大水，你并不会问那有理没理。这只不过是自自然然的事情。可是一帮人把你捉去，关上四年，这总应该有点意义才对吧。大家都认为人是会把道理想清楚的。他们把我抓进牢去，关了我四年，养活了我四年。这要么就该使我悔悟，不再干这种事，要么就该罚得我害怕，再也不敢干这种事才对……”他停了一下，“可是如果赫布或是别的什么人来向我挑衅，我还是要那么干的。我不等把事情想一想，就会干起来。特别是喝醉了的时候。这种毫无意义的处罚真是叫人气闷。”

缪利说：“法官说他把你的罪判得比较轻，因为这并不完全是你的错。”

乔德说：“麦卡莱斯特监狱里有个家伙——是个无期徒刑犯。他一天到晚都在看书。他是牢房里的秘书——给同牢房的犯人写写信件之类。嗐，他是个呱呱叫的聪明人，读了许多法律之类的东西。有一次我跟他谈到法律的问题，因为这种东西他读得很多。他说读书没什么益处。他说，他读过关于古今监狱的一切书；他说比起读书之前，现在他更觉得法律没有意义了。他说法律这玩意儿到地狱里去过，又回来了，似乎谁也不能阻止它，谁也没有充分的见识能够改善它。他说无论如何，千万不要读法律书，因为它一则只会使你更加莫名其妙，二则会使你瞧不起那些给政府办事的人。”

“我现在也瞧不起他们了，”缪利说，“我们老百姓只有一种政府，那就是靠在我们身上赚‘可靠的利润’的政府。有件事我想不通，那就是威利·菲利——他驾着拖拉机来，给大老板当帮凶，霸占他本乡人一向耕种的土地。这真使我难受。要是别地方来的人对这地方的情形不大熟悉，那我倒能明白，可是威利却是本地人。我心里太着急，就到他跟前去问他。他却板起脸孔来了。‘我有两个孩子，’他说，‘我有老婆，还有丈母娘。他们这些人都得吃饭。’他简直气得跟什么似的。他说：‘我首先只能顾到我自己一家人，至于别人怎么样，那是别人的事，跟我不相干。'他似乎是恼羞成怒了。"

吉姆·凯西一直在呆呆地看着渐渐熄灭的火，他的两眼睁得更大，颈上的筋也鼓得更高了。忽然间，他喊道："我有主意了！要是有谁得到了圣灵的指点，我算是得到了！是我灵机一动，忽然得到的！"他跳起身，踱来踱去，摇晃着脑袋。"从前我有一个帐篷。每天晚上吸引五百个左右的人。这还是你们俩没见到我以前的事。"他停住了，脸对着他们，"你们注意到没有，我上这儿来——在仓棚里，在空地上——对老乡们布道的时候，我是从不收钱的？"

"老天在上，你确实从来没收过钱，"缪利说，"这一带的老乡们不给你钱，已经习惯了。后来有别的牧师来讲道，伸出帽子向人收钱，他们就有些生气了。真的，先生！"

"我只拿些东西吃吃，"凯西说，"裤子穿破了，就收下人家一条裤子穿穿；鞋破了，就收下人家一双旧鞋穿穿，可是原先我有帐篷的时候，却不是这样。有时候我在那儿能收进十块二十块钱。不过那样做，我感觉不痛快，所以我改变了作风，有一个时期觉得很高兴。现在我想我有主意了。我不知道可不可以说出来。我想还是不说的好——可是牧师也许有地方用得着。也许我可以再去布道吧。许多老乡流浪在路上，没有土地，无家可归。他们好歹总应当有一种归宿。也许……"他在火边站着。他颈上无数的筋络清楚地显露出来，火光射进他的两眼，照出两团红光。他站在那里望着火，面孔绷得很紧，仿佛他在静听似的，两只手本来像是要抓住一些念头，搬弄一番，再抛出去，后来终于不再动弹，片刻之间就溜进口袋去了。暗淡的火光里有几只蝙蝠在飞进飞出，夜鹰颤悠悠的叫声从田野对面传过来。

汤姆悄悄地把手伸到衣袋里，掏出他的烟草。他慢慢地卷了一支烟，一面卷，一面望着火炭。他完全没有留心听牧师讲的那番话，仿佛那是不应过问的别人的私事似的。他说道："我在牢里，天天夜里琢磨着回家的时候家里会怎么样。我想也许爷爷或是奶奶已经死了，也许家里添了几个新生的孩子，也许爸的脾气不那么执拗了，也许妈会轻松一些，让罗莎夏去干活儿。我知道家里是不会跟先前一样了。噢，我想我们得在这儿睡觉，等天亮就动身到约翰伯伯家去。至少我是要去的。你是不是打算一起去，凯西？”

牧师还是站在那里望着烧剩的火炭。他慢慢地说道：“唔，我跟你一起去。等你们一家人动身上路的时候，我也要跟他们一道走。大家在路上流浪，我总要跟大家在一起。”

“欢迎你去，”乔德说，“我妈一向喜欢你。她说你是靠得住的牧师。那时候，罗莎夏还没长大。”他转过头去，“缪利，你跟不跟我们一同到那边去？”缪利正在望着他们来的时候所走的那条路。“你是不是打算同去，缪利？”乔德重复说了一声。

“唔？不。我什么地方也不去，我无论怎样也不离开。你们看见那边老远的一道亮光一上一下地闪动吗？那大概是这片棉场的管理员。恐怕是有人看见我们的火光了。”

汤姆往那边望一望。那道亮光过了山头，渐渐地近了。“我们并没干坏事，”他说，“我们干脆还是坐在这儿吧。我们并没干什么事。”

缪利咯咯地笑起来。“哈！我们只要在这儿就不对。我们闯进人家的地界了。我们不能待在这儿。他们打算捉我已经有两个月了。你们再瞧瞧。如果那是一辆汽车来了，我们就得藏到棉花地里去，躺在地上。用不着走多远。他妈的，让他们来找我们吧！他们得在棉花地里一行一行地找。我们只要不抬起头来就没事。”

乔德追问道：“你犯了什么毛病，缪利？你一向并不是躲躲藏藏的人呀。你本来是很凶的嘛。”

缪利望着那越来越近的灯光。“哎！”他说，“我本来像一只狼那么凶，现在却像一只黄鼠狼那么狡猾了。你追猎物的时候，你就是猎人，是强有力的。谁也赶不上猎人那么神气。可是等你自己给别人当猎物被追捕的时候——那就不同了。你就变了样，你强硬不起来了。你也许还是很凶，可是你终究是不能强硬了。现在他们追捕我很久了。我再也不是猎人了。我也许会暗地里开枪打死人，可是我再也不会拿起篱笆上的木桩公然打人了。不管是哄你们或是哄我自己，都不中用。就是这么回事。”

“那么，你快走开，去躲一躲吧，”乔德说，“让我和凯西待在这儿，教训教训那些王八蛋。”那道亮光现在更逼近了。它一会儿跳上天空看不见了，随后又跳动起来。三个人都看着。

缪利说：“被人追捕，还有一点叫人难受，你不由得会想起各种危险的事情。你自己打猎的时候，就不会想到各种危险，也用不着害怕。刚才你对我说过，如果你闯什么祸，他们就会把你送回麦卡莱斯特去，让你服满刑期。”

“不错，”乔德说，“他们是对我这么说的，可是坐在这儿休息休息，或者在地上睡睡觉，却算不得闯什么祸，算不得干什么坏事。这比不得喝醉了酒闹事。”

缪利笑了。“你等着瞧吧。你坐在这儿，汽车就要来了。说不定车上就是威利·菲利，现在他当了警长代理了。‘你闯到这个地界里来干什么？’威利会这么说。你一向知道威利是爱开玩笑的，你就说：‘这跟你有什么相干？’威利就大发脾气，他说：‘你滚蛋，要不我要把你抓去关起来。’你当然不会因为菲利发了脾气，吃了一惊，就情愿由他摆布。他对你进行威胁，就得一直干到底，你要是耍牛脾气，也就要硬着头皮犟到底——啊，倒不如躺在棉花地里，让他们去找，那可省事多了。并且那也更有趣，因为他们手忙脚乱地瞎找一阵，毫无办法，你却在外头拿他们开玩笑。如果你和威利或是什么人去说理，把他们臭骂一顿，他们一定会把你抓去，送回麦卡莱斯特再关三年。”

“你说得有理，”乔德说，“句句都有理。可是，哎呀，我真不情愿让人家随便摆布！我很想揍威利一顿。”

“他带着枪呢，”缪利说，“他是警长代理，可以开枪。到那时候，不是他开枪打死你，就是你夺了他的枪来打死他。走吧，汤米。你还是那样躺在外头，捉弄捉弄他们，很容易心满意足。那才真解恨呢。”强烈的亮光现在又向上照射着天空，汽车发动机轰隆轰隆的响声也听得到了。“走吧，汤米。用不着走远，只要走过十四五行就行了，我们可以看看他们怎么办。”

乔德站起来。“啊，你说得对！”他说，“不管结果怎样，我反正捞不到什么好处。”

“来，走这边。”缪利绕过房子，在棉花地里走了五十码左右。“这地方很好，”他说，“快躺下吧。等他们开始拿电筒照过来的时候，你只要把头缩下去就行了。这挺有趣的。”三个人伸直身子躺下来，用胳膊肘支着上身。缪利跳起来，向房子那边跑去，不一会儿他就回来了，把抱来的一堆衣服和鞋子扔在地上。“他们会把这些东西拿去，报复我们。”他说。亮光从山冈上照下来，照到那所房子上了。

乔德问道：“他们会不会带着电筒上这儿来搜我们呢？我真巴不得自己手里有一根木棒。”

缪利哧哧地笑了。“不，他们不会来。我对你说过，我现在像黄鼠狼那么狡猾。有天夜里威利来搜寻，我拿一根篱笆上的木桩从后面敲了他一顿，打得他够呛。他后来告诉人家，说是有五个人揍了他一顿。”

汽车向房子这边开过来，车灯突然开亮了。“把头钻下去。”缪利说。一道冷森森的白光从他们头上掠过，扫射着田野。躲着的三个人看不见有什么动静，但是他们听见车门砰地响了一声，还有人说话。“当心避开这道光，”缪利轻轻地说，“我扔石头打过一两次车灯。威利这才提防了。今天晚上他还带了一个伴来呢。”他们听到木板上的脚步声，后来就看见房子里亮着一道电筒光。“我扔块石头到房子里去好不好？”缪利轻轻地说，“他们不会知道那是从什么地方丢来的，也好给他们一些教训。”

“好，快干吧。”乔德说。

“别这么干，”凯西轻轻地说，“这没什么好处，白费劲。我们应当想些有用的办法才对。”

房子近处传来一阵拨动的声音。“他们把火弄灭了，踢了一些沙土在火上。”缪利轻轻地说。车门砰地响了一声，车灯的光转了方向，又照着那条路了。“快把头埋下去！”缪利说。他们都低下了头，电筒的光扫过他们身上，向棉花地里四处探照了一番，接着汽车就开动起来，上了山冈的顶，消失了。

缪利坐起来。“威利老是在临去的时候照一照电筒。他老要来这一手，所以他什么时候要照，我算得出来。他还自以为聪明得很呢。”

凯西说：“说不定他们留了人在那所房子里。等我们回去的时候，好把我们抓住。”

“这也难说。你们俩在这儿等着吧。我知道这套把戏。”他悄悄地走去，经过的地方只有泥土被踏碎的微微的响声。等着的两个人竖着耳朵听他的动静，可是他已经走远了。不一会儿，他在房子里喊道：“没有人，回来吧。”凯西和乔德吃力地爬起来，向那黑黝黝的房子走回去。缪利在那堆还在冒烟的灰烬附近迎接他们。“我没想到他们没留下什么人，”他得意地说，“我揍过威利一顿，还对车灯扔过一两次石头，这就使他们小心了。他们弄不清是谁干的，我可不让他们抓住我。我并不睡在房子附近。如果你们两人愿意跟我去，我可以把睡的地方指给你们看，到了那儿，保证谁也不会在你身上绊倒。”

“你领路，”乔德说，“我们跟你走。我从来没想到我居然要在我老爹的庄子上躲躲藏藏。”

缪利开始穿过田野走去，乔德和凯西跟着他。他们一边走，一边把棉花秆踢开。“你要躲的东西多着呢。”缪利说。他们排成单行穿过棉田，来到一条干涸的河沟边，很轻易地便溜下沟底去了。

“哎呀，我知道这地方，”乔德喊道，“是不是岸边上有个洞？”

“对了。你怎么知道？”

“是我挖的，”乔德说，“我和我哥哥诺亚挖的。我们说是要挖金子，其实我们只不过像一般孩子似的，挖着玩罢了。”现在河沟的两岸在他们头上了。“应该很近了，”乔德说，“我仿佛记得离这儿不远。”

缪利说：“我已经用柴草把洞口盖住了。谁也找不到这个洞。”沟底一片平坦，地上都是沙子。

乔德坐在干净的沙地上。“我不要睡在洞里，”他说，“我就睡在这儿好了。”他卷起上装，把它枕在头底下。

缪利挪开盖住洞口的柴草，爬进洞里。“我喜欢在这里面，”他喊道，“我想让谁也找不到我。”

吉姆·凯西挨着乔德坐在沙地上。

“且睡一觉吧，”乔德说，“天一亮我们就要动身到约翰伯伯家去了。”

“我不想睡，”凯西说，“我心里转的念头太多了。”他缩拢两只脚，把双腿交叉起来。他仰起头来，看看晃亮的星星。乔德打了个哈欠，把一只手伸到后面枕着头。他们都默不作声，于是地面、洞穴、草丛里的生物又渐渐开始活跃起来了：土拨鼠爬动着，兔子向有绿叶的东西当中钻过去，耗子在泥土上来回地窜着，猎食的飞虫在头上无声地掠过。

第七章

城市里，城市的近郊，田野上，空地上，到处是旧车场、破车场、挂着带纹章的招牌的汽车行，上面写着——到处都是旧汽车，很好的旧汽车。廉价的运输工具——三节的拖车。1927年的福特车，没有毛病的。

检验过的汽车，保用的汽车。白送收音机。连车附送一百加仑汽油。请进来看货。旧汽车。不加经销费用。

一片空地和一间房子，里面刚好容得下一张写字台、一把椅子和一本登记簿。一扎卷角的合同，夹着纸夹子，还有一堆整整齐齐的空白合同。一支钢笔——灌满墨水，能正常使用。因为钢笔不好用，耽误过一笔买卖呢。

外面那些杂种并不打算买车。每个车场上都有这种人。他们只看一看。花许多工夫，只看不买。不打算买车，光耽误你的时间，把你的时间看得一钱不值。那边有两个人——不，是带孩子的那两个。请他们坐上车吧。先向他们讨价二百元，再往下落价。看样子，他们出得起一百二十五块。开车叫他们坐一趟吧。给他们坐一辆老爷车。卖给他们吧！他们可得耽误我们一些工夫。

老板卷起袖子。售货员穿得整整齐齐、漂漂亮亮，瞪着一双小眼睛，专找顾客的弱点。

注意看那个女人的脸色吧。只要那女人中意了，我们就可以强迫那个老汉买。先劝他们买那辆凯迪拉克车吧。然后你再下点功夫，叫他们买那辆1926年的别克车。你要是先劝他们买别克，他们就会想买福特车。卷起袖子来，拼命干吧。绝不能老像这样没有买卖。你叫他们看看那辆纳喜，我去把那辆1925年的道奇车油管上的漏缝修一下。我弄完了之后，再把一辆希美车交代给你。

你无非要车子能跑得好，对不对？绝不给你瞎吹。窗帘当然是破了，坐垫也不大好，那都是不要紧的。

汽车一行一行地排列着，车头向前，都长了锈，轮胎是瘪的，都紧靠着停在一起。

你想到里面去看看那一辆吗？好吧，不麻烦。我把它从这一排车里弄出来好了。

想法子使他们不好意思，让他们耽误你的时间好了。可别让他们忘记他们是在耗费你的时间。一般人差不多都是心眼儿挺好的，他们都不愿意招你生气。你先让他们招你生气吧，然后再将他们一军。

许多汽车排列着，有T型车，车身高高的，样子很寒碜，车轮发出尖叫声，发动机上的传动带是破了的。有别克车、纳喜车、德苏脱车。

是的，先生，这是1922年的道奇。这可是历来做得最好的道奇车呀，永远使不坏。冷却度是低些。冷却度高的车子倒是跑得怪有劲头，可是跑的时间不长，机器做得不够结实，不能经久。这里还有普里茅斯车、罗克内斯车、明星车。

天哪，那辆爱博生是哪儿来的，还有那辆阿克车？还有一辆查莫斯和一辆昌德勒呢——这都是生产年数不多的。我们并不是卖汽车——卖的只是些滚动的废物罢了。见鬼，我得多找些老爷车来卖才行。进价超过二十五块、三十块，我就不要。卖五十块、七十五块，可以赚不少的钱。哎呀，卖新车能有多大回扣？还是找些老爷车来吧。我只要一到手，马上就卖得出去。最多只卖二百五十块。吉姆，把人行道上那个杂种揪过来。他是不识货的。劝他买那辆爱博生。嘿，那辆爱博生哪儿去了？卖掉了吗？我们要不找些老爷车来，就没什么可卖了。

有许多旗子——红白两色的，白蓝两色的——顺着人行道边排列着。旧汽车。很好的旧汽车。

今天的廉价品——摆在台子上。千万别把它卖掉。先叫它吸引顾客进来。我们要是照那个价钱卖掉那辆车，那就一个钱也赚不到。你就说刚才已经卖掉了。先把那个大电池拿出来再发货。装进一个没电的电池。他妈的，他们花七十五块钱还想买什么好车呀？卷起袖子来加油干。不能老是这样没生意。我要是有许多老爷车，只要卖六个月就可以退休了。

你听，吉姆，我听见那辆雪佛兰汽车后头的响声，像打破玻璃瓶那样响。撒些锯末进去，齿轮箱里也撒上一点。那个废物得卖三十五块钱才行。杂种卖主骗了我，我出价十块钱，他跟我讲成了十五块，后来这狗日的把修车工具拿走了。老天爷呀！我要是有五百辆老爷车才好呢，不会老是这样没生意。他不喜欢那车胎吗？你告诉他说，那还可以走一万英里，让他一块半吧。

靠着木栅放了成堆成堆的长了锈的破车零件，破车身和挡泥板摆成一排一排的，满身黑油泥的破车摆在地上，汽缸里长出鹤顶草来了。还有刹车器、排气管，像一条一条的蛇似的堆在那里。还有机油和汽油。

你找找看，有没有不裂缝的火花塞。哎呀，我要是有五十辆拖车，每辆卖价不到一百块，那我准能卖光。他妈的，他在那儿挑什么毛病？我们只卖车，可不替他们开回家去。那才对哪！不给他们开回家去。那个月刊社里的家伙，我看可以兜兜他的生意。你说他不会买吗？好吧，那就把他撵出去。这种拿不定主意的家伙，我们老跟他打交道，实在太麻烦了。把那辆格雷厄姆的右前胎取下来，把补过的那边转到底下去。其余都显得挺棒，车胎胎面花纹什么的都齐全呢。

管保没错！这辆旧车还能跑五万英里呢。把油装够就行了。再见。祝你走运。

想买车吗？你打算买哪种车？看到哪样中意的东西吗？我是不喝酒的。请你喝一杯好酒怎么样？喝吧，让你太太看看那辆拉赛尔。你不喜欢拉赛尔吗？轴承不经用，太费油。我们有一辆1924年的林肯牌。那可是呱呱叫，跑一辈子也坏不了，还可以改成卡车。

炽热的阳光照着那些长了锈的金属物。地上洒着汽油。人们蹒跚着进来，露出惶惑的神情，想买汽车。

擦擦脚吧。别靠在那车上，太脏了。要买车该怎么办？要多少钱？喂，看着孩子们吧。不知道这辆卖多少钱。我们来问问看。问问是不花钱的。我们可以问问，是不是？只能出七十五块，多花一个钱也不行了，要不剩下的钱就不够到加利福尼亚去。

哎呀，我要是能买到一百辆老爷车该多好。跑得动跑不动，我都不在乎。

旧车胎、破车胎，堆得高高的，一摞一摞，像圆筒的样子；红色和灰色的内胎，像腊肠似的挂着。

车胎上有补丁吗？要水箱除垢液吗？要变压器吗？把这一小颗药丸丢在汽油箱里，每加仑就可以多跑十英里。车身加一道漆吧——只花五毛钱，就可以油漆一新。要防雨刷吗？要风扇皮带吗？要垫圈吗？也许是气门有点毛病。换个新气门栓吧。花五分钱算什么！

好吧，乔。你去哄一哄他们，叫他们进来。我来对付他们，我得跟他们把买卖讲成，要不就要他们的命。可别找些穷光蛋来，我要的是主顾。

是呀，先生，请进。你可以买到便宜货。是呀，先生！你花八十块钱就可以买到一件便宜货。

我最多只能花五十块。外面那个人说的是五十块。

五十！五十？他是个傻瓜。我们花了七十八块半买来的，哪能卖这点钱。乔，你这昏头昏脑的大傻瓜，你打算叫我们破产吗？现在只好跟这家伙吹了。我本来只要他出六十块就可以卖。喂，先生，我可不是一天到晚闲着没事干。我是个买卖人，可并不会哄谁。你有什么东西可以交换吗？

有两头骡子，我可以拿来换车。

骡子！嘿，乔，你听见了吗？这位先生要拿骡子换车。难道没有人告诉你现在是机器时代吗？谁也用不着骡子了，除了拿它熬胶。

挺好的大骡子——五岁和七岁的。我们也许还是到别处去看看好。

别处去看看！你来的时候，正赶上我们很忙，你白耽误我们许多工夫就走呀！乔，你知道你刚才是跟一个小气鬼说话吗？

我可不是小气鬼。我要买一辆汽车。我们要到加利福尼亚去。我得买辆车才行。

嗐，我真是个傻瓜。乔说我是个傻瓜。他说我要老是这样做亏本生意，就得饿死。我告诉你，我打算怎么办——我可以出五块钱买你的一头骡子，买来喂狗。

我不愿意叫它们喂狗。

好吧，我们也许可以出七块到十块一头。我把我们的办法告诉你吧。我们出二十块钱买你的骡子。大车算在一起，是不是？你先交五十块现款，签个合同，其余的钱以后每月付十块。

可是你刚才说的是八十块呀。

你没听说过运费和保险费吗？这就得把卖价抬高一点。你在四五个月内就可以付清货款了。在这上面签上名吧。一切我们都包办了。

噢，我还不明白——

嗐，你瞧。我拼命给你占便宜，你却老耽误我的工夫。我跟你谈那么久的话，足够做三笔生意了。我简直厌烦了。好吧，就在这上面签字吧。行啦，先生。乔，给这位先生灌上汽油吧。我们白送汽油给他。

嘿，乔，这笔买卖真是好运道！那辆老爷车我们花多少钱买来的？三十块——三十五块，对不对？我换来了一整套骡车，我要不能把它卖七十五块，就不算买卖人了。我还得了五十块现钱，照合同还可以再得四十块。啊，我知道他们并不都是老实人，可是有许多人都规规矩矩地把其余的钱还清，那可是真叫人喜出望外。有个家伙在我给他签了合同之后过了两年，来还了一百块的账。我看这个人准会送钱来。哎呀，我要是弄到五百辆老爷车才好呢！卖劲干吧，乔。出去哄哄他们，叫他们进来找我。刚才那笔买卖你分二十块。你干得不错呀。

无精打采的旗子在下午的阳光中飘动。今天的廉价货——1929 年的福特运货车，跑得很好。

你花五十块钱要买什么车——雪飞尔吗？

破坐垫里露出马尾来，挡泥板也破了，保险杠也松了，向下垂着。

花哨的福特轿车，挡泥板上和水箱盖上都装着彩色灯泡，车尾还有三个。前头有挡泥板，换速杆上有一个大圆球。备用轮胎套上绘着一个彩色的美女，名字叫柯拉。下午的阳光照在蒙着灰尘的挡风玻璃上。

哎呀，我简直没工夫出去吃饭！乔，派个小孩去给我买块碎牛排来。

破旧的发动机发出啪啦啪啦的吼声。

有个笨蛋在那儿望着那辆克莱斯勒。你去了解一下，看他口袋里有钱没有。这种庄稼汉，有些是鬼鬼祟祟的。你去哄他一下，叫他进来找我吧，乔。你干得很好。

当然是我们卖出去的。担保吗？我们担保它是一辆汽车，我们可不担保给它喂奶。你听我说吧——你买了一辆车子，现在来大吵大闹。你不付款，我也不在乎。你的合同并不在我们手里，我们把它交给金融公司了。他们会来找你打交道，我们不管这些事。合同不在我们手里。怎么样？哼，你要是再闹，我就叫警察来。不，我们没有换掉车胎。乔，把他撵出去吧。他买了一辆车，现在他又不满意了。我要是买一块牛排，吃掉一半，再拿回来，你会觉得怎么样？我们是在做生意，并不是办救济机构。乔，你能在那个人身上打打主意吗？喂——往那边看看！那个镶金牙的！快跑过去。让他们看看那辆 1936 年的庞蒂亚克。去吧。

方车头，圆车头，锈车头，扁车头，长长的流线型弧线，流线型车身前面的扁平面。今天大减价。深色窗帘的老古董——你很容易把它改成卡车。还有两轮的拖车，下午的阳光照着它们那锈了的车轴。旧汽车。很好的旧汽车。干干净净，跑得快，不费油。

嘿，你瞧那辆车！有人很中意呢。

凯迪拉克、拉赛尔、别克、普里茅斯、派卡德、雪佛兰、福特、庞蒂亚克。一排又一排，下午的阳光照着那些车灯，发出闪光。很好的旧汽车。

去哄哄他们吧，乔。哎呀，我要是有一千辆老爷车才好呢。你先劝他们买，我再来对付他们。

要到加利福尼亚去吗？这儿正好有你所需要的车子。看样子很破旧，可是还能跑好几千英里。

一辆挨着一辆排列着。很好的旧汽车。廉价出售。干干净净，跑得快。

第八章

闪着星星的天空变成灰色了，苍白的下弦月，光线微弱而暗淡。汤姆·乔德和牧师在棉花地里沿着拖拉机的轮子和履带碾成的一条路急忙走去。只有那明一边、暗一边的天空显示出黎明将近了，西方看不见天边，只有东边有一条线。两人默默地走着，嗅着被他们的脚尖踢到空中的尘沙。

“我想这条路你总该十分熟悉吧，”吉姆·凯西说，“我怕天亮后发现我们走错了路，朝别处去了。”棉花地里因为有了苏醒的生命，活跃起来了，清晨的鸟儿在地面啄食，迅速地拍着翅膀，受惊的兔子在土块上奔窜。这两个人在尘沙里静悄悄的脚步声，他们鞋底下踏碎泥土的响声，与黎明时候各种神秘的声息互相应和。

汤姆说：“我可以闭着眼走到那儿去。只有想着路，才会把路走错。只要不去想它，我就一定走得对。你要知道，我是在这一带出生的，从小就在这儿四处跑动。那边有一棵树——瞧，你可以勉强看得清楚。我爸有一次把一只死野狗挂在那棵树上，一直挂到皮干肉烂才掉下来，干瘪瘪的。天哪，我真希望妈在做饭呢。我的肚子饿瘪了。”

“我也一样，”凯西说，“你愿意嚼一点烟叶吗？那可以免得太饿。我们动身太早了。最好是等到天亮。”他停住话，咬了一口板烟，“我睡得正香。”

“是缪利那疯子把我吵醒的，”汤姆说，“他使我大吃一惊！他叫醒了我，说道：‘再见，汤姆。我走了。我要到别处去。’他又说：‘你们最好也走吧，趁天还没亮就离开这地方。’他过着这种生活，变得像土拨鼠那么慌张了。你真会以为有一群印第安人在追他呢。你说他是不是疯了？”

“噢，我不知道。昨天晚上，我们生了一堆小火，那辆汽车就过来了，你是看见的。房子被毁得那个样儿，你也看见的。那儿的情况真是糟糕。不消说，缪利气疯了，那是当然的。像野狗一样东躲西藏，不由得他不发疯。他不久就会杀掉一个人，他们就要用狗来搜寻他了。这我可料得准，像先知一样。他以后还会越来越倒霉呢。你说他不肯跟我们一同去吗？”

“是呀，”乔德说，“我想他现在简直害怕见人了。不知道他会不会赶上来。太阳出来的时候，我们就可以到约翰伯伯的庄上了。”他们一路静悄悄地走了好久，几只归巢较迟的猫头鹰飞向仓棚、空心树、水槽房去躲避阳光。东方的天空渐渐亮起来，棉花和灰沉沉的大地都看得见了。“不知道他们在约翰伯伯家怎么睡觉的。他只有一间屋子，半间烧饭的披屋和一小间仓棚。现在那边准是乱成一堆了。”

牧师说：“我记得约翰没有家小。只是冷清清的一个人，是不是？他的情形我记得不大清楚。”

“他是世上最孤单的人，”乔德说，“那股痴劲儿就像缪利一样，有的地方比缪利还痴得厉害。在哪儿都可以看到他——他有时在肖尼喝醉了酒，有时赶到二十英里外去看一个寡妇，有时却点了灯笼在自己地里干活儿。真是个疯子。原先谁都以为他活不长。那么孤单单的人是活不长的。约翰伯伯比我爸的年纪还大呢。不过他一年比一年更拖拖沓沓，脾气也越来越坏了。比爷爷还要怪些。”

“你看天亮了，”牧师说，“银白色。约翰从来就没家小吗？”

“有是有过的，这就可以使你明白他是一个什么样的人——固执己见。这是爸说的，约翰伯伯有过一个年轻老婆。结婚四个月，她怀了孕，有一天夜里，她肚子痛了起来，她说：‘你去请医生来看看吧。’约翰呢，他坐在那儿说道：‘你只不过是肚子痛，吃得太多了。吃一包止痛粉吧。你积了食，所以肚子痛了。’他这么说。第二天中午，她晕了过去，下午四点左右就死了。”

“那是怎么回事？”凯西说，“莫非她吃东西中了毒？”

“不，她肚里有什么东西破了。大约是盲——盲肠之类吧。哎，约翰伯伯，他一向是个自得其乐的人，这回却伤心了。他把这件事当作罪孽。有好些日子，他对谁都不说一句话。老是转来转去，好像什么也看不见似的，有时候还祷告一下。足足过了两年，他才脱离这种情况，从此以后就变了样儿了。他疯疯癫癫的，老是招人讨厌。每回我们孩子们有谁拉了蛔虫或是肚子痛，约翰伯伯就把医生找来。爸劝他别这么多事，孩子们是常常肚子痛的。他认为他的女人就是他送掉性命的。有趣的家伙！他为了要消除自己的罪孽，老是向人结缘——拿些东西给孩子们吃，或是丢下一袋面粉在人家门廊上。他送掉了所有的东西，心里还是不怎么快活，有时候他会在夜里独自到四处乱走。可是他倒是个种庄稼的好手。把他的地种得挺好。”

“可怜的人哪，”牧师说，“可怜的孤单的人哪。他女人死了的时候，他常到教堂去吗？”

“不，他没去。他老不愿意跟人家接近。只情愿一个人过日子。孩子们倒是喜欢他喜欢得要命。有时候他在夜里到我们家里来，我们第二天一起床，就知道他来过，因为他来了总有一包口香糖放在我们每个人床头。我们心里想，他简直是全能的耶稣基督呢。”

牧师低着头一路走着。他没有回答。清晨的阳光似乎使他的额头发亮了，他那双在身边摆动的手又在阳光里晃进晃出了。

汤姆也默不作声，仿佛他刚才说出了一番太亲密的话，有些不好意思似的。他加快了脚步，牧师紧跟上他。他们现在稍微看得见前面的灰蒙蒙的远景了。有一条蛇从棉花丛里慢慢地扭着身子爬到路上。汤姆在它跟前停住脚步，盯着瞧了一瞧。“是条草蛇，”他说，“随它去吧。”他们避开了蛇，继续向前走去。东方的天空出现了一丝光彩，不一会儿，冷清清的曙光悄悄地照到了地上。棉花丛上现出了绿色，大地变成灰黄色的了。两个人的脸上失去了那道灰暗的闪光。乔德的脸色似乎因光线渐强反而显得黑一些了。“这是最好的时光，”乔德温和地说，“我小时候常常趁这样的天色独自起来到四处走走。前头是什么？”

一群公狗聚集在路上，欢迎一只母狗。五只公狗，五只因社交自由而品种不纯的杂种牧羊狗，忙着向那只母狗献殷勤。每只公狗都津津有味地嗅一阵，然后靠近一株棉花，直着腿挺起身子来，怪有礼貌地抬起一只后腿撒了尿，又回转身去嗅一嗅。乔德和牧师停下脚来看着，忽然乔德开心地大笑了起来。“哎呀哈！”他说，“哎呀哈！”现在那群狗聚在一起了，大家都耸起颈毛咆哮起来，直挺挺地站着，每只都在等着别的狗挑战。有一只爬到母狗身上了，其余的公狗一看它成功了，就相安无事、津津有味地看着，垂着舌头，滴着口水。两个人又继续往前走。“哎呀哈！”乔德说，“我想上头那只狗就是我家的美美。我还以为它已经死了呢。过来，美美！”他又笑了，“真见鬼，如果有人叫我，我也不会听见的。这使我想起人家讲给我听的一个关于威利·菲利小时候的故事来了。威利怕羞，十分怕羞。有一天，他牵着一头小母牛去跟格雷夫斯家的公牛交配。格雷夫斯家的人都出去了，只有埃莉斯·格雷夫斯在家，埃莉斯是一点不怕羞的。威利站在那儿把脸涨红了，说不出话来。埃莉斯说道：‘我知道你是来干什么的；公牛在仓棚背后的空地上呢。’接着他们就把母牛牵到那儿，威利和埃莉斯就坐在短墙上望着。不一会儿，威利觉得有些冲动了。埃莉斯转过头去，装作不知道似的说道：‘怎么啦，威利？’威利心里痒得难受，简直坐不定了。‘哎呀哈，’他说，‘哎呀哈，我很想自己也这么来一下呀！’埃莉斯说：‘怎么不干呢，威利？这是你的母牛呀。’”

牧师温柔地笑了。“你该知道，”他说，“不再做牧师是一件痛快事情。从前只要我在场，就没有人肯讲故事，就是讲了，我也不能笑。我也不能咒骂。现在我爱怎么骂就怎么骂。一个人能够随意咒骂，反倒是很痛快的。”

东方的地平线上泛起一片红光，地上的群鸟开始尖着嗓子叽叽喳喳地叫起来。“看哪！”乔德说，“就在前头。那就是约翰伯伯的水槽。风车看不见，水槽倒是看得见的。看见它高耸在天空吗？”他走得更快了。“不知道是不是全家人都在那儿。”那个大水槽耸立在山冈上。乔德急急忙忙地走着，扬起了一片尘沙，飞到膝盖那么高。“不知道妈是不是……”他们现在看到了水槽的支脚，看到了小方柜似的、没有漆过的朴素的房屋，又看到矮小的仓棚了。房屋的铅皮烟囱冒着烟。院子里有一副担架，堆着一些家具，有风车的叶子和马达，还有床架、桌椅等东西。“天哪，他们已经收拾好要走了！”乔德说。一辆卡车停在院子里，一辆两边护板很高的怪模怪样的卡车。这卡车很古怪，前半截是轿车，当中却开了顶，改装成了卡车的车身。他们一走近，就能听见院子里的敲击声，当耀眼的太阳从地平线上露出了一点边，照到了卡车身上的时候，他们便看见了一个人，看见他的铁锤在一起一落地晃动着。接着，太阳射到了房屋的窗上。那些饱经风霜的木板在阳光中亮晃晃的。地上两只红毛鸡被反射的光线一照，显得像火焰一样。

“别嚷，”汤姆说，“我们脚步轻轻地窜到他们跟前去吧。”他走得很快，尘沙扬得齐腰一般高了。不一会儿，他就走到了棉花地的边上。他们走进了那个院子，院里的泥土是捶紧了的，硬得发亮，地上长着几簇蒙着尘沙的野草。于是乔德放慢了脚步，仿佛怕再走过去似的。牧师看着他，也把脚步放慢了。汤姆一步步地慢慢踱向前去，惶窘地侧着身子走到卡车跟前。这卡车是用一辆哈得逊牌的轿车改装的，顶板已经被凿子凿成了两块。老汤姆站在车厢的底板上，正在卡车边上钉着上层的栏杆。他那长着灰白胡子的脸在工作中显得很吃力，嘴里衔着几颗大钉子。他按住一颗钉子，把铁锤敲得震天响，将钉子敲进去。房屋里传出火炉盖碰着炉子的响声和一个孩子的哭叫声。乔德侧着身子走到卡车厢的底板跟前，把身子靠在车边上。他的父亲面对着他，却没有看见他。他的父亲又按着一颗钉子，把它敲下去。一群鸽子从水槽房的平顶上飞起，绕了几个圈，又落下来，走到平顶边上，向院子里望着；一些白色的、青色的、灰色的鸽子，都长着光彩夺目的翅膀。

乔德把手指扣在卡车旁边最低的一根横档上。他抬起头来望着卡车上的须发斑白的老人。他用舌头舔湿了厚厚的嘴唇，小声喊道："爸！"

"你要干什么？"老汤姆衔着一嘴钉子，喃喃地说。他戴着一顶又脏又破的黑帽子，穿着一件蓝布工装衬衫，外面还罩着一件脱了纽扣的背心；一根有方形铜搭扣的宽皮带系住了他的斜纹布工装裤子，皮和铜搭扣都因年久而磨得发亮了，他的皮鞋裂了缝，后跟扩大了，多年来经过日晒、水浸和尘沙摩擦，已经变成了船形。他的衬衫袖子被粗壮的筋肉绷着，紧紧地贴住前臂。他的肚子和屁股都很瘦削，两腿却粗短而且壮实。他的脸绷得紧紧的，衬着一撮竖着的花白胡子使下巴显得特别有劲；下巴往外突出，和短胡子配合得很好，胡子还不算太白，因此下巴突出就显得很有力了。老汤姆那没有络腮胡的颊骨上的皮肤像海泡石一样，是黄褐色的，斜眼时眼边就起了几条皱纹。他的眼睛呈黄褐色，清咖啡一般的黄褐色，每次看一件东西，他的头就伸向前去，因为他那亮晶晶的深褐色眼睛已经有些老花了。他那衔着钉子的嘴唇又薄又红。

他把铁锤举在空中，正打算敲一颗钉子，却从卡车边上望着汤姆，显出一副因为受了打搅而气愤的神情。接着他把下巴伸向前去，两眼看着汤姆的脸，脑子里这才渐渐弄明白自己看见的是什么了。铁锤缓缓地垂到了他的身边，他用左手取出了嘴里的钉子。他仿佛自言自语似的发出了惊异的喊声：“是汤米——”随即又对自己说，“是汤米回家来了。”但是他又把嘴张开，眼睛里露出了害怕的神气。“汤米，”他柔和地说道，“你不是私逃出来的吧？你是不是还要藏起来？”他紧张地倾听着。

“不，”汤姆说，“我是假释的。我恢复自由了。我有证件呢。”他抓紧卡车旁边下面的档子，抬头望着。

老汤姆把铁锤轻轻地放在汽车底板上，把钉子放进口袋里。他抬起腿来跨过卡车的边栏，轻快地跳到地上。他一站在儿子身边，就似乎觉得不知所措了。“汤米，”他说，“我们要到加利福尼亚去。正想写信告诉你呢。”于是他将信将疑地说道，“可是你回来了。你可以同我们一道去了。你可以去了！”屋里有一只咖啡壶的盖子响了一声。老汤姆转过头去望了一望。“我们来叫他们吃一惊吧，”他说，两只眼睛兴奋得发亮了，“你妈只担心再也见不到你。她愁眉苦脸，就像有人死了一样。她几乎不愿意到加利福尼亚去，怕的是永远见不着你。”屋里又传来了一声炉盖的响声。“我们来叫他们吃一惊吧，”老汤姆重复说了一遍，“我们走进去，就像你根本没出过门一样，且看你妈怎么说。”他终于伸手摸到汤姆了，但只怯生生地摸了摸他的肩膀，立即又把手挪开了。他又望了望吉姆·凯西。

汤姆说道：“你还记得这位牧师吧，爸。他是跟我一道来的。”

“他也坐牢了吗？”

“不，我是在路上遇着他的。他跑到外地去了。”

爸和牧师严肃地握了握手。“欢迎欢迎，先生。”

凯西说：“我上这儿来很高兴。您儿子回家了，是件喜事，是件喜事。”

“回家了。”爸说。

“一家团圆了，”牧师连忙补充了一句，“昨天夜里我们就住在你们那个老家里。”

爸抬起下巴，回头向那条路上看了一会儿。接着他转过头来望着汤姆。“我们怎么来捉弄她呢？”他兴冲冲地开口说，“这样吧，我进去说：‘有两个客人来了，要吃早饭。’要不，就是你一个人进去，站在那儿等她看见，怎么样？这样好不好？”他脸上兴奋得喜气洋洋的。

“别吓着她，”汤姆说，“别叫她受惊。”

两只身材细长的牧羊狗高高兴兴地跑过来，它们嗅到了陌生人的气味，便小心地退后，盯着客人，尾巴在空中试探地慢慢摇摆着，眼睛和鼻子却显出提防危险的神情。其中一只伸长了脖子，歪着身子向前走，先准备逃跑，后来才渐渐走近汤姆身边，使劲地嗅他的腿。接着它又退回去，望着爸，似乎在等候他做个手势。另一只没有这么大胆。它向四周张望，想找一件可以冠冕堂皇地分散它的注意力的东西，它终于看见一只红毛鸡怯生生地走过，便向它扑了过去。这只愤怒的母鸡惊叫了一声，鸡身上掉了一些红毛，拍着短短的翅膀跑开了。那小狗得意扬扬地回过头来看看那些人，随即躺倒在尘沙里，心满意足地在地上拍着尾巴。

“走吧，”爸说，“快进去。她得看看你才行。等她看见你的时候，我要瞧瞧她的脸色。走吧。一会儿她就会叫吃早饭了。我早就听见她在平底锅里翻着咸肉了。”他领头从铺着细沙的地面横穿过去。这所房屋没有门廊，只有一个台阶，上去就是门；门边放着一块砧板，面被刀切了多年，已经毫无光彩了。墙板的木纹很清楚，因为尘沙陷进了木质较松的纹理。空气中有柳枝燃烧的气味。这三个人走近了门口，便又嗅到煎肋条肉的气味、黄酥酥的面包的气味和壶里煮咖啡的浓烈气味。爸一脚跨进敞开的门口，站在那里，用他那又矮又宽的身子挡住了门，说道：“孩子他妈，刚才有两个过路的客人，问我们能不能分点东西给他们吃。”

汤姆听见了他母亲的声音，这是他记得的那种冷静、迟缓、亲切而又谦和的声音。“请他们来吧，”她说，“我们的东西多着呢。让他们洗洗手。面包烤好了，肋条肉正要出锅。”炉子上发出嗞嗞的滚油的声响。

爸走了进去，使门口空出来，汤姆向里看了看他的母亲。她正在从煎锅里挑起那卷缩的肋条肉。烤箱的门开着，一大盘黄酥酥的面包放在那里烤着。她向门外看看，但是汤姆背后有阳光，所以她只看见了明亮的黄色光线所映出的一个黑沉沉的人影。她愉快地点点头。“请进来，”她说，“幸亏今早我多做了一些面包。”

汤姆站在那儿向里看。妈显得很粗壮，可是并不胖；由于生育和劳动，她的身体有些臃肿。她穿着一件宽大的灰长布衣，布料上原来有过彩色的印花，现在却已经洗得褪了色，那些小花也就变成了比底色略浅一些的灰色花印了。这件衣服一直拖到她的踝骨，她那双粗壮而宽大的光着的脚在地板上迅速而敏捷地移来移去。她那稀稀落落的青灰色头发在后脑上绾成了一个小小的髻。长着雀斑的健壮的两臂裸露到肘部，两只手肥厚而细嫩，好像肥胖的小姑娘的手一般。她向外面的阳光里望着。她那丰满的脸并不细嫩；那张脸是严肃而又慈祥的。她那双茶褐色的眼睛似乎饱经了忧患，已到了豁达的境界。她似乎知道自己是全家的堡垒，是一个攻不破的坚强阵地；她似乎是承认了自己这种地位，还表示欢迎。只有她承认遭到了忧患，老汤姆和孩子们才会觉得遭到了忧患，因此她就把自己锻炼得很坚强，根本就不把忧患放在心上。每次发生了什么快乐的事情，大家就首先看看她是否有快乐的表情，于是她就养成了一种习惯——遇到无足轻重的喜事也大笑一场。但是比快活更大的特色，是她的镇定。她经常保持着泰然自若的神色。由于她在家庭里处在这么一个伟大而又平凡的地位，她就有了自己的尊严和纯洁的、娴静的美。在她给别人医治精神创伤的时候，她显得很有把握，冷静而沉着；在评判是非的时候，她的见解是大公无私的，像女神那么公正。她似乎知道，如果她动摇了，全家就会动摇，如果她崩溃了或是绝望了，全家就会完蛋，全家的意志就会不起作用了。

她向外边阳光照着的院子里望着，向一个男人的黑沉沉的影子望着。

爸站在旁边，兴奋得直抖。“进来吧，”他喊道，“请进来，先生。”于是汤姆羞答答地跨过了门槛。

她从煎锅上高高兴兴地抬起眼睛来一看，于是她的手慢慢落到她身边，手里拿的叉子啪嗒一声掉在地板上了。她睁大了两眼，瞳孔睁得很大。她那张着的嘴里使劲地呼吸着。她闭上了眼睛。“感谢上帝，”她说，“啊，感谢上帝！”忽然间，她的脸上有些愁容了，“汤姆，你该不是逃犯？该不是逃出牢来的吧？”

“不，妈，是假释的。我带着证件呢。”他伸手到胸前摸了一下。

她光着脚悄悄地、轻快地移步到他身边，满脸惊奇的神情。她用小手摸摸他的臂膀，摸摸他那坚实的肌肉。接着她的手指像瞎子的手指一般，又摸到了他的下巴上。她的喜悦有些近乎悲哀。汤姆紧紧咬着下嘴唇。她的眼光迷糊地移到他那咬着的嘴唇上，看见靠牙齿的地方有一丝细细的血痕，顺着嘴唇流下来。于是她明白了，她控制住自己的感情，把手也放了下来。她像爆炸一般吐了一口气。“噢！”她喊道，“我们差点儿不等你回来就走了。我们只担心你无论如何都找不到我们呢。”她拾起叉子来，撩撩滚开的油，挑起一片黑乎乎的卷缩的肉，又把一壶开着的咖啡放到炉灶背后。

老汤姆哧哧地笑着说道：“哈，捉弄了你吧？我们存心要捉弄你，果然做到了。刚才你简直像一只吓坏了的羊呆呆地站在那儿。爷爷要是在这儿看见才好呢。好像有人要使大铁锤在你鼻梁上揍一下似的。他一看见准会翘着屁股哈哈地大笑一阵——就像那一回他看见奥尔开枪打一架陆军飞机的时候一样。汤米，有一天飞机来了，大得很，奥尔拿一支枪对着它射过去。爷爷喊道：‘别打小鸟，奥尔，等到大鸟来了再打。’说完他就翘着屁股哈哈地大笑了。”

妈咯咯地笑了一阵，从架子上拿下一叠铁皮碟子来。

汤姆问道：“爷爷在哪儿？我还没看见那老头儿呢。”

妈把那些碟子放在厨房的桌子上，又把几只杯子放在旁边。她亲密地说道：“啊，他和奶奶睡在仓棚里。他们夜里要起来好多次，总是容易撞着孩子们。”

爸插嘴说：“是的，爷爷每夜都要瞎闹。他一撞着温菲尔德，这孩子就会号叫起来，爷爷一发急就尿裤子，这就使他更着急，这么一来，全屋的人都大叫大嚷起来了。”他的话夹着笑声，“啊，我们的日子过得真痛快！有一天夜里，大家连嚷带骂，你弟弟奥尔，他现在是个爱自作聪明的孩子，他说道：‘哎呀哈，爷爷，你怎么不去当海盗呢？’这句话把爷爷气得要命，他就去找枪。奥尔这一夜只好睡在庄稼地里。可是现在奶奶和爷爷都睡在仓棚里了。”

妈说道：“他们只要高兴，就可以随时起来，出去走动走动。孩子他爸，你快去告诉他们，汤米回家了。爷爷是很爱他的。”

“对，”爸说，“我早就该去告诉他们了。”他走出门，把两只手甩得很高，就穿过院子去了。

汤姆目送着他，随后他母亲的声音引起了他的注意。她正在倒咖啡，没有看他。“汤米……”她怯生生地、迟疑地说道。

“嗯？”他那腼腆的神态，由于受了她的感染，更加明显了，这是一种稀奇的窘态。他们俩彼此都知道对方不好意思，正因如此，所以就更加觉得难为情了。

“汤米，我要问你——你该没气疯了吧？”

“怎么会气疯了呢，妈？”

“你没气得要命吗？你不恨谁吗？他们在牢里没给你吃苦头，把你逼得发疯吗？”

他侧过头去望着她，仔细打量她，他那双眼睛似乎是在问，她怎么会知道这些事情。“没——有，”他说道，“起初我也有点受不了。可是我不像有些人那样闹脾气。我事事都忍受着。怎么啦，妈？”

现在她望着他，嘴张得很大，仿佛要听清楚一些，两眼直盯着，仿佛要探根究底似的。从她的脸色来看，她是在寻求常常隐藏在语言里没有明说出来的回答。她慌张地说道："弗洛伊德这孩子我很熟，我认得他妈。他们是好人。他性子很强，好孩子都应该是这样。"她先顿了一顿，然后她的话就滔滔不绝地倾泻出来了。"这类事情我并不全知道，可是这桩事我是知道的。他干了一桩小小的坏事，他们就把他打伤了，他们把他捉去，给他吃苦头。他气极了，第二次又闯了祸，他们又给他苦头吃。这一来他可真是发疯了。他们开枪打他，把他当野兽一样，他也开枪打人，这一来他们就要捉他，像对付野狗似的，气得他乱嚷乱叫，像只大灰狼那么凶。他发疯了，再也不像一个普通的人了，老是疯疯癫癫地到处乱走。可是知道他的人却都不肯伤害他，他对他们也不发疯。最后他们捉到了他，便把他打死了。不管报纸上把他说得多坏，事实毕竟是这样。"她住了口，舔着她那干燥的嘴唇；她的整个脸就像在提出一个痛苦的问题。"我要知道，汤米。他们是不是待你很凶？他们有没有像那样逼得你发疯？"

汤姆的厚嘴唇紧紧地盖住了牙齿。他低头看看自己那双扁平的大手。"不，"他说，"我不像这样。"他停了一下，定睛注视着他那些裂开的指甲，那简直像蛤子壳一样，满是裂纹，"我在牢里一直避免惹祸。我没气成那样。"

她叹了口气，轻轻说道："感谢上帝！"

他马上抬起头来。"妈，我看见他们把我们的家弄成那样……"

接着她便走近他身边，站在那里，她热情地说："汤米，你别一个人跟他们去斗。他们会追来捉你，像打野狗一样把你干掉。汤米，我心里老在寻思着，做梦似的琢磨着。听说我们这些被赶走的人有上十万。我们要是都跟他们作对，那么，汤米——他们就不能捉到什么人了——"她住了口。

汤米望着她，渐渐把眼皮耷拉下来，直到睫毛中间只露出短短的一线闪光。“有许多人都是这么想吗？”他问道。

“我不知道。大家都吓坏了。他们到处游荡，好像是半睡半醒似的。”

院子外面传来一阵老年人像羊叫似的尖声。“感谢上帝！感谢上帝！”

汤姆转过头去，咧着嘴笑了。“奶奶终于知道我回家了，”他说，“妈，你从来没像这样难受过！”

她的脸色严肃起来，眼神变得冷酷了。“我从来没让人家撞倒过我的房子，”她说，“我这一家人从来没在路上流落过。我从来没落到把一切东西都卖掉的地步——啊，他们来了。”她转身走到炉边，把大盘里烘透的面包倒在两只铁皮碟子里。她把面粉撒在油锅里做麦糊，满手都被面粉弄白了。汤姆望了她一会儿，便走到门口去了。

四个人从院子对面走过来。打头的是爷爷，他是个衣衫不整的瘦小轻健的老头子，一蹦一蹦地迈着快步，右腿使的力气少一些，因为这条腿的关节不灵了。他一面走，一面扣着裤裆的纽扣，他那双衰老的手很费劲地乱找一阵纽扣，原来他把顶上的纽扣扣在第二个纽孔里，这么一来，整个裤裆也就扯歪了。他穿着深色的破裤子和一件蓝色破衬衫，胸口敞着，露出很长的灰色汗衫来，那也是没有扣纽扣的。从汗衫敞开的地方看得到他那长着白毛的又瘦又白的胸脯。他干脆撇下裤裆不管了，让它敞开，伸手去摸索汗衫的纽扣，然后干脆一切都不管，只提一提他那褐色的吊裤带。他那容易激动的瘦脸上长着一双亮晶晶的小眼睛，那股邪劲儿，好像一个胡闹的孩子的眼睛一般。那是一张乖僻的、苦里带笑的脸。他爱吵架和争论，爱讲下流的故事。他还是像过去那样，邪气十足。他邪恶、狠心而又急躁，像一个胡闹的孩子一样，全身都有一股自得其乐的劲头。他每逢有酒喝，就喝得大醉，有吃的，就拼命吃，讲起话来，总是滔滔不绝。

奶奶跟在他后面，一瘸一拐地走着。她之所以长命，就是因为她的脾气也像她的丈夫一样倔强。她靠泼辣维持着她自己的地位；她的邪气和粗野绝不亚于爷爷。有一次刚做完礼拜回来，她一面嘴里还在唠叨，却一面拿起一支鸟枪来，把两个枪筒一齐对准了她的丈夫，差点儿打掉了他半边屁股；从此以后，他很佩服她，不敢再像孩子们折磨小虫似的欺负她了。她走路的时候，老爱把长衣的下摆提到膝头，还尖声喊着那可怕的口号："感谢上帝。"

奶奶和爷爷抢着走过了宽阔的院子。他们无论什么事情都要争吵一番，他们喜欢争吵，也需要争吵。

爸和诺亚紧跟在他们后面，一步步地走着——诺亚这头生子，身材高高的，样子很怪，走路的时候，脸上常有一副沉静而又迷惘的神气。他一辈子从不冒火。他看到动气的人就显出惊奇和不自在的神色，好像正常的人看到疯子一样。诺亚动作迟缓，不爱说话，而且说得非常之慢，因此凡是不了解他的人往往以为他是个笨蛋。其实他并不笨，只是古怪罢了。他没有多大傲气，一点也没有性的要求。他工作和睡眠的规律都很奇特，可是他却心满意足。他很喜欢他的亲人，可是从不表现出来。不知是他的头部还是身子，抑或是他那两条腿和心灵，反正总有畸形的地方；留心观察诺亚的人难免产生这种印象，只是说不出所以然来；他究竟是哪一部分有毛病，谁也说不出。爸心里明白诺亚为什么那么奇特，但是爸很害羞，从不讲出来。因为诺亚出世的那天晚上，爸独自在屋里看着老婆生孩子，那双叉开的大腿使他发慌，他老婆哎唷哎唷的喊声把他吓得要命，他简直因为惊恐而发疯了。他用硬邦邦的手指头当接生的钳子，两手扭着婴儿，把他拉出来。接生婆到迟了一点，她一看，婴孩的头已经被扯得不成样子，他的脖子被拉长了，身子也扭歪了；她就用两手把脑袋往下按了一按，把身子捏得端正一些。但是这件事爸却老记在心头，暗自惭愧。他对诺亚也就比对别的孩子和善一些。爸一看到诺亚两眼分得太开、下巴长而脆弱的那张阔脸，立即就想起那个婴孩被扭歪了的头骨来。凡是需要诺亚做的事，他都能做；他能读能写，能干活儿，也能计算，但是他似乎什么都不爱理会；他对人家所需要的事情，都显示出无动于衷的神情。他仿佛住在一所奇特而寂静的房子里，用安闲的眼光向外面望着。他对整个世界都是陌生的，但是他却并不孤独。

他们四个人走过了院子，爷爷便问道："他在哪儿？他到底在哪儿？"他的手指头摸摸裤子纽扣，又糊里糊涂地摸到口袋里去了。接着，他看见汤姆站在门口。爷爷停住了脚步，他叫别人也站住了。他那双小眼睛狠狠地发出闪光。"瞧瞧他，"他说，"坐牢的犯人。我们乔德家里很久没有人坐过牢了。"他激动起来，"他们没有权力捉他去坐牢。他干的事，我也是要干的。那些杂种没有权力捉他。"他又激动了，"老特恩布尔这个放狗屁的浑蛋吹牛说，只等你出牢，就要开枪打死你。他说他有赫特菲尔德家的血统。哼，我叫人带话给他了。我说：'别给乔德家找麻烦吧。我说不定还有麦科伊家的血统呢。'我说：'你要是在什么地方把你那双狗眼盯住汤姆，我就要来对付你，砸破你的脑袋。'这么一说，就把他吓坏了。"

奶奶不理会这些话，像羊叫似的喊道："感谢上帝。"

爷爷走到汤姆跟前，拍拍他的胸脯，两眼笑眯眯地流露出爱和得意的神情。"你好吗，汤米？"

"很好。"汤姆说，"您的日子过得怎样？"

"身体健壮，快快活活，"爷爷说，他又激动了，"我早就说过，他们在牢里关不住乔德，果然是这样。我说过：'汤米会像公牛冲出篱笆似的，从牢里跑出来。'你果然跑掉了。让开路，我饿了。"他从大家中间挤过去坐下，把猪肉和两块大面包堆在他的碟子里，往那一大堆东西上倒了好些肉汁，没等别人进来，爷爷嘴里早已塞满了食物。

汤姆亲昵地咧着嘴对他笑了笑。"他不是个老顽皮吗？"他说。爷爷的嘴塞得太满，连咕哝的声音都发不出来，只有他那双顽皮的小眼睛露着微笑，他还使劲点头。

奶奶得意地说："真是个老坏蛋，再没有比他会吵会闹的了。他会让人家用拨火棍戳进地狱里去，老天爷啊！他还要开卡车呢！"她接着狠狠地说："哼，不会让他开的。"

爷爷噎住了，一嘴麦糊溅到他的膝盖上，他有气无力地轻咳了一下。

奶奶对汤姆笑了笑。"他很淘气，是不是？"她开心地说。

诺亚站在台阶上，面对着汤姆，他那两只分得很开的眼睛似乎在向周围张望。他脸上没有什么表情。汤姆说："你还好吧，诺亚？"

"很好，"诺亚说，"你怎么样？"就只这么一句，但这也是令人快慰的。

妈用手赶着肉汁碗上的苍蝇。"我们没地方坐了，"她说，"你自己拿一碟去，随便坐在哪儿吧。外面院子里或是什么地方都行。"

忽然间，汤姆说："哟！牧师哪儿去了？他刚才还在这儿呢。他上哪儿去了？"

爸说："我刚才还看见他，现在不见了。"

于是奶奶尖起嗓子喊道："牧师？你把牧师带来了吗？快把他找来。我们要做祷告。"她指着爷爷，"来不及管他了——他已经先吃了。去找牧师来。"

汤姆一脚迈出门。"喂，吉姆！吉姆·凯西！"他叫道。他走到院子里。"喂，凯西！"牧师从水槽底下露出身子，他先坐起来，然后才站起来向屋子走去。汤姆问道："你干什么来着？藏起来了？"

"噢，不是，一家人谈家事的时候，旁人不好插进去。我只不过坐在那儿想心事罢了。"

"进来吃饭吧，"汤姆说，"奶奶要请你替她做饭前祷告呢。"

"可我已经不是牧师了呀。"凯西推辞着。

"嗐，来吧。就给她做做祷告吧。这对你并没有损害，她是喜欢祷告的。”于是他们一同走进了厨房。

妈从容地说：“欢迎你。”

爸也说：“欢迎你。吃点早饭吧。”

“先祷告，”奶奶嚷道，“先祷告吧。”

爷爷拼命集中目光，终于认清了凯西。“啊，原来是那位牧师，”他说，“啊，他很好。自从那回看见他以后，我就喜欢他……”他邪里邪气地眨了眨眼，奶奶以为他的话说完了，就骂了他一声：“住嘴，你这有罪的老色鬼！”

凯西不自在地用手指掠掠头发。“我得告诉你们，我已经不是牧师了。如果我只是表示我在这儿觉得高兴，领你们这些好心人的情，如果只说这些话就行的话——那么，我就来做一次祷告好了。可是我已经不是牧师了。”

“做做祷告吧，”奶奶说，“提一提我们到加利福尼亚去的事。”牧师低下头，其余的人也都把头低下了。妈把两手抱在肚子上，低下了头。奶奶把头低得连鼻子都靠近她那一碟面包和肉汁了。汤姆斜靠在墙边，手里拿着碟子，不自然地低下头去，爷爷把头向一边低着，为的是要用他那调皮的眼睛看一看牧师。牧师脸上不是祷告的神情，而是想心事的神情；他的声调不是在祈祷，而是在推测。

“我在想，我是在这小山上动脑筋，”他说，“你们不妨说，我正像耶稣一样，走到荒野里寻思着他怎样才能解除一大堆的苦难。”

“感谢上帝！”奶奶说，牧师惊异地向她瞟了一眼。

“这就好像耶稣遭了千万的苦难，弄得晕头转向，想不出办法来，他渐渐觉得老是那样怎么得了，胡思乱想有什么用处。他累了，累得要命，他简直精疲力竭了。他快要得出这么个结论了，真糟糕。所以他就到荒野里去了。”

“阿——门。”奶奶像羊叫似的说。多年以来，她每逢人家说话停顿下来，总是这样反应。而且多年以来，她已不去认真听人家的话，或是对人家的话表示惊异了。

“我不是说我像耶稣，”牧师继续说，“只是说我像耶稣一样疲乏了，我像他一样想迷糊了，我像他一样走到荒野里去，连帐篷都没有。我夜里仰天看着星星，早晨我坐着看太阳出来，中午我从小山上望着起伏的原野；傍晚我就眼睁睁地看着太阳落下去。有时候，我像往常一样祷告。不过我不明白我是向谁祷告，为什么祷告。我觉得山和我，在那里再也分不开了。我们是一体了。这一体是神圣的。”

“哈利路亚。”奶奶说，她把身子朝前后稍微摇一摇，竭力想装出狂喜的神气。

“于是我就开始用心想，不过这也不光是想，比想还深一层。我想我们成了一体，我们也就神圣了，人类成了一体，人类也就神圣了。只有当一个可怜虫嘴里衔着嚼子，独自乱跑，逞着性子乱踢、乱拉、乱斗，那时候才不算神圣。这一类的人是破坏神圣的。可是只要他们大家在一起工作，并非一个人为另一个人工作，而是大家为一桩事共同尽力——那就对了，那就神圣了。于是我又想到，我甚至还不明白我所说的神圣究竟是什么意思。”他停住了，但是大家的头仍旧低着，因为他们已经像狗一般受过训练，要听到“阿门”这个信号，才会抬起头来。“我不能像往常那样做祷告。我为早餐的圣洁感到高兴，这里的情谊也使我高兴。就只有这些话了。”大家还是低着头。牧师向四周张望了一下。“我弄得你们的早餐都冷掉了。”他说。随后他忽然想起，才又补了一声“阿门”，于是大家才抬起头来。

“阿——门。”奶奶说了这一声，便开始用早餐，用她那脱了牙的老硬的牙床嚼着那半生的面包。汤姆吃得很快，爸也塞满了一嘴。直到食物吃完，咖啡喝过为止，谁也没有说话，只听见嚼东西的响声和咖啡在嘴里凉一凉再转到舌头上去的声音。牧师吃着的时候，妈在旁望着，眼光里带着疑问、探究和了解的神情。她呆呆地看着他，仿佛他忽然变成了神怪，而不再是人，仿佛他的声音是从地下发出来的呼声似的。

男人们吃完了，放下碟子，再把最后一点咖啡喝光，随即出去了。爸和牧师，还有诺亚、爷爷和汤姆，他们避开了那乱七八糟的一堆家具、木床架、风车机件和旧犁等，向卡车走去。他们站在卡车旁边，摸摸卡车边上新的松木板。

汤姆揭开前头的车盖，看了看那油腻腻的大发动机。爸走到他身边来。他说道："你弟弟奥尔仔细看过，我们才买这辆车子。他说这车子没毛病。"

"他懂什么？他不过是逞能罢了。"汤姆说。

"他在一个公司做过事，去年开过卡车呢。他倒是懂一点。他好像有点内行。他的确懂得。别小看奥尔，他还能修发动机呢。"

汤姆问道："他现在在哪儿？"

"噢，"爸说，"他到处胡闹去了。追女人的劲可大了。才不过是个十六岁的精灵小伙子，他那股劲头却叫他歇不住脚。他一心只想着女孩子和发动机。真是个冒失鬼。有一星期每夜都不回家了。"

爷爷在胸口上摸来摸去，终于把蓝衬衫的纽扣扣上了汗衫的纽孔。他的手指头能感觉扣错了地方，可他也不去管它。他的手指又伸下去想重新扣好裤子上的扣子。"我从前比他还坏，"他兴致勃勃地说，"坏得多。我是个缺德鬼，可以这么说吧。我从前年纪比奥尔稍微大些的时候，在萨利索参加过野外布道会。他爱逞能，爱胡闹。可是我那时候年纪还大一点。我们到那地方去开野外布道会。那儿足足有五百人，年轻姑娘也不少。"

"你现在还是像个缺德鬼，爷爷。"汤姆说。

"对啦，有点像。可是比起当年来却差得远了。让我到加利福尼亚去吧，我到了那儿，看到橙子，就要伸手去摘来吃。葡萄也行。这是我吃不厌的东西。我要从葡萄架上摘一大串来，按在脸上使劲挤，让汁水顺着下巴往下流。”

汤姆问道：“约翰伯伯在哪儿？罗莎夏在哪儿？露西和温菲尔德在哪儿？还没人提到过他们呢。”

爸说道：“没人问起。约翰带了一车东西到萨利索去卖了：抽水机、工具、小鸡，还有我们带来的各种东西。带着露西和温菲尔德一起去的。天没亮就走了。”

“真奇怪，我怎么没遇见他？”汤姆说。

“噢，你是从大路上过来的，是不是？他是走后面那条路，从考林顿过。罗莎夏嫁到康尼家去了。哟，你连罗莎夏嫁给了康尼·里弗斯都不知道。你记得康尼吧。很好的一个小伙子。再过三五个月，罗莎夏就要生孩子了。现在是大肚子，气色倒很好。”

“哎呀！”汤姆说，“罗莎夏本来还是个小姑娘嘛。现在居然快生孩子了。人只要一离开，四年中间发生的事真多！你打算什么时候动身到西部去，爸？”

“噢，我们要把这些东西搬去卖掉。如果奥尔游荡够了，他一回来，我想他就可以把这卡车装好，把东西全都装上，那么我们明后天就可以动身。我们没多少钱了，有人说，去加利福尼亚有将近两千英里路程呢。我们越早动身，就越有到那边的把握。钱是一天天少下去了。你有点儿钱吗？”

“只有一两块钱了。你怎么弄到钱的？”

“噢，”爸说，“我们把家里所有的东西通通卖掉，我们大伙儿都割棉花，连爷爷也干了。”

“我的确干过。”爷爷说。

“我们把所有的钱凑集起来——有两百块。我们花了七十五块买了这辆旧卡车，我和奥尔拆开了车身，把后半截改装了一下。奥尔本想磨一磨气门，可是他老忙着到处胡闹，没工夫顾到这个。我们到动身的时候，也许可以有一百五十块钱。这卡车上的旧轮胎走不了多远了，我们还配了两个旧车胎。我想有些东西在路上顺便再买吧。”

太阳直射下来，那光线是刺人的。卡车在地面上投下了几道阴影，散发出热的汽油、油漆和油布的气味。三五只鸡已经从空地上躲到农具棚里避太阳去了。几头猪躺在篱笆附近有阴影的地方，喘着气，时而发出尖叫的声音。两只狗在卡车底下的尘沙里躺着喘气，拖长了的舌头上粘着尘沙。爸把帽子拉到眼边，蹲在地上，仿佛这就是他进行思索和观察的自然姿势似的；他望着汤姆，望着他那新而不挺的小帽、他的衣服和那双新皮鞋，认真打量了一番。

“这些服装是你花钱买的吗？”他问道，“往后这些衣服就会成为累赘了。”

“这都是他们给我的，”汤姆说，“我出来的时候，他们给我的。”他脱了小帽，赏玩似的看了一眼，用帽子揩了揩额头，然后很随意地把它戴上，拉拉帽舌。

爸说道：“他们给你的这双皮鞋倒是挺好看呢。”

“是的，”乔德表示同意，“看上去倒是很好，可惜不是热天走路的鞋子。”他在父亲身边蹲下了。

诺亚慢腾腾地说：“你要是把两边的板子钉结实，我们也许可以把东西都装在车上。先把车装好，等奥尔一来，那就……”

“你要是愿意的话，我可以开车，”汤姆说，“我在麦卡莱斯特监狱里开过车。”

“好极了。”爸说，过了一会儿，他用两眼凝神望着那条大路。“如果我没看错，那个放荡家伙拖着尾巴回来了，”他说，“看样子他很疲倦了。”

汤姆和牧师也向大路望过去。奥尔发觉有人注意他，便挺直胸脯，大摇大摆地走到院子里来，像只将要啼叫的雄鸡一般。他得意扬扬地走到汤姆面前才认出了他。当他弄明白的时候，他那得意的脸色就变了，两眼露出钦佩和敬重的神气，那副架子也放下了。他那条卷起八英寸裤腿、故意露出高跟皮靴的挺括的斜纹布裤，以及他那根缀有铜字的三英寸阔的腰带，甚至他那件蓝衬衫上的红臂带，他那顶斯泰森毡帽上时髦的尖角，都不足以使他有他哥哥那么神气；因为他哥哥打死过一个人，这是谁也不会忘记的。奥尔知道自己就因为哥哥打死过人，受到过一些年纪相仿的男孩的敬重。他曾经在萨利索听到别人指着他说："这就是奥尔·乔德。他哥哥用铁锹打死了一个人。"

现在奥尔谦逊地走近前来，看出他哥哥并不像他先前所意想的那样摆架子。他看见他哥哥那双阴沉的眼睛里露出的一副沉思的神情，看见他因牢狱生活而养成的宁静的脸色，看见他那光滑而坚定的面孔，看出他是养成了习惯，不向狱卒露出任何神色，既没有反抗的表示，也不显出没骨气的奴性。于是奥尔的态度立刻就变了。他下意识地变得像他的哥哥了，他那发亮的脸上露出沉思的神情，他的肩膀也松下来了。他记不起汤姆本来是什么样子了。

汤姆说："喂。天哪，你长得多快呀！我快不认识你了。"

奥尔羞怯地嬉笑着，准备和汤姆握手。汤姆伸过手去，两人便亲热地握手了。他们两兄弟是情投意合的。"他们告诉我，你是开卡车的好手了。"汤姆说。

奥尔知道他哥哥不大喜欢夸口的人，便说道："我还不大内行呢。"

爸说道："老是在外面游荡。你好像很疲倦了。噢，你还有一车东西要装到萨利索去卖呢。"

奥尔看了他哥哥一眼。"你愿意搭车去一趟吗？"他故意装出随随便便的样子问道。

"不，我不能去，"汤姆说，"我在这儿帮帮忙吧。我们到西部去，大家反正是一道。"

奥尔竭力想控制住他要提出的一个问题。“你——你是从监狱里逃出来的吗？”

“不，”汤姆说，“我是假释的。”

“啊。”奥尔有些失望了。

第九章

佃农们在那些小屋子里挑选他们的财物，还有他们的父亲和祖先的财物。他们要把一些准备带到西部去的东西挑出来。男人们下狠心抛弃了许多东西，反正过去的生活已经遭到破坏了，但是妇女们却知道在未来的日子里，过去的苦难还是不免要向他们打招呼。随后男人们都到仓棚里去了。

那把犁，那个耙，还记得打仗的时候我们种芥菜的情形吗？还记得有个人劝我们种一种叫作银菊胶的橡胶树吗？他说，那可以发财。把那些农具拿出来——卖它几块钱吧。那把犁花了十八块，外加汽车运输费——是西尔斯·罗白克牌的。

马具、大车、播种器，还有小捆小捆的锄头，把它们搬出来，堆在一起，再装上车，运到城里去。能卖多少钱就卖多少钱。把牲口和大车都卖掉。再也用不着这些东西了。

一把好犁卖五毛钱是不够的。那个播种器是三十八块钱买来的。卖两块钱可不够。反正不能再把这些东西拖回来。好吧，都带去，搭上一份儿伤心泪。抽水机和马具也带去，笼头、颈圈马轭和缰绳，都带去吧。这个做马饰用的小玻璃球，玻璃里面还有红玫瑰花，也把它带去吧。那是从前给阉过的公马买来的。还记得它小跑的时候怎么抬起脚来吗？

乱七八糟的东西堆在院子里。

手扶犁再也卖不掉了，只能当废铁卖五毛钱。圆盘耙和拖拉机才是现在时兴的东西。

好吧，都拿去——所有的破烂东西——给我五块钱吧。你不仅是买了一堆破烂东西，还把破烂的生活也买去了。还有呢——你等着瞧吧——你还买去了苦痛。你把犁买去，将来就会用来埋葬你的儿女；我们的双手和我们的精神本来是可以救救你们的，可是你们把它们也买去了。五块钱，四块不行。我不能把这些东西再拖回去——好吧，四块就四块，卖给你吧。可是我警告你，你买去的东西将来会把你的儿女埋葬掉。你不懂。你也不会懂。就算四块钱卖给你吧。喂，牲口和大车你出多少钱？这两匹栗色好马呀，配得真好，颜色一样，脚步也是一样，齐着步走。它们使劲拖的时候，腿和屁股都同时用力，不先不后，分秒不差。早晨的太阳照在它们身上，就闪出栗色。它们从篱笆上面望过来，吸一吸鼻子，想嗅到我们的气息，还转动那挺直的耳朵，想要听见我们的声音，还有那黑色的额毛多好呀！我有一个闺女。她喜欢把马儿的鬃毛和额毛梳成辫子，还给它戴上红色的小花结。她喜欢这么做。现在全都完了。说起那个姑娘和右边那匹公马，我本可以给你讲一个有趣的故事。那会使你发笑的。右边的公马是八岁，左边的母马是十岁，可是看它们在一起干活儿的样子，真像是一对双胞胎呢。懂不懂？牙齿全都是结实的。肺活量也很好。脚都长得很漂亮，干干净净。多少钱？十块？两匹一起？还搭上大车呀——啊，我的天哪！我还不如开枪把它们打死做狗食呢。啊，卖给你吧。快拿去，先生。你连我的闺女也买去吧，她把马儿的额毛梳成辫子，把自己的发带取下来编成花结给它戴上，往后一站，歪着脑袋，把她的脸和马鼻子蹭一蹭。你把多年晒着太阳的辛苦劳动买去了；你把不说话的伤心泪买去了。可是你要当心，先生。你买了这堆破烂东西和这对栗色马，占了便宜——马可是真漂亮呀——要知道这是痛苦的种子，迟早会在你家里成长开花。我们本可以救救你，可是你要了我们的命，将来人家也会要你的命，那时候我们就不会来救你了。

佃农们徒步走了回来，双手插在口袋里，帽子拉得很低。有人买了一瓶酒，快速喝下去，想使它起的作用强烈一些，使自己醉得发呆。但是他们并没有笑，也没有跳舞。他们没有唱歌，也没有弹吉他。他们走回农庄去，双手插在口袋里，低着头，鞋子踢起那红色的尘沙。

也许我们到了那富庶的新地方——到了加利福尼亚那长果树的地方，又可以从头做起吧。我们能另起炉灶就好了。

但是你不能从头做起。只有小娃娃才可以从头做起。你和我呢——哎，都是完蛋的了。一时的愤怒，无数的回忆，我们就是这么回事。这片土地，这片红色的土地，就是我们；闹水灾、闹风沙、闹旱灾的年成，就是我们。我们不能从头干起了。我们把伤心事卖给了那个收破烂的人——他买了去也活该，可是我们的伤心事还是没有完。东家撵我们走的时候，那就是我们能得到的份儿，拖拉机撞破我们房子的时候，那就是我们能得到的份儿，直到我们死了才完事。到加利福尼亚或是别的地方去——个个都是鼓手，领着伤心的游行队伍，满怀痛苦地向前走。总有一天，伤心的队伍都会往同一方向走去。他们会在一起走，那就会成为一种非常可怕的情景。

佃农们在红色的沙土里一瘸一拐地走着，回到农庄上。

火炉和床铺、桌椅和屋角的小碗柜、木盆和水槽，这一切可卖的东西都卖掉了，却还剩下一堆一堆的东西；妇女们坐在这些东西当中，把它们翻动翻动，又移开目光望望别处，再回头来望望它们：有画片，有方块的玻璃，还有一只花瓶。

现在你知道我们有哪些东西可以带走，哪些东西不能带走。我们会在外面露营——要带几只锅子做饭，洗洗东西，要带几副床垫和被子，还要带提灯、水桶和一块帆布。就用这帆布做帐篷吧。还有这只煤油桶。你知道那是什么？那是火炉。还有衣服——把衣服都带着吧。还有——

这支步枪呢？不带枪出远门可不行呀。鞋子、衣服和食物都没有了，甚至连希望都没有了的时候，我们还是要带着步枪才行。当初爷爷到这里来的时候——我给你说过没有？——他就是带着胡椒、盐和一支步枪来的，别的什么也没有。把步枪也带去吧，还要带一只瓶子盛水。这些东西差不多就装满一车了。堆在拖车两边吧，孩子们可以坐在拖车上，奶奶可以坐在床垫上。还有工具、铁锹、锯子、扳手和钳子。还有斧头，这把斧头我们用了四十年了。瞧它用成什么样子了。还有绳子，当然少不了。其余的东西呢？甩在这里——要不就把它们烧掉。

孩子们也来了。

如果玛丽要带那个布娃娃，如果她把那个挺脏的布娃娃都带去，那我就要带着我那把印第安弓。我非带不可。还有这根圆棍子——和我一样大。我也许用得着这根棍子。我早就有这根棍子了——一个月，也许是一年了。我得带去才行。加利福尼亚像什么样子呢？

妇女们坐在那些倒霉的东西当中，把它们翻动翻动，望望别处，又望一望它们，这本书是我父亲的，他喜欢书。《天路历程》，从前他老爱读它，书上还写着他的名字呢。还有他的烟斗——现在还有那股臭味。还有这张画片——一个天使。我生头三个孩子以前，爱看这张图画——好像是没有多大用处。我想这只瓷狗可以带着吧。萨迪姨妈从圣路易博览会带来的。看见了吗？这上面写着字呢。不，没有了。这儿有一封信，是我兄弟临死的前一天写来的。这儿有一顶旧式的帽子。这些破烂东西——从来就用不着。不，装不下了。

我们没有了以往的生活，怎么活得下去？甩掉了过去的一切，我们怎么能知道这就是我们呢？不。丢下吧。烧掉吧。

她们坐在那里，望着那些东西，一面把它们烧掉，一面深深地记在心上。连门外是什么地方都不知道，那会是个什么滋味？假如你半夜醒来，知道——知道外面没有那棵柳树，该多么难受？没有那棵柳树，你还能活得下去吗？不行，那可是活不下去。那棵柳树就是你。躺在那张床垫上的痛苦——那一阵难熬的痛苦——那就是你。

孩子们呢——如果山姆要带他的印第安弓和他那根挺长的圆棍子，我就得带两样东西。我选定那只绒毛的枕头，那是我的。

忽然他们神经紧张起来。非赶快脱身不可。不能再等了。我们不能再等了。于是他们把那些东西堆在院子里，放火把它们烧掉。他们站在那里，望着那堆东西燃烧，然后他们拼命把车上的东西装好，就开车走了，在飞扬的尘沙里开走了。满载的汽车走过之后，尘沙在空中弥漫了很久。

第十章

卡车装着农具和笨重的工具、床铺和弹簧垫褥，以及可以变卖的一切搬得动的东西开走之后，汤姆在原地到处走动起来。他没精打采地踱到仓棚里看看，又踱到空荡荡的马厩里看看，他走到堆放农具的披屋里，踢踢剩下的垃圾，用脚把一根折断了的耙齿翻过来。他到他所记得的各处去看——燕子做窠的红土河边，掩荫着猪圈的那棵老柳树。两头小猪——两头舒舒服服地晒着太阳的黑猪隔着篱笆向他哼叫，摆动着身子。他巡视完毕了，于是他就走到台阶上刚刚有了阴影的地方坐下。妈在他背后的厨房里忙着，在一只木桶里洗着孩子们的衣服；她那双长着雀斑的粗壮的臂膀从胳膊肘上滴下肥皂水来。他一坐下，她就停止了洗衣。她对汤姆望了很久，他转过头去定睛向外望着炎热的太阳的时候，她又望着他的后脑勺。然后她又恢复了搓衣服的工作。

她说：“汤姆，我希望加利福尼亚一切都好。”

他转过头去看看她。“你怎么担心到那边不好呢？”他问道。

“噢，没什么。那地方似乎是太好了。我看见过人家散发的传单，说那边有许多工作好干，工资也很高，好处多得很；我还看见报上说，人家需要有人去摘葡萄、橙子和桃子。那可是很好的工作，汤姆，摘摘桃子，多好！即使他们不许你吃，有时候你也许还是可以偷走一个坏的吧。在树底下，在阴凉地里干活儿，也是很舒服的。这么好的事恐怕靠不住。我有些不相信。我只怕实际情形没有那么好。”

汤姆说：“别存太大的奢望，也就不会犯嘀咕了。”

“我知道这话是不错的。这是《圣经》上的道理，是不是？”

“我想是吧，”汤姆说，“自从看过一本名叫《博得巴布拉的欢心》的书以后，我对《圣经》上的话就不能遵守了。”

妈轻轻笑了一下，把那些衣服在木桶里弄进弄出地涮洗着。她把工装裤和衬衫拧干，前臂上的筋鼓了起来。“你爷爷老爱引《圣经》上的话。他还把那上面的话弄混了。他把《圣经》和《密勒医师日用手册》搅混起来，常常大声念着那本手册上的每句话——那是一些患失眠和背痛的病人的信件。后来他就拿这些话来教训别人，他说：‘这就是《圣经》上的箴言。’你爸和约翰伯伯听到这话，不由得哈哈大笑，惹得他很不好受。”她把拧干了的衣服像木块似的堆在桌上。“听说到我们要去的地方有两千英里路呢！你想这到底有多远，汤姆？我在地图上看见过那个地方，有些像明信片上那样的大山，我们得钻过去呢。你想走这么远的路程，要多少天，汤米？”

“我不知道，”他说，“两个星期吧。如果我们运气好，也许只要十天。喂，妈，你别发愁。我给你谈谈监狱里的情形吧。你心里可不能老想着什么时候才能出去。那你就要发神经病了。你应当想着当天，再想着第二天，想着星期六的球赛。你就该想着这些事。老犯人都是这么办。有一个新到的小伙子把脑袋往牢门上撞，因为他心里老想着要关多久才能出去。你为什么要像他那样呢？每天都自自在在地混过去就好了。”

“这倒是个好办法，”她说着，顺手把炉子上的热水倒进木桶，又把脏衣裳放进去，按到肥皂水里，“对，这是个好办法。可是我爱想想加利福尼亚的情况有多么好。天气永远不冷。到处是水果，大家都住在一些顶好的地方，住在橙子树当中精致的小白房子里。我瞎想着——如果我们全家都有了工作，都干活儿了——说不定这种小白房子我们也能置一所。孩子们就可以直接从树上摘橙子。他们准会憋不住，非大嚷大叫不可。”

汤姆看着她做事，两眼微笑了。“你只是这么想想，倒也有好处。我认识一个加利福尼亚来的人。他说的话并不像我们说的这样。你只看他那种说话的神气，就可以知道他是从老远的地方来的。可是他却说现在连那种地方也有许多人在找工作。他说摘水果的人住在肮脏的旧棚子里，连饭都吃不饱。他说工资很低，挣钱很难呢。”

一道阴影从她的脸上掠过。“啊，不是那样，”她说，“你父亲拿到了一张黄纸的传单，那上面说他们需要有人去做工。如果那边没有许多工好做，他们不会这么自找麻烦的。把传单印出来，要花许多钱呢。他们为什么要骗人，为什么要花了钱来骗人呢？”

汤姆摇摇头。“我不知道，妈。他们为什么要这么做，很难捉摸。也许……”他向外面看看，那热辣辣的太阳照着红色的大地。

“也许怎么？”

“也许那边是真好，像你所说的那样。爷爷上哪儿去了？牧师上哪儿去了？”

妈从屋里走出来，两只胳膊上高高地捧着一些衣服。汤姆退到一边，让她走过。“牧师说他要到处去走走。爷爷在这屋里睡着了。他白天上这儿来，有时候就躺着睡睡觉。”她走到晾衣服的铁丝跟前，把淡蓝色的裤子、蓝衬衫和灰色的长内衣一件件搭在铁丝上。

汤姆听见背后有一阵懒洋洋的脚步声，于是他就回头向里看。爷爷正从卧室里出来，还是跟早上一样，摸弄着裤裆口上的纽扣。“我听见了说话的声音，”他说，“这些王八蛋不让老人睡睡觉。你们这些家伙懂点人情世故之后，就该懂得让老人睡睡觉了。”他那些发狠的手指头使了很大的劲，才把裤裆口上仅有的两颗扣着的纽扣解开了。他的手一时忘记了要干什么。随后他就把手伸进裤裆里，在阴囊底下心满意足地搔起痒来。妈两手湿淋淋地走进屋里来，她的手掌被热水和肥皂泡得起了皱纹，而且胀大了。

“我还以为你在睡觉呢。让我给你扣上纽扣吧。”虽然他挣扎着，她还是揪住他，把他的内衣、衬衫和裤裆口都扣好了。“你老是到处乱跑，尽出洋相。”她说着，便让他走了。

于是他气呼呼地喷着唾沫说道：“自家的纽扣让人家扣，总不——总不……我愿意自己扣裤子上的纽扣，不爱让别人管闲事。”

妈开玩笑似的说：“加利福尼亚是不许衣服没扣好的人四处乱跑的。”

“他们不许，哼！我偏要教训教训他们。他们以为可以教我学那地方的规矩吗？哼，只要老子高兴，偏要把那玩意儿吊在外面，到处乱走。”

妈说道：“他说的话似乎是一年比一年更下流了。我看他是倚老卖老，故意装疯。”

老头子伸出那长着短胡子的下巴，用狡猾、顽皮和快活的眼光看看妈。“得啦，你哪，”他说，“我们不久就要动身了。嘿，那边到处都是葡萄，一直垂到路上来。你猜我打算怎么办？我要把葡萄摘来装满一澡盆，自己坐在里面乱动，让汁水浸透我的裤子。”

汤姆大笑起来。“哎，爷爷哪怕活到两百岁，你也别打算叫他老老实实地在家里待着，”他说，“你打定了主意要走，是不是，爷爷？”

老头子拉出一只木箱来，一屁股坐在上面。“是呀，”他说，“不久就要去了。我兄弟四十年前就出门上那儿去了。从没听到过他的消息。他真是个可恶的浑蛋。谁也不喜欢他。他偷了我一支单发的科尔特牌手枪跑了。我要是碰到他或是他的孩子——如果他在加利福尼亚有了孩子的话——我就要向他们讨还那支手枪。可是我知道他这个人，他要是有了孩子，那也准是叫别人家的婆娘生的，他叫人家当王八，给他把孩子养大。我当然愿意到那地方去。我心里觉得到了那边，就可以变成一个新人，马上就到果树林里去干活儿，那多好呀。”

妈点点头。“他这说的倒是真话，”她说，“他干活儿一直干到三个月以前，上回跌坏了屁股，才不干了。”

“一点儿不错。”爷爷说。

汤姆从他的坐处向外望着门口的台阶。“牧师过来了，他是从仓棚后边绕过来的。”

妈说道：“今天早上他做的祷告，可真是古怪透了；我从没听到过这样的祈祷。那简直算不得祷告。只不过是谈谈天，可那声调倒也像祈祷。”

“他是个有趣的家伙，”汤姆说，“老是讲些趣话。有些像是自言自语。他说的话总是不清不楚。”

“你看他的眼神，”妈说，“他好像很泄气似的。他那副神情，人家叫作眼睛发呆，他倒真像是泄了气的样子。老是低着头走路，莫名其妙地瞪着眼睛望着地面。这的确是个泄了气的人。”她沉默下来，因为凯西已经走近了门口。

“你那么到处乱转，会中暑的。”汤姆说。

凯西说：“啊，是的——也许是。”他忽然向他们所有的人，向妈、爷爷和汤姆求起情来：“我要到西部去，非去不可。不知道能不能跟你们一家人同去。”接着他就站在那里，为自己说的话觉得有些尴尬。

妈指望着汤姆讲话，因为他是个男人，但是汤姆却不开口。妈先让他行使他的权利，有说话的机会，见他不说，然后她才说道：“噢，我们很高兴有你同去。不过现在我当然还说不准，他爸说今晚所有的男人要一块儿谈谈，商量我们动身的日期。我想我们也许最好还是等男人到齐了再决定吧。约翰、爸、诺亚、汤姆、爷爷、奥尔和康尼，他们一回来就会商量商量。可是只要安插得下，我相信我们一定会很高兴带你同去的。”

牧师叹了一口气。“我反正要去，”他说，“这儿的情况大变了。我到各处看了看，家家的房子都空了，田地也空了，这整个地方都空了。我不能再待在这儿。老乡们上哪儿去，我也要上哪儿去。我要在田里干活儿，也许我会快活的。”

“你不打算传道了吗？”汤姆问道。

“我不打算传道了。”

“你不打算给人家施洗礼了吗？”妈问道。

“我不打算给人家施洗礼了。我要到地里去干活儿，到绿色的地里去干活儿，要和大家接近。我不打算教他们什么。我只想自己跟人家学习学习。只想去了解了解人家为什么爱在草地上散步，听听他们谈天，听听他们唱歌。听听孩子们吃玉米粥的声音。听听晚上夫妻俩在床铺上的响声。跟他们一块儿吃饭，学习学习。”他的两眼潮润并且发亮了，“只想倒在草地上，谁肯跟我在一起，我就跟谁痛痛快快地谈谈心。只想能咒骂，出出气，听听老乡们谈话当中的诗意。这一切都是圣洁的，这一切都是我过去所不懂的。这一切事情都是好事情。”

妈说道：“阿门。”

牧师腼腆地坐在门边的砧板上。“不知道这样孤零零的一个人还有什么意思。”

汤姆轻轻地咳了一声。“一个不再传道的人……”他开始说。

“啊，我只是个空谈家！”凯西说，“老是改不了这个毛病。可是我现在不传道了。传道是给人家讲一些道理。往后我可是要向他们讨教。这不算传道，对不对？”

“我不知道，”汤姆说，“传道是一种说话的声调，传道是观察事物的一种态度。传道是在人家恨死了你的时候，偏要假装给人家做好事。

去年过圣诞节，我们在麦卡莱斯特监狱里，救世军[①]来给我们讲过道。整整讲了三个钟头，还奏着乐，我们坐在那儿听。他们对我们装作挺好的样子。可是我们如果有人打算跑出去，那就要坐单人禁闭。传道就是这么回事。假装给一个倒霉蛋做好事，其实他恨不得打你的耳光，却不能动手。噢，你不是个传教的。可是别在这儿讲你那一套吧。”

妈扔些柴棍到炉子里。“我要给你做点东西吃，只是不多。”

爷爷把木箱搬出去，坐在那上面，斜靠着墙。汤姆和凯西也靠着屋里的墙坐着。下午的影子从屋里移出去了。

傍晚时候，卡车回来了，一路在尘沙里颠簸飞驰，底板上积了一层尘土，车头的盖子上蒙了一层尘土，连车前的头灯也被红色的灰尘蒙住了。卡车开回来的时候，太阳正在西沉，大地承受了落日的余晖，染上了血红的颜色。奥尔坐在那里，俯身在方向盘上，又得意、又严肃、又能干的样子；爸和约翰伯伯坐在司机旁边的荣誉座上，正跟家长的身份相称。其余的人站在车身的底板上，揪住了车两边的横档，有十二岁的露西和十岁的温菲尔德，一副顽皮的模样；他们的眼睛显得倦乏而又兴奋，他们的手指头和嘴角还有黏糊糊的黑印迹，因为嚼过在市镇上哭闹着向他们父亲讨来的甘草棒糖。露西穿着一件长到膝下的淡红色女童装，略略有些装正经的小妇人的神气。但是温菲尔德却还脱不了拖着鼻涕、爱在仓棚后面发愣、到处拾烟屁股吸一吸的顽皮孩子的寒碜相。露西已经感到自己那对发育着的乳房的力量，感到它们的责任和尊严，而温菲尔德却还是个愣头愣脑的野孩子。罗莎夏轻轻地抓住横档，站在他们身边。她踮着脚尖站在那儿，一摇一摆，极力保持平衡，用大腿和屁股承受着一路的颠簸。她已经怀了孕，所以很小心谨慎。她那编成辫子盘在头上的头发成了一顶灰黄色的宝冠。她那娇嫩的圆脸，几个月以前还风

---

① 救世军是一个于 1865 年成立，以军队形式作为其架构和行政方针，并以基督教作为基本信仰的国际性宗教及慈善公益组织。该组织以街头布道、慈善活动和社会服务著称。

骚诱人，现在已经摆出那副有了身孕后的端庄的仪容、自满的微笑和自觉十全十美的神情；她那胖胖的身子——饱满而柔软的乳房和肚子，还有那结实的屁股，自由自在地摆动着，富有诱惑力，仿佛要挑逗人家去拍一拍、摸一摸似的。现在她的整个身子已经变得稳重而端庄了。她的全部心思和行动都向着肚里的婴孩。为了婴孩，她现在才踮着脚尖，使身子稳定。在她看来，整个世界也是怀孕的了；她的脑子里只转着繁殖和母性的念头。她那十九岁的丈夫康尼，娶了这么个胖胖的、多情的少女，对她的变化还在感到惊讶和惶惑；因为他们已经不再在床上抓着咬着学猫斗，不再抿着嘴笑，不再嬉闹得迸出眼泪来了。她现在是个稳重、谨慎而贤惠的人儿，对他含蓄而又沉着地微笑着。康尼有罗莎夏这样一个妻子，感觉到又得意又害怕。只要有机会，他就把一只手放在她身上，或是靠近她站着，使自己的身子接触她的大腿或是肩膀；他觉得这样才能维持住一种可能会失去的亲热关系。他是一个瘦身材的青年，长着一张得克萨斯人气质的尖脸，他那双淡蓝的眼睛有时凶狠，有时和气，有时惊恐。他是个善良而勤劳的工人，也能做个好丈夫。他喝酒喝得不少，但并不过量；不得已的时候，他也会跟人家斗一场，可是他决不夸口。他静静地坐在人群中，勉强待在那儿，让人家知道他在场。

约翰伯伯如果没有五十岁的年纪，因而当然居于家长之一的地位，他就不会情愿坐在司机旁边的荣誉座上。他宁可让罗莎夏坐在那里。但这是不行的，因为罗莎夏还年轻，又是个女人。但是约翰伯伯坐在那里并不自在，他那双凄清的惶惑不安的眼睛也不自在，他那瘦削而强壮的身子也不舒畅。孤寂这个障碍几乎使约翰伯伯与众人隔绝，与欲望无缘。他吃得不多，也不喝酒，是个独身主义者。但是他内心的欲念却膨胀起来，变成一种压力，最后终于迸发出来。于是他要么就把他想吃的某些食物饱食一顿，直到要呕吐为止；要么喝酒喝得像是中了风似的，两眼通红；要么就到萨利索去宿娼。据说有一次他一直跑到肖尼去，叫了三个妓女到一张床上，发出怪声，兽性勃发，在她们那些毫无反应的身上胡闹了一个钟头。但是等到他的一种欲念满足了的时候，他却又愁眉苦脸，羞惭而又孤寂了。他躲着别人，竭力想用赠品来消除一切人对他的反感。有时候他悄悄地跑到别人家里，在孩子们枕头底下留下一些口香糖给他们；他还义务给人家砍劈柴。他把自己原有的东西送掉：一个马鞍啦，一匹马啦，一双新鞋啦。有时候收到东西的人不能跟他说话，因为他一溜烟就跑掉了，要是让人家挡住，他就怀着鬼胎似的用惊恐的眼色贼头贼脑地望着你。他妻子的去世，以及丧妻后几个月的孤独时期，使他的神态上露出了内疚和羞惭的标记，也在他身上留下了一种消除不掉的孤独感。

但是有几件事他却摆脱不了。他既是家长之一，就得有一家之长的派头；现在他就只得坐在司机旁边的荣誉座上。

当卡车沿着尘土飞扬的大路开回家的时候，座位上的三个男人都有些愁闷。俯身在方向盘上的奥尔不住地把眼睛从路上转到仪表板上，看着那鬼鬼祟祟跳动着的电流表的针，看着油量表和温度表。他心里老在盘算着车子的种种弱点和可疑的情况。他听着可能是汽车后部传动轴上发出的呜呜声，大概是缺油了；他听着变速杆一推一拉的响声。他老用一只手抓着排挡，从杆子上感觉着齿轮的震动。他踩下了离合器，踩着刹车，借此测验测验那些有毛病的离合器片是否打滑。他有时也许可以说是一个骚气十足的色鬼，但是现在对这辆卡车，对它的行驶和保养，却是他的责任。如果车子有了什么故障，那就是他的过失了；即使谁也不说什么，可是每个人，尤其是他奥尔本人，总会知道这是他的过失。因此他就感觉着它，看着它，听着它。他的脸色是严肃而又认真负责的。人人都尊重他和他所承担的责任。就连一家之长的爸，也会拿着扳手，接受奥尔的命令。

他们在卡车上都疲倦了。露西和温菲尔德由于看到路上动荡的一切，看到太多的人脸，还为了争甘草棒糖，都有些疲倦了；约翰伯伯悄悄地把口香糖塞到他们的口袋里，引得他们兴奋了一阵后也感到了疲倦。

座位上的男人都感到疲倦、气愤和愁闷，因为他们把农庄上一切可以搬动的东西——马匹、大车、农具、家具——全部卖掉，只得到了十八块钱。十八块钱啊。他们曾经费尽口舌，跟买主讨价还价；但是当买主摆出可买可不买的神气，对他们说无论贵贱都不要了的时候，他们就泄气了。于是他们屈服下来，相信了买主的话，比他最初肯出的数目还少卖了两块钱。现在他们又疲乏又害怕，因为他们刚才跟他们所不了解的一套手法作对，这套手法把他们打败了。他们知道马匹和大车卖得太便宜了。他们知道那买主可以赚到的钱比他们所得到的还要多得多，但是他们自己却不知道该怎么办。生意买卖在他们看来，还是一件神秘莫测的事。

奥尔把眼光从大路一下子移到仪表板上，说道："那家伙并不是本地人。说话就不像本地人。穿的衣服也不一样。"

爸解释说："我在铁器铺里跟几个熟人谈过。他们说有些人上这儿来，专为收买我们这些打算出远门的人不得不卖的便宜货。他们说这些外来人赚钱不少，可是这叫我们毫无办法。也许早该叫汤姆去。也许他能把事情办得好一些。"

约翰说道："可是那个人根本不肯买了。我们又不能把东西搬回来。"

"我认得的那些人谈到过这一点，"爸说，"说那些买主总是用那种手段，总是那么吓唬乡下人。我们真没法子跟他们斗这种手法。孩子他妈要失望了。她会气得发疯，大失所望呢。"

奥尔说："你想我们该什么时候动身，爸？"

"没准儿。今晚我们商量商量再决定吧。汤姆回来了，我很高兴。这倒使我称心如意。汤姆真是个好孩子。"

奥尔说："爸，有人谈到过汤姆呢，他们说他是假释出来的。他们说，这就是说他不能离开这一州，如果他到别州去，让他们捉住了，他们就会把他送回监狱，再关三年。”

爸显出吃惊的样子。“他们是那么说的吗？像是懂得实情的人说的吗？不是瞎扯吧？”

“不知道究竟怎样，”奥尔说，“他们只不过在那儿谈着这件事，我并没让他们知道我是他兄弟。我不过站在那儿听见了，就记在心里。”

爸说道：“天哪，我希望这话不确实！我们需要汤姆。我要问问他这件事情。人家不把我们逼得丧魂失魄，我们也够伤脑筋了。我希望这不确实。我们要把这件事弄个一清二楚。”

约翰伯伯说：“汤姆他自己总该知道。”

当卡车吃力地向前行驶的时候，他们沉默下来了。发动机响得厉害，有许多轻微的叮叮当当的杂音，刹车杆也跳得厉害。车轮上有发涩的尖叫声，水箱顶上的洞里喷出了一股薄薄的蒸气。卡车后面拖着一道飞扬得很高的红色尘沙。当他们开上最后一个小山冈的时候，太阳还在地平线上露着半边脸，等他们下坡朝屋前开去的时候，太阳就消失了。停车时，卡车叽叽地叫了一声，这声音印在奥尔的脑子里——他知道刹车片磨掉了。

露西和温菲尔德喊叫着爬过车的边栏，跳到地上。他们喊道：“他在哪儿？汤姆在哪儿？”接着他们就看见他站在门边，于是他们不知所措地停下来，慢慢地向他走去，怯生生地看着他。

等他说了“喂，你们这两个小家伙好吗？”这句话以后，他们便温柔地回答道：“啊！好呀。”他们站在一边，偷偷地仔细望着这位杀过人、坐过牢的伟大的哥哥。他们想起了从前把鸡埘当作监狱玩，大家争着要做犯人的情形。

康尼·里弗斯抽开卡车后面的挡板，跳下车来，又把罗莎夏扶到地上；她大大方方地接受了这种照顾，脸上显出聪明而自满的笑容，两边嘴角傻里傻气地撇了一撇。

汤姆说："噢，这是罗莎夏呀。我没料到你会跟他们一道来。"

"我们正走着，"她说，"刚好卡车路过，就把我们带来了。"随后她又说："这是康尼，我丈夫。"她说这句话的时候，显得很得意。

他们两个人握握手，互相打量了一下，仔细望了一会儿；片刻之间，彼此都满意了，接着汤姆说道："咦！我知道你是有喜了。"

她的眼睛望着地上。"你还看不出，现在还早呢。"

"妈对我说过了。什么时候生？"

"噢，早得很呢！要到冬天。"

汤姆笑了。"要到橙子园里去养孩子，呃？要在周围全是橙子树的那种白房子里生孩子吧。"

罗莎夏两手摸摸肚子。"你还看不出。"她说着，满意地笑了笑，就走进屋里去了。傍晚很热，西方地平线上还闪射着光芒。也不用什么招呼，全家人就都聚集在卡车边上，于是家庭会议就开幕了。

黄昏的余晖使红色的大地隐隐发亮，所以大地的周界显得深沉了，石头、柱子、房屋都比在白昼的光线里深沉得多、坚实得多；说来也稀奇，这些物体都显得更加独特了——柱子成了更实在的柱子，仿佛跟它所在的大地和它所衬托的玉米互相分离了似的。农作物也一株一株地各自成为个体，而不是一片庄稼了；那棵枝条纷乱的柳树也离开了其他所有的柳树，孤零零地站在那里。大地给黄昏贡献了一份微光。那所没有油漆的灰色房屋面朝西面，前面部分像月亮那样灿然有光。就在这片微光中，就在这片好像一架立体幻灯机放映的景象里，那辆蒙着尘沙的灰色卡车轮廓鲜明地耸立在门前的院子里，带着几分神奇的意味。

人们在黄昏时分也都变了样，显得沉静了。他们似乎都是一个无知觉的整体的一部分。他们服从着一些只在他们脑子里隐约反应的冲动。他们的眼光都是向着内心的，平平静静的；他们的眼睛也都在这黄昏时分发亮，在蒙着尘沙的脸上炯炯有光。

这一家人在靠近卡车的那块最重要的地方聚会。房屋死气沉沉，田野也是死气沉沉；但是这辆卡车却是有生气的东西，是生命的主要因素。这辆老古董哈得逊车，水箱的隔板弯曲而有伤痕，一切能转动的机件上被磨损的棱角上都蒙着带灰尘的水珠，而水珠里都夹杂着肮脏的机油，气门盖都没有了，气门上面积着红色的尘沙——这辆又笨又大、一半客车一半卡车的高挡板旧汽车，就是他们的新家，一家的生活中心。

爸在卡车周围走了一圈，把车子看了一番，然后蹲在尘土里，找了一根柴棒来写数字。他一只脚平踏在地上，一只脚踮着，略略向后，因此一个膝盖高于另一个膝盖。他的左前臂搁在较低的左膝上；右肘撑在右膝上，右手托住了下巴。爸就这样用拳头托着下巴，蹲在那里，望着卡车。约翰伯伯向他走去，在他旁边蹲下来。他们的眼睛露出沉思的神色。爷爷从屋里出来，看见他们两人蹲在那里，便颤巍巍地走过来，坐在卡车的踏板上，面对着他们。这就是全家的核心。汤姆、康尼和诺亚踱过来蹲着，这些人形成了一个半圆形，爷爷就在缺口的地方。接着，妈和奶奶也从屋里出来了，罗莎夏跟在后面，娇弱地走着。她们在蹲着的男人们背后就位；她们站在那里，把手按在屁股上。露西和温菲尔德两个孩子在妇女们身边蹦蹦跳跳；他们在尘沙里扭动着脚趾，可是不出一点响声。只有牧师不在那里。他是知趣的，就在屋后的地上坐着。他是个好牧师，懂得老乡们的心思。

黄昏的光线越发柔和了，一家人有的坐着，有的站着，静静地待了一会儿。随后爸向全体报告了这件事情。“我们卖掉那些东西，上了大当。那家伙知道我们不能等。只卖了十八块钱。”

妈心神不安地动了一动，但是没有作声。

大儿子诺亚问道：“总共算起来，我们有多少钱？”

爸在尘土里写了些数字，自己喃喃地算了一会儿。“一百五十四块，”他说，“可是奥尔说我们非配几个好点的车胎不可。他说车上的那几个用不久了。”

这是奥尔第一次参加家庭会议。从前他向来是在妇女们背后站着的。现在他郑重地做报告了。“这车子旧了，很难弄，”他一本正经地说，“在我们没买它之前，我把它全身仔细检查过一遍。卖车的那家伙拼命说它是个便宜货，我并没理会。我把手指头伸进分速器箱，那里面并没有锯末子。打开齿轮箱看，也没有锯末子。我又试试离合器转转车轮，看看有没有毛病。我还钻到车底下，看那车身骨也一点没有走样。没有翻过车。只在蓄电槽里看见有个裂开的电池，我就叫那家伙换了个好的。车胎是要不得了，可是尺寸倒还好。容易买到。这车子赶路像牛那么慢，但不怎么耗油。我之所以主张买这辆车，就是因为这种牌子是常见的。各处修车场都有哈得逊车的零件，配起来要便宜些。用同样多的价钱本可以买到更大更好看的车子，可是那些车子配起零件来太不容易，价钱也太贵。这就是我看中了它的道理。”最后这句话是他向全家人的表白。他停住了话头，等着大家发表意见。

爷爷还是名义上的家长，但是不再管事了。他的地位只是习俗上的挂名地位罢了。但是他虽然昏庸老朽，却还是保持着首先发言的权利。蹲着的男人们和站着的妇女们都等着他开口。“你做得很对，奥尔，”爷爷说，“我从前也像你一样，是个自高自大的人，像只公狼似的到处放屁。可是事情一上手，我总是做得好好的。你长大了倒有出息。”他用祝福的口吻收住了话头，奥尔高兴得脸上有些发红了。

爸说道：“听起来倒是很有道理。如果是买马，我们就不必叫奥尔淘神了。可是这儿只有奥尔对汽车是个内行。”

汤姆说：“我也懂得一点儿。在麦卡莱斯特干过一些汽车活计。奥尔是对的，他办得很好。”奥尔听到称赞，脸又红了。汤姆接下去说：“我有一句话要说——就是那牧师——他想要一同去。”他住了口。他的话要等大家做决定，大家都沉默了。“他是个好人，”汤姆补上一句，“我们了解他已经很久了。有时候他讲话有点狂妄，可是他讲得有理。”于是他把这个建议交给全家来考虑。

光线渐渐消失了。妈离开了这群人，走进屋去，炉灶上铁器相碰的响声从屋里传了出来。不一会儿，她又回到了会议的场所。

爷爷说：“有两种看法。有些人往往以为有牧师在一起是不吉利的。”

汤姆说：“这家伙说他已经不做牧师了。”

爷爷把手来回挥动了一下。“一个人做过牧师，他就一直是牧师了。这你是甩不掉的。也有些人倒以为带个牧师一道走是体面的好事。如果有谁死了，牧师就可以给他下葬。婚期到了，或是过了，都有现成的牧师。孩子生下来，在自己屋里就有人给他施洗礼。我呢，我向来总说牧师与牧师各有不同。我们得挑选才行。我很喜欢这个人。他并不死板。”

爸把手里那根细木棍插到尘沙里，用手指搓来搓去，在地上钻成了一个小小的窟窿。“还有一层，比说他吉利不吉利、说他是不是好人更要紧，”爸说，“我们应当仔细合计合计。仔细合计起来，是要叫人难受的。我们算算看吧。爷爷和奶奶——这就是两个。加上我和约翰和孩子他妈——五个。再加上诺亚、汤姆和奥尔——这就是八个了。还有罗莎夏和康尼，就是十个，再加露西和温菲尔德，就是十二个了。我们还得把狗也带去。不带去怎么办呢？总不能把好好的狗拿枪打死，要送人又没人可送。那么总共就是十四个了。”

“还没把剩下的那些鸡和两头猪算进去呢。”诺亚说。

爸说道：“我打算把那两头猪腌了在路上吃。我们一路要吃肉的。把盐桶子随身带着。只是我不知道我们是否全都装得下，另外还能带着牧师去；也不知道我们能不能再给额外的一张嘴吃饭？”他没有转过头，就问道：“行不行，孩子他妈？”

妈清了清嗓子。“不是行不行，要问肯不肯，”她坚定地回答，“说到行不行，那我们是什么都不行，到加利福尼亚去也不行，干什么都不行。至于说到肯不肯，那么凡是我们肯做的事，我们都可以做。说到‘肯’的话——我们这些人在这儿和东部的老家住得很久了，从来没听说过乔德家或是黑兹利兹家[①]有过路人要借宿、要讨点东西吃或是要搭我们的车的时候，拒绝过人家的要求。乔德家倒是有过小气的人，可是没有小气到这样的。”

爸插嘴道：“可是假如实在坐不下呢？”他扭转脖子，抬头望着她，不由得惭愧了。她的声调使他很难为情。“假如这卡车装不下我们这么多人呢？”

“车上根本就没有空，顶多只能搭六个人，”她说，“可是我们有十二个人一定要去。再多添一个也没什么坏处；一个强健的男子汉绝不是什么累赘。我们有了两口猪，还有一百多块钱，几时还会为了多给一个人吃饭而发愁呢——”她住了口。爸转回头去；他受了责备，精神上感到很痛苦。

奶奶说：“有牧师一同去倒是好的。他今天早上做的祷告就很好。”

爸望了望每个人的脸色，看看有无异议，然后说道：“要叫他过来吗，汤米？如果他要一同去，他就该上这儿来谈谈。”

汤姆站起来，向屋子那边走去，一面喊道：“凯西——喂，凯西！”

一个压低了嗓子的声音从屋后应声了。汤姆走到转角处，便看见牧师靠着墙坐在那里，望着天上闪烁的金星。“叫我吗？”凯西问道。

“是的。我们想你既然要跟我们去，就该过来跟我们谈谈，帮着想想办法。”

凯西站了起来。他知道一般人家的规矩，他也知道自己已被收容到这一家里来了。的确，他的地位是显要的，因为约翰伯伯移到一边，在

① 这是指她丈夫的家和她自己的娘家。

爸和他自己之间给牧师腾出一点空来。凯西跟别人一样，蹲在地上，面对着坐在踏板宝座上的爷爷。

妈又到屋里去了。黑暗的厨房里有一盏提灯的罩子响了一声，随即闪射出黄澄澄的光来。她揭开大锅的盖子，煮熟了的肋条肉和萝卜菜的气味从门里飘出来。他们等着她穿过渐渐黑下来的院子回来，因为妈在这家人中间是有威信的。

爸说道："我们得商量商量什么时候动身。越早越好。我们动身之前要做的事，就是把那两头猪宰了，用盐腌起来，再把我们的东西收拾好了就走。越快越好。"

诺亚表示同意："如果我们加紧一点，明天就可以准备好，后天天一亮就可以走。"

约翰伯伯表示反对："白天那么热，肉冷不透。这不是屠宰的季节。肉不冷透会坏的。"

"不错，那我们今晚就动手吧。今晚猪肉多少会要冷一些。能冷到什么样就什么样吧。吃了饭就动手。有盐吗？"

妈说道："有。盐多得很。还有两只很好的小桶呢。"

"那么，就把这件事办了吧。"汤姆说。

爷爷开始东抓西摸地乱找，想要找到一个支点，扶着站起来。"天黑了，"他说，"我饿了。过些天我们到了加利福尼亚，我要一天到晚把一大把葡萄捧在手里，随时想吃就咬下来吃，那该多好呀！"他站起来，男人们也就都站起来了。

露西和温菲尔德在尘沙里兴奋地蹦跳着，像疯子一般。露西哑着嗓子低声对温菲尔德说："杀了猪，还要到加利福尼亚去。杀了猪，还要走呢——两桩事情一齐干。"

温菲尔德高兴得不得了。他用手指头指着自己的脖子，做了个鬼相，转动着身子，有气无力地尖叫道："我是头老猪。瞧！我是头老猪。你看这血呀，露西！”于是他歪歪倒倒，扑倒在地上，懒洋洋地摆动着两臂和两腿。

但是露西年长些，她知道当时情况的重要性。“要到加利福尼亚去了。”她又说。她知道这是她平生还没有经历过的伟大时刻。

大人们穿过深沉的暮色，向那点着灯的厨房走去；妈替他们把蔬菜和肋条肉盛在铁皮盘里。妈在吃饭以前，先把一只大圆盆放在灶上，把火生得呼呼地响。她提了几桶水，把大盆装满，然后又把那几只桶盛满水，放在大盆周围。厨房里变成了一个热气腾腾的蒸笼，一家人急忙吃过了饭，又出去坐在门口的台阶上，等着水烧热。他们坐在那里，看着外面的暗处，看着厨房里的灯光投射在门外地面上的那一方亮光，爷爷驼背的影子就落在亮光当中。诺亚用扫帚上的一根草秆仔细剔着牙齿。妈和罗莎夏把盘子洗好，堆放在桌上。

于是，忽然间，这一家人就动手办事了。爸站起来，又点了一盏提灯。诺亚从厨房里的一只木箱里拿出一把弯形的屠刀，在一块残旧的砂石上磨了一阵。他把刮毛刀和那把屠刀并排放在砧板上。爸找了两根粗硬的木棒，都有三英尺长，在末端用斧头削尖了，又把粗绳打了两个结，扎住两根木棒的中部。

他咕噜着说：“真不该卖掉那些横木——不该卖光。”

大盆里的水冒出热气而且沸腾了。

诺亚问道：“把水提到那边去呢，还是把猪弄到这边来？”

“把猪弄到这边来吧，”爸说，“把滚开的水提过去，会泼出来烫着你，把猪弄过来，猪总不会泼出来烫人。水烧好了吗？”

“快好了。”妈说。

“好吧。诺亚，你跟汤姆和奥尔一道去。我拿灯。我们到那边去杀猪，杀了再搬到这儿来。”

诺亚拿着刀，奥尔拿着斧头，四个男人便向猪圈走去，他们的腿在灯光下闪动着。露西和温菲尔德蹦蹦跳跳地跟着去。爸拿着灯，探身在猪圈的矮墙上。那两头睡意昏沉的小猪勉强站了起来，莫名其妙地哼叫着。约翰伯伯和牧师走过去帮忙。

“好，”爸说，“先给它们两刀，我们把它们抬起来，放了血，再搬到屋里去烫。”诺亚和汤姆跨过猪圈的矮墙。他们杀得又迅速又在行。汤姆拿斧头背猛砸了两下，诺亚伏在卧倒的猪身上，用他那把弯刀划开了猪的大动脉，放出大量的血来。随即就把尖叫着的两头猪抬出了猪圈。牧师和约翰伯伯揪住一头猪的后腿，拖着它走，汤姆和诺亚拖着另一头。爸拿着提灯一路跟着他们，黑红的血在尘沙里留下了两条印迹。

到了屋里，诺亚用刀在猪的后腿骨头和肌腱之间慢慢划开，用削尖的木棒撑开了后腿，于是两头死猪便被挂在耸出屋外的两英寸厚、四英寸宽的椽子上了。接着男人们又把滚水提来，倒在那两头黑猪身上。诺亚从上到下剖开了猪身，挖下内脏抛到地上。爸又削了两根棍子把猪身撑开凉着，同时汤姆拿着刮刀，妈拿着一把钝刀，把猪皮上的硬毛刮下来。奥尔拿着一只桶，把内脏装到桶里，倒在离屋子老远的地方；两只猫跟着他，喵呜喵呜地高声叫着，狗也跟着他，对那两只猫轻声地嗥叫。

爸坐在门口的石阶上，望着挂在灯光里的两头猪。现在毛是刮好了，只有点点滴滴的血从猪身上滴到地上那一摊黑血里。爸站起来，走到猪身边，用手摸了摸，又坐下来。奶奶和爷爷朝仓棚走去，准备睡觉，爷爷手里拿着点蜡烛的灯笼。家里其余的人都安安静静地坐在台阶附近，康尼和奥尔和汤姆坐在地上，背靠着墙，约翰伯伯坐在一只木箱上，爸坐在门口。只有妈和罗莎夏继续忙着。露西和温菲尔德现在有些困了，却还拼命撑持着，他们在屋外的黑暗中用困倦的声音吵着嘴。诺亚和牧师并排蹲在那里，脸朝着屋子。爸神经紧张地搔搔自己的身子，又脱下帽来，搔搔头发。“明天一早，我们就把猪肉腌起来，再把卡车上的东西都装好，只留下床铺，后天早上我们就可以走了。这些事不消一天就办得了。”他不自在地说。

汤姆插嘴道：“这样我们只好闲荡一天，找事干了。”大家都不自在地激动起来。“我们今晚就可以准备好，明天天一亮就动身。”汤姆提议说。爸用手擦擦膝盖。焦躁的心情感染了所有的人。

诺亚说：“干脆就把肉腌起来，也许坏不了。把它切开，一定可以冷得快些。”

约翰伯伯心里憋得太难受，他急不可耐地说话了。“我们老在这儿耗着干什么？我是要摆脱这个鬼地方的。我们既然要走，怎么不快走？”

这种激动的情绪感染了其余的人。“怎么不快走呢？路上也可以睡呀。”赶快走的念头钻进了大家的心里。

爸说道：“据说有两千英里的路程。这可他妈的真远啊！我们应该趁早走。诺亚，你和我把猪肉切好，我们大家把东西装到卡车上吧。”

妈从门里伸出头来。“有的东西黑夜里看不见，我们忘掉了怎么办？”

“等天亮了，我们四下看一看就是。”诺亚说。这时候，他们一动不动地坐在那里想主意。但是过了一会儿，诺亚就站起来，去拿那把屠刀在残旧的小砂石上磨起来了。“妈，”他说，“把桌上收拾干净吧。”于是他走到一头猪跟前，沿着背脊骨割了一条线，便把肉从肋骨上剥开了。

爸兴奋地站起来。“我们来把东西收拾到一起吧，”他说，“来，你们大家动手。”

现在他们既然一心想早动身，忙乱的心情也就感染了所有的人。诺亚把大块的猪肉搬进厨房去，把肉切成准备腌的小块，妈便把粗盐轻轻地拍到肉上，一块块叠在桶里，细心地不使两块肉互相贴住。她把肉块像砖似的砌好后，又在空隙里塞上了盐，诺亚切好了肋条肉，又砍开了四条腿。妈把火烧旺了，等诺亚尽力刮下了粘在肋骨、脊骨和腿骨上的肉，她便把那些骨头放在烤炉里，准备烤来大嚼一顿。

在院子里，在仓棚里，提灯的光圈到处移动着，男人们把准备带走的一切东西都搬拢来，堆在卡车旁边。罗莎夏搬出了全家所有的衣物：工装裤、厚底靴、高筒胶鞋、讲究的旧衣服、汗衫和羊皮大衣。她把这些东西紧紧地放进木箱，又站到箱子里去，把它们踩紧。随后她又搬出了印花女服和围巾、黑色棉线袜子和孩子们的衣裳——小罩衫和印花的粗布衣服，她把这些也放进箱子里踩紧了。

汤姆走到堆工具的棚子里，搬出那些要带走的工具：一把手锯和一套扳手，一只铁锤和一箱大大小小的钉子，一把小铁钳、一支平面锉和一套圆锉。

罗莎夏拿出一张大油布，铺在卡车后面的地上。她抱了三条双人床垫和一条单人床垫，费劲地走出门来。她把这些床垫堆在油布上，又搬了一大抱叠好的破毛毯，堆在床垫上。

妈和诺亚忙着料理猪肉，烤猪骨的气味从炉边飘过来。孩子们到夜深时候就困得支持不住了。温菲尔德蜷缩着身子，躺在门外的尘土里；露西坐在厨房里的一只木箱上，原来看着宰猪，现在已经把头向后靠墙睡着了。她在睡梦中舒适地呼吸着，张开嘴唇，露出了牙齿。

汤姆搬完了工具，拿着提灯走进厨房里来，牧师跟在他后面。“好家伙，”汤姆说，“你闻闻那股肉味！听听它烤得噼噼啪啪响吧。”

妈把肉块叠在桶里，在周围和上面撒了盐，然后又把盐往下拍了拍。她抬起头来，望着汤姆笑了一笑，两眼又严肃又困乏。“猪骨头当早餐吃真好呢。”她说。

牧师走到她身边。“这肉让我来腌吧，”他说，“这我干得了。你还有别的事要做呢。”

于是她停止了工作，诧异地仔细看了他一阵，仿佛他提出了一个古怪的主意似的。她的两只手沾满了一层盐，都给生猪肉上的血水染得微微发红了。“这是女人家干的事情。”她终于说道。

“反正都是工作，”牧师回答道，“要干的事情太多了，还分什么男人家女人家呢。你有别的事情要做。肉让我来腌吧。”

她还是瞪着眼睛看了他一会儿，才把桶里的水倒在铁面盆里，洗了洗手。牧师拿起一块块的猪肉，把盐拍在肉上；她一边洗一边看着他做。接着他又像她刚才那样，把猪肉叠在桶里。直到他叠好了一层，撒了盐，再把盐拍紧，她才满意了。她揩干了那双漂白了的、发胀的手。

汤姆走过来说：“妈，这儿有什么东西要带走的吗？”

她在厨房里匆匆向四处张望了一下。“水桶，”她说，“还有吃饭用的东西：碟子和杯子、汤匙和刀叉。把这些东西全都放在那只屉柜里，把柜子搬去。还有平底的大煎锅、煮东西的大铁锅和咖啡壶。等烤箱里冷了，把那里面的铁格子拿出来。这东西放在火上烤东西，方便得很。我还想把洗衣盆带去，只怕放不下了。我可以在桶里洗衣服。小东西带去不上算。你可以在大家伙里烧小东西，却不能在小锅里煮大东西。烤面包的盘子全都要带去。这些盘子大大小小可以套在一起。”她站在那里，又把厨房的四处看了一遍。“我对你说了的那些东西，你就搬去吧，汤姆。我来收拾其余的东西，一大罐胡椒，还有盐和豆蔻，还有磨碎器。这些东西都等我最后来搬。”她拿起一盏提灯，踏着沉重的脚步，走进了卧室，她的光脚在地上没有发出响声。

牧师说道：“她像是累了。”

“女人家总是劳累的，”汤姆说，“女人家就是这样，只在做礼拜的时候才轻松一点。”

“是呀，不过像她那样，确实比平常更累。这真是累得厉害，看样子，她简直累坏了。”

妈正好走出门来，听到了他的话。她那张松弛的脸慢慢紧张起来，绷紧的肌肉发达的脸上，皱纹消失了。她的眼神锐利起来，肩膀也挺直了。她环顾了一下那间搬空了的屋子。除了一堆垃圾，什么也没有剩下。原来铺在地板上的几条床垫都被搬走了。衣柜卖掉了。地板上有一把破梳子，一只空的扑粉罐和几件破烂东西。妈把提灯放在地板上。她把手伸到原来当椅子用的一只木箱后面，拿出一个角上裂开的油污的旧文具盒。她坐下来，打开那个盒子。里面有一些信件、剪报、照片、一副耳环、一只刻着图章的小金戒指，还有一条用头发编结的表链，末端缀着金搭环。她用手指摸摸那些信件，轻轻地摸着，又摩平一张剪报，这上面记载着汤姆的案子开审的情形。她把那个文具盒子拿在手里，过了很久，从那上面望着远处；接着又重新把翻乱了的那些信件整理好。她咬着下唇，在那里寻思、回忆。最后，她终于打定了主意。她拣出那只戒指、表链和耳环，又向底下掏了一下，掏出一对金袖扣来。她抽出一个信封里的信，把那些零碎东西塞在信封里。她把那只信封叠起来，放进自己的衣袋。接着，她温柔地、轻轻地盖上了那个文具盒，用手指细心地在盒子上摸一摸。她的嘴唇微微张开，随后她站起来，拿着提灯，回到厨房。她揭开炉盖，把那个盒子轻轻放在火炭上。炉火很快就把纸烤黄了。一道火焰飞起来，卷到了盒子上。她把炉盖盖好，不一会儿，里面的火焰就吱吱地响起来，烧着那个盒子了。

外面黑暗的院子里，爸和奥尔借着提灯的光，把东西装上卡车。工具放在底下，但是车子出了毛病要修理时，取用起来还是很方便的。其次是衣箱和装在麻袋里的厨房用具，还有盛在一只箱子里的刀叉盘碗。接下去是把那只一加仑的水桶拴在后面。他们尽可能把装在底层的东西放平，用卷着的毯子塞住箱子中间的空隙。接着他们就在顶上铺了床垫，把车子铺平了。最后他们在行李上面铺了一张大油布，奥尔又在油布边上每隔两英尺的地方钻个窟窿，穿上细绳子，系在卡车两边的横杠上。

“如果天下雨，”他说，“我们就把油布拴到上面的横杠上，大家就可以躲在油布底下，不会淋湿。前面系得高些，就淋不到雨。”

爸喝彩了一声：“好主意。”

“这还不够，”奥尔说，“一有机会，我还要找块长板子来，当作撑杆，像房柁似的，在当中支起，把油布蒙在那上面。这么一来，遮盖好了，大家还可以避太阳呢。”

爸赞同地说：“好主意。你怎么没有早想到呢？”

“我没空。”奥尔说。

“没空？嗐，奥尔，你在外头到处鬼混倒有工夫。天知道这两个星期你上什么地方去了。”

“一个人要离开家乡，总有些事得办一办。”奥尔说。随即他又丧失了几分自信。“爸，”他问道，“这一次去，你心里真高兴吗，爸？”

“嗯？当然高兴啰。无论如何是高兴的。我们在这儿苦得很。到那地方去，不消说，会大不相同——工作多，样样东西长得绿油油的，好得很，还有小巧的白房子，四面都是橙子树。”

“到处都是橙子树吗？”

“也许不是到处有，可是有很多地方有。”

黎明的最初一片灰白开始涌现在天空中了。工作已经完毕——两桶猪肉准备好了，鸡笼也拿出来了，预备放到车顶上。妈打开烤箱的门，拿出一堆烤得又脆又黄的骨头，那上面还带着不少可啃的肉。露西蒙眬地醒了一下，从木箱上溜下来，又睡着了。大人们却站在门附近，略微有些哆嗦，嘴里啃着松脆的骨头。

“我看应该去叫醒奶奶和爷爷，”汤姆说，“天亮了。”

妈说：“不到时候，还是不去叫醒他们好。他们还得再睡一会儿。露西和温菲尔德也没好好睡过。”

“噢，他们都可以在行李上睡觉嘛，”爸说，“那上面可舒服得很呢。”

忽然间，那几只狗从尘沙里跳起来倾听着。随即汪汪地叫着向黑暗中冲去了。“这是怎么回事？”爸问道。一会儿他们就听到一个声音不慌不忙地对那几只汪汪叫的狗打招呼，狗便叫得不那么凶了。接着是一阵脚步声，一个人走了过来。来人是缪利·格雷夫斯，他的帽檐压得很低。

他怯生生地走了过来。“早呀，老乡们。”他说。

“啊，是缪利呀。”爸把手里拿着的腿骨挥一挥，“快进来吃点猪肉，缪利。”

“噢，不，”缪利说，“我一点都不饿，真的。”

“啊，来吃点，缪利，吃点吧。喂，请吧！”爸走进屋里，拿出一把排骨来。

“我不是来吃你们的东西的，”他说，“我不过是到处走走，想到你们就要动身了，我也许可以给你们送送行。”

“现在马上就要走了，”爸说，“如果你迟来一个钟头，你就见不着我们了。一切都收拾好了——瞧见了吧？”

“一切都收拾好了，”缪利望着那装好了行李的卡车，“有时候我也想到那边去找我的亲人呢。”

妈问道：“他们在加利福尼亚，你接到过他们的音信吗？”

“没有，”缪利说，“我没接到过消息。可是我也没上邮局去看过。我应该随时去看看才对。”

爸说：“奥尔，你去叫醒奶奶和爷爷吧。请他们来吃。我们马上要动身了。”奥尔吊儿郎当地向仓棚走去的时候，爸又说道：“缪利，你愿意挤着跟我们一同去吗？我们可以给你腾出地方来。”

缪利从一块排骨的边上咬下一口肉，咀嚼起来。“有时候我也想着要去。可是我已经打定主意不去了。”他说，“我心里有数，到了最后关头，我就会像坟场上的野鬼一样，跑到别处藏起来。”

诺亚说：“你迟早有一天会死在田地里，缪利。”

“我知道。这我倒是想过。有时候好像冷冷清清，有时候又好像很痛快，有时候好像很对劲。这都没什么关系。可是你们如果遇到我家里的人——我上这儿来就是为了对你们说说这件事——你们如果在加利福尼亚遇到我家里的什么人，就请你们告诉他们，说我很好。对他们说我的日子过得不错。别说我在受这样的罪。对他们说，我有了钱就去找他们。”

妈问道：“你会去吗？”

“不，”缪利细声细气地说，“不，我不去。我不能离开这儿。我现在一定要留在这地方。早些时候，我本可以去。现在可不去了。我仔细想过，打定了主意，决计不去了。”

黎明的曙光现在强烈一些了。这把提灯的光衬托得暗淡了一些。奥尔回来了，爷爷在他身边很吃力地一瘸一拐地走着。“他没睡觉，”奥尔说，“他在仓棚背后坐着。他准是有点什么毛病。”

爷爷的两眼呆滞了，一点也没有往常那股邪气。“我没什么不舒服，”他说，“反正我不走了。”

“不走了？”爸追问道，“你说不走是什么意思？嗐，我们一切都收拾好了。非走不可。我们没地方可住了。”

“我不是叫你们待下去，”爷爷说，“你们大家尽管走好了。我呢——我要留下来。昨晚我把这地方翻来覆去地想了一整夜。这是我的家乡，我是这地方的人。这么一想，哪怕别处的橙子和葡萄一直堆到床上来，把人挤掉，我也不稀罕了。我不走了。这地方并不好，可是这终究是我的家乡。我不走，你们大家尽管去吧。我反正要待在自己生长的老地方。”

他们都拥到他的身边。爸说道：“那不行呀，爷爷。这地方快要给拖拉机铲平了。谁给你做饭？你怎样过活呢？你不能待在这儿了。哎，没人照顾你，你会饿死的。”

爷爷大声说：“见鬼，我虽然老了，还能照顾自己。缪利在这儿怎么过日子？我也和他一样，能够活下去。我对你们说我不走，你们只好随我的便。你们要带奶奶去，尽管带去，可是不能带我走，没别的话了。”

爸无可奈何地说：“且听我说吧，爷爷。听我说说吧，就只几句话。”

“我不要听。我打定了主意，已经告诉你了。”

汤姆拍拍他父亲的肩膀。“爸，进屋来。我要跟你说句话。”他们走向屋里去的时候，他又喊道："妈——你也来一会儿，好吗？"

厨房里点着灯，盘子里的烤骨头还是堆得高高的。汤姆说："你们听我说，我知道爷爷有权利可以说不走，可是他不能在这儿待下去了。这我们都知道。"

"他绝不能待下去。"爸说。

"那么，想一想。如果我们硬捉住他，把他绑起来，那就不免会伤害他，他就不免会大发脾气，伤害他自己的身体。现在我们又不能跟他讲理。要是能把他灌醉，那就好办了。你有威士忌吗？"

"没有，"爸说，"家里一滴威士忌都没有。约翰也没有威士忌了。他不喝酒的时候，是不会有酒的。"

妈说道："汤姆，我有半瓶药酒，那是温菲尔德烂耳朵的时候买来给他吃的。这能有效吗？温菲尔德耳朵痛得厉害的时候，给他这药酒吃，他就睡着了。"

"也许行，"汤姆说，"拿来吧，妈，我们好歹可以试试看。"

"我把它扔到垃圾堆里去了。"妈说。她拿着提灯走出去，不一会儿就带着那半瓶黑色药酒回来了。

汤姆从她手里接过药酒来尝了尝。"味道还不坏，"他说，"煮一杯纯咖啡，要挺浓的。我想想看———茶匙好吗？最好多放些，两大匙吧。"

妈打开炉盖，在火炭上放了一把壶，于是她量了水和咖啡放进壶里去。"只好盛在空罐头里给他喝了，"她说，"我们的杯子都包扎好了。"

汤姆和父亲走出了屋子。"谁都有权利说他打算怎么办。嘿，谁在吃猪骨头？"爷爷说。

"我们吃过了，"汤姆说，"妈给您弄了一杯咖啡和一些猪肉吃。"

爷爷走进屋里去，喝了他那份咖啡，吃了他那份猪肉。屋外的人在黎明越来越亮的微光中往门里看，静悄悄地望着他。他们看见他打着哈欠，摇摆着；他们又看见他把两臂放在桌上，托着头，睡过去了。

“他反正是够累了，”汤姆说，“别惊动他。”

现在他们准备好了。老眼昏花的奶奶说：“这是怎么回事？你们大清早忙着干什么？”但是她已经穿好衣服，兴致很好。露西和温菲尔德都醒了，但是睡意还没有消失，还是迷迷糊糊、半睡半醒的。阳光迅速地照遍了大地。这一家人的活动都停下了。他们都在各处站着，谁也不愿意对这次远行首先采取积极行动。现在临到要走的时候，他们都不由得恐惧起来——像爷爷那样恐惧。他们看见那座小木棚在阳光中轮廓鲜明地显现出来，他们看见提灯的光暗淡下去，不再投射出黄色的光圈。星星几颗几颗地向西隐没了。一家人还是像梦游人一样站在那里，他们的眼睛注视着全部的景物，并不是看着某一样东西，而是看着整个黎明、整片大地、整个原野。

只有缪利·格雷夫斯不自在地徘徊着，从车子挡板当中朝车里望望，用拳头捶一捶挂在卡车后面的备换轮胎。最后他终于走近了汤姆。“你要越过州界吗？”他问道，“你打算违反你假释的保证吗？”

于是汤姆甩脱了麻木状态。“天哪，太阳快出来了，”他高声说，“我们该动身了。”其余的人也甩脱了麻木状态，向卡车走去。

“喂，”汤姆说，“我们来把爷爷抬上车吧。”爸、约翰伯伯、汤姆和奥尔走进厨房，爷爷还在那里用两臂垫着头睡觉，桌上有一条咖啡的痕迹。他们托着他的胳肢窝，搀着他站起来；他像醉汉一样，不住地咕噜着、咒骂着。他们把他搀出了门，就在后面推着他走；来到卡车旁边的时候，汤姆和奥尔便爬上卡车，俯身用手揪住他的胳肢窝，轻轻把他拖上车，放在行李顶上。奥尔解开了油布边上的结，他们把他放到油布底下，在他旁边放了一只木箱，撑起那沉重的油布，不让它压在他身上。

“我要把那根撑竿装好，”奥尔说，“等今天晚上我们停车的时候来装吧。”爷爷昏昏沉沉地咕噜着，有气无力地抗拒他们的干扰，不愿意醒过来。后来他们终于把他安顿妥当了的时候，他又呼呼地睡熟了。

爸说道："孩子他妈，你和奶奶暂且在奥尔身边坐一会儿吧。我们轮流调换位子，可以舒畅些，你们先那么坐着吧。"她们跨进了驾驶座，其余的人便拥到行李上，康尼和罗莎夏，爸和约翰伯伯，露西和温菲尔德，还有汤姆和牧师。诺亚站在地上，抬头望着坐在满车行李上的那一大堆人。

奥尔绕着卡车走了一圈，看看车底下的弹簧。"哎呀，"他说道，"这些弹簧钢板全压扁了。幸亏我在底下又垫了木块撑着。"

诺亚说道："狗怎么办呢，爸？"

"我把狗忘了。"爸说。他尖声吹了一下呼哨，一只狗就跳着跑过来，但是只有这一只。诺亚把它捉住了，抛到车顶上，它便端端正正地坐着，因为那地方太高，它直打哆嗦。"还有两只，只好甩下了。"爸大声说，"缪利，你可以照顾照顾它们，不让它们饿死吗？"

"好吧，"缪利说，"我正想养两只狗。好！就归我好了。"

"把那些鸡也拿去吧。"爸说。

奥尔坐上了司机座位。发动机转了一阵，卡住了，又转动起来。于是六个汽缸发出了轻松的吼声，车后面冒起了青烟。"再见，缪利。"奥尔喊道。

全家人都喊道："再见，缪利。"

奥尔把排挡一推，踩紧了离合器。卡车震动了一阵，吃力地穿过了院子。接着换上了二挡。他们爬上了那座小山冈，四周扬起了红色的尘土。"老天爷，装得多重啊！"奥尔说，"这一趟可跑不快。"

妈想要向背后望望，但是车上堆着的行李却挡住了她的视线。她挺着头，眯缝着眼睛，直望着前面那条土路。她的两眼中满是倦意。

坐在行李上面的人都在向后望。他们看见了那所屋子和那个仓棚，烟囱上还微微冒出一缕炊烟。他们看见那些窗户映着太阳最初的色彩，渐渐红起来。他们看见缪利孤零零地站在门前的院子里，目送着他们。接着，山冈便截断了他们的视线。棉田排列在大路的两旁。卡车向着公路，向着西部，在尘沙中慢腾腾地开走了。

第十一章

田野上的人家都搬空了，大地也因此显得空荡荡的。只有那些用波状铁皮盖成的白闪闪的拖拉机棚子还有些生气；这些棚子也只是因为有了那些机器、汽油和机油，有了闪闪发光的带圆盘耙的犁，才具有了生气。拖拉机上装着亮晃晃的灯，因为拖拉机是没有昼夜的，圆盘耙在黑暗中掀开泥土，在白天发出闪光。当耕马停止工作，走进马棚去的时候，马棚里是有生气、有活力的，那里有呼吸，有温暖，还有马在干草上换蹄和马嘴里嚼着干草的声响，耳朵和眼睛也都有生气。仓棚里有生命的温暖，有生命的热力和气息。但是拖拉机的发动机停下来的时候，四周却像拖拉机的铁壳一样，死气沉沉。拖拉机身上的热气消失，就像死尸的热气消失一般。那时候，波状铁皮的门关上了，开拖拉机的人坐汽车回镇上的家去了，也许离这里有二十英里路，他几星期、几个月都用不着回来，因为拖拉机是死的。这种办法很简便，工作效率也高。由于太简便，工作中便再没有什么奥妙；土地和土地的耕作也就再没有什么奥妙了，而且随着这种奥妙的消失，人对土地的深切了解，以及人和土地的情谊也就消失了。这么一来，开拖拉机的人养成了一种轻蔑的心理，这种心理只有一个对土地没有理解、没有情谊的陌生人才会产生。因为钾肥与土地不是一体的，磷肥与土地也不是一体的；棉花纤维的长度与土地也不是一回事。人体里的碳元素不是人，盐分或水分也不是人，钙元素也不是人，人包含着这一切，而他的价值却远超过这一切；土地的价值也远超过它本身的化学成分。人比他的化学成分更有价值，他在土地上走着，掉转犁头，让开石块，滑过泥土里冒出来的石头，他跪在地上吃午饭；本身的价值超过体内化学成分的人，也知道土地的价值超过它的化学成分。然而在土地上开动着没有生命的拖拉机的人，却只懂得化学，并不理解土地，也不爱好土地；他对于土地、对于他自己，都是藐视的。只要波状铁皮门一关，他就回家去，而他的家呢，也与土地不相干。

那些空房屋的门敞开了，随着风摆来摆去。市镇上成群的孩子跑来把窗户打破，在垃圾堆里翻来翻去，搜寻宝物。这里有一把刀，缺了半边刀口。这是件好东西。这里闻上去像有一股死老鼠的气味。看怀蒂这小朋友在墙上涂写了些什么，他在学校的厕所里也涂写过这些东西，老师却叫他洗掉了。

第一批乡下人搬走的头一天，在黄昏时候，猎食的猫群从田野上懒懒散散地跑来，在门廊上喵呜喵呜地叫着。看没有人出来，那些猫就爬进了开着的门，喵呜喵呜地叫着，穿过那些空荡荡的房间。随后它们又回到田野里去，从此就成了野猫，专找土拨鼠和田鼠充饥，白天睡在垄沟里。到了夜里，那些原来因为怕阳光而停在门上的蝙蝠都飞进屋里，在那些空房间里飞来飞去，过了几天，它们在白天也待在阴暗的屋角里，把翅膀收得高高的，倒挂在椽子当中，空屋里弥漫着它们的粪便的臭味。

老鼠也搬了进来，把草籽储藏在角落里，储藏在破木箱里，储藏在厨房的碗柜背后。黄鼠狼为了捉老鼠也进来了，还有褐色的猫头鹰也飞进飞出，尖声叫着。

有时候那地方下了一阵小雨。台阶前面一向不让野草出现的地方也长出野草来了，门廊的板缝里也长出了草。那些房屋是空的，空屋很快就破裂了。裂缝从那些有锈钉子的地方开始，一直顺着墙板往上发展。尘沙积在地板上，只有老鼠、黄鼠狼和猫在那上面留下一些脚印。

有一天夜里，风吹动了一块木瓦，把它掀到地上。第二阵风便钻进那块木瓦留下的洞里，刮落了三块木瓦，第三阵风吹来，便刮落了十二块。中午的太阳从那洞里照进屋来，在地板上投下了一片明晃晃的光。到了夜间，野猫从田野上爬进屋里，但是它们却不再在台阶上喵呜喵呜地叫了。它们像云影掠过月亮一般，溜进各个房间去捉老鼠。在刮风的夜里，那些门砰砰地响着，破窗户上的破烂窗帘随风飘个不停。

第十二章

六十六号公路是主要的流民路线。六十六号——这条横贯全国的混凝土长路，在地图上从密西西比河一直蜿蜒到贝克斯菲尔德——越过红色的原野和灰色的原野，从群山中盘旋而上，跨过落基山脉的分水岭，再下来进入那闪烁的、可怕的沙漠，然后又越过沙漠通到山区，再通到加利福尼亚的富饶平原。

六十六号是逃荒的人走的路，这些人逃避尘沙和逐渐缩小的耕地，逃避拖拉机的震响和逐渐缩小的土地所有权，逃避沙漠逐渐向北侵袭的威胁，逃避得克萨斯州方面吹来的旋风，逃避那些不能使土地肥沃、反而夺去土地微薄养分的水灾。人们逃避着这一切，他们从许多岔路、马车车道和高低不平的村道来到六十六号公路上。六十六号公路是主要的干道，是逃荒的路。

在六十四号公路上，过了克拉克斯维尔、奥札克、范布伦和史密斯堡这些市镇，就到了阿肯色州的尽头。所有的公路都通到俄克拉何马城，六十六号公路从塔尔萨下来，二七〇号公路从麦卡莱斯特来，八十一号公路从威奇托福尔斯的南面，即伊尼德的北面通到这里，还有埃德蒙、麦克洛德、珀塞尔。六十六号公路从俄克拉何马城通往外面各地；埃尔里诺和克林顿在六十六号公路往西的一头；还有海德罗、埃尔克城和特克索拉；这就到了俄克拉何马州的尽头。六十六号公路又穿过得克萨斯州的狭长地带，经过沙姆罗克、麦莱恩、康韦和阿马里洛，再经过怀尔多拉多、维加和博伊西，就到了得克萨斯州的尽头。再往前去就是图克姆卡里和圣罗莎，然后进入新墨西哥州的山区，从圣菲下去便到了阿尔伯克基。再顺着格兰德河到洛斯卢纳斯，再往西顺着六十六号公路到盖洛普，就到了新墨西哥州的边界。

这时候就进入了高山地区。亚利桑那州的高山中有霍尔布鲁克、温斯洛和弗拉格斯塔夫这些市镇。然后是一片大平原，像大地上的波涛似的起伏着。再过去是阿什福克和金曼，然后又是一些大石山，那里的水是要从山下挑上去卖的。从亚利桑那州那些崎岖的秃山上下去，就到了科罗拉多河，河边长着青青的芦苇，那就是亚利桑那州的尽头了。过了这条河就是加利福尼亚，那里有一座漂亮的市镇，算是这一州的起点，那就是河边的尼德尔斯。但是这条河在这一带是一个陌生的客人。从尼德尔斯往上，跨过一道光秃的山脉，就到了一片沙漠地。六十六号公路横穿这块可怕的沙漠，远处的阳光闪闪地跳动着，中部那些黑压压的大山耸立在远方，让赶路的人看了难免心焦。后来到了巴斯托，又有一片沙漠，过了沙漠又是山区，这是些好山，六十六号公路从那当中蜿蜒地穿过去。然后忽然出现一道隘口，过了这一关，在那美丽的山谷下面，在许多果园、葡萄园和小房子下面，远远地有一座城市。啊，天哪，长途旅行总算完了。

逃荒的人们在六十六号公路上川流不息地前进，有时候是单独的一辆车，有时候是一个小小的车队。他们沿着这条大路终日缓缓地行驶着，到了晚上就在水边停歇下来。白天，那些破旧的水箱喷出一道一道的蒸气，松了的连动杆发出震耳的响声。这种卡车和装载过重的汽车的司机都提心吊胆地倾听着。两个市镇之间到底有多远呢？半路上抛了锚真可怕。如果有什么零件坏了——哎，如果有什么零件坏了的话，我们只好在这里搭起帐篷停歇，等吉姆走到市镇上去，配了零件再步行回来——我们还有多少吃的东西呢？

注意听着发动机吧。注意听着车轮吧。你要注意用耳朵听，两手把住方向盘，也要注意感觉怎样；手掌按住排挡，也要注意感觉怎样；两脚踩住踏板也要注意。你要用所有的感官去听这辆老爷车的声响；因为只要响声起了变化，节奏起了变化，那就说不定会要——在这里停一星期？嘎啦嘎啦的响声——那是连动杆的毛病，一点也不用着急。连动杆嘎啦嘎啦地响，一直响到耶稣再出世，也不会出毛病。可是车子走动的时候，那种沉闷的响声——那是听不见的——只能感觉得到。也许有什么地方油路阻塞了，也许是轴承要掉了。天哪，如果是轴承出了毛病，那可怎么办？钱花得真快啊。

今天这狗东西为什么这么发热呢？又不是爬坡。我们来瞧瞧吧。哎呀，风扇的皮带掉了！快把这根绳子做成风扇带吧。看看有多长。我来把接头弄好。现在只好慢慢地开——慢慢地开，先对付到一个镇上再说。用这根绳子代替皮带是不经久的。

但愿这老爷车别在我们还没到那出橙子的加利福尼亚时就完蛋才好。但愿如此吧。

车胎呢——有两层线磨破了。这只是个四层线的车胎。只要我们不撞着石头，把车胎撞破，也许可以再走一百英里。到底怎么办呢——要是再走一百英里，说不定内胎又要受损了。怎么办呢？还是再跑一百英里吧。哎，这可得好好地想一想才行。内胎已经有补丁了，也许再往前跑，内胎也不过是再开个裂口，在外胎里再垫一块轮胎片怎么样？这样也许还可以再走五百英里。索性再往前开，且等爆胎再说吧。

我们要配一个车胎才行，可是天哪，买一个旧车胎，他们要价很高呢。他们会上下打量买主，他们知道他要赶路，他们知道他不能等，价钱便抬高了。

买不买听你便。我做买卖并不是开玩笑的。我在这儿是卖车胎。我不能白送。我不管你有多大难处。我只能顾着自己的困难。

离下一个市镇有多少路程？

昨天我看见你们这些人有四十二辆车子开过。你们是从什么地方来的？你们都要到什么地方去？

噢，加利福尼亚是一个大州呀。

并不怎么大。全美国也并不怎么大。不如你说的那么大。还不够大呢。要容得下你和我，容得下你这种人和我这种人，全国的富人和穷人、小偷和老实人、饿肚子的和吃胖了的，要把这些人统统容纳下来，那还是不够大的。你怎么不回到你的老家去呢？

这是个自由的国家。谁都可以随意到什么地方去。

这是你们的想法！你可听说过加利福尼亚边界上的巡逻队？从洛杉矶派来的警察会挡住你们这些倒霉蛋，把你们赶回去。他们说，如果你们买不起地产，我们就不要你们。他们说，你们有开车执照吗？让我看看。一下就给撕碎了。于是说你们没有开车执照就不许入境。

这是个自由的国家。

噢，想办法找点自由吧。人家说你们只要有钱去买，那就爱怎么自由就怎么自由。

加利福尼亚的工钱很高呢。我手头有一张传单是这么说的。

瞎说！我亲眼看见有些人回来了。一定是有人在欺哄你们。这车胎你到底要不要？

要是要的，可是，哎呀，先生，这可叫我们的钱越来越不够花了！我们剩下的钱不多了。

算了吧，我不是慈善家。你要就买吧。

买是要买的，我想。让我仔细看看，打开来，看看外胎——你这坏蛋，你说外胎是好的。可是这破得都快要穿了。

他妈的，果然是破了。哎哟！当初我怎么没看出来？

你倒是看清楚了，你这浑蛋。一个破外胎，你要卖我们四块钱。我真恨不得揍你一顿。

你别生气吧。说真话，我的确是没看出来。喂——我看这么办吧。我把这个卖给你，只算三块半。

你做梦！我们到下一个市镇去配。

我们那个破胎能对付那么远吗？

只好对付着开。哪怕只用钢圈，我也要对付着开，反正不让那个浑蛋赚到一个钱。

你觉得做买卖的人怎么样？他说得对，他做买卖不是开玩笑的。做买卖就是这么回事，你还以为是怎么的？人总得——你看见前面路边上那块招牌了吗？服务俱乐部。星期二午餐，科尔马多大旅社。欢迎，兄弟。那是个服务俱乐部。有个人想起了一个故事。他到一个集会的地方去，把他那个故事讲给那些买卖人听。他说，我小时候父亲给了我一头带笼头的小母牛，叫我把它带去叫公牛“服务”一下。我照他的吩咐做了，从此以后，我每回听到买卖人谈到“服务”，我就纳闷儿，不知道吃亏的到底是谁。做买卖的人不得不撒谎骗人，他不过是换了个别的名目。这是最要紧的。你要是去偷那个车胎，你就是小偷。可是他想拿那个破车胎骗你四块钱，他们可管那叫作正经买卖。

汽车后面坐着的丹尼要一杯水喝。

只好等一等。这里没水。

听——是车屁股上的响声吧？

说不准。

响声透过了整个车身。

有一个垫圈脱落了。还是得往前开。听它那嘘嘘叫的声音。找个好地方停一停，我来掀开车头的盖子修一修。可是天哪，吃的东西越来越少了，钱也越来越少了。等我们再也买不起汽油的时候，那怎么办？

后面座位上的丹尼要一杯水喝，小东西是渴了。

听听那个垫圈嘘嘘叫的声音。

哎呀呀！垫圈又掉了。他妈的，内胎外胎全都破了。非换不可了。把那条破胎留起来垫破洞；把它割开垫在车胎磨坏了的地方。

有些汽车在路边停下来了，拆修着发动机，修补着车胎。有些汽车像受伤的动物一般，喘息着、挣扎着，在六十六号公路上颠簸着往前跑。太热了，机件是松的，轴承是松的，车身嘎啦嘎啦地响。

丹尼要一杯水喝。

人们沿着六十六号公路在奔逃。那条混凝土公路在太阳底下像镜子一般发亮，往远处一望，炎热的阳光使路上显得好像有一潭一潭的水似的。

丹尼要一杯水喝。

他只好等着，可怜的小东西。他热了。要等到下一个服务站才行。服务站！说得倒好听。

在这条公路上逃荒的有二十五万人。旧汽车有五万辆——都有毛病，直冒气。沿途有许多破汽车，都被人甩下了。哎，那些车子出了什么事故？车里的人怎么样了？他们是不是在走路？他们在什么地方？从哪里来的勇气？从哪里来的这种了不起的信心？

有一件事情，你简直不会相信，但却是真的，而且怪有趣的，也很美妙。有一个十二口人的家庭被迫离开了本乡。他们没有汽车。他们用一些破烂东西拼凑成一个拖车，把他们的行李装上。他们把这个拖车拉到六十六号公路的路边等候着。不多时就有一辆轿车把他们带走了。他们有五个人坐在轿车里，七个人和一只狗坐在拖车上。他们很快就到加利福尼亚了。拖他们的那位好心人还供给他们吃的。这是真事。但是谁能有这种勇气，谁能对人类有这么大的信心呢？使人有这种信心的事例太少了。

人们被恐怖追赶着向前奔逃——他们遭遇着稀奇的事情，有的非常悲惨，有的却非常美妙，使人对人的信心恢复了起来，永远也不会绝望。

第十三章

那辆装载得过重的旧哈得逊车咯吱咯吱地哼叫着，在萨利索开上了公路，转向西去；太阳晒得刺眼。但是奥尔却在这混凝土公路上加快了速度，因为压扁了的弹簧再也没有什么危险了。从萨利索到戈尔有二十一英里，那辆哈得逊每小时却能跑三十五英里。从戈尔到沃纳有十三英里；沃纳到切科塔有十四英里；切科塔到亨利埃塔的路程远一些——有三十四英里，跑完了这一程就到一个热闹的市镇了。亨利埃塔到卡斯尔有十九英里。太阳晒到正顶上了，高高的太阳照射着那红色的田野，使空中冒出腾腾的热气。

奥尔把着方向盘，他的脸色是专心致志的，整个身心都在静听着车上的声响，他那双不安的眼睛从路面跳到了仪表盘上。奥尔跟他的发动机成了一体，所有的神经都静听着有毛病的地方，静听着沉闷的响声和尖叫的声音，以及嗡嗡和咔嗒咔嗒的声音，凡是有什么变化表示出可能有抛锚的危险，他都注意听着。他已经成为这辆车子的灵魂了。

坐在他旁边座位上的奶奶，迷迷糊糊地打着瞌睡，在睡梦中还抽抽噎噎地哭着，偶尔睁开眼睛向前面看一下，又昏昏沉沉地睡着了。妈坐在奶奶旁边，一只胳膊露在窗外，皮肤在炽热的太阳下晒红了。妈也向前面望着，但是她的两眼却是呆滞的，不曾看见路面或是田野，也不曾看见那些加油站和卖食物的小棚子。哈得逊车往前开去的时候，她连瞟都没有向这些东西瞟一眼。

奥尔在破旧的座位上挪动了一下身子，扶住方向盘的手也移动了一下。他叹着气说道："响得厉害，可是我想毛病倒还没有。载得这么重，怎么能开上山去，真是天知道。妈，从这里到加利福尼亚去，路上有山吗？”

妈慢慢地回过头来，两眼又有了生气。“我想山是有几座的，”她说，“当然我也不清楚。不过我好像听说这一去要过几座山，甚至还有大山。很大的山。”

奶奶在睡梦中带着哭声叹了很长的一口气。

奥尔说：“如果我们要爬山，这车子的发动机马上就会烧坏。这些东西我们只好扔掉几件了。也许我们不该带这位牧师来。”

“不等走完这程路，你就会觉得幸亏带了这位牧师来，”妈说，“牧师可以帮我们的忙呢。”她又向前望着那发亮的路面。

奥尔用一只手操纵着方向盘，另一只手放在颤动的换挡杆上。他说话有些吃力了。他嘴里默默地先把要说的话准备好，才大声说出来：“妈——”她向他这边慢慢转过头来，因为车子晃动得很厉害，她的头也有些摇晃。“妈，这一去你担心吗？这一趟上那个新地方去，你担心吗？”

她的两眼转入沉思，显得柔和了。“有点儿，”她说，“不过也并不怎么担心。我就坐在这儿等着。如果出了什么事，要叫我想想办法——那时候我再打主意就是了。”

“你是不是想着我们到那地方以后的情形会怎样？你是不是担心事情不会像我们预料的那样称心如意？”

“不，”她连忙说，“不，我没想这些。你不能着急，我也不能着急。现在的情形已经是够受的了——叫人操心的事不知有多少。往后我们还有无数的日子要过，反正到头来人生只是那么一回事。如果我把那么多事情先想来想去，未免太伤神了。你这么年轻，应该努力往前奔——我呢，只是看着两旁的路往后退罢了。我只能顾到他们什么时候要再吃肉骨头。”她的脸绷紧了，“我只能管这些事。我不能再管别的事了。如果我再管别的事，大家就要急坏了。他们都指望着我只管这些事情呢。”

奶奶尖声地打了个哈欠，睁开了眼睛。她惊慌地向四周张望了一下。“我得下去，上帝保佑。”她说。

“等开到一个树林子再说吧，”奥尔说，“在前头就有个树林子。”

“别管树林子不树林子，我得下去，听见了没有？”她哼哼唧唧地哭闹起来，“我要下去。我要下去。”

奥尔加快了速度，等他开到了那片矮树林边上，他就刹住了车。妈把车门推开了，半扯半拉地把那颤巍巍的老太太搀到了路边，搀进了树林子。奶奶蹲下去的时候，妈扶着她，不让她跌倒。

卡车上其余的人都活动起来。他们的脸都被无法避开的太阳晒得发亮。汤姆、凯西、诺亚和约翰都有气无力地爬下车。露西和温菲尔德也都踩着踏板下了车，跑到树林子里去了。康尼温柔地搀扶着罗莎夏下来。爷爷在帆布篷底下醒过来了，他把头伸出来，但是两只眼睛却还是迷迷糊糊、泪汪汪的，没有清醒。他茫然地望着其余的人，但是谁也认不出来。

汤姆向他喊道：“你想下来吗，爷爷？”

那双老眼没精打采地向他这边转过来。“不，”爷爷说，他眼睛里忽然又露出了那股凶劲儿，“我不走，听见了吗？我要像缪利一样待在这儿。”于是他又心灰意懒，不想说话了。妈扶着奶奶爬上路基，回到公路上来。

“汤姆，”她说，“把车后面帆布篷底下的那盘骨头拿来。我们得吃点儿东西才行。”汤姆把那个盘子拿出来，轮流递给大家，他们一家人便站在路旁，啃着猪骨头上松脆的肉块。

“幸亏我们带了这些东西来，”爸说，“在车顶上坐久了，全身发僵，动也动不得了。水在哪儿？”

“你们不是拿上车了吗？”妈问道，“我把那一加仑的水瓶放在外面了。”

爸爬上边栏，在帆布篷底下寻找。“没在这儿。我们准是把它忘掉了。”

大家立刻感到了口渴。温菲尔德哼着说："我要喝水。我要喝水。"男人们忽然意识到自己口渴，把嘴唇舔了一舔。大家开始有些恐慌了。

奥尔感到这种恐慌逐渐增长起来。"我们再到一个站头，就可以弄到水。我们还要买点儿汽油。"一家人乱糟糟地爬上了卡车的边栏；妈扶着奶奶上了车，坐到她旁边。奥尔开动了发动机，他们又往前开了。

卡斯尔到巴登有二十五英里，太阳过了天顶，开始下落了。水箱的盖子吱吱咯咯地上下抖动，有蒸气钻出来。巴登附近的公路边上有一所小屋，前面有两个汽油泵；篱笆旁边还有一个水龙头和皮管。奥尔把车开过去，接上皮管。当他们停车的时候，一个脸和胳膊都发红的粗壮汉子从汽油泵背后的椅子上站起，向他们走来。他穿着酱黄色的粗布裤和马球衫，系着背带；头上戴着一顶硬纸板做的、涂成银色的遮阳帽。汗珠挂在他的鼻子上和眼睛下面，从他的脖子上的皱纹里源源不断地往下流。他懒洋洋地向卡车走来，显出一副又凶狠又严厉的神气。

"你们这些人打算买东西吗？是买汽油，还是买什么？"他问道。

奥尔已经下了车子，正在用指尖旋开冒气的水箱的螺丝盖。盖子一开，他就把手向旁边一甩，避开那里面喷出来的蒸气。"要加点儿汽油，先生。"

"有钱吗？"

"当然有。你当我们向你讨吗？"

那副凶狠的神气从胖子的脸上消失了。"噢，那就好了，老乡。你们尽管用水。"接着，他又连忙解释道，"过路的人多得很，他们来用了水，还把厕所弄得很脏，好家伙，他们还偷东西，什么也不买。他们没钱买东西。来讨一加仑汽油就赶路。"

汤姆愤愤地跳到地上，朝胖子走去。"我们一路都是出钱买东西，"他厉声说，"你没有权力盘问我们，我们没向你讨什么。"

"我并没有盘问你们，"胖子连忙说，汗水渐渐渗透了他那短袖的马球衫，“你们尽管用水吧，要上厕所也请便。”

温菲尔德已经拿住皮管。他衔着皮管头喝了水，又冲头冲脸，湿淋淋地从水里钻出来。“这水不凉。”他说。

“我真不懂这个国家会弄成什么样子，”胖子继续说道。他现在已经改变了抱怨的对象，不是对乔德这家人讲话，也不是讲他们这家人的事情了。“天天有五六十车人从这儿过，都是带着家小和东西往西去。他们上哪儿去？他们去干什么？”

“跟我们一样，”汤姆说，“要到一个地方去谋生。想法子混下去。就是这么回事。”

“哎，我真不知道这个国家会弄成什么样子。真不懂。我在这儿也是想混饭吃。你猜那些又大又新的汽车会在这儿停吗？不，先生！他们要到市镇上那些漆着黄色油漆的公司的加油站去。他们不肯停在这种地方。停在这种地方的人多半是没钱的。”

奥尔拨了拨水箱盖子，盖子被里面的一股蒸气冲到空中，于是水箱里就发出一阵空管子里冒水泡的响声。卡车顶上那只受罪的猎狗怯生生地爬到行李边上，望着水嗷嗷地叫起来。约翰伯伯爬上去，揪住它的颈毛把它提下车。那只狗的腿发僵，摇晃了一会儿，才走到水龙头底下，去喝那泥浆水。公路上，一辆辆的汽车飕飕地飞驰过去，在炎热中发出闪光，它们开过时卷起的热风刮到了加油站的场地上来。奥尔用皮管往水箱里灌满了水。

“我并不是说我只想做有钱人的生意，”胖子接下去又说，“我不过是想有点儿生意就是了。嗐，在这儿停下的人，有的讨汽油，有的拿东西换汽油。我可以引你到我后面房间里去看看他们拿来换汽油或是机油的那些东西：床啦、娃娃的小车啦、壶啦、盘子啦。有一家人拿他们孩子玩的布娃娃换了一加仑去。这些东西我拿来做什么用呢？难道来开一爿旧货店吗？还有一个家伙要拿他自己的鞋来换一加仑。如果我是那种人，我可以换到……”他向妈瞟了一眼，便住了口。

吉姆·凯西已经淋过头，水还在从他那高高的额角上往下滴，他那筋肉发达的脖子也淋湿了，他的衬衫也湿了。他走到汤姆身边。“这不能怪那些人，”他说，“你难道会情愿把你睡觉的床拿去换一桶汽油吗？”

“我知道这不能怪他们。跟我谈过话的人，都是不得已才搬家的。可是这个国家会弄成什么样子呢？我想要知道的就是这个。到底会搞成什么样子？谁也活不下去了。老乡们种田不能过活了。我问你，这样下去要到什么地步呢？我想不明白。我问过许多人，谁都弄不明白。那个人要用自己的鞋跟我换汽油，再赶一百英里路。这我也弄不明白。”他脱去那顶银色的帽子，用手掌揩揩额角上的汗水。汤姆也脱下他的小帽，拿它揩揩额头。他走到皮管旁边，把帽子浸透了水，拧一拧，又戴到头上。妈从卡车边栏的横档中间伸出手去，用一只铁皮杯子接了水拿去给奶奶，又拿去给躺在行李上面的爷爷喝了。她站在横档上，把杯子递给爷爷，他润湿了嘴唇，便摇摇头，不再喝了。他含着痛苦和惶惑的神情，抬起那双老眼向妈望了一会儿，随即又昏沉下去。

奥尔开动了发动机，把卡车倒退到汽油泵旁边。“加加油。这车子大约可以装七加仑，”奥尔说，“我们给它加到六加仑，好让它一点也不泼掉。”

胖子把皮管放进油槽。“不，先生，”他说，“我真弄不明白这个国家会弄到什么地步。什么救济金等办法，我都不懂。”

凯西说：“我到各地去过。人人都问到这句话。我们会弄到什么地步？依我看，我们永远也不会有什么出路。总是在路上逃荒，总是东奔西逃，怎么大家都不想想这个问题呢？现在有一股迁移的风气，大家都在迁移。我们知道这是为什么，也知道迁移的情形。大家迁移，是因为他们不得不迁移。这就是老乡们为什么老在迁移的原因。他们迁移，是因为他们想过比原来好一些的生活。除了迁移，就没有别的办法。他们希望过较好的生活，需要过较好的生活，于是就出远门去找。大家都弄得很苦，所以就拼命找出路。我到各地去过，听见人家也说你这些话。”

胖子把汽油打上来，油泵上的记数针转动着，表明油量。“是呀，可是究竟要落到什么地步呢？我就是要弄明白这一点。”

汤姆烦躁地插嘴道：“算啦，你永远也弄不明白。凯西想要对你说明白，你却还是问那句老话。像你这样的人，我从前也见过。你不是在问什么问题，你只是在哼着一个调子——‘我们要落到什么地步？’你根本不想弄明白。全国的人都在迁移，各处都有许多人死掉，也许你不久也要活不下去，可是你什么也不想知道。像你这样的人，我见得太多了。你什么也不想知道。只不过老唱着这一个调子——‘我们要落到什么地步？’——哄着你自己睡觉罢了。”他看看汽油泵，那油泵已经长了锈，很旧了，他又看看油泵后面的小屋，那是用旧木板盖成的，木板子第一次使用时的钉眼，从那曾经是鲜明的油漆里面显露出来。那鲜明的黄色油漆是想用来模仿市镇上的大公司加油站的，却遮不住木板子上的旧钉眼和旧裂缝，而且油漆也不能翻新。这种模仿是一件弄巧成拙的事，主人也早就知道这一招失败了。在那敞着的门里，汤姆看见了油桶，只有两只，还看见卖糖果的柜台，里面放着过时的糖果，有日久发黄的甘草棒糖和香烟。他还看见一把破椅子和锈坏了一个洞的纱窗。还有那个应该铺石子却没有铺的乱糟糟的院子，院子后面的玉米地里，庄稼被太阳晒得快要枯死了。屋旁有一小堆旧车胎和热补过的车胎。这时候他才第一次看见了那胖子身上那条廉价的洗旧了的粗布裤，那件廉价的马球衫和他那顶纸壳帽。“我刚才并不是有意对你发脾气，先生。只怪天气太热了。你什么也没有。你自己不久也会逃荒。那可不是拖拉机把你赶跑的，那是市镇上那些漂亮的黄色汽油站把你赶走的。大家都在迁移，”他有些不好意思似的说，“你也快要搬家了，先生。”

汤姆说话的时候，胖子的手在油泵上的动作缓慢下来，终于停住了。

他苦恼地望着汤姆。“你怎么知道？”他无可奈何地问道，“我们已经在商量要收了生意搬到西部去，你怎么知道的？”

凯西回答了他。“大家都是一样，”他说，“譬如我吧，一向都在拼命跟恶魔斗争，因为我从前老以为恶魔是我们的敌人。可是有一种比恶魔还要凶恶的东西抓住了这个国家，不把这个家伙砍掉，它是不会善罢甘休的。你看见过希拉毒蜥抓东西吗，先生？它咬得很紧，你把它砍成两个半截，它不会松口。把它的脖子砍断，它还是不松口。非得拿一把螺丝刀把它的脑袋凿开，才能让它松口。而且就算死了，它嘴里的毒液还是一直流出来，流到它牙齿咬过的地方。”他停下来，斜过眼去看看汤姆。

胖子一筹莫展地瞪眼直望着前面。他的手开始慢慢地摇着油泵的弯把。“我不知道我们要落到什么地步。”他低声说。

康尼和罗莎夏站在皮管旁边，悄悄地谈着私房话。康尼洗干净了铁皮杯子，先用指头试一试水的温度，再把杯子盛满。罗莎夏望着一辆辆的汽车在公路上驶过。康尼把那杯水递给她。“这水不凉，可是还好喝。”他说。

她望着他，神秘地微微一笑。她现在有身孕了，一举一动都有神秘的意味，她那神秘的意味和短时间的沉默似乎都是有意义的。她暗自满意，她为一些无关紧要的事发着牢骚。她要求康尼帮她的忙，每每都是些有点傻气的事，他们自己也知道那些事有点犯傻。但康尼对她觉得很满意，他对她的怀孕充满了惊奇的感觉。他想到自己熟悉她的秘密就很高兴。每逢她顽皮地微笑着，他也就顽皮地笑一笑；他们用耳语交谈着私房话。世界紧紧地包围着他们，他们成了世界的中心，或者还不如说，罗莎夏成了世界的中心，而康尼则在她周围转着小圈子。他们说的话全都是神秘的。

她从公路上把视线收回来。“我并不是很渴，”她娇滴滴地说，“可是我也许应该喝水了。”

他点点头，因为他很明白她的意思。她接过杯子漱漱口，吐了水，然后把那杯微温的水喝下去。“要再喝一杯吗？”他问道。

“半杯就行了。”于是他把杯子刚好盛满一半，递给她。一辆银色的矮矮的林肯雪飞尔车飞快地开了过去。她掉过头去看看其余的人在哪儿，看见他们都聚集在卡车旁边。她定了心，说道：“你想不想坐那辆车去？”

康尼叹了口气说：“也许——将来。”他们俩都明白这话的意思。“如果加利福尼亚有许多活计可做，我们将来自己就可以买一辆汽车。可是那种车”——他指着开过去的雪飞尔——“那种车跟一所像样的房子那么贵。我宁可买房子。”

“我倒想有一所房子，又有一辆那样的汽车，”她说，“不过，当然喽，得先买房子，因为——”他们俩都明白这话的意思。他们都因为她有了身孕而非常兴奋。

“你觉得舒服吗？”他问道。

“累了！在太阳里坐车坐累了。”

“我们只能这么走，要不我们就永远到不了加利福尼亚。”

“我知道。”她说。

那只狗一面嗅着，一面从卡车旁边走过，又缓缓地跑到水龙头底下的那摊泥水跟前去，舔一舔那些泥浆水。随后它就把鼻子低下，垂着耳朵走开了。它在路旁蒙着尘沙的野草中间，一路嗅着往前走，一直走到车道边上。它抬头向公路对面看了一眼，接着就朝公路对面窜过去。罗莎夏尖声惊叫了一下。一辆开得飞快的大汽车疾驰过来，由于突然刹车，车胎发出了一声尖叫。那只狗无济于事地躲了一下，惨叫一声，便被车轮拦腰撞倒碾过去了。那辆大汽车开慢了一会儿，车里有几张脸向后望望，接着又开足马力，一溜烟跑掉了。那只被碾破了肚肠的血肉模糊的狗，还在公路上把脚慢慢地踢来踢去。

罗莎夏两眼睁得大大的。“你想这会不会吓出毛病来？”她用恳求的口气问道，“这会不会吓出毛病来？”

康尼用一只胳膊搂住她。“快坐下，”他说，“不要紧。”

“可是我觉得这一下把我吓坏了。我喊叫的时候，觉得肚子里好像动了一下。”

“快坐下。不要紧。不会出毛病的。”他把她引到看不见死狗的那一面，叫她坐在卡车的踏板上。

汤姆和约翰伯伯走到血肉模糊的死狗身边。那具被撞得稀烂的尸体的最后的颤抖渐渐停息了。汤姆拽着狗的一条腿，把它拖到路边。约翰伯伯显出惶恐的样子，仿佛这是他的过失似的。“我本该把它拴起来的。”他说。

爸低下头来向那只狗望了一会儿，便转过头去了。“我们离开这儿吧，”他说，“我们正愁不知道怎么养活它。轧死了也许正好。”

胖子从卡车后面走过来。“我也难过呢，老乡，”他说，“狗在公路附近是活不长的。只一年里汽车就碾死了我的三只狗。现在不养了，一只也不养了。”他又说道：“你们别为这件事难过。我来照料这条死狗。把它埋在外边的玉米地里好了。”

罗莎夏仍旧坐在踏板上，还在哆嗦；妈走到她跟前。“你没事吧，罗莎夏？”她问道，“你觉得不舒服吗？”

“我看见了那情景，受了点惊。”

“我听见你叫了一声，”妈说，“现在你要打起精神来。”

“你看这会不会出毛病？”

“不会，”妈说，“你要是纵着自己这么难过下去，自己缩到燕子窝里，大惊小怪，那也许就会出毛病。快起来，帮我去服侍奶奶吧。暂且把肚里那个宝贝儿忘掉一会儿。他自己会照顾自己的。”

“奶奶在哪儿？”罗莎夏问道。

“我不知道。她反正在近处。也许在厕所里。”

罗莎夏向厕所走去，不一会儿就扶着奶奶一路走过来了。“她在那儿睡着了。”罗莎夏说。

奶奶咧着嘴笑了笑。“那儿倒是挺好，那里面有瓷马桶，还有水冲。我很喜欢那地方，”她心满意足地说，“要是没人来叫醒我，那我就要在那儿好好地打一会儿瞌睡。”

“这并不是睡觉的好地方。”罗莎夏说，她把奶奶扶上了汽车。奶奶舒适地坐定了。“漂亮姑娘也许嫌它不好，我这老婆子可是觉得够好了。”她说。

汤姆说道：“我们走吧。还得赶许多路呢。”

爸吹了一个尖声的口哨。“两个孩子上什么地方去了？”他又把指头放在嘴里，呼哨了一声。

不一会儿，两个孩子就从玉米地里钻出来了，露西带头，温菲尔德跟在后面。“蛋！”露西喊道。“我找到了几个软蛋。”她跑近了，温菲尔德紧跟着她。“瞧！”她的脏手里拿着十几个软软的灰白色小蛋。她把手举起来的时候，眼光无意中落到公路旁的死狗身上。“啊！”她叫道。她和温菲尔德慢慢朝狗身边走去。他们把它仔细查看了一番。

爸向他们喊道：“快过来，你们俩，除非你们打算留在这儿。”

他们一本正经地转过身子，走到卡车跟前。露西又望了望她手里拿着的那些灰色的小蛇蛋，随即就把它们扔掉了。他们爬上了卡车的边栏。“它的眼睛还是睁着的呢。”露西悄声说。

但是温菲尔德谈起那幅情景却兴致勃勃。他大胆地说：“狗的肚肠给轧得满地都是——满地都是。”他沉默了一会儿，“轧得——满地——都是。”说完，他便连忙翻过身去，在卡车边上呕吐了。他重新坐直的时候，两眼是泪汪汪的，鼻子里流着鼻涕。“这不像杀猪那样。”他解释说。

奥尔揭开汽车的前盖，检查了一下油量。他从前面的座位底下拿出一只一加仑装的油罐，把廉价的黑油倒些在油管里，又查看了一下油量。

汤姆来到他身边。“要不要我来开一段？”他问道。

“我不累。”奥尔说。

“嗐，昨天夜里你一点也没睡。我今天早上打过瞌睡了。你上车顶去。我来开车。”

“也好，”奥尔勉强地答应说，“可是你得仔细注意油量表。慢慢地开。我一直在担心缺油。随时都得看看指针。它要是猛跳，那就是缺油。开慢一点，汤姆。装载过重了。”

汤姆大笑起来。“我会注意，”他说，“你放心好了。”

一家人又挤在卡车顶上了。妈在奶奶身边的车座上坐好以后，汤姆便坐上车，开动了发动机。“机械的确是松了。”他说着，便推上排挡，把车子顺着公路开走了。

发动机一路低沉地响着，太阳在他们前面渐渐落下去。奶奶呼呼地睡熟了，就连妈也向前低着头，打起瞌睡来。汤姆把小帽拉下盖住眉毛，挡着那刺眼的太阳。

巴登到米克有十三英里；米克到哈拉有十四英里；再过去便是俄克拉何马城——那个大城市。汤姆一直向前开。妈醒了过来，当他们穿过市区的时候，她看了看那些街道。卡车上的一家人眼睁睁地望着那些店铺，那些大房子和办公大楼。随后那些房屋和店铺又渐渐变小了。他们又看见一些旧汽车场，卖熟点心的摊子和郊外的舞场。

露西和温菲尔德看见了这一切，城市的大派头和奇特的景象使他们发呆，他们见到的那些服装华丽的人也使他们吃惊。他们彼此没有谈到这些。将来他们也许会谈到，但是现在却没有谈。他们看见市区尽头的起重机，那些起重机是黑的，空气里有机油和汽油的气味。但是他们并没有叫嚷。这地方又巨大又奇特，简直把他们吓坏了。

罗莎夏在街上看见了一个穿浅色服装的男人。他穿着一双白皮鞋，戴着一顶平顶草帽。她推了推康尼，用眼色指点了一下那个男人，于是康尼和罗莎夏相对哧哧地笑起来，笑得不可开交。他们掩住了嘴。他们觉得这很有趣，便再找一些人做取笑的对象。露西和温菲尔德看见他们哧哧地发笑，好像很好玩，也想学他们的样——可是学不成。他们笑不起来。康尼和罗莎夏笑了好久，一直笑到透不过气来，脸也涨红了才停止。他们笑得太厉害，只要彼此互相看一眼，就禁不住重新大笑起来。

郊外很开阔。汤姆在来往的车辆中间慢慢地、小心地开着车，过了一会儿，他们就开上了六十六号公路——这条通向西部的大道，太阳在路上渐渐沉没下去了。挡风玻璃上布满了尘沙，闪闪发亮。汤姆把鸭舌小帽在眼睛上拉得更低了些，这么一来，他只得仰起头才能看得见。奶奶还在睡觉，太阳照在她那闭着的眼皮上，她的太阳穴上的血管发青，两颊上的细筋脉是葡萄酒的颜色，脸上那些褐色的苍老皱纹的颜色变得更深了。

汤姆说："我们往前去就一直走这条公路了。"

妈已经沉默了好久。"我们也许最好趁天没黑先找个地方停车吧，"她说，"我得把猪肉煮一煮，再做些面包。这得花好些时间。"

"当然，"汤姆同意地说，"我们并不是一下子就能开到。我们不妨舒展舒展。"

俄克拉何马城到贝瑟尼有十四英里。

汤姆说："我看最好还是趁太阳没下山就停车。奥尔还要在车顶上装那个东西。要不然太阳会晒死人的。"

妈又在打瞌睡了。她把头猛一抬。"还得做晚饭呢，"她说道。随后她又说："汤姆，你爸给我谈到过你越过州界的问题——"

他过了好一会儿才回答。"是吗？你怎么看，妈？"

"哎，我很担心。这一来你就像是逃走了。也许他们要抓你。"

汤姆用手遮住眼睛，挡住下落的太阳。"别担心，"他说，"我想过这件事了。具结假释出来的人多得很，而且随时都有再被抓回去的。如果我在西部出了什么事被抓起来了，那么他们就会把我的照片和我的手印从华盛顿弄来。他们会把我押回去。可是我只要不犯什么罪，他们就不会管我了。”

“哎，我还是担心。一个人有时犯了罪，自己还不知道那是坏事呢。只怕加利福尼亚有些罪名，我们根本就不知道。也许你做一件什么事，本来并没错，可是在加利福尼亚却是犯法的。”

“就算我不是假释出来的，那也还是一样，”他说，“只不过我如果被抓起来，就得比别人关得更久一些罢了。现在你先别发愁，即使我们不把一些倒霉事想来想去，要犯愁的事也已经够多的了。”

“我不由得不发愁，”她说，“你一过州界就犯罪了。”

“嗐，那总比留在萨利索乡下饿死好些，”他说，“我们还是找个地方停车吧。”

他们穿过贝瑟尼镇，来到了镇那一头的郊外。在通着公路底下暗沟的一条干水渠里，有一辆旧旅行车开出公路，停在那里，旁边支着一个小帐篷，帐篷顶上冒着火炉烟囱里出来的炊烟。汤姆朝前面指了一指。“那边有人支了帐篷。看上去像是个好地方，我们看到过的地方也不比这里强。”他把车子开慢，在路边停了下来。那辆旧旅行车的前面车盖已经揭开，一个中年男人正在那里俯身检查发动机。他戴着一顶廉价的宽边草帽，穿着蓝衬衫和带花点的黑背心，斜纹布裤硬挺挺的，脏得发亮。他的脸很瘦，两颊有深深的皱纹，使颧骨和下巴显得特别突出。他抬头看了看乔德的卡车，眼睛里显出为难和恼怒的神色。

汤姆把身子探到车窗外面。“有没有什么法律禁止在这儿停车过夜？”

那人本来只看见卡车。这时他的眼睛才注视到汤姆身上。“我不知道，”他说，“我们停在这儿，只是因为再也开不动了。”

“这儿有水吗？”

那人指着前面四分之一英里的一个服务站的小屋。“那边有水，可以让你用一桶。”

汤姆迟疑了一下。“唔，你看我们能把车子停在一起吗？”

瘦子显出难以回答的样子。“这不是我们的地方，”他说，“我们只是因为这辆老爷车不肯再往前走，才停在这儿的。”

汤姆还是坚持不放。“反正你们已经停在这儿了，我们还没有停。你有权利对我们说一声，是不是愿意要我们做伴儿。”

这种求情的表示立即收到了效果。那张瘦脸浮起了笑容。“噢，当然愿意。开出公路来吧。你们来了我很高兴。”于是他喊道，“赛莉，有几个人要上这儿来跟我们搭伴。你出来打个招呼吧。”“赛莉不大舒服。”他补上了一句。帐篷的门帷掀开了，里面走出一个憔悴的妇人来——她的脸皱得像一片枯叶，两眼在脸上似乎冒着火焰。那双黑眼睛像是从一口充满恐怖的井里向外望一样。她身材矮小，老在发抖。她揪住帐篷的门帷，挺立在那里，抓住帆布的那只手简直是皮包骨了。

她说话的时候，声音相当悦耳，轻柔而和谐，却又掺杂着一些铿锵的音调。“欢迎他们来吧，”她说，“告诉他们，非常欢迎。”

汤姆把车子从公路开进田野，和那辆旅行车并排停着。卡车上的人争着爬下来；露西和温菲尔德爬得太快，腿一滑，手脚上戳进了刺，哎呀哎呀地直叫。妈立刻开始了工作。她从卡车后面解下那只三加仑的桶，走近两个叫疼的孩子。“你们去打点水来——就在那边。说话要客气点。先说：‘对不起，给我们放一桶水好吗？’再说：‘谢谢你。’盛好了，好好地抬回来，一点也别泼掉。如果在路上见到有好烧的柴，也拾些回来。”两个孩子便踏着重步向那小屋走去。

站在帐篷外边的人们稍微有一点不自在，隔了一会儿，双方才开始攀谈起来。爸说：“你们不是俄克拉何马人吧？”

站在汽车近旁的奥尔看了看那块牌照。“是堪萨斯。”他说。

瘦子说：“我们是加利纳人，离那儿很近。我叫威尔逊，艾维·威尔逊。”

“我们姓乔德，”爸说，“我们是从萨利索附近来的。”

“噢，遇到你们这几位，我们很高兴。”艾维·威尔逊说，“赛莉，他们这一家姓乔德。”

“我知道你们不是俄克拉何马人。你们的口音有些特别——这不碍事，你知道。”

“口音人人不同。”艾维说，“阿肯色州的人有自己的口音，俄克拉何马州的人也有自己的口音。我们见过一个马萨诸塞州的太太，她的口音跟别处的口音都不同。简直听不懂她讲的是什么。”

诺亚、约翰伯伯和牧师开始把卡车上的东西搬下来。他们扶着爷爷下了车，让他坐在地上，爷爷有气无力地坐下去，瞪眼望着前面。“您病了吗，爷爷？”诺亚问道。

“他妈的，你可说对了，”爷爷软弱无力地说，“病得要死了。”

赛莉·威尔逊缓慢而谨慎地朝他走来。“你上我们帐篷里来好吗？”她问道，“你可以在我们的床垫上躺着休息休息。”

他被她那温和的声音吸引住了，抬起头来看了看她。“来吧，”她说，“你可以休息一下。我们搀着你过去。”

冷不防爷爷忽然哭起来。他的下巴颤抖着，年老的嘴唇紧紧地绷着，闭住了嘴；他哑着嗓子哇哇地哭了。妈急忙向他跑去，把他抱住。她那宽大的背拼命使劲，把他扶起来，半抬半搀地送进了帐篷。

约翰伯伯说：“他准是病得很厉害。从来没见过他病成这个样子。我一辈子都没见他哭过。”他跳上卡车，搬下一条床垫。

妈从帐篷里出来，走到凯西跟前。“你从前常跟病人接近，”她说，“爷爷病了。你去看看他好吗？”

凯西连忙走进帐篷。地上有一条双人床垫，上面整整齐齐地铺着毯子；还有一个铁脚的铁皮小火炉摆在那里，炉火时大时小地燃烧着。有一桶水，一木箱的粮食，还有一只当桌子用的木箱，此外就什么也没有了。落日的余晖透过帐篷，边上的帆布成了淡红色。赛莉·威尔逊跪在床垫旁边的地上，爷爷仰着身子躺在那里。他睁大眼睛，呆呆地向上望着，两颊发红。他喘气喘得很急。

凯西用手指握住老人皮包骨的手腕。“觉得累吧，爷爷？”他问道。那对发呆的眼睛向发出声音的地方转过来，可是没有看见他。嘴唇做出了说话的动作，可是没有说出话来。凯西摸摸脉，把那只手腕放下，又用手摸摸爷爷的额头。老人的身子开始挣扎了一阵，两条腿不住地动来动去，两只手也在乱晃。他发出一连串不成话的含糊的声音，脸皮从那短而硬的白胡子底下透出红色来。

赛莉·威尔逊轻声对凯西说：“你知道这是什么毛病吗？”

他朝那张满是皱纹的脸和那双焦急的眼睛看了看。“你知道吗？”

“我——我想是那个毛病。”

“什么毛病？”凯西问道。

“也许是我弄错了。我不想说。”

凯西转过头去望着那张抽动的红脸。“你是说——他可能是——中风了？”

“我想是这个病，”赛莉说，“这种病我见过三次。”

外面传来了支帐篷、劈柴火和置放锅子的声音。妈撩开门帘张望了一下。“奶奶要进来。让她进来好吗？”

牧师说：“要是不让奶奶进来，她会着急的。”

“你看他不要紧吧？”妈问道。

凯西慢慢地摇摇头。她连忙低下头去，看看老人那张痛苦的充血的脸。她退出去，她的声音传进了帐篷。“他好了，奶奶。他不过是要休息一会儿。”

奶奶沉着脸回答道：“噢，我要看看他。他是个滑头鬼。他从来不跟人说真话。”于是她急匆匆地从门帘外面钻进来。她弯腰站在床垫边上向下看。“你怎么啦？”她向爷爷问道。爷爷的两只眼睛又向她转过来，嘴唇抽动着。“他生气了，我对你们说过，他很滑头。今天早上他想溜掉，不打算来。后来他又屁股痛，”奶奶厌烦地说，“他不过是在发脾气。我从前见过他不肯跟人家说话的时候，就是这副神气。”

凯西轻声说：“他不是发脾气，奶奶。他病了。”

“啊！”她又低下头去看了看老人，“你看病得厉害吗？”

“很厉害呢，奶奶。”

她迟疑了一会儿。“那么，”她连忙说道，“你为什么不做祷告呢？你是牧师，对不对？”

凯西有力的手指无意中又摸到了爷爷的手腕，他把它捏住了。“我对你说过，奶奶。我已经不是牧师了。”

“好歹得祷告一下，”她命令道，“反正你记得那一套。”

“我不能，”凯西说，“我不知道该祷告些什么，也不知道该向谁祷告。”

奶奶把眼光转开，落到赛莉身上。“他不肯祷告，”她说，“我跟你说过吗，露西五六岁的时候，还是个小调皮鬼，她是怎么祷告的？她说：‘现在我躺下来睡觉了。我求主保护我的灵魂。那只可怜的狗过去一看，碗柜里是空的，它什么也吃不着。阿门。’她就是这么祷告的。”有人在斜阳下经过帐篷，影子在帆布上掠过。

爷爷似乎在挣扎；他全身的筋肉都抽动了。忽然间，他好像受了一下沉重的打击似的，发出了刺耳的声音。他静静地躺在那里，呼吸停止了。凯西低下头去看了看老人的脸，看见那张脸渐渐变成紫黑色。赛莉推了推凯西的肩膀。她悄悄说：“他的舌头，他的舌头，他的舌头。”

凯西点点头。“你挡住奶奶吧。”他把那闭紧的牙床扳开，伸手到老人的喉咙里去掏他的舌头。他把舌头向上一拨，里面就发出呼噜呼噜的呼吸声，还吞泣了一下。凯西在地上找到一根小棍，按住了舌头，于是那不均匀的呼吸便又呼噜呼噜地响了一阵。

奶奶像小鸡一样蹦来蹦去。“祷告吧，”她说，“你快祷告呀。我叫你做祷告。”赛莉使劲把她往后拉。“祷告呀，你这家伙！”奶奶大声嚷道。

凯西抬头向她望了一会儿。呼噜呼噜的呼吸声更响亮、更不均匀了。“我们在天上的父，你的圣名——”

“好呀！”奶奶喊道。

“天国由你主宰，凡事都依你的意旨而行——在地上——如同在天上一样。”

“阿门。”

那张张开的嘴里发出一声很长的喘息，然后又叫了一声，就断气了。

“赐给我们——今天的饮食——饶恕我们——”爷爷的呼吸已经停止了。凯西低下头去望着爷爷的眼睛，那双眼睛又明净又深沉，含着一股严肃的神情。

“哈利路亚！”奶奶说，“祷告下去呀。”

“阿门。”凯西说。

于是奶奶不作声了。帐篷外面的一切嘈杂的声音也都停止了。一辆汽车在公路上飞驰过去。凯西还是跪在床垫旁边的地上。外面的人静静地站着，凝神静听那临终的断气的声音。赛莉扶着奶奶的臂膀，把她搀到外面，奶奶庄严地移动着脚步，把头抬得高高的。她代表全家这么走，她代表全家这么昂着头。赛莉把她扶到一条铺在地上的床垫上，让她坐下。奶奶很有尊严地直望着前面，她现在是特意摆出这副样子。帐篷里无声无息，凯西终于用手撩开门帘走了出来。

爸低声问道：“什么病？”

“中风，”凯西说，“急性中风。”

生命又开始活动起来。太阳触到地平线，在那里沉下去。公路上开过一长列巨大的运货卡车，车身都是红色的。这些卡车隆隆地一路开去，在地面造成了微微的震动，立式排气管里冒出柴油的青烟。每辆卡车由一个人驾驶，接班的司机高高地睡在靠近车顶的小床上。这些卡车都不停，它们日夜隆隆地往前奔驰，地面在它们沉重的车轮下震动。

一家人成了一体。爸蹲在地上，约翰伯伯蹲在他旁边。爸现在是这一家之长了。妈站在他背后。诺亚、汤姆和奥尔都蹲着，牧师也坐下了，然后伸直双腿，把身子斜靠在胳膊肘上。康尼和罗莎夏在远处走着。露西和温菲尔德抬着一桶水有说有笑地走来，他们感到有了变故，便放慢脚步，把水桶放下，静悄悄地跟妈站在一起。

奶奶冷冰冰地、傲然地坐在那里，直到大家聚在一起，没有人再望着她的时候，她才躺下来，用臂膀盖住了脸。红红的太阳落山了，在大地上留下了灿烂的微光，使人们的脸在黄昏中还有光彩，一双双的眼睛在天空的回光下闪耀着。黄昏把光线尽量收聚起来。

爸说："那是威尔逊先生的帐篷。"

约翰伯伯点点头。"他把帐篷借给我们了。"

"好心肠的人呀。"爸细声说道。

威尔逊在他的破汽车旁边站着，赛莉已经到床垫跟前坐在奶奶身边了；但是她很小心，并不挨着她。

爸喊了一声："威尔逊先生！"那个人一瘸一拐地走近来蹲下，赛莉也走了过来，站在他身边。爸说道："我们谢谢你们两位。"

"我们乐意帮忙。"威尔逊说。

"叨你们的光了。"爸说。

"死了人的时候是无所谓叨光的。"威尔逊说。赛莉也附和着他的话："千万别说什么叨光不叨光呀。"

奥尔说："让我来修理你们的汽车——我跟汤姆来修理。"奥尔觉得自己能给全家报恩，有些得意扬扬了。

"帮帮我们的忙也好。"威尔逊接受了报答的好意。

爸说："我们得想想看怎么办。这有法律规定。我们得去报丧，报告了之后，他们就要收四十元的葬费，要不然就把他当作叫花子处理。”

约翰伯伯插嘴了：“我们世世代代没出过叫花子。”

汤姆说：“也许我们要学学乖才行。我们世世代代从来没被人家从家乡赶走过呢。”

“我们干得光明正大，”爸说，“怎么也不能怪我们。我们买不起的东西，从来没拿过人家的；我们也决不要人家做好事。当初汤姆惹了祸，我们也抬得起头来。他干的事，换成谁都会那么干的。”

“那么，我们怎么办呢？”约翰伯伯问道。

“我们依法去报告，他们会来验尸。我们只有一百五十块钱。他们拿了四十块去葬爷爷，我们就到不了加利福尼亚了——要不然，他们就会把他当作叫花子埋掉。”男人们烦躁不安，他们仔细查看着膝前那片逐渐暗下去的地面。

爸小声地说：“爷爷亲手埋了他的爸，弄得很体面，他用自己的铁锹把坟修得好好的。那时候，一个人有权利让亲生的儿子埋他，做儿子的也有权利葬他的父亲。”

“现在法律的规定不同了。”约翰伯伯说。

“有时候怎么也不能照着法律行事，”爸说，“反正不能正正经经地遵守法律。有许多时候都是这样。当初弗洛伊德学坏了，到处胡闹，法律说我们应该把他甩掉——可是谁也没有甩掉他。有时候你得把法律仔细琢磨琢磨，弄清楚它是不是合理。我现在的意思就是说我有权利来葬我自己的爸。谁还有什么话要说吗？”

牧师用胳膊肘把身子支高了一些。“法律是随时变化的，”他说，“‘不得不做’的事还是可以做的。你不得不做的事，就有权利去做。”

爸转向约翰伯伯说：“你也有权利呀，约翰。你有什么反对意见吗？”

“我不反对，”约翰伯伯说，“只不过这好像是暗地里把他隐藏起来了。爷爷平日做事向来是光明正大的。”

爸羞怯地说："我们不能照爷爷那样办事了。我们要趁着钱还没花光的时候赶到加利福尼亚。"

汤姆插嘴道："有时候有些干活儿的人在地下挖出死尸来，他们就当作一件谋杀案，大叫大嚷。政府方面对死人也比对活人更加关心。他们会大惊小怪地手忙脚乱起来，查明他是谁，怎么死的。我主张我们写一张字条，放在一只瓶子里，跟爷爷埋在一起，字条上说明他是谁，怎么死的，为什么葬在这地方。"

爸点点头赞成了。"这是个好办法。清清楚楚地写一张吧。他知道有他的名字在一起，也就不会觉得那么凄凉了，他并不是一个冷冷清清的老头子，孤孤单单地躺在地下。还有什么话要说吗？"周围的人都沉默着。

爸转过头去看看妈。"你来给他装殓，好吧？"

"我来装殓，"妈说，"可是晚饭谁来做呢？"

赛莉·威尔逊说："我来弄晚饭。你只管去干你的吧。我和你那大女儿来做饭。"

"真是多谢你，"妈说，"诺亚，你到桶里去取几块好猪肉来。盐还不会腌得很透，吃起来可是正够味。"

"我们有半袋土豆。"赛莉说。

妈说道："拿两个半块的银角子给我。"爸从衣袋里把银币掏出来给了她。她找到了面盆，满满地盛了水，便走进帐篷里去。那里面差不多全黑了。赛莉走进来，点了一支蜡烛，笔直地竖在一只木箱上，又走了出去。妈低下头去，对死了的老人看了一会儿。她怀着怜恤的心情，从自己的围裙上撕了一条布，把他的下巴缠绕好。她扶正了他的手脚，把他的双手交叉在他的胸脯上。她把他的眼皮抚平，在每只眼睛上放下一个银币。她扣上了他的衬衫，替他洗了脸。

赛莉向帐篷里瞧了瞧，说道："我可以给你帮帮忙吗？"

妈慢慢地抬起头来。“请进来，”她说，“我正想跟你谈谈。”

“你大女儿真是个好孩子，”赛莉说，“她削土豆皮削得很好。有什么事要我帮忙吗？”

“我打算给爷爷全身洗一洗，”妈说，“可是他没有别的衣裳好换了。当然，你的被窝也弄脏了。被窝上有了死人的气味，简直弄不掉。我亲眼看见过一只狗对着我妈死在上面的床垫叫唤，还摇晃着身子，而且那还是她死后两年的事。我们就用你的被子把他裹起来吧。我们另外赔你一条。我们有一条被子，可以给你。”

赛莉说：“这是哪儿的话。我们是乐意帮忙的。我心里很久没有觉得这么踏实了。大家都应该帮别人的忙。”

妈点点头。“对。”她说。她看了老人那张缠着下巴、长着络腮胡子的脸好一会儿，在烛光里，那两只眼睛上盖着的银币闪闪发光。“可不能让他的尸首像个野人。我们把他裹起来吧。”

“老太太倒是能想得开。”

“哎，她太老了，”妈说，“只怕她还不大清楚出了什么事呢。她恐怕一时不会明白。再说，我们这些人能忍住不伤心痛哭，还觉得挺自豪呢。从前我爸常说：‘伤心痛哭谁都会。要不伤心，可真得有点儿大丈夫气才行。’我们总是极力忍住的。”她用那床被子把爷爷的腿和肩膀仔细裹住。她扯起被子的一角，盖在他头上，蒙住他的脸，像修道士的头巾一样。赛莉递给她六七根大别针，她便把那条裹成长包袱的被子上上下下用别针别得又紧又整齐。最后她站起身来。“这样下葬也不算坏了，”她说，“我们有牧师看着他入土，亲人也都在身边。”忽然她的身子有些摇晃起来，赛莉走过去扶住她。“累得要睡了——”妈不好意思地说，“不，我没什么。你要知道，我们先前收拾一切，真是够忙的。”

“到外面露天地里去吧。”赛莉说。

“好，这儿的事我都弄好了。”赛莉吹熄了蜡烛，于是她们两人就走出了帐篷。

一堆明晃晃的火在小溪谷底下燃烧着。汤姆用柴棍和铁丝做好了一个架子，上面吊着两把壶，嗤嗤地沸腾着，阵阵的水汽从盖子底下冲出来。罗莎夏在离火堆稍远些的地方跪着，手里拿着一只长调羹。她看见妈从帐篷里出来，便站起身，走到她跟前。

“妈，”她说，“我要问问你。”

“又受惊了吗？”妈问道，“哎，你想一点也不发愁，太太平平地过九个月，那是办不到的。”

“可是这会不会——使娃娃吃亏呢？”

妈说：“有一句老话：‘孩子愁里出生，日后有福。’是不是这么说的，威尔逊太太？”

“我也听见过这样的话，”赛莉说，“我还听见过另一句老话，就是‘孩子生来太快活，大了爱发愁’。”

“我肚里跳得厉害呢。”罗莎夏说。

“嗐，我们谁也不是在跳着玩。”妈说，“你干脆当心看着水壶吧。”

男人们已经在火光的周围聚成了一个圈子。他们备好了一把铁锹和一把镐做挖土的工具。爸划出了一块地面——八英尺长，三英尺宽。工作由大家轮流地进行着。爸用镐掘松了泥土，约翰伯伯便把这些土铲出去。奥尔又掘土，汤姆来铲；诺亚也来掘，康尼又来铲。工作的速度一直没有降低，因此他们挖的坑越来越深了。一锹一锹的泥土从坑里飞快地掀出来。汤姆站在那个长方形的坑里，已经到了齐肩深的时候，便说道：“要挖多深，爸？”

“要深些。再刨两英尺吧。现在你出来，汤姆，把那张字条写一写。”

汤姆爬出土坑，诺亚便接替了他。汤姆走到妈跟前，她正在照料着火。“我们有纸有笔吗，妈？”

妈慢慢地摇摇头：“没——有。这些东西我们没带来。”她向赛莉望了一眼。这个矮小的女人便连忙走到帐篷里去了。她带了一本《圣经》和半截铅笔回来。“这书上，”她说，“前面有一页白纸。在那上面写好扯下来就是了。”她把书和铅笔递给了汤姆。

汤姆在火光中坐下。他眯着眼，聚精会神地望着纸，终于在卷首的衬纸上慢慢地细心写了一些清清楚楚的大字。“这个人是威廉·詹姆士·乔德，是个中风而死的老人。他的家人把他葬在这里，因为他们没钱缴丧费。他不是被人杀害的。只是中风死了。”他停了笔。“妈，你听听这几句话。”他慢慢地为她读了一遍。

“唔，听来还不错，”她说，“你从《圣经》上引几句话加上去，使它带点宗教味，好吗？翻开《圣经》，选两句经文吧。”

“得选短些的才行，”汤姆说，“纸上的空白剩得不多了。”

赛莉说：“‘上帝保佑他的灵魂’这句话怎么样？”

“不好，”汤姆说，“这句话听上去好像他是给绞死的。我来抄一句。”他翻了一下，看到什么句子，就动嘴不出声地念起来。“这儿有个很短的好句子，”他说，“‘于是罗得对他们说，啊，不是如此，我主。’”

“一点意义也没有，”妈说，“你既然要抄经文，总得找句有意义的话才行。”

赛莉说：“再翻下去，在《诗篇》里找找看。你在《诗篇》里总可以找到好的句子。”

汤姆翻动《圣经》，一节一节地看下去。“现在这儿有一句可实在是好，”他说，“这是个好句子，充满了宗教意味：‘过失被饶恕的人，罪恶被遮掩的人，有福了。’这句怎么样？”

“这好极了，”妈说，“写下来吧。”

汤姆仔细写好这句话。妈用水把一只装水果的罐子洗了一下，揩得干干净净；汤姆放进字条，旋紧了盖子。“也许该叫牧师来写才对。”他说道。

妈说："不，牧师不是亲人。"她从他手上接过罐子，走进黑暗的帐篷。她解开被窝上的别针，把水果罐子塞在那双瘦削的、冰冷的手底下，又把被窝别好。接着她便走回火边。

男人们从墓穴那边走过来，个个脸上都流着汗，闪着光。"好了。"爸说。他和约翰、诺亚、奥尔走进帐篷，把那别好的长包袱抬了出来。他们把它抬到土坑前。爸跳进土坑，两臂接过那个包，轻轻放下。约翰伯伯伸过一只手去，把爸拉出了土坑。爸问道："奶奶怎么样？"

"我去看看。"妈说。她走到床垫那儿，弯身望了老太太一下。接着她便走回坟前。"睡着了，"她说，"也许她是装睡着了不理我，可是我也不好弄醒她。她累了。"

爸说："牧师在哪儿？我们应该做一次祷告才好。"

汤姆说："我刚才看见他顺着大路走了。他不愿意再做祷告了。"

"不愿意做祷告？"

"是的，"汤姆说，"他已经不是牧师了。他觉得自己不是牧师，却要冒充牧师来哄人，那是不对的。我想他一定是怕别人叫他祷告才走开的。"

凯西已经悄悄地走了过来，他听见了汤姆的话。"我并没逃跑，"他说，"我要帮你们这些人的忙，可是我不会哄你们。"

爸说："你肯不肯来讲几句话？我们家里从来没有不做祷告就把死人安葬的。"

"我来说几句吧。"牧师说。

康尼把罗莎夏引到坟边，她是不情愿的。"你应该去，"康尼说，"不去是不合规矩的。一会儿就完了。"

火光射在聚集的人们身上，照亮了他们的脸和眼睛，火光照在他们那暗淡的衣服上，显得微弱了。现在大家都脱下了帽子。火光跳动着，一晃一晃地照在人们身上。

凯西说："简单地讲几句吧。"他低下头来，其余的人也都跟着他把头低下了。凯西庄严地说道："这位老人活了一世，刚刚死去了。我不知道他是好人还是坏人，可是这也没有多大关系。他先前活着，活着是要紧的。现在他死了，也就没有什么要紧了。从前我听见一个人告诉过我一句诗，他说：'活着的人都是神圣的。'我想了一想，觉得这句诗很有深意。所以我不肯给死了的老人做祷告。他现在倒好了，他要做一件事，可是一切都安排好了，他只有一条路可走。至于我们呢，我们要做一件事，却有一千条路，我们还不知道应该走哪一条。如果我做祷告，我应当给那些不知道向哪条路去的人做。爷爷在这里，他是走上平坦的大道了。现在给他盖上土，让他去干他的事情吧。"他抬起了头。

爸说了一声"阿门"，其余的人也都轻轻地说了一声"阿——门"。于是爸拿起铁锹来，装上半锹土，轻轻地撒在那漆黑的墓穴里。他把铁锹交给约翰伯伯，约翰也撒了一锹泥土。接着那把铁锹从一个人手中递到另一个人手中，直到人人都轮流做了这件事。当全体都执行过自己的义务和权利后，爸就用力铲起了那一堆浮土，把墓穴填上。妇女们都回到火边去张罗晚餐。露西和温菲尔德在旁边聚精会神地望着。

露西严肃地说："爷爷躺在那底下了。"温菲尔德用惊恐的眼睛看看她，然后他跑到火边，坐在地上，暗自呜呜咽咽地哭起来。

爸把墓穴填满了一半，接着因为太吃力了，站在那里直喘气，约翰伯伯便接过手来完了工。汤姆看见约翰打算堆砌坟头，便阻止他。"您听我说，"汤姆说，"要是我们砌起坟堆，人家马上就会来挖开。我们该想法遮盖起来才好。先把土弄平，我们来铺上些枯草。我们非这么办不可。"

爸说："我没想到这个。埋了人不做个坟堆是不对的。"

"没办法呀，"汤姆说，"人家看到坟堆马上就会把它刨开，那我们就犯了法，要吃苦头了。你知道我要是犯了法，就得受什么惩罚。"

爸说："唔，我倒把这个忘了。"他从约翰手里接过铁锹来，弄平了坟上的泥土。"一到冬天，就会塌下去的。"他说。

"没办法，"汤姆说，"到了冬天，我们就离这儿老远了。把土踩紧一些，我们来铺些东西在上面吧。"

咸肉和土豆烧好了，两家人就坐在地上，安安静静地盯着火光吃起来。威尔逊用牙齿撕下了一块肉，满意地叹了一口气。"这猪肉味道真好。"他说。

"噢，"爸解释道，"我们有两只小猪，我们想着还是吃了的好。卖是卖不了多少钱的。我们在路上已经习惯了，孩子他妈可以把饭弄好，我们车上有两桶猪肉，一路看看风景，多好呀！你们两口子在路上多久了？"

威尔逊用舌头舔净了牙齿，咽了一口。"我们运道不好，"他说，"我们离开家乡已经有三个星期了。"

"哎呀，我的天哪，我们打算十天之内赶到加利福尼亚呢。"

奥尔插嘴道："我没把握，爸。车上装得太重了，我们也许永远到不了那儿，如果还要爬山的话。"

他们围着火，都默不作声。他们的脸朝着地，头发和额头在火光里照得很清楚。在那小小的一团火光上方，夏夜的星星隐隐地照耀着，白天的热气渐渐消退了。奶奶在那离火较远的床垫上，像一只小狗似的低声哭泣起来。大家把头转向她那边。

妈说："罗莎夏，你乖乖地听话，去躺在奶奶旁边吧。她现在要人陪。她已经明白了。"

罗莎夏站起身，向床垫走去，躺在老太太身旁；她们低微的话语声飘到火边来。罗莎夏和奶奶在床垫上悄悄地说着话。

诺亚说："真奇怪——死了爷爷，我并不觉得跟先前有什么两样。

我并不比先前更难过。”

“都是一样的，”凯西说，“爷爷和老家是一回事。”

奥尔说：“真对不起他。他一直在谈他要怎样怎样，他说他要把葡萄使劲在头顶上挤，挤得汁水顺着胡子往下流，老说这种话。”

凯西说：“他那是开玩笑，哄人的。我想他心里也明白。爷爷并不是今晚死去的。你们把他带着离开了老家，那时候他就死了。”

“你确定是那样吗？”爸大声说。

“噢，不。他倒是还有一口气，”凯西接着说，“可他实际上是死了。他就是老家，他心里是明白的。”

约翰伯伯说：“你早就知道他要死了吗？”

“唔，”凯西说，“我知道。”

约翰眼睁睁地望着他，脸上堆起了恐怖的神情。“你没告诉谁吗？”

“说出来有什么好处？”凯西问道。

“那我们——我们也可以想想办法呀。”

“什么办法？”

“我不知道，可是——”

“不，”凯西说，“你们想不出办法来。你们的出路早就选定了，爷爷完全没有过问。他并没有吃过什么苦头。自从今天早上出了头一件事以后，他就没有吃过苦头。他心里老想着家乡的土地，他离不开老地方。”

约翰伯伯深深地叹了一口气。

威尔逊说：“我们当初也只好甩下我哥哥维尔。”大家把头向他转过去。“他跟我都是四十多岁的人了。他比我大一些。我们都没开过车。我们不管三七二十一，把家里一切东西都卖掉了。维尔他买了一辆汽车，他们叫了一个小伙子教会他开车。在我们动身以前的那天下午，维尔和明妮婶去试车了。维尔他开到了大路转弯的地方，他喊了一声‘哎哟’，猛一使劲往后退，便撞进了篱笆。他又喊了一声‘哎哟’，骂了一声‘他妈的’，踩到了油门，翻到沟里去了。这下子他就再也开不动车了。他没有别的东西可卖，汽车也没有了。可是谢天谢地，这终究是他自己的错。他气得要命，不肯跟我们走，只是坐在那儿乱骂个没完。”

“他打算怎么办呢？”

“我不知道。他气得发疯，简直没主意。我们也不能等他。只有八十五块钱做盘缠。我们不能待在那儿，把钱分来用，反正坐吃下去也会把这点钱用完的。动身以后，还没走到一百英里，车后面的一个齿轮就坏了，花了三十块钱才配好，后来又要配一个车胎，再后来火花塞又裂开了，赛莉又病倒了。只好停十天。现在这倒霉车子又出了毛病，钱也越来越少了。我不知道我们什么时候才能到加利福尼亚。要是我会修车就好了，可是我对汽车实在一窍不通。”

奥尔自充内行地问道：“什么毛病？”

“噢，它就是不走。刚一开动，放几个屁，又停住了。过一会儿，它又动起来，你还没来得及开着它往前走，它又泄气了。”

“动一动就停住吗？”

“是的，先生。无论我怎么踩油门，总是没法把它开走。现在越来越糟，我根本就开不动它了。”

这时奥尔显出很得意、很老成的样子。“我想你这是油路阻塞了。我来给你弄通吧。”

于是爸也得意起来。“他是个修车能手。”爸说。

“唔，你能给我帮忙，我当然感谢。实在感谢得很。一个人不能修车的时候，真觉得自己像个小孩似的不中用。等我们到了加利福尼亚，我一定要买辆好车。那也许就不会抛锚了。”

爸说道：“等我们到了那儿！难就难在怎么能到得了。”

“啊，只要能到，吃些苦也值得，”威尔逊说，“我看到过传单上说，那边需要工人摘水果，工钱也很高。啊，你想想看，那多么痛快，在阴凉的树林底下摘果子，还可以随时拿些到嘴里吃吃。嗐，他妈的，那边水果太多了，人家可不管你吃多少。再说工钱那么高，我们也许可以买一小块地来种一种，多挣些钱。嗐，我想不到两年，就可以自己置一块地了。”

爸说：“这些传单我们也见过。我身边还带着一张呢。”他摸出他的钱包来，从钱包里掏出一张折好的橙黄色传单。传单上用黑字印着：“加利福尼亚征雇摘豆工人。工资四季优厚。征雇工人八百名。”

威尔逊好奇地看了看那张传单。“噢，这就是我见过的那种传单。一模一样。你想——只怕他们已经招足了八百人吧？”

爸说：“这不过是加利福尼亚的一个地方。你想，那个州是我们的第二大州。就算他们把八百人全都招足了，其余的地方还多得很呢。无论如何，我情愿摘果子。你刚才说得对，在树底下摘果子——就连孩子们也喜欢干嘛。”

奥尔忽然站起来，向威尔逊的旅行车走去。他向车里查看了一会儿，又回来坐下。

“今天夜里你修不成了。”威尔逊说。

“我知道。明天早上我就去修。”

汤姆留心望着他的弟弟。“我的想法也跟你一样。”他说道。

诺亚问道：“你们两人在谈些什么？”

汤姆和奥尔都不作声，各人都等着另一个来回答。“你告诉他们吧。”奥尔终于说。

“噢，那也许不行，奥尔的想法也许跟我不一样。总之，现在的情况是这样。我们的车子装得过重了，威尔逊夫妇的却没有。如果我们一家人分几个坐在他们车上，把他们的轻便行李拿些到卡车上来，我们就不会把弹簧压坏，那就可以爬山了。还有，我和奥尔对汽车都内行，我们保管能叫那辆汽车走得好。我们一路上老在一起开，这样一来大家都好了。”

威尔逊高兴得跳起来了。“好！好！那我们可高兴了。我们当然高兴。你听见没有，赛莉？”

“这是个好办法，”赛莉说，“会不会拖累你们一家呢？”

“不会的，谢天谢地，”爸说，“怎么会是拖累。你们对我们还会有帮助呢。”

威尔逊不自在地坐下去。“噢，我不知道。”

“怎么啦，你不肯吗？”

“哎，你看——我大概只剩下三十块钱了，我不愿意拖累你们。”

妈说：“你们绝不会拖累我们。彼此互相帮忙，我们便都可以到加利福尼亚了。赛莉·威尔逊不是帮我们把爷爷安葬了吗？”谈到这儿，她就住了口。两家的情谊是很显然的了。

奥尔大声说：“那辆汽车可以坐六个人。假定说由我来开车，罗莎夏、康尼和奶奶也都坐上去。我们再把汽车里的轻便行李拿出来，堆到卡车上去。我们一路还可以随时卖掉一些东西。”他高声地说着，因为他心上的忧虑解除了。

他们怯生生地微笑着，低下头来望着地。爸用指尖拨拨尘土。他说：“孩子他妈只想要有一幢四面长着橙子树的白房子。她看见过日历上有一张这样的大画片。”

赛莉说：“如果我在半路上又病倒了，你们就继续赶路上那儿去。我们可不能拖累你们。”

妈仔细看了看赛莉，仿佛是第一次见到她那双被痛苦熬坏了的眼睛和那张因憔悴而起了皱纹的脸似的。于是妈说道：“我们一路会照顾你的。你自己说过，你不能看着人家有困难不帮忙。”

赛莉在火光下把她那双满是皱纹的手仔细查看了一番。“我们今晚得睡一觉。”她站了起来。

“爷爷——他好像是死了一年了。”妈说。

两家人懒洋洋地打着哈欠，各自睡觉去了。妈把铁皮盘在水里涮洗了一下，用面粉袋擦去油腻。火渐渐熄了，星光照射下来。现在公路上开过的载客汽车很少了，只偶尔有一些运货卡车隆隆地跑过去，使地面略微有些震动。在干水渠里，那些汽车在星光下简直看不清。那条路上过去不远的地方，有一只拴着的狗在对着服务站嗥叫。两家人静悄悄地睡着了，田鼠大胆起来，在那些床垫当中窜来窜去。只有赛莉·威尔逊是醒着的。她瞪眼望着天空，忍住疼痛，沉着地挺着身子。

第十四章

西部地区对开始出现的变动紧张起来了。像马群在大雷雨快来的时候一样，西部各州紧张起来了。大业主们感到了这种变动，都紧张起来，却不知道这变动的性质。大业主们慌慌张张地企图应付突然遭遇的事故，应付日益扩大的政府控制和日益增长的劳工团结，他们企图应付种种的新捐税和新方案，却不知道这些事都是后果，而不是原因。是后果，而不是原因；是后果，而不是原因。原因很深，却也很简单——原因不外乎是一个人肚里的饥饿，扩大了一百万倍；不外乎是一个人心灵的渴望，求快乐、求安全的渴望，扩大了一百万倍；不外乎是肉体和心灵急于要发展、要工作、要创造的渴望，扩大了一百万倍。人的最明确的一种机能是急于要工作的肉体，急于要在个人的需要之外来进行创造的心灵，这就是人。砌一道墙，盖一幢房子，筑一座水坝，把人们自己的精神放一些到这道墙、这幢房子、这座水坝里，又从这道墙、这幢房子、这座水坝身上收回些什么来给自己；由举重获得结实的肌肉，由思考获得清楚的轮廓和形象。因为人跟宇宙任何别的有机体或无机体不同，他是要超出自身的工作范围之外而发展的，他要顺着自己观念的阶梯往上走，在自己的成就前面露出头角来。人就是这样，你可以这么说——当各种理论发生变化而瓦解的时候，当各种学派、哲学，当各种有关民族、宗教、经济的思想因狭隘而阴暗的途径由发展转为分崩离析的时候，人总还是前进着，他痛苦地、有时是错误地颠踬着前进。人向前迈了步，也许要跌回来，但也只退回半步，绝不会退回一整步。你可以这么认为，也可以懂得这个道理。当黑色飞机上的炸弹投到闹市上的时候，当囚犯们像猪一般被捅死的时候，当那些被杀害的尸体在尘沙里流尽它们的血的时候，你就可以明白这个道理。你就可以从中懂得这个道理。如果人不跨进那一步，如果向前颠踬的欲望不旺盛，炸弹是不会落下的，喉管是不会被割断的。令人害怕的倒是轰炸机存在着，而炸弹却停止了投掷——因为每一颗炸弹都是精神不曾死亡的证据。同样令人害怕的是大老板们存在着，而罢工却停止了——因为每一次小小的失败的罢工都是前进一步的证据。此外，这一点也是你能够明白的：令人害怕的是人自身不肯为了一种概念而受苦和牺牲，因为这种勇于牺牲的特性就是人类自身的基础，这个特性使人成为宇宙中非同凡响般的存在。

在最初的变动下，西部各州紧张起来了。得克萨斯和俄克拉何马，堪萨斯和阿肯色，还有新墨西哥、亚利桑那、加利福尼亚。一个家庭从耕地上搬走了。爸从银行借了钱，现在银行要把土地抢走了。地产公司——也就是有了地产的银行——需要在土地上使用拖拉机，而不需要农民。拖拉机是坏东西吗？那种能掘成长长的犁沟的机械动力是错误的吗？如果这拖拉机是我们的，它就是好东西了——不是我的，而是我们的。如果我们的拖拉机在我们的地上掘成长长的犁沟，那就是好事情了。不是我的地，而是我们的地。那时候，我们就会爱拖拉机，正如这地属于我们的时候，我们爱地一样。可是现在拖拉机却干着两件事——它翻掘着地，又把我们从地里赶走。这种拖拉机跟坦克车没有多大差别。

两者都把人驱逐出去,把他们吓坏,把他们伤害。这是我们应当想一想的。

一个人、一家人被从地里赶走了;这辆破旧的汽车在公路上叽叽嘎嘎地向西部开去。我失去了我的土地,一辆拖拉机就夺去了我的土地。我孤独,我彷徨。晚上,一家人在干水沟里支了帐篷住下来,另一家人也把车开来停在这里,搭起了帐篷。两个男人蹲在地上,女人和孩子们静静地听着。你们这些讨厌变化、畏惧革命的人呀,在这里就有了交叉点了。把这两个蹲着的男人分开,使他们互相憎恨、互相害怕、互相疑忌吧。这里就有你们所害怕的事情的胚胎了,这就是两个生殖细胞结合的产物。因为"我失去了我的土地"在这里起了变化;一个细胞分裂开来,从这种分裂中产生了你所憎恨的事——"我们失去了我们的土地"。危险就在这里,因为两个人就不像一个那么孤单和迷惘了。从这最初的"我们"产生了更危险的事情——"我有点吃的东西"加上"我一点也没有",如果这个数学公式的结果是"我们有点吃的东西",那么情况就有了发展,运动就有了方向。现在只要把这类人稍微乘上几倍,这土地和这拖拉机便是我们的了。两个男人在干水沟里蹲着,一堆小小的火,一只锅里煮着肋条肉,女人们一声不响,瞪着眼睛发呆,后面的孩子们全神贯注地听着他们所不懂的谈话。夜幕笼罩下来了。婴儿感冒了。这里有一条毯子,拿去吧。这是羊毛的,是我母亲的毯子——拿去给孩子盖上。这就是会爆发的东西。这是开端——从"我"到"我们"的开端。

如果你们这些占有大家都应该有的东西的人能够懂得这个道理,你们就可以保住自己了。如果你们能够把原因和后果分开,如果你们能够明白潘恩[①]、马克思、杰弗逊[②]和列宁都是后果,而不是原因,你们就可

① 托马斯·潘恩(1737—1809),美国独立战争时期的政论家、资产阶级民主主义者,著有《人的权利》《理性时代》等。

② 托马斯·杰弗逊(1743—1826),美国第三任总统(1801—1809 在任),《独立宣言》的主要起草人。

以历经灾难而仍然存活下去。但这却是你们所不会明白的。因为“占有”这一特性把你们永远冻结为“我”，把你们永远与“我们”隔离开了。

在初步的变动下，西部各州紧张起来了。需要的刺激会产生意念，意念又会产生行动。五十万人在全国各地迁徙着；另外有一百万人焦躁不安，也准备迁移；还有一千万人开始感到紧张。

空荡荡的土地上，一辆一辆的拖拉机划出了无数的犁沟。

第十五章

六十六号公路旁有一些卖快餐食品的小店：奥尔和苏西的饮食店，卡尔的拿手午餐，乔埃和米尼的小饭馆，威尔的食品店，卖小食的酒店。再往前有两个加油泵，一扇铁纱门，一排很长的酒吧，一些凳子，一长条脚踏板。门口附近有三个吃角子老虎机，隔着玻璃可以看见里面装着的三块托板升起时会吐出许多镍币。这三个吃角子老虎机旁边摆着一个丢镍币的自动留声机，那上面有许多唱片，像薄饼似的摞着，随时准备翻到旋转盘上去放跳舞的音乐，“叮当叮当叮”“多谢过去的回忆”，还有克劳斯贝[①]和本尼·古德曼[②]的歌曲。柜台的一端有一个盖着的玻璃盒；里面有咳嗽糖和叫作失眠灵的巴氏合剂，还有糖果、香烟、保险刀片、阿司匹林、布罗姆矿泉水、阿尔卡矿泉水。墙上贴着招贴画做装饰，有游泳的金发美女，都是大乳房、小屁股和白嫩的脸蛋，穿着白色游泳衣，拿着一瓶可口可乐，满脸笑容——你看喝可口可乐多么痛快！长排的酒吧，有盐瓶子、胡椒瓶子、芥末罐子和擦嘴的纸巾。柜台后面有啤酒龙头，再后面有亮晃晃的咖啡壶冒着热气，那上面有带格子的容量计，表

① 平·克劳斯贝（1903—1977），美国流行歌手、演员，曾获得奥斯卡金像奖最佳男主角。
② 本尼·古德曼（1909—1986），美国著名单簧管演奏家，被誉为“摇摆乐之王”。

明壶里所装咖啡的多少。还有铁丝框里装着的饼，四个一堆的橙子。还有小堆的烤面包片和玉米片，堆成各种花样。

卡片纸上写着各种字句，被闪亮的云母衬托得很醒目："和妈妈从前做的一样的美味馅饼""债务使人成为冤家，我们还是交朋友吧""女客可以吸烟，但请注意不乱丢烟头""请在这里吃饭，跟你的太太在一起吧""如果我告诉你这儿美妙无比，你想进来喝一杯吗？"。

铺子的一头放着餐具，还有一锅一锅的炖菜、土豆、烤肉、烧牛肉和等着切开的卤猪肉。

柜台后面站着渐近中年的米尼、苏西或是梅伊，她们都烫了头发，流汗的脸上搽着脂粉口红。她们用轻柔的声音传达顾客的需要，向厨师尖声地喊叫，像孔雀一般。她们用抹布在柜台上画着圆圈，把它擦干净，还把那些闪闪发光的大咖啡壶再擦亮一些。厨师是乔埃、卡尔或是奥尔，他们穿着白褂子和围裙，头上戴着白色的厨师小帽，显然热得厉害，白色的额头在帽子底下冒着汗珠；他们老是闷闷不乐，很少说话，每逢有一个新来的顾客进来，就抬头望一下。他们擦擦烤肉的浅锅，把牛排使劲拍一拍。他们轻声细语地重复说着梅伊所要的东西，又刮一刮那平底浅锅，用一块粗麻布把它揩一揩，神色阴沉沉的，不出一点声音。

梅伊专管接待顾客，她微笑着，却又很烦躁，几乎要发作出来；她一面对人微笑着，却又不把人看在眼里——只对卡车司机才看得起一些。那是这个铺子的主要顾客。每辆卡车停下来，这里就有了主顾。铺子里的人知道，对卡车司机是不可怠慢的。司机们一来，就有买卖。这他们是知道的。你要是给他们一杯变了味的咖啡，他们从此就不光顾这个铺子了。好好招待他们，下次他们就会再来。梅伊见了卡车司机，就认真地笑，拼命地笑。她会稍微把头仰起一点，用手把后脑上的头发梳理一下，这样胳臂举起来的时候，乳房也能翘起来；她跟人家闲谈消遣，谈许多大事情、大时代，说许多叫人开心的笑话。奥尔从不开口，他不是接生意的。有时候他听到一个笑话，也微微笑一笑，但是他从来不大笑。有时候他听见梅伊活泼的声音，便抬头看一下，然后用一把刮刀刮一刮那平底浅锅，把周围多余的油刮下来，弄到一只铁钵里。他用他那把刮刀把一块嗞嗞响着的牛排使劲按扁。他把切开了的甜面包放在盘子里，准备烤成吐司。他把浅锅里散开的洋葱拨拢，堆在肉上，用那把刮刀把洋葱按到肉里去。他又把半块甜面包放在肉上，用熔化了的奶油涂在另外半块上，还加一点稀薄的盐水作料。他一手按住肉上的甜面包，一手把刮刀插到那薄薄的肉饼底下，把它翻过来，然后把涂了奶油的那一半面包放在上面，再把这份牛排汉堡放到一只小盘子里。这份汉堡的旁边还摆上了一块莳萝泡菜和两枚黑色的腌橄榄。奥尔像抛套环似的把这盘点心顺着柜台一推，让它顺势滑过去。随后他又用那把刮刀刮他的平底浅锅，闷闷不乐地望着那炖菜的锅子。

一辆又一辆的汽车在六十六号公路上疾驰而过。牌照有马萨诸塞的，有田纳西的，有罗得岛的，有纽约州的，有佛蒙特的，有俄亥俄的。都是往西开。都是漂亮的车子，每小时跑六十五英里。

其中有一辆科兹车。活像一口带轮子的棺材。

但是天哪，那些车跑得多快啊！

看见那辆拉赛尔车了吗？我真喜欢它。我不是个贪心汉，我只想要一辆拉赛尔车。

你要是发了财，买一辆凯迪拉克车不好吗？那还要稍微大一点，也快一点。

我宁可买雪飞尔车。虽然不显得阔气，可是牌子好，跑得快。我要雪飞尔车吧。

唉，老兄，你也许会觉得我好笑——我喜欢别克车。那就够好的了。

真见鬼，那种车价钱跟雪飞尔一样贵，可是没有那么舒服。

我不管那些。我根本就不要买亨利·福特的车子。我不喜欢他。从来就不喜欢。我有个兄弟在他厂里干活儿。你听他谈谈就明白了。

嗐，雪飞尔车坐起来真够味。

大汽车在公路上飞驰。车上坐着懒洋洋的、热得满脸发红的太太们，她们身边摆满了各式各样的化妆品：有雪花膏，有润肤油，有各种颜色的小瓶脂粉——黑的、粉红的、大红的、白的、绿的、银色的——用来变换头发、眼睛、嘴唇、指甲、眉毛、睫毛和眼皮的颜色。还有消食通便的油剂、药丸、药片。还有一只口袋里装着许多瓶子、洗涤器、药片、药粉、药水、药膏，都是用来防止怀胎的，既没有气味，又可以避孕。除这些东西之外，还有许多衣服。真是一大堆累赘的东西！

她们的眼睛周围有疲劳的皱纹，嘴巴底下有心怀不满的皱纹，乳房被小小的乳罩兜着，沉重地下垂着，肚子和大腿使劲抵着橡皮提包。她们嘴里喘着气，眼睛里含着抱怨的神情，厌恶阳光、风和土，憎恨食物和疲劳，痛恨那难得使她们美丽，却常常使她们变老的时间。

她们身边坐着的是那些大腹便便的男人，他们穿着浅色的便服，戴着巴拿马草帽；这些干干净净、肤色浅红的男人，眼睛里露出惶惑、焦虑的神色，显得很不安。他们之所以焦虑，是因为那些解决问题的方案不灵；他们渴望安全，却又意识到世界上已经不见安全的踪影。他们的上衣翻领上绣着一些联谊会和俱乐部的纹章，那些地方是他们可以去的，他们仗着那里有不少焦虑的小人物，自觉还有一股力量，便聊以自慰地认为做生意是高尚的，虽然他们心中有数，明知那是一种荒谬的、趁火打劫的盗窃行为；他们认为商人尽管有许多地方愚蠢得荒唐绝顶，毕竟还是聪明的；他们尽管抱定正经生意的原则，却还是自以为厚道和慈善的；他们虽然知道他们的日常生活空虚无聊，却还是自以为很有意义；他们盼望着好日子会来到，那时候大家也就不必再提心吊胆了。

这一对开车的夫妻是到加利福尼亚去的；他们想去贝弗利－威尔希尔大饭店的大堂里坐着，定睛望一望他们所羡慕的人从他们面前走过，望着那些大山——你听着，是一些大山，还有许多大树——他的眼睛里透着焦虑，她却想着那里的太阳会晒坏她的皮肤。他们要去望着太平洋出神，我敢拿十万块钱打赌，相信他会说："这地方并不像我所想象的那么大。"她会羡慕海滩上那些年纪很轻、身体胖胖的人。他们到加利福尼亚去，其实在那里终归待不住，还是要回老家的。那时她会说："某某在特罗卡德罗饭店里坐在我们旁边的那一桌。她其实是一副怪相，可是她穿的衣服却实在是漂亮。"他会说："我在外面跟一些正派商人谈过。他们说除非能把白宫里那个家伙换掉，否则我们就没有什么出路。"她又说："我听见一个知道内幕的男人说——她有梅毒，你知道吧。那部华纳拍的片子里就有她。那个男人说，她之所以能拍电影，是靠跟人家睡觉换来的。她倒是如愿以偿了。"但是男人的那双焦虑的眼睛始终没有平静下来，那张噘着的嘴始终没有露出喜色。那辆大汽车以每小时六十英里的速度向前奔驰着。

我要喝点冷饮。

噢，前面有个冷饮店，要停车吗？

你猜那里的东西干净不干净？

在这个上帝不保佑的国家里，你无论到哪里也只能找到这么干净的东西。

成瓶的汽水也许还不错吧。

那辆大汽车尖叫了一声，便停住了。那个焦虑的胖子扶着他的妻子下了车。

他们走进店里的时候，梅伊望着他们，又往远处望过去。奥尔把他的视线移开那平底浅锅，抬头望了一下，又恢复了原状。梅伊心中有数。他们会喝一瓶五分钱的汽水，还要挑剔，说汽水不够凉。那女人会用掉六张纸巾，并扔在地上。那个男人会做出嗓子呛了一下的样子，还想归罪于梅伊。那个女人会哼着鼻子闻，好像她闻到了臭肉的气味似的，于是他们便会走出门去，从此以后常向人家说，西部的人脾气太坏。后来只剩下梅伊和奥尔在一起的时候，她就给那两个人取了个好名称。她把他们叫作“小气鬼”。

卡车司机——那才是真主顾。

有一辆运货大汽车来了。希望他们停下才好；可以把他们那两个小气鬼的晦气带走。奥尔，从前我在阿尔伯克基的旅馆里做事的时候，他们那种人偷东西真偷得厉害——他妈的什么都偷。他们的汽车越大，偷得越凶——毛巾、银钱、香皂盘子，样样都偷。我简直记不清有多少。

奥尔愁眉苦脸地说，你想他们怎么会有那种大汽车和那些讲究东西？天生就有吗？你可是一辈子什么也不会有。

那辆运货大卡车过来了，有一个司机和一个换班的。停下来喝一杯咖啡好不好？这个小饭店我很熟。

行车时间怎么样？

啊，我们已经开过了头！

那么，停停车吧。这里有个徐娘半老的女人，相当风骚。咖啡也很好。

卡车停住了。两个男人穿着卡其马裤、短上装和皮靴，头上戴着帽舌晃亮的军帽。铁纱门砰地响了一声。

你好，梅伊？

噢，这不是大老鼠比尔吗！你跑这一趟什么时候动身回来的？

一个星期以前。

另外那个人把一个镍币丢进留声机里，定睛望着唱片向转盘溜过去，转盘升起把它托住。平·克劳斯贝的歌声——绝妙的歌喉。“多谢过去的回忆，我想起海滨晒太阳的情景——你也许是叫人头痛，但你却绝不是个讨厌的人……”于是那卡车司机便唱了一句给梅伊听：“你也许是爱向人讨好，但你却绝不是卖弄风骚……”

梅伊大笑起来。你这位朋友是谁，比尔？他这是头一回跑吧，对不对？

另外那个男人放了一个镍币到吃角子老虎机里，赢了四块钱，又把它们放回去。他走到柜台跟前。

喂，吃什么呢？

啊，来一杯爪哇咖啡吧。你们今天卖什么馅饼？

香蕉奶油馅、菠萝奶油馅、巧克力奶油馅——还有苹果馅的。

我要苹果的吧。等一等——那种又大又厚的是什么饼？

梅伊把它拿出来，闻了一闻。是香蕉奶油的。

给我切一块吧，要一大块。

吃角子老虎机跟前的那个男人说，要两份。

是两份。近来看到过什么铜版画吗，比尔？

噢，这里有一张。

喂，在妇女面前你得当心点。

啊，这张并不坏。小家伙上学去迟了。老师说："你为什么迟到？"小家伙说："我要牵着小母牛去让它交配。"老师说："你家老头儿不会干吗？"小家伙说："他当然会，可是没有公牛干得好呀。"

梅伊哧哧地笑了，那笑声尖得刺耳。奥尔在案板上仔细地切着洋葱，他抬头看了一眼，微微一笑，又把视线低下去了。卡车司机，那才是真主顾。他们每人会给梅伊留下两角五。一角五算是饼和咖啡钱，一角钱算是给梅伊的小费。而且他们还不打算勾引她呢。

这两位顾客在凳子上并排坐下，调羹在咖啡杯子里向上竖着。他们在这里消遣。奥尔擦着他那平底浅锅，只听着人家谈话，自己却不表示意见。平·克劳斯贝的歌声停止了。转盘落下去，唱片翻到那一堆上面，回到了原位。紫色的光熄灭了。使得留声机动作起来的那个镍币叫平·克劳斯贝唱了歌，叫一个乐队奏了乐——这个镍币从留声机的两个接触点之间落到匣子里，归入了盈利项下。这个镍币与普通的钱不同，它当真干了一件事情，引起了一种具体的反应。

水蒸气从咖啡壶的气门里喷出来。制冰机的压缩器扑通扑通地发出一阵轻微的响声，然后停止了。屋角的电扇慢慢地来回摇晃着脑袋，在这间屋子里掀起一阵热风。六十六号公路上的汽车飞驰而过。

梅伊说，刚才有一辆马萨诸塞的汽车在这里停过。

大汉比尔抓住杯子的上圈，把调羹夹在食指和中指之间，向上竖立着。他向杯里的咖啡使劲吹了一口气，使它冷却。“你应该出去看看六十六号公路上的情况。全国各地的汽车都开来了。都是往西开。从来没见过这么多的车。路上当然有些漂亮车子。”

“今天早上我们看见一辆撞破了的车子，”他的同伴说，“是辆大汽车。大号的凯迪拉克车，是那种讲究的车子，漂亮得很，矮矮的车身，奶油色，特别讲究。撞了一辆卡车。把水箱撞得从后面翘起，恰好撞中了开车的。准是开足了九十英里。方向盘正撞进了那人的胸膛，使他像一只钓钩上的青蛙似的，扭动着身子。那车子真讲究、真漂亮。可是现在一钱不值了。那家伙一个人驾着车跑呢。”

奥尔把视线移开他的工作，抬头望了一下。“卡车撞坏了吗？”

“啊，天哪！那简直算不上一辆卡车。是那种改装的车子，上面装满了火炉、锅子和床垫，还有小孩和鸡。也是到西部去的，你知道吧。那家伙开足了九十英里，赶过了我们——他为了从我们旁边赶过去，前轮简直飞到空中了，恰好对面来了一辆车，他往旁边一闪，就撞上这辆卡车了。他开得那么快，好像是喝得烂醉似的。哎呀，被窝、小鸡和孩子们被撞得满天飞。撞死了一个孩子。从来没见过这样的车祸。我们停了车。开卡车的那个老头儿呆呆地站着，瞪着眼睛望着那个被撞死了的孩子。问他什么他都不搭腔，简直像个哑巴似的。天哪，这条路上到处是那些往西部搬的人家，从来没见过这么多。情况越来越糟。我真不懂，他妈的这些人都是从什么地方来的？”

“也不知道他们要往什么地方去，”梅伊说，“有时候上这儿来买点汽油，可是他们老是难得买点别的什么。人家说他们还偷东西。我们倒没有随便乱放什么。他们从来没偷过我们的东西。”

大汉比尔一面嚼着馅饼，一面抬起头来，从铁纱窗里向外面望着公路的远处。“最好是把你们的东西收好吧。我想现在就会有几个这样的人来找你们。”

一辆 1926 年的纳喜轿车疲惫不堪地在公路旁边停住了。后面的座位上堆满了一些口袋，还有一些罐子和盆子，几乎堆齐了车顶；这些口袋顶上坐着两个男孩，紧紧抵着车顶。外面的车顶上放着一个床垫和一个叠起来的帐篷；帐篷的柱子捆在脚踏板上。这辆汽车在汽油泵那里停下来。一个黑头发、尖面孔的男人慢慢地下了车。那两个男孩也从那一堆东西顶上溜下来，落到地上。

梅伊从柜台里面走出来，站在门口。那个男人穿着一条灰色毛料裤和一件蓝衬衫，背上和胳肢窝里都让汗浸透了，变成了深蓝色。那两个男孩除了工装裤外，什么衣服也没有穿，就连工装裤也是破破烂烂、打了补丁的。他们的头发是淡色的，满头均匀地竖立着，因为他们刚理过发，所以弄成这样了。他们的脸上有一道一道的灰尘。他们一直走到自来水龙头底下那一潭泥水跟前，把脚趾插进稀泥里去。

那个男人问道：“我们用点水行不行，小姐？”

梅伊脸上露出了厌烦的神色。“不要紧，用吧。”她轻声回过头来向里面说道，“我要仔细盯着水龙头。”那个男人扭开水箱的螺旋盖，把橡皮水管插进去，梅伊仔细望着他。

汽车里还有个浅黄色头发的女人，她说：“你看这儿能不能买到吧。”

那个男人把橡皮水管拿开，又扭上了水箱的螺旋盖。那两个男孩接过水管来，把管口朝上，拼命地喝水。那男人摘掉他那顶肮脏的深色小帽，脸上带着一副不可思议的谦卑神情，站在铁纱门前面。“你能帮帮忙，卖个面包给我们吗，小姐？”

梅伊说：“我们这儿不是杂货店。我们买来的面包是做三明治用的。”

“这我知道，小姐。”他的谦卑之中却有一股坚持的神气，“我们急于要买点面包，听说这一带再走好远也买不到呢。”

“我们要是卖了面包，自己就做不成生意了。”梅伊的声音里透出了动摇的意味。

“我们饿了。”那男人说。

“那你为什么不买三明治呢？我们有很好吃的三明治，碎牛肉的。”

“我们当然很想买那个，小姐。可是我们买不起。我们花一毛钱，就要让全家吃饱肚子。”他很难为情地说，“我们剩下的钱很少了。”

梅伊说道：“你花一毛钱是买不到一个大面包的。我们只有一毛五一个的。”

奥尔从梅伊背后不耐烦地喊道：“你积德吧，梅伊，把面包给他们。”

“我们等不到送面包的车子来，就会卖光的。”

“卖光就卖光吧，管他妈的。”奥尔说。他很不高兴地低下头去，望着他正在拌和的土豆生菜。

梅伊把她那胖胖的肩膀耸一耸，望着那两个卡车司机，表示她碰到这种事真是无可奈何。

她拉开那铁纱门，那男人便带着一股汗臭味进来了。那两个孩子也缩手缩脚地跟着他进来，他们立刻就走到放糖果的玻璃柜跟前，眼睁睁地望着里面——他们并不是怀着渴求的心情，也没有存什么希望，根本就没有这些妄想，只不过看到居然还有这么讲究的东西，有些惊奇罢了。他们的身材差不多，面孔也相似。有一个男孩用一只脚的趾甲搔着另一只脚的满是灰尘的踝骨。另外那个男孩悄悄地说了一句什么话，于是他们就垂下了胳臂，他们那捏紧了的拳头在工装裤的口袋里使劲顶着，从那层薄薄的蓝布里凸出来。

梅伊打开一个抽屉，拿出一个蜡纸包的长面包来。“这是个一毛五的面包。”

那男人把帽子戴回到头上。他用那不变的自卑口吻应声说道：“你肯不肯——你可不可以帮帮忙，给我切一毛钱的？”

奥尔粗声地说道：“见鬼，梅伊。你把这个面包给他们吧。”

那男人转过脸去望着奥尔。“不，我们要买一毛钱的。先生，我们要到加利福尼亚去，钱紧得很，不得不精打细算。”

梅伊无可奈何地说：“就算一毛钱卖给你吧。”

“那可就叫你们吃亏了，小姐。”

“拿去吧——奥尔说叫你拿去。”她把那个蜡纸包的大面包推到柜台外边。那个男人从裤子后面的口袋里掏出一个很长的皮制钱包来，解开带子，把钱包摊开。那里面装着很重的银币，还有一些油污的钞票。

“钱这么紧，也许可笑得很，”他抱歉地解释道，“我们还得赶一千英里路，还不知道能不能对付过去呢。”他把一只食指伸进钱包里去掏钱，摸到了一个一毛钱的镍币，于是便使劲把它掏出来。后来他把这一毛钱放在柜台上的时候，另外还带出了一分钱来。他正打算把这一分钱放回钱包里去，恰好看见那两个孩子眼睁睁地盯着卖糖果的柜台。他慢慢地向他们走过去。他指着玻璃柜里那些又大又长的带条纹的薄荷糖问道：“那种糖是一分钱一块的吗，小姐？”

梅伊走过来，向玻璃柜里望了一眼。“哪一种？”

“那儿，带条纹的那种。”

两个小孩抬起眼睛来望着她的脸，停住了呼吸；他们半张着嘴，那半裸的身子僵直地站着。

“啊——那种。呃，不——那是一分钱两块的。”

“好吧，那我就买两块，小姐。”他小心地把那个铜板放在柜台上。那两个孩子把憋住的气息轻轻地吐了出来。梅伊把那两大块糖拿出来了。

“接着吧。”那男人说。

两个小孩怯生生地伸手去接糖，每人拿了一块，他们把糖拿在手里，垂在身边，看也不看。但是他们互相望着，觉得很难为情似的，嘴角上挂着一丝不自然的微笑。

“谢谢你，小姐。”那个男人拿起面包，走出门去，两个孩子呆呆地在后面跟着走，把那两块带红条纹的糖紧紧地贴在腿上拿着。他们像花栗鼠似的跳过汽车前面的座位，爬到那堆行李顶上，又像花栗鼠似的钻进窝里去，就看不见了。

那个男人也爬上来，开动了车，于是那辆纳喜牌的老爷车的发动机发出一阵吼声，排气管里冒出一股蓝色的油烟，它就爬上了公路，继续向西驶去了。

两个卡车司机、梅伊和奥尔在饮食店里定睛望着他们离开。

大汉比尔转过身来。“那不是一分钱两块的糖呀。”他说。

“那跟你有什么相干？”梅伊凶狠地说。

“那是五分钱一块的糖呀。”比尔说。

“我们该走了，”另外那个人说，“我们耽误得太久了。”他们把手伸到口袋里去。比尔把一个银币放在柜台上，另外那个人看了一眼，又把手伸回口袋里，掏出一个银币放在柜台上。他们转过身去，走到门口。

“再见。”比尔说。

梅伊喊道：“嘿！等一等。还没找钱哪。”

“去你的吧！”比尔说，铁纱门砰地响了一声。

梅伊望着他们上了那辆大卡车，望着车子慢慢地开动，又听见它加快了速度，飞也似的开走了。“奥尔——”她轻声喊道。

奥尔正在把一块牛排拍扁，用蜡纸包起来，他一听梅伊叫他，便抬起头来望着她问道：“什么事？”

“你瞧。”她指着杯子旁边那两块银币——两个半块的。奥尔走近去看了看，然后又回去干他的事情。

“卡车司机，”梅伊满怀敬意地说，“他们走了就有那些小气鬼来。”

苍蝇撞在铁纱门上，发出轻微的撞击声，不住地嗡嗡叫着。压缩机扑通扑通地响一阵，又停住了。六十六号公路上的汽车飞驰而过，有大卡车，有讲究的流线型汽车，也有老爷车；它们都发出凶狠的嗞嗞声，开过去了。梅伊拿走盘子，把馅饼的碎屑刮到一个桶里。她找到了那块湿抹布，画着圆圈把柜台擦干净。她的眼睛还是望着公路，那里有生命在嘘嘘地奔流。

奥尔在围裙上揩一揩手。他望了望平底浅锅旁墙上钉的一张纸条。纸上有三行记号。奥尔数了数最长的一行。他顺着柜台走到现金出纳机跟前，摇到“未出售”上，拿出一把镍币来。

“你要干什么？”梅伊问道。

“第三号该取款了。”奥尔说。他走到第三号吃角子老虎机跟前，把镍币一个个丢进去，轮子转到第五次的时候，那三块托板都升上来，于是里面的现款就都落到杯子里来了。奥尔抓起了几大把的硬币，回到柜台后面。他把那些钱放到一个抽屉里，关上了现金出纳机的盖子。接着他回到原位，把那一行记号画掉。“三号中彩的时候比另外那两架多一些，”他说，“也许我应该把它们换换位置吧。”他揭开一个锅盖，慢慢地搅动着那微微沸腾的炖菜。

“我真想不透他们到加利福尼亚去干什么？”梅伊说。

“谁呀？”

“刚才进来的那些人。”

“天知道。”奥尔说。

“也许他们能找到工作吧？”

“见鬼，我怎么知道？”奥尔说。

她定睛向东面望着公路。“又来了一辆运货卡车，两个人。不知他们停不停。希望他们停下来。”那辆庞大的卡车从公路上沉重地开过来停住的时候，梅伊便拿起抹布，把整个柜台擦了一遍。她还把那晃亮的咖啡壶也擦了几下，随即拧开了咖啡壶底下的煤气。奥尔拿出一把小萝卜来，开始削皮。店门一开，走进两个穿制服的卡车司机，梅伊脸上便露出喜色来。

“嘻，妹妹！”

“我可不是谁的妹妹。”梅伊说，他们笑了，梅伊也笑了，“你们吃什么，伙计们？”

“啊，一杯爪哇咖啡。你们今天卖什么馅饼？”

“菠萝奶油、香蕉奶油和巧克力奶油的，还有苹果的。”

“给我苹果的吧。不，等一等——那个又大又厚的是什么？”

梅伊把那个饼拿起来，闻了一下。“菠萝奶油的。”她说。

“好吧，把那个切一块。”

一辆一辆的汽车在六十六号公路上拼命地飞驰着。

第十六章

乔德和威尔逊两家人结了伴，慢慢地向西行进。他们经过埃尔里诺和布里奇波特，经过克林顿、埃尔克城、塞尔和特克索拉。到了边界，俄克拉何马就被甩在后面了。这一天，两辆车子缓缓地前进，开过了得克萨斯州的狭长地带，开过了沙姆罗克和阿伦里德，格鲁姆和亚内尔。傍晚经过了阿马里洛，开车的时间太久，黄昏时才停车野宿。他们满身灰尘，又累又热。奶奶因为受了热，痉挛症发作，他们停下来的时候，她便软弱无力了。

那天夜里，奥尔偷了一根篱笆上的木桩，在卡车上支了一根撑竿，把两端扎得紧紧的。那天夜里，他们只吃了早餐剩下的一点又冷又硬的干面包。他们倒在床垫上，和衣睡了。威尔逊夫妇连帐篷也没有支起来。

乔德和威尔逊两家人一同逃荒，穿过了狭长地带，那是一片起伏不平的灰色原野，从前的大水灾还在那一带留下了痕迹。他们逃出了俄克拉何马，穿过得克萨斯州。陆龟在尘土当中爬行，太阳照射着大地，到了傍晚，天空的热气散了，地面却有一股热浪向上升腾。

两家人逃奔了两天，到了第三天，他们觉得大地太广阔无边了，于是便习惯了一种新的生活规律——公路成了他们的家，移动就是他们这种流浪生活的表现方式。他们渐渐地习惯了这种新生活。首先习惯的是露西和温菲尔德，其次是奥尔，再次是康尼和罗莎夏，最后是年纪较大的人。大地像静止的大浪似的起伏着。怀尔多拉多、维加、博伊西、格伦里奥。这就是得克萨斯的尽头了。接着是新墨西哥和群山。那些山老远地耸立着，高出云霄。两部汽车的轮子叽叽嘎嘎地叫着在山道上绕过去，发动机热了，蒸气从水箱盖子周围喷出来。他们慢腾腾地开到佩科斯河边，便在圣罗莎渡河了。接着，他们继续前进了二十英里。

奥尔·乔德开着那辆旅行车，他母亲坐在他旁边，罗莎夏又坐在母亲旁边。卡车在前头缓缓地行进。燥热的空气在地面起了热浪，群山在热气里颤动着。奥尔在车座上弯着背，没精打采地开着车，他的手随意按在方向盘上；他那顶有遮檐的灰色帽子戴得特别歪，在一只眼睛上拉得很低；他一面开着车，一面不时地转过头去，向车外啐一口唾沫。

在他旁边的妈两手在膝上交叉着，心平气和地抵抗着疲惫。她松垮地坐在那里，让车身的颠簸摆动她的身子和脑袋。她眯着眼睛望着前面的群山。罗莎夏拼命抵抗车子的震动，把两脚紧紧地踏着车底，右肘搭在车门上。她那胖胖的脸受了车身震动的影响，绷得很紧，她的头因为脖子上的筋肉绷紧了，老是一上一下地颠动着。她竭力弯着整个身子，把全身当作一个坚固的容器来保护她的胎儿，免得它受震动。她向母亲转过头去。

“妈。”她说。妈两眼一亮，把注意力转向罗莎夏。她向那紧张而疲乏的胖胖的脸打量了一会儿，微笑了一下。“妈，”女儿说，“等我们到了那地方，你们都打算住在乡下，摘摘水果过日子，是不是？”

妈带点讽刺意味地笑了。“我们还没到那儿呢，”她说，“我们还不知道那地方怎么样。我们得等着瞧。”

“我和康尼不愿意再住在乡下了，”女儿说，“我们把要做的事都计划好了。”

妈脸上一时显出了几分愁容。“你们不打算跟我们一家住在一起吗？”她问道。

“噢，我们全谈过了，我和康尼。妈，我们要住在城里。”她兴奋地说下去，“康尼要到铺子里或是工厂里找个工作。他还打算在家里自修，也许是学无线电吧，等他学会了本事，就可以成个行家，说不定自己还可以开个铺子。那么我们就可以随时去看看电影了。康尼说等我生孩子的时候，我可以请个大夫来接生；他说且看那时候情况怎么样，也许我可以进医院去生产。我们还要买一辆汽车，小小的汽车。等他晚上自修了之后，嘿——那可真好，他从《西部恋爱小说》杂志上撕下了一页，打算填表寄去报名，学函授课程，因为报名是不花钱的。那张剪报上是这么说的。我见过的。噢，当你修好了那门课程，他们甚至还给你找职业呢，就是无线电，工作很好，很有出息。我们要住在城里，随时去看看电影，而且——我还可以买一个电熨斗，娃娃也可以穿新衣服了。康尼说要把他打扮得一身新，白白净净的，噢，你见过商品目录上专为娃娃预备的各种东西吧。也许康尼在家自修的时候，起初不怎么容易过日子，可是——噢，等娃娃生下来，他总该可以自修完了，我们就可以有个安家的地方，有个小家庭了。我们并不想要什么太讲究的地方，只要对娃娃合适就行了……”她兴奋得满面红光，“我心里还想——我想我们也许都能到城里去住，等康尼开了店的时候——也许奥尔可以给他去帮忙。”

妈的眼睛一直不曾离开那张发红的脸。妈出神地听着那番架空的话。“我们不愿意你离开我们，”她说，“一家人拆散了不好。”

奥尔哼着鼻子说：“我给康尼帮忙？叫康尼来给我帮忙怎么样？他以为只有他这个混账东西才会晚上自修吗？”

妈仿佛忽然明白这不过是一个大梦罢了。她又转过头去望着前面，身子放松了下来，但是那副淡淡的笑容还是留在眼角上。“不知道今天奶奶怎么样。”她说。

奥尔把着方向盘，有点紧张起来。发动机里发出了微微的嘎啦嘎啦的响声。他开快了一些，那声音便更大了。他把火花塞的间隙对小一点，再听一听，又开了一会儿快车听一听。那嘎啦嘎啦的响声变成了金属相碰的巨响。奥尔按按喇叭，把车子开到路边。前头的卡车也停下了，随即慢慢倒退回来。有三辆汽车向西飞驰而过，每一辆都按了按喇叭，最后一辆车的司机还探出头来嚷道：“他妈的，你在什么地方停车呀？”

汤姆把卡车退到了近处，便下车向旅行车走来。大家从满载的卡车上面伸出头来，朝这边俯视着。奥尔再次把火花塞的间隙对小一点，听着那慢慢转动的发动机的响声。汤姆问道：“什么毛病，奥尔？”

奥尔又加大了油门。“你听听。”嘎啦嘎啦的响声现在更大了。

汤姆听了一下。“你把油门抬起来，让它自己转几下。”他说。他打开车头的盖子，探头进去。“好吧，开快些。”他听了一会儿，随即就把盖子盖上了。“噢，我想你是对的，奥尔。”他说。

“是连动杆的轴承有毛病，对不对？”

“听这声音有点儿像。”汤姆说。

“我上了不少的油呢。”奥尔叫苦道。

“噢,可油就是润不到那儿。现在干得厉害。唔,没办法,只好拆下来。我先把车子开到前头去，找一块平地停下来。你慢慢开过来吧。千万别把轴承座震掉呀。”

威尔逊问道:“坏得厉害吗？”

“相当厉害。”汤姆说。他回到卡车里，把车慢慢开到前面去。

奥尔解释道:“我不明白怎么会出毛病的，我给它上够了油。”奥尔知道责任在自己身上。他感到了自己的失败。

妈说:“这不是你的错。你什么事都干得很好。”接着她又有点怯生生地问道:“坏得很厉害吗？”

“唔，不容易找出毛病来，我们得配一根连动杆才行，要不就是这根连动杆的轴承要用合金的轴衬。”他深深地叹了一口气，“幸亏汤姆在这儿。我从来没修过轴承。但愿汤姆修过才好。”

前面的路边竖着一块红色大广告牌，投了一个长方形的大影子在地上。汤姆把卡车斜着开出公路，横过一条浅沟，停在那个影子里。他下了车，等着奥尔过来。

“从从容容地开吧,”他喊道,“开慢点,要不你还会弄坏一根弹簧。”

奥尔气红了脸。他让发动机转慢了一些。“该死，”他嚷嚷道，“我并没把轴承烧坏呀，你说我还会弄坏弹簧是什么意思？”

汤姆嘻嘻地笑了。“急什么，”他说，“我并没什么坏意思。只不过要你好好开过这条沟罢了。”

奥尔一面嘟囔着，一面把那辆旅行车慢慢地开下那条浅沟，又往对面开上去。“你可不许跟人家乱说，怪我烧坏了那个轴承呀。”发动机现在转得很响了。奥尔把汽车停到那片阴影里，关上了发动机。

汤姆揭开车头的盖子，把它撑起来。“它还没有冷，简直不好动手。”他说。全家人从两部汽车上拥下来，聚集在旅行车的两边。

爸问道:“坏得怎么样？”接着他便蹲在地上。

汤姆向奥尔转过脸来问道："你修过这个吗？"

"没有，"奥尔说，"我从来没修过。轴承座当然是拆过的。"

汤姆说："那么，我们得把轴承座拆开，卸下连动杆，我们得配一个新零件，磨好，垫好，装上去。足够干一天的。配这玩意儿还得回到昨天那个地方去——圣罗莎。阿尔伯克基离这儿差不多还有七十五英里——啊，糟糕，明天又是星期日！我们明天什么也买不到。"一家人默默地站在那里。露西走了过来，偷偷地朝开着的车头盖子里望了望，希望看看那坏了的机件。汤姆细声细气地说下去："明天是星期日。星期一我们才配得到零件，只怕要到星期二才能修好。我们的工具不齐全，修不快。真费劲。"一只鹫鸟的影子掠过了地面，一家人便都抬起头来望着那只飞过的黑鸟。

爸说："我担心的是我们半路上把钱花光了，根本就到不了那儿。我们大家都要吃，又要买汽油和机油。如果钱花光了，我真不知道怎么办才好。"

威尔逊说："这似乎该怪我。这辆该死的破汽车一路尽给我找麻烦。你们一家人对我们太好了。现在你们收拾起来，尽管去赶路吧。我和赛莉留下来，我们可以想想办法。我们不愿意拖累你们。"

爸慢慢地说："那可不行。我们差不多是亲人了。爷爷他就死在你们帐篷里。"

赛莉疲倦地说："我们光给你们添麻烦，光给你们添麻烦。"

汤姆慢慢卷好了一支纸烟，查看一遍，便点着了。他脱下那顶坏了的便帽，揩了揩额头。"我有个主意，"他说，"也许大家不会赞成，可是我不妨说给你们听听：我们这些人早点到加利福尼亚，就可以早点挣到钱。这汽车比那辆卡车走得快一倍。我的意思是这样：你们把卡车上的东西拿下几件来，你们大家都坐上卡车开着走，只留下我和凯西在这儿，把这辆汽车修好，连日连夜开上来，我们能撵得上，要是我们在路上碰不到，那你们反正也能先干起活儿来。即便你们半路上坏了车，那也不过是停宿在路旁，等我们赶到就行了。你们反正不会更倒霉吧。如果你们顺顺当当地一直到了加利福尼亚，那么，你们就会找到工作，事情就好办了。凯西在这辆汽车里可以给我帮忙，我们会赶上来的。”

大家聚集在一起考虑着这个主意。约翰伯伯在爸旁边一屁股坐下去。

奥尔说：“你要不要我帮你弄弄那根连动杆？”

“你自己说你从来没修过这东西嘛。”

“话是不错，”奥尔同意地说，“不过你总得有个有力的帮手才行。牧师也许不肯留下来吧。”

“噢，无论谁都行——我不在乎。”汤姆说。

爸用食指抠着地上的干土。“我好像觉得汤姆的主意不错，”他说，“我们全耽搁在这儿没什么好处。天黑以前，我们还可以赶五十英里或是一百英里路。”

妈担忧道：“你怎么找得着我们呢？”

“我们都是走这一条路，”汤姆说，“一直都是这条六十六号公路。要到一个叫作贝克斯菲尔德的地方才改道。这是我在地图上看到的。你们一直奔那儿去好了。”

“那么，我们到了加利福尼亚，转上岔路的时候呢？……”

“你别愁，”汤姆安慰着她，“我们找得到你们的。加利福尼亚并不是整个世界呀。”

“从地图上看，倒像是一个大得要命的地方呢。”妈说。

爸征求大家的意见。“约翰，你觉得这个主意有什么可反对的吗？”

“没有。”约翰说。

“威尔逊先生，这是你的汽车。我这孩子来修这辆车，随后赶上来，你不反对吧？”

“我看没什么可反对的，”威尔逊说，“你们一家人已经给我们出了不少力了。你儿子给我们修车，有什么不赞成的呢？”

“即使我们撵不上，你们也可以找工作，攒些钱，”汤姆说，“假如我们大家都耽搁在这儿，那可就糟了。这地方没有水，我们又开不动这辆汽车，那怎么办？假如你们都先上那儿去找到工作了，那么，你们就挣起钱来，也许会有房子住了。凯西，你的意思怎么样？你肯跟我留在这儿帮帮忙吗？”

“我愿意给你们一家人尽点力，”凯西说，“你们带我上车走了这么远。我什么事都肯干。”

“你要是留在这儿，那就难免要在地上躺倒，还得弄一脸的油泥。”汤姆说。

“这正合我的意。”

爸说：“那么，既然决定这么办，我们就赶快走吧。说不定还可以赶一百英里才停车呢。”

妈走到他面前说道：“我不走。”

“你不走，这是什么意思？你非走不可。你要照料这一家人。”爸对她的行为大吃一惊。

妈走到旅行车旁边，伸手到后座的车底摸了一下。她拿出一只旋螺丝的铁扳手，托在手上掂一掂。“我不走。”她说。

“我一定要你走。我们打定主意了。”

现在妈把嘴咬得很紧。“除非你打我一顿，才能叫我走。”她细声说，她又把那个铁扳子掂一掂，“那我就要羞你，孩子他爸。我不会让你打我，不会叫喊求饶，我要跟你拼命。而且你也未必有胆量打我。如果你真打我，我对天赌咒，只等你一转身，或是等你坐下的时候，我非把你打倒在地上四脚朝天不可。对天发誓，一定要这么干。”

爸无可奈何地望着大家。“她真泼辣，”他说，“我从来没见过她这么泼辣。”露西哧哧地笑了。

铁扳手在妈手里晃来晃去。“来吧，”妈说，“你是打定主意了。过来打我一顿吧。试试看。我反正是不走的；即便让你拉走了，你也休想再睡觉，因为我会等着、等着，等你闭上了眼睛，就拿一根柴棒来把你狠狠揍一顿。”

“真是泼辣透啦，”爸喃喃地说，“她又不是年轻人。”

大家都定睛望着看热闹。他们瞪眼望着爸，等着他发脾气。他们留意看着他那松弛的两手是不是会捏成拳头。但是爸的怒气没有发作，双手软弱无力地垂在身边。不一会儿，大家都知道妈胜利了。妈自己也明白。

汤姆说：“妈，你犯了什么毛病？你怎么摆出这种样子来？你究竟是怎么回事？你要跟我们闹点麻烦吗？”

妈的脸色柔和下来，但是她的两眼却还是很严厉。“你出这个主意，简直没有好好想过，”妈说，“我们还剩下了什么？只不过我们这几个人呀。除了这几个人，什么也没有了。我们出来，爷爷半路上就甩下我们了。现在你又要拆散这一家……”

汤姆大声说：“妈，我们赶得上你们。我们不会耽搁太久。”

妈挥动着铁扳手。“假如我们半路上停宿下来，你们不知不觉地开过去了，怎么办？假如我们顺顺当当地过去了，我们怎么知道在什么地方给你留个信，你怎么知道到什么地方去打听消息呢？”她说，“我们一路很辛苦。奶奶病了。她在那辆卡车上喘着气受罪。她实在是累得厉害。我们前头还有一段辛辛苦苦的长路呢。”

约翰伯伯说：“可是我们先到那儿可以挣些钱呀。等后面的人到那儿的时候，我们可能已经攒下一些钱了。”

全家人的眼睛都转回来望着妈。她是权威。她已经取得做主的权利了。“我们能挣钱也是枉然，”她说，“我们只要保住这一家不拆散就行了。像牛群一样，狼来了的时候，就得紧紧地聚在一起。只要我们都在一起，都活着，我就不怕，可是我却不肯眼看着一家人被拆散。威尔逊他们俩现在和我们在一起，牧师也和我们在一起。如果他们要走，我没话可说，可是如果把我们一家人拆散，我就得气疯。”她的声调又冷静又坚决。

汤姆用抚慰的语气说：“妈，我们不能全都停宿在这儿。这儿没有水。就连阴凉地方也不够。奶奶应该待在阴凉地方。”

“好吧，”妈说，“我们先把车开出去。一到有水和阴凉的地方就停下来。那么——卡车再开回来，带你到市上去配零件，再带你回来。你可不能在太阳底下走长路，我也不能让你一人老在外面，万一给人家抓了去，可没有亲人来帮你的忙。”

汤姆先用嘴唇包住牙齿，接着又猛地把嘴唇张开。他无可奈何地把两只手摊开，又顺势让手垂落在身边。“爸，”他说，“如果你从一边下手，我从另外一边下手，奶奶从上面跳下来，大家对付妈，也许能把她制服，顶多不过让妈手里那个铁扳手打死我们两三个人。可是你要是不愿意打破脑袋，我看那就算是妈全赢了。天哪，一个人只要拿定了主意，就可以叫许多人晕头转向！你胜利了，妈。你放下那把铁扳手吧，别伤了人。”

妈惊异地望着手里的那把扳手。她的手发抖了。她把她的武器丢在地上，汤姆小心翼翼地把它拾起来，放回汽车里。他说：“爸，你让步一些就是了。奥尔，你给大家开车，把他们停宿的地方安顿好，就把卡车开回这儿来。我和牧师把轴承座拆下来。如果我们能把车子对付着开出去，我们就赶到圣罗莎去配一根连动杆。今晚是星期六，我们也许还来得及。赶紧开车去，回头我们好去配零件。把卡车上的扳手和小铁钳给我用一用。”他伸手到汽车底下，摸摸那油腻的轴承座，说：“啊，给我一个罐头盒，再给我那只旧铁桶，我要把油接起来。漏掉太可惜了。”奥尔把铁桶递过去，汤姆接过来放在汽车底下，用小扳手把油门盖松了。他用指头旋开盖子的时候，漆黑的油顺着他的臂膀流下来，无声无息地流到铁桶里。铁桶里的油装到一半的时候，奥尔已经把一家人装上卡车了。汤姆脸上已经沾了许多油泥，他从两个轮子中间望着外面。“快些回来！”他喊道。卡车稳稳地跨过浅沟，慢腾腾地开出去的时候，他正在松开轴承座的螺丝栓。汤姆为了不让垫圈损坏，轮流对两头的螺丝栓一边拧一下，以便把它们平稳地松开来。

牧师跪在车轮旁边。“我可以帮什么忙？”

“没事儿，现在没什么事。等油出尽了，我把这些螺丝松开了，你就可以帮我来拆下这个轴承。”他在汽车底下不断地扭动着身子，先用扳手拧松了螺丝栓，再用指头把它们松开来。他仍旧把两头的螺丝栓松松地留在上面，免得轴承座掉下来。“这底下的地面还热得很呢。”汤姆说。接着他又说：“喂，凯西，这几天你老实得要命。嗐，真是怪事！我当初碰到你的时候，你滔滔不绝地足足讲了半个钟头的话。这两天，你在这儿却没说上十句话。怎么回事——心里不痛快吗？”

凯西趴在地上，望着汽车底下。他那生着几根短胡髭的下巴托在一只手背上。他的帽子推到后面，盖住了脖子背后。“我当牧师的时候说话说得太多，一辈子也不必再说什么话了。”他说。

“不错，可是你后来有时候也说话呀。”

“我苦闷得要命，”凯西说，“从前我到处去传道的时候，我甚至还不知道这种苦闷，可是那时候我却到处跟女人胡搞。如果以后不再传道，我就得结婚才行。哎，汤姆，我想女人想得要命。”

“我也是一样，”汤姆说，“不瞒你说，我从麦卡莱斯特出来的那天，简直憋得受不了。我就追上了一个女孩子，我像追兔子似的把她追到了手。后来怎么搞的，我不好对你说了。这件事我对谁都不会说。”

凯西大笑起来。“我知道你是怎么搞的。有一次我跑到旷野里去绝食，出来的时候也干了这样的事。”

“真该死！”汤姆说，“嗐，我没花钱，就把那个女孩子睡了一回。我还以为那挺有本事呢。我本来该给她钱的，可是我身边总共只有五块钱。她说她不要钱。喂，你把身子钻到这底下来，抓住轴承座。让我把它轻轻地敲松。然后你拧下这枚螺丝栓，我来拧下我这一头的，那样就可以轻轻巧巧地把它弄下来了。当心那个垫圈。瞧，它整个儿下来了。这种老道奇车只有四个汽缸。我一次卸一个下来。它的大轴承像棒球那么大。喂——把它放下来——托住它。伸手去把那里卡住的轴衬取下来——慢点儿。行啦！”油污的轴承座摆在地上，里面还积着一些油。汤姆伸手到里面掏出一些轴衬碎片来。“毛病就在这儿。”他说。他用手指捏着那碎片转了一下。“这根大曲轴卡住了。到车后面看看，把摇把拿来。转一转发动机，我叫你停就停。”

凯西站起来，找到摇把，套了进去。“好了吗？”

“转吧——慢点儿——再转两下——再转两下——好了。”

凯西跪下来，又往车底下看看。汤姆使劲把连动杆的轴承再往上套紧试一试。“毛病就在这儿。”

“你认为是怎么出的毛病？”凯西问道。

“啊，他妈的，我也不知道。这辆车跑了十三年了。里程表上是六万英里。其实是十六万英里，天知道他们把记数码拨回过多少次了。老是发热，也许有谁忘了加油——简直就不行了。”他抽出开尾栓来，用扳手套住轴承的螺丝栓。他一使劲，那扳手滑掉了。他的手背上出现了一条很长的伤口。汤姆看了一眼——血从伤口里缓缓地流出来，跟油混到一起，滴到轴承座上。

“真糟糕，”凯西说，“我来动手，你把伤口裹起来好吗？”

“不，我这辈子修车没一回不碰破皮肉的。现在已经碰破了，我就不用再着急了。”他又把扳手套上。“可惜没有弯扳手。”他一面说，一面用拳头捶着扳手，终于把螺丝栓弄松了。他把那些螺丝栓取下来，连同轴承座的螺丝栓和开尾销都放在轴承座上。他弄松了轴承的螺丝栓，抽出活塞，把活塞和连动杆放在轴承座上。“好了，谢天谢地！”他从汽车底下钻出来，随手拖出轴承座。他用一块麻布揩揩手，查看了一下伤口。“他妈的，血可出得真多呀，”他说，“噢，我有法子叫它止住。”他在地上撒了点尿，抓起一些和着尿的泥来敷在伤口上。血缓缓地流了一会儿，便止住了。“这可真是世界上最好的止血法。”他说。

“一把蜘蛛网也可以止血。”凯西说。

“我知道，可是这儿没有蜘蛛网，尿可是随时都能撒的。”汤姆坐在踏板上，查看那坏了的轴承，“现在只要我们能找到 1925 年道奇车的旧连杆和几块夹铁，我们也许就可以把它修好。奥尔一定开到老远去了。”

广告牌的影子现在伸展到六十英尺长了。下午的时间渐渐过去。凯西坐在踏板上向西望着。“我们不久就要过高山了，”他说，接着沉默了一会儿，然后他又喊道，“汤姆！”

“嗯？”

“汤姆，我一直在注意看着公路上的汽车，有些是我们赶过了的，有些是赶过了我们的。我注意了它们的路线。”

“什么路线？”

“汤姆，像我们这样的，有成百上千的人家，都是往西去。我注意看过。没有一家是往东去的。你留心没有？”

“唔，我也注意到了。”

“怪事——好像是——他们好像是在逃避兵祸一样。好像是全国都在搬家一样。”

“唔，”汤姆说，“真是全国在搬家。我们也在搬。”

“哎，假如这些人——假如他们到了那儿，大家都找不到工作，那怎么办？”

“管他呢！”汤姆嚷道，“我怎么知道？我只是一步一步地往前走就是了。我在牢里的四年就是这样度过的，那四年里我天天都是走进牢房，走出牢房，走去吃饭，又走出来。天哪，我还以为只等出了牢，情况总该两样了！在那里面什么事也不能想，要不你就会得精神病，现在呢，还是什么也不能想。”他转过头向凯西看看，“这个轴承坏了。原来我们不知道它要掉，也就一点不担心。现在它坏了，我们要修理。这么一来，什么别的事也不用想了！我并不发愁。我也不能发愁。瞧这一小块铁片和合金轴衬。看见了吗？你看见了吗？嗐，我心里就只想着这东西，比什么都要紧。他妈的，不知道奥尔现在在哪儿。”

凯西说：“喂，汤姆，你听我说。唉，真糟糕！不知怎么的，什么话也说不出。”

汤姆把手背上的烂泥揭下来，摔在地上。伤口边上有一道污迹。他向牧师瞥了一眼。“你打算发一番议论，”汤姆说，“尽管说吧。我爱听。在牢里的时候，典狱长时常来讲大道理。那对我们并没什么害处，他还说得挺有劲呢。你要讲的是什么？”

凯西拨弄着他那多节的长手指背。“有许多事情在进行，有许多人在干各种事情。那些人正像你所说的，一步一步向前走，他们也正像你所说的，根本不想一想自己往哪儿去——只不过是不管三七二十一，反正朝同一个方向走就是了。如果你留神细听，你就会听到一种动静，一种偷偷摸摸、鬼鬼祟祟的响声，还有——还有一种烦躁不安的情绪。有些事情在进行，可是干这些事的人却全不明白。那些往西部迁移的人和他们甩下不管的那些田庄，都会引起一种后果。反正会发生一种使全国起大变化的情况。”

汤姆说：“我还是要一步步地向前走。”

“是呀，不过你碰到篱笆的时候，你就只好爬过去。”

“如果有篱笆挡住我的路，我就会爬过去。”汤姆说。

凯西叹了一口气。“这是最好的办法。我当然同意。可是篱笆也各有不同。像我这种人，篱笆还没修好，就会先爬过去——我不由得要这么做。”

“那是不是奥尔来了？”汤姆问道。

“对。好像是他。”

汤姆站起身来，一面用麻布裹好连动杆和两个半边轴承座。“我要照样去配。”他说。

卡车在路边停下了，奥尔从车窗口探出头来。

汤姆说：“你耽搁的工夫可真长呀。你开了多远？”

奥尔叹了口气。“把连动杆拆下来了吗？”

“拆下了。”汤姆举起那麻布包，“合金轴衬坏了。”

“唔，这不能怨我。”奥尔说。

“当然不能怪你。你把他们送到了什么地方？”

“我们简直搞得乱七八糟，”奥尔说，“奶奶大嚷大闹，这么一来，惹得罗莎夏也大嚷大闹起来。她把头钻到床垫子底下乱叫。奶奶呢，她只是张着嘴，像月夜下的猎狗一样嗷嗷地叫。奶奶仿佛失去了理智，像个小娃娃一样。也不对谁说句话，好像谁也不认识似的。她老是自言自语，好像是跟爷爷说话似的。”

“你把他们安顿在什么地方？”汤姆固执地问。

“噢，我们到了一个地方，支起帐篷来停宿。那地方很阴凉，又有自来水。在那儿住，要交半块钱一天。可是大家都累得要命，妈也说奶奶累得受不了，非停下来不可。倒霉透顶，只好在那儿停下来。我们支起了威尔逊的帐篷。我们那块大油布也做帐篷支起来了。我想奶奶大概是发疯了。”

汤姆望着西下的太阳，说道：“凯西，要有人看住这车子才行，要不车上的东西会被人抢光。你愿意待在这儿吗？”

“当然。我在这儿守着好了。”

奥尔从车座上拿起一个纸包。“这些面包和肉是妈叫我带来的，我还带了一瓶水来。”

“她想得真周到，谁也没有忘掉。”凯西说。

汤姆上了卡车，坐在奥尔旁边。“喂，”他说，“我们一定尽快回来。可是还说不定要多少时间。”

“我在这儿等着。”

“好吧。你可别呆呆地自言自语呀。开车吧，奥尔。”卡车在后半下午开走了。“他是个有趣的家伙，”汤姆说，“他老是在想一些问题。”

“嗐，见鬼——你要是个牧师，我想你也非这样不可。爸一看光是在一棵树底下支个帐篷就要出半块钱，简直气死了。他觉得那实在没道理，就坐在那儿叽里咕噜地乱骂。他说他们下一步就要把空气也装桶卖钱了。可是妈说为了奶奶的身体，还是要停在靠树荫和离水近的地方才行。”卡车嘎啦嘎啦地在公路上往前走，现在没有装东西，车身的每一部分都嘎啦嘎啦地响起来。车身的两边和改装过的车身都在响。车子又轻又快地跑着。奥尔开到每小时三十八英里的速度，发动机嘎啦嘎啦地大响，燃烧的汽油冒出的青烟从车底的板缝中钻出来。

“开慢一点，”汤姆说，“你会把轮轴盖板都给烧坏的。奶奶犯了什么毛病？”

“我不知道。你还记得这两天奶奶老是迷迷糊糊，对谁也不说一句话吗？嗐，现在她可是老在嚷、老在说话，不过她全是对爷爷说的。嚷也是对他嚷，那样子真有点可怕。仿佛看见爷爷坐在那儿，还是像过去那样，龇着牙对她直笑，还用指头指指自己，嘻嘻地笑着。好像她也看见他坐在那儿似的。她对他大发脾气。喂，爸叫我带来二十块钱交给你，他不知道你究竟要用多少。你见过妈像今天对他那种强硬态度吗？”

“想不起了。我这回具结假释出来，真是赶得太巧。我原来还以为等我回家，总可以逍遥自在，早上起得迟一些，吃也吃得痛快些。我要到外面去跳舞，去吊吊膀子——可现在我没工夫来干这些事了。”

奥尔说：“我忘了。妈有好些话叫我告诉你。她叫你别喝酒，别跟人家拌嘴，别跟人家打架。因为她怕你又被抓回牢里去。”

“她操心的事情太多，我不给她添麻烦，就够她受的了。”汤姆说。

“噢，我们弄两瓶啤酒喝喝好不好？我想喝啤酒，想得要命。”

“我不知道，”汤姆说，“我们要是买啤酒喝，爸知道就会闹翻天。”

“喂，你瞧，汤姆。我有六块钱，我们俩可以买两瓶酒喝，玩个痛快。谁都不知道我有这六块钱。哎呀，我们可以痛快一下了。”

“你把钱留着吧，”汤姆说，“等到了西部，我们俩就可以拿这些钱来痛痛快快玩一玩。也许我们有了工作的时候……”他在座位上转过身去，“我没想到你这种人也会胡闹。我猜你不过随便说说罢了。”

“噢，见鬼，这一带我没有熟人。我要是跑熟了，我就要讨个老婆。等我们到了加利福尼亚，我就要过快活日子了。”

“希望能如愿。”汤姆说。

“好像你对一切都觉得没有把握了。”

“是的，我对什么都没有把握了。”

“从前你打死了那个家伙的时候——你心里转过什么念头？你是不是担心过？”

“没有。”

“那么，你连想都没想过那件事？”

“当然想过。他死了，我觉得很难受。”

“你不觉得自己不对吗？”

“不。我坐了牢，坐过几年牢了。”

“在牢里是不是——太受罪？”

汤姆不自在地说：“哎，奥尔。我坐了牢，现在案子总算是了结了。我不愿意再惹出这种祸来。前头远远地看得见河了，那边就是市镇。我们只要去买一个连杆轴承，别的事都不干。”

“妈疼你疼得要命，”奥尔说，“你走了之后，她很伤心。老是一个人偷着哭。简直是把眼泪往肚子里吞。可是我们都知道她在想什么。”

汤姆把便帽拉下来遮在眼睛上。“喂，奥尔。我们谈谈别的事，好吧。”

“我也不过是对你谈谈妈的心事罢了。”

“我知道——我知道。可我还是不想谈这些。我宁可一步步地往前走。”

奥尔受了委屈，沉默下来。过了一会儿，他说：“我不过是随便说给你听听罢了。”

汤姆望着他，奥尔把眼睛对直望着前面。卸了重载的卡车发出震耳的响声，颠簸着前进。汤姆张开两片很长的嘴唇，轻声笑了起来。“我知道，奥尔。也许我是因为坐久了牢，精神失常了吧。这些事将来跟你谈谈也可以。你知道吧，这些事情你该听听才好。怪有趣呢。我却起了一种古怪念头，觉得最好还是暂时把它忘了。也许过一会儿我就不这么想了。现在我一想到这些事，就觉得满肚子不舒服，浑身难受。你听我说，奥尔，我先给你说一点吧——牢房无非是个把人慢慢逼得发疯的地方。懂吗？人家发疯，你看得见，听得见，过不了多久，你就不知道自己是不是也发疯了。有时候，别人在夜里大嚷大叫，你就会以为那是你自己在叫——有时候就真是你自己在叫呢。”

奥尔说：“啊！我再也不想谈这些事了，汤姆。”

“三十天没什么，”汤姆说，“一百八十天也没什么。可是过了一年——那就难说了。那里面有一股说不出的味道，跟什么味道都不一样。这事情反正是有点儿胡闹；把人关在牢里，这就是个糊涂主意。啊，去他妈的！我也不愿意谈这些事。你看太阳在那些窗子上闪着光呢。”

卡车开到服务站附近，在大路的右边，有一个堆破汽车的场子——高高的带刺的铁丝篱笆围着一英亩空地，前面是一所波状铁皮盖的小屋，有许多用过的旧车胎，标着价格堆在门边。小屋后面有个用破木板和破铁皮搭成的小棚子，窗子就是嵌在墙壁上的挡风玻璃。长着草的空地上放着各种破汽车，有的车身撞歪了，有的车头撞瘪了，有的掉了轮子躺在地上。发动机都生了锈，有的在地上，有的靠着那个棚子。场子里还堆着一大堆废铁、挡泥板、卡车边栏和轮子车轴；一眼望去，全是锈铜烂铁，有一股霉气，左歪右扭的铁皮，残缺的发动机和一大堆拉杂的废物。

奥尔把卡车开到那棚子前面油腻腻的地上。汤姆下了车，向阴沉沉的门里探探头。“什么人也看不见，”他说。接着他便喊道：“有人吗？”

“哎，希望他们有一辆1925年的道奇车就好了。”

小棚后面的门“砰”的一声响了。一个鬼影似的人从那黑洞洞的棚子里钻出来。一层沾满油污的龌龊皮肤紧紧地绷在多筋的肌肉上。他的一只眼睛瞎了，每逢他那只好眼睛转动的时候，那只红眼窝就牵动眼部肌肉扭动一下。他的工装裤和衬衫上的油泥积得又厚又亮，两只手布满了裂口和皱纹，还有伤痕。他那厚厚的噘着的下嘴唇阴阳怪气地向外伸着。

汤姆问道：“你是老板吗？”

那只独眼瞪了一瞪。“我是给老板做事的，”他绷着脸说，“你要什么？”

“有1925年的破道奇吗？我们要找一根连动杆。”

“我不知道。老板要是在这儿，他可以告诉你——可是他不在。他回家去了。”

“可以让我们找找看吗？”

那人向手掌里擤了一下鼻子，把手在裤子上抹了一下。“你们是附近的人吗？”

“从东部来的——到西部去。”

“那么你们自己找吧。哪怕是把这鬼地方烧掉，我也不在乎。”

“你好像一点儿也不喜欢你的老板。”

那个人踉踉跄跄地走上前来，一只眼睛闪出怒火。“我恨他，”他小声说，“我恨这狗日的！现在他走了。回家去了。”他的话是结结巴巴地说出来的，“他有个毛病——专爱挖苦人，伤人的心。他——那狗日的。他有个标致的女儿，十九岁了。他对我说：‘你娶她做老婆好不好？’直冲我这么说。今晚他又说：‘有个跳舞会，你想不想去？’他就对我故意说这种话！”他的眼眶里涌出了眼泪，红眼窝的角上滴下泪来，“总有一天，我对天赌咒——总有一天，我要在口袋里藏好一把夹管钳。他说那种话的时候，总是望着我的眼睛。我要——我要用那把钳子把他的脑袋从脖子上拧下来，把他头上的肉一块一块地揪掉。”他气得直喘气，“一块一块地揪下来，把他的脑袋从脖子上揪掉。”

太阳在山后消失了。奥尔向破汽车的场子里看了一遍。“那边，你看，汤姆！那一辆看上去好像是 1925 年或是 1926 年的。”

汤姆转过脸去望着那独眼龙。“我们找一找行不行？”

“不要紧！你们要什么东西尽管拿。”

他们在破汽车中间穿过去，走到一辆瘪了车胎的轿车旁边。

“这的确是一辆 1925 年的车子，”奥尔喊道，“可以让我们把油底盘弄下来吗？”

汤姆跪下去，向汽车底下望了一望。“轴承座已经脱开了。连动杆已经掉了一根。看样子好像是缺一根了。”他扭动着身子，钻到汽车底下，“把那摇把拿来转一转，奥尔。”他把连动杆拿来抵住了大曲轴，“油泥结得很厚。”奥尔慢慢地转动那根摇把。“慢着点。”汤姆喊道。他从地上拾了一块木片来刮掉结在轴承和轴承螺丝栓上的油泥。

“还紧吗？”奥尔问道。

“噢，有些松了，可是还算不坏。”

“磨坏了没有？”

“塞的金属片不少。还没完全拿下来。唔，这玩意儿挺不错。现在慢慢地把它拧开吧。把它弄下来，慢点儿——好了！到卡车上去，拿几件工具来。”

独眼龙说："我去拿一箱工具给你们。"他从锈汽车中间懒洋洋地走过去，随即端了一铁箱的工具回来。汤姆取出一把凹膛扳手，递给奥尔。

"你把它拆下来吧。别丢掉铁片，也别让螺丝栓脱下来，还得当心那些开尾栓。快点。天快黑了。"

奥尔爬到汽车底下。"我们该弄一副凹膛扳手才行，"他喊道，"有的地方活动扳手弄不进去。"

"你要帮手，叫我就是。"汤姆说。

独眼龙不知所措地站在旁边。"你要帮手，我也可以帮你。"他说，"你知道那狗日的干些什么？他穿着白裤子上这儿来摆阔。他说：'走吧，我们一道上游艇去玩玩。'对天赌咒，总有一天我要收拾他！"他激动地呼吸着，"我自从瞎了一只眼，就没出去跟女人玩过。他可对我说出那种话来。"大颗的眼泪在他鼻子旁边的污垢中间流成了一行行的纹路。

汤姆不耐烦地说："你怎么不到别处去找工作呢？这儿又没有守卫管着你。"

"唉，说说倒是容易。要找工作并没那么容易——独眼的人更没有办法。"

汤姆转过脸来望着他。"你听我说，朋友。你那只眼睛是睁开的呀。你又脏又臭，这是你自找苦吃。你喜欢这样。你要怪自己不好。你那只瞎眼一眨一眨，当然不会有什么女人看得上。把它遮起来，再洗洗脸就行了。你也别打算用夹管钳来打什么人。"

"我告诉你吧，独眼的人是有难处的，"那个人说，"看东西不能像别人看得那么清楚。看不出一件东西离你有多远。一切东西看上去都是扁的。"

汤姆说："你净瞎说。我从前嫖过一个独腿的妓女。你以为她会在小胡同里挣小钱吗？哼，她才不干呢。她另外还要半块钱的小费。她说：'你跟几个独腿女人睡过？一个也没有！'她说：'好啦，你在这儿尝到特别的滋味，这就该多收你半块钱额外的小费。’哎，她真的挣到了这笔小费呢。人家从她那儿出来，还觉得运气好。她说她是叫人走运的。我从前还在别处认识一个驼子。他把驼背给人家摸摸，说是可以叫人走运，他就专靠这个混饭吃。你呢，也不过是瞎了一只眼嘛。”

那人结结巴巴地说：“哎，天哪，人家见了瞎子就走开，这真叫人伤心。”

“那么，把瞎眼遮起来好了。你偏要把它露在外面。真是自寻烦恼。其实没什么要紧。买条白裤子穿穿吧。你老爱喝醉了酒，躺在床上叫苦，是不是？要帮忙吗，奥尔？”

“不用，”奥尔说，“我已经把这个轴承弄松了。正在想法取下活塞来。”

“当心别砸着了自己。”汤姆说。

独眼龙细声地说：“你想，会有人喜欢我吗？”

“当然有。”汤姆说，“你告诉人家说，自从瞎了那只眼，运气倒好了。”

“你们上哪儿去？”

“加利福尼亚。全家都去。要上那儿去找事。”

“喂，你看像我这样的人也能找到工作吗？眼睛上戴个黑眼罩，那也行吗？”

“怎么不行？你又不是个残废。”

“让我搭你们的车子一道去好不好？”

“哎呀，那可不行。我们现在已经挤得跑不动了。你可以另想办法去。你挑一辆破汽车修理一下，自己开着去好了。”

“我也许可以这么办，真的。”独眼龙说。

有一声金属相碰的响声。“我拆下来了。”奥尔喊道。

“好吧，拿出来。我们来看看。”奥尔把活塞、连动杆和轴承座的下半边递给他。

汤姆把那半边轴承座里垫的合金轴衬的表面揩了一下，从侧面仔细看了一遍。“我看还不错，”他说，“哎，如果我们有灯照着，今晚就可以弄好了。”

“喂，汤姆，”奥尔说，“我正在想。我们没有环子钳。要把环子上好很费事，特别是在汽车底下。”

汤姆说：“你知道吗，从前有个人告诉过我，拿些紫铜丝缠在环子上，就可以装得稳。”

“唔，可是你怎么能把铜丝弄掉呢？”

“你用不着弄掉它。它会慢慢熔化，不会出什么毛病。”

“黄铜丝更好吧。”

“那不够结实。”汤姆说。他转过脸去向独眼龙问道：“有细紫铜丝吗？”

“不知道有没有。我记得有一卷，不知放在什么地方了。独眼戴的眼罩，你知道什么地方买得到？”

“我不知道，”汤姆说，“你看能不能找到铜丝？”

在那铁皮小屋里，他们在好些木箱里掏了一会儿，终于找到了那一卷铜丝。汤姆用老虎钳夹着连动杆，细心地把铜丝缠在活塞槽子的四周，用力按进槽沟里，铜丝弯了的地方，他就敲直一下；接着他又转动活塞，把那周围的铜丝敲一敲，使它贴紧活塞。他用手指上上下下地摸了一阵，想弄明白槽子和铜丝是否跟活塞四边服帖。棚子里渐渐黑下来了，独眼龙拿了一支电筒来，照着工作的地方。

“这可好了！”汤姆说，“喂——这电筒你要多少钱才肯卖给我？”

“嗐，这并不怎么好。配了一对新电池，花了一毛五。你要的话——算三毛五就是了。”

“好。那么这支连动杆和活塞，你要多少钱？”

独眼龙用一个指节擦擦额头，额上便脱下一行污垢。“噢，先生，我不知道。老板要是在这儿，他就要去查查零件簿，看新货价格是多少，你们拆零件的时候，他就要打量一下，看你需要这东西有多急，身边有多少钱，那么他就——嗐，他就说，照零件簿上的价格，要八块钱——他就要讨价五块。你要是跟他吵一阵，三块就能买成了。你就说我总共只有这些钱了，可是，他真是个浑蛋。他知道你需要这东西多么急。我见过他卖掉一副齿轮箱，卖的钱比他买进整辆汽车花的还要多。”

“真的吗！可是这几件东西，我给你多少钱呢？”

“一块就差不多了，我想。”

“好吧，我再给你两毛半，买这把凹膛扳手。有这把扳手来修，就更加方便了。”他把钱递过去，“谢谢你。用眼罩把你那只瞎眼遮起来吧。”

汤姆和奥尔上了卡车。天黑尽了。奥尔开动了发动机，扭亮了车灯。“再见，”汤姆喊道，“也许以后在加利福尼亚见得着你。”他们把车子在公路上掉了头，便开始往回开去了。

独眼龙呆呆地目送着他们离去，随即穿过铁皮小屋，去到后面的小棚里。那里面暗沉沉的，他摸到铺在地上的床垫，伸直身子，在床铺上哭了；公路上嗖嗖开过的那些汽车只能使他的孤寂加深。

汤姆说：“当初你如果告诉我，说我们今晚就能配好这些东西，把车子修好，我准会说你是发了疯。”

“我们来得及修好，”奥尔说，“只是得你来干才行。要是由我来干，只怕不是装得太紧要烧坏，就是装得太松要震掉。”

“我来装，”汤姆说，“如果再坏了，那就让它坏掉吧。反正对我没什么损失。”

奥尔向夜色中窥探。车灯光线微弱，并没有把黑暗照亮；前面却有一只寻食的猫，它的眼睛在车灯光的反射中闪出绿光。“你把那家伙教训了一顿，”奥尔说，“你告诉了他该走哪条路。”

“嗐，见鬼，他简直是甘愿受罪！老说他只有一只眼睛，没办法，一味抱怨他的眼睛。他是个又懒又脏的浑蛋。他要是知道人家给他出的是好主意，也许可以摆脱这种苦日子。”

奥尔说："汤姆，那轴承不是我烧坏的。"

汤姆沉默了一会儿，然后说："我要说说你的短处了，奥尔。你为一些小事啰啰唆唆，老怕有什么人怪你不对。我知道这是怎么回事。年轻人劲头太大。老想出风头。可是，奥尔，人家没挑你错的时候，你就不用提防。你不会有什么问题的。"

奥尔没有回答他。他一直看着前面。卡车在路上嘎啦嘎啦地颠簸着。一只猫从路边蹿出来，奥尔把车子转过去，想把它轧死，可是车轮没轧着它，那只猫跳到草里去了。

"差点儿轧着了它，"奥尔说，"喂，汤姆。你听见康尼谈到他要晚上自修吗？我想我也可以晚上自修。你知道吧，无线电、电视、柴油机，都可以学。那么干倒可能找到出路呢。"

"也许可以，"汤姆说，"先要打听清楚，人家给你讲义要收多少费。还要考虑考虑你是否学得下去。在麦卡莱斯特有几个家伙选修了函授课程。据我所知，他们谁也没学完。一不耐烦就丢开了。"

"哎呀，我们忘记带点吃的东西了。"

"噢，妈带来了很多东西；牧师不会全吃掉，总会留下一些。不知道我们要多久才能到加利福尼亚。"

"哎，我怎么知道。只要尽力赶就是了。"

他们沉默下来了，黑夜降临，星星闪烁着白色的光芒。

卡车停住的时候，凯西从那辆道奇车的后座下来，踱到路边。"我绝没想到你们回来得这么快。"他说。

汤姆把放在车底的麻布里的零件收拾起来。"我们运气好，"他说，"还买到了一支电筒。打算马上就动手来修好。"

"你忘记吃饭了。"凯西说。

"我修好了再吃。喂，奥尔，把车子再往路边开过去一点，你来给我拿着电筒。”他一直走到那辆道奇车跟前，背贴着地，钻到汽车底下。奥尔肚子贴地，也钻到车底下来，手里打着电筒。“别照着我的眼睛。举高些。”汤姆把活塞扭一扭，转一转，装进汽缸。紫铜丝在汽缸里有些滞塞。他使劲一推，就把活塞穿过了几道槽子。“幸亏还松，要不就会卡住了。我想这样就灵活了。”

“希望铜丝别卡住那些槽子。”奥尔说。

“噢，我就是为了这个，才把它敲平的。它不会掉下来了。我想它只会熔化掉，给汽缸里添上一层紫铜。”

“你想它会把汽缸壁弄坏吗？”

汤姆大笑起来。“哎呀，汽缸壁是吃得消的。现在已经像个土拨鼠的洞一样，很能装油了。里面多塞点东西，也不会出毛病的。”他把连动杆从大曲轴上头插下去，试试那下半截。“这上头还要垫些金属片才行。”他喊道，“凯西！”

“哎。”

“我现在要把这轴承装上去了。站到摇把跟前去，等我告诉你，你就把它慢慢转一转。”他把那些螺丝栓弄紧了，“好，慢慢地转一转！”当那根有棱角的大曲轴转动的时候，他就把轴承装上去。“垫的金属片太多了，”汤姆说，“把住，凯西。”他把那些螺丝栓抽出来，取掉每边垫的薄片，又把那些螺丝栓装上。“再试一试，凯西！”他又装配连动杆，“还有些松。如果再拿掉一些薄片，不知道会不会太紧。我来试试看。”他又取下那些螺丝栓，再拿掉两块薄片，“现在试试看，凯西。”

“好像是行了。”奥尔说。

汤姆喊道：“转起来有些吃力，是不是，凯西？”

“不，我还不觉得费劲。”

“好吧，我想这下子总算弄好了。谢天谢地，但愿已经修好了。没有家伙，就不能修理轴承。有了这把凹膛扳手，就省事多了。”

奥尔说:“那个车场的老板找不到这么大小的凹膛扳手，准会大发脾气的。”

“那该他倒霉，”汤姆说，“我们又没偷他的。”他把那些开尾销敲进去，把末端向外弯过来，“我想这是好的。喂，凯西，你拿着电筒，我跟奥尔把这个轴承座装上去。”

凯西跪在地上，拿着电筒。他照着那两双干活儿的手，看着他们把垫圈装好，轻轻地敲平，再把轴承座的螺丝栓嵌进那些洞里。两人使劲抬起轴承座，抓住一头的螺丝栓，随即把其余的螺丝栓上好；等这些全都弄好了之后，汤姆把那些螺丝栓一根根地弄紧，终于使轴承座服服帖帖地抵住了垫圈，于是他就把螺母旋紧了。

“我想这就行了。”汤姆说。他旋紧了油管帽，向上仔细看看轴承座，又拿电筒照照地面。“这就行了。我们把油灌进去吧。”

他们爬出来，把那桶油倒回油箱里。汤姆检查了垫圈，看它有没有漏缝。

“好了，奥尔。把它开动一下。”他说。奥尔爬上汽车，把车子发动起来。发动机隆隆地响了起来。排气管里冒出了青烟。“开慢些！”汤姆喊道，“它会把机油烧掉，使铜丝熔化。现在慢些了。”发动机转动的时候，他仔细听着，“把火花塞的间隙对小一点，让它自己转转吧。”他又听了一会儿，“行了，奥尔。关上油门吧，我想是修好了。喂，我们的猪肉在哪儿？”

“你成了一个出色的机匠了。”奥尔说。

“那有什么奇怪的，我在工场里干过一年。我们把这车子慢慢地开两百英里，使机件灵活起来吧。”

他们把沾满油污的手先在野草上擦了一擦，又在自己的裤子上擦了一下。他们很馋地吃了烧猪肉，又喝了瓶里的水。

“我快饿死了，”奥尔说，“我们现在怎么办，开到他们停宿的地方去？”

“我没主意，”汤姆说，“只怕他们会加收半块钱呢。我们去跟那些人谈谈——对他们说我们的钱很紧。要是他们非得叫我们加钱——我们再往前开就是了。家里的人盼着我们呢。哎，幸亏今天下午妈阻止了我们。拿电筒四下里照一照，奥尔。可别落下什么东西。把那把凹膛扳手拿好，我们也许还用得着它。”

奥尔用电筒搜索了一下地面：“没什么了。”

“好吧。我来开这辆车。你开卡车，奥尔。”汤姆开动了发动机。牧师上了汽车。汤姆慢慢地开着车子前进，奥尔开着卡车跟在后面。他用低速爬过了浅沟。汤姆说：“这种道奇开起慢车来，拖得动一所房子。速度是慢了，对我们来说正好——先得让轴承灵活灵活。”

那辆道奇车在公路上慢慢地开着走。十二伏特的车灯在路面上投射出一道淡黄的光。

凯西转过头来望着汤姆。“想不到你们还会修汽车。说干就干，居然修好了。我虽然看着你们干，也还是不懂得怎么修。”

“这得从小弄熟才行，”汤姆说，“光是懂得还不够。还得多学一学才行。有些孩子连想也不用想，就能把一辆汽车拆开。”

一只长尾兔蹿进了车灯的光线里，轻捷地向前奔跳着，每跳一下，大耳朵就摆动一下。它屡次想离开公路，可是黑暗却把它吓退了。前面老远有两道很亮的灯光向它射过来。兔子迟疑了一下，拿不定主意，然后转过身向这辆道奇车的微弱灯光跳过来。它被车轮碾着的时候，车身微微地震动了一下。对面来的那辆汽车飞驰过去了。

“我们准是把它碾死了。”凯西说。

汤姆说：“有些人喜欢故意把它们碾死，每次总是使我心惊肉跳。现在车子的响声正常了，那些槽子现在一定灵活了，烟也冒得不那么多了。”

“你修理得很好。”凯西说。

支帐篷的地方，有一所小小的木屋高踞在山坡上。木屋的门廊上有一盏汽油灯咝咝地发着响声，投射出一大圈白光。屋子附近支着六个帐篷，帐篷旁边都停着汽车。晚饭都已经做过了，可是帐篷外面的地上，家家的火炭还是红着的。一群男人聚在点着灯的门廊上，他们的脸在那强烈的白光下都显得健壮；他们的帽子在额头和眼睛上投射着影子，使下巴显得突出来。他们有的站在地上，有的坐在台阶上，把胳膊肘支在门廊的地板上。店主是个板着面孔的瘦子，他坐在门廊里的一把椅子上。他背靠着墙，手指像捶鼓似的在膝盖上敲着。屋里点着一盏煤油灯，可是那淡淡的光线却被汽油灯的亮光淹没了。男人们都聚在店主的周围。

汤姆把道奇车开到路边停下来。奥尔把卡车开进了大门。“用不着开进去了。”汤姆说。他下了车，走进大门，一直走到汽油灯的白光里。

店主让椅子的前脚落在地上，身子向前一倾。“你们要在这儿过夜吗？”

“不，”汤姆说，“我们家里有人在这儿。咦，爸。”

爸坐在最下一层台阶上，说道：“我还以为你们要过一个星期才回来呢。车子修好了吗？”

“我们运气好，”汤姆说，“天还没黑就配到了零件。我们明天一清早就可以上路了。”

“那好极了，”爸说，“你妈正在发愁呢。你奶奶简直发疯了。”

“是呀，奥尔告诉我了。她现在好些了吗？”

“噢，她好歹总算睡着了。”

店主说：“你们要是打算在这儿停车过夜，就得出五毛钱。有地方睡觉，有水用，有柴烧。谁也不会打搅你们。”

“真他妈见鬼，”汤姆说，“我们可以睡在路边的沟里，不要花一分钱。”

店主用指头在膝盖上敲了一阵。“夜里警察长来巡查，恐怕会叫你们吃苦头。这一州有一条法律，禁止在野地里过夜。这是一条取缔流浪汉的法律。”

“只要我付给你半块钱，就不是流浪汉了，是不是？”

“是呀。”

汤姆的眼里冒出怒火来。“警察长也许恰巧是你的小舅子吧？”

店主把身子倾向前面。“不，他不是。现在你们这班叫花子想来教训我们本地人，还不到时候呢。”

“你休想赚我们五毛钱。请问我们是什么时候成了叫花子的？我们又没向你讨什么。我们都是叫花子吗，嗯？哼，你要躺下去睡觉，我们也不会向你要钱呀。”

门廊上的男人都沉下了脸色，一动不动，默不作声。他们的脸上都失去了表情；他们的眼睛在帽子的阴影里偷偷地仰望着店主的脸。

爸大声喝道：“住嘴，汤姆！”

“好，我住嘴。”

那些围成一圈的男人坐在台阶上，斜靠着高高的门廊，都一声不响。他们的眼睛在汽油灯强烈的光线下闪着光。他们的脸在那刺眼的灯光下显得很冷酷，他们都很沉静。只有他们的眼光移动着，一会儿望着这个讲话的人，一会儿又望着那个讲话的人，他们的脸是沉静的，什么表情也没有。一只飞蛾扑进提灯里，烧毁了身子，掉到黑暗的地方去了。

一个帐篷里，有个孩子哭着叫苦，一个女人的柔和声音抚慰着他，随即变成了低微的歌声：“夜里耶稣爱你。乖乖地睡吧，乖乖地睡吧。耶稣夜里守着你。睡啊，睡啊。”

门廊上的提灯嗞嗞地叫着。店主在他那衬衫敞开的口子里搔着痒，那地方露出胸脯上的一簇白毛。他盯着大家，心头很烦恼。他看着那围成一圈的男人，想看出他们有什么表情。可是他们却毫无表示。

汤姆沉默了好久。他那双阴沉的眼睛慢慢地仰望着店主。“我并不想吵架，”他说，“不过把我们叫作叫花子，那可太叫人难受了。我不怕，”他和缓地说，“我要用拳头跟你和你们的警察长较量较量——就在这儿干起来，要不我就大闹一场。可是那也没什么好处。”

男人们动弹起来，变更了位置，他们那闪亮的眼光慢慢地向上转移，望着店主的嘴，等着他开口说话。他已经放下心了。他觉得自己已经胜利了，只是还没有十分把握，不敢进攻。“你没有半块钱吗？”他问道。

“有，钱我是有的。只是我自己有用。我不肯为了睡觉把它花掉。”

“唔，我们大家都得混饭吃呀。”

“对，”汤姆说，“不过我希望有别的办法混饭吃，不要叫别人吃不成饭才好。”

男人们又移动了一下。爸又说：“我们一清早就要动身。你听我说，先生。我们付过钱了。这个人是我们家里的。他不能在一起过夜吗？我们付过钱了。”

“半块钱一辆车子。”店主说。

“噢，他没有车。车在路上。”

“他是开着车来的，”店主说，“大家都把汽车停在外边，进来用我这地方，一个钱也不出，那可不行。”

汤姆说：“我们一路开过去。到早上跟你们碰头。我们注意找你们就是了。奥尔留在这儿，约翰伯伯和我们一起去——”他看看店主，“这样你该没话说了吧？”

店主赶快做了决定，让步了一点。“如果留下来过夜的人数和来的时候付过钱的人数一样——那就行了。”

汤姆拿出他的烟草袋来，现在这烟袋已经是又瘪又破，只剩下一点点潮湿的烟叶在袋底了。他卷了一支小小的纸烟，便把那只袋子扔掉了。“我们马上就走。”他说。

爸向那些围成一圈的人说了几句话。“叫一家人拆散了走开，真是难受的事。像我们这些人，原来是有老家的。我们并不是走投无路的人。我们让拖拉机赶出来之前，是有田地的。”

一个年轻的瘦子，眉毛被太阳晒得焦黄，慢慢地转过头来。“是分益佃农吗？”他问道。

“是的，我们是分益佃农。从前那块地是我们自己的。”

那年轻人又把脸向着前面。“跟我们一样。”他说。

“幸亏要不了多久就可以安顿下来，”爸说，“我们到西部去，总可以找到事做，还可以弄到一块有水的田地。”

门廊边上站着一个衣衫褴褛的男人。他的黑上装破得一片片耷拉下来，他的粗布裤在膝部磨了两个大洞。他满脸灰尘，流过汗的地方有一行行的痕迹。他向爸掉过头来。“你们这一家准是有不少的钱吧。”

“不，我们没有钱，”爸说，“可是我们能干活儿的人多，我们都是身强力壮的男子汉。在那边可以挣很高的工钱，我们攒下钱来，就有办法了。”

那个衣衫褴褛的人瞪眼望着爸说话，随即大笑起来，他的笑声变成了马叫似的高声痴笑。一圈子的人都转过脸去望着他。那阵哧哧的笑声抑制不住，又变成了咳呛。等他终于把那一阵咳呛控制住了的时候，他的两眼已经通红，咳出眼泪来了。“你们要上那儿去吗——哎呀，我的天！”哧哧的笑声又发作了，“你们要上那儿去找——很高的工钱——哎呀，我的天！”他停了一会儿，又怯生生地说道：“去摘橙子，还是摘葡萄？”

爸的声调严肃起来：“那边有什么工可做，我们就做什么。那边有很多的活儿要找人干呢。”衣衫褴褛的人憋住气，哧哧地笑着。

汤姆气恼地转过脸去：“他妈的，有什么这么好笑？”

衣衫褴褛的人闭住嘴，阴沉地看着门廊的地板。“我想你们这些人大概都是到加利福尼亚去的吧。”

“我已经告诉过你了，”爸说，“并不是你猜出来的。”

衣衫褴褛的人慢慢地说道：“我呢——我从那儿回来了。我上那儿去过了。”

大家的脸都飞快地一齐转过去向着他。他们都怔住了。汽油灯的咝咝声低下来，好像叹气似的，店主把椅子的前脚落到门廊地板上，站起来去给汽油灯打气，直到咝咝声又高起来才住手。他回到椅子上，可是没有再把椅子往后翘起来。衣衫褴褛的人转过头去，对着众人的脸。“我是回来挨饿的。我宁可到家乡来饿死。”

爸说：“你怎么这么胡说？我有一张传单，说那边工钱很高。不久以前我还在报上见过一段新闻，说那边招人去摘水果呢。”

衣衫褴褛的人转过脸来望着爸。“你们要是回老家，还有地方可去吗？”

“没有，”爸说，“我们被撵出来了。他们开了一辆拖拉机来，把房子铲掉了。”

“那么你们不打算回去了？”

“当然不回去了。”

“那么我也就不叫你们扫兴了。”衣衫褴褛的人说。

“你当然不能叫我们扫兴。我接到过一张传单，说那边需要人。要是那边不需要人，干吗发传单？印传单是要花钱的。他们要是不需要人，就不会发传单。”

“那我就不叫你们扫兴了。”

爸愤怒地说：“你刚才说了一些傻话。你现在还不想住嘴呢。我那张传单上说他们需要人。你倒觉得好笑，说他们不需要人。那么，到底是谁在说谎呢？”

衣衫褴褛的人低下头来看看爸那双含怒的眼睛。他显得很难过的样子。“传单是对的，”他说，“他们需要人。”

“那么，你为什么要笑，对我们起哄呢？”

“因为你们不知道他们要的是哪一种人。”

“你这是说的什么话？”

衣衫褴褛的人打定了主意。“我问你，”他说，“你那张传单上说他们需要多少人？”

“八百人，这还只是在一个小地方。”

“是橙黄色的传单吗？”

“噢——是的。”

“那上面还印着那个人的名字吧——说是什么工人招募处某某人，对不对？”

爸伸手到袋里，拿出那张折叠着的传单来。“对。你怎么知道？”

“噢，”那人说，“这算什么意思！这家伙要招八百人。他就印发了五千张传单，说不定有两万人都看到了。说不定有两三千人为了这张传单而搬家了。都是些急得要命的人。”

“可是这算什么意思呀！”爸嚷道。

“你不见到那个发传单的家伙，就不会明白。你终归会见到他或是给他办事的什么人。你们支起帐篷住在水沟边上，你们和别的五十家人在一起。他会到你们的帐篷里来看一看，想知道你们有没有东西吃。要是你们没东西吃了，他就说：‘要做工吗？’你说：‘当然要做，先生。谢谢你给我找个工作。’他就说：‘我可以用你。’你就说：‘什么时候做起？’他就会告诉你到什么地方去，在什么时候去。说完了他又去招呼别人。也许他需要招两百个人，他却对五百个人谈了，他们又转告另外一些人，等你到了那地方的时候，那儿就有一千个人了。这个家伙说：‘我给你们每小时两毛钱。’这么一来，说不定就有半数的人走掉了。可是还留下饿得要命的五百个人，他们只要能挣到面包吃就肯做。这家伙跟人家订了合同，让人家摘桃子或是砍棉花秆。现在你明白了吧？他招去的人越多，这些人越饿得厉害，他出的工钱就越少。而且他要是能招到有孩子的人，他就更称心，因为——哎呀，我说过不叫你们扫兴的。”那围成一圈的人脸上露出冷冰冰的神色望着他。那些眼睛琢磨着他的话。

衣衫褴褛的人有些不自在了。“我说过不叫你们扫兴，可又给你们说了这些晦气话。你们反正是要去的。不打算回来了。”沉默笼罩了那个门廊。汽油灯咝咝地叫，许多飞蛾围着灯罩飞扑着。那个衣衫褴褛的人神经紧张地说下去：“我来告诉你们碰到那个招工的家伙该怎么办吧。我来告诉你们。先问问他可以出多少工钱，叫他把工钱的数目写下来。叫他这么办。你们要是不这么做，就会上当。”

店主在椅子上把身子向前一倾，要把那个褴褛龌龊的人看清楚些。他抓一抓胸脯上的白毛，冷冰冰地说：“你敢说你不是捣乱分子吗？你敢说你不是欺骗工人的坏蛋吗？”

于是那个衣衫褴褛的人便喊道：“对天赌咒，我不是！”

“那种人多得很，”店主说，“到处捣乱，兴风作浪。把大家搞得心神不安。专门制造麻烦。那种人多得很。总有一天，我们要把那些捣乱分子全都抓起来。我们要把他们驱逐出境。大家都要做工，对。不做工——那就该他倒霉。我们不能让他捣乱。”

衣衫褴褛的人振作起精神。“我只是要把实话告诉你们，”他说，“这是我熬了一年才弄明白的情况。死了两个孩子，死了我的老婆，我这才弄明白了。可是我不能对你们说。这我本该知道。人家也不能对我说这些。我那两个小家伙胀着肚子躺在帐篷里，身子只剩下了皮包骨头，像小狗似的打哆嗦，呜呜地叫，我还得到处乱窜，想找工作——不指望挣钱，不指望挣工钱！”他嚷道：“天哪！我只不过为了一杯面粉和一调羹猪油。后来验尸官来了。‘这两个孩子是害心脏病死的。’他这么说着，就记在他的登记表上。他们直打哆嗦，他们的肚子像猪尿泡似的鼓胀着。”

那一圈人沉默着，他们的嘴微微张开了。他们的呼吸声很轻，眼睛留心地望着。

衣衫褴褛的人转过头来向那一圈人望了一遍，随即转过身去，匆匆地走到黑暗中去了。黑暗吞没了他，但是他走了之后很久，还能听到他那一步一拖的脚步声沿着公路走去。公路上有一辆汽车开过，车灯的光线照出那衣衫褴褛的人一路踉跄着，垂着头，双手插在黑上装的衣袋里。

那些男人都觉得心里不自在了。有一个说道："——时候不早了。该去睡觉了。"

店主说："大概是个流浪汉。现在这条路上流浪汉真是多得要命。"于是他也沉默下来了。他又把椅子背斜过去靠在墙上，用手指摸摸自己的喉咙。

汤姆说："我想去瞧瞧妈，回头我们再来开车子走吧。"乔德家的男人们走开了。

爸说："也许他说的是真话呢——那家伙？"

牧师回答道："他说的是真话，一点不错，是他亲身经历的。他并不是捏造。"

"我们怎么办？"汤姆追问道，"我们也会遭到这种下场吗？"

"我不知道。"凯西说。

"我也不知道。"爸说。

他们向那用油布绷在绳子上的帐篷走去。里面是漆黑的，毫无声息。他们走近的时候，门边有一个灰白的身影晃动了一下，笔直地站起来了。那是妈出来迎接他们。

"都睡了，"她说，"奶奶终于睡着了。"接着她看出了汤姆："你怎么上这儿来了？"她焦躁地追问道："你没遇到麻烦吗？"

"车子已经修好了，"汤姆说，"我们打算跟大家一起走。"

"多谢上帝，"妈说，"我也急着想赶路。想早些到那绿油油的富庶地方，早点到那儿才好。"

爸轻轻地咳了一声。"有人刚才说……"

汤姆抓住他的胳膊，使劲拉了一下。"他那些话不能当真，"汤姆说，"他说一路去的人非常多。"

妈从黑暗中窥视着他们。帐篷里边，露西在睡梦中咳嗽着，鼻息很重。“我给他们洗干净了，”妈说，“我把拿来的水先给他们洗了，外面还留着几桶水，你们几个人也洗一洗吧。赶路的人总是弄不干净的。”

“全家都在里面吗？”爸问道。

“只有康尼和罗莎夏不在。他们走开了，睡在露天里。说帐篷底下太热了。”

爸抱怨地说：“罗莎夏这孩子老是提心吊胆，疑神疑鬼。”

“这是她的头一胎呀，”妈说道，“她和康尼都把这件事看得很重。你从前也是一样呀。”

“我们先走了，”汤姆说，“开出一段路去停下来。要是我们没看见你们，你们可要留心找找我们呀。车子就停在右手边。”

“奥尔留下来吗？”

“唔，约翰伯伯跟我们去吧。再见，妈。”

他们穿过那停宿的场子走开了。在一个帐篷前面，有一个很低的火堆正燃烧着。一个女人在那里守着一只做早饭的锅子。煮豆子的气味又浓又香。

“真想吃一盘呢。”经过那里的时候，汤姆客客气气地说道。

那女人微笑了。“还没熟，要不然倒是很欢迎你们来吃，”她说，“天一亮就请过来吧。”

“谢谢你，大嫂。”汤姆说。他和凯西、约翰伯伯走过那个门廊。店主还在椅子上坐着，汽油灯嗞嗞地叫着，发出晃亮的光。那三个人走过的时候，他转过头来。“你的汽油快点完了。”汤姆说。

“唔，反正也该收场了。”

“路上不会再有半块钱滚过来了吧，我想。”汤姆说。

椅子脚碰着了地板。“你可别来冒犯我！我认得你。你也是那种捣乱分子。”

“很对，”汤姆说，“我是布尔什维克。”

“到处都是你这种家伙，实在太多了。”

他们走出大门，钻进那辆道奇车的时候，汤姆不由得哈哈大笑起来。他拾起一个土块，对着汽油灯抛去。他们听见土块打中了屋子，看见店主跳起来，向黑暗里张望一下。汤姆开动汽车，把它开到公路上。他留神听着发动机转动的声音，听听它有没有什么响声。在车灯的微弱光线下，公路隐隐约约地伸展着。

第十七章

流民的汽车从各条路线颠颠簸簸地开到了这条横贯全国的大公路上，沿着这条流亡的路到西部去。白天那些汽车像硬壳虫似的赶紧向西爬去，天黑了，它们又像硬壳虫似的聚集在可以避避风雨和有水的地方。由于他们又孤寂又迷惘，由于他们都是从苦恼、忧愁和倒霉的地方来的，而且都要到一个神秘的新地方去，他们便聚在一起。一起谈话，一起过着同样的生活，分享着食物，他们对于新的去处抱着共同的希望。因此只要有一家人在有水的地方支了帐篷，另一家也会为了用水，为了搭伴而在那里支起帐篷来，第三家也因为已经有两家开辟了那个地方，便觉得那是很合适的地方。一到太阳西下的时候，那地方也许就有二十来户人家和二十来辆汽车了。

到了晚上，奇怪的情形发生了：二十家变成了一家，孩子们都成了大家的孩子。丧失了老家成了大家共同的损失，西部的黄金时代成了大家共同的美梦。一个生病的孩子也许会在二十家、百十来个人的心头投下绝望的暗影；帐篷里倘使有人生孩子，也许会使百十来个人静悄悄地担一夜的心，而到第二天早上又使这百十来个人为了新的生命而满心欢喜。头一天夜里还因为穷困发愁着急的一家人，第二天也许会在他们那一堆破烂东西里搜寻一件送给新生婴儿的礼物。晚上坐在火边，二十家人便成为一家了。他们变成露营地的组成单位，变成共同过夜的组成单位了。有人打开毯子，拿出那里面裹着的吉他，弹奏起来——奏的都是民间的歌曲，大家就在夜间唱起来了。男人唱着歌词，女人哼着曲子。

每天夜里都有一个世界产生出来，样样齐全——有人在这里成了朋友，有人成了冤家；在这个世界里，有牛皮大王，有胆小鬼，有沉静的人，有老实的人，有和善的人，各色各样的人一应俱全。每天夜里，一个世界所具有的各种关系都建立起来了；一到天亮，这个世界又像马戏班似的拆散了。

起初，各家的人对于这种临时建成、随即又拆散的世界都感到有些腼腆，可是这种建成世界的技能渐渐变成他们的特长了。于是领袖出现了，种种的法律制定出来了，种种的规则产生了。这些世界一面向西迁移，一面也就逐渐完备起来，因为那些建造者对于建成这种世界越来越有经验了。

这些人家懂得了哪些权利必须尊重——比如帐篷里的私生活各不相犯的权利；各人对过去的历史保守秘密的权利；谈话和倾听的权利；拒绝帮助或是提供帮助的权利，接受帮助或是谢绝帮助的权利；少年求爱或是少女接受求爱的权利；饥饿的人要吃东西的权利；还有在一切权利之上的孕妇和病人应受到照顾的权利；等等。

这些人家懂得了——虽然谁也没有告诉他们——哪些权利是有害的，必须加以摧毁：比如侵犯私生活的权利，当别人在帐篷里安睡的时候吵吵闹闹的权利，诱奸或是强奸的权利，私通、偷盗和谋杀的权利，等等。这些权利被消灭了，因为如果有这样的权利存在，这些小小的世界便一夜也不能安生。

这些小世界向西迁移的时候，种种的规则都变成了法律，虽然谁也没有对所有的家庭这么说过。在帐篷附近拉屎撒尿是非法的，无论用什么方式把饮水弄脏也是非法的；在挨饿的人附近吃丰富的食品而不请他吃也是非法的。

而且随着法律的出现也就有了惩罚——只有两种——迅速地凶斗一场或是放逐；放逐是最重的惩罚。因为如果有谁破坏了法律，他的名誉和体面就都扫地了，那他就在任何地方建成的世界里都没有立足之地了。

在那些世界里，社交的道德标准是严格的，因此人们相见必须说一声“你好”；一个男人如果跟一个本心情愿的女人住在一起，如果他像做父亲一般爱护她的孩子，那他就可以把她当作妻子。但是一个男人却不能今天夜里跟一个女人同居，明天夜里又跟另一个同居，因为这样就会危害这些世界。

这些人家向西迁移着，建成世界的技术也随之进步，因此人们在他们的世界里都能得到安全；这些世界的组织也很稳定，凡是遵守规则的人家都知道只要依照这些规则行事，他们就能获得安全。

统治的机构在那些世界里形成起来，有领袖，也有元老。有智慧的人发觉他自己的智慧在各个帐篷里都是大家所需要的；愚蠢的人也不能随着他所在的世界改变他的愚蠢行为。一种保险制度也在这些夜世界里形成了。有食物的人养活挨饿的人，这么一来，也就保证了自己不至于挨饿。每逢有婴孩死了，帐篷的门口就会攒起一小堆银币，因为婴孩对人生不曾有过别的享受，死了最可怜，必须好好埋葬。老年人死了，不妨把尸首留在公共墓地里，但是婴孩死了，却不能这样处理。

建成一个世界，需要适当的地势——水呀，河岸呀，泉水呀，甚至还要一个公用的水龙头。此外还要有宽敞的地面来支帐篷；要有一些柴来生火。如果有一个垃圾堆离得不太远，那就更好了；因为那里可以找到日用的什物——如火炉的烟囱，用来给火挡风的弯曲的挡泥板，以及用来煮东西和盛东西的罐头盒，等等。

那些世界是在夜间建成的。从公路上来的人用帐篷和他们的心与脑建成了那些世界。

一到早上，帐篷都拆下来，帆布也卷了起来，帐篷的撑柱捆在汽车的脚踏板上，床垫安置在汽车上，锅子也收拾好了。这些人家向西迁移的时候，大家在晚上建成一个家，天一亮就把它拆除，这种技术逐渐熟练起来。因此卷好的帐篷总是安顿在一个地方，做饭用的大小锅子总是放在木箱里。这些汽车向西行进着的时候，家中的每个成员都习惯于本身固有的地位，都习惯于各人的职务。每个成员，无论老少，在汽车里都有一定的位置。在又累又热的晚上，当汽车停到停宿地的时候，每个成员无须吩咐，就去尽自己的职责：孩子们拾柴抬水；男人支帐篷，搬下床垫和被褥；女人做晚饭，全家吃饭的时候由她们伺候。这些事无须吩咐就都做好了。这些人家从前在夜里各有各的房子，白天各有各的田地，都是界线分明的，现在它们成了新的组成单位，界线也改变了。在漫长的炎热的白天，他们静静地坐在慢慢向西行的汽车里；但是到了夜里，他们却跟他们所遇到的任何集体结合在一起。

他们就这样改变着他们的社会生活——全世界只有人类才能这样改变他们的生活。他们已经不是农民，而是流民了。原来贯注在田地里的那些思虑和精力，以及那长时间的凝神注视的沉思，现在都贯注在道路上，贯注在远方和西部了。本来专心于若干田地的那种人，现在把生命寄托在若干英里长的狭窄的混凝土公路上了。于是他所想的和他所担忧的已经与雨量、风沙和农作物的生长都不相干了。眼睛只注视着车胎，耳朵只听着嘎啦嘎啦响的发动机，一颗颗的心为了机油、为了汽油、为了空气和路面之间越磨越薄的橡胶轮转着念头。那时候，坏了一个齿轮就是一场悲剧。那时候，心里所渴望的就是晚上的水和火上烧着的食物。那时候，最需要的就是继续前进的健康，继续前进的力气，以及继续前进的精神。大家的意志都先于自己向西飞驰了，大家的恐惧，从前是为了旱灾或是水灾，现在却总盘旋于足以阻止西行的种种事物之上了。

停宿成了照例的事情——每次停宿都标志着一天短短的旅程的结束。

在路上，有些人家经不住他们所受的虚惊，便连日连夜地赶路，间或停下来在车上睡一觉，随后又像逃命似的向西部开去。这些人家渴求安居的念头太迫切了，所以他们便把脸尽对着西部，一路逼着那轧轧响着的发动机不住地转动，把车子向西开去。

但是大多数人家都变了，他们很快就习惯于新生活了。每到太阳落下的时候——

就是找地方停宿的时候了。

看——前面有几个帐篷呢。

汽车开出路面停下来；因为已经有别的人家先在那里，只好客气一番。于是那一家之长的男人便从汽车里探出头来。

我们可以停在这里过夜吗?

当然可以，欢迎得很。你们是从哪一州来的?

从阿肯色一路赶来的。

那边第四个帐篷里也有阿肯色人呢。

真的吗?

于是又提出那个重要的问题，水怎么样?

噢，水的味道不怎么好，可是多倒还多。

噢，谢谢你。

别客气。

但是礼貌却非有不可。汽车缓慢地开过空地，开到最末一个帐篷边停住了。接着汽车里那些疲累的人爬下车来，把僵硬的身子舒展一下，接着新的帐篷支起来了，孩子们去抬水，年纪大些的男孩去砍柴火。火生起来了，晚饭便下了锅，不是煮，就是煎。先到的人走过来，彼此问过州籍，发现原来是朋友，有时候还会发现是亲戚本家。

俄克拉何马吗？噢，哪个县？

切罗基。

噢，那边我有熟人呢。认识艾伦家吗？切罗基全县都有姓艾伦的。认识威利斯家吗？

噢，当然认识。

于是一个新的单位又形成了。黄昏到了，这新来的一家在天还没黑的时候便和那些停宿的人家结成了一体。家家互相传告：他们都不是外人——都是好人。

我跟艾伦家向来很熟。西蒙·艾伦，老西蒙，跟他的前妻闹翻了。他前妻的娘家在切罗基。她很漂亮，好像——好像一匹小黑马驹。

不错，还有小西蒙，他娶的是鲁道尔夫家的姑娘，是不是？我想是这样。他们搬到伊尼德去了，很不坏——的确很不坏。

艾伦家只有他搞好了。家里还有汽车间呢。

抬好了水，砍好了柴，孩子们便在一个个帐篷之间怯生生地、小心谨慎地走来走去。他们做出一些巧妙的结交朋友的举动。一个男孩走去站在另一个男孩身边，拾起一块石头，仔细查看了一下，在上面吐些唾沫，擦擦干净，又查看查看，直到另一个孩子忍不住发问：你那是什么？

于是随口回答一声：没什么。是块石头。

嗐，那你怎么看得那样出神呢？

我想这里面好像有金子。

你怎么知道？金子在石头里不是金色，是黑的。

是呀，这谁都知道。

我敢说这是黄铁矿石，你把它当作金子了。

你这话不对，因为我爸他见过不少金子，他告诉过我怎么认金子。

你想不想拾一大块金子？

去——吧！那还不如拾一块他妈的顶大的糖啊。

他们不许我骂人，可是我改不了。

我也是。我们到泉水那边去看看吧。

女孩子们彼此见了面，怯生生地夸耀着自己如何讨人喜欢和多么有希望。妇女们急忙在火上做饭，要准备食物给全家人填饱肚子——如果钱多，那就有猪肉——猪肉、土豆和洋葱。主食是荷兰式烘炉烤的面包或是玉米面包，上面还要浇好些卤汁。还有肋条肉或是排骨，外加一罐烧好的茶，又浓又苦的。如果钱紧一点，那就吃油煎面团，煎得又脆又黄，再滴上一点油。

那些很有钱或是花钱花得很糊涂的人家吃着罐头豆子、罐头梨、纸包面包和食品厂制的饼；但是他们只在自己的帐篷里偷偷吃，因为公开地吃这些好东西是不大好的。虽然这样，那些吃煎面团的孩子还是闻出了煮豆子的味道，觉得很不高兴。

等晚饭吃过，碗盏洗好之后，天色已经黑尽了，于是男人们便蹲下来聊天。

他们谈到他们抛下的土地。他们说，不知道那会弄成什么样子。乡下是弄糟了。

也许会复兴起来，只是我们不在那里了。

他们又想着，也许是我们造了什么孽，自己还不知道。

有人对我说，那是政府方面的人，他说，田地张开了大嘴，把你吞掉了。他是政府方面的人。他说，如果你只在地界里面犁田，它就不会张嘴吃人了。我根本就没有机会试试这个办法。而且新来的农场管理员也不是这么做。他掀起的犁沟有四英里长，一直不断，哪怕碰到老天爷，也不拐弯。

他们又叽叽咕咕地谈到他们的家：磨坊底下有一个小小的冷藏间。常常把牛奶藏在那里结乳酪，西瓜也放在那里。中午热得要命的时候上那里面去，那简直凉快极了，叫人称心如意。在那里切开一个西瓜来吃，会把你的嘴都凉坏了，那可真凉呀。槽里的水老是往下滴。

他们还谈到一些挺惨的事：有一个兄弟叫查理，头发像玉米那么黄，已经成年了。手风琴拉得很好。有一天，他耙着地，走过去修整他的田塍。忽然一条响尾蛇蹿出来，马儿受了惊，耙便擦过查理的身上，几个尖齿戳破了他的肚子和肠胃，还刮破了他的脸——唉，老天爷啊！

他们还谈到前途：不知道那边的情况怎么样？

噢，画片上倒是好看得很。我见过一张照片，景致非常好，有胡桃树，有草莓，后面不远的地方，还有一座高山，顶上满是雪。那可真是好看。

我们要是找得到工作，那该有多好。那边冬天也不冷，孩子们上学，路上也不会挨冻。我会留心照顾孩子们，不会让他们再失学了；我自己读书也能读得挺顺畅，可是我到底不像那些常读书的人兴致那么高。

有人会把他的六弦琴拿到帐篷前面，坐在一只木箱上弹奏起来，场子上的人个个都慢慢向他走过去，他们都被他吸引住了。有许多人都会弹六弦琴，但是这个人也许是个风流角色。那可真是够味儿——深沉的琴声响着、响着，悦耳的音调在琴弦上飘荡，好像轻微的脚步声一般。粗大的指头在琴颈上移动。那个人弹着琴，人们缓缓地走到他跟前，直到那圈子越缩越小，于是他唱了一曲《一毛钱的棉花，四毛钱的肉》。周围的人也轻柔地跟着他唱了，于是他又唱了一曲《为什么要剪去头发，姑娘们》。他又用凄切的声音唱了一首歌，叫作《我要离开老得克萨斯了》，这首凄惨的歌是西班牙人还未到来以前就有的，只是当时的歌词是印第安语罢了。

于是这一群人结成一体，成为一个单位了，人们在黑暗中低垂着眼睛，神往于过去的时代，他们的哀愁好像是休息，好像是睡眠。他唱了《麦卡莱斯特的哀愁》，又唱了《耶稣叫我到他的身边》，为的是叫年纪大些的人解一解愁。孩子们听音乐听得打起瞌睡来了，便走进帐篷去睡觉，于是歌声又进入他们的梦里。

过了一会儿，那个弹六弦琴的人站起身来，打了一个哈欠。晚安，老乡们，他说。

大家都说，祝你晚安。

每个人都恨不得自己能弹六弦琴，因为这是很愉快的事。随后人们各自上床睡觉去了，场子上便沉寂下来。头上有猫头鹰飞掠而过，远处有山狗嗥叫，黄鼠狼走进场子里来，寻找零碎的食物——那些蹒跚着的大模大样的黄鼠狼什么都不怕。

夜晚过去了，曙光一出现，妇女们便从一个个帐篷里钻出来，生起火，煮起咖啡。接着男人们也走了出来，在晨光下轻声谈天。

他们说，渡过科罗拉多河，就是沙漠了。到了沙漠上应该当心，千万别陷在那里走不动了。多带些水吧，因为没有水就会陷在那里走不动了。

我打算夜里过沙漠。

我也这么想。白天过去要热死人。

这些人家急忙吃了饭，洗刷好盘碗。帐篷拆下来了。大家忙着动身。太阳升起的时候，停宿的场子已经空了，只有人们丢下的一些乱七八糟的废物。于是这停宿的场子又腾空了，等着在未来的晚上成为一个新的世界。

公路上那些流民的汽车像硬壳虫一般爬行着，无数英里狭窄的混凝土公路在前面伸展着。

第十八章

乔德一家慢慢向西行进，他们进入了新墨西哥的山区，越过了高原的峰峦。他们爬上了亚利桑那的高原，从一个山谷俯瞰着佩恩蒂德沙漠。

一个边界的守兵挡住了他们。

“你们上哪儿去？”

“到加利福尼亚去。”汤姆说。

“你们打算在亚利桑那耽搁多久？”

“我们只是过境，不会多在这儿停留。”

“带着蔬菜和树苗吗？”

“没有。”

“我得把你们的东西检查一下。”

“我告诉过你了，我们没带蔬菜和树苗。”

守兵把一张小小的检查证粘在挡风玻璃上。

“好了。走吧，可是你们最好别停下来。”

“好吧。我们只想赶路。”

他们爬上一些山坡，山坡上满是弯弯扭扭的矮树。经过霍尔布鲁克、约瑟夫城、温斯洛之后，又有一些高树，一辆辆汽车喷着气，吃力地朝坡上爬。接着就到了弗拉格斯塔夫，这是最高的地方。从弗拉格斯塔夫下来，在那些大平原上行驶，公路一直伸展到前面的远处才消失。水逐渐稀少了，要花钱买，五分钱、一毛钱或一毛五分钱一加仑。太阳晒着干燥的多石的原野，前头又有一些嵯峨的乱石高峰，这就是亚利桑那的西界。他们现在逃避着太阳和干旱。他们整夜地开着车，夜间到了山区，他们夜里在崎岖的山路上爬行，暗淡的车灯在路旁的灰白石壁上闪烁着。他们在黑暗中爬过了顶峰，在深夜里慢腾腾地开下坡去，经过了遍地乱石成堆的奥特曼；天亮时，他们便看见下面的科罗拉多河了。他们把汽车开到托波克，在桥头停下来，一个守兵便过来把挡风玻璃上的检查证扯掉了。接着便过了桥，进入沙石遍地的荒原。虽然他们十分疲累，早晨的炎热又正在上升，他们还是停了下来。

爸嚷道：“我们到了——我们到了加利福尼亚了！”他们呆呆地看

着太阳光下闪烁着的沙石，看着河对岸亚利桑那州那些可怕的巉崖。

“我们到沙漠地了，”汤姆说，“我们得开到有水的地方去休息休息。”

公路和河流平行，上午过了不少时候，发动机烧得滚烫的两辆汽车才开到了尼德尔斯，这地方的河水在芦苇丛里迅速地奔流。

乔德和威尔逊两家人开到河边，他们坐在车里看着迷人的河水流过去，绿色的芦苇在流水里微微地晃动着。河边有一处停宿地，搭着十一个帐篷，地面有沼泽地带的水草。汤姆从卡车的车窗里探出头来。“我们在这儿停一停好吗？”

一个在桶里搓衣裳的健壮女人抬起头来望着他。“这地方不是我们的，先生。你要停就请便。有个警察会来查问你们。”说完，她又在太阳底下搓起衣裳来了。

两辆汽车停到低湿草地上的一片空地方。他们把帐篷取下车来，把威尔逊的帐篷搭起来，乔德的大油布也绷在绳子上了。

温菲尔德和露西穿过柳树丛，慢慢走到河边有芦苇的地方。露西兴头十足地说道：“加利福尼亚。这就是加利福尼亚，我们已经到了！”

温菲尔德把一根大芦苇折断，揪了下来，将白色的芯子放在嘴里嚼着。他们走进水里，站着不动，水深差不多只到他们的小腿。

“我们还得过沙漠呢。”露西说。

“沙漠是什么样子的？”

“我不知道。我见过一本图画书上画着沙漠。那儿到处都是骨头。”

“人骨头吗？”

“我想有些是人骨头，多半是牛骨头吧。”

“我们会看见那些骨头吗？”

“也许看得见。我不知道。我们要在夜里过沙漠呢。这是汤姆说的。汤姆说，如果我们白天过沙漠，要热死人的。”

“真舒服真凉快。”温菲尔德说，他的脚指头在水底的沙里拨动，弄得哗啦哗啦地响。

他们听见妈在喊。“露西！温菲尔德！快回来。”他们转身穿过芦苇和柳树，慢慢地走回去。

别的帐篷里都是沉寂的。每逢有汽车开到的时候，帐篷的门帷里便暂时探出几个头来，随即又缩回去。现在这两家的帐篷已经搭好，男人们便聚在一起了。

汤姆说：“我要到河里去洗个澡，洗了澡才睡觉。我们把奶奶抬进帐篷里以后，她怎么样了？”

“不知道，”爸说，“好像是弄不醒她。”他向帐篷那儿抬了抬头。一阵哭哭啼啼、胡言乱语的声音从帆布篷底下传过来。妈连忙走到里面去。

“她醒来了，还好，”诺亚说，“她在卡车上好像嚷了一整夜，她完全神经错乱了。”

汤姆说：“唉！她乏透了。要是不赶快让她好好休息休息，她会支持不住的。她只不过是累坏了。有谁跟我一道去吗？我要去洗个澡，在树荫底下睡一整天。”他走了，别的男人也跟着他一起去。他们在柳树丛里脱掉衣服，随即走到水里去坐下来。他们把脚跟踩进泥沙，撑住身子，只把头露出水面，这样坐了很久。

“哎呀，我早就想这么洗洗了。”奥尔说。他从水底抓起一把沙子，擦了擦身上。他们待在水里，远远地望着那座名叫尼德尔斯的山巅，望着亚利桑那那些白石的高山。

“我们就是从那些山里过来的。”爸出神地说。

约翰伯伯把头钻进水里。“噢，我们来到这儿了。这地方就是加利福尼亚，看样子并不怎么富庶嘛。”

“还没过沙漠呢，”汤姆说，“我听说沙漠是个顶糟糕的地方。”

诺亚问道：“打算今晚穿过沙漠吗？”

“你看怎么样，爸？”汤姆问道。

"噢，我没主意。我们稍微休息休息也好，特别是奶奶。要不然，我倒想早点过了沙漠，安顿下来找事做。大概只剩四十块钱了。等我们大家有事做，挣些钱到手，我就放心了。"

每个人都坐在水里，感受流水的冲击。牧师把双手和两臂浮在水面上。大家的身子从颈项以下和手腕以上都是白的，手和脸却晒成了棕黄色，锁骨那儿都有个棕黄色的V字形。他们用河沙擦着身子。

诺亚懒洋洋地说："只想永远待在这儿。永远在水里待着。永远不挨饿，不发愁。一辈子在水里待着，像一窝小猪在烂泥里懒洋洋地躺着似的。"

汤姆望着河对岸那些嵯峨的山峰和河流下游的尼德尔斯山峰，说道："从来没见过这么险峻的山。这地方真是荒凉得要命。这是一个国家的骨骼。不知道我们能不能找到一个舒舒服服过活的地方，用不着拼命爬山，跟那些乱七八糟的石头打交道。我见过绿油油的原野的画片，那儿有妈说过的那种小房子，白白的。妈一心想要一所白房子。只怕根本没有这种地方。我只见过这样的画片。"

爸说："且等我们到了加利福尼亚再说吧。那时候就会看到好地方了。"

"哎呀，爸！这儿就是加利福尼亚呀。"

两个穿工装裤和汗湿的蓝衬衫的男人从柳树丛里走过来，望着这几个赤条条的男子汉。他们喊道："能游泳吗？"

"不知道，"汤姆说，"我们都没试过。可是坐在这儿倒很舒服。"

"可以让我们也到水里来坐坐吗？"

"这又不是我们的河。我们可以给你们腾出一小块地方来。"

那两个男人脱去裤子，剥掉衬衫，跨进水里。尘沙沾满了他们的腿，直到膝盖；他们的脚让汗水泡得又白又软。他们懒洋洋地坐到水里，没精打采地洗着腰身。他们是父子俩，都让太阳晒坏了。他们随着流水的响声，发出了一些痛苦呻吟。

爸客客气气地问道："上西部去的吗？"

"不。我们是从那边回来的。要回家乡去。我们在那儿挣不到饭吃。"

"老家在哪儿？"汤姆问道。

"潘汉德尔，从潘帕附近来的。"

爸问道："你们在家乡能过活吗？"

"不。可是我们至少能跟认识的老乡们一道饿死。不会跟那些恨我们的人一道挨饿。"

爸说："你知道吧，说这种话的，你是第二个人了。他们恨你们干吗？"

"不知道。"那个人说。他双手捧起河水，擦擦脸，哼着鼻子，嘴里也喷出气来。污水从他的头发里流下来，在他的脖子上淌着。

"这方面的情形，我想多知道一些。"爸说。

"我也这么想，"汤姆接着说，"西部的那些人为什么恨你们？"

那个人用严酷的眼光望着汤姆。"你们要上西部去吗？"

"正在赶路。"

"你们没到过加利福尼亚吧？"

"没有，我们没到过。"

"噢，那就别相信我的话。你们亲自去看看好了。"

"对，"汤姆说，"可是谁都想把自己要去的地方弄明白呀。"

"噢，如果你们真想知道，我这个人，倒是向别人请教过，并且还想过一下。这是个好地方，可是这地方早就让人霸占了。你们过了沙漠，绕过贝克斯菲尔德，就到那一带了。那么漂亮的地方，你可真是一辈子没见过——满眼是果树和葡萄，风景是再好不过了。你们会经过一个平坦的好地方，地下三十英尺还有水，那些地全是荒着的。可是你们要种那些地却办不到。那是土地畜产公司的地，如果他们不打算开种，那些地就只好荒下去。你们要是上那儿去，种上一点庄稼，那你们就会坐牢。"

"你说很好的地？他们没有开种？"

“是的，先生。很好的地，他们不种！是的，先生，这简直会把你气坏，可是你还没亲眼看到什么。那些人眼睛里有一股怪气。他们看看你，他们的脸上好像在说：‘我讨厌你，你这种穷鬼。’会有警察长过来，把你往别处撵。你想在路旁边支帐篷过夜，他们也会把你赶走。从那些人脸上，你就可以看得出他们恨你的神气。还有——我再告诉你一点。他们恨你，是因为他们自己吓坏了。他们知道挨饿的人只要能挣到饭吃，哪怕要吃苦头也不在乎。他们知道那些地老那么荒着是一种罪过，迟早总会有人要种。多么可恶啊！你还没让人家叫过‘俄克佬’呢。”

汤姆说：“俄克佬？那是什么意思？”

“噢，俄克佬的意思本来是说你是俄克拉何马人。现在这个称呼就是说你是个下流杂种。叫你俄克佬，就是说你是个废物。这个称呼本身并没什么不好，只是他们说的时候那股神气太叫人难受。我说的不算数。你们反正得上那儿去。我听说我们的老乡上那儿去的有三十万人——都过着猪一般的生活，因为加利福尼亚一切都有主了。剩下来的什么也没有。占着土地的人拼死也要保住他们的产业，哪怕要把全世界的人杀光也不会放手。可是他们心里也有些害怕，这就使得他们脾气变得很坏。你们得去看看才明白。你们得去听听。地方倒是最美好的地方，你一辈子也难得见到，可是他们那些人对你却不客气。他们又害怕又着急，甚至彼此也不和气。”

汤姆低下头去看看河水，把脚跟插进泥沙里。“假如你找到工作，攒些钱，能不能买一小块地呢？”

那个年长的男人大笑起来，看看他的儿子，他那沉默的儿子也带着一种知根知底的神色咧着嘴笑了。那人说：“你根本就找不到稳定的工作。天天都得抢饭吃。你去干这种活儿，还要遭人家的白眼。你去摘棉花，磅秤一定会靠不住，它们有的可靠，有的不可靠，可是你总觉得一切的秤都有毛病，不知道哪个是可靠的。反正你毫无办法。”

爸慢慢地问道："那边一点好处也没有吗？"

"噢，看倒是好看，可惜没有你的份儿。那边有一个橙子园——你只要一动手，那里有个扛枪的家伙就有权利把你打死。那边有个人，在大口岸开报馆，他就有一百万英亩地……"

凯西连忙抬起头来望着。"一百万英亩？他拿那一百万英亩干什么？"

"我不知道。他的确有那么多地。养着一些牛羊。到处都有人看守着，不让别人进去。他坐着一辆避弹汽车四处逛。他的照片我见过。大胖子，浑身软绵绵的，长着一双难看的小眼睛，嘴巴像屁股眼一样。他很怕死。有一百万英亩地，却老是怕死。"

凯西追问道："他究竟拿那一百万英亩地干什么？他要一百万英亩地干什么？"

那个人从水里拿出他那双泡得发白、起着皱纹的手来摊开一看，缩了缩下嘴唇，把头侧在一边肩膀上。"我不知道，"他说，"我猜他是得了神经病。准是得了神经病。我见过他的照片。他是有神经病的样子。疯癫且刻薄。"

"你说他怕死吗？"凯西问道。

"我听见人家这么说。"

"怕上帝把他收去吗？"

"不知道。反正他害怕就是了。"

"他还担什么心呢？"爸说，"他大概是没什么称心的事吧。"

"爷爷是不怕死的，"汤姆说，"每逢爷爷兴头最大的时候，他简直高兴得要命。有一回爷爷和另外一个人在夜里闯到一堆纳瓦霍人[①]当中去了。他们快活极了，别人对他们那种胡闹的事情，可不会有那股兴头。"

凯西说："我看正是这样。有兴致的人，都是毫无牵挂的；一个又晦

① 在新墨西哥等州保留地的印第安人。

气又孤独又失望的老人——却老是怕死！”

爸问道：“他既然有一百万英亩地，那还有什么失望的呢？”

牧师微微一笑，显出迷惑的神情。他用手撩开浮在水面的一只水虫。“如果他需要有一百万英亩地，才能使自己觉得富足，那么我想，他之所以会有那个需要，就是因为他觉得自己内心太贫乏，既然他内心贫乏，那他就是有了一百万英亩地，也不会感到富足，也许他想到自己没有办法可以感到富足，就觉得失望了吧——当初爷爷死了，威尔逊太太给他让出帐篷来，我看那时候她比那位先生还要富足一些。我并不打算说教，可是我从来没见过一个像野狗一样到处忙着捞钱的人心里不感到失望的。”他嘻嘻地笑了，“这些话像是说教，对不对？”

太阳现在炎热难当了。爸说：“还是蹲在水里好。这太阳真要晒死人。”于是他把身子往后仰，让水在脖子周围轻轻流过。“如果一个人肯苦干，难道他也没办法吗？”爸问道。

那人坐起来，面对着他。“你听我说，先生。我并不是什么事情都料得到。你们到了那边，也许能找到一个安定的工作，那么我就算是撒谎了。不过你们也许老是找不着工作，那又会怪我没警告你们。我老实告诉你们吧，到那边找工作的人多半是非常倒霉的。”他又往水里躺下了。“谁也不能把什么都料到。”他说。

爸转过头来看看约翰伯伯。“你一向少说话，”爸说，“哼，自从我们离开家乡，你还没开过两次口呢。你对这个问题有什么意见？”

约翰伯伯皱起眉头：“我心里一点也没想这些事。我们要上那儿去，是不是？我们在这儿说这些废话，反正也还是不能不去。我们既然要去，那就去了再说。找得到事，我们就去干活儿；找不到事，我们就坐着等。老在这儿说废话，反正是毫无好处的。”

汤姆仰着身子躺下去，衔了满嘴的水，向空中一吐，大笑起来。“约翰伯伯不大说话，说起话来倒很有理。真的！他说得有理。我们今天晚上就上路好吧，爸？”

“也好。早些过了沙漠也好。”

“噢，我要到林子里去睡一觉。”汤姆站起来，从水里走到沙滩上。他把衣服穿到湿漉漉的身上，感到衣服烫人，不由得畏缩了一下。其他的人也都跟着他上了岸。

那个人和他的儿子在水里一直望着乔德家的人走开了。随后那个儿子说：“说不定再过六个月会见到他们，天哪！”

那个人用食指揩揩眼角。“我不应该说那些话，”他说，“人总是喜欢自作聪明，喜欢把一些事情告诉人家。”

“噢，不要紧，爸！那是他们问起的。”

“唔，我知道。可是据那个人说，他们反正是要去的。我告诉他们的话也改不了他们的主意，除非他们还没到那边就碰了钉子。”

汤姆走进柳树丛，爬到一个低低的树荫下躺下。诺亚跟着他走过来。

“要在这儿睡一觉。”汤姆说。

“汤姆！”

“什么？”

“汤姆，我不打算再往前走了。”

汤姆坐了起来。“你这是什么意思？”

“汤姆，我不愿意离开这条河。我要顺着这条河走下去。”

“你疯了。”汤姆说。

“我要找一根绳子。我要钓鱼。人在好好的一条河旁边是不会饿死的。”

汤姆说：“你丢得下家里的人？丢得下妈？”

“我顾不到了。我舍不得离开这条河。”诺亚那双分得很开的眼睛半闭着，“实际情形你是知道的，汤姆。你知道家里人对我都很好。可是他们并没有真把我放在心上。”

“你疯了。”

“不，我没有疯。我知道自己是怎么回事，我知道他们都会难过。可是——哎，反正我不跟你们去了。你告诉妈吧——汤姆。”

“那么，你听我说。”汤姆说道。

“不。那是白搭。我刚才到水里去过。我舍不得离开它。现在我就走，汤姆——顺着河边往下走。我要去捉些鱼虾，我离不开这条河。我离不开。”他从柳荫下爬出来，“你告诉妈吧，汤姆。”于是他走开了。

汤姆跟着他到了河岸。“听我说，你这大傻瓜……”

“说也没用，”诺亚说，“我很难过，可是顾不到了。我非走不可。”他急忙转过身，沿着河边朝下游走去。汤姆想跟上他，随即又站住了。他看见诺亚在树丛中钻进钻出，顺着河边走。他看见诺亚在河边走着，身子越来越小，终于钻进柳树丛不见了。汤姆脱去便帽，搔搔头皮。他走回他的柳荫下，躺下来睡觉。

奶奶躺在那绷着的大油布下面的床垫上，妈坐在她身边。空气热得闷人，苍蝇在帆布篷的阴影里嗡嗡地飞着。奶奶光着身子，盖着一条淡红色的长窗帘。她把苍老的脑袋急躁地来回晃着。她喃喃地念叨着，噎着嗓子说不出话来。妈坐在她旁边的地上，拿一块硬纸板赶着苍蝇，在那憔悴而衰老的脸上扇起一阵热风。罗莎夏坐在另一边，望着她的母亲。

奶奶急切地嚷道：“威尔！威尔！你过来，威尔。”她睁开了眼睛，凶恶地四下张望着。“我叫他马上过来，”她说，“我要抓住他。我要揪掉他的头发。”她闭着眼睛，把头来回地摇动，用混浊的声音喃喃地嘟囔着。妈用厚纸板扇着。

罗莎夏无可奈何地望着老奶奶。她低声说：“她病得厉害呢。”

妈抬起头来望着女儿的脸。妈的眼神是有耐性的，但是额头上却有焦虑的皱纹。妈在空中扇来扇去，手里的厚纸板吓跑了苍蝇。“罗莎夏，你小时候，我们经历的一切事都是和别人不相干的。什么都是孤孤单单的。我知道，我记得，罗莎夏。”她很喜欢叫女儿的名字，“现在你又要生孩子了，罗莎夏，你也会觉得孤零零的，没人理会。这会使你心里难受，而且难受也只好独自熬着；连这个帐篷在世界上也是孤零零的，罗莎夏。”她又把空气扇动了一会儿，赶跑了一只嗡嗡叫着的绿头大苍蝇，那只晃亮的大苍蝇围着帐篷飞了两圈，便往炫目的阳光中飞去了。妈又接着说：“现在年头要变了，到了那时候，死一个人是大家的事，生一个孩子也是大家的事，生孩子和死人都是大家的事。那时候一切事情都不那么孤单了。那时候心里有什么难受的事情，也就不会那么太难受，因为难受的事已经不是一个人的事了，罗莎夏。我总想给你说明白这个道理，可是我又说不清楚。”她的声音非常柔和，充满了慈爱，罗莎夏听了，不由得淌下泪来，眼睛被泪水弄得迷迷糊糊的。

“拿这东西给奶奶扇一扇吧，”妈说着，随即把厚纸板递给了她的女儿，“这是该做的好事情。我总想给你说明白这个道理。”

奶奶闭着眼睛，皱着眉头，像羊叫似的叨念道：“威尔！你真脏呀！你一辈子也干净不了。”她把满是皱纹的手指头伸上来搔搔腮帮子。一只红蚂蚁爬上了老太太盖的窗帘布，在她的脖子上松松的皮肤缝里爬着。妈连忙伸过手去，捉住蚂蚁，用拇指和食指掐死了它，又在自己衣服上擦擦手指。

罗莎夏摇着那把厚纸板的扇子。她抬头看看妈。“她……”她的话在喉咙里哽住了。

“把你这双脚擦一擦，威尔——你这龌龊的猪猡！”奶奶嚷道。

妈说：“不知道会怎样。我们把她搬到凉快点的地方去，也许要好一些，可是那样也不知道会怎么样。你别发愁，罗莎夏。你要吸气就吸气，要出气就出气吧，不用太紧张。”

一个穿黑色破衣服的大个子女人向帐篷里张望了一下。她的眼睛烂了，看不清东西，脸上的皮肤松弛地向下垂着。她的嘴唇也是松弛的，因此上唇像个门帘似的遮住了牙齿，下唇因为太重，向外卷着，露出下边的牙肉来。“你好，大嫂，”她说，“你好，上帝保佑。”

妈张望了一下。“你好。”她说。

那个女人弯着身子钻进帐篷来，低头望着奶奶。“我们听说你们这儿有人快要升天了。上帝保佑！”

妈的脸色紧张起来，她的眼光也变得严峻了。“她累了，不要紧，”妈说，“她在路上吃了苦头，受了热，累倒了。她只不过是累倒了。稍微休息一会儿，她就好了。”

那个女人弯下身去，靠近奶奶的脸，好像想要闻一闻。接着她转过头来望着妈，迅速地点点头，她的嘴唇微微扭动着，脸上的肉也在颤抖。“一个亲爱的人快要升天了。”她说。

妈大声说：“不会的！”

这回那个女人慢慢地点点头，把一只肥大的手按在奶奶的额头上。妈伸手要把那只手拉开，但是她连忙控制了自己的冲动。“是的，没错，大嫂，”那女人说，“我们帐篷里有六个信徒。我去叫他们来，做一场祷告。都是福音会的教徒，连我六个。我去叫他们来。”

妈板起了脸。“不——不，”她说，“不对，奶奶是累了。做祷告，她可受不了。”

“受不了祈祷？受不了耶稣的柔和的声息？你说的是什么话呀，大嫂？”那女人说。

妈说：“不，别在这儿做。她太累了。”

那女人见怪似的望着妈。“你们不是信徒吗，大嫂？”

“我们一向是信教的，”妈说，“可是奶奶累了，我们赶了一夜的路。我们不想麻烦你们。”

“并不怎么麻烦，即使是麻烦，为了一个升天的灵魂，我们也情愿帮忙。”

妈爬起来跪着。“谢谢你，”她冷冰冰地说，“我们不要在这个帐篷里做什么祷告。”

那个女人向她望了好一会儿。“哎，我们不愿意眼看一个姐妹去世，不给她祷告一下。我们可以在我们自己的帐篷里做祷告，大嫂。我们可以宽恕你的硬心肠。”

妈又坐下来，把脸转向奶奶，奶奶的脸还是绷得紧紧的。“她累了，”妈说，“她只不过是累了。”奶奶把头来回摆动，嘴里轻轻地念叨着。

那个女人很不自在地走出了帐篷。妈继续低头望着那张苍老的脸。

罗莎夏扇着厚纸板，使热空气流动着。她叫了一声：“妈！”

“什么？”

“你怎么不让他们来做祷告呢？”

“我也不知道，”妈说，“福音会的教徒都是好人。人家办丧事的时候，他们很会号哭，很会跳。不知怎么的，我心里有一股说不出的味道。我觉得我会受不了。我的心会碎的。”

不远的地方传来了一阵祈祷开始的声音，那是一片劝人为善的吟唱声。词句并不清楚，只听见吟唱的调子。那声音时起时落，一阵高似一阵。后来吟诵声暂停的时候，有人发出应唱的声音，于是劝善的声调便高昂起来，显得劲头很足，成了一阵有力的吼声。吟诵的声音洪亮起来，又暂停一下，应唱的声音也成为吼声了。于是劝善的句子逐渐变短，而且严厉起来，好像命令似的；应唱的声音里有了诉苦的调子，节奏变得急促起来。男男女女的声音汇成了一片，但是在一阵应唱的低吟声中忽然有一个女人哭诉的声音越来越高，凶猛得像野兽嚎叫一般；她旁边另外有一个女人发出一阵比较深沉的犬吠似的吼声，还有一个男人像一只狼似的吼叫，盖过了一切的声音。劝善的吟诵声终于停止了，只剩下一阵狂吼从那帐篷里传过来，同时还有一阵脚步踏地的沉重的声响。妈微微地发抖了。罗莎夏的气息急促而带喘，那阵齐声的号叫继续了很久，好像要把肺都炸破似的。

妈说："听得叫我心慌。我觉得有些不大对劲儿。"

后来那响亮的吼声变成了神经质般的惊叫，像一只鬣狗的尖叫声一般，踏脚的响声也越来越大了。众人的喉音嘶哑下来，齐声的吟唱成了呜咽的低腔，同时还有拍打肉体和在地上跺脚的声音；于是低泣声变成了低微的哀号，好像一群小狗围着一盆食料叫唤的声音一般。

罗莎夏神经紧张地低声哭泣起来。奶奶踢开窗帘布，露出了她那两条像多节的灰色柴棒似的腿。她跟着远处传来的哀号声，也呜呜地号叫起来了。妈把窗帘布拉回原处。于是奶奶深深地叹了口气，呼吸变得平稳而自在了，她那闭上的眼皮也不跳动了。她睡得很熟，从半张着的嘴里发出鼾声。远处传来的号哭声越来越低，终于一点也听不见了。

罗莎夏两眼淌着泪，呆呆地望着妈。"这是有好处的，"她说，"这对奶奶有好处。她睡着了。"

妈低着头，觉得有些惭愧。"也许我对不起那些好人。奶奶睡着了。"

"你既然有了罪，怎么不向牧师说说？"女儿问道。

"我要找他谈——可是他是个古怪人。我叫那些人别上这儿来，也许就是因为听了他的话。那牧师，他胡思乱想，以为人们所做的事都是对的。"妈看看自己的一双手，接着又说，"罗莎夏，我们该睡了。如果今天夜里要赶路，我们就该睡觉了。"于是她在床垫旁边的地上躺下来。

罗莎夏问道："要不要再给奶奶扇扇？"

"她现在睡着了。你躺下来休息休息吧。"

"不知道康尼在哪儿，"女儿抱怨道，"我好久都没看见他了。"

妈说："嘘！休息休息吧。"

"妈，康尼要在夜里读书，学点本事呢。"

"知道了。你早就对我说过了。休息休息吧。"

那姑娘在奶奶的床垫边上躺下来。"康尼订了一个新计划。他时刻都在盘算。等他学好了电学，他打算自己开店，那时候，你猜我们打算买什么？”

“买什么？”

“冰——要多少就买多少。打算买一个冰箱。把冰盛满了。有了冰，东西就不会坏了。”

“康尼时刻都在盘算，”妈咻咻地笑了，“现在你最好还是休息休息吧。”

罗莎夏闭上了眼睛。妈翻过身来仰卧着，双手交叉地枕着头。她静听着奶奶的声息和女儿的声息。她举起一只手来扑打额角上的一只苍蝇。在使人昏昏然的热气中，帐篷里沉寂无声，热乎乎的草地上，蟋蟀的叫声和苍蝇的嗡嗡声也和沉寂差不多。妈深深地叹了口气，打了个哈欠，便把眼睛闭上了。在那半睡半醒的状态下，她听见一阵脚步声过来，但是把她吵醒的却是一个男人的声音。

“谁在这儿？”

妈连忙坐起来。一个酱黄色面孔的男人弯下腰来，向里面张望了一下。他穿着皮靴和卡其布裤子，卡其布的衬衫上缀着肩章。皮带上佩着手枪套，衬衫上靠左胸的地方别着一颗大大的银星章。软顶的军帽戴在后脑上。他用手在油布篷上拍了一下，那绷紧的帆布像鼓一样震动起来。

“谁住在这儿？”他又问道。

妈问道：“你要干什么，先生？”

“你想我要干什么？我要知道谁住在这儿。”

“噢，这儿只有我们三个。我、奶奶和我女儿。”

“你们家的男人在哪儿？”

“噢，他们到河里洗澡去了。我们赶了一夜的路呢。”

“你们从哪儿来的？”

“俄克拉何马，离萨利索不远。”

“噢，你们不能在这儿停留。”

“我们打算今晚过沙漠，就要走了，先生。”

“噢，那就好了。如果明天这时候你们还在这儿，那我就要把你们抓走。我们不许你们任何一个在这儿住下来。”

妈气得脸上发青。她慢慢地站起来。她到炊具箱跟前弯腰取出一只长把短脚的小铁锅。“先生，”她说，“你戴着徽章，还有手枪。你要问我从哪儿来，说话应该客气点儿。”她拿着铁锅向他冲过去。他从枪套里拔出了手枪。“你开枪吧，”妈说，“吓唬女人家。幸亏男人都不在这儿。他们会把你撕成碎块的。要是在我们家乡的话，你说话可得当心些。”

那人退后了两步。“哼，你们现在并不是在你们的家乡呀。你们到加利福尼亚来了，我们不要你们这些讨厌的俄克佬住下来。”

妈的进攻停止了。她显出惶惑的神气。“俄克佬？”她低声说，“俄克佬。”

“是呀，俄克佬！如果我明天来的时候，你们还在这地方，我一定要把你们抓走。”他转身去到另一个帐篷，用手在那帆布篷上砰砰地敲了两下。“谁住在这儿？”他说。

妈慢慢地回到油布篷底下。她把那只小锅放回炊具箱，慢慢地坐下来。罗莎夏偷偷地看着她。一看到妈脸上气得受不了的神色，她就闭上眼睛，假装睡着了。

下午的太阳落下去了，可是热气好像并没有减退。汤姆在柳树底下醒过来，嘴里发干，身上满是汗，头也因为没有休息好，有些不舒服。他摇摇晃晃地站起来，向水边走去。他脱去衣服，跨到河里。刚一进水，他的渴意就消除了。他向后仰卧在浅水里，让身子浮起来。他用胳膊肘抵住河沙，把身子撑住，眼睛望着那些钻出水面的脚趾。

一个苍白瘦小的男孩像一只动物似的从芦苇丛中爬出来，把衣服脱掉。他像麝鼠似的蠕动着身子，钻进水里，又像麝鼠一般游泳，只有眼睛和鼻子露出水面。他忽然看见了汤姆的头，看见汤姆正注视着他。他停止了游戏，坐直了身子。

汤姆叫了一声："喂！"

"喂！"

"你好像是在学麝鼠玩呢。"

"唔，是的。"他侧着身子，一点一点地向岸边游去。他随意移动着，接着便从水里跳出来，两臂一甩，捧起衣服，便走进柳树丛不见了。

汤姆暗自笑了笑。随后他听见有人在尖声唤他的名字。"汤姆！啊，汤姆！"他在水里坐起来，从牙齿缝里吹着口哨，吹得尖声刺耳，末尾还卷一卷舌头，带点花腔。柳树在迎风摇摆，露西站在那里望着他。

"妈叫你，"她说，"妈叫你马上就去。"

"好。"他站起来，从水里迈开脚步，走上岸去；露西看着他那赤裸裸的身子，感到又有趣又惊奇。

汤姆觉察了她的眼光的方向，说道："你先去。快走！"于是露西便跑开了。汤姆听见她一边走一边兴奋地喊温菲尔德。他把烫人的衣服穿到他那凉爽的、透湿的身上；接着，他便穿过柳树丛，慢慢地向帐篷走去。

妈已经用干柳树枝生了火，烧着一锅水。她看见他的时候，脸上显出了宽慰的神色。

"什么事，妈？"他问道。

"我很担心，"她说，"有个警察上这儿来过。他说我们不能在这儿住下。我生怕他对你说话。生怕他对你谈起话来，你就会打他。"

汤姆说："我干吗要打警察？"

妈微笑了。"嗐——他说话的神态真可恶——我自己也差点儿要打他了。"

汤姆抓住她的臂膀，任性地把她使劲摇了几下，哈哈大笑起来。他在地上坐下以后，还是不停地笑。"哎呀，妈。你脾气好的时候，我是很了解你的。现在你怎么变了？”

她显出严肃的神情。“我自己也不知道，汤姆。”

“头一回你拿铁扳手对付了我们，现在又要动手打警察了。”他柔和地笑了一阵，伸出手去轻轻地拍拍她的光脚。“真是个泼辣的老太婆。”他说。

“汤姆。”

“什么？”

她迟疑了好一会儿。“汤姆，这个警察——他叫我们——俄克佬。他说：‘我们不许你们这些讨厌的俄克佬住下来。’”

汤姆查看着她的神情，他的手还是按在她那只光脚上。“这话有人说过，”他说，“他们说这种话的神气，已经有人告诉过我们了。”他沉思了一下，又说：“妈，你说我是个坏蛋吗？应该像上回那样——给关起来吗？”

“不，”她说，“你是让人家逼的——不该让他们关起来。你问我这个干吗？”

“噢，我也不知道。我恨不得给那警察一拳。”

妈称心地笑了。“也许我应该问问你想不想打他，因为我自己也差点儿用小铁锅打他了。”

“妈，他为什么说我们不能在这儿停留？”

“他只说他们不许讨厌的俄克佬住下来。说明天我们如果还在这儿，他就要把我们抓走。”

“可是我们向来没有让警察撵着到处跑过呀。”

“这我对他说过了，”妈说，“他说我们现在不是在家乡了。我们是在加利福尼亚，他们想要怎么办，就可以怎么办。”

汤姆不自在地说：“妈，我有件事要告诉你。诺亚——他一直顺着河往下游走去了。他不肯再跟我们一道去。”

妈过了好一会儿才听明白他的话。“为什么？”她低声问道。

“我也不知道。他说他是不得已。他说非留在这儿不可。他叫我告诉你。”

“他吃什么呢？”她追问道。

“我也不知道。他说要捉鱼。”

妈沉默了好一会儿。“一家人要拆散了，”她说，“我真不知怎么办才好！唉唉，我好像是再也不能往下想了。简直不能想。伤脑筋的事太多了。”

汤姆勉强说了一声：“他可以活下去的，妈。他是个有趣的家伙。”

妈把一双发呆的眼睛转过去望着那条河。“我简直不能再往下想了。”

汤姆顺着一排帐篷望过去，看见露西和温菲尔德站在一个帐篷前面，一本正经地跟帐篷里的一个人谈着话。露西把她的裙子拿在手里扭着，温菲尔德用脚趾在地上掘着洞。汤姆喊道：“露西，过来！”她抬头一望，看见了他，便三脚两步地朝他跑来，温菲尔德跟在她后面。等她跑到了，汤姆说：“你去把我们家里的人叫来，他们都在柳树底下睡觉。叫他们过来。你呢，温菲尔德，你去告诉威尔逊先生和他太太，说我们就要动身了。”两个孩子转身飞快地跑去了。

汤姆问道：“妈，奶奶现在怎么样？”

“噢，她今天睡了一觉，也许好些了。她现在还在睡。”

“那就好。我们还有多少猪肉？”

“没有很多了。还有小半头猪。”

“噢，我们得把那只空桶子盛满水才行。得带水到路上用。”他们听得见露西在尖声叫柳树丛里的人。

妈把柳枝投到火里，使火在黑锅子周围毕毕剥剥地烧起来。她说：“我向天祈祷，但愿我们能好好休息一下。我真希望我们能在一个好地方躺下来睡一觉。”

太阳在西面那些晒热了的崎岖不平的小山背后沉下去了。火上的锅子沸腾了。妈走到油布篷底下，用围裙兜了许多土豆出来，把土豆倒进开水里。“我向天祈祷，希望能让我们洗几件衣服。我们身上从来没有这样脏过，连土豆也没洗就放进锅里去煮了。我不知道这是为什么，我们好像已经让人家挖掉了心似的。”

男人们从柳丛下结队走回来，他们还没有睡醒，他们的脸都因为午睡而发红，并且有些肿胀。

爸说：“什么事？”

“我们要动身了，”汤姆说，“警察说我们得赶快走。还是早些过沙漠好。开车的时候小心一点，也许可以开过沙漠。离我们要去的地方还有三百英里光景。”

爸说：“我还以为我们可以休息一下呢。”

“那不行。我们非走不可，爸，”汤姆说，“诺亚不肯一道走。他刚才顺着河往下游去了。”

“不肯走？他妈的，这是怎么回事？”于是爸责备他自己。“只怪我，”他懊丧地说，“那孩子不好，全怪我自己。”

“不。”

“我不愿意再谈这个了，”爸说，“我不能说什么——是我的过错。”

“噢，我们得动身了。”汤姆说。

威尔逊走来告别。“我们走不成，老乡，”他说，“赛莉病倒了。她得休息休息才行。她过沙漠恐怕活不了。”

他们听了他的话，都没作声。后来汤姆说：“警察说如果我们明天还在这地方，他就要把我们抓走。”

威尔逊摇摇头。他的两眼闪出忧虑的神情，他的黑皮肤里露出了苍白的颜色。“那也只好由他了。赛莉反正走不成。如果他们要叫我们坐牢，那也只好随他们的便。她必须休息休息，养养精神才行。”

爸说："也许我们最好还是等着，大家一同走吧。"

"不，"威尔逊说，"承你们的情，待我们很好，可是你们不能耽搁在这儿。你们应该继续往前走，早些找工作。我们不能让你们耽搁下来。"

爸激动地说："可是你们什么也没有了呀。"

威尔逊微笑了一下。"跟你们一路来的时候，早就什么都没有了。这不关你们的事。别叫我心里难受，你们得赶快走，否则我要急死了。"

妈招手叫爸到油布帐篷里去，轻声地对他说话。威尔逊向凯西转过身来。"赛莉想请你去看看她。"

"好吧。"牧师说。他走到威尔逊的灰色小帐篷跟前，掀开门帷，走了进去。帐篷里又暗又热。床垫铺在地上，东西还是照早上搬下车来的时候一样乱放在各处。赛莉躺在床垫上，眼睛发亮，睁得很大。凯西站在那里低下头去望着她，他垂着大脑袋，脖子两边暴出的筋肉绷得很紧。他把帽子脱下来拿在手里。

她说："我丈夫已经对你说过我们走不成了吧？"

"他说过了。"

她那低微清脆的声音又继续往下说："我主张我们也走。我知道我自己过沙漠是活不成的，可是他好歹可以过去。可是他不肯走，他不明白。他以为我的病养得好。他不明白。"

"他说他不能走。"

"我知道，"她说，"他固执得很。我请你来做做祷告。"

"我并不是牧师，"他温和地说，"我的祷告不中用。"

她用舌头润润嘴唇："当初那个老人死的时候，我也在场。那时候你做过祷告的。"

"那并不是什么祷告。"

"那是祷告。"她说。

"那不是牧师的祷告。"

“那可是很好的祷告。我就要请你做个那样的祷告。”

“我不知道说什么才好。”

她把眼睛闭了一会儿，随即又睁开来。“那么你自己在心里祷告一下好了，不用编什么话。那就行了。”

“我没有上帝。”他说。

“你有上帝。你要是不知道上帝是个什么模样，那也没关系。”牧师低下头来。她担心地望着他。等他再抬起头来的时候，她显得宽心了。“这很好，”她说，“我正是需要这个。有个人在身边——做做祷告。”

他摇摇头，仿佛要唤醒自己似的。“我不懂这是怎么回事。”他说。

她回答道：“噢，你知道，是不是？”

“我知道，”他说，“我知道，可是我不明白。也许你休息几天就可以跟着来了。”

她慢慢地摇摇头。“我的病痛表面看不出来。我知道这是什么病，可是我不告诉他。他一知道就会很难受，他本就不知如何是好。也许就在夜里，在他睡着的时候——他醒过来知道，也就不至于怎么难受了。”

“你想要我陪着你们，不跟他们走，是不是？”

“不，”她说，“不。我小时候时常唱歌。邻近的人常说我唱得像珍妮·林德[①]那么好。我唱歌的时候，大家都爱来听。他们站在那儿，我唱着歌，那时候跟他们就特别亲近，你真想不到有多么亲昵。我非常高兴。大家也难得那么高兴，那么亲近——许多人站着，我唱着歌，多好！那时候我心里想，我也许可以上舞台唱歌，可是我从来没上过舞台。不过我已经心满意足了。我跟他们之间是毫无隔阂的。就因为这个，我才要你来做祷告。我只想再尝尝当初那种亲密的滋味。唱歌和祷告是一样的，完全一样。只可惜你听不到我唱歌了。”

---

① 珍妮·林德（1820—1887），瑞典花腔女高音歌唱家，1850—1852 年在美国举办巡回独唱音乐会，引起轰动。

他低下头去望着她，望着她的眼睛。“再会吧。”他说。

她慢慢地来回摇着头，紧闭着嘴唇。牧师从阴暗的帐篷里出来，走到耀眼的阳光里。

男人们正在把行李搬上卡车，约翰伯伯站在顶上，其余的人把物件递给他。他把行李细心地放好，弄得面上平平的。妈把小半桶腌猪肉倒进一只铁盆，汤姆和奥尔便把那两只小桶带到河里去洗刷。他们把那两只桶拴在脚踏板上，用提桶打了水来盛满了。接着他们又用帆布扎住桶口，免得里面的水荡出来。只有油布和奶奶的床垫还没有装上车去。

汤姆说：“我们装了这么多东西，这辆旧车会把车头烧坏的。我们得多带些水才行。”

妈把煮熟的土豆递给大家，又从帐篷里拿出半袋土豆来，跟那盆腌肉放在一处。一家人都站在那里吃，两只脚来回地替换着，手里拿着热土豆，翻来覆去地摆弄，使它冷下来。

妈到威尔逊的帐篷里去待了十分钟，然后不声不响地走出来。“可以动身了。”她说。

男人们走到油布篷底下。奶奶还在睡，她的嘴张得很大。他们把整个床垫轻轻地抬起来，放到卡车上。奶奶缩一缩她那双瘦削的腿，在睡眠中皱一皱眉，却没有醒。

约翰伯伯和爸爸把油布绷在撑竿上，在行李堆上做了一个小小的帐篷。他们用绳子把它拴在车挡上。于是他们准备好了。爸拿出他的钱包来，从里面掏出两张破钞票。他走到威尔逊跟前，把钞票递给他。“这个请你收着，还有”——他指着猪肉和土豆——“还有那个。”

威尔逊把头低下来，使劲地摇着。“这我可不能要，”他说，“你们自己也不多了。”

“我们带的足够对付到那边，”爸说，“我们并没全给你们留下。我们到那边就可以做工。”

“这我可不能要，”威尔逊说，“如果你硬要我拿，那我就生气了。”

妈从爸手上接过那两张钞票。她把钞票折得整整齐齐，放在地上，又把盛猪肉的盘子压在上面。“就放在这儿，”她说，“如果你不拿，别人会拿走的。”威尔逊仍旧低着头，他转身向他的帐篷走去；他跨进帐篷，随手把门帷放下了。

一家人等了几分钟，随后汤姆说：“我们得动身了。我想快四点了。”

一家人爬上了卡车，妈在车顶上，守在奶奶身边。汤姆、奥尔和爸都坐在司机座上，温菲尔德坐在爸膝上。康尼和罗莎夏在背靠司机台的地方为自己隔了一个小窝。牧师、约翰伯伯和露西横七竖八地倒在行李上。

爸喊道：“再会，威尔逊先生和太太。”帐篷里没有回答。汤姆开动了发动机，卡车便隆隆地驶去了。他们爬上了那条崎岖的路，向尼德尔斯和公路开去的时候，妈朝后面望了一望。威尔逊站在他的帐篷前面，瞪眼望着他们，帽子拿在手里。太阳正照着他的脸。妈向他挥挥手，可是他没有反应。

汤姆为了要保护车上的弹簧，在崎岖的路上只让卡车开着二挡前进。一到尼德尔斯，他便把卡车开进服务站，检查了一下旧车胎是否走了气，又把拴在车后面的备用车胎检查了一遍。他把油箱装满了，还买了两听五加仑装的汽油，一听两加仑装的机油。他把水箱灌满了水，借了一张地图，研究了一番。

服务站上穿白制服的服务员在他们没有付账以前似乎有些不放心。他说：“你们真是有胆量。”

汤姆从地图上抬起头来望了望。“你这是什么意思？”

“嗐，乘这样的老爷车过沙漠。”

“你过过沙漠吗？”

“好几次了，可是没坐过这样破的汽车。”

汤姆说："如果我们的车子半路上坏了，也许有人会帮我们的忙。"

"唔，也许。不过人家总是怕在夜里停车的。我就怕碰上这种事。那得有胆量，我可不行。"

汤姆咧着嘴笑了笑。"到了无可奈何的时候，做起事来也就用不着什么胆量了。好吧，谢谢你。我们对付着往前开吧。"于是他爬上卡车，开着走了。

穿白制服的服务员走进铁皮房子去，他的助手在那里忙着看一本发票簿。"天哪，他们那副寒碜相多可怜呀！"

"是说那些俄克佬吗？他们都是怪寒碜的。"

"哎，那么破的汽车，我可不敢坐。"

"噢，你我是有头脑的。那些讨厌的俄克佬可没脑筋，也没什么情感。他们根本没有人性。是人就不会像他们那样过活。是人就受不了那种龌龊和倒霉的活罪。他们比大猩猩强不了多少。"

"幸好我不用坐这种哈得逊六汽缸大卡车过沙漠。开起来像打麦机那么响。"

另外那个服务员低着头看发票簿。一大颗汗珠从他指头上滚下来，直落到粉红色的发票上。"你知道，他们并没多大的苦恼。他们笨得很，不知道这是有危险的。天哪，他们太没脑子了。你何必为他们发愁呢？"

"我并不是发愁。我不过心里在想，如果是我，我就不肯开这种车子。"

"这是因为你的脑子比他们清楚。他们是糊里糊涂的。"他用袖子揩掉了粉红色发票上的汗。

卡车顺着大路，穿过了嵯峨的岩石，往长长的山坡上开去。发动机很快就烧烫了，汤姆便把车开得慢了些。卡车朝长山坡上开去，弯弯曲曲地穿过了一片荒凉地带，那地方被太阳晒成了一片灰白，没有丝毫生气。汤姆在半路上停了几分钟，使发动机冷一冷，随即又继续前进。他们在太阳还没落山的时候开到了山顶的隘口，望着下面的沙漠——远处是一道黝黑的山岭，黄色的太阳照射在灰白的沙漠上，反射出光。枯槁的山艾和灌木小丛林在沙子和碎石上投下了大片的阴影。耀眼的太阳一直在前头照着。汤姆把手举到眼睛上面，遮住阳光往前看。他们开过了山隘，便关上机器往下溜，使发动机冷却。他们开下了长长的山坡，到了沙漠地区。车头里的电扇不停地转着，把水箱里的水吹冷。在司机座上，汤姆、奥尔、爸和爸膝上的温菲尔德，都望着那晃亮的西落的太阳，他们的眼睛都是呆滞的，他们的棕色的脸都冒着汗。被太阳晒得寸草不生的地带和黝黑的群山隔断了平坦的远景，使它在落日的红光下显得可怕。

奥尔说："天哪，多么可怕的地方！你敢走过去吗？"

"人家走过，"汤姆说，"有很多人走过；只要他们过得去，我们也就能过去。"

"一定有许多人半路上死掉了。"奥尔说。

"噢，我们一路来也不见得完全平安无事呀。"

奥尔沉默了一会儿，发红的沙漠往后面掠过去了。"你看我们还可以再见到威尔逊他们吗？"奥尔问道。

汤姆的眼睛瞟了一下油量表。"我估计威尔逊太太活不长了。我有这种预感。"

温菲尔德说："爸，我要下车。"

汤姆歪过头去望了他一下。"现在也许应该先让大家下一趟车，到晚上再一直往前开。"他使汽车慢下来，把车停住。温菲尔德爬下去，在路边撒了尿。汤姆把头探出车去。"还有别人要下车吗？"

"我们还憋得住呢。"约翰伯伯大声说。

爸说："温菲尔德，你爬到行李上面去。你坐在我身上把我的腿压麻了。"那孩子扣好了他的工装裤，服服帖帖地从车后的挡板爬上去，用手和膝盖爬过奶奶的床垫，凑到露西身边。

卡车一路前进，一直开到黄昏时分，太阳的边缘触到嵯峨的地平线，使沙漠变成了一片红色。

露西说："不让你坐在那儿了吗，呃？"

"我不愿意坐在那儿。那儿没这儿舒服。那儿不能躺下。"

"喂，你别这么哇啦哇啦，老打搅我，"露西说，"我要睡觉，等我醒来，我们就到那边了！汤姆是这么说的！一到那边，看见那漂漂亮亮的地方，多有趣！"

太阳落下去，在天空留下一个大光轮。油布篷底下很暗了，好像变成了一个长形的洞，只有两端透进一点光线来——一道平面三角形似的光线。

康尼和罗莎夏靠着司机台的车壁，油布篷口刮下来的热风吹打着他们的后脑，同时油布篷在他们上面哗啦哗啦地直响。他们低声谈着话，在油布篷的响声下，谁也听不见谁说话。康尼说话的时候，总是转过头去，附着她的耳朵说，她对他说话也是一样。她说："我们除了赶路，好像什么也干不了。我真是累极了。"

他转过头去对着她的耳朵。"也许到了早上就行了。现在你想不想来一下？"在昏暗中，他伸出手去，摸摸她的屁股。

她说："别这样。这会叫我发疯的。别这样。"于是她便转过头去，听他的回答。

"且等大家睡着了再说吧。"

"也好，"她说，"可是得等他们睡着了才行。你简直叫我难受死了，也许他们都睡不着呢。"

"我简直憋不住了。"他说。

"我知道。我也一样。我们来谈谈我们到那边以后的事情吧，你离开点，别叫我难受了。"

他挪开了一些。“噢，到了那边我就要在晚上去读书。”他说。她深深地叹了一口气。“我要买一本登着函授广告的书，把广告剪下来。”

“要多少时间呢，你想？”她问道。

“什么多少时间？”

“要多少时间，你才能挣大钱，我们才可以买冰呢？”

“难说得很，”他神气十足地说，“那可说不准。大约到圣诞节总该可以学得好吧。”

“你学成功了，我们就可以买冰和别的东西了，我想。”

他咯咯地笑了起来。“现在这里天气热，”他说，“到了圣诞节，你还要冰干什么？”

她哧哧地笑了。“这话倒不错。可是我一年到头都喜欢冰。喂，别这样。叫我难受死了！”

黄昏变成了黑暗，沙漠上面宁静的空中闪烁着一些星星，光彩刺目，天空像天鹅绒一般。热气也变了。太阳当空的时候，炎热鞭笞着肌肤，现在热气却来自地面，从大地上升起，这种热气是浓厚而且叫人发闷的。卡车的车灯射出了光线，照耀着前面公路上的一小块地面和公路两旁的一条沙漠。有时候，远在前头的灯光里闪出一些眼睛，可是光里却没有现出动物的身子。现在油布篷底下已经漆黑了。约翰伯伯和牧师蜷缩在卡车的中部，支着两肘，呆呆地望着后面那个三角形敞口。他们在外面射进来的亮光里看见两堆东西，那就是妈和奶奶。他们看得见妈间或移动一下，看得见她那黑黑的臂膀衬托着外面的微光动来动去。

约翰伯伯对牧师说话了。“凯西，”他说，“你这个人总该知道该怎么办吧。”

“什么怎么办？”

“我不知道。”约翰伯伯说。

凯西说：“噢！这可叫我为难了！”

“你当过牧师呀。”

“你瞧，约翰，谁都因为我做过牧师，老爱挖苦我。要知道牧师也不过是个人呀。”

“不错，可是牧师毕竟是一种特别的人，否则他就不能算牧师了。我要问问你——你想一个人能不能叫别人倒霉？”

“我不知道。”凯西说，“我不知道。”

“唔——你瞧——我是结过婚的——娶过一个漂亮的好姑娘。有天夜里，她肚子痛。她说：‘你最好请个医生来。’我说：‘见鬼，你只不过是吃多了。’”约翰伯伯把手放在凯西的膝盖上，从黑暗中瞧着他，“她向我白着眼望了一下。她哼了一整夜，第二天下午就死了。”牧师喃喃地说了句什么话。“你瞧，”约翰又接着往下说，“我害死了她。从此以后，我就竭力要弥补这个罪过——多半是对孩子们用点心。我竭力要做好人，可是做不到。我喝得大醉，我放荡起来了。”

“谁都免不了要放荡，”凯西说，“我也是一样。”

“话是不错，不过你灵魂上并不像我这样有罪。”

凯西委婉地说道：“我当然也有罪。人人都有罪。罪恶是你自己都弄不明白的事情。那些自以为是的人认为他们没有罪——哎，那些浑蛋家伙才可恶呢，假如我是上帝，我一定把那些家伙从天上一脚踢下来！我不能容忍他们！”

约翰伯伯说：“我有一种感觉，我好像在给自己家里的人招来噩运。我觉得我好像应该离开他们，别连累他们。像现在这样，我是很难受的。”

凯西连忙说：“我只知道这么一点——一个人该怎么办就得怎么办。我也说不清楚。我也说不清楚。据我看，并没有什么好运气或是坏运气。我只相信有一件事情是不会错的，那就是谁也没有权利干预别人的生活。人人都应该自己解决自己的问题。帮帮他的忙也许是可以的，可是不能替他出主意。”

约翰伯伯失望地说道："那么你是不知道我该怎么办喽？"

"我不知道。"

"我让我老婆那样死了，你认为那是罪恶吗？"

"噢，"凯西说，"对于别人，这要算是错误，可是如果你认为这是罪恶——那就算是罪恶吧。一个人的罪恶都是平地堆积起来的。"

"我要把这个道理想清楚才行。"约翰伯伯说。于是他翻过身来仰卧着，把两膝弯起来。

卡车在热腾腾的大地上前进，时间慢慢消磨过去。露西和温菲尔德都睡着了。康尼从行李上抽出了一条毯子，盖在他自己和罗莎夏身上，他们俩不顾炎热乱搞了一阵，连气也不敢出。过了一会儿，康尼拉开毯子，车篷里的一阵热风吹到他们的汗湿的身子上，使他们感到很凉快。

卡车后面，妈在床垫上躺在奶奶身边，她用眼睛看不见什么，但是她能察觉到那挣扎着的身子和那挣扎着的心，她耳朵里能听见一阵呜咽的声息。妈连声说："好了。马上就好了。"她又哑着嗓子说："你知道全家都得过沙漠才行。这你是知道的。"

约翰伯伯喊道："你们都好吗？"

她过了一会儿才回答。"都好。我差点儿要睡着了。"过了一会儿，奶奶不作声了，妈一动不动地躺在她身边。

时间渐渐地过去，卡车四周全黑下来了。间或有几辆汽车从他们旁边经过，向西开去；间或也有几辆大卡车从西边开来，隆隆地向东驶去。西方的地平线上，星光慢慢倾泻下来。快到午夜的时候，他们开近了达盖特，那地方有个检查所。那里的路上有一片雪亮的灯光，还有一块字牌也被照得透亮，那上面写着："靠右边停车。"几个公务员在办公室里闲着，可是汤姆一把车停住，他们就走出来，站在那个长棚子底下。一个公务员记下了牌照的号数，把车头的盖子掀起来。

汤姆问："这里是什么机关？"

"农业检查所。我们要把你们的东西检查一下。你们带了蔬菜、树苗或是种子没有？"

"没有。"汤姆说。

"噢，我们要把你们的东西检查一下。你们得把车上的东西卸下来。"

这时妈从卡车上很费劲地爬出来。她的脸发肿，眼睛显得很凶。"你瞧，先生。我们有个害病的老太太。我们要送她去找医生。我们不能等。"她好像是在控制她的歇斯底里的感情，"你不能为难我们。"

"是吗？哼，我们得检查检查才行。"

"我赌咒，我们什么也没带！"妈嚷道，"我赌咒。奶奶病得厉害呢。"

"你自己脸色也不大好。"那公务员说。

妈攀着卡车背后，拼命用力爬上去。"你看吧。"她说。

那公务员把手电筒的光照到那张衰老憔悴的脸上。"天哪，她的确是病得厉害呢，"他说，"你赌咒说，你们没带种子、水果和蔬菜吗？玉米和橙子也没有带？"

"什么也没带。我赌咒！"

"那么，你们走吧。你们到巴斯托就找得到医生。只有八英里。开走吧。"

汤姆爬上了卡车，继续开车前进。

那个公务员向他的同事转过身去。"我不能留住他们。"

"也许是骗人的吧。"那个同事说。

"啊，天哪，不是！你该看看那老太婆的脸就知道了。不是骗人。"

汤姆加快了车速，向巴斯托开去，在那小市镇停下来，他下了车，绕到卡车后面。妈探出头来。"没什么，"她说，"我不愿意在那儿耽搁，生怕我们过不了沙漠。"

"对！可是奶奶怎么办呢？"

"她不要紧——不要紧。开车吧。我们得赶紧开过沙漠才行。"汤姆摇摇头，走了回去。

“奥尔，”他说，“我来加足汽油，加好了你来开一段吧。”他开到一个通宵营业的汽油站，把油箱灌满了汽油，水箱装满了水，又把机轴箱上足了机油。于是奥尔坐到方向盘后面，汤姆坐在靠门的一边，爸坐在当中。他们向黑暗中开去，巴斯托附近的小山便被甩在他们后面了。

汤姆说：“不知道妈犯了什么毛病。她慌得那样厉害，简直就像被一只跳蚤钻进了耳朵的狗。人家看看行李要不了多大工夫。她偏说奶奶病了；现在又说奶奶没什么。我真摸不透她的主意。她这样是不对的。万一她在路上把脑子累出毛病了，那可怎么好！”

爸说：“你妈差不多还是像她小时候的脾气一样。她当时泼辣得很。什么都不怕。我以为她有几个孩子后，又要忙着干活儿，总该可以治掉她的毛病了，谁知还是不行。哎！那天她拿起铁扳手来的时候，老实说，我真不敢从她手上夺过来。”

“我不知道她犯了什么毛病，”汤姆说，“也许她只不过是累坏了。”

奥尔说：“让我把车子一路开过去，我绝不叫苦。我把全副精神都放在这辆车子上了。”

汤姆说：“噢，你挑这辆车子挑得真好。我们开着这辆车，差不多没出过什么毛病。”

他们整夜都在那热腾腾的黑暗中穿行，长尾兔蹿进车灯的光里，又迈着长步跳开了。当莫哈韦的灯光出现在前面的时候，曙光已经在他们后面上来了。曙光照出了西方高高的群山。他们在莫哈韦加了水和油，慢慢地爬进那些大山，于是他们周围的天便全都亮了。

汤姆说：“谢天谢地，沙漠已经过了！爸，奥尔，基督保佑！沙漠已经过了！”

“我累得什么都懒得管了。”奥尔说。

“要我来开车吗？”

“不，等一会儿。”

他们在晨曦中开过了蒂哈查皮，太阳从他们后面升起来，于是——忽然间，他们看见大平原就在他们脚下了。奥尔刹住车，停在路当中，过了一会儿，他喊道：“天哪！快看！”葡萄园、果园、青青的美丽的大平原、成行的树木和农家的房屋全都出现在眼前。

爸说了一声：“谢天谢地！”在他们的前方是远远的城市，出产橙子的小市镇，早晨的太阳在那平原上放射出金黄的光彩。一辆汽车在他们后面嘟嘟地按着喇叭。奥尔把车开到路边，停了下来。

“我要看看这地方。”麦田在晨光中一片金黄，还有成行的柳树，成列的桉树。

爸叹了一口气说：“我从来不知道会有这么好的景致。”桃树和胡桃树，还有一片一片的深绿的橙子树。树林间有红瓦的屋顶，有谷仓——富足的谷仓。奥尔下了车，伸伸他那两条腿。

他喊道：“妈——你来看。我们到了！”

露西和温菲尔德从汽车上爬下来，他们站在那里，都不声不响，非常惊异，望着那片大平原愣住了。薄雾笼罩着远景，大地越远越显得柔和。一架风车在太阳光里闪烁着，远远地看去，它那转动着的风车片好像小小的日光仪。露西和温菲尔德向风车看了一会儿，露西便轻声说道：“这就是加利福尼亚。”

温菲尔德的嘴唇一张一合，一字一字地默念着这句话。“那儿有水果呢。”他又高声说。

凯西和约翰伯伯、康尼和罗莎夏也爬下车来了。他们静静地站着。罗莎夏原来正伸手把头发往后梳，一看见平原，手就慢慢地垂落在身边。

汤姆说：“妈在哪儿？我要妈来看看。看呀，妈！这儿来，妈。”妈僵硬地慢慢爬下车后的挡板。汤姆看了看她：“哎呀，妈，你病了吗？”

她的脸色发青，神态呆滞，两眼仿佛深陷了进去，眼眶通红。两脚一着地，她就用手抓住卡车的边栏，支撑着身子。

她的嗓音嘶哑了。“你说我们已经过了沙漠？”

汤姆指着大平原：“看哪！”

她转过头去，微微地张着嘴。她的手指伸到喉部，捏住一块皮肤，轻轻地一扭。“感谢上帝！”她说，“全家到这里了。”她的两膝发软，于是她便在脚踏板上坐了下来。

“你病了吗，妈？”

“不，只不过累了。”

“你没睡成觉吧？”

“没睡好。”

“奶奶的病厉害不厉害？”

妈低下头来看看自己的手，那双手像一对疲乏的情人似的躺在她的膝上。“我本来想暂时不告诉你们。我总希望百事如意。”

爸说：“那么奶奶是很不好了。”

妈抬起头来望望那片平原。“奶奶死了。”

大家都望着她，于是爸问道：“什么时候死的？”

“昨天夜里，他们叫我们停车以前就死了。”

“原来你是因为这个，才不让他们检查行李呀。”

“我只怕我们过不了沙漠，”她说，“我告诉奶奶，说我们救不了她。因为全家要过沙漠。她临死的时候，我是这样对她说的。我们不能在沙漠里耽搁。有那两个孩子——罗莎夏肚里还有个娃娃。我把这话告诉了她。”她举起双手，把脸蒙住了一会儿。“可以把她葬在一个绿油油的好地方了，”妈温柔地说，“找一块周围有树的好地方。她可以在加利福尼亚躺下了。”

一家人都望着妈，她有那么大的魄力，使大家都有点畏惧。

汤姆说:“天哪!你整夜都跟她躺在那儿呀!”

“一家人要过沙漠呀。”妈凄然地说。

汤姆走上前去，把一只手按在她的肩膀上。

“别碰我,”她说,“你不碰到我,我还撑得住。一碰到我,我就要垮了。”

爸说:“我们现在要再往前去。我们要一直下山去。”

妈抬起头来望着他。“我来坐在前面好吗?我再也不想回到那上面去了——我累了，我累得要命。”

他们爬回行李上面，大家避开了那连头带脚都用被单盖好塞好的直挺挺的尸体。他们在原来的位置坐好，竭力把眼光避开——避开那被单里隆起的鼻子和突出的下巴。他们竭力想把眼光避开，却办不到。露西和温菲尔德远远地避开了死人，挤在前面的角落里，呆呆地看着那裹好了的尸体。

露西轻声说:“那是奶奶，她死了。”

温菲尔德严肃地点点头。“她完全没气了。她死得真可怕。”

罗莎夏低声对康尼说:“她死的时候，我们正在……”

“我们怎么知道?”他安安她的心。

奥尔爬到行李上，把座位让给妈。他因为悲伤，身子有些摇晃。他在凯西和约翰伯伯旁边扑通坐下来。“哎,她老了。大概是活够岁数了,”奥尔说，“人人都得死。”凯西和约翰伯伯把毫无表情的眼睛转过来望着他，仿佛他是一棵能说话的怪树似的。“啊，是不是?”他追问道。于是那两双眼睛又转过去望着别处，让奥尔独自在那里忧郁和颤抖。

凯西赞叹地说:“整整一夜，只有她一个人独自守着死人。”他又说:“约翰，这女人的仁慈心肠太伟大了——她真使我吃惊，使我惭愧。”

约翰问道:“那也是有罪吗?你看那是不是多少也有点罪?”

凯西惊讶地转过脸去望着他,说道:“有罪?不,那一点也不算有罪。”

“我这一辈子做事，从来没有哪件事是不带点罪的。”约翰说着，又望了望那裹着的长长的尸体。

汤姆和爸妈坐上了前面的座位。汤姆让卡车溜了一段路，才发动了车子。沉重的卡车颠簸着驶下山坡。太阳在他们后面，金黄和碧绿的平原在他们前面展开了。妈慢慢地摇了摇头。“真美呀，”她说，“只可惜他们看不到了。”

“我也这样想。”爸说。

汤姆轻轻拍着手底下的方向盘。“他们太老了，”他说，“他们就是活着，也看不清这地方的东西。爷爷只记得年轻时候看到的印第安人和草原。奶奶只记得她最初住过的那个家。他们都太老了。现在真正能看到这个新鲜地方的，只有露西和温菲尔德了。”

爸说：“汤米讲话像个大人了，他讲话差不多像个牧师一样。”

妈凄然地微笑了一下。“的确是。汤米已经长大成人了，我有时也管不了他。”

他们迂回曲折地把车子开下山坡，一会儿看不见下面的平原，一会儿又看见了。平原上的热风吹到他们上面来，带些草木的气味，还有多脂的藿香和日冠花的气味。沿途只听见蟋蟀唧唧地叫。一条响尾蛇爬过了路面，汤姆碾碎了它，让那残躯在路上蠕动。

汤姆说：“我想我们得去找验尸员才行，不管他在什么地方。我们必须把她好好安葬。我们还剩多少钱，爸？”

“大概还有四十块。”爸说。

汤姆笑了。“哎呀，我们只好从头干起了！我们确实是什么也没带来呀。”他咯咯地笑了一会儿，随即沉下脸来。他把帽舌拉下来，遮住眼睛。于是卡车便驶下山坡，开进大平原了。

第十九章

从前加利福尼亚是属于墨西哥的，土地属于墨西哥人；后来有一大群衣衫褴褛的、疯狂的美国人蜂拥而来。他们对土地的欲望非常强烈，于是他们就强占了这一带——霸占了萨特的土地、格雷罗的土地，把他们的领地强占了，并分割成许多块，大家吵吵闹闹，争夺了一番，这些疯狂的、饿狼似的人，用枪守住了他们霸占的地方。他们盖起了住宅和谷仓，犁开了土地，种上了庄稼。这些东西都是财产，财产就是主权所有的东西。

墨西哥人都很软弱，而且都吃饱了肚子。他们不能抵抗，因为他们对于什么东西都不像那些美国人追求土地那样，有一股狂热的劲头。

时间久了，霸占者就不算是霸占者，都成了主人；他们的儿女长大了，又在这土地上生儿育女。于是他们原来那种追求耕地、追求水土、追求天空、追求茂盛的青草、追求肥大的薯类的欲望消失了，他们再也没有那种凶猛的、难熬的、急切的渴望了。这些东西他们已经全都有了，因此他们再也不知道这些事情的来历了。他们再也没有那种揪心的欲望，再也不贪图一英亩肥沃的土地和犁田的犁头，再也不贪图种子和在空中转动的风车了。他们再也不起早贪黑，不再只要天一亮就到田地里去，不再在天还不亮的时候就惊醒过来，倾听困倦的鸟儿首先发出的叽叽喳喳的叫声和房屋四周清早的风声了。这些情况已经变了，收成以美元计算，地价是本钱加上利息，庄稼还没有种下，就有买卖预先成交了。于是歉收和水灾旱灾都不再是死一些人的问题，而只是金钱的损失了。他们对钱的欲望越大，对土地的爱好就越淡薄，他们当初追求土地的那股凶劲也由于追求利息心切而减退了，于是他们终于不再是庄稼人，而只是买卖农产品的小老板，他们成了一些小生产者，必须预售产品，才能进行生产。这么一来，那些不善做买卖的庄稼人就把他们的土地输给那些精明的老板了。无论你多么聪明，无论你多么爱你的土地和庄稼，如果你不会做买卖，那就不能幸存。日子久了，商人就成了土地的主人，农场越来越大，数目却越来越少了。

于是农业变成了工业，土地的业主们采取了罗马的办法，虽然他们并不知道那是怎么回事。他们从国外运来奴隶，虽然他们并不把他们叫作奴隶：有中国人、日本人、墨西哥人、菲律宾人。商人们说，那些人吃大米和豆子，他们的需求不大。他们如果拿到太多的工资，也不知怎么处置。嗐，你看他们怎么过日子吧。看他们吃什么东西吧。如果他们不老实，那就把他们驱逐出境好了。

年年月月，农场老是越来越大，土地的业主们老是越来越少。守在农村经营庄稼的农户简直少得可怜。从国外运来的农奴挨打挨饿，受着恐吓，终于有些人回老家去了，而有些人变得很凶，结果被人打死，或是被驱逐出境了。农场还是越来越大，土地的业主们却越来越少。

农作物也起了变化。原来种粮食的地方改种了果树，低地上种了蔬菜，供应世界各地，有莴苣、卷心菜、菊芋和马铃薯——这些都是要弯着腰种植的作物。农民使用镰刀、耕犁和草耙的时候，都可以站着干活儿，但是他在成行的莴苣之间却只能像甲壳虫似的爬行，在成行的棉花之间只能弯着腰，拖着那长口袋走，在卷心菜地上只能像一个苦行者似的跪着走。

后来土地的业主们再也不在农场上工作了。他们在纸上经营农场：他们忘记了土地，忘记了它的气味和感觉，他们只记得自己是土地的业主，只记得他们的盈亏。有些农场大得出奇，甚至无法想象它们的大小，需要一组一组的簿记员计算利息和盈亏；需要许多化验员化验土壤，增添肥料；需要一些工头监视那些弯着腰干活儿的人是否卖尽气力，是否在那些农作物的行列中拼命地迅速走动。于是那种农场主实际上就成了一个做买卖的老板，开着一家店铺。他付工资给干活儿的人，卖食物给他们，又把钱收回来。过些时候，他们干脆就不付工资，连账也不要记了。这些农场用赊账的办法供给食物，工人可以靠干活儿吃饭；等他把活儿干完了之后，他也许会发觉他反而欠了公司的账。业主们不但不在农场上工作，他们还有许多人根本就没有看见过自己所拥有的农场。

于是失去土地的农民都被吸引到西部来了——有从堪萨斯来的，有从俄克拉何马来的，有从得克萨斯来的，有从新墨西哥来的，还有从内华达和阿肯色来的许多人家和一伙一伙的人，他们都是被风沙和拖拉机撵出来的。一车一车的人，一个一个的车队，大家都是无家可归，饿着肚子；两万人，五万人，十万人，二十万人。他们饿着肚子，焦虑不安，川流不息地越过高山；他们都像蚂蚁似的东奔西窜，急于想找工作——无论是扛、是推、是拉、是摘、是割，什么都干，无论多重的东西都背，只为了混饭吃。孩子们饿着肚子。我们没有地方住。像蚂蚁似的到处乱窜，要找工作，混饭吃，最要紧的是找耕种的土地。

我们不是外国人。祖先已经有七代是美国人了，在那以前是爱尔兰人、苏格兰人、英国人、德国人。我们家里有人参加革命战争，还有许多人参加过南北战争——南北两方都有。都是美国人。

他们是饥饿的，他们是凶暴的。他们原来希望找到一个安身之所，结果却只遭到仇恨。俄克佬——业主们恨他们，因为业主们知道自己是软弱的，而俄克佬却很刚强，他们自己吃饱了，而俄克佬却饿着肚子。业主们也许听见他们的祖先说过，只要你凶暴、饥饿而又有了武装，就很容易从一个软弱的人手里把土地夺过去。总之，业主们是恨他们的。在城市里，店主们也恨他们，因为他们花不起钱。最容易遭到店主轻视的无非是这种人，他们是最难得到店主的好感的。城市里的小银行家也恨俄克佬，因为他们从这些人身上得不到任何好处，他们是一无所有的。劳动人民也恨俄克佬，因为饥饿的人必须找工作，既然他必须找工作，非工作不可，老板就自然会把他的工资压低，结果就使别人也无法多得工资了。

被剥夺了土地的流民都向加利福尼亚蜂拥而来，二十五万人，三十万人。他们后面又有新的拖拉机开到耕地上去，把佃农们撵走。于是又掀起一股一股的新的浪潮——被剥夺了土地的、无家可归的人的浪潮，那都是些由于遭了苦难而变得坚定的、专心致志的、危险的人。

加利福尼亚人需要许多东西：他们需要发家致富，需要成名，需要娱乐和奢侈，还需要一种奇怪的银行保障，而这些新来的野人却只需要两种东西——土地和食物；对他们来说，这两种需要其实只是一种。一方面，加利福尼亚人的需要是模糊不清的；而另一方面，俄克佬的需要却是在路旁摆着，能使他们看见，能引起他们的欲望的，那就是绿油油的肥沃的田地，地下有水可以挖得出来，土壤是松软的，拿到手里一捏就能捏碎，还有青草发出清香的气息，燕麦秆拿到嘴里一嚼，嗓子里就感受到一股强烈的清甜味道。谁要是看看一片休耕的田地，就会心中有数，知道他自己那弓着的背和使劲的胳膊可以把卷心菜种出来，还可以种粮食、大头菜和胡萝卜。

一个无家可归、饥肠辘辘的人开着车在路上走着，他的妻子坐在他身边，瘦小的孩子们坐在后面的座位上，他看到那些休耕地，就会觉得它可以出产粮食，不会想到它能产生盈利，这个人就会想到一片休耕地不顾那些瘦小的孩子的死活，真是一种罪过，荒废的耕地更是罪大恶极。这样的人开着车在路上走着，就会受到每一块土地的诱惑，心里不由得产生一种欲望，想把这些地据为己有，使它们长出东西来，给他的孩子们长点气力，使他的妻子获得一点享受。这种诱惑经常在他眼前。那些田地刺激着他，公司的沟渠里有很好的水畅流着，那对他也是一种刺激。

到了南方，他又看见金黄色的橙子在树上垂着，小小的金黄色橙子在那深绿色的树上垂着；背着鸟枪的看守在界线上巡逻，不许任何人摘一个橙子给他那瘦小的孩子吃，而这些橙子如果卖不出大价钱，是要大批丢弃的。

他把他那辆破汽车开到市镇上。他到各处农场去东奔西窜，寻找工作。我们到什么地方过夜呢？

噢，河边上有胡佛村，那里有一大批俄克老乡呢。

于是他把他那辆破汽车开到胡佛村。以后他就不用再探询了，因为每个市镇的附近都有一个胡佛村。

那破破烂烂的村镇是紧靠着水边的；大家住的是帐篷，或是草盖的棚子，纸壳做的房子，乌七八糟的一大堆。那个人把他的一家人带到这个村子里，成为胡佛村的居民——这种村子一律都叫作胡佛村。新来的人尽量在离水近的地方支起帐篷来；如果没有帐篷，他就到市镇上的垃圾堆那里去找一些旧纸板来，盖一所硬纸壳的房子。天一下雨，这种房子就会泡得稀烂，被雨水冲走。他在胡佛村住下来，再到乡下去东窜西奔地找工作，他手头那一点钱就在找工作的时候买汽油花掉了。到了晚上，男人们都聚在一起谈天。他们蹲在地上，谈着他们所见到的土地。

这地方的西边足有三万英亩地呢。都是闲着的。哎呀，那些地我只要有五英亩，就有办法了！他妈的，那我就什么吃的东西都有了。

有件事情你注意了吗？农场上没有种菜，没有养鸡，也没有喂猪。他们只种一样东西——比如说，棉花，或是桃子，或是莴苣，另外一个地方就光养鸡。他们可以在门口种的东西，却偏要花钱去买。

哎，我要是有两头猪，那可就有办法了！

嗐，那不是你的，你反正弄不到手。

我们怎么办？像这样下去，孩子们是长不大的。

在停宿的地方，有人低声地传说，沙夫特那里有工作。于是大家在夜里把卡车装载起来，公路上拥挤不堪——大家像抢着去淘金似的跑去找工作。到沙夫特的人简直成了堆，比干活儿所需要的人多了五倍。大家都像抢着去淘金似的赶到那里去找工作。他们为了找工作急得发疯，于是都在夜里偷偷地跑开了。沿途到处都是诱惑，到处都有可以出产食物的田地。

那是有主的。那不是我们的。

噢，我们也许可以弄一小块来种吧。也许可以弄到一小块。那边不远就有一块地。现在长着曼陀罗。哎呀，我在那一小块地上种上土豆，就足够养活我全家的人！

那不是我们的地。只好让它去长曼陀罗。

偶尔有人去试一试，跑到那块地上去，拔掉一片曼陀罗，像个小偷似的，希图从那土地上偷到一点财富。于是曼陀罗丛中隐藏着秘密的菜园——一包胡萝卜籽和几只大头菜种。再种上土豆皮，夜里偷偷地溜出去，把那块偷来的地锄一锄。

让周围的曼陀罗长着吧——那就没有谁看得见我们在干什么了。中间也要留一些曼陀罗，要留又大又高的。

夜里秘密地种菜，用一只锈了的铁皮桶提水去浇地。

后来有一天来了一个警官：喂，你在这儿干什么？

我这并没干什么坏事呀。

我早就盯着你了。这不是你的地，你侵占了别人的地。

这块地没有犁过，我并没把它弄坏。

你们这些擅自占地的家伙真可恶。再过些时候，你就会把这当成你自己的地了。你会凶得要命，以为这是你的地。快滚蛋吧。

于是那些刚出土的胡萝卜小绿叶尖子被他一脚踢掉了，那些大头菜叶子被他践踏了。随后曼陀罗又从原处蔓延过来。但是那位警官倒是说得不错，只要种上庄稼，那就产生主权了。锄开了地，种出胡萝卜来吃了——那么这个种地的人就可能会为了这块供给了食物的土地而斗争起来。快把他赶走吧！他会以为这是他的地。他甚至还可能为了这块曼陀罗当中的菜园，不惜牺牲性命斗争呢。

我们把那些大头菜踢掉的时候，你看见他的面孔了吗？嗐，他只要望一望我们，就会想要杀人。我们非镇压这些人不可，要不然他们就会把这一带全部强占了。他们会把这一带全部强占呀。

都是些外州人，都是些异乡人。

当然，他们和我们说的是一样的话，但是他们毕竟不同。看看他们怎么过日子吧。你想我们这些人会有谁像那样过活吗？见鬼，不会有的！

夜里大家又蹲下来谈天。有一个人激动地说：我们二十个人为什么不占一块地？我们有枪呀。我们把它占下来，对他们说："有本事就把我们赶走吧。"我们为什么不这么干？

那他们就会开枪把我们打死，像打老鼠似的。

喂，你愿意怎样，想死还是想活着？愿意埋在地下，还是住在用麻布袋做成的屋子里？你的孩子们也有两条路，你是愿意叫他们现在就死，还是再活两年，害所谓营养不良的病死去呢？你知道我们整个星期吃的是什么？煮荨麻叶和煎面团！你知道我们是从哪儿弄来的面粉做面团吗？是打扫货车扫来的。

他们在停宿地谈着话，那些肥屁股的警官腰上挂着枪，从他们的帐篷之间大摇大摆地走过：别让他们胡思乱想，得叫他们规规矩矩才行，否则天知道他们会干出什么事来！唉，天哪，他们真是可怕，就像南部的黑鬼子一样！他们只要凑到一起，那就没法子制服他们了。

有这么一个例子：劳伦斯维尔有一位警官驱逐了一个擅自占地的家伙，那家伙抵抗起来，使得警官不得不用武力。那个擅自占地的家伙有一个十一岁的儿子，用一支点22口径的步枪把警官打死了。

真是些毒蛇！对他们可千万不能麻痹大意，他们要是不服，你就先开枪。连孩子都能把警官打死，大人还得了？只好比他们更凶一点儿，狠狠地对待他们，吓唬他们。

他们要是不怕又怎么办？他们要是抵抗起来，开枪对打呢？这些人从小就使惯武器了。有了枪，他们就胆大了。他们不怕怎么办？假如有一天，他们像伦巴底人侵略意大利、日耳曼人侵略高卢、土耳其人侵略东罗马帝国那样，一大队人马开到我们这地方来，那怎么办？他们是一群急于要得到土地的亡命之徒，都带着旧式武器，多少人也挡不住。屠杀和恐怖都没有挡住他们。一个人不但是自己的肚子饿极了，他那些倒霉的孩子也饿得要命，那你怎么能把他吓唬得住？你吓唬不了他的——他知道有一种恐惧比什么都更可怕呢。

胡佛村的人们谈论着：爷爷就是从印第安人手里把土地夺过来的。

噢，这可不对。我们现在是在这里谈话呀。你谈的是偷的问题，我可不是小偷。

不是？前天晚上你还从人家门道里偷过一瓶牛奶。你还偷过一些铜丝，卖掉了买肉吃呢。

不错，可是孩子们肚子饿了呀。

不管怎样，反正总是偷吧。

你知道费尔菲尔德大农场是怎么弄到手的吗？我告诉你吧。那全是官地，可以占来用的。老费尔菲尔德到旧金山去，跑到酒店里，找到三百个酒鬼。这些酒鬼把那块地占住了。费尔菲尔德给他们东西吃，给他们酒喝，等他们把那块地占定了，确定了主权，老费尔菲尔德就从他们手里夺过来了。他常说他那块地每英亩花了他一品脱劣酒的代价。你说那也算是偷吗？

噢，那倒是不对，可是他并没有为这件事坐牢呀。

没有，他没有为这件事坐牢。有人把一只船放在大车上，说他坐的是船，仿佛那船是在水里似的——他也没有坐牢呀。还有那些贿赂国会议员和州议会的人也没有谁坐过牢。

全州各地的胡佛村里，人们都在叽叽喳喳地闲聊着。

然后就有警察来驱逐他们——武装的警官们突然袭击这些难民的居

留地。滚开吧。这是卫生部的命令，你们住在这个地方有碍卫生。

我们上哪儿去呢？

那我们管不着。我们奉命来把你们从这里赶走。半小时之内，我们就要放火烧掉这些棚子了。

这一带有斑疹伤寒在流行。你们难道要叫它到处传染吗？

我们奉命来赶你们走。喂，快走吧！过半小时，我们就要烧掉这个地方。

过了半小时，那些纸壳房子和茅草棚冒起了浓烟，冲向天空，人们坐上了汽车在公路上奔驰，要寻找另一个胡佛村。

同时在堪萨斯和阿肯色、在俄克拉何马和得克萨斯和新墨西哥各地，拖拉机还在开到农场上，把佃户们赶出来。

加利福尼亚已经来了三十万人，而且还有更多的人要来。加利福尼亚的路上挤满了这些急得发疯的人，他们都像蚂蚁似的到处乱跑，要找活儿干，无论是拉、是推、是扛，只要是工作就行。一个人扛的东西，有五双胳膊伸出来接；一个人吃的东西，有五口人张开嘴来要吃。

那些大业主在骚乱中难免要失去他们的土地，他们懂得历史，有读历史的眼光，懂得这么一个大道理：财产集中在太少的人手中时，就会被人夺去。还有一个连带的事实：大多数人到了饥寒交迫的时候，他们就会用武力夺取他们所需要的东西。还有一个自古以来的历史上早已证明的小小的事实，也在尖声叫喊：镇压的结果必定徒然加强被镇压者的力量，使他们团结起来。大业主们忽视了历史上的这三种呼声。土地越来越落入少数人手中，被剥夺土地的人越来越多，于是大业主们竭尽全力，进行镇压。他们花了许多钱买军火和毒气来保护他们的大产业，还派出许多暗探到各处去侦查叛乱的阴谋，企图把它扑灭。经济的变化没有人理会，变化的计划没有人顾到，他们所考虑的只是摧毁叛乱的方法，而叛乱的原因却在继续发展。

使人失业的拖拉机、代替人力运输的输送工具、生产的机器，全都增加了；越来越多的家庭在公路上流亡，他们都要从那些大片的地产上寻找面包屑，眼巴巴地对路旁的土地怀着欲望。大业主们组织了联合会来保护他们的产业，他们开会讨论办法，要采取恐吓、屠杀和施放毒气的手段。同时他们经常会害怕一个领头人——三十万人如果在一个领袖的领导之下行动起来，那就一切都完蛋了。三十万人饿着肚子，穷得要命；如果他们觉悟起来，这些土地就会变成他们的了，全世界的一切毒气和枪械都挡不住他们。大业主们因为有了那些产业，便丧失了人的理智，一方面太胆大，另一方面太胆小，于是他们就奔向毁灭的路，用尽一切镇压的手段，最后无非使他们自己归于毁灭。他们采用暴力，袭击胡佛村，派警官到那破烂的居留地去大摇大摆地巡逻，他们用一切手段对付那些难民，结果是每一次行动都只能使他们自己毁灭的日子推迟一点儿，同时却使那无可逃避的下场更加肯定了。

男人们蹲在地上，他们都是些神色坚定的人，个个都饿瘦了，却又由于拼命在饥饿中煎熬而变得很强硬，眼睛里满含愤怒，一副咬牙切齿的神情，而那肥沃的土地就在他们身边。

你听说下面第四个帐篷里那个孩子的事了吗？

没听说，我刚来。

嗐，那孩子睡着时老在哭，老在打滚。他家里的人以为他肚里有虫，所以他们就给他吃了打虫的药，他就死了。人家管这孩子害的病叫“黑舌头”，是因为没有好的食物吃才得的。

可怜的小家伙呀。

唉，他家里的人没钱埋他，只好埋到贫民公墓里去。

噢，见鬼。

于是大家把手伸进口袋里，掏出一些小银币来。那座帐篷前面堆起了一些银币，越堆越高。那家人发现这堆钱了。

我们的人民是善良的，我们的人民是仁慈的。愿上帝保佑，将来总有一天，好心肠的人们不会都过穷日子。祈祷上帝保佑，总有一天，孩子能有东西吃。

业主联合会知道，将来总有一天，祈祷终于会停止的。

那就一切都完蛋了。

第二十章

一家人坐在行李堆上，两个孩子、康尼、罗莎夏和牧师都浑身发僵，挤得很难受。他们在贝克斯菲尔德验尸所门前热辣辣的太阳底下坐着，同时爸妈和约翰伯伯到屋里去了。随后有人搬出一只篮子，把那个尸体的长长的包裹从卡车上抬了下来。验尸的时候，他们坐在太阳地里，等着验尸官验明死因，签发证明书。

奥尔和汤姆在街上溜达着，他们看看店铺的橱窗，瞧瞧路边陌生的行人。

后来爸妈和约翰伯伯终于出来了，他们是沮丧而沉默的。约翰伯伯爬到行李上面。爸和妈坐上了车上的座位。汤姆和奥尔溜达回来了，汤姆坐到方向盘后面。他静静地坐在那里，等候着指示。爸直望着前面，黑帽子拉得低低的。妈用手指擦擦嘴角，两眼没精打采地望着远处，疲倦得发呆了。

爸深深地叹了口气。“没有别的办法了。”他说。

“我知道，”妈说，“不过她是希望好好安葬的。她一向这样指望着。”

汤姆瞟了他们一眼。“到贫民公墓去吧？”他问道。

“是的，”爸急促地摇摇头，仿佛忽然体会到了实际困难似的，“我们钱不够，讲究不起。”他转过脸去向着妈，“你别难过吧。想尽了办法，反正做不到。涂香油、买棺材、请牧师，还要在坟场上买一块地，这些事都办不到。我们身边这点钱，要加十倍才够用。我们总算尽了最大的力了。”

“我知道，”妈说，“我脑子里老想着她多么讲究安葬的排场。现在只好忘掉这些了。”她深深地叹了口气，擦擦嘴角，“里面那个人倒是很好。他虽然派头十足，心眼儿倒不错。”

“是呀，”爸说，“他跟我们谈话很直爽。”

妈用手把头发往后一拢，咬了咬牙。“我们该走了，”她说，“我们要找个安身的地方。我们要找工作，安定下来。眼看着小东西挨饿可不行，奶奶从来不许这样。每当给人送殡的时候，她总要好好地吃一顿。”

“我们到什么地方去呢？”汤姆问道。

爸把帽子往上一推，搔一搔头发。“找个地方搭帐篷住下来吧，”他说，“我们没找到工作，可不能把我们剩下的一点儿钱花光了。把车子开到乡下去吧。”

汤姆开动了汽车，他们驶过几条街道，向乡下驶去。在一座桥边，他们看见了一簇帐篷和棚舍。汤姆说：“停在这地方很好。我们停下来，再去看看他们是干什么的，问问哪儿可以找到工作。”他把车子开下一个险峭的土坡，停在一片临时居留地的边上。

那地方一点儿秩序也没有，横七竖八地散搭着一些灰色的小帐篷和棚舍，还有一些汽车。第一家就是怪模怪样的。南墙是用三张生锈的波状铁皮钉成的，东墙是一块破毛毯夹在两块木板中间，北墙是一张盖屋顶的硬纸板和一条破帆布，西墙则是用六只麻布袋缀成的。方形的屋架上有一些没有修剪过的柳枝，上面堆着厚厚的茅草，这就算是屋顶了。麻布袋那一边的进口处堆着一些用具。一只五加仑装的煤油箱当火炉使用。油箱是横放着的，有一头装着一截发锈的烟囱。一只锅子靠墙放在火炉旁边，地上摆着许多木箱，有的当椅子坐，有的当吃饭的桌子用。

一辆T型福特轿车和一辆双轮的拖车停在棚舍旁边。这个临时住处是一副邋遢不堪的凄凉景象。

棚舍隔壁有一个小帐篷，经过风吹雨打已经变得灰沉沉了，可是还搭得整齐得法，前面有几只木箱靠着帐篷放着。一个火炉烟囱耸在门帷外边，帐篷前面的土地已经打扫干净，而且泼过了水。一桶泡湿的衣服搁在一只木箱上。帐篷里收拾得清洁整齐。一辆A型跑车和一辆小小的自制拖车停在帐篷旁边。

再过去是一个破破烂烂的大帐篷，破洞都用铁丝修补过。门帷是卷起来的，里面有四张宽大的床垫铺在地上。靠边拉了一条晾衣服的绳子，搭着几件粉红色的布衣服，还有几条工装裤。一共有四十个帐篷和棚舍，每家旁边都停着某一种汽车。那排帐篷的尽头站着几个孩子，直勾勾地看着新到的卡车，向车子走过来，这些小男孩都穿着工装裤，赤着脚，头发布满了灰尘，变成了灰白色。

汤姆停住卡车，看看爸。“这地方不大好，”他说，“另外找个地方去好吗？”

“我们不先打听明白这是什么地方，就不能上别处去，”爸说，“我们得打听打听找工作的路子。”

汤姆打开车门，下了车。一家人从行李上爬下来，好奇地看看这片停宿的地方。露西和温菲尔德依照一路来的习惯，取下水桶，向有水的柳树丛走去；那群站成一排的孩子给他们两人让开路，又凑拢来跟着他们。

头一座棚舍的门帷掀开了，一个女人探出头来。她的灰白头发梳着髻，身上穿着一件肮脏的印花布罩衫。她的脸憔悴而阴沉，一双茫然的眼睛底下有两个深灰色的眼袋，嘴巴是瘪着的。

爸说：“我们可以在这儿找个地方停下来搭帐篷吗？”

那个女人的头缩回了棚舍。暂时静默了一下，然后门帷掀开了，走出来一个穿背心的蓄着胡子的男人。那个女人在他后面朝外望，可是没有到外面露天的地方来。

蓄着胡子的男人说："好呀，老乡。"他那双不安的黑眼睛先瞟瞟乔德家的每个人，又瞟瞟卡车，瞟瞟行李。

爸说："我刚才问过你太太，可不可以让我们在这儿找个地方，把东西安顿下来？"

蓄胡子的人定睛看看爸，仿佛他说了一句非常聪明的话，需要一番深思似的。"在这儿随便找个地方安顿下来吗？"他问道。

"是呀。我们得打听打听这地方是谁的，才知道能不能搭帐篷。"

蓄胡子的人差不多闭起了一只眼睛，斜着眼，把爸打量了一番。"你们想在这儿搭帐篷？"

爸烦躁起来了。那个头发灰白的女人把头探出了小棚。"你当我说的是什么？"爸说。

"噢，如果你要在这儿搭帐篷，那就请便吧。我又没有阻止你。"

汤姆笑了起来。"他听懂了。"

爸更生气了。"我只是要知道这地方归谁管？我们要不要花钱？"

蓄胡子的人伸出了下巴。"归谁管？"他反问道。

爸把头扭转过来。"真是瞎扯。"他说。那个女人的头又缩回棚舍去了。

蓄胡子的人盛气凌人地向前迈了一步。"这儿还有人管？"他追问道，"谁要把我们赶出这块地方？你倒告诉我吧。"

汤姆走到爸面前。"你还是去睡一大觉好。"他说。那个蓄胡子的人张开嘴，用一只肮脏的指头按住下面的牙肉。他继续用一副精明的眼光，若有所思地把汤姆看了一会儿，接着便回转身子，跟着那个灰白头发的女人回到棚舍里去了。

汤姆向爸转过脸去。"这究竟是怎么回事？"他问道。

爸耸耸肩膀。他向这个停宿场望过去。一个帐篷前面停着一辆旧别克车，揭开了车盖。一个年轻男人正在那里磨着气门；他一面把气门放在工具上扭来扭去，一面抬起头来看一看乔德家的卡车。他们看得出他是在那里暗自发笑。蓄胡子的人走了以后，那个年轻人便放下工作，走了过来。

“你们好，”他说，他那双蓝眼睛发出愉快的闪光，“我刚才看见你们跟‘镇长’会了面。”

“他怎么是那种神情？”汤姆问道。

那个年轻人咯咯地笑了。“他跟你我一样，急得发疯。也许他比我还苦恼呢，那可说不准。”

爸说：“我刚才问他，我们能不能在这儿搭帐篷住下。”

那个年轻人在裤子上揩揩油污的手。“当然可以。怎么不行呢？你们一家人刚过沙漠吗？”

“是呀，”汤姆说，“今天早上才到这儿的。”

“从来没到过胡佛村吗？”

“胡佛村在哪儿？”

“这地方就是。”

“啊！”汤姆说，“我们刚到。”

温菲尔德和露西抬着一桶水回来了。

妈说：“我们搭起帐篷来吧。我累极了。也许我们都可以休息休息了。”爸和约翰伯伯爬上卡车，把帆布和床垫被褥拿下来。

汤姆不慌不忙地去到那个年轻人跟前，跟他一同走回他刚才修理那辆汽车的地方。磨气门用的工具放在那敞开的车头上，装着磨气门用的油砂的一只黄色小铁盒放在机油箱顶上。汤姆问道：“那个蓄胡子的老头儿犯了什么毛病？”

年轻人拿起磨气门的工具，继续工作，来回扭动，把气门在气门座子上磨着。“那位‘镇长’吗？天知道。我想他大概是害了恐警病吧。”

“什么叫作‘恐警病’？”

“我想大概是警察到处撵他，撵得他晕头转向了。”

汤姆问道：“他们为什么要把这种人到处撵呢？”

年轻人停止了工作，对准汤姆的眼睛望了一下。“天知道，”他说，“你初到这儿。也许你会猜得出这个道理。有人这么说，有人那么说。可是你只要在一个地方住下来，你很快就会看到警官来把你赶到别处去。”他拿起一只气门，在它底下抹上了油砂。

“他妈的，那究竟是为什么呢？”

“我说过我也不知道。有人说，他们不愿意让我们投票，叫我们老是流动着，投不成票。有人说，这样我们才领不到救济金。有人说，我们要是住在一个地方，我们就要组织起来。究竟是为什么，我也不知道。我只知道我们老是叫人撵着到处跑。你以后就会明白的。”

“我们又不是叫花子，”汤姆固执地说，“我们是来找工作的。无论什么工作我们都干。”

年轻人正在用工具摆弄着气门，他停了一下，向汤姆诧异地看了一眼。“找工作？”他说，“原来你们是来找工作的呀。你以为人家都是找什么的？找金刚钻吗？你以为我开着车到处跑，屁股上都磨出了泡，为的是找什么？”他把手里的工具来回地扭动着。

汤姆望望周围那些肮脏的帐篷和乱七八糟的用具，望望那些汽车和摊在太阳地里的床垫，望望人们用来煮过东西的那些熏黑了的土坑上的黑罐子。他低声问道：“这儿没有工作吗？”

“我不知道。大概是没有吧，现在这儿不是收摘的时候。摘葡萄的时候还没到，摘棉花的时候也没到。只等把这些气门磨好，我们就要搬动了。我和我的老婆孩子一起走。听说往北去有工作，我们要赶到北边去，赶到萨里纳斯一带去。”

汤姆看见约翰伯伯、爸和牧师把油布绷在帐篷撑竿上，妈跪在帐篷里面，把床垫在地上摊开。一群不声不响的孩子，蓬头垢面，赤着脚，站在那里看着这个新来的人家安顿下来。汤姆说："我们在老家的时候，有人来发传单——橙黄色的传单。那上面说他们要大批人上这儿来干庄稼活儿。"

那个年轻人笑了起来。"据说我们的老乡有三十万人上这儿来了，我敢说家家都是见过那种传单的。"

"是呀，可是他们要是用不着人，又何必自找麻烦，发那些传单呢？"

"你动动脑筋吧，干吗不想想？"

"对，可是我想问问你。"

"是这样，"年轻人说，"假定你有事要找人干，只有一个人要做。那他要多少钱，你就得给他多少。假如有一百个人要干呢，"他放下了工具，把两眼一瞪，声音也尖锐起来了，"假如有一百个人要做这工作；假如这些人又有孩子，这些孩子又在挨饿；假如一个银角子买得到一盒玉米糊给孩子们吃；假如一个镍币多少可以给孩子们买到一些东西。要干活儿的又有一百个人。那么你只消出一个镍币，他们大家就会打得头破血流来抢着挣这个镍币了。你知道我最近干过的一种活儿，他们给我的工钱是多少？每小时一毛五。十小时才挣到一块五，你还不能住在那地方。你得费汽油开车上那儿去。"他气愤得有些喘气，两眼闪着仇恨的光，"这就是他们散发传单的缘故。你印一大批传单，到了为庄稼活儿付工钱的时候，每小时只给一毛五，也就省下这笔开支了。"

汤姆说："这简直是个臭水坑。"

年轻人粗声大笑："你在这儿再待几天，要是赶上了好运气，闻到了玫瑰花香，那就叫我也来闻闻吧。"

"可是工作总有吧，"汤姆固执地说，"天哪，这儿长着这么多东西：有果树，有葡萄，有蔬菜——我都看见了。那些东西总得有人去收摘呀。那些东西我全都看见了。"

车旁的帐篷里有个孩子哭起来了。那个年轻人走进帐篷，他轻柔的声音从帆布篷里传了出来。汤姆拿起手摇曲柄钻，把它夹在气门栓上，用手来回地磨个不停。孩子的哭声停止了。年轻人出来，看着汤姆。“你可以去干那种活儿，”他说，“好得很呀！你应该去干。”

“我刚才说的话对不对？”汤姆继续说，“我看见那些庄稼了。”

年轻人蹲下来。“我告诉你吧，”他低声说，“有个狗日的大桃树园，我在那儿干过活儿，那儿长年只用九个人。”他意味深长地顿了一下，“在桃子成熟的两星期里要雇用三千人。不雇用这么多人，桃子就要烂掉。你猜他们怎么办？他们到处发传单。他们要雇三千人，却招到了六千。他们招了这么多人，工钱就随他们出多少了。你要是嫌工钱低，不想干，他妈的，还有一千人等着干那个活儿呢。你只好摘了又摘，一直把整园的桃子都摘光。老大的一块地方都种着桃子，全在一个时候熟了。你把它们都摘下来了，他妈的，一个也不剩。这下子什么活儿也没得干了。到那时候，园主们就再也不需要你了。你们三千个人，一个也用不着了。工作已经干完了。他们怕你偷东西，怕你喝酒，怕你闹乱子。而且你们住在旧帐篷里，那副穷相也太难看；这是个漂亮地方，你们却把它弄得又脏又臭。他们不许你们待在这一带，所以他们就赶走你们，叫你们到处流荡。就是这么回事。”

汤姆向自己家的帐篷望了望，看见他母亲因为过度疲乏而动作迟钝，慢腾腾地用树枝树叶生起了一堆小小的火，把锅子放在火上。一群孩子聚拢来，他们瞪大着眼睛不住地看着妈的双手的每一个动作。一个驼背老头子像狗熊似的从帐篷里出来，一边走，一边嗅着。他背剪着手，加入孩子队里看着妈。露西和温菲尔德站在妈的身边，像怀着敌意似的望着那些陌生人。

汤姆愤愤地说：“那些桃子现在就可以摘了，是不是？桃子刚熟就要摘吧？”

“当然是喽。”

“那么，假如找工作的人聚拢来说：‘让桃子烂掉吧。’那么，不久工价可不是就会上涨吗？”

年轻人从气门上抬起眼睛来，冷笑似的看看汤姆。“噢，你想出办法来了，是不是？是你自己想出来的主意吧？”

“我累了，”汤姆说，“开了整夜的车子。我不打算跟你拌嘴。我实在累得没精神跟你争论了。别挖苦我。我不过是问问你。”

年轻人咧着嘴笑了。“我并不是挖苦你。你还没来的时候，这个办法早就有人想到了，桃树园的园主们也想到了。你想，要是大家团结起来，一定要有一个人带头才行——总得有个人出来说话呀。嗐，这家伙一开口，他们就抓住他，把他关到牢里。要是又有个头目出来，他们当然也把他关到牢里。”

汤姆说：“噢，关到牢里也有饭吃呀。”

“孩子们可没吃的。你怎么肯自己去坐牢，让孩子们饿死呢？”

“是呀，”汤姆慢慢地说，“是呀。”

“还有一层。你听说过‘黑名单’吗？”

“什么叫‘黑名单’？”

“噢，你只要一开口，说要把我们这些人团结起来，那么你就会明白了。他们就给你拍张照片，寄到各地。从此你就找不到工作了。你要是有孩子……”

汤姆把便帽脱下来，用两只手搓着。“那么我们就只好挣多少是多少了，要不就得挨饿。我们要是叫苦，那也得挨饿。”

年轻人挥一挥手，画了一个大圆圈，把那些破帐篷和锈了的汽车都圈在里面。

汤姆又看看他母亲，她正坐在那里削土豆皮。孩子们已经更紧地聚在她周围了。他说道：“我偏不信这一套。我跟我们一家人并不是好欺负的。谁惹着我，我就要一脚把他踢倒。”

"像警察那样吗？"

"比谁都凶。"

"你真傻，"年轻人说，"他们马上把你抓去。你既没名声，又没财产。他们会把你推到沟里，摔得你嘴巴和鼻子上全是血。而这新闻登在报上只有短短的一行——你知道那上头怎么说吗？'发现流浪汉尸体。'就只有这么一句。你在报上时常看到一行小小的字：'发现流浪汉尸体。'"

汤姆说："那流浪汉身边还会有别的尸体呢。"

"你真傻，"年轻人说，"那也没什么好处。"

"噢，那你打算怎么办？"他望着那张挂着一行行油污的脸。年轻人眼眶里含着泪了。

"没办法。你们是从哪儿来的？"

"我们吗？是俄克拉何马人，离萨利索很近。"

"刚到吗？"

"今天刚到。"

"打算在这一带长久待下去吗？"

"说不定。什么地方找得到工作，我们就在什么地方住下来。怎么啦？"

"没什么。"那两只眼睛又含着泪了。

"我们得睡一睡，"汤姆说，"明天出去找工作。"

"你不妨去试一试。"

汤姆转过身去，走向他家的帐篷。

年轻人拿起那只装着磨气门用的油砂的铁盒子，把指头伸进去。"喂！"他喊道。

汤姆转过头来。"什么事？"

"我想告诉你，"他把那蘸着油砂的指头动了一动，"我只是想告诉你，别去找麻烦。还记得那个害怕警察的家伙那副模样吗？"

"那边帐篷里的那个老头儿？"

“是的——看上去像个哑巴——好像是发呆吧？”

“他怎么啦？”

“噢，警察随时都会上这儿来，他们一来，你就得装出那个样子。装哑巴——什么也不知道，什么也不懂。警察就喜欢我们像这个样子。千万别打警察，那等于自杀，非得老老实实不可。”

“让那些浑蛋警察欺负我，我不还手吗？”

“不，你当心点，晚上我来看你。我的话也许不对。这里随时都有密探。我是来碰运气的，我还有个孩子呢。可是我会来找你。你要是看见警察来了，那你就装作傻头傻脑的俄克佬，一声不响，懂吗？”

“只要我们能想办法，我装装傻倒也可以。”汤姆说。

“别发愁。我们是在想办法，可是不能出头露面。孩子很快就会饿死的。小孩饿上两三天就死了。”他回头去做自己的事，把油砂抹在气门座上，手里握着手摇曲柄钻磨来磨去，他的脸色显得死板板的。

汤姆慢慢走回他的帐篷。“怕警察。”他嘴里轻轻说了一声。

爸和约翰伯伯捧着干柳枝向帐篷走来，他们把柳枝抛在火边，蹲在地上。“树上的枝子都弄光了，”爸说，“要跑出一大段路去才找得到柴火呢。”他抬起头来看看那群瞪着眼睛的孩子。“上帝保佑！”他说，“你们从哪儿来的？”孩子们都羞答答地看着自己的脚。

“我猜他们大概闻到做菜的气味了，”妈说，“温菲尔德，别挡着路。”她把他推开了。“我们来做些炖菜吃吃吧，”她说，“自从离开家乡，我们一直没好好地做过菜。孩子他爸，你到铺子里去给我买点猪脖子肉来。我来做一锅好好的炖菜。”爸站起身来，慢腾腾地走了出去。

奥尔把汽车头的盖子支起来，埋头看着那油污的发动机。汤姆走近的时候，他又抬起头来。“你可真是逍遥自在呀。”奥尔说。

“我高兴得像春雨中的蛤蟆。”汤姆说。

“你看看这发动机，”奥尔指着车头说，“好得很，呃？”

汤姆向里面看了一眼。“我看还不错。”

“不错？哎呀，简直是了不起。不漏油，也没什么毛病。”他旋开了一个火花塞，把食指塞到那小洞里，“有些淤积了，可还算干燥。”

汤姆说：“你挑选得好。你是要我夸你这么一句吧？”

“噢，我一路老在担心，只怕机器坏了，要算我的过错。”

“不，你干得很好。还是把它装好吧，因为明天我们就要开出去找工作了。”

“它走得动，”奥尔说，“你一点儿也不用担心。”他摸出一把小刀，刮刮火花塞的尖端。

汤姆从帐篷边上绕过去，看见凯西坐在地上，望着一只赤着的脚出神。汤姆猛然坐在他旁边。“你想它还能行吗？”

“什么能行？”凯西问道。

“你那些脚指头。”

“啊！我只是坐在这儿想心事。”

“你老爱这样，这倒是挺舒服的。”汤姆说。

凯西翘起他的大脚趾，把第二个脚趾弯下去，他不声不响地微笑了一下。“一个人不自寻烦恼，只想着一些事情，就已经够难受的了。”

“好几天没听见你作声了，”汤姆说，“一直在想事情？”

“是的，一直在想。”

汤姆脱下他的布帽，这顶帽子现在已经又脏又破了，帽舌尖得像鸟喙一样。他把里面的帽圈翻过来，拿掉一长条折着的报纸。“汗出得太多，帽子缩小了。”他说。他看看凯西那两只扭动着的脚指头，又说：“你暂且放下你的心思，听我说几句话好吧？”

凯西把长脖子上的脑袋转过来。“我一直在听呢。正因为这样，我才老是在想。只要听人家的谈话，我马上就知道人家的心情怎么样。时时刻刻都是这样的。我听着他们说话，感觉他们的心情；他们像阁楼里的鸟一样拍着翅膀。为了要逃出去，老往那布满灰尘的窗子上扑，简直要把翅膀碰碎了。”

汤姆睁大眼睛向他望了一会儿，接着就转过脸去看看二十英尺外的一个灰色帐篷。洗过的工装裤、衬衫和一套衣服晾在帐篷的绳索上。他轻声说：“我想对你说的正是这些话。原来你已经明白了。”

“我明白了，”凯西同意地说，“我们这些无业游民有一大批。”他低下头来，把手伸出去慢慢地往额头上摸，一直插到头发里。“我一路上都看到这种情况，”他说，“凡是我们停下来的地方，到处我都看见这种惨象。人们饿得慌，很想吃点肉，他们偶然弄到一点儿，也吃不饱。等他们饿得再也熬不住的时候，唉，他们就请我给他们做祷告，有时候我就给他们祷告一下。”他用两只手抱住缩起来的膝盖，把两条腿往里收。“我从前总以为祷告可以解愁，”他说，“我时常给他们祷告一下，好让一切苦恼都粘在祷告上，好像苍蝇粘在苍蝇纸上一样，祷告往天上一飞，就把苦恼带走了。可是现在这一套再也不灵了。”

汤姆说：“祷告里变不出肉来。得有一头猪，才有肉吃。”

“是的，”凯西说，“可是全能的上帝也做不到提高工资。我们这些人只想好好过活，只想把孩子们好好抚养大。年老的时候，就想坐在门口，望着落下去的太阳。年轻的时候，就想跳舞，想唱歌，想躺在一起。我们想吃喝，想要有工作。这就是我们的指望——我们要活动活动筋骨，使自己感到劳累。唉！我在说些什么？”

“我也莫名其妙，”汤姆说，“听来倒很有味。你想你什么时候才能干起活儿来，丢开这些空想呢？我们非找工作不可。钱快花光了。爸花了五块钱买了一块漆过的木板，插在奶奶的坟上。我们的钱剩得不多了。”

一只棕黄色的杂种瘦狗绕着帐篷边，嗅着鼻子走过来。它很紧张，把腿往后弯，准备跑开。他嗅得很近了，才察觉到这两个人，于是它抬起头来看了看他们，便向旁边一跳，把耳朵扭向背后，夹着那皮包骨的尾巴逃跑了。凯西眼看着它绕过一个帐篷，逃得无影无踪。他叹了一口气。“我对谁也没什么用处，”他说，“无论是对我自己或是对别人，都是一样。我想一个人走掉。我现在要吃你们的东西，占着你们的地方。可我对你们却毫无用处。也许我能找到一个固定的工作，报答几分你们给我的恩惠。”

汤姆张开嘴，伸出下巴，用一截干了的芥菜秆子剔着他的牙齿。他瞪眼望着那片停宿的地方，望着那些灰色的帐篷和那些用野草、铁皮和纸板搭成的棚舍。“我真想有一包烟叶，”他说，“我好久没抽烟了。在麦卡莱斯特还常常有烟草。我真恨不得再去坐牢。”他又剔着牙齿，后来他忽然转过头来望着牧师，“你坐过牢吗？”

“没有，”凯西说，“从来没坐过。”

“现在且别走，”汤姆说，“别马上就走吧。”

“我早点去找工作——就能早点找到。”

汤姆用半闭着的眼睛对他细看了一番，又把便帽戴好。“你瞧，”他说，“这儿并不是像牧师们所说的那种丰衣足食的好地方。这儿有件事情很伤脑筋。这儿的人害怕我们上西部来；所以他们就叫警察来吓唬我们，要把我们撵回去。”

“是呀，”凯西说，“我知道。你干吗问我坐过牢没有？”

汤姆慢慢地说：“你要是坐了牢，就会机警起来。牢里的人是不准聚在一起，叽叽喳喳谈天的，两个人谈谈也许还可以，一群人谈就不行了。因此你就机警起来。如果要出什么乱子——譬如说有个家伙冒了火，要用扫帚的把儿把看牢的打一顿——那你不等事情发生就先知道了。如果那儿要发生暴动，或是有人要越狱，那也用不着谁告诉你。你预先就看得出来。你知道吧？”

“是吗？”

“你先在这儿待着吧，”汤姆说，“无论如何，待到明天再说。快要出事儿了。我刚跟一个小伙子在路上谈过话。那家伙像一只山狗似的，鬼鬼祟祟，机灵得很，可是他太机灵了。山狗只顾着自己的事，装出一副又天真又和善的样子，仿佛它只寻开心，不打坏主意似的——嗐，好坏这儿还有个安身的地方嘛。”

凯西凝神注视着他，正想问一句，却又把嘴闭紧了。他把脚趾慢慢地扭动了一会儿，松开两膝，把一只脚伸出去，使自己看得见。“好，”他说，“我暂时不走。”

汤姆说：“要是一大堆人都不声不响，装作什么也不知道的样子——那就是要出事了。”

“我不走就是了。”凯西说。

“明天我们坐卡车出去找工作。”

“好！”凯西说，他把脚趾上下扭动着，出神地查看了一番。汤姆支着胳膊肘，把身子往后靠，闭上了眼睛。他听见帐篷里罗莎夏喃喃的说话声和康尼的回答。

油布篷遮成了一片暗影，两头的楔形光线却还是强烈刺目。罗莎夏躺在床垫上，康尼蹲在她旁边。“我该帮帮妈的忙，”罗莎夏说，“我总想去帮忙，可是刚一走动，就呕吐了。”

康尼两眼阴沉沉的。“我要早知道是这样，就不来了。那我还不如留在家乡上夜校，把拖拉机学会，找个三块钱一天的工作。每天有了三块钱，生活就过得很好，每天晚上还可以去看看电影呢。”

罗莎夏脸上显出担忧的神气。“你不是打算晚上学无线电吗？”她说。他好久没有回答。“是不是？”她追问道。

“是的，当然。要等我站稳了脚跟才行。先得攒一点儿钱。”

她翻起身来，用胳膊肘撑着。“你可别打消这个主意呀！”

“不会——不会——当然不会。可是——我可没想到我们要住在这么个地方。”

姑娘的眼睛里露出坚定的神色。“你只好将就住下来。”她轻声说。

“是，是，我知道。必须先站稳脚跟，攒一些钱。也许还不如留在家乡学学拖拉机更好呢。他们一天可以挣到三块钱，还可以捞些外快。”罗莎夏的眼睛里露出沉思的神色。当他低下头去望着她的时候，他看见她眼里有一种打量他、揣测他的神气。“可是我还是要学习，”他说，“等站稳脚跟就开始。”

她发狠地说：“我们必须在孩子生下来之前有一所房子才行。我们可不能在帐篷里生这个孩子。”

“当然，”他说，“只等我站稳了脚跟就想办法。”他走出帐篷，低下头去看那弯腰在柴火上做饭的妈。罗莎夏把身子翻过来仰卧着，瞪眼望着帐篷的顶。随后她就把大拇指放进嘴里去咬住，轻声哭起来。

妈跪在火旁，把柴枝折断，添到火里，使火焰在炖菜的锅底下升腾。火一会儿旺，一会儿小，再一会儿旺，又一会儿小。孩子们一共有十五个，静悄悄地站在那里望着出神。等到炖肉的气味冲进他们鼻子的时候，他们的鼻子就微微地皱缩起来。他们布满尘沙的焦黄的头发上闪耀着阳光。孩子们站在那里有些不自在，可是他们没有走开。妈跟那一圈嘴馋的小孩里一个站着的女孩轻声谈着话。那女孩的年纪比其余的都大。她用一只脚站着，用另一只光脚的脚背蹭着她的小腿肚。她的两臂交叉在背后，用一双沉静的灰色小眼睛望着妈。她提议道：“如果你要我来折断柴火，我可以帮忙，大婶。”

妈把工作停了一下，抬起头来望着她。“你是想叫我给你吃一点儿吧？”

“是的，大婶。”那女孩沉着地说。

妈把手里的柴枝塞到锅底下，火焰便毕毕剥剥地发着响声。“你还没吃过早饭吗？”

“没有，大婶。这一带找不到工作。爸打算卖掉一些东西来买汽油，我们好上别处去。”

妈抬起头来望着。“你们这些孩子谁都没吃过早饭吗？”

围成一圈的孩子不自在地动了一动，掉过头去不看那沸腾着的锅子。一个小男孩自夸地说道：“我吃过了——我跟小弟弟吃过了，还有他们两个也吃过了，我看见的。我们吃得很好。今天晚上我们要到南边去了。”

妈微笑了。“那么你们都不饿喽。我这点东西是不够大家吃的。”

那个小男孩把嘴唇向外努着。“我们吃得很好。”他说了这句话，便转身跑进一个帐篷里去了。妈的视线跟着他望了好久，后来那个年纪最大的女孩才提醒了她：“火熄下去了，大婶。如果要我帮忙，我可以把火弄旺。”

露西和温菲尔德摆出一副冷淡和正经的面孔，站在圈子里面。他们不大理人，同时又显得很小气。露西转过一双冷淡的愤怒的眼睛，看看那女孩。她蹲下身去给妈折柴枝。

妈揭开锅盖，用一根树枝搅一搅那锅炖菜。“你们有几个并不饿，我很高兴。无论如何，那个小男孩总是不饿的。”

女孩嘲笑地说：“啊，他呀！他是吹牛。吹得好响。他要是没吃晚饭，你猜他怎么办？昨天晚上，他出来说他们有鸡吃。嗐，您哪，他们吃饭的时候，我往里面看过，也不过是煎面团，跟别人家吃的一样。”

“啊！”妈向那个小男孩走进去的帐篷望了一眼。她又回过头来看看这女孩。“你到加利福尼亚来多久了？”她问道。

“啊，大概有六个月了。我们在官办的收容所里住过几天，后来就往北去。等我们回来，那里边已经住满了人。说实话，那倒是个住着挺舒服的好地方呢。”

“那收容所在哪儿？”妈问道。她从露西手里接过柴枝来添到火里。

露西向那个年纪较大的女孩狠狠地望着。

“离青草镇不远。那儿有很好的厕所和洗澡间，你还可以在大盆里洗衣服，用水也方便得很，喝的水也很好；每天晚上大家奏奏音乐，星期六晚上，还有跳舞。啊，那样的好地方，你可从来没见过。还有一个专给孩子们玩的地方，厕所里还有纸。只要把一根小链子往下一拉，水就直冲到马桶里了。那边没有警察随时到你帐篷里来查看，收容所里的管事人也挺客气，过来看看、谈谈，一点儿也不摆架子。我真巴不得我们能再上那儿去住呢。”

妈说：“我从来没听说过这个地方。我要是住在那儿，就可以用洗衣盆了。”

那女孩兴奋地继续说下去：“啊，我的天哪，热水就在管子里，你到洗澡间里洗淋浴，水是热的。这样的地方，你一辈子没见过吧。”

妈说：“你说现在住满了人吗？”

“是呀。我们上次去问过，据说人满了。”

“收费一定高得很吧？”妈说。

“对啦，收费倒是不少，不过你要是没钱，他们就让你免费，只要干点活儿就行了——每星期干两个钟头，打扫屋子，倒倒垃圾箱。只做些这样的事情。每天晚上都有音乐，大伙儿在一起聊天，管子里还有热水。这么好的地方，真是一辈子没见过。”

妈说：“我真希望我们能上那儿去。”

露西已经忍不住了。她突然很凶地说：“奶奶就死在卡车顶上。”那女孩莫名其妙地看看她。“是的，她就是那么死的，”露西说，“验尸所的人把她弄走了。”她闭紧着嘴，把一小堆柴棒踢散了。

温菲尔德一看她那么大胆地说了这两句攻击的话，便眨眨眼睛，表示高兴。“就死在卡车上，”他附和着说，“验尸所的人把她装在一只大篓子里。”

妈说：“你们两个都住嘴，要不你们就得给我走开。”她又把柴枝加到火里。

奥尔已经沿着那排帐篷溜达过去，看着那打磨气门的工作。“你好像快完工了。”他说。

“还有两个没磨好。”

“这些人家有大姑娘吗？”

“我是有老婆的，”那个年轻人说，“我没工夫去找大姑娘胡闹。”

“我老是有工夫找姑娘们玩，”奥尔说，“干旁的事情我倒没工夫。”

“你饿一饿肚子，就会把这个脾气改掉的。”

奥尔大笑起来。“也许是。可是我一直还没去掉过这个念头。”

“刚才跟我说话的那个小伙子，他是跟你一起的，是不是？”

“是呀！那是我哥哥汤姆。你可别作弄他。他杀过人呢。”

“杀过人？为了什么？”

“打架。那家伙把汤姆戳了一刀，汤姆就拿一把铁锹揍死了他。”

“真的吗？法院怎么治他的？”

“放了他，因为那是彼此打架。”奥尔说。

“看他那样子，不像个爱吵架的人。”

“唔，他不是那样的人。可是汤姆也不肯受别人的气。”奥尔的口气非常得意，“汤姆，他不大作声。可是——你得当心！”

“我跟他谈过话。听口气，他不像个脾气坏的人。”

“他不是那种人。平常他脾气好极了，可是谁要惹起了他的火气，那就不得了了。”那个年轻人磨着最后一个气门。“要不要我帮你把这些气门装上去，把车头盖好？”

“也好，要是你闲着没事的话。”

“我该睡一觉了，”奥尔说，“可是看到一辆拆开的汽车，也不由得手痒，非帮帮忙不可。”

“噢，我有个帮手可太高兴了，”那个年轻人说，“我叫弗洛伊德·诺尔斯。”

“我叫奥尔·乔德。”

"见到你真高兴。"

"彼此彼此，"奥尔说，"就用原来的衬垫吗？"

"只好将就着用吧。"弗洛伊德说。

奥尔摸出袋里的小刀来，把那个气门刮了一刮。"嗐！"他说，"我最喜欢的就是弄弄发动机。"

"跟大姑娘比呢？"

"唔，大姑娘也喜欢！我真想把一辆罗尔车拆开来看看再装好。有一次我在一辆十六号的凯迪拉克车盖底下看了一阵，哎呀，那玩意儿可真叫人看了过瘾。那是在萨利索——那辆十六号的凯迪拉克停在一家酒馆门口，我就把车盖揭开了。有个家伙走出来说：'你干什么？'我说：'只不过看看。这真是太棒了！'他只是站在那儿，我想他从来没看过那里面的机器。他只是站在那儿，是个戴草帽的阔佬，穿的是条纹衬衫，还戴着眼镜。我们什么话也没说，只是看着。不一会儿，他说：'你想开开这辆车吗？'"

弗洛伊德说："扯淡！"

"真的——他说：'你想开开这辆车吗？'那时候，我穿着工装裤——浑身都是脏的。我说：'我怕把车子弄脏了。''你开吧！'他说，'就在这一带兜兜圈子好了。'嘿，这一来，我就坐上车去，绕着那堆房子开着汽车兜了八个圈子。啊，真过瘾！"

"痛快吗？"弗洛伊德问道。

"啊，天哪！"奥尔说，"要是我能把车子拆开来看看，那叫我付出什么代价都行。"

弗洛伊德把臂膀的动作慢下来。他拿起最后一只气门，查看了一番。"你还是开惯旧车的好，"他说，"因为你不会再有开十六号凯迪拉克车的机会了。"他把手摇曲柄钻放到脚踏板上，拿起一把凿子来凿掉气门上的油泥。两个光头赤脚的矮胖女人抬着一桶乳白色的水从他们中间走过。她们被那桶水压得一瘸一拐地走着，都低头望着地上。下午的太阳落下一半了。

奥尔说："你好像对什么都没多大兴致似的。"

弗洛伊德用凿子刮得更起劲了。"我到这儿已经六个月了，"他说，"我在这一州到处跑遍了，只想苦干，让我和老婆孩子有点肉和土豆吃。我一直像长耳兔似的东奔西跑——老是混不好。无论我怎么干，总是吃不饱。我有些累了，没别的。我累得太厉害，连睡觉也恢复不过来。我真不知该怎么办才好。"

"找不到固定的工作吗？"奥尔问道。

"找不到，没有固定的工作。"他用凿子凿去了气门上的油泥，又用一块油污的破布揩揩颜色暗淡的金属体。

一辆生锈的旅行车开到了停宿场，车里有四个男人，脸色都是黑黄和冷酷的。车子穿过停宿场慢慢地开来。弗洛伊德向他们喊道："运气好吗？"

汽车停了。开车的人说："我们跑遍了一大块地方。这一带连一个人的工作都找不到。我们得搬走才行。"

"上哪儿去？"奥尔嚷道。

"天知道。这地方我们反正是找遍了。"他把油门踩了一下，汽车又慢慢地往停宿场的另一头开去了。

奥尔望着他们的背影。"一个人单独去不是好些吗？那样的话，要是有一份工作，一个人就可以干了。"

弗洛伊德把凿子放下，苦笑起来。"你还不懂呢，"他说，"到乡下各处去跑是费汽油的。汽油要一毛半一加仑。那四个人坐不起四辆车。所以他们这才凑点钱来买了汽油。你得明白这个才行。"

"奥尔！"

奥尔低下头去，看见温菲尔德很神气地站在他身边。"奥尔，妈把炖菜盛起来了。她叫你去吃。”

奥尔把两只手在裤子上擦了一擦。“今天我们还没吃过东西呢，”他对弗洛伊德说，“等我吃过了，再来给你帮忙。”

“你要是不愿意来，就不必再来了。”

“一定来，我要来帮忙。”他跟着温菲尔德向自己家的帐篷走去。

现在帐篷外面挤满了人。陌生的孩子靠近炖菜锅子站在那里，妈做饭的时候，两肘总不免会碰着他们。汤姆和约翰伯伯站在她旁边。

妈无可奈何地说：“我真不知该怎么办。我得给自己这一家人吃。这儿这些孩子叫我怎么办呢？”孩子们直挺挺地站在那里望着她。他们的脸色是茫然的、呆板的，他们的眼睛机械地从锅子转到她手里拿着的那只铁皮盘子上。他们瞪着眼睛，跟着汤匙从锅里转到盘子里，当她把那冒气的盘子递给约翰伯伯的时候，他们的眼光又跟着盘子向上望去。约翰伯伯把他的汤匙放进炖菜，一排眼睛便一齐跟着那汤匙向上望。一块土豆送进了约翰伯伯的嘴里，那一排眼睛便望着他的脸，看他会有怎样的反应。这东西好吃吗？他喜欢吃吗？

接着约翰伯伯好像是初次看到他们一样。他慢慢地嚼着。“这个你拿去吃吧，”他对汤姆说，“我不饿。”

“你今天还没吃过东西呢。”汤姆说。

“我知道，可是我有点儿肚子痛。我还不饿。”

汤姆轻声说：“你把盘子拿到帐篷里面去吃吧。”

“我不饿，”约翰伯伯执拗地说，“到帐篷里去，我还是会看见他们。”

汤姆转过脸去望着孩子们。“你们走吧，”他说，“快走，快走。”那一排眼睛离开了炖菜，诧异地注视着他的脸。“快走开吧。你们在这儿等着没有用。东西不够，没有你们吃的。”

妈把炖菜舀到一只只铁盘子里，每只里只盛一点点，然后把那些盘子放在地上。“我不能把他们打发走，”她说，“真不知该怎么办。你们各自拿着盘子进去吧，我来把剩下的分给他们。这一盘拿进去给罗莎夏吃。”她笑嘻嘻地看看孩子们。“喂，”她说，“你们这些小家伙每人去拾一块柴爿来，我把剩下的留给你们。可是大家别打架呀。”那群孩子乖乖地迅速散开了。他们跑去找柴爿，跑到自己的帐篷里拿了汤匙来。妈还没有把那些盘子都盛齐，他们就像饿狼似的悄悄地回来了。妈摇摇头。“我真不知怎么办才好。我不能叫自己一家人饿肚子。我得先给自己家里人吃。露西，温菲尔德，奥尔，”她厉声喊道，“你们各自把盘子端走，快点儿，快进帐篷里去。”她抱歉似的向那些等着的孩子看了一下。“东西太少了，”她腼腆地说，“我把这锅子端下来，放在外面，你们大家都可以尝一尝，可是这对你们也没什么好处。”她结结巴巴地说，“我实在没办法。又不能不让你们尝一尝。”她把锅子端下来放在地上。“等一等，太烫。”她说，接着便急忙走进帐篷，免得看着他们。她的一家人各自拿着一只盘子，坐在地上；他们听得见外面孩子们用他们的柴爿、汤匙和他们的锈铁片在锅子里乱舀的声音。一堆孩子挤得把锅子全挡住了。他们没有谈话，也没有争吵；但是他们大家虽然不声不响，却很专心，而且都有一股呆头呆脑的凶劲儿。妈背过身，免得看见他们。“我们不能再这么办了，”她说，“我们只好悄悄地自己吃。”外面传来了一阵刮锅子的声响，接着那堆孩子便散开了，把刮过的锅子留在地上。妈看看那些空盘子。“看来你们都没吃饱呢。”

爸站起身来，没有回答，便离开了帐篷。牧师暗自微笑着，仰卧在地上，交叉着两手枕着头。奥尔站起身来。“我得去帮人家修汽车。”

妈把那些盘子收拾起来，拿到外面去洗。“露西，”她叫道，“温菲尔德，马上去给我抬一桶水来。”她把水桶交给他们，于是他们便有气无力地向河边走去了。

一个宽肩阔背的健壮女人走近来。她的衣服上有一条条的尘污，沾着汽车的油迹。她翘起下巴，显出得意扬扬的样子。她在不远的地方站住，像怀着敌意似的看看妈。后来她终于走了过来。“你好。”她冷淡地说。

“你好，”妈说，一面站起来，一面把一只木箱推向前去，“请坐坐好吗？”

那个女人走上前来。“不，我不要坐。”

妈莫名其妙地看着她。“我能帮你什么忙吗？”

那个女人把两只手叉在屁股上。“你只要管好你自己的孩子们，别让他们惹到我的孩子，那就算给我帮忙了。”

妈把两眼睁得大大的。“我没得罪你呀……”她开始说。

那个女人皱起眉头望着她。“我的孩子回去的时候，嘴里有炖菜的气味。你给他吃了。是他告诉我的。你别因为自己有炖菜吃，就扬扬得意，到处夸口。你别这样。没这些麻烦，我已经够苦恼了。他进来对我说：‘我们为什么没有炖菜呢？’”她气得声音发抖。

妈走到她身边。“请坐吧，”她说，“坐下来谈谈。”

“不，我不要坐。我想方设法给家里人弄些东西吃，你们却吃起炖菜来了。”

“请坐，”妈说，“我们找到工作以前，这大概是最后一次吃炖菜了。要是你做一锅炖菜，一群孩子怪馋地站在周围，你怎么办？我们自己吃也不够，可是他们那样看着你，你总不能不给他们吃一点吧？”

那个女人的两只手从屁股上放下来了。她那双眼睛像探究似的把妈看了一会儿，接着她便转过身去，连忙走开，进入一个帐篷，随手把门帷放下。妈瞪眼望了她一会儿，就重新跪在地上收拾那一叠铁盘子去了。

奥尔急急忙忙走过来。“汤姆，”他叫道，“妈，汤姆在里边吗？”

汤姆伸出头来。“什么事？”

“跟我来。”奥尔兴奋地说。

他们一道走了出去。“你这是怎么回事？”汤姆问道。

“等一会儿你就明白了。”他把汤姆领到那辆拆开的汽车旁边。“这位是弗洛伊德·诺尔斯，”他说。

“噢，我跟他谈过话了。你好吧？”

“正在修这辆车子。”弗洛伊德说。

汤姆用手指摸一摸气门的顶端。“你大惊小怪的，到底是怎么回事，奥尔？”

“弗洛伊德刚才告诉了我。你再说说吧，弗洛伊德。”

弗洛伊德说：“我也许不该说，可是——哎，我告诉你吧。有个人上这儿来了，他说北方有工作。”

“北方？”

“是的——那地方叫圣克拉拉河谷，离这儿远极了，要往北去呢。”

“真的吗？什么工作？”

“摘梅子，摘梨子，还有装罐头的工作。据说做工的季节快到了。”

“有多远？”汤姆追问道。

“啊，天知道。也许有两百英里吧。”

“多远的路程！”汤姆说，“等我们到了那儿，谁知道还有没有工作呢？”

“唔，我们不知道，”弗洛伊德说，“可是这儿什么事也找不到，那家伙说他接到他兄弟的信，他已经动身了。他说别让旁人知道，怕去的人太多了。我们得在夜里动身。到了那儿就先把工作安排好。”

汤姆把他打量了一番。“我们何必偷偷地去呢？”

“嗐，要是个个人都上那儿去，那就谁也没有工作做了。”

“路程可真远呀。”汤姆说。

弗洛伊德的口气显出受屈的意味。“我不过是告诉你一个秘密消息。你不愿意去，也随你的便。你兄弟帮过我的忙，我才肯把这消息告诉你们。”

“你准知道这儿没工作吗？”

“你瞧，我跑遍各地，找过三个星期了，始终没找到一份工作，连一线希望都没有。你要是不怕浪费汽油，情愿到各处去找，那么你就去找吧。我并不是求你跟我去。多去一个人，我就少一个机会呢。”

汤姆说：“我并不是找你的碴儿。只不过这段路程可真是够远的。我们很希望能在这儿找到事做，租一所房子住下来。”

弗洛伊德耐心地说：“我知道你们是初到这儿。有些情况你们还不懂。你要是肯听我的话，那你就可以省些麻烦。要是不听我的话，那你就要准备多吃苦头。你休想在这儿安家，因为这儿没什么工作能使你安下家来。你的肚子也不会让你在这儿安定。明白吗——这是真心话。”

“我打算先在这一带找找机会再说。”汤姆不自在地说。

一辆轿车从停宿地穿过，在下一个帐篷跟前停下了。一个穿工装裤和蓝衬衫的男人从车里钻出来。弗洛伊德向他喊道：“运气好吗？”

“这一带到处都找不到工作，得等到摘棉花的时候才行。”接着他便走进那破旧的帐篷去了。

“明白了吗？”弗洛伊德说。

“唔，我明白了。可是两百英里实在太远了，天哪！”

“嗐，你们休想在哪个地方待多久。也许还是打定主意去试试看才好。”

“我们最好还是走吧。”奥尔说。

汤姆问道：“这一带什么时候才有工作呢？”

“噢，再过一个月，摘棉花的工作就要开始了。你们要是还有很多钱，就不妨等到摘棉花的时候。”

汤姆说：“妈不想搬动。她累坏了。”

弗洛伊德耸一耸肩膀。“我并不想劝你们到北方去。随你们的便。我只不过把我听到的消息告诉你们。”他从脚踏板上拾起有油污的垫圈，细心地把它装在气门上，往里一按。“喂，”他对奥尔说，“你帮我装好那个发动机盖好吗？”

当他们把沉重的发动机头稳稳地放到几根大螺丝栓上摆平的时候，汤姆在旁边盯着。“这事还得商量商量。”他说。

弗洛伊德说："这事情除了你们一家人，我不愿意让谁知道。我只告诉了你们。而且要不是因为你兄弟在这儿给我帮了忙，我也不会告诉你们。"

汤姆说："你告诉了我们，我当然感谢你。我们得考虑考虑。也许我们可以去。"

奥尔说："哎呀，我想无论其余的人去不去，我总是要去的。我可搭揩油车去。"

"你打算丢开一家人吗？"汤姆问道。

"是的。等我裤袋里装满了钱，我就回来。怎么不去？"

"这种办法妈一定不会赞成，"汤姆说，"爸也不会喜欢这么办。"

弗洛伊德安好螺帽，用手指尽可能地往下旋。"我和我老婆是跟我们全家人一起出来的。"他说，"在家乡的时候，我们不会想到要跟他们分散，绝不会打这种主意。可是，真糟糕，我们大家在北边待了一段时间，我就上这儿来了，他们还是往前走，现在他们在什么地方，只有天知道。我一直在找他们，打听他们的消息呢。"他用扳手把发动机头部的螺丝帽一个个旋紧了。

汤姆在汽车旁边蹲下来，顺着那排帐篷斜望过去。有人在帐篷之间的土地上竖了一根小小的木桩。"不，"他说，"妈准不愿意让你走。"

"噢，我觉得一个人更容易有找到工作的机会。"

"也许是吧。可是妈不会赞成这么办的。"

两部汽车装着一些晦气的人开进了停宿场。弗洛伊德抬起头来望着，却没有问他们运气怎么样。他们那布满灰尘的脸是愁苦而又不服气的。太阳正在落下去，黄色的阳光射到胡佛村和它后面的柳树丛上。孩子们开始从那些帐篷里出来，在停宿场上到处走动。各个帐篷里的女人们也走了出来，各自生起了小堆的柴火。男人们三五成群地蹲着，大家在一起谈天。

一辆雪佛兰双座新汽车开出公路，朝停宿场开来。它停在停宿场当中。汤姆说："是谁呀？他们不像是这儿的人。"

弗洛伊德说："不知道——也许是警察吧。"

汽车的门开了，一个人走出来，站在汽车旁边。他的同伴还是坐在车上。现在所有蹲在那里的男人都望着那两个新来的人，谈话停止了。生火的女人们偷看着那辆晃亮的汽车。孩子们绕着弯走拢来，排成长长的弧形，侧着身子朝中心慢慢移动。

弗洛伊德放下扳手。汤姆站了起来。奥尔把两只手在裤子上擦了擦。三个人向那辆雪佛兰汽车走去。汽车上下来的那个男人穿着卡其裤子和法兰绒衬衫。他戴着平边的斯泰森毡帽。他的衬衫口袋里插着一叠纸，前面还有一小排自来水笔和黄色铅笔；屁股口袋里鼓出一本金属面子的笔记簿。他向蹲在那里的一堆人走去，那群男人用疑惑和沉静的神色翻起眼睛来望着他。他们定睛望着，一动不动；眼白显现在眸子底下，因为他们没有抬起头来看。汤姆、奥尔和弗洛伊德漫不经心地踱了过来。

那个男人说："你们这批人要做工吗？"那群人还是静静地带着疑惑的神情望着。随后全场的人都走过来了。

蹲在那里的男人当中，有一个终于讲话了。"我们当然要做工。什么地方有工作？"

"图莱里县，果子熟了，要用一大批摘果子的工人。"

弗洛伊德开口了。"你是来招募工人的吗？"

"对啦，那块地是归我承包的。"

男人们现在紧紧地挤成一堆了。一个穿工装裤的男人摘掉黑帽子，用手指把他的黑色长头发向后拢了一拢。"你给多少工钱？"他问道。

"噢，还不能最后说定。我想大概是三角吧。"

"你为什么不能说定呢？你已经承包下来了，是不是？"

"包倒是包下来了，"那个穿卡其裤子的人说，"可是这要看货价高低。

也许多一点，也许少一点。”

弗洛伊德走向前去。他轻声说：“我可以去，先生。你是承包人，当然有执照。请你先把执照拿出来给大家看看，再给我们订一张招雇的合同，说明什么地方、什么时候工作，工钱多少，你签了字，我们大家都去。”

那个承包人转过头来，皱着眉头说：“你是在教我怎样管我自己的事吗？”

弗洛伊德说：“我们要是来给你做工，这也就是我们的事了。”

“噢，我不能听你管教。我对你们说过，我要雇人。”

弗洛伊德愤愤地说：“你没说明要多少人，也没说明你要给多少工钱。”

“见鬼，我自己还不知道呀。”

“你要是真不知道，你就没有招雇工人的权利。”

“我有权利照自己的意思来办自己的事。你们这批人要是情愿坐在这儿熬下去，那也好。我会到别处去，给图莱里县招雇工人。要雇一大批人呢。”

弗洛伊德向大家转过身来。他们现在站起来了，静悄悄地望着这两个人说话，一时望着这个，一时望着那个。弗洛伊德说：“我已经上过两次当了。他也许要用一千人。他就招五千人来，只给一角五分一小时。你们这些穷鬼也只好接受了，因为你们不干就要挨饿。如果他要招工人，让他去招好了，只是一定得叫他写清楚可以给多少工钱。向他要执照看看。没有执照，他是不能招募工人的。”

那个承包商向那辆雪佛兰汽车转过脸去叫道：“乔！”他的同伴探头往外望一望，随即推开车门，跨出车来。他穿着马裤和系带子的皮靴，一只笨重的手枪套挂在他腰间系着的子弹带上，褐色衬衫上别着一只警官的星章。他迈着沉重的脚步走过来。他的脸上老是挂着让人不易察觉的微笑。“有什么事？”手枪套在他屁股上溜来溜去。

“你见过这家伙吗，乔？”

警官问道：“哪一个？”

“这家伙。”承包商指着弗洛伊德说。

“他干什么了？”警官向弗洛伊德微笑着。

“他在讲赤党的话，鼓动风潮。”

“哼……”警官慢慢地绕过去看看弗洛伊德的侧影，弗洛伊德的脸色慢慢地涨红了。

“你们明白了吗？”弗洛伊德嚷道，“这家伙要是个正派人，他会带警察来吗？”

“从前见过他吗？”承包商继续问道。

“哼，好像是见过。就在上星期有人闯进那个旧车场去捣乱的时候。我好像在那一带见过这家伙。对！我敢保证准是这家伙。”他脸上的笑容忽然消失了。“你上那辆汽车吧。”他一面说着，一面解开了盖住自动手枪的枪柄的那条皮带。

汤姆说：“你并没查出他有什么罪名呀。”

警官一下子扭转身来。“你要是也愿意一道去，那你就再张嘴说一句话吧。那个旧车场附近本来是有两个人的。”

“我上星期还没到这一州呢。”汤姆说。

“噢，也许你是别的什么地方要捉拿的人吧。你快住嘴！”

那个承包商又向众人转过身来。“你们这些人别听这种赤党分子的话。这些捣乱分子——他们会叫你们遭殃的。你们到图莱里县去，我可以雇用你们所有的人。”

大家没有回答。

警官回过头来，对着他们。“你们还是去的好，”他说，假笑又回到了他的脸上，“卫生局有通知，叫我们把这个停宿的地方拆除掉。如果消息传开去，人家知道你们中间有赤党——那就说不定有人要受累。你们大家都搬到图莱里县去，那可实在是个好主意。这一带没工作可做。我对你们这么说，是一番好意。你们要是不去，也许会有一帮人带着棍子来把你们赶走。”

那个承包商说：“我告诉过你们了，我要雇用工人。你们要是不情愿去——好吧，那就随你们的便。”

警官微笑了一下。“他们要是不肯去做工，这一带也没有他们安身的地方。我们马上就要来赶走他们。”

弗洛伊德直挺挺地站在警官旁边，两个大拇指扣着皮带。汤姆偷偷地看了他一眼，随即埋头呆望着地面。

“反正就是这样，”承包商说，“图莱里县要雇人，工作多得很。”

汤姆慢慢地抬起头来看了看弗洛伊德的两只手，看见他手腕上一条条的青筋在皮肤下鼓了出来。汤姆自己的两只手也提起来了，两个大拇指也扣在皮带上。

“是的，话都说完了。一到明天早上，你们这些人就一个也不许待在这儿了。”

那个承包商上了雪佛兰汽车。

“喂，你，”警官对弗洛伊德说，“你上这辆车去。”他伸出一只大手，抓住弗洛伊德的左臂。弗洛伊德使劲把身子一转，拳头砰的一声打在那张大脸上，顺势就沿着那排帐篷跑掉了。警官身子一晃，汤姆伸出脚去把他绊倒了。警官沉重地跌倒在地上，打了个滚，伸手去摸枪。弗洛伊德东逃西窜地一路跑去，有时看得见，有时看不见。警官从地上开了一枪。一个帐篷的前面，有一个女人尖叫了一声，看看自己的一只手，她的指关节被打断了。几个断了的手指头吊挂在她的手掌上，打碎了的皮肉是白的，没有一点血色。弗洛伊德在那条路上远远地现出了身影，他正在向一丛柳树飞跑。警官坐在地上又举起枪来，这时候，凯西牧师忽然从人群里走上前去。他对准警官的脖子踢了一脚，看见那胖子昏倒过去，才退回来。

那辆雪佛兰汽车的发动机轰隆隆地一响，卷起一片尘沙，就开跑了。它爬上公路，便箭一般地驶去。帐篷前面那个女人还在看着她那只被打断了的手。小滴小滴的血开始从伤口里流出来。她的喉咙里响起了一阵歇斯底里的带哭的笑声，随着每次呼吸，越来越高，越来越响亮了。

警官侧着身子躺在地上，张开的嘴贴着尘沙。

汤姆把他的自动手枪拾起来，拉出弹匣，扔到灌木丛里去，又从枪膛里取出了子弹。“这种家伙根本就没权利带枪。”他说，随即把自动手枪扔在地上。

被打伤了手的那个女人周围已经聚集了一大群人，她的歇斯底里更加厉害了，笑声里有了尖叫的成分。

凯西走到汤姆身边。“你得躲开才行，”他说，“你到柳树丛里去等着。他没看见我踢他，可是他却看见了你伸出脚去绊倒他。”

“我不愿意走开。”汤姆说。

凯西把头靠拢来。他轻声说：“他们一对指纹就会把你对出来。你犯了假释的规矩。他们会把你抓回去坐牢。”

汤姆轻轻地抽了一口冷气。“哎呀！我忘了。”

“快走，”凯西说，“趁他还没清醒过来。”

“我想拿他的枪。”汤姆说。

“不。留着吧。等事情过去，你可以回来的时候，我就给你高声地吹四下口哨。”

汤姆从容地走开了，但是一离开众人，他就加快了脚步，不一会儿就消失在沿着河边生长的柳树丛里了。

奥尔走到跌倒的警官身边。“好家伙，”他称赞地说，“你们当真把他打倒了。”

那群人一直直勾勾地看着那个昏迷的人。后来老远传来一阵尖厉的汽笛声，忽高忽低，终于变为尖叫，这一回声音更近了。那群人立刻慌张起来。他们把脚挪来挪去，随即便一下子走开了，各自进了帐篷。只有奥尔和牧师还留在原地。

凯西向奥尔转过头来。“你走吧，”他说，“走开，快到帐篷里去，你就装作什么也不懂。”

“啊？你怎么办？”

凯西咧着嘴对他笑了笑。“总得有人来担当责任。我没孩子。他们会把我抓去坐牢，反正我就闲坐着，什么也不用干。”

奥尔说：“为什么要……”

“快走，”凯西严厉地说，“你快离开这儿。”

奥尔倔强起来。“我不能听你支使。”

凯西轻声说：“你要是牵连在这场祸事里，那你们全家的人就会受累了。对你一个人我倒不在乎。可是你妈和你爸，他们都会受累。说不定他们还会把汤姆抓回麦卡莱斯特去呢。”

奥尔思量了一会儿。“好吧，”他说，“可是我总觉得你是个大傻瓜。”

“说得对，”凯西说，“我为什么不当个傻瓜呢？”

汽笛声接二连三地响着，一声比一声逼近了。凯西跪在警官旁边，把他翻了一个身。那人呻吟着，翻一翻眼睛，竭力想看一看。凯西把他嘴唇上的尘土揩掉。现在各家的人都在帐篷里，门帷都放下了，夕阳使空中呈现出一片红光，把灰色的帐篷照成了青铜色。

车胎在公路上吱吱地叫了几声，于是一辆敞篷汽车飞快地开进了停宿场。四个背着步枪的人推挤着下了车。凯西站起身来，走到他们跟前。

“这儿出了什么事？”

凯西说：“我把你们那个人打倒了。”

一个带枪的人走到警官跟前。警官现在清醒了，软弱无力地挣扎着，想要坐起来。

“这儿出了什么事？”

“噢，”凯西说，“他蛮不讲理，我打了他一下，他就开枪——打中了那边一个女人。我这才又揍了他一拳。”

“得啦，你最先干了些什么？”

“我跟他顶了嘴。”凯西说。

“上这辆车去。”

“好吧。”凯西说，他爬进后座，在那里坐下。两个人扶起那个受伤的警官。他小心地摸摸自己的脖子。凯西说：“这排帐篷那头有个女人让他开枪打伤了，血流得很厉害。”

“我们随后再去管这个。麦克，这家伙就是打你的人吗？”

目光迷糊的警官有气无力地盯了凯西一会儿。“不像是他。”

“是我，不会错，”凯西说，“你刚才冒冒失失地找错了对手。”

麦克慢慢地摇摇头。“我看你不像那个打我的家伙。哎呀，我这回要出毛病了！”

凯西说：“我跟你们去，不用你们操心。你们最好去看看那个女人伤得厉害不厉害。”

“她在哪儿？”

“那边那个帐篷。”

警官的头目拿着步枪，向那个帐篷走去。他隔着帐篷说了几句话，然后走了进去。不一会儿，他就走出帐篷，回来了。他有些得意扬扬地说：“嘿，一支点 45 口径的手枪多厉害呀！他们已经用上了止血带。我们回头派个医生来吧。”

两个警官坐在凯西的两边。警官头目吹了一声警笛。停宿场上没有动静。门帷紧闭着，人们都在帐篷里。发动机开动了，那辆汽车掉了头，开出了停宿场。凯西得意扬扬地坐在两个看守之间，他昂着头，脖子上一条条的筋都鼓了出来。他的唇边挂着一丝隐约的微笑，脸上有一种神秘的胜利的神情。

警官们一走，大家就从帐篷里出来了。太阳现在已经落山，傍晚柔和的青色天光映在停宿场上。东方的群山还有太阳光照着，呈现黄色。妇女们回到已经熄灭的火边。男人们聚拢来，一同蹲在地上，低声交谈起来。

奥尔从他家的油布篷底下钻出来，向柳树丛走去，给汤姆吹了一声口哨。妈走出来，用柴枝生起了一堆小火。

“孩子他爸，”她说，“我们现在少吃些吧，上一顿我们吃得太晚了。”

爸和约翰伯伯紧靠着帐篷站在那里，看着妈把土豆削好皮，切碎了，放进煎锅。爸说：“真糟糕，牧师为什么要这么做？”

露西和温菲尔德慢慢走过来，蹲着听他们谈话。

约翰伯伯用一只生锈的长钉子深深地刮着土。“他懂得罪恶的道理。我问过他，他告诉了我；可是我不知道他对不对。他说，如果一个人自以为有罪，他就是有罪。”约翰伯伯两眼显得又困倦又难受。“我一辈子都把秘密藏着，”他说，“我做了些事情，从没告诉过别人。”

妈从火边转过头来。“别告诉人家，约翰，”她说，“告诉上帝就好了。别叫别人为了你的罪过心里难受。这不合适。”

“我心里总觉得难熬。”约翰说。

“噢，别告诉人家。你到河里去，把头钻到水底下，在流水里轻轻忏悔吧。”

爸听了妈的话，慢慢地点点头。“她说得对，”他说，“告诉人家倒是可以把苦闷减轻些，可是那难免会把罪恶散布出去。”

约翰伯伯抬起头来，望望太阳余晖照耀下的群山，群山都映到他的眼睛里来。“我真希望能把那些念头除掉，”他说，“可是我办不到。那些念头老在我心里作怪。”

罗莎夏在他后面，睡眼惺忪地从帐篷里走出来。“康尼在哪儿？”

她焦躁地问道，“我好久没看见康尼了，他上哪儿去了？”

“我没看见他。”妈说，“我要是看见他，就对他说你找他。”

“我不大舒服，”罗莎夏说，“康尼不该离开我。”

妈抬起头来，看看女儿浮肿的脸。“你哭了吧？”她说。

罗莎夏眼睛里又淌下眼泪来。

妈沉着地接下去说：“你得沉住气才行，我们这儿还有许多人呢。你得沉住气才行，你来削削土豆，你是为自己发愁吧？”

罗莎夏本想回帐篷里去，她竭力想避开妈那双严肃的眼睛，但是那双眼睛却强制住她，于是她便慢慢地向火边走来了。“他不该走开。”她说，但是眼泪却收住了。

“你得干点活儿才行，”妈说，“老坐在帐篷里，心里就要发愁。我一直没工夫来管你，现在我要管你了。你拿这把刀去削那些土豆吧。”

罗莎夏跪下去照妈的话办了，但她厉声说：“等我见到他再说，我要质问他。”

妈轻轻地微笑了一下。“只怕他会打你耳光呢。你成天唉声叹气，要不就是胡思乱想地哄自己，挨打也活该。他要是真把你打得懂事一点儿，我还要祝福他呢。”罗莎夏两眼闪出怨恨的目光，却没有作声。

约翰伯伯用粗大的大拇指把那只锈钉子深深地按进土里去。“我非向大家说不可。”他说。

爸说：“好，那你就说吧，真见鬼！你杀了谁？”

约翰伯伯把大拇指探进蓝布裤的表袋，拿出一张折着的脏钞票来。

他把钞票摊开，让大家看。“五块的。”他说。

“偷来的吗？”爸问道。

“不，是我的，我一直藏着。”

“是你自己的吗？”

“是的，不过我不该把它藏起来。”

“我并不觉得这有多大的罪过，”妈说，“这是你的呀。”

约翰伯伯慢慢地说：“还不单是把钱一直藏起来。我藏着它还打算去喝酒呢。我每逢心里难受就想喝酒，现在我知道又快到想喝酒的时候了。我本来还没这种打算，可是偏巧这时候——牧师为了救汤姆，宁肯牺牲自己，替他受罪去了。”

爸直点头，歪着脑袋听着。露西像一只小狗似的用胳膊肘爬着，移过身来，温菲尔德跟在她后面。罗莎夏用刀尖剜着一个土豆的芽。傍晚的天光暗下来，变得更青了。

妈用一种尖锐的实事求是的声调说：“我不懂为什么他救了汤姆，就使你想喝酒。”

约翰痛苦地说：“这道理也难说。我只觉得非常难受。这件事他随随便便就做了。他往前迈了一步，说：‘这是我干的。’他们就把他带走了。不知怎的，我也就想喝个醉。”

爸还是点着头。“我不明白你为什么要告诉人家，”他说，“要是我，我要喝酒就干脆去喝了。”

“本来我想总有一天，我可以干一件什么事情，赎掉我心灵上的罪过，”约翰伯伯怪难受地说，“可是我错过了机会。我没抓紧那个机会——让它跑掉了。喂！”他对爸说，“钱是归你管的，你给我两块吧。”

爸不大情愿似的伸手到衣袋里，摸出皮夹来。“你要喝醉，也花不了七块钱吧。你用不着喝香槟呀。”

约翰伯伯把自己的钞票递过去。“你拿着这个，给我两块钱，我花两块钱就能喝个大醉了。我不肯再犯浪费的罪过，往后我只花自己挣的钱了，永远这样。”

爸接着那张脏的钞票，把两块钱交给了约翰伯伯。“拿去吧，”他说，“一个人非干不可的事，只好让他去干。别人也说不出多大的道理去劝阻他。”

约翰伯伯接过钱来。“你不见怪吗？你知道我是不得已吧？”

“唉，我知道，”爸说，“你自己非干不可的事情，你自己明白。”

“不这么办，我就熬不过这一夜。”他说，他转过头来看看妈，“你不会怪我吧？”

妈没有抬起头来看一看。“不会，”她轻声说，“不会——你去就是了。”

他站起身来，在暮色中怪可怜地走开了。他走上混凝土公路，横过路面，到了杂货铺。在铁纱门前面，他把帽子脱下来，扔在尘土里，像是自怨自艾似的用脚跟使劲把它踩了一阵。他让那顶又破又脏的黑帽子留在那里，走进铺子，来到铁丝栏后边放着威士忌酒的橱架跟前。

爸妈和孩子们眼睁睁地看着约翰伯伯走开。罗莎夏恼怒地盯住土豆。

“可怜的约翰，”妈说，“不知道喝酒能不能使他——不行，我想那是没有好处的。我从来没见过被逼成这样的人。”

露西在尘土里侧转身子。她把头移近了温菲尔德的头，将他的耳朵拉到她的嘴边。她轻声说：“我要去喝醉了。”温菲尔德哼哼鼻子，把嘴闭得紧紧的。两个孩子一声不响地爬开，他们的脸因为忍住了笑，都涨成紫红色。他们绕着帐篷爬过去，一下子蹦起来，尖声喊叫着，就从帐篷那里跑掉了。他们跑到柳树丛里，一藏好身子，就高声大笑起来。露西把眼睛睃一睃，伸伸腰，东歪西倒，伸着舌头，摇摇晃晃地走着。“我喝醉了。”她说。

“你看，”温菲尔德叫道，“你看，我在这儿，我就是约翰伯伯。”他甩动着两臂，嘴里喷着气，转着圈子，一直转得晕头晕脑。

“不对，”露西说，“要这样做才行，这样做才行。我是约翰伯伯，我喝得烂醉了。”

奥尔和汤姆正静悄悄地穿过柳树丛，撞见了疯疯癫癫、摇摇晃晃走路的两个孩子。暮色现在已经很浓了。汤姆停住脚，偷偷地看一看。“这不是露西和温菲尔德吗？哎呀，他们这是怎么回事？”他们走过来。“你们疯了吗？”汤姆问道。

两个孩子怪难为情地站住了。“我们不过是玩玩。”露西说。

“这可是疯子似的玩法。”奥尔说。

露西冒冒失失地说：“这并不比许多事情更疯。”

奥尔继续往前走。他对汤姆说：“露西慢慢地学会开玩笑了。她早就在耍这套把戏。现在是顽皮的时候了。”

露西在他背后做了个怪脸，用两根食指绷开嘴，向他伸伸舌头，想尽了办法惹他生气，但是奥尔却没有转过身来看她一眼。她望望温菲尔德，想继续玩那套把戏，但是已经被打断了兴致，玩不下去了。这是他们两个都明白的。

“我们到河里去，把头钻进水里玩玩吧。”温菲尔德提议道。他们穿过柳树丛走下去，还在生奥尔的气。

奥尔和汤姆在暮色中静悄悄地走着。汤姆说：“凯西不该那么办。可是我早该想到才对。他说他没给我们做什么事。他是个好笑的家伙，奥尔。他时时刻刻都在想心事。”

“那是因为他是个牧师，”奥尔说，“他们老有许多事在脑子里乱转。”

“你猜康尼到什么地方去了？”

“我想大概是解手去了吧。”

“噢，他跑到老远的地方去了。”

他们在那些帐篷中间，紧靠帐壁走着。在弗洛伊德的帐篷那里有个轻微的呼声喊住了他们。他们走近那个帐篷的门帷，便蹲下来。弗洛伊德把帆布掀起了一点：“你们走不走？”

汤姆说：“我拿不定主意。你想我们最好还是走？”

弗洛伊德苦笑了。“你听见那个警察说的话了吗？你们要是不走，他们就要放火烧掉这个地方，把你们赶走。如果你认为那家伙挨了一顿打不会再来，那你就是个大傻瓜。赌场里那些流氓今晚就会上这儿来放火把我们赶走。”

“那么，我看我们还是走的好，”汤姆说，“你要上哪儿去？”

“噢，往北去，我已经说过了。”

奥尔说：“有个人告诉过我，离这儿很近的地方有个官办的收容所。那是在什么地方？”

“啊，我想那儿一定住满了人。”

“是在什么地方呢？”

“从九十九号公路往南，过十三四英里，再朝东转弯，到青草镇。收容所就在那附近。可是我想那儿一定住满了人。”

“那个人说收容所里好得很。”

“不错，是好得很。把你当人看待，不像对狗那样。那儿也没警察。可是已经住满了人。”

汤姆说：“我真不懂那个警察为什么那么凶。好像他一心要找麻烦，好像他要故意惹人发火，引起纠纷似的。”

弗洛伊德说：“这儿的情况我不知道，可是在北边，我却认识一个干这差事的人，他是个好人。他告诉我说，那儿的警官们非把人抓去坐牢不可。警长领到的囚粮是每个犯人七角五分一天，但他只要花两角五分供犯人吃。他要是不抓到犯人，他就没赚头了。那个人说他一星期里没抓到一个人，警长就对他说，要是他再不抓几个人来，就要把他开除。今天这家伙的确像是要借故抓人。”

“我们还是得往别处走呢，”汤姆说，“再见，弗洛伊德。”

“再见。也许还能见到你们。但愿还能见面。”

“再见。”奥尔说。他们穿过昏暗的停宿场，向乔德家的帐篷走去。

煎着土豆的锅子在火上嗞嗞地响着，溅出油来。妈用一只汤匙翻动着那些厚厚的土豆片。爸抱着双膝坐在近旁。罗莎夏在油布篷底下坐着。

“汤姆来了！”妈喊道，“谢天谢地。”

"我们得离开这儿才行。"汤姆说。

"出了什么事？"

"噢，弗洛伊德说他们今晚就要来烧掉这个停宿场。"

"究竟为什么？"爸问道，"我们又没犯什么罪。"

"只不过揍了一个警察。"汤姆说。

"噢，那又不是我们干的。"

"据那个警察说，他们要把我们赶走。"

罗莎夏问道："你看见康尼了吗？"

"看见了，"奥尔说，"他顺着河边走了。他是朝南去的。"

"他——他跑掉了吗？"

"我不知道。"

妈转过脸去望着她的女儿。"罗莎夏，你老在说傻话，举动也很特别。康尼对你讲过什么话？"

罗莎夏愁眉不展地说道："他说，他当初要是留在家乡学开拖拉机，那倒是个好办法。"

他们都默不作声。罗莎夏望着火，两眼在火光里闪烁着。土豆在煎锅里吱吱地发响。她低声地哭着，用手背揩揩鼻子。

爸说："康尼有短处，我早就看出来了。他没耐性，太自高自大。"

罗莎夏站起来，走进了帐篷。她倒在床垫上，翻过身去趴着，把头埋在交叉着的臂膀中间。

"我想去把他追回来是没什么好处的。"奥尔说。

爸回答说："是的。既然他不好，我们就不要强留他了。"

妈向帐篷里望了一望，罗莎夏就躺在她的床垫上。妈说："嘘！别说这种话。"

"嗐，他是不好嘛，"爸执拗地说，"口口声声说他要干什么，光说空话。他在这儿的时候，我不愿意说这种话，可是现在他跑掉了……"

“嘘！”妈轻声说。

“请问你，为什么不叫我说话？你干吗老嘘我？他的确跑掉了，不是吗？”

妈用汤匙把土豆翻了一翻，煎开了的油溅着飞沫。她把柴枝加到火里，火焰飞腾起来，照亮了帐篷。妈说：“罗莎夏要生小孩了，那孩子有一半是康尼的。孩子长大起来，听说他爸不好，那是对他有害的。”

“总比说谎好些。”爸说。

“不，你这话不对，”妈打断了他的话，“就当他死了吧。要是康尼死了，你就不会说他的坏话。”

汤姆插嘴道：“嘿，吵什么？我们还不知道康尼是不是一去不回来呢。我们没工夫谈这些。我们得吃了东西赶路呢。”

“又要赶路？我们刚到这儿。”妈从火光照亮了的黑暗中窥视着他。

他仔细地解释道：“他们今晚就要来烧掉这地方。妈，你也知道，叫我眼睁睁看着我们的东西被烧掉，我可受不了，爸也受不了，约翰伯伯也受不了。我们难免会打起架来，要是把我抓进去办罪，我可吃不消。今天要不是牧师出头顶住，我就差点儿被抓去了。”

妈把煎着的土豆在滚热的油里翻了一翻。现在她打定主意了。“赶快！”她喊道，“我们先把这东西吃掉吧。我们得赶快走才行。”她把铁盘子摆开来。

爸说：“约翰怎么办？”

“约翰伯伯在哪儿？”汤姆问道。

爸和妈沉默了一会儿，随后爸说道：“他喝酒去了。”

“天哪！”汤姆说，“他怎么挑了这个时候去！他上哪儿去了？”

“我不知道。”爸说。

汤姆站起身来。“喂，”他说，“你们大家吃了东西，就把行李装好。我去找约翰伯伯。他一定是上公路对过那家铺子去了。”

汤姆飞快地走掉了。一家家帐篷和棚舍前面，都烧着一小堆的做饭的火，火光照在衣衫褴褛的男男女女的脸上，照在蹲着的孩子们身上。有几个帐篷里，煤油灯的光照透了帆布篷，把人们巨大的黑影映在帆布上。

汤姆沿着遍地尘沙的路走去，横过混凝土公路，到了那家小杂货铺，他站在铁纱门前，向里望去。老板是个头发灰白的小个子，胡子乱糟糟的，眼睛有些湿润，靠着柜台在那里看报。他赤着两条瘦胳膊，身上系着一条长长的白围腰。他的周围和背后都堆着许多罐头食品，就像一座座的山和金字塔，就像一堵堵的墙一样。汤姆进来的时候，他抬起头来望着，眯着眼睛，仿佛是在瞄准一支鸟枪。

“你好，”他说，“缺什么东西吗？”

“缺我的伯伯，”汤姆说，“也许是他缺德，忽然跑掉了，也不知是怎么回事。”

那个灰白头发的人显得又诧异又烦躁。他用手轻轻地摸一摸鼻尖，为了要止痒，把它揪了一下。“你们这些外乡人好像老是丢人，”他说，“一天总有十多次，有人上这儿来说：‘你要是看见一个名叫某某、模样怎样怎样的人，请你告诉他，说我们往北去了，好吗？’这样的事情老是不断。”

汤姆笑了。“噢，你要是看见一个流鼻涕的小伙子，叫作康尼的，模样儿有些像山狗，那就请你叫他滚蛋。我们往南去了。可是他并不是我要找的人。这儿是不是有个年纪六十上下，穿黑裤子，头发半白的人来喝过威士忌？”

那个灰白头发的人两眼发亮了。“他来过。那样的怪脾气我可从来没见过。他站在门口，把帽子丢在地上踩了一阵。瞧，我把他的帽子收起来了。”他从柜台底下把那顶沾满灰尘的破帽子拿出来。

汤姆从他手里把那帽子接过来。“就是他，一点儿不错。”

“噢，他喝了两品脱威士忌，一句话也没说。他拔掉塞子，把酒瓶倒过来喝。我这儿没领喝酒的执照。我说：‘喂，你不能在这儿喝酒。你得上外面去喝才行。’好家伙！他就上门外去，那瓶酒只不过喝了四口，就喝得精光了。他把瓶子扔掉，斜靠着门，眼睛有些发呆。他说：‘谢谢你，先生。’接着他就走了。我一辈子也没见过这么喝酒的。”

“走了吗？往哪边走的？我要找他。”

“噢，碰巧我还可以告诉你。我从没见过那么喝酒的，所以我就看着他往前走，他是往北去的，后来有一辆汽车开过来了，把他照得清清楚楚，他就往公路旁边走下去。他那两条腿不大站得直。那时候他已经把第二瓶酒打开了。照他那个走法，是不会走得太远的。”

汤姆说：“谢谢你。我要去找他。”

“他的帽子你要拿去吗？”

“好吧！好吧！他要戴的。噢，谢谢你。”

“他是怎么回事？”那个灰白头发的人问道，“他喝酒的时候，好像并不痛快。”

“啊，他有点苦闷。再见吧。你要是见到那个牛皮匠康尼，请你告诉他，说我们往南去了。”

“托我传话的人太多，我得给人家说这说那，实在记不了那么多。”

“你也不必太费心了。”汤姆说。他拿着约翰伯伯那顶沾满灰尘的黑帽子，走出了铁纱门。他横过混凝土公路，沿着路边走去。胡佛村就在他脚下的那片低洼的田野里；小小的柴火堆闪着光，灯光从那些帐篷里透出亮来。停宿场上有个地方传出六弦琴的弹奏声，那是断断续续、慢慢弹着的练琴的声音。汤姆停步听了一会儿，随后就沿着路边慢慢地走去，每走几步，又停下来再听听。他走了四分之一英里，才听到他要听的歌声。路坎下面，有一阵闷沉沉的、不成调的声音单调地唱着。汤姆歪着脑袋，想听清楚些。

那单调的声音唱道："我把我的心献给了耶稣，耶稣带我回家。我把灵魂献给了耶稣，耶稣就是我的家。"那歌声拖长，变成了低诉，随后就停止了。汤姆朝着歌声，急忙跑下路坎去。过了一会儿，他停住脚步，又静听着。这时候，声音很近了，还是那同样缓慢的、不成调的歌声。"啊，麦琪临死的那天夜里，把我叫到她身边，把她穿过的那条红法兰绒旧衬裤交给了我。那裤子的膝部又松又大——"

汤姆小心地走向前去。他看见那黑黑的人影坐在地上，便悄悄地走近他坐下了。约翰伯伯又把瓶子倒过来，酒便从瓶里咕噜咕噜地流出来。

汤姆轻轻地说："嘿，等一等！也该让我喝一口吧？"

约翰伯伯转过头来。"你是谁？"

"你这就把我忘了吗？你喝了四口，我才喝一口呀。"

"不，汤姆！你别骗我。这儿只有我一个人。你刚才并没在这儿。"

"噢，我现在反正是在这儿了。给我喝一口好吗？"

约翰伯伯又举起瓶子，威士忌咕噜咕噜地流着。他把瓶子摇了一摇。酒瓶已经空了。"没有了，"他说，"我真想死啊，想得要命。只想死一会儿。非死不可，像睡觉一样。真想死一会儿。简直是困极了，困极了。也许——一睡了就不再醒了。"他的声音低沉下去，"我想戴一顶王冠——一顶黄金的王冠。"

汤姆说："听我说，约翰伯伯。我们又要搬到别处去了。你跟我走，就可以在行李上好好睡一觉。"

约翰摇摇头。"不。你走吧。我不去。我要在这儿休息休息。回去是没好处的。对谁都没好处——只不过像穿着脏裤子似的，带着我的罪过在好人当中晃来晃去。那可不行。我不去。"

"走吧。你不去，我们也走不成。"

"你走吧，赶快。我是不中用的，我是不中用的。只不过带着我的罪过，还连累别人。"

"你的罪过并不见得比别人多呢。"

约翰把他的头靠拢来，狡猾地眨着一只眼睛。汤姆在星光下隐约地看得见他的脸。"除了耶稣，谁也不知道我的罪过。他才知道。"

汤姆跪在地上。他伸手去摸摸约翰伯伯的额头，那额头又热又干。

约翰粗鲁地推开了他的手。

"走吧，"汤姆央求道，"快走，约翰伯伯。"

"我不去。累极了。我要在这儿休息一下，就在这儿。"

汤姆靠得很近。他用拳头抵住约翰伯伯的下巴颏，试着画了两个小圈，比比距离，把肩膀转动了一下，对准那只下巴，爽脆地打了一拳。约翰的下巴吧嗒地响了一声，他向后倒下去，又竭力想重新坐起来。但是汤姆骑上了他的身子，约翰撑起一只胳臂肘来的时候，他又给了他一拳。于是约翰伯伯便躺倒在地上不动了。

汤姆站起来，俯身扶起那个松软无力的身子，把他扛在肩上。他在那软瘫瘫的身子的压力下有些蹒跚。他气喘吁吁地慢慢爬上路坎，走上公路的时候，约翰那双垂着的手轻轻拍打着他的背。一辆汽车从旁经过，车灯的光照亮了他和背上扛着的醉汉。汽车开慢了一下，随即又呼啸着开走了。

汤姆从公路上下来，回到胡佛村，到了乔德家的卡车跟前的时候，不住地喘气。约翰渐渐苏醒过来了，他软弱无力地挣扎着。汤姆把他轻轻地放在地上。

帐篷在他离开的时候已经拆掉了。奥尔把一捆捆的东西搬到卡车上。油布也拆开了，准备绷在行李上。

奥尔说："他的酒劲倒是发作得真快。"

汤姆抱歉地解释道："为了把他弄回来，我只好揍了他两下。可怜的人呀。"

"没把他打伤吧？"妈问道。

“我想不会。他快醒了。”

约翰伯伯软弱无力地躺在地上，仿佛有病似的。他一阵阵作呕，短促地喘着气。

妈说：“我给你留下了一盘土豆，汤姆。”

汤姆咯咯地笑了。“现在我不想吃。”

爸喊道：“好了，奥尔。把油布绷起来吧。”

卡车装载好了，准备动身。约翰伯伯已经睡着了。汤姆和奥尔连推带拉，把他弄到行李上，这时温菲尔德在卡车后头发出一阵呕吐的声音，露西用手指堵住了嘴，不让自己叫喊起来。

“全好了。”爸说。

汤姆问道：“罗莎夏呢？”

“在那儿，”妈说，“过来，罗莎夏。我们要走了。”

罗莎夏坐在那儿不动，下巴低垂在胸前。汤姆走到她跟前。“走吧。”他说。

“我不去。”她没有抬起头来。

“你非去不可。”

“我要等康尼。他不回来，我就不走。”

三辆汽车开出停宿场，顺着小路驶到公路上，都是载着帐篷和人的旧汽车。它们咔啦咔啦地爬上公路，便开走了，车上暗淡的灯光一路晃动着。

汤姆说：“康尼会找到我们的。我在那家铺子里留了口信，让店主把我们去的地方告诉他。他会找到我们的。”

妈走过来，站在他旁边。“走吧，罗莎夏。走吧，好孩子。”妈小声地说。

“我要等着。”

“我们不能等了。”妈弯下身去，揪住女儿的胳膊，把她搀起来。

“他会找到我们的，”汤姆说，“你别发愁。他会找到我们的。”他们一左一右地陪着罗莎夏走。

“也许他去找他想要研究的那些书去了，”罗莎夏说，“他也许是要故意让我们吃一惊。”

妈说：“说不定他正是那么干去了。”他们把她引到卡车旁边，搀着她上了行李顶，于是她爬到油布底下，钻进那昏暗的车篷就不见了。

这时候草棚里那个蓄着胡子的人怯生生地来到卡车跟前。他在旁边等着，把双手攥紧了放在背后。“你们有什么有用的东西留下吗？”他终于问道。

爸说：“想不出有什么。我们没什么可以留下来的东西。”

汤姆问道：“你不打算离开吗？”

那个蓄胡子的人瞪着眼对他望了很久。“不离开。”他终于说。

“可是他们会放火把你撵走。”

那双不安的眼睛低下去望着地上。“我知道。他们从前也这么干过。”

“那么，你又为什么不走呢？”

那双惊惶的眼睛抬起来看了一下，又低下去了，那渐渐熄灭的火在他眼睛里映出了红光。“我不知道。要把东西收拾起来，太费工夫了。”

“要是他们放火把你赶走，那你就什么也没有了。”

“我知道。你们没什么有用的东西留下吗？”

“收拾得一干二净，什么也没有了。”爸说。那个蓄胡子的人迷惘地走开了。“他怎么啦？”爸追问道。

“让警察吓坏了，”汤姆说，“有人说他害了什么‘恐警病’。头上挨揍挨得太多了。”

又一个小小的汽车队开出停宿场，爬上公路驶去了。

“走吧，爸。我们该动身了。听我说，爸。你和我和奥尔坐在车座上。妈可以爬到行李堆上去。不行。妈，你坐在当中吧。奥尔——”汤姆伸手到车座底下，拿出一把大活动扳手来，“奥尔，你到后边爬上去。你拿着这个，要谨防出事，要是有人想爬上来——就叫他尝尝这个。”

奥尔接过扳手来，爬上后面的车架，盘着腿坐下，把扳手拿在手里。汤姆从车座底下拉出了摇把，放在刹车脚踏板下面的车底板上。“好了，”他说，“你坐在当中吧，妈。”

爸说：“我手里没拿什么家伙。”

“你可以伸手来拿这个摇把，”汤姆说，“但愿你用不着这个。”他踩了一下油门，飞轮咔啦咔啦地转动了，发动机一阵响一阵停，后来又响起来了。他拧开车灯，把车子慢慢地开出了停宿场。暗淡的车灯光摇摇晃晃地指着路。他们开上了公路，便转向南去。汤姆说：“有时候，一个人是难免要气得发疯的。”

妈插嘴道：“汤姆——你对我说过——你答应过我，说你再也不这么耍脾气了。你答应过的。”

“我知道，妈。我很想不发脾气。可是这些警官——你看见过一个屁股不胖的警官吗？他们扭着屁股，弄得身上挎的枪左摇右摆。”他说，“妈，要是他们照法律办事，我们还受得了。可是那并不是法律。他们要打击我们的精神。他们只想弄得我们低三下四，趴在地上，像一只挨了鞭子的狗一样。他们想叫我们服服帖帖。哎，妈，将来总有一天，会把我们逼得走投无路，只有把警察揍一顿，才能保住自己的体面。他们是要把我们的面子扫光。”

妈说：“你答应过的，汤姆。弗洛伊德那个可爱的小伙子就是那么干的。我认得他妈。听说人家把他打伤了。”

“我是想不发脾气，妈。我对天赌咒，我真想老老实实。可是你总不愿让我像一只挨打的狗一样，把肚子贴着地爬着走，对不对？”

“我祷天祝地。你得安分，汤姆。一家人已经拆散了，你可不能再惹出祸来。”

“我尽量忍住吧，妈。可是那些大屁股的家伙只要有一个惹得我冒火，那我可实在不容易忍住。要是照法律办事，那就不同了。可是把我们住的地方烧掉，那并不是法律呀。”

汽车一路颠簸着往前走。前面公路上横放着一小排红灯。

“我想是要绕道了。”汤姆说。他把汽车开慢，然后停下来，于是立刻就有一群人拥过来把卡车围住了。他们拿着铁镐把儿和霰弹枪做武器，有的戴着战壕里用的钢盔，有的戴着美国退伍军人会的帽子。一个人把头探进了车窗，首先带来一股热腾腾的威士忌的气味。

“你们打算上哪儿去？”他一张红脸冲到汤姆的面孔前面。

汤姆板起了脸。他悄悄地把手伸到汽车的底板上去摸那摇把。妈揪住他的胳膊，用力把它抓着。汤姆说：“噢——”于是他的口气变成了哀求的声调。“我们是外地人，”他说，“我们听说有个叫作图莱里的地方有活儿干。”

“嗐，他妈的，你们走错路了。我们这个镇上可不让讨厌的俄克佬来。”

汤姆的肩膀和胳膊都绷紧了，他气得全身打了一阵哆嗦。妈还是死抓住他的胳膊。卡车前面全被那些武装的人围住了。其中有几个为了要做出军人打扮，穿着制服，系着山姆·布朗[①]式的武装带。

汤姆低声下气地说：“该朝哪条路走呢，先生？”

“你们向右转弯，一直往北去。不到收割棉花的时候，就别回来。”

汤姆全身颤抖了。“是，先生。”他说。他把汽车倒退回去，掉转头，朝来路往回开。妈放掉了他的胳膊，温柔地拍拍他。于是汤姆竭力把憋住的呜咽声抑制住了。

“别难过，”妈说，“别难过。”

汤姆向车窗外面擤了鼻涕，用袖子揩了揩眼睛。“这些王八蛋……”

“你对付得很好，”妈亲切地说，“你对付得好极了。”

汤姆把车子转上一条土筑的岔路，开了一百码，便关上车灯，停住

① 山姆·布朗（1824—1901），英国将军，首创一种军官用的有细带斜挂右肩的武装带。

发动机。他带着摇把，走下车去。

“你上哪儿去？”妈问道。

“出去看看。我们可不能往北去。”公路上那些红灯又向前移动了。汤姆眼看着他们经过了那条土路的路口，继续往前走去。不到几分钟，便传来了一阵喊声和惊叫声，于是从胡佛村的方向升起了熊熊的火光。那火光扩大起来，蔓延开来，远远地又传来了爆裂的响声。汤姆又回到卡车上。他掉转车头，不开车灯，顺着土路往前走。一到公路上，他就重新往南转过去，拧亮了车灯。

妈怯生生地问道：“我们上哪儿去，汤姆？”

“往南去，”他说，“我们不能让那些浑蛋撵着我们到处跑。那可不行。我打算不经过那个市镇，绕着开过去。”

“好，可是我们究竟上哪儿去呢？”爸第一次开了口，“我想知道这一点。”

“打算找那个官办的收容所，”汤姆说，“有人说，那儿不让警察进去。妈——我得躲开他们才行。我怕再撞上这些家伙，我会打死他们中的一个。”

“忍着点，汤姆。”妈抚慰着他，“忍着点吧，汤姆。你刚才应付得很好，你还可以再那么对付呀。”

“对，老像这样，我的面子就要扫光了。”

“忍着点，”她说，“你得有耐性才行。喂，汤姆——别的人全都完蛋了，我们还是要活下去。噢，汤姆，我们才是该活在世上的人。他们消灭不了我们。噢，我们是老百姓——我们是有出路的。”

“我们老是挨揍。”

“我知道。”妈咯咯地笑了，“也许这使我们更坚强。有钱的人发了财还是要死，他们的儿女也没出息，并且都会死掉。可是，汤姆，我们的路倒是越走越宽。你别着急，汤姆。好日子快到了。”

“你怎么知道？”

“究竟怎么知道的，我也说不清。”

他们进了市镇，汤姆便转上一条背街，避开了中心区。在街灯的光线下，他看了看他的母亲。她的脸色是沉静的，眼睛里有一种奇怪的神情，那双眼睛就像一尊古老的雕像的眼睛一样。汤姆伸出右手去，拍了拍她的肩膀。他非拍拍不可。随后他就把那只手缩回来。“我这一辈子还没听见你一口气说过这么多话呢。”他说。

“过去从来不像这样有头脑呀。”她说。

他开过了几条小街，绕过了市镇的中心，才转了弯。在一个交叉路口，路牌上写着“九十九号公路”。他在这条路上向南开去。

“哼，他们想把我们赶到北边去，总算没办到，”他说，“虽然我们不得不低声下气，终归还是能到我们要去的地方。”

暗淡的车灯在那条宽阔的黑沉沉的公路上摸索着，一路前进。

第二十一章

那些经常流动、到处谋生的人现在都是流民了。那些人家原来靠一小块土地为生，靠他们那三四十英亩地过日子，但靠那三四十英亩地的出产充饥，有时候还得挨饿，现在他们都在广大的西部到处流浪了。他们东奔西跑，寻找工作；公路上是不息的人流，水沟边上也是一道道的人流。一批过了，又是一批。几条大公路上流着移动的人群。在中南部和西南部，原来住着一些头脑单纯的农民，他们不曾受到工业革命的影响，不曾用机械耕种，也不知道机械操在私人手里的力量和危险。他们都不是在工业的自相矛盾的状况中成长起来的。他们的脑子还敏锐地感到工业生活的荒唐。

忽然间，机械把他们赶了出来，于是他们便拥集在公路上了。流动生活使他们起了变化；公路和沿途的停宿场，以及饥饿的恐怖和饥饿本身，都使他们起了变化。吃不上饭的孩子们使他们起了变化，不住的流动生活使他们起了变化。他们成了流民。他们所遭到的敌视使他们起了变化，使他们融为一体、团结起来了，而针对他们的敌意也使各个小市镇结成了集团，武装起来，仿佛要驱逐侵略者一般；自卫队带了铁镐把儿，店主和店员带了霰弹枪，要守卫这世界，抵御自己同胞的侵袭。

公路上的流民越来越多的时候，西部发生了一场大惊慌。有产业的人为了自己的财产担惊受怕，从来没有饿过肚子的人看到了挨饿人的眼色，从来不曾急切地感到过缺少什么的人看到了流民眼睛里射出贫困的闪光。于是市镇上和舒适的郊区的人聚拢来自卫了，他们都认定自己是好人，侵略者是坏人，这种心理是准备作战的人所必需的。他们说，这些讨厌的俄克佬又脏又蠢。他们都是些堕落的、害色情狂的家伙。俄克佬都是小偷。他们什么都偷。他们没有一点尊重财产主权的观念。

最后这句话倒是恰当的，因为没有产业的人怎么会知道有产业人的痛痒呢？自卫的人又说，他们带来了疾病，他们是肮脏的。我们不能让他们进学校。他们是外地人。你难道会让你的姐妹跟他们那种人一同出去玩吗？

当地的人使自己的性情变得残暴起来了。他们组成了队伍，武装起来——用棍棒、用瓦斯、用枪械武装起来了。这一带是我们所有的。我们不能让这些俄克佬来胡作非为。其实那些武装的人并不是土地的主人，只是自以为土地是他们的。那些在夜间操练的店员其实都没有产业，而那些小店铺的老板也只有一笔债务。然而就连有一笔债也是好的，有个饭碗也是好的。店员们心里想，我一星期挣十五块钱呢。说不定一个讨厌的俄克佬只要十二块就肯干，那可怎么办？小店铺的老板心里想，我怎么能跟一个不负债的人竞争呢？

流民们从各条公路上川流不息地涌来，他们的眼睛里流露出饥饿的神色，流露出求生的渴望。他们既不会讲道理，也没有什么规章，只仗着人数众多和他们的穷困。只要有一个人的工作，就有十个人来争夺——不惜降低工价来争夺。如果那个人只要三角钱就肯干，我只要两角五分就行了。

如果他只要两角五分，那我就只要两角。

不行，我饿着肚子呢。我只要一角五分就行了。我只要有饭吃就干。还有孩子们，你去瞧瞧他们吧。全身长起了小脓疮，跑也跑不动。拿些风刮掉的水果给他们吃，他们的肚子就胀大了。我呢，我要干活儿去挣钱买点肉吃。

这倒很好，因为工价越来越低，物价越涨越高。大业主们高兴了，他们发出更多的传单，招来更多的人。于是工价再低下去，物价再往上涨。不久以后，我们又可以有农奴了。

现在大业主们和各个公司又想出了一种新办法。一个大业主把一家罐头厂顶过来。等到桃子和梨子成熟了，他便把水果的价格压到成本以下。这罐头厂的老板用低价收购了水果，却把罐头制品的价格抬得很高，借此获取利润。于是不开罐头厂的小农户丧失了他们的农场，那些农场便由那些兼营罐头厂的大业主、银行和公司收买过去。日子久了，农场便越来越少。小农户们暂时搬进城市里去，耗尽了他们的资财，把他们的亲戚朋友也拖穷了。于是他们也到公路上去流浪了。路上到处拥挤着人，大家都像饿狼似的找工作，穷凶极恶地找工作。

那些银行和公司也在自寻死路，但是他们自己却不知道。田野里收成很好，挨饿的人却在路上流离失所。谷仓里装满了粮食，穷人的孩子却害佝偻病，身上还生着糙皮病和脓疮。那些大公司不知道饥饿和愤怒之间的距离是很近的。本该用来付工资的钱却用来买瓦斯和枪械，用来雇特务和密探，用来按黑名单捕人，用来训练打手。公路上的人像蚂蚁一般流动着，寻找工作，寻找食物。于是愤怒开始酝酿起来了。

第二十二章

夜已经深了，汤姆·乔德还在沿着乡间的大路开着车子，寻找青草镇的收容所。乡间灯光零落。只有后面天空的微光显示出贝克斯菲尔德的方向。卡车一路慢慢地颠簸着，在路上猎食的野猫没等车到就避开了。十字路口有一些挨得很紧的白色木头房子。

妈在车座上睡着了，爸沉默了很久，独自出神。

汤姆说："我不知道收容所在哪儿。也许我们要等天亮问问人家才行。"他在林荫路上的一块牌子旁边停了车，另一辆汽车也在这交叉路口停住了。汤姆伸出头来。"喂，先生。你知道收容所在什么地方吗？"

"一直往前去。"

汤姆把卡车开到对面的路上。他开了几百码，又停下来。面向着大路，有一道高高的铁丝篱笆，还有一道宽阔的大门，门里通着一条车道。离门口不远的地方，有一所小房子，窗户里透着光。汤姆把卡车开进门去。卡车突然向上一蹦，又砰的一声落在地上。

"哎呀！"汤姆说，"我根本没看见那个土堆。"

守夜的人从门廊上站起来，走到汽车跟前。他把身子向卡车边上歪过来。"你开得太快了，"他说，"下次你得当心些。"

"真奇怪，这个土堆是干什么的？"

守夜的人笑了。"噢，这里面有许多孩子在玩耍。你叫司机开慢点，可他们老是容易忘记。不过只要叫他们在那土堆上撞一次，他们就不会再忘记了。"

"啊！原来是这么回事。但愿我没撞坏什么。喂——你们这儿有地方给我们住吗？"

"有一处搭帐篷的地方。你们有多少人？"

汤姆用指头算了一下。"我和爸妈，奥尔、罗莎夏和约翰伯伯，还有露西和温菲尔德。最后两个是小孩子。”

“噢，我想我们能把你们安顿下来。带着搭帐篷的东西吗？”

“有一大块油布和床垫。”

守夜的人站上了脚踏板。“开到那条路的尽头向右转弯。你们就到了第四清洁所。”

“那是个什么地方？”

“有抽水马桶和淋浴，还有洗澡盆。”

妈问道：“你们有洗澡盆——还有自来水吗？”

“当然有。”

“啊！感谢上帝。”妈说。

汤姆把车子顺着一长排暗沉沉的帐篷开过去。清洁所里点着一盏光线暗淡的灯。“就停在这儿吧，”守夜人说，“这是个好地方。原来住在这儿的人刚搬走。”

汤姆把车子停住。“就是那边吗？”

“是的。现在你叫别人卸行李，我陪你去登记。先睡个觉吧。收容所委员会的人明天早晨会来找你们，把你们安排好。”

汤姆两眼垂下了。“警察吗？”他问道。

守夜人笑了。“不是警察。我们有自己的警察。这儿的人自己选警察。跟我来吧。”

奥尔下了卡车，走到前面来。“就在这儿住下吗？”

“是的，”汤姆说，“你和爸卸行李，我到管理处去。”

“小声点，”守夜人说，“有好些人在睡觉呢。”

汤姆跟着从黑暗中穿过去，爬上管理处的台阶，走进一间摆着一张旧写字台和一把椅子的小房间。守夜人坐到写字台后面，抽出一张表格。

“叫什么名字？”

“汤姆·乔德。”

“那是你父亲吗？”

“是的。”

“他叫什么？”

“也叫汤姆·乔德。”

问话继续下去。从什么地方来的？到这一州有多久了？干过什么工作？守夜人抬起头来望着。“我并不是爱啰唆。照规矩我们要填上这些。”

“当然喽。”汤姆说。

“那么——你们有钱吗？”

“稍微有一点儿。”

“你们不是穷光蛋吧？”

“有一点儿钱。怎么啦？”

“噢，搭帐篷的地皮每星期要收一块钱租金，可是你们可以用做工来抵，比如搬垃圾啦，打扫场子啦——这一类的事情。”

“我们做工来抵就是了。”汤姆说。

“明天你就可以见到委员会的人了。他们会指点你们怎样用公物，把这儿的规矩告诉你们。”

汤姆说：“请问——这是怎么回事？这究竟是什么委员会？”

守夜人把身子往后一靠。“有五个清洁所，办得很好。每个所选出一个管理委员来，那个管理委员会就制定法律。他们怎么说，就怎么办。”

“要是他们蛮干呢？”汤姆说。

“那么，你们就可以投票撤换他们，也跟你们投票选举他们一样省事。他们办事办得挺好。我讲一件给你们听听——你知道摇喊派[①]的牧师们一向总是跟着大家到处跑，他们传了道就募捐，是不是？哎，他们想到这个收容所里来传道。有许多老年人也愿意让他们来。于是这件事就归

① 指在做礼拜时以叫喊和乱动来表示虔诚的教派。

管理委员会决定了。他们开了会，决定了办法。他们说：‘凡是牧师都可以到这收容所里来传道。可是谁也不准在这儿募捐。’这个决定使那些老年人很难受，因为从此以后，就没有牧师来了。”

汤姆笑了一阵，随即问道：“你的意思是说，管理这收容所的就是在这里住的人吗？”

“对啦。而且搞得很好。”

“你刚才还谈到警察——”

“管理委员会维持秩序，制定规则。而且这里还有妇女，她们会来找你妈。她们照料孩子们，管理清洁所。要是你妈没有工作，她就得给做工的人看孩子，等到她有了工作——那么，孩子们当然又有别人来管。妇女们搞缝纫，还有看护来教她们。这样的事情多得很。”

“你是说这儿没有警察？”

“没有，先生。警察不带证件就不能进这里来。”

“噢，要是有人胡闹，喝醉了酒，或是吵架，那怎么办呢？”

守夜人把一支铅笔戳进吸墨纸。“那么，头一次管理委员会就警告他。第二次呢，他们就严厉地警告他。第三次呢，他们就把他赶出收容所去。”

“哎呀，我的天哪，这真叫我有点不相信！今晚一些警官领着那些戴小帽子的家伙，把河边的停宿场烧掉了。”

“他们不到这地方来，”守夜人说，“有时候在夜里，特别是有舞会的夜里，也许有警察到篱笆附近来巡逻一下。”

“还有舞会？哎呀，那可太好了！”

“每逢星期六晚上，我们这儿就有全县最好的舞会。”

“噢，那可太好了！这样的地方为什么不多有几个呢？”

守夜人脸上显得愁眉不展了。“这个道理你得自己去弄清楚才行。快去睡觉吧。”

“再见，”汤姆说，“妈一定会喜欢这个地方。很久没有人客客气气地对待她了。”

“再见，”守夜人说，“睡觉去吧。这地方大家都醒得早。”

汤姆顺着两排帐篷之间的一条路上走过去。他的眼睛在星光下渐渐习惯了。他看见那两排帐篷是笔直的，帐篷外面没有乱七八糟的东西。路面有人打扫过，而且洒过水。帐篷里传来了熟睡的人们的鼾声。整个场子上是一阵一阵呼噜呼噜的声音。汤姆慢慢地走着。他走近了第四清洁所，好奇地望着这个地方，那是一所没有油漆过的房子，又低矮，又粗陋。有一个两面敞开的屋子里摆着一排一排的面盆。他看见乔德家的卡车停在近处，便悄悄地走了过去。油布篷架起来了，帐篷里安安静静。他走过去的时候，卡车的阴影里闪出一个人影，向他走过来。

妈轻声说道：“是你呀，汤姆？”

“是的。”

“嘘！”她说，“他们都睡着了。他们累坏了。”

“你也应该睡觉呀。”汤姆说。

“噢，我等着你呢。事情办妥了吗？”

“很好，”汤姆说，“现在我不跟你说了。到早上，他们会来告诉你。你一定会喜欢这个地方。”

她低声说：“我听说这儿有热水呢。”

“是的。现在你去睡觉吧。我不知道你有多久没睡过觉了。”

她央求道：“你现在有什么事情不肯告诉我呢？”

“我先不说。你去睡觉吧。”

忽然间，她好像有些女孩子气了。“要是我老想着你不肯告诉我的事情，那我怎么睡得着觉呢？”

“不，你别想吧，”汤姆说，“早上头一件事情，你得换一件衣服，以后的事——你自然会明白。”

“心里挂着这些事，我就睡不着觉。”

“你非睡不可，”汤姆咯咯咯地笑得很痛快，“千万得睡才行。”

“好好地睡吧。”她温柔地说。于是她弯着身子，溜进那暗沉沉的油布篷底下去了。

汤姆爬上卡车后面的架子。他在汽车底板上仰卧下来，双手交叉，头枕在上面，前臂贴住耳朵。夜里渐渐凉爽了。汤姆起身扣上了胸前上衣的纽扣，又往后躺了下去。天上的星斗高悬在他头上，放射着晶莹的光芒。

汤姆醒来的时候，天还没有亮。一阵微小的当当响声把他从睡梦中吵醒了。他细听了一会儿，又听到铁器相碰的响声。他移动着发僵的身子，在晨风中哆嗦了一下。场子上的人还在熟睡。汤姆站起来，从卡车边上向外一望。东方的群山是深蓝色的，当他定睛望着的时候，曙光在山后隐约地衬托着，把山顶的边缘映得鲜红，这道光照到头上的天空，便变得冷清清的，越来越灰暗，到与西方地平线相近的地方，就终于与那纯粹的夜色融合为一了。山谷里的地面上是一片黎明的紫灰色。

铁器的叮当声又响起来了。汤姆向那排帐篷望过去，那灰色只比地面稍淡一些。他看见一个帐篷旁边有一道橙黄色的火光从一只旧铁炉子的裂缝里透出来。短短的烟囱里冒出一道灰色的炊烟。

汤姆翻过卡车的边架，跳到地上。他向那炉子慢慢走去。他看见一个年轻女人在炉子旁边工作，她那弯着的胳膊上抱着一个婴儿，那孩子正在她的罩衫底下仰着头吃奶。那个女人走来走去，拨一拨火，又移一移那长了锈的炉子盖，使它不漏气，随后又打开炉门；那婴儿一直在吃奶，母亲把他敏捷地从一只胳膊上换到另一只胳膊上，婴儿并没有妨碍她的工作，也没有破坏她那灵巧的优美姿势。橙黄色的火光从炉子的裂缝里钻出来，一闪一闪地投射在帐篷上。

汤姆走得更近了。他闻到了煎腌肉和烤面包的气味。东方的阳光迅速地亮起来。汤姆走到炉子的近旁，向它伸出手去。那个女人向他看了一眼，点点头，两条辫子甩了一下。

“早呀。”她一面说，一面把平底锅上的腌肉翻了一下。

帐篷的门帷向上一扬，里面走出一个年轻人来，后面跟着一个年纪较大的人。他们穿着粗蓝布的新衣服，上装的衬料把衣服垫得硬邦邦的，铜纽扣闪闪发亮。他们都是面孔瘦削的人，相貌差不多。那个年轻人留着黑黑的短胡髭，年老的留着白色的短胡髭。他们的头和脸都是湿的，头发上还在滴水，硬胡髭上凝聚着水珠。他们的两颊因为潮湿而发亮。他们一同站在那里，静悄悄地望着渐渐发亮的东方。他们一同打着哈欠，望着山顶边缘上的曙光。后来他们转过头来，才看见了汤姆。

“早呀。”那年老的说，他的脸色既不怎么亲切，也不是太冷淡。

“你早。”汤姆说。

随后那年轻的也说：“早呀。”

他们脸上的水慢慢干了。他们走到炉子跟前，烤了烤手。

那个年轻女人一心工作着。她把婴儿放下了一次，用一根头绳把背后两条辫子扎在一起，当她工作起来的时候，她的辫子就上下跳动、左右摇摆。她把几只铁皮杯放在一口装货的大木箱上，又把铁盘和刀叉摆好。随后她从滚油里捞起腌肉，放在一只铁皮大盆子里，腌肉嗤嗤地响了一阵，便变得松脆了。她又打开锈了的炉门，拿出一只盛满厚厚的大面包的方形盘子来。

面包的气味冲到空中的时候，那两个男人都深深地吸了一口气。那个年轻的轻声说道：“好香呀！”

于是那个年老的对汤姆说：“吃过早饭了吗？”

“噢，还没吃呢。我那一家人在那边。他们还没起来。还得睡一会儿。”

“噢，那你就跟我们一起坐下吧。我们的东西还多得很呢——感谢上帝！”

“啊，谢谢你，”汤姆说，“这么香的东西，我可不能不吃。”

“真香吧？”年轻人问道，“你这辈子闻到过这么香的东西吗？”他们走到木箱跟前，围着箱子蹲下来。

“在这一带干活儿吗？”年轻人问道。

“正想找工作，”汤姆说，“我们是昨天晚上才到的，还没来得及到各处去找机会。”

“我们干了十二天的活儿了。”年轻人说。

在炉边忙着的年轻女人说：“他们甚至还置了新衣服呢。”那两个男人都埋下头去，看看自己穿的那身挺括的蓝衣服，于是他们都有些害羞似的微笑了。年轻女人把那一大盆腌肉和焦黄的厚厚的面包，还有一碗腌肉卤汁和一壶咖啡摆好，也在那木箱旁边蹲下来。婴儿还是在她的罩衫底下仰着头吃奶。

他们将各自的盘子盛满，把腌肉的卤汁倒在面包上，在咖啡里放了糖。

那个年老的把嘴巴塞满，嚼了又嚼，使劲地往下咽。“多谢上帝，真好吃！”他一面说着，一面又塞满了一嘴。

年轻人说：“我们现在已经吃过十二天好东西了。这十二天里，我们顿顿都吃得很好——谁也没少吃。我们有活儿干，挣了工钱，就吃个痛快。”他又拼命大吃起来，把他的盘子重新盛满。他们喝着滚烫的咖啡，把渣子倒在地上，又把各自的杯子斟满。

现在阳光有了色彩，放出微红的光芒了。父子俩都停止吃饭。他们面对着东方，晨光照亮了他们的脸。山的形象和照到山顶上的阳光都映在他们的眼里了。随后他们又把各自杯子里的渣子倒在地上，一同站起来。

“得出去了。”那个年老的说。

年轻人向汤姆转过脸来。“听我说，”他说，“我们在装水管子。你要是愿意跟我们一道去，我们也许可以给你想想办法。”

汤姆说："噢，那可是太承你们的情了。我还得谢谢你们这顿早饭。"

"你来吃，我们很高兴，"那个年老的说，"你要是想找工作，我们可以想办法给你找找。"

"这正合我的意思，"汤姆说，"请等一等。我去告诉我家里的人。"他连忙跑到他家的帐篷门口，俯身向里面望去。在油布篷底下的阴暗中，他看见那一个个睡着的人体。但是在那些被褥中间却有了一点儿动弹。露西像蛇一般扭着身子醒来了，头发披在眼睛上面，衣服皱得乱七八糟。她小心地爬出来站着。她那双灰色的眼睛在睡醒后显得清亮又沉静，没有一点儿顽皮的神气。汤姆离开了帐篷，向她招招手，叫她跟着，等他转过身来，她就抬起头望着他。

"天哪，你越长越大了。"他说。

她突然感到很难为情，掉过头去望着一边。"你听着，"汤姆说，"你别把谁吵醒，可是等他们起来的时候，你就告诉他们，说我找到了工作的机会，现在我要去接头。你告诉妈一声，我在邻居那儿吃过早饭了。你听明白了吗？"

露西点点头，又把头掉转去，她那双眼睛还是小姑娘的眼睛。"你别吵醒他们。"汤姆吩咐道。然后他就迅速跑回他的新朋友那里去了。露西小心地走近清洁所，向敞开的门里窥探着。

汤姆回来的时候，那两个男人正在等着。那个年轻女人已经拖出一条床垫，把婴儿放在那上面，一面在洗盘碗。

汤姆说："我本来想要告诉我家里的人，说我在什么地方。可是他们还没醒。"于是他们三个人便顺着两排帐篷中间那条路走去了。

场子上的人开始活动起来了。妇女们在新生起来的炉火旁边操作着，有的切肉，有的揉面做早晨的面包。男人们也在帐篷和汽车附近忙着。天空现在变成玫瑰色了。管理处前面有个瘦瘦的老头子细心地耙着地。他非常小心地拖着铁耙，把一行行的齿印划得又直又深。

“你起得早呀，老伯。”他们经过的时候，那个年轻人说。

“是呀，是呀。我得抵我的租金。”

“租金，见鬼！”年轻人说，“他上星期六夜里喝醉了酒，整夜在他的帐篷里唱歌，委员会才罚他做工。”他们沿着柏油路边上走，路旁长着一行胡桃树。太阳在山顶上冒出头来了。

汤姆说：“真可笑。我吃了你们的东西，可没把我的名字告诉你们——你们也没提起你们的名字。我叫汤姆·乔德。”

那个年老的向他看了一眼，随即微笑了。“你到这儿还不久吧？”

“可不是吗，不久！只不过一两天。”

“我知道。真有趣，你忘了老习惯，没提你的名字。这种人多得很呢，都是正派人。噢，先生——我叫蒂莫西·华莱士，这是我儿子威尔基。”

“认识你们，真是荣幸得很，”汤姆说，“你们到这儿很久了吧？”

“十个月了，”威尔基说，“去年闹大水灾之后，就上这儿来了。唉！我们吃过的苦可真够受，真够受呀！他妈的，我们差点儿饿死了。”他们的脚步在柏油路上啪嗒啪嗒地响着。一辆卡车装满了人，经过他们身边，车上的人都各有心事。大家坐在汽车底板上，勉强振作精神，愁眉苦脸地瞪着眼睛。

“他们到煤气公司去，”蒂莫西说，“他们找到了很好的工作。”

“我可以把我们的卡车开来。”汤姆提议道。

“不用。”蒂莫西歪过身子去，拾起一颗青胡桃。他用大拇指把胡桃按了一下，便向一只落在铁丝篱笆上的画眉鸟掷去。那只鸟飞起来，让胡桃在它底下掠过，然后又飞回那铁丝上，用尖嘴理一理它那晃亮的黑羽毛。

汤姆问道：“你们没汽车吗？”

华莱士父子都不作声，汤姆看看他们的面孔，发觉他们有些害羞。

威尔基说：“我们做工的地方，从这条路过去只不过一英里。”

蒂莫西愤愤地说："我们是没汽车了。我们把汽车卖掉了。非卖不可呀。吃的东西完了，什么都没有了，又找不到工作。每星期都有人来收买汽车。他们到处打听，要是你挨饿，他们就要买你的汽车。你饿得厉害，他们就用不着出多少钱。那时候——我们饿得真够受。那辆车子只卖了十块钱。"他向路上吐了一口唾沫。

威尔基心平气和地说："我上星期在贝克斯菲尔德看到那辆车——停在一家旧汽车场里——摆在那儿，标价明明是七十五块。"

"我们当时非卖不可，"蒂莫西说，"要不是让他们把我们的汽车抢去，我们就得偷他们的东西了。我们当时还没到偷东西的地步，可是，他妈的，也实在穷得差不多了！"

汤姆说："你知道吧，我们离开家乡之前，听说这儿有很多工作。看到一些传单，叫大家上这儿来。"

"是呀，"蒂莫西说，"那些传单我们也见过。其实工作并不多，工价却一直在往下跌。我光是为了考虑吃的问题，就弄得精疲力竭了。"

"你们现在总算有工作了。"汤姆说。

"是呀，可是这并不会长久。现在倒是在给一个好心人干活儿。他有一个小农场，自己跟我们一道干活儿。可是，唉——这工作是不会长久的。"

汤姆说："真糟糕，你们干吗还要拉我去呢？我一去就使这工作更干不长了。你们为什么要害自己呢？"

蒂莫西慢慢地摇摇头。"我也不明白。我想大概是没脑筋吧。我们本打算每人挣它一顶帽子。我看这大概是办不到了。工作的地点就在那边，往后一拐就是。工作还算不错，一个钟头挣三毛钱。东家又是个好心人，挺客气的。"

他们转了个弯，离开公路，沿着一条石子路走去，穿过一个小小的菜园；他们走到一些树木后面，到了一所白色的小农舍跟前，那儿有几棵遮阴的树和一个仓棚；仓棚后面有个葡萄园和一片棉花地。他们三个人走过那所房子的时候，一扇铁纱门嘭地响了一声，一个晒黑了脸的矮胖男人从后门的台阶上走下来。他戴着一顶用纸板做的遮阳帽，横过院子的时候，把袖子卷了起来。他那双浓密的眉毛向下皱着，显出很发愁的样子。他的两颊晒得像牛肉一般发红。

“早呀，托马斯先生。”蒂莫西说。

“你早。”那人烦躁地应声道。

蒂莫西说：“这位是汤姆·乔德。不知道你能不能设法安插他一下？”

托马斯皱着眉头，向汤姆瞪了一眼。接着，他急促地笑了一下，还是皱着眉头。“啊，好吧！我可以安插他。每个人我都可以安插得下。也许我要雇用一百个人。”

“我们刚才在想……”蒂莫西抱歉地说。

托马斯打断了他的话。“是呀，我也在想。”他转过身来，面对着他们，“我有几句话要告诉你们。我一直是给你们三毛钱一个钟头——对吧？”

“噢，不错，托马斯先生——不过——”

“你们给我干的活儿也值三毛钱。”他那双粗壮的手紧紧地扣在一起。

“我们总是尽力把每天的工作做好。”

“唉，他妈的，今天早上只能给你们两毛五一个钟头了，干不干随你们的便。”他气得脸涨得更加红了。

蒂莫西说：“我们给你干活儿很卖力气。你自己也是这么说呀。”

“我知道。可是现在我雇用工人，似乎也不由我做主了。”他忍住了一下。“你瞧，”他说，“我这儿有六十五英亩地。你听说过农民联合会吗？”

“噢，听说过。”

“我就是这个会里的。我们昨晚开过一个会。你们知道这个农民联合会是谁主持的吗？我告诉你们吧，就是西部银行。这个平原大部分是那家银行的产业，不归它管的地也都抵押给它了。所以昨天晚上那家银行派来的人对我说：‘你给的工钱是三毛钱一个钟头。你最好把它减到两毛五。’我说：‘我雇的是很好的工人。他们干的活儿值三毛。’‘不是这么说的，’他说，‘现在的工钱是两毛五了。你要是给三毛，那就会引起纠纷。还有，’他说，‘你明年总还照旧需要那笔抵押借款吧？’”托马斯停了一下。他张开着的嘴唇喘了一口气：“你明白吗？规定的工价是两毛五——有什么办法！”

“我们干活儿是很卖力的。”蒂莫西无可奈何地说。

“你还不明白吗？银行先生雇了两千人，我只雇三个。我借了银行的款又不能不还。只要你想得出什么办法，我对天赌咒，一定接受！他们把我掐住了。”

蒂莫西摇摇头。“我不知道怎么说才好。”

“你们在这儿等一下，”托马斯急忙走到屋里去。门在他背后砰的一声关上了。不一会儿，他就回来了，手里拿着一张报纸。“你看见这个了吗？我来念一念吧：‘公民们痛恨赤色煽动分子，烧毁了流民停宿场。昨夜有群公民，因为当地一个流民停宿场有人煽动风潮，大为愤怒，烧毁了那里所有的帐篷，还警告煽动分子赶紧离开本县。’”

汤姆开口说：“噢，我……”但他马上就闭住嘴，不作声了。

托马斯把报纸细心折好，放进衣袋。他再次控制住了自己的情绪。他低声说：“那些人就是会里派去的。我泄露了他们的秘密。要是他们知道我说过这些话，明年我的农场就搞不成了。”

“我真不知该怎么说才好，”蒂莫西说，“即使有煽动分子，我也知道那些人为什么会气得发疯。”

托马斯说：“我早就在注意这件事了。每回要降低工价，总是先有煽动分子。每回都是这么说。他妈的，他们给我上了圈套了。哎，你们打算怎么办？两毛五干不干？”

蒂莫西望着地上，说道：“我干。”

“我也干。”威尔基说。

汤姆说：“我大概是抢了人家的饭碗。好吧，我也干。我非干活儿不可呀。”

托马斯从后面裤袋里抽出一块蓝手帕，擦了擦嘴和下巴。“我不知道这儿的活儿还可以干多久。我不知道你们这些人靠现在挣的这点钱怎么养得活一家人。”

“我们只要有活儿干，总可以对付。”威尔基说，“我们找不到工作，那才没办法呢。”

托马斯看看他的表。“噢，我们出去挖沟吧。”他说，“对了，我还有句话要告诉你们。你们这几个人都是住在官办的收容所里，对不对？”

蒂莫西怔了一下。“是的，先生。”

“你们每星期六晚上还有舞会吧？”

威尔基微笑了一下。“我们的确有舞会。”

“唉，下星期六晚上可得当心呀。”

蒂莫西忽然挺起了胸脯。他上前一步走到托马斯身边。“你这是什么意思？我是管理委员会的委员，我要问清楚才行。”

托马斯显出了担心的神色。“你们可别说是我告诉你们的。”

“究竟是怎么回事？”蒂莫西追问道。

“嗐，农民联合会不喜欢官办的收容所。因为不能派警官进去。我听说收容所里的人自己制定法律，你不带拘票就不能进去捉人。可是那里面要是发生一场打架的大乱子，甚至还有人开枪，那就可以派一批警察进去，把收容所收拾干净了。”

蒂莫西已经变了神色。他挺着肩膀，两眼发呆。“你这是什么意思？”

“千万别告诉人家，这是从哪儿听来的，”托马斯不自在地说，“星期六晚上，收容所里会打起架来。有一些事先准备好的警官会进去干涉。”

汤姆问道：“这究竟是为什么？收容所里那些人并没妨碍别人呀。”

“我告诉你们这个道理吧，”托马斯说，“收容所里那些人习惯了人的待遇。他们再回到流民停宿场去，就难以管束了。”他又擦了擦脸，“现在还是出去干活儿吧。天哪，但愿我不会因为这么乱说，把我的农场断送掉。可是我喜欢你们这些人。”

蒂莫西走到他前面，伸出一只又粗又瘦的手，托马斯便把它握住了。“不会有人知道是谁说的。我们谢谢你。不会有人打架。”

“还是去干活儿吧，”托马斯说，“两毛五一个钟头。”

“你给我们这些钱，”威尔基说，“我们决不说二话。”

托马斯向那所房子走去。“我一会儿就出来，”他说，“你们几个人先去干活儿吧。”铁纱门在他背后嘭的一声关上了。

他们三个人经过那座刷过白灰浆的小仓棚，沿着田边走去。他们来到一条狭长的沟渠边，那里摆着一截一截的水泥管子。

“这就是我们干活儿的地方。”威尔基说。

他的父亲打开仓棚，递出两把铁镐和三把铁锹来。于是他对汤姆说：“这是你的宝贝。”

汤姆举起那把铁镐。“我的天哪！这可叫人痛快啦！”

“等到十一点左右的时候，”威尔基提醒道，“你才会觉得多么痛快。”

他们走到沟渠的尽头。汤姆脱去上衣，扔在土堆上。他把便帽往上一推，踏进沟渠。接着他在手掌上吐了些唾沫。铁镐举到空中，飞快地落下来。汤姆轻轻地发出嗳嘿的哼声。铁镐一起一落，他就在镐头挖进地里、把泥土弄松的时候发出嗳嘿的哼声。

威尔基说：“你看，爸，我们找到一个干活儿的好手了。这小伙子已经跟那把铁镐成亲了。”

汤姆说：“我是下过功夫的（嗳嘿）。是的，先生，我的确下过功夫（嗳嘿）。干过几年（嗳嘿）。觉得很喜欢这个滋味（嗳嘿）。”他前面的泥土松开了。太阳现在照到那些果树上来了，葡萄叶在藤上映出带绿的金光。

汤姆挖了六英尺，便踱到一边，擦擦额头。威尔基来到他后面。铁锹一起一落，泥土便飞到逐渐加长的沟道边的土堆上去了。

“我听说过这里的管理委员会，”汤姆说，“原来你就是其中一个委员呀。”

“是的，先生，”蒂莫西回答道，“这是负着责任的。对大家都有责任。我们尽力把事情办好。收容所里的人也都尽力要把事情办好。但愿那些大农场主不会太叫我们遭殃。但愿他们不来这一手。”

汤姆又爬到沟里，威尔基站在一边。汤姆说：“他刚才说跳舞的时候会有人打架（嗳嘿），那是怎么回事（嗳嘿）？他们为什么要来这一手呢？”

蒂莫西跟在威尔基后面，蒂莫西的铁锹把沟底铲成斜角，再把它刨平，准备安装管子。“他们好像是要赶走我们，”蒂莫西说，“我想他们是怕我们组织起来。也许他们的想法是对的，这收容所就是一个组织，里面的人照料自己的事情。那里面的乐队是这一带最出色的。挨饿的人可以在铺子里赊一点儿账。五块钱——你可以买许多吃的东西，收容所还能维持下去。我们从来不会犯法。我想那些大农场主怕的就是这个。又不能把我们关到牢里去——嗐，这就叫他们害怕了。他们心想，要是我们能管理自己的事，那也许就会干出别的事情来。”

汤姆走出沟来，擦掉流到眼睛里的汗。“你听到过报上说的贝克斯菲尔德北面那些煽动分子吗？”

“听说了，”威尔基说，“他们向来爱这么说。”

“噢，我原来就在那地方，并没有什么煽动分子。他们所谓的赤党，见鬼，赤党究竟是怎么回事？”

蒂莫西在沟底刨起了一条凸起的土。太阳把他那粗硬的白胡子照得发亮。“有许多人想知道赤党是怎么回事。”他笑了起来，“我们那些伙计当中有一个人弄明白了。”他用铁锹轻轻地拍拍堆起来的土，“有个叫作海因斯的家伙——他有三千英亩的地，种着桃子和葡萄——还开了罐头厂和酿酒厂。他就老爱谈什么‘讨厌的赤党’‘讨厌的赤党要把我们的国家毁了’，他说：‘我们一定要把那些浑蛋赤党从这儿赶出去。’有个刚到西部来的年轻人有一天听到了这些话。他搔搔头皮说：‘海因斯先生，我到这儿并不久。你说那些讨厌的赤党到底是些什么人？’海因斯说：‘赤党就是那些不知足的坏蛋，我们给两毛五的工钱，他们偏要三毛！’那个年轻人把这句话想了一想，便搔搔头皮说：‘哎呀，海因斯先生，我并不是什么坏蛋，可是如果这样就算是赤党——那我还是想要三毛钱一个钟头呢。人人都是这么想。唉，海因斯先生，我们都是赤党了。’”蒂莫西把铁锹沿着沟底铲过去，铁锹刨开的地方，坚实的泥土发出闪光。

汤姆笑了。“我想，我大概也是吧。”他的铁镐一起一落，下面的泥土便裂开了。汗水顺着他的额头和脖子的两边流下来，在他的脖子上闪闪发光。“岂有此理！”他说，“只要你不把铁镐当作对头（嗳嘿），它就真是个好家伙（嗳嘿）。人和铁镐（嗳嘿）是可以合作的（嗳嘿）。”

他们三个人一起干着活儿，沟渠逐段逐段地挖好了，近午的太阳热辣辣地晒到他们身上。

汤姆离开露西以后，露西在清洁所门口瞪着眼向里望了一会儿。没有温菲尔德在旁边听她夸口，她的勇气就不怎么大。她把一只光脚伸进去，踏在水泥地面上，又缩回来。在那条路上稍远的地方，有一个帐篷里走出一个女人，在一个铁皮炉子里生了火。露西朝那个方向走了几步，但她不能走远。她慢慢地走到自己家的帐篷门口，向里面望了一下。约翰伯伯躺在一边的地上，他张着嘴，喉咙里呼噜呼噜地打着鼾。妈和爸盖着被，把头钻在被里，躲避亮光。奥尔在远离约翰伯伯的一边，他的臂膀搭在眼睛上。离帐篷门口很近的地方，躺着罗莎夏和温菲尔德，温菲尔德旁边有一块空着的地方，原来是露西睡觉的。她蹲下身子，向里面窥探了一下。她的两眼盯住了温菲尔德那个亚麻色头发的脑袋；当她这样看着的时候，男孩也睁开了眼睛向外盯着她，那目光是严肃的。露西把手指按在嘴唇上，用另一只手招一招。温菲尔德转过脸去看看罗莎夏。她那微红的脸靠着他，嘴微微地张着。温菲尔德小心地掀开毯子，溜了出来。他爬出帐篷，和露西凑在一起。“你起来多久了？”他轻声问。

她很小心地把他领开，他们到了不会吵醒别人的地方，她便说：“我根本没睡过。我通夜都是醒着的。”

“没有的事，”温菲尔德说，“你撒谎，不害羞。”

“好吧，”她说，“你说我撒谎，那我就不用把这儿发生的事告诉你了。我就不用告诉你，有个家伙让人一刀戳死了，还有一只熊进来，把一个小娃娃拖走了。”

“哪会有什么熊呀。”温菲尔德不自在地说。他用指头撩一撩头发，把他挂在树杈上的工装裤拉下来。

“好吧——没有熊就没有熊，”她讥讽地说，“像商品目录上那种用瓷做的白东西也是没有的。”

温菲尔德一本正经地看看她。他指着清洁所。“是在那里面吗？”他问道。

“我是个不害羞的撒谎的家伙，”露西说，“对你说什么事情反正都没好处。”

“我们去看看吧。”温菲尔德说。

“我已经去过了，”露西说，“我还在那上面坐过呢。我在那里撒过尿了。”

“没有的事。”温菲尔德说。

他们走到清洁所跟前，这一回露西不害怕了。她大胆地领着路走进那所房子。一排马桶装置在大屋子的一边，每个马桶占着一个小间，前面都有门。马桶的瓷又白又亮。一排脸盆装在另一面墙壁上，靠第三面墙那边有四个淋浴的小间。

“你瞧，”露西说，“那就是抽水马桶。我在商品目录上见过。”两个孩子走到一个马桶间跟前。露西忽然劲头十足地撩起裙子，坐下去了。“我告诉过你，我上这儿来过。”她说。马桶里还有一阵哗哗的水声，可以证明她这句话。

温菲尔德有些忸怩不安。他伸手扭了一下水箱上的扳手。于是水就哗啦哗啦地冲下来。露西向空中一跳，便跳开了。她和温菲尔德站在屋子当中，看着那只马桶。马桶里的水声继续哗哗地响着。

“你闯祸了，”露西说，“你把它弄坏了。我看见的。”

“我没有。我的确没有。”

“我看见的，”露西说，“好东西一到你手里就不保险了。”

温菲尔德把下巴低下来。他又抬头看看露西，眼眶里充满了眼泪。

他的下巴颤动着。于是露西立刻后悔了。

“别着急，”她说，“我不会告你。我们可以撒个谎，说这东西早就坏了。我们还可以假装根本没上这儿来过。”她领着他走出了那幢房子。

现在太阳射过山头，照到清洁所的五个波状铁皮屋顶上，照到那些灰白的帐篷上和帐篷之间扫过的路面上，发出闪光。场子上的人醒来了。那些用煤油桶和金属片做成的火炉里生起了火。空气中有烟的气味。帐篷的门帷撩起了，人们在路上走动着。妈站在自己家的帐篷前面，向那条路的两头张望。她看见了那两个孩子，便走到他们跟前。

“我正在担心，”妈说，“不知道你们上哪儿去了呢。”

“我们不过是在外面看看，”露西说。

“噢，汤姆呢？你们看见他了吗？”

露西装出很神气的样子。“看见了，妈。汤姆把我叫了起来，他有话让我告诉你。”她停了一下，使自己显得更神气一些。

"嗯？——什么话？"妈追问道。

"他叫我告诉你——"她又停了一下，看看温菲尔德是不是很欣赏她那副神气活现的样子。

妈举起手来，手背向着露西。"什么话？"

"他找到了工作，"露西连忙说，"出去干活儿去了。"她提心吊胆地看看妈那只举起的手。那只手又落下了，随后又向露西伸过来。妈飞快地使劲抱了抱露西的肩膀，又放开了她。

露西怪难为情地瞪眼望着地上，换了话题。"那边有抽水马桶，"她说，"是白的。"

"你上那儿去过了吗？"妈追问道。

"我跟温菲尔德去的，"她说了这一句，随即又奸猾地说道，"温菲尔德弄坏了一个马桶。"

温菲尔德满脸通红了。他狠狠地瞪着露西。"她在一个马桶里撒过尿。"他恶毒地说。

妈有些担心了。"你们是怎么搞的？快带我去看看。"她推着他们去到那门口，走了进去，"你们是怎么搞的？"

露西指着那马桶。"刚才那里面哗哗地响得很凶。现在已经停了。"

"你怎么弄的，做给我看看。"妈吩咐道。

温菲尔德勉勉强强地走到马桶跟前。"我把这玩意儿推了一下，推得并不重，"他说，"我只不过抓住这玩意儿，动了一下，那里面就——"又是一阵水冲了下来。他便赶紧往旁边一跳。

妈仰头大笑起来，露西和温菲尔德愤愤地望着她。"抽水马桶就是这么用的，"妈说，"我从前见过。你解完了手，就把那东西推一下。"

两个孩子为自己的无知惭愧得不得了。他们出了门，顺着那条路往前走，瞪眼看着附近一大家人吃早饭。

妈从门里望着他们。然后她在屋子里四处张望了一下。她走到淋浴间那边，向里面看了一看。她又走到脸盆那边，用指头摸了脸盆的白瓷。她放出一点儿水来，把手指伸出去冲了一冲，热水流出来的时候，她就连忙把手甩开了。她向脸盆端详了一会儿，于是插好塞子，从热水龙头里放了些热水到盆里，又从冷水龙头里放了些冷水。接着，她就在那温水里洗手，又洗了脸。她正在用手指把水弄到头发里的时候，忽然听见后面水泥地上有脚步声。妈转过身来。一个中年以上的男人站在那里，用严正的诧异神情望着她。

他厉声说道："你怎么进这里来了？"

妈呼了一口气，说不出话来，她觉得下巴上的水往下滴，把衣服渗透了。"我不知道，"她赔着小心说，"我以为这地方是给大家用的。"

那老头儿向她皱皱眉头。"这是男人用的。"他严厉地说。他走到门口，指着门上的牌子："男厕所。""你瞧，"他说，"这上面说得明明白白。你没看见吗？"

"没看见，"妈羞愧地说，"我根本没看见。这儿没有我能去的厕所吗？"

那男人的怒气消失了。"你是才来的吧？"他问得和气些了。

"半夜里到的。"妈说。

"那么你还没向委员会接过头吧？"

"什么委员会？"

"噢，妇女委员会。"

"没有，我还没接过头。"

他得意地说："委员会马上会到你们这儿来，把你们安顿好。刚到这儿来的人，我们是要照顾的。你要找女厕所，只要绕到房子那一边就是。那边是你们的厕所。"

妈不自在地说："你说有个妇女委员会——要到我的帐篷里来吗？"

他点点头。"快来了，我想。"

“谢谢你。”妈说。她连忙出去，连走带跑地回到帐篷里去了。

“孩子他爸，”她喊道，“约翰，快起来！奥尔，你也起来。快去洗脸。”惊醒的睡眼都向她望着。“你们大家都起来，”妈喊道，“你们快起来洗脸，还得把头发梳一梳。”

约翰伯伯脸色苍白，有些病容。他下巴上有一块红伤痕。爸问道：“什么事？”

“委员会，”妈嚷道，“有个委员会——妇女委员会就要上这儿来了。快起来，洗洗脸吧。我们还在睡着打鼾的时候，汤姆已经出去找到工作了。快起来吧。”

他们半睡不醒地走出了帐篷。约翰伯伯踉踉跄跄地走着，脸上有些痛苦的表情。

“到那间屋子里去洗洗脸，”妈吩咐道，“我们得早点吃完早饭，准备迎接委员会的人来。”她走到帐篷里的一小堆劈好的柴火那里，拿了柴块生起火来，把锅子放上去。“玉米面煎饼，”她自言自语道，“玉米面煎饼和卤汁。这做起来快，非快不可。”她自己继续念叨着，露西和温菲尔德站在旁边望着出神。

整个场子上冒起了早晨的炊烟，四面八方传来了叽叽咕咕的谈话声。

睡眼惺忪、披头散发的罗莎夏，慢吞吞地钻出帐篷。妈在一把一把地用手量着玉米面，正好转过头来。她望着女儿又皱又脏的衣服和不曾梳过的蓬松头发。“你快去打扮打扮吧，”她兴致勃勃地说，“到那边去打扮。你有一套干净的衣服，我给你洗好了。把头发梳一梳，眼眵也得弄掉才行。”妈很兴奋。

罗莎夏很不高兴地说：“我不舒服。我盼着康尼。康尼不在，我简直什么也不想干了。”

妈把整个身子转过来，面向着她。她的双手和手腕上都沾着黄色的玉米面。“罗莎夏，”她严厉地说，“你得振作精神。你老是这样垂头丧气，太不像话了。有个妇女委员会就要上这儿来。她们到这儿的时候，我们这一家人可不能愁眉苦脸的。”

“可是我实在不好过。”

妈伸着两只沾着玉米面的手，向她走过去。“快去，”妈说，“有时候，你只好把心事放在肚里。”

“我要吐了。”罗莎夏哼哼唧唧地说。

“那么，你去吐好了。你当然要吐，谁都得吐。吐过了，你就去打扮打扮，还得把你的脚洗一洗，穿上你那双鞋。”她又回转身来干她的工作。“再把你的头发梳成辫子。”她说。

平底煎锅里的油在火上毕毕剥剥地爆了一阵，等妈用勺子舀了玉米面放下去的时候，油就溅起来，发出哗哗的响声。她在深底锅里用油掺和了面粉，加了水和盐，又把肉汁搅匀了一下。咖啡在一加仑的铁罐里沸腾起来，从那儿喷出了咖啡的气味。

爸从清洁所溜达回来，妈把他端详了一番。爸说：“你说汤姆找到了工作？”

“是的。我们还没醒，他就出去了。你快到那只木箱里去找一找，拿一条干净的工装裤和衬衫来换上。孩子他爸，我忙得要命。你去把露西和温菲尔德的耳朵洗洗吧。那边有热水呢。你去给他们洗一下好吗？把他们的耳朵仔细擦干净，要擦得又红又亮才行。”

“从来没见过你有这么大的兴头。”爸说。

妈嚷道：“现在我们这家人可得弄整齐些才行。一路上都没机会打扮打扮。可是现在我们办得到了。把你那脏工装裤丢在帐篷里，我来给你洗一洗。”

爸走进帐篷去，不一会儿就穿着洗过的淡蓝色工装裤和衬衫出来了。随后他就领着那两个惊慌而又不高兴的孩子向清洁所走去。

妈在他们后面喊道：“把他们的耳朵里里外外都使劲擦擦，好好洗干净。”

约翰伯伯从男厕所里走到门口，向外望了一望，又走回去，在马桶上坐了好久，两手捧着疼痛的头。

妈煎好了一锅焦黄的玉米饼，又一勺一勺地把面浆舀到油里去，想要煎第二锅，这时候一个人影落到她身边的地面上。她转过头来一看，一个瘦小的男人全身穿着白衣服，站在她后面——这个人长着一张酱黄色的、打皱的清瘦面孔和一双快活的眼睛。他瘦得像一根木棒一样。他那干净的白衣服的线缝磨破了。他向妈微笑着。“你早。”他说。

妈看看他那身白衣服，露出怀疑的神色，脸绷了起来。

“你早。”她说。

“你是乔德太太吗？”

“是的。”

“噢，我叫吉姆·罗利。我是收容所主任。顺便来看看你们这里是不是一切都满意。要用的东西都有了吗？”

妈疑心地把他端详了一番。“都有。”她说。

罗利说：“昨天夜里你们到的时候，我已经睡了。幸亏有块空地给你们用。”他的声音是温和的。

妈很爽快地说：“这地方很好。特别是那些洗衣盆。”

“你等着看看妇女们洗衣裳吧。快开始了。那种热闹你一辈子也没见过。好像是做礼拜似的。你知道昨天她们干什么来着，乔德太太？她们搞了个合唱队。一面唱赞美歌的调儿，一面搓衣服。那可真是好听呢！”

妈脸上的怀疑神色渐渐消失了。“那一定很好听。你是老板吗？”

“不，”他说，“这地方的人都干得挺起劲，让我没事儿做了。他们把这个收容所弄得干干净净、有条有理，他们什么都干。这样的人我从来没见过。他们在大会堂里做衣服，他们还做玩具。从来没见过这样的人。”

妈埋头看看自己身上龌龊的衣服。“我们还没收拾干净，”她说，“出门人是没法弄干净的。”

“这我知道。”他说，他闻一闻空气，“嘿——是你们的咖啡这么香吗？”

妈微笑了。“香得很，是不是？咖啡的气味喷出来总是很香的。”她得意地说，“希望你赏光，跟我们一道吃早饭吧。”

他来到火边蹲下去，妈对他的反感终于完全消除了。“你不嫌弃，我们很高兴，”她说，“我们没多少好吃的东西，可是很欢迎你。”

那小个子男人对她咧着嘴笑了一下。“我吃过早饭了。不过你那咖啡我倒是想喝一杯。好香呀！”

“噢——当然可以。”

“不用太忙。”

妈从铁罐里倒出一杯咖啡。她说：“我们还没有糖。也许今天可以买到。你要是爱吃糖的话，那就不会好喝了。”

“我一向不用糖，”他说，“好咖啡加糖倒把味道弄坏了。”

“噢，我倒是喜欢放点糖的。”妈说。她忽然仔细看着他，想弄明白他究竟为什么这么快就和她这么亲近。她从他的脸上探寻他的动机，只感到亲切的意味。随后她看了看他那白色上衣上磨破了的衣缝，便觉得放心了。

他呷着咖啡。“我想今天早上妇女委员们会上这儿来看你们。”

“我们还没收拾干净呢，”妈说，“她们最好是等我们稍微收拾干净一点儿再来吧。”

“这种情形她们是明白的，”这位主任说，“她们初到的时候，也是一样。不要紧。这里的两个委员会都了解情况，所以才把事情办得很好。”他喝光了咖啡，就站起身来，“噢，我得上别处去。你们要什么，请到管理处来，我通常在那儿。这咖啡真是呱呱叫。谢谢你。”他把杯子放在木箱上，跟别人的放在一起，然后挥挥手，就顺着那一排帐篷走掉了。

妈听见他一路跟别人说话。

妈低下头去，竭力抑制住要哭的心情。

爸领着两个孩子回来了，他们因为耳朵被擦痛了，眼睛里的泪水还没有干。他们服服帖帖，满脸发亮。温菲尔德脖子上有一层晒黄的皮肤已经被擦掉了。“嗬，”爸说，“脏得要命，有两层皮呢。要叫他们乖乖地站着，差点儿得揍他们才行。”

妈把他们夸奖了一番。“他们现在挺漂亮了，”她说，“你们自己去拿煎饼和卤汁吃吧。我们得收拾收拾东西，把帐篷里弄整齐一些才行。”

爸为两个孩子和他自己在盘子里盛好食物。“不知汤姆在哪儿找到工作了？”

“我也不知道。”

“噢，他找得到工作，我们也就找得到。”

奥尔兴奋地走到帐篷这边来。“真是个好地方！”他说，他自己动手拿吃的东西，还倒了咖啡，“你知道一个家伙在干什么？他在改装一辆住人的拖车。就在那边，那些帐篷背后。有床铺和炉子——什么都有。人就住在车上。好家伙，这么过日子才对劲呢！你在哪儿停车，就住在哪儿。”

妈说：“我倒是想有一所小房子。只等有了办法，我就要弄一所小房子。”

爸说：“奥尔，吃过以后，你跟我和约翰伯伯就把卡车开出去找工作。”

“对，”奥尔说，“我想找个汽车行里的工作，如果有的话。这才是我真正喜欢的事情。弄一辆小小的旧福特车给我开。把它漆成黄的，到处去兜圈子。刚才在路上碰到个漂亮姑娘，我就给她丢了个眼色。真是个呱呱叫的漂亮姑娘呢。”

爸严厉地说：“你还是先找到工作，再去吊膀子吧。”约翰伯伯出了厕所，慢慢地走过来。妈对他皱着眉头。

“你还没洗过脸呀——”她开口说，接着才看出他病得厉害，显出衰弱和难受的样子。“你到帐篷里去躺着吧，”她说，“你看上去不舒服。”

他摇摇头。“不，”他说，“我有罪过，应该受到惩罚。”他没精打采地蹲在地上，自己倒了一杯咖啡。

妈把锅里最后剩的几块煎饼拿出来。她漫不经心地说：“收容所的主任来过了。他坐了一会儿，喝了一杯咖啡。”

爸慢慢地朝远处望了一望。“真的吗？他来干什么？”

“只不过是来闲聊闲聊，”妈斯斯文文地说，“只不过是坐一坐，喝杯咖啡。他说平时难得喝到好咖啡，他闻到我们的咖啡很香。”

“他要干什么？”爸又追问道。

“没什么。只不过是来看看我们过得好不好。”

“我不相信，”爸说，“只怕他是到处探听人家的秘密。”

“他不是那种人！”妈愤愤地嚷道，“不怀好意的人，我一眼就看得出。”

爸把杯子里的咖啡渣泼掉了。

“你别这么乱泼吧，”妈说，“这是个干净地方。”

“你可别叫它太干净了，免得脏惯了的人住不下呀，”爸妒忌地说，“快点儿，奥尔。我们出去找工作吧。”

奥尔用手擦擦嘴。“我准备好了。”他说。

爸向约翰伯伯转过脸去。“你也去吗？”

“去，我也去。”

“你的气色不大好。”

“我是不大舒服，可我还是要去。”

奥尔上了卡车。“该买汽油了。”他说。他启动了发动机。爸和约翰伯伯爬到他身边，卡车便顺着那条路开走了。

妈眼看着他们离开。随后她就拿着一只水桶走到清洁所外面的洗衣盆那里去。她把水桶盛满了热水，提回自己的帐篷来。她正在桶里洗着盘子的时候，罗莎夏回来了。

“我把你吃的东西放在一只盘子里了。”妈说。接着她便仔细看了看她的女儿。她的头发已经梳洗过了，还在滴水，皮肤是鲜嫩和微红的。她穿了一身印着小白花的蓝衣服。她脚上穿的是结婚时那双有后跟的拖鞋。在妈的注视之下，罗莎夏脸红了。“你洗过澡了吧？”妈说。

罗莎夏用沙哑的声音说：“我在那里面的时候，有一个女的进来洗了澡。你知道怎么办吗？你走进小间里，把开关一转，水就往你身上冲下来了——热水和冷水都有，随你的便——我也洗了个澡！”

“我也要去洗个澡，”妈大声说，“等我把这儿收拾完了就去。你教给我怎么洗吧。”

“我打算每天洗个澡，”女儿说，“那位太太——她看见了我，看见了我的肚子——你猜她怎么说？她说每星期都有个护士来。我可以去找那个护士，她会告诉我，应该怎么办才能使孩子强壮。她说这儿的太太们都是这么办的。我也打算这么办呢。”她说得滔滔不绝，“还有——你猜怎么样？——上星期有人生了个孩子，全收容所的人开了个庆祝会，大家送衣服和小孩用的东西给那婴儿——甚至有人送了娃娃的摇车——用柳条做的。车子虽然不新，可是他们给它上了一层淡红色的漆，就像新的一样。他们还给那孩子取了个名字，做了个庆祝的大蛋糕。啊，天哪！”她喘着气，不往下说了。

妈说：“感谢上帝，我们跟自己人在一起了。我要去洗个澡。”

“噢，真舒服。”女儿说。

妈擦干了那些铁盘子，把它们摞起来。她说：“我们是乔德家的人。我们是从来不向人家低头的。爷爷的爷爷，他在独立战争的时候打过仗。我们没有负债以前，本来是有田有地的人家。后来那些人来了，他们叫我们遭了殃。他们每来一次，就像是拿鞭子抽了我一顿——我们全家人都挨打。还有尼德尔斯的那个警察。他对我的举动也很可恶，使我感到委屈，使我觉得丢脸。现在我不害羞了。这里的人都是自家人——跟亲人一样。那位主任，他上这儿来坐过，还喝了咖啡，他左一声‘乔德太太’，右一声‘乔德太太’，还说：‘你们过得怎样，乔德太太？’”她停住嘴，叹了一口气，“唉，我又觉得是在过人的日子了。”她摞好了最后的一只盘子。她走进帐篷去，在衣箱里掏出她的鞋子和一身干净衣服来。她还找到一个小纸包，里面包着她的耳环。她走过罗莎夏跟前的时候说道：“要是那些妇女委员来了，你就告诉她们，说我马上就回来。”她绕过那清洁所旁边，便不见了。

罗莎夏猛地一下坐到一只木箱上，端详着她那双结婚时穿的黑漆皮鞋和那个朴素的黑色蝴蝶花结。她用手指头擦擦脚趾，又用裙子的里子擦擦手指。她俯下身去的时候，她那日益胀大的肚子便受到了一种压力。她直挺挺地坐起来，用手指在身上摸了一摸，摸的时候，微笑了一下。

那条路上，有个矮胖的女人拿着一苹果箱的脏衣服，朝洗衣盆那边走去。她的脸被太阳晒黄了，眼睛黑而有神。她系着一条用布袋做的大围裙，罩在柳条纹的衣服上，脚下穿的是男式的褐色皮鞋。她看见罗莎夏在抚摸自己的身子，又看见那女孩的脸上浮现着笑容。

“嘿！”她叫了一声，愉快地笑起来，“你想是个男的还是女的？”

罗莎夏涨红了脸，低头望着地上，然后又抬起头来，偷看了一眼，那女人亮闪闪的小黑眼睛又把她盯住了。“我不知道。”她咕哝地说。

那女人扑通一声把苹果箱放在地上。“肚里有个肉疙瘩吧？”她说，又像一只快活的母鸡似的咯咯地笑起来。“你喜欢男的还是女的？”她追问道。

“我不知道——男的吧，我想。当然——还是男的好。”

“你们才到这儿，是不是？”

“昨晚到的——深夜了。”

“打算住下来吗？”

“我不知道。我们只要找得到工作，也许就会住下来。”

那女人脸上掠过一层阴影，她那双小黑眼睛透出阴沉可怕的神情来。“只要找得到工作。我们大家都是这么说呢。”

“我哥哥今天早上已经找到工作了。”

“找到了，真的吗？也许你们运气好。等着运气吧。可是运气是靠不住的。”她走近了一些，“你只能碰上一次运气，不会再碰到第二次。你真是个好姑娘，”她粗声地说，“你真好。你心里要是动了邪恶的念头——你可要当心那个娃娃。”她蹲在罗莎夏面前。“这个收容所里常出些荒唐事情，”她阴沉地说，“每星期六晚上，这儿都有舞会，还不光是双人舞呢，有人还爱搂着抱着地跳舞！我见过。”

罗莎夏谨慎地说：“我喜欢跳舞，喜欢双人舞。”接着，她又很正派地说：“另外那种舞我从来没跳过。”

那个黄脸女人阴沉沉地点了点头。“噢，有人却喜欢那么跳。上帝也不容许这种事情，你看吧，别以为他会容许这么胡闹。”

“你说得对，大婶。”少女温柔地说。

那个女人把一只焦黄的打皱的手放在罗莎夏膝上，罗莎夏让她一摸，不由得畏缩了一下。“现在我要警告你。真正信耶稣的人剩下没几个了。每逢星期六晚上，乐队开了场，奏起乐来的时候，他们就乱蹦乱跳——是呀，乱蹦乱跳。我见过。我自己根本不靠近那儿，也不让家里人去。人家就搂着抱着跳，我告诉你。”她为了加重语气，停了一下，然后用轻微的嘶哑声音说道，“他们还不只干这个呢，他们还演戏。”她把身子倒退了几步，侧着头看看罗莎夏对她这番话的反应如何。

“有演员吗？”姑娘惊奇地说。

“没有，”那女人大声说道，“不是演员，不是那些不要脸的演员，是我们这儿的人，是我们自己的人。有些糊里糊涂的孩子也参加，他们扮出跟自己不相干的角色。我可没走近过，可是我却听到过他们演戏的时候说的那些话，简直是有魔鬼闯进这个收容所来了。”

罗莎夏张着嘴、睁大眼睛听着。“从前在学校里，我们演过一次圣诞儿童剧——在圣诞节那一天。”

“噢，我不敢说这到底是好是坏。有些好人认为圣诞儿童剧总是好的，可是我却不肯干脆这么说。这里演的还不是什么圣诞儿童剧，只是些邪恶的、勾引人的、魔鬼的把戏。台上的人大摇大摆地走着，胡说八道，扮些莫名其妙的角色。还有人跳舞，搂着、抱着跳。”

罗莎夏叹了一口气。

“这种人还不少呢，”那个黄脸女人接着往下说，“简直是乌烟瘴气，这些胡闹的家伙足足有十个。你可别以为他们那些罪人瞒得过上帝。不，上帝把他们的罪过一项一项地记了账，还把所有的罪过加起来。上帝是留心看着的，我也留心看着。那些人当中，已经有两个让上帝赶走了。”

罗莎夏喘着气说：“真的吗？”

那个黄脸女人的声音深沉起来。“我亲眼看见的。有个怀着娃娃的姑娘，正和你一样。她演过戏，跟人家搂着跳过舞。后来——”她的声音变得凄凉可怕起来，“她一天天瘦下去，只剩下皮包骨，后来就——流产了，生了个死娃娃。”

“哎，真惨！”姑娘的脸色惨白了。

“死娃娃浑身是血。当然，从那以后，再也没人理她了。她跟人私奔了。罪恶是碰不得的，一碰就会惹上身。还有一个，也干了这种丑事。她也一天天瘦下去——你猜怎么着？有一天夜里，她上别处去了，过了两天又回来了。她说是上别人家去过，可是——她肚子里的孩子却没有了。你猜我心里怎么想？我想是那位主任，他把她带出去打了胎。他不信什么罪恶，他亲自告诉我的。他说罪恶就是饥饿，就是挨冻。他说——我告诉你，这是他亲自对我说的——他说有许多事情都能叫人看出没什么上帝。他说那些姑娘瘦下来，是因为她们吃不饱。哼，我可把他收拾了一顿。”她站起来，倒退了一步。她的目光是锐利的。她用一只僵直的食指指着罗莎夏的脸。“我说：‘滚回去！我知道魔鬼闯进这个收容所来了。现在我知道魔鬼是谁了。滚回去，撒旦。’天哪，这下子他果然老实了！他直打哆嗦，鬼鬼祟祟地说：‘请你别吵得大家不好受。’我说：‘不好受？他们的灵魂怎么办？那些死掉的胎儿和可怜的女人因为演戏都给毁了，那怎么办？’他只翻着白眼看了看，苦笑了一阵就走开了。他心里明白他是遇到真正给上帝做证的人了。我说：‘我要帮助耶稣监视人间的事情。你和别的那些邪恶的家伙都逃不掉。’”她端起她那只盛脏衣服的箱子，“你要当心。我警告你。你要当心肚子里的小娃娃，避开罪恶才行。”说完，她就神气十足地大踏步走掉了，眼睛里闪着贞洁的光彩。

罗莎夏看着她走开，随即就低下头去，用双手捧着脸，对着手掌呜咽地哭起来。忽然她听见身边有一个柔和的声音。她羞涩地抬起头来望着。原来是那个穿白衣服的小个子主任。“别发愁，”他说，“你别发愁。”

她的眼睛让泪水弄迷糊了。“可是我干过呀，”她喊道，“我被人家搂着跳过舞，我没告诉她。我是在萨利索干的。我跟康尼。”

“别发愁。”他说。

“她说我要小产呢。”

“我知道她爱这么说。我很注意她。她是个好心的女人，可是她弄得大家很不好受。”

罗莎夏淌着眼泪抽抽噎噎地哭了一阵。“她知道有两个女人就是在这收容所里丢了孩子。”

主任在她面前蹲下来。“喂！”他说，“听我说吧。我也知道她们。她们太饿、太累了，干活儿也干得太辛苦了。她们在卡车上颠得厉害，又生了病，那不能怪她们。”

“可是她说……”

“别发愁。那个女人就喜欢惹是非。”

“可是她说你就是魔鬼。”

“我知道她这么说。这是因为我不许她弄得大家心里难受。”他拍拍她的肩膀，“你别发愁。她不懂。”他赶快走开了。

罗莎夏望着他的背影；他走的时候，晃动着瘦瘦的肩膀。她还在望着他那瘦小的身影，妈就回来了。她洗得干干净净，脸色微红，湿湿的头发梳成了一个髻。她穿着她的花纹衣服和旧皮鞋，耳朵上戴着小小的耳环。

“我洗过澡了，”她说，“我站在那儿，让温热的水冲下来，在我身上直淌。有个太太说，只要你愿意，天天洗澡都可以。咦——那些妇女委员来过没有？”

“哎呀！”女儿说道。

“你就一直坐在这儿，一点儿也没动手来收拾收拾吗？”妈一面说，一面把那些铁盘子收起来。“我们要弄得像样才行，”她说，“来，快动手！拿那只口袋当笤帚，把地上打扫打扫。”她收拾了地上的什物，把锅子放进木箱，又把木箱搬进帐篷。“把床铺好，”她吩咐道，“说实话，我觉得再没什么比那儿的水更叫我痛快了。”

罗莎夏没精打采地奉命行事。“你觉得康尼今天会回来吗？”

“也许会——也许不会。说不定。”

“他一定会知道上哪儿来找我们吧？”

“当然。”

“妈——你想该不会——他们放火的时候，该不会把他烧死在那里吧？”

“不会的，”妈深信不疑地说，“他说跑就跑——像长耳兔那么机灵，像狐狸那么神出鬼没。”

“我真希望他能回来。”

“他要回来，就一定会回来。”

“妈……”

“我想你还是做点事才好。”

“噢，你觉得跳舞和演戏都是有罪的事，会叫我小产吗？”

妈停止了工作，把手按在屁股上。“你这是说的什么话？你又没演过什么戏。”

“噢，这儿有些人演过，有个年轻女人，她小产了——娃娃死了——血淋淋的，就像遭了天罚一样。”

妈瞪眼望着她。“谁告诉你的？”

“有个从这儿过的太太。还有那个穿白衣服的小个子，他也来过，他说不是这么回事。”

妈皱紧了眉头。“罗莎夏，”她说，“你别再自寻苦恼了。你这简直是自找苦吃，惹得自己哭哭啼啼。我不知道你究竟是着了什么魔。我们家里的人从来不这样。他们不管什么困难都担当得起，决不掉泪。我想一定是康尼那家伙使你这么胡思乱想的。他无非太自大了。”接着，她又严厉地说：“罗莎夏，你不过是一个人，别的人还多得很呢。你得好好地过日子才行。我知道有些人一辈子老犯罪，到后来他们才想到在上帝眼里，他们都是些大坏蛋。”

“可是，妈……”

“别说了，快住嘴做事去。你年纪还不大，也不算太坏，绝不会太叫上帝生气。你要老是这样自寻烦恼，我就要揍你了。”她把火灰扫到炉子的火眼里，刷刷旁边的石头。她看见委员会的人一路走过来了。“赶快收拾，”她说，“妇女委员们过来了。赶快收拾，让我脸上有点光彩。”她不再往那边看，但是她却感觉到委员们越走越近了。

不消说，这些人都是委员会的人。三个收拾得干干净净、穿着各自最好的衣服的妇女：一个是瘦子，戴着金属架眼镜，头发稀少；一个身材壮健而又矮小，鬈发斑白，嘴巴小巧；还有一个是大个子，肌肉发达得像一匹拉货车的壮马似的，腿脚、臀部和胸部都很肥大，显得精力充沛、神态稳健。这几位委员很神气地从那条路上走来了。

她们来到的时候，妈不自在地背过身去。她们停住，把身子一旋，排成一行站在那里。大个子女人用洪亮的声音说道：“早呀，你就是乔德太太，对不对？”

妈转过身来，仿佛是被人出其不意地发现了似的。“啊，是的——是的。你们怎么知道我姓乔德？”

“我们是委员会的人，”大个子女人说，“是第四清洁所的妇女委员会。我们从管理处看到了你的姓名。”

妈狼狈地说：“我们还没收拾好呢。你们几位来了，我很高兴，请坐，我来烧点咖啡。”

那位矮胖的女委员说：“我们来介绍一下自己吧，杰西。把我们的名字告诉乔德太太。”“杰西是我们的主席。”她解释道。

杰西很有礼貌地说：“乔德太太，这两位是安妮·利特菲尔德和埃拉·萨默斯，我叫杰西·布利特。”

“能跟你们几位交朋友，我很高兴，”妈说，“诸位请坐好吗？这儿还没有好坐处呢，”她补充说，“我还是去烧咖啡吧。”

“啊，不用，”安妮很有礼貌地说，“你不用费事。我们不过是来拜访拜访，看看你们的情况，想使你们舒服一点儿。”

杰西·布利特一本正经地说：“安妮，请你记住，我是主席。”

“啊！对啦，对啦。可是下星期就是我了。”

“那么，你就等下星期再说吧。我们是每星期轮流的。”她向妈解释道。

“你们不喝点咖啡吗？”妈无可奈何地问道。

“不，谢谢你。”杰西负责发言了，“我们首先要领着你去看看那清洁所的情形，看完之后，如果你愿意，那就介绍你加入妇女俱乐部，给你派一个职务。当然，你不加入也可以。”

“收费多不多？”

“只要做点事情，并不收费。大家认识了你以后，也许可以把你选到委员会里去，”安妮插嘴道，“这位杰西，她是全所管理委员会的委员。她是大委员会的女委员。”

杰西得意地微笑了一下。“全体一致选出的，”她说，“噢，乔德太太，我想现在我们可以把这收容所的情形向你说明一下了。”

妈说：“这是我女儿，罗莎夏。”

“你好。”她们说。

“最好是跟我们一道去看看。”

那位身体高大的杰西又发言了，她的神态充满了尊严和善意，言辞是预先练熟了的。

“你别以为我们是来干涉你的事情，乔德太太。这收容所有许多东西是大家公用的。我们自己定了一些规则。现在我们就到清洁所去。那地方是大家公用的，人人都应当爱惜。”她们逍遥自在地走到那个没有盖顶棚的处所，那边有二十个洗衣盆。其中八个正有人在使用，女人们就在那里弓着身子搓衣服，干净的水泥地上放着一堆堆绞干了的衣服。“你要用这些盆子的时候，随时上这儿来用好了，”杰西说，“只有一点要注意，那就是用完了要收拾干净。”

那些洗衣服的女人都很感兴趣地抬起头来。杰西高声说道：“这两位是乔德太太和罗莎夏，上这儿来住了。”她们齐声向妈打了个招呼，妈便对她们深深鞠了一躬，说道：“能见到你们，真是高兴。”

杰西率领委员们进了有抽水马桶和淋浴设备的屋子。

“我已经上这儿来过了，”妈说，“我还洗了个澡呢。”

“这儿就是给你们洗澡的，”杰西说，“这里的规则也是一样，用过了要收拾干净。每星期都会有新委员会的人来，这些人每天来擦洗一次。也许会请你参加这个委员会，你得自备肥皂。”

“我们得买点肥皂，”妈说，“我们的肥皂全都用光了。”

杰西的声音几乎变得有几分敬意了。“你们用过这种东西吗？”她指着那些抽水马桶，问道。

“用过的，太太。就在今早。”

杰西叹了口气。“那就好了。”

埃拉·萨默斯说：“就在上星期……”

杰西严厉地插嘴道：“萨默斯太太——让我来说。”

埃拉让了步。“啊！好吧。”

杰西说：“上星期，你当主席的时候，一切的话都归你说。这个星期请你别多嘴了。”

“那么你把那位太太闹的笑话说说吧。”埃拉说。

“噢，”杰西说，“我们这个委员会是不愿意说长道短的，人家的姓名我可不能说出来。上星期，有一位太太上这儿来了，委员会还没跟她联系，她就先上这儿来了。她把她丈夫的裤子放在抽水马桶里，她说：‘这装得太低了，又不够大，弯着腰洗，把人累得腰酸背痛。’她说：‘怎么不把它装高一些呢？’”三个妇女委员脸上浮现出鄙视的微笑。

埃拉插嘴说：“她说：‘里面盛不下多少东西。’”于是埃拉又让杰西狠狠地瞪了一眼。

“为了手纸，我们也够麻烦了。照规则，这里的手纸是不能拿走的。”杰西说，她尖声地弹了弹舌头，“手纸是全所的人凑钱买的。”她沉默了一会儿，才把实话说出来，“四所的手纸比别处用得多。有人偷。这问题会提到妇女大会上。‘四号女厕所的手纸用得太多了。’马上就会在大会上讨论了。”

妈不声不响地倾听着这些话。“偷手纸——干吗呀？”

“噢，”杰西说，“我们从前也碰到过这种麻烦。上次有三个女孩子用手纸剪纸娃娃，被我们抓住了，可是这次我们却查不出。刚放好一卷手纸，就不见了，大家又提到会上来讨论。有一位太太说，我们应当装一只小铃，手纸转一圈就响一次。那么我们就算得出每人用了多少手纸。”她摇摇头。“我真是想不出办法来，”她说，“整个星期我都在发愁。有人偷四所的手纸。”

门口传来了啜泣的声音：“布利特太太。”三个女委员转过头去。“布利特太太，我听到你说的话了。”一个红着脸、流着汗的女人站在门口，“我不敢在会场上露面，布利特太太。我实在不敢去，大家会笑话的。”

“你这是怎么回事？”杰西走向前去。

“噢，是我们一家人——也许——是我们。可我们并不是偷，布利特太太。”

杰西气呼呼地向她走过去，于是那满脸通红、自行招供的女人脸上冒出汗珠来了。“我们实在没办法，布利特太太。”

“你老实说出来吧。”杰西说，“为了手纸问题，这个清洁所的人都丢脸了。”

“整整一个星期了，布利特太太。我们实在没办法。你知道我有五个女儿。”

“她们拿手纸干什么？”杰西凶暴地追问道。

“是用掉的。老实说，是用掉的。”

“她们没有权利用这么多！四五张足够了。她们有什么毛病？”

那个自行招供的女人像羊叫似的说：“泻肚子。她们五个都泻了。我们的钱花光了。她们吃了生葡萄，五个都泻得很厉害。隔十分钟泻一次。”她为她们辩护道：“可她们并不是偷。”

杰西叹了一口气。“你早就该说出来，”她说，“你该说出来才对。因为你没说，四所的人都没脸了。谁都可能泻肚子的。”

那个温顺的声音哼哼唧唧地说：“我没法子叫她们不吃生葡萄。她们的病越来越厉害了。”

埃拉·萨默斯大声说：“你应该申请补助。”

"埃拉·萨默斯，"杰西说，"我最后一次提醒你，你不是主席。"她转过身来，对着那羞红了脸的小个子女人，"你没钱了吧，乔伊斯太太？"

那个女人羞愧地望着地。"没有了，可是我们也许马上就能找到工作。"

"你抬起头来吧，"杰西说，"这又不是犯了什么罪。你可以到青草镇那个铺子里去买点吃的东西。收容所有二十块钱存在那里。你去买五块钱的东西。等你们有了工作，可以还给管理委员会。乔伊斯太太，这你是知道的呀，"她严峻地说，"你怎么让孩子们挨饿呢？"

"我们从来没受过人家的救济。"乔伊斯太太说。

"这并不是救济，你也知道，"杰西生气地说，"我们定了这个办法。这收容所并没什么救济，我们也不肯接受什么救济。现在你赶快去买点吃的东西来，把发票交给我。"

乔伊斯太太怯生生地说："要是我们老还不出钱来怎么办呢？我们已经好久没工作了。"

"还得出的时候你就还，如果还不出呢，那我们不管，你也不用管。有个人出去了，过了两个月，他还是寄了钱来还账。你不该让你的孩子们在这个收容所里挨饿。"

乔伊斯太太有些害怕。"是，太太。"她说。

"给你的孩子们买点奶酪吃，"杰西吩咐道，"那可以止泻。"

"是，太太。"于是乔伊斯太太一溜烟跑出门去了。

杰西转过脸来向那两位委员愤愤地说："她不应该那么倔强。她对我们自己人不应该那样。"

"她到这儿来还不久，也许她还不懂，也许她受过一两次救济。"安妮说，"你别一味堵住我的嘴，杰西。我有发言的权利。"她转过半边脸来对着妈，"谁要是受过一回救济，他就留下了一个伤痕，永远不会消失。这虽然不是救济，可是你如果用了这种钱，你也会忘不掉。我敢说杰西就从来没花过这种钱。"

“没有，我是没花过。”杰西说。

“唉，我可是花过这种钱，”安妮说，“去年冬天，我们饿着肚子——我和孩子他爸、几个小东西。那时候正下着雨，有人叫我们去找救世军。”她的眼色凶狠起来，“我们饿着肚子——他们叫我们低声下气讨饭吃。他们把我们的面子扫光了。他们那些人——我恨他们！也许乔伊斯太太从前受过救济，也许她不知道这不是救济。乔德太太，我们不让收容所里有谁靠做好事来收买人心，我们不让任何人拿什么东西给别人。他们可以把东西捐给收容所，由收容所发出去。我们不愿意接受什么救济！”她的声音又凶狠又粗哑。“我恨他们，”她说，“我丈夫从来没受过人家的侮辱，可是他们那些人——救世军那些家伙却侮辱了他。”

杰西点点头。“我听说过，”她温和地说，“我听说过。我们还得领着乔德太太走一圈。”

妈说道：“这地方真好。”

“我们到缝纫间去吧，”安妮提议道，“有两部机器。她们在缝被单，还在做衣服。你也许愿意到那边去干活儿吧？”

委员们来访问妈的时候，露西和温菲尔德都躲在后面，根本看不见他们。

“我们干吗不跟着去听听呢？”温菲尔德问道。

露西抓住他的胳膊。“不，”她说，“为了那些王八蛋，我们让爸使劲洗了一阵。我可不跟她们去。”

温菲尔德说：“我弄马桶的事，你告了我的状。我也要去告你怎样骂那几位太太。”

露西脸上掠过一丝害怕的阴影。“你别告吧。上回我告你，是因为我知道你并没真把那玩意儿弄坏。”

“你并不知道。”温菲尔德说。

露西说：“我们到处去看看吧。”他们顺着那排帐篷溜达过去，向每个帐篷里窥探一下，贼头贼脑地看一看。清洁所尽头有一块平地，布置了一个槌球场。有六七个孩子在场子上认真地打球。在一个帐篷前面，有个年老的女人坐在凳子上看着。露西和温菲尔德突然迈着小步跑起来。“让我们也来玩玩，”露西喊道，“让我们也参加吧。”

孩子们都抬头望着。一个梳辫子的女孩说：“下一场让你们来。”

“我现在就要玩。”露西喊道。

“噢，那可不行。要等下一场。”

露西带着威胁的神气走到球场上。“我现在就要玩。”那个梳辫子的女孩紧紧地抓住她的槌子。露西向她扑过去，打了她一巴掌，把她推开，从她手里夺过槌子来。“我说我要玩。”她得意扬扬地说。

那个年老的女人站起来，走到球场上。露西狠狠地瞪着眼睛，双手捏紧了槌子。那位太太说：“让她玩一玩吧——就像上星期你们让拉尔夫玩一样。”

孩子们都把槌子放在地上，一声不响地一齐离开了球场。他们都站得远远的，面无表情地向球场上望着。露西眼看着他们走开。接着，她把一只球打了一下，跟着球追上去。“你来打，温菲尔德。拿一只槌子。”她叫道。随后她抬头一看，吃了一惊。温菲尔德已经跟那些旁观的孩子站在一起，也面无表情地望着她。她又气势汹汹地把那只球打了一下，踢起了许多灰尘。她假装玩得很痛快。那些孩子站在旁边看着。露西把两个球并排放在一起，同时打了出去，她先背着那些盯着她的眼睛，随后又把身子转过来。忽然间，她手里拿着槌子，向他们奔过去。“你们来玩。”她要求道。他们看见她走过来，都不声不响地往后退。她瞪着眼睛对他们看了一会儿，终于丢下槌子，哭着跑回家去了。孩子们又回到球场上。

那个梳辫子的女孩向温菲尔德说：“下一场，你可以参加。”

在旁边守望着的那个女人提醒他们说：“等她回来想跟你们和好的

时候，你们可别不理她。你自己也有些小气，埃米。”游戏重新开始进行，露西这会儿却在自己家的帐篷里伤心地哭着。

卡车沿着那些美丽的大路行驶，经过许多桃子开始发红的果园和垂着一串串淡青色葡萄的葡萄园，从一排排的胡桃树下穿过，胡桃树的枝条都伸到了路当中。在每一个果园的大门口，奥尔都把车子开慢一些；每一个大门口都有一块牌子：“不需雇工。禁止入内。”

奥尔说：“爸，那些果子熟了的时候，他们总得雇人吧。真是个怪地方——人家不等你开口，就先告诉你不雇人。”他慢慢地开着车子往前走。

爸说：“我们不妨进去，问问他们知不知道什么地方需要雇人。这想必总可以吧？”

一个穿蓝色工装裤和蓝衬衫的男人沿着路边走过来。奥尔在他身边停住车子。“喂，先生，”奥尔说，“你知道什么地方有工作吗？”

那个人停下来，咧着嘴笑了笑，他的门牙已经掉了。“不知道，”他说，“你知道吗？我跑了一星期了，还是找不到工作。”

“你住在那个官办的收容所里吗？”奥尔问道。

“是的！”

“那么请上车吧。你坐在后面，我们大家去找。”那人翻上车架，坐在卡车底板上。

爸说：“我看我们找工作简直没有把握。可是现在我们不去找一找又不行。真不知道该上什么地方去找才好。”

“早该问问收容所里的人，”奥尔说，“你没什么不舒服吧，约翰伯伯？”

“我发痛，”约翰伯伯说，“浑身发痛，这是我的报应。我应该走掉，免得连累自己的亲人。”

爸把手按在约翰伯伯的膝上。“听我说，”他说道，“你可别走开。

我们这一伙人一个个失散了——爷爷和奶奶死了，诺亚和康尼跑掉了，牧师呢——又被关在牢里。”

“不知怎么的，我总觉得我们还能再跟那牧师见面。”约翰说。

奥尔用手指摸弄着排挡杆上的圆球。“你不转这些念头已经够难受了，”他说，“见他妈的鬼。我们再回去问问清楚，看什么地方有工作吧。我们现在简直是摸不着头脑，瞎找一气。”他停下卡车，把头探到窗外，向后面喊道：“嘿！怎么样！我们回收容所去，问问什么地方有工作。这样瞎跑，简直是白费汽油。”

那个男人从卡车边架上探出身来。“这正合我的意，”他说，“我的脚磨破了，直到脚脖子都痛。我连一口东西都没吃呢。”

奥尔在路当中把车子掉转头，一直往回开。

爸说：“你妈心里一定会很难受，特别是因为汤姆的工作找得那么容易。”

“也许他根本就没找到什么工作，”奥尔说，“只怕他也不过是出去找找看。我只希望自己能在汽车行里找到工作。我很快就可以学会干那种活儿，我也很喜欢干。”

爸咕噜了一阵，随后他们便默默地把车子开回收容所去了。

委员会的人离开以后，妈坐在她家帐篷前一只木箱上，无可奈何地看着罗莎夏。“噢——”她说，“噢——我好些年没这样得意过了。她们那几位太太真是太好了！”

“她们对我说过，”罗莎夏说，“叫我在育婴室工作。我在那儿可以学会照料孩子的一切办法，那我自己也就懂得了。”

妈若有所思地点点头。“要是男人家都有了工作，那不是太好了吗？”她问道，“他们都做事，就可以挣到一点儿钱了，那该多好！”她的眼睛茫然地望着前面，“他们都做事，我们也在这儿干点工作；这儿的人都是些好人。等我们有点办法的时候，我首先就要买一只小炉子——要好的。那并不怎么贵。然后我们还要买一副很大的帐篷，也许还要买几张带弹簧的旧床垫。我们现在这个帐篷，就可以用来在里面吃吃饭。星期六晚上，我们就去跳舞。据说还可以随意请客。我巴不得有几个朋友可以请一请。也许男人家知道有什么人好请吧。”

罗莎夏顺着那条路远远地望去。“那个说我会小产的太太……”她开口说。

“你别再提这个了。”妈警告她。

罗莎夏轻声说：“我看见她了。我想她大概是要上这儿来。可不是吗！她果然来了。妈，可别让她……”

妈转过头去，望着那个慢慢走来的人影。

“你们好，”那个女人说，“我是桑德里太太——利斯贝思·桑德里。今早我见过你女儿。”

“你好。”妈说。

“你们相信上帝吗？”

“很相信。”妈说。

“你的灵魂得救了吗？”

“我是得救了。”妈摆出一副严肃的面孔，等着她说下去。

“噢，我很高兴，”利斯贝思说，“这一带邪恶分子势力很大。你们来到了一个可怕的地方。四处都是邪恶。邪恶的人，邪恶的行为，凡是真正的基督徒谁也受不了。我们周围到处是邪恶分子。”

妈的脸微微地红了一下，她闭紧着嘴。“我倒觉得这儿有些好人。”她简单地说。

桑德里太太瞪着一双眼睛。“好人！”她大声说，“他们那么跳舞，你搂我抱，你还认为那是好人吗？告诉你吧，你那永生的灵魂在这收容所里是没有机会得救的。昨天晚上我到青草镇去听讲道了。你猜那牧师怎么说？他说：‘那个收容所是个邪恶的地方。’他说：‘穷人只想发财。’

他说：‘他们本该伤心痛哭地悔罪，却偏要搂在一起跳舞。’他就是这么说的。‘凡是不上这儿来听讲道的人都是邪恶的罪人。’说实在的，听了他这番话，的确使人很快活。我们知道自己没有问题。我们从来没跳过舞。”

妈的脸涨红了。她慢慢地站起来，面对着桑德里太太。“滚开！”她说，“你快给我滚出去，要不我发起脾气来，就会顾不到冒犯上帝，叫你滚到一个不该说的地方去。你快去伤心痛哭吧。”

桑德里太太吓得张开了嘴巴。她倒退了一步。接着，她就变得凶狠了。“我还以为你们是基督徒呢。”

“我们当然是基督徒。”妈说。

“不，你们不是。你们是该下地狱遭火烧的罪人，你们都是！我要到布道大会上去报告。我看得见你那邪恶的灵魂在燃烧，我也看得见那姑娘肚子里的天真的孩子在燃烧。”

罗莎夏嘴里发出了一阵低微的哭声。妈弯下身去，拿起一根柴棒。

“滚开！”她冷冷地说，“你不许再来了。我从前也见过你们这种人。你们不许人家有一点儿快乐，是不是？”妈向桑德里太太冲过去。

那个女人往后退了一下，然后忽然仰起头，哇哇地乱吼起来。她的眼睛往上翻，肩膀和胳膊松软无力地耷下来，一长串黏痰从嘴角往下流。她一阵又一阵地咆哮着，那声音又长又深沉，像野兽的嗥叫一般。男男女女从别的帐篷里跑过来，站在近旁，都吓得一声不响。那个女人的身子慢慢往下坠，两膝着了地，她的咆哮声低落下去，变成了一片吹水泡似的震颤的哭声。她往旁边倒下去，两臂和两腿抽搐起来。在张开的眼皮下，露出了两颗白眼珠。

一个男人低声说：“有鬼。她让鬼缠住了。”妈站在那里，低头看着那个抽搐的人体。

小个子主任从容地走过来。“出了事吗？”他问道。人群向两旁分开，给他让了路。他低下头去看看那个女人。“真糟糕，”他说，“你们有谁愿意帮忙把她抬回她的帐篷里去吗？”沉默的人群把脚挪动了一下。有两个男人俯下身去，把那个女人抬起来，一个托着她的胳肢窝，另一个抱着她的两只脚。他们把她抬走，大家都跟在后面。罗莎夏走进油布帐篷去躺下，用毯子蒙住了脸。

那个主任看看妈，又低下头去看看她手里的柴棒。他疲倦地微笑了一下。“你打了她吗？”他问道。

妈仍然瞪眼望着那些走开的人。她慢慢地摇摇头。“没有——可是我真想揍她一顿。她今天把我女儿吓唬了两次。”

主任说：“你千万别打她。她有病，她的确有病。”于是他又小声地补充道：“我真巴不得她离开这儿，希望她全家都走才好。她在这收容所里惹出来的麻烦，比其余的人加起来的还要多。”

妈的火气又上来了。“她要是再来，我说不定会揍她。我可不敢保证。我不能让她再来惹得我女儿着急。”

“这你不用担心，乔德太太，”他说，“你不会再见到她了，她专找新来的人下功夫。她不会再来了。她认为你是个有罪的人呢。”

“噢，我本是有罪的。”妈说。

“当然。人人都有罪，可并不是像她所说的那样。她有病呢，乔德太太。”

妈感激地望着他，随即喊道：“你听见了吗，罗莎夏？她有病。她疯了。”但是女儿却没有抬头。妈又说：“我要提醒你，先生。她要是再来，那我就不敢保证，说不定会揍她。”

他苦笑了一下。“我知道你很生气，”他说，“可是请你千万忍耐一下。我对你只有这点要求——还是忍着点，不打她才好。”他向桑德里太太被抬去的那个帐篷慢慢地走去。

妈走进帐篷，在罗莎夏身边坐下。“你瞧瞧。”她说。女儿还是躺着不动。妈轻轻揭开蒙在女儿脸上的毯子。“那个女人好像是疯了，”她说，“你别相信她那些鬼话。”

罗莎夏恐惧地低声说：“她说到遭火烧的时候，我就——觉得有火在烧我。”

“这不是真的。”妈说。

“我累极了，”女儿低声说，“我累得什么事都不爱管了。我要睡觉。我要睡觉。”

“好，那你就睡吧。这是个好地方。你睡吧。”

“可是她说不定还要来呢。”

“她不会再来了，”妈说，“我要坐在外边守着，不让她再来。现在你快休息休息吧，因为你不久就要到育婴室去工作了。”

妈很吃力地站起来，到帐篷门口坐着。她坐在一只木箱上，把胳膊肘支在膝上，双手托着下巴。她看到场子上人们的活动，听到孩子们的声音和敲击铁轮环的响声，但是她的两眼却注视着前面。

爸一路走回来，看见她在那里，便在她身旁蹲下。她慢慢地转过头来看看他。“找到工作了吗？”她问道。

“没有，”他难为情地说，“我们找了一阵。”

“奥尔和约翰哪儿去了？还有卡车呢？”

“奥尔在修理机器。得向人家借工具。人家说奥尔得在那儿修理才行。”

妈愁苦地说：“这倒是个好地方。我们也许可以在这儿过几天快活日子。”

“只要我们能找到工作。”

“是呀！只要你们能找到工作。”

他感觉到她的苦闷，细细地察看着她的脸色。“你干吗要这样愁眉苦脸呀？既然这是个好地方，你何必发愁呢？”

她呆呆地望着他，慢慢闭上了眼睛。“真奇怪，是不是？我们一直在外面走动，拼命赶路，我从来没想过什么。现在呢，这儿的人对我都很好，简直好到了极点；可是我首先想到什么呢？我回想起那些伤心的事情——想起那天晚上爷爷死了，我们葬了他的情形。我一路东颠西倒都不在乎，并不觉得怎么难受。可是现在到了这儿，我反而觉得伤心了。想起奶奶——还有诺亚那样走掉！顺着河边走掉了。这些事现在一样样都钻到心上来了。奶奶成了个叫花子，也是被当作叫花子埋掉的。现在想起来真伤心啊。真是伤心透了。还有诺亚顺着河边走掉，他不懂那边的情形。他一点儿也不懂。我们也不知道怎样，他到底是死了还是活着，我们再也不会知道，再也不会知道。还有康尼，他也悄悄地溜掉了。我从前一直没想这些事，现在这些事都钻到脑子里来了。可是我们现在到了一个好地方，我应该高兴高兴了。”她讲话的时候，爸一直看着她的嘴。她的眼睛是闭着的。“我还记得诺亚走开的地方，那条河边的高山真是像老年人的牙齿似的，高低不平。我还记得爷爷下葬的地方的麦根儿是什么样子。我还记得老家那块砧板上横七竖八的全是刀印，都给鸡血沾黑了，还有一根鸡毛粘在上面。”

爸的声音也和她的音调一样。“我今天看见一些大雁，”他说道，“往南飞——飞得很高。它们好像小得可怜。我还看见一些乌鸫落在铁丝网上，鸽子落在篱笆上。”妈睁开眼来看看他。他接着往下说：“我还看见一阵小旋风，好像一个人在田里团团转似的。那群大雁顺着风往南飞去了。”

妈微笑了一下。“还记得吗？”她说，“记得我们在老家常说的话吗？每逢大雁飞过的时候，我们就说：‘冬天会来得早一些。’我们常说这句话，其实冬天总是该到的时候才到。可是我们老爱说，‘冬天会来得早一些’。究竟这是什么意思，我也有些莫名其妙。”

“我看见一群乌鸫落在铁丝网上，”爸说，“它们在一起靠得很紧，还有那些鸽子。再没有别的鸟儿像鸽子那样坐得稳了——在铁丝篱笆上——也许是两只并排坐着。还有那阵小旋风——像人那么大，在田里团团转。

老是跟人那么大，像小伙子们那样跑动。”

“最好别再去想家乡的情况，”妈说，“那已经不是我们的老家了。最好把它忘了吧。还有诺亚。”

“他向来就不对——我是说——嗐，那要怪我。”

“我叫你别再提了。也许他根本就不该活在世上。”

“可是我早该想清楚一些才对。”

“别说了，”妈说，“诺亚很古怪。也许他在河边过着好日子也难说。也许他那样做还更好呢，我们着急也没用。这是个好地方，也许你们马上就可以找到工作。”

爸指着天空。“看——又有些大雁来了。一大群。喂，孩子他妈，‘冬天要来得早一些’。”

她咯咯地笑了。“有时候你干些事情，你自己都不知道是为什么干的。”

“约翰来了，”爸说，“快来坐下，约翰。”

约翰伯伯和他们凑在一起了。他在妈前面蹲下来。“我们毫无结果，”他说，“只不过瞎跑了一趟。嘿，奥尔要找你。他说得买一只车胎。那个破车胎磨得只剩一层布了，他说。”

爸站起身来。“我希望他能买到便宜货。我们的钱剩得不多了。奥尔在哪儿？”

“在那边，下一个十字路口再往右拐。他说我们要不买一只新的，那个破的就要放炮，会把内胎也弄坏。”爸慢慢地走开，两眼追随着天边那一队人字形的飞雁。

约翰伯伯从地上拾起一块石头，让它掉在地上，再拾起来。他没有望着妈。“找不到工作。”他说。

“你们没有多跑一些地方去找吧。”妈说。

“没有，可是人家都挂着牌子，明明白白写着不要人。”

“噢，汤姆一定是找到工作了。他还没回来。”

约翰伯伯提醒道：“只怕他也走掉了——像康尼和诺亚一样。”

妈狠狠地瞟了他一眼，然后眼光又柔和下来。“有些事情可以看得清楚，”她说，“有些事情可以拿得稳。汤姆是有了工作的，今晚一定会回来。这是不会错的。”她满意地微笑了一下。“他难道不是个可爱的孩子吗！”她说，“他难道不是个好孩子吗！”

一辆辆的汽车和卡车开进了收容所，男人们成群地走向清洁所去。每人手里都拿着干净的工装裤和衬衫。

妈的精神振作起来。“约翰，你去找找孩子爸。到铺子里去买点东西来。我要豆子和糖——还要肉和胡萝卜——叫孩子爸买点好东西来——什么都行——只要好的——预备今晚吃。今晚——我们要吃点好东西。”

第二十三章

流民们一面东奔西跑地寻找工作，想方设法地谋生，一面也随时都在寻求欢乐，发掘欢乐，制造欢乐，他们如饥似渴地盼望着娱乐。有时候娱乐就在谈话中间，他们说许多笑话，把日子打发得很好。大路旁边的那些停宿场里，小溪旁边的水沟岸上，枫树底下，终于有一些说书先生渐渐培养起来了，于是人们就聚集在低微的火光里，听那些有口才的人讲故事。他们讲着故事的时候，大家静静地听着，由于听的人多，那些故事便显得了不起了。

我当年是攻打杰罗尼莫[1]的新兵——

① 杰罗尼莫（1829—1909），印第安人，美国西南部阿帕切族领袖，曾领导族人保卫家园，抗击美军，展开反抗白人统治的武装斗争。

于是人们都静听着，他们沉静的眼睛反射着逐渐熄去的火光。

那些印第安人很狡猾——像蛇那么机灵，他们要保持沉静的时候，就一点儿声音也没有。在干树叶上走过，也能不踩出一点儿响声。有时候我们也可以试一试。

于是人们静听着，他们想起自己脚下的干叶子沙沙的响声。

到了变季节的时候，黑云上来了。这就叫天时不利。你听见过军队打过好仗吗？给他们十次机会，他们也难免老是跌跤。总得牺牲三团人，才能杀死一百个勇敢的土人——每回都是这样。

大家静听着，他们听得脸上都发呆了。那些说书先生聚精会神地讲着故事，他们用有节奏的腔调讲着，用不平凡的字句讲着，因为那些故事是不平凡的，听的人受了故事的感染，也变得不平凡了。

一个山脊上有个勇士，背着太阳站着，明知他是暴露着的。他伸开两只胳膊，站在那儿。赤条条地背着太阳。也许他是发了疯吧。我不知道。他站在那儿，把两只胳膊张开，看上去就像一个十字架。只离四百码远，可是弟兄们——噢，他们把瞄准器扳起来，又用手指探探风向；过了一会儿，他们干脆趴在地上，不敢开枪。也许那个印第安人心中有数，他知道我们不敢开枪。我们都扳起了枪的击铁，趴在那儿，根本就不把枪往肩头上放，只是看着他。他头上扎着带子，有一支羽毛。看得清清楚楚，一丝不挂。我们趴在那儿看了好久，他始终一动不动。于是队长大发脾气了。“开枪，你们这些莫名其妙的杂种，开枪！”他喊道。我们还是趴在那儿。“我数五下，数到第五，你们不开枪，我就把你们的名字记下。”队长说。噢，诸位——我们慢慢地举起枪来，每个人都希望别人先开枪。我一辈子都没像那次那么难受过。我把枪对准了他的肚子，因为你要是打在别的地方，就结束不了印第安人的性命。这一枪——完了。噢，他马上就倒下来，还打了个滚。我们跑过去。原来他个子并不大——只是站在高处，显得很神气。全身都摔碎了，小小的个子。你们见过野鸡吗？

神气十足，漂漂亮亮的，每根羽毛上都有花样，像是上过色彩似的，连它的眼睛也很漂亮。砰！完了。你把它拾起来——满身是血，变了样子，你糟蹋了一样比你自己还好的东西。把它吃掉也补不了你的损失，因为你心灵上受了损伤，一辈子也补救不了。

大家都点点头，这时候那堆火也许会闪出一点儿光来，照出他们正内省着自己的心灵。

背着太阳，伸着胳膊。他显得很伟大——好像上帝一样。

也许有人在吃食上省下两毛钱，到马里斯维尔、图莱里、锡里斯或是芒廷维犬去看了一场电影。于是他脑子里装满了东西，回到沟渠旁的停宿场上来。他便把记得的东西说给大家听：

有这么一个阔人，他装成穷人的样子，还有这么一个富家小姐，她也装成个穷丫头；他们两人在卖牛排的小店里碰见了。

为什么？

我也不知道为什么——反正就是这么回事。

他们为什么要装成穷人呢？

噢，他们做阔人做腻了。

胡说八道！

你到底要不要听？

噢，好吧，你讲下去。当然，我要听，不过我要是阔了，我要是阔了的话，我就要买很多大块的肉来——我要把它像柴火似的堆起来，堆得到处都是，吃个痛快。讲下去吧。

噢，他们两个都把对方当成穷人。后来他们被抓起来，关到牢里去了，他们都不想办法出来，因为有一个出来，另外那一个就会看破他是阔人了。那个看守呢，他对他们很厉害，因为他以为他们是穷人。等他忽然明白了的时候，他那副嘴脸才真叫人看了好笑呢。干脆说，他差点儿晕过去了。

他们为什么坐牢？

噢，他们在急进派开会的地方被捕了，可是他们并不是急进派。他们只不过是凑巧在那儿。他们俩找结婚的对象，都不希图人家的钱财，你懂吧？

所以这两个浑蛋马上就撒起谎来，彼此隐瞒着。

在影片上，他们的行为倒像是很好。他们对人很客气，你懂吧？

我从前看过一个电影，那仿佛是演我的事情，可是影片里的事情比我自己的事情更有趣。那很像我的生活，可是比我的生活更有趣，所以一切情节就更有意思了。

哎，我看了真是伤心。我差点儿看不下去了。

当然喽——如果你当真信那一套的话。

后来他们结了婚，才把事情弄清楚了，还有那些对他们很凶的人也都明白了。有个家伙本来是神气活现的，后来那个男的戴着大礼帽进来的时候，他差点儿晕过去了。真是差点儿晕过去了。还放了一段新闻片，许多德国兵在练操——好玩极了。

一个人如果有一点儿钱，他总是要喝醉的。一喝酒，就会忘掉心里的苦闷，劲头也就上来了。这下他就不寂寞了，因为他脑子里会想起许多朋友来，他就可以找到自己的仇人，把他们消灭了。他坐在干水沟里，底下的泥土都变软了。倒霉的事情模糊起来，未来的事情也不使他害怕。饥饿并不老在他身边纠缠，世界又温和又舒适，你尽可以去你想要去的地方。天上的星星低得出奇，好像就在头顶上似的，天空也特别柔和。死亡成了朋友，睡眠就是死亡的兄弟。往事回到心上来了——从前在家乡跟他跳过舞的一个姑娘，她那两只脚长得很漂亮——还有一匹马——那都是很久以前的事了。一匹马和一只鞍子。鞍子上还有雕花。那是什么时候呀？应该找个姑娘来谈谈。那可真是好玩。可是这里太热。星星这么低，伤心和快乐的事凑在一起，简直分不清。只想一辈子醉下去。

谁说这不好？谁敢说这不好？牧师们吧——可是他们自己也有喝得迷迷糊糊的时候。一些干瘦的女人，可是她们太苦恼了，根本就不知道这些。要感化别人的人——他们自己却对生活体会得不深，也不懂得什么。谁说不好——星星这么低，真亲热啊，我已经跟宇宙大同融为一体了。一切都是圣洁的——一切，连我在内。

口琴是便于携带的。从你裤子后面的口袋里拿出来，在手掌上敲一敲，把灰尘和口袋里的脏东西和烟草末都抖掉。这就算预备好了。你可以用口琴吹奏各种乐曲：可以吹出轻快的芦笛似的单声调子，也可以吹出和声，或是带和声的旋律。你只要把两只手一弯，就可以奏出音乐来，使它像手风琴一般发出哀诉的调子，或是像风琴一般圆润悠扬，也可以使它像山中的芦笛一般尖厉和凄凉。你尽可以把它吹一吹，又放回口袋。它老是在你身边，在你的口袋里。你一面吹奏，一面可以学到一些新花样，学会用两手调度高低抑扬，用嘴唇调节音调，这都不用别人教你。你到处都可以吹奏——有时一个人在中午的树荫下面，有时在晚饭后女人们洗餐具的时候，在帐篷门口吹奏。你用脚在地上轻轻地踏着拍子。你的眉毛跟着节奏起落。如果你把口琴丢了或是弄坏了，那损失也不大。你可以花两毛五再买一支新的。

六弦琴比较珍贵。这东西需要学习才行。左手的手指必定会磨出老茧，右手的大拇指尖上也得有了茧才行。弹的时候要把左手的手指像蜘蛛脚似的伸出去，把磨硬了的指端按到琴弦上。

这是我父亲的琴。他第一次教我 C 调的时候，我还是个很小的孩子。等我学到像他那么好的时候，他就差不多再也不弹奏了，他时常坐在门口听，用脚踏踏拍子。我想试试变调，他就把眉头皱得紧紧的，直到我弹对了，他才高兴起来，舒舒服服地把身子往后一靠，还点点头。“你弹吧，”他常常这么说，“弹得不错。”这是把好琴。你看这琴颈磨坏了。

这把琴弹过百八万支歌曲，所以把它磨坏了。总有一天，它会像一只蛋似的碎掉。可是你却不能修补，也不能为它瞎操心，否则音调就会走样。在晚上弹奏，隔壁帐篷里还有个吹口琴的。合奏起来声音相当好听。

提琴很稀罕，学起来也很难。它不像六弦琴那样在指板上有定音的品，也没有琴师教。

你去听一个老头子奏琴，也想试着学学看。可他不肯告诉你怎么奏出重音。说这是秘密。可是我却仔细看着，看他是怎样拉的。

那把提琴像刮风那么尖厉，声音急促、紧张、尖厉。

那把提琴很旧，已经不大像把提琴了。只花两块钱买来的。有人说，有些提琴有四百年了，音调特别柔和，像陈年的威士忌酒那么有滋味。他说那种古琴值五六万块钱。我可不知道。好像是瞎扯。那可是个厉害的老杂种，对不对？要跳舞吗？我可以在弓弦上涂许多松香。哈！

那就响亮了。离着一英里都听得见。

晚上有这三样东西：口琴、六弦琴和提琴。先来一支苏格兰的舞曲，弹出调子，六弦琴上音调深沉的粗弦像心脏一般跳动，合奏的是口琴流利的调子和提琴尖厉的声音。大家只好围拢来。他们不得不这样。现在奏的是《小鸡舞》的调子，大家的脚踏着拍子，一个瘦瘦的小伙子飞快地跨了三步，两手懒洋洋地垂着。场上的人挤拢来，于是跳舞就开始了。脚踏在光地上，发出沉闷的响声，还跺着后跟。挥动着双手旋舞起来。头发向下披着，听得见喘气的声息。跳着跳着，身子就往一边倒了。

你瞧那个得克萨斯的小伙子，晃悠着两条长腿，跨一步总要跺四下。从来没见过跳得这样欢的小伙子。你瞧他老是缠着那个彻罗基[1]姑娘团

---

① 北美印第安人的一族。

团转，姑娘的脸蛋儿红红的，脚尖向上翘起。你看，她在喘气呢。你以为她累了吗？你以为她转晕了吗？她才不在乎呢。那个得克萨斯的小伙子把头发弄到眼睛里去了，嘴张得很大，喘不过气来，可他还是跨一步跺四下，他要跟那个彻罗基姑娘跳个够。

提琴发出尖厉的声音，六弦琴嘭嘭地响；吹口琴的人涨红了脸。那个得克萨斯小伙子和那个彻罗基姑娘跺着地，像狗一般喘着气。老年人站在旁边拍着手。他们微笑着，轻轻地跺着脚。

想起在家乡的事情——那是在学校里。大大的月亮向西移动。我们一同走着——他和我——走了一段路。路上都没有说话，因为我们的喉咙哽住了。一句话也没谈。一会儿就看见了一个干草堆。我们就对直走过去，在那里躺下了。那个得克萨斯的小伙子和那个姑娘钻到黑暗中去——他们以为谁也没看见。啊，天哪！我巴不得跟着那个得克萨斯小伙子去。月亮快要上升了。我看见那个姑娘的老爹出来阻止他们，后来他又不管了。他心里明白了。这等于你要阻止秋天来到，等于阻止树浆往外流，何苦枉费心机。月亮快要升上来了。

再演奏一会儿吧——演奏故事曲——《当我走过拉莱多街道的时候》。

火熄了。不好意思再燃起来。乖乖的小月亮快要上升了。

一个牧师在灌溉用的沟渠边讲道，听的人痛哭流涕。那个牧师像老虎一般踱着步，大声教训着众人，他们趴在地上哇哇地哭。他揣测着他们的心理，估量着他们的情绪，捉弄着他们；等他们全都倒在地上打滚的时候，他就俯下身去，使了老大的力气，用两臂把他们一个个抱起来，大声喊道，基督呀，收下他们吧！于是便把每个人都投到水里。等他们全都齐腰浸在水沟里，用惊恐的目光看着的时候，他便跪在岸上，为他们祷告；他祷告着，让那些男男女女可以趴在地上号哭。那些男女身上滴着水，湿淋淋的衣服紧贴着身子，大家都望着牧师；然后他们的鞋子拖泥带水地发出叽叽咕咕的声音，大家一齐走回停宿场，回到各自的帐篷里；他们惊奇地小声谈起话来。

他们说，我们得救了。我们洗得雪白了。我们再也不会犯罪了。

受惊的湿淋淋的孩子们也在一起低声谈着：

我们得救了。我们再也不会犯罪了。

但愿我知道那许多罪恶究竟是怎么回事，我偏要犯一犯。

流民们在各处的路上想着一些穷主意寻欢作乐。

第二十四章

星期六上午，洗衣盆跟前挤满了人。妇女们洗着各种衣服，有的是粉色方格布的，有的是印花布的，她们把这些衣服晾在太阳光里，还把褶皱扯平一下。一到下午，整个收容所就忙碌起来，大家都很兴奋。孩子们也被这种狂热感染了，比往常更加嘈杂。在三四点时，大家开始给孩子们洗澡，每个孩子都被捉回家强制着洗澡，因此游戏场上的喧闹声就渐渐低沉了。五点以前，孩子们都经过一番擦洗，受到了警告，不许再把身上弄脏；于是他们便穿着挺括的干净衣服走来走去，因为要时刻小心，都觉得很难受。

在那个广大的露天舞场上，有一个委员会正在忙着布置。长长短短的电线都搜罗来了。他们派人到城里的垃圾场上去搜寻过电线，每家都把工具箱里的胶布贡献出来。补好、接好的电线都拉到了舞场上，用瓶颈代替了绝缘体。这天晚上，跳舞的场子第一次装上了灯光。六点钟，男人们工作完毕，或是出去找过工作回来了，于是重新掀起了一阵洗澡的浪潮。七点钟，大家吃完了晚饭，男人们都穿上了自己最好的衣服：刚洗好的工装裤，干净的蓝衬衫，或是体面的黑衣服。姑娘们也打扮好了，她们穿着整洁的印花布衣，头发编成了辫子，扎好了丝带。操心的妇女们照料着家里的人，洗着晚餐的菜盘。舞场上，弦乐队开始练习，孩子们把它围了两圈。人们都聚精会神，兴致勃勃。

五人的管理委员会在主席埃兹拉·休斯顿的帐篷里开会。休斯顿是个饱经风霜的人，瘦高个子，眼睛的形状像小树叶一样，他在向委员们说话——这个委员会是由每个清洁所选出一个委员组成的。

“幸亏我们得到了消息，知道他们要来破坏这个舞会！”他说。

第三清洁所那个矮胖的小个子代表发言了。“我主张狠狠地揍他们一顿，叫他们知道厉害。”

“不，”休斯顿说，“这就恰好中了他们的计。不行，先生。如果他们能引起一场殴斗，他们就可以叫警察进来，说我们不守秩序。先前他们就干过这一套——在别的地方。”他向第二清洁所派来的那个黑黑的闷闷不乐的青年代表转过头来。“你已经派了人到篱笆四周巡查，防止有人溜进来吗？”

那个闷闷不乐的青年点点头。“派好了！十二个。我叫他们别打人。只把他们推出去就是了。”

休斯顿说：“你出去把威利·伊顿找来好吗？他是娱乐委员会的主席，对不对？”

“是的。”

“那么，你告诉他，说我们要找他。”

那个青年人走了出去，不一会儿就带着一个瘦长的得克萨斯人回来了。威利·伊顿长着一个脆弱的长下巴，一头土色的头发。他的两臂和两腿都很长，肌肉松弛，他那双被太阳晒黑了眼圈的灰眼睛具有得克萨斯狭长地区的人所特有的神采。他在帐篷里站着，嘻嘻地笑了一笑，两只手局促不安地捏着手腕子转来转去。

休斯顿说：“你听见今天晚上的消息了吗？”

威利嘻嘻地笑了一笑。“听见了。”

“做了什么准备吗？”

“有准备！”

“你说说看。”

威利·伊顿得意地笑着。“噢，主席，平常的娱乐委员会是五个人。我这次加了二十个人——都是健壮的小伙子。他们都会参加跳舞，眼睛注意盯着，耳朵注意听着。一有动静——只要有人争论或是吵闹，他们就紧紧地包围上去。巧妙地做好了准备，一点儿痕迹也看不出。他们不声不响地出去，闹事的家伙也就只好跟他们一同出去了。”

“叮嘱他们不许伤人。”

威利高兴地笑了。“我叮嘱过他们了。”他说。

“噢，再说一遍，叫他们记住。”

“他们都明白了。派了五个人到大门口去注意进来的人。不等他们动手，先把他们查个清楚。”

休斯顿站起身来。他那双青灰色的眼睛是很严肃的。“喂，你可要注意，威利。我们不能叫那些人受伤。门外会有警察。你要是叫他们流了血，哼——那些警察就会把你抓去。”

“已经想好了办法，”威利说，“把他们从后面送出去，弄到田地里。有几个小伙子会盯着他们走开。”

“噢，这话听来倒像有理，”休斯顿焦心地说，“可是你们千万不要惹出事情来，威利。由你负责。你们千万别伤害那些家伙。不许用木棒，不许用刀枪，凡是这类东西都不许用。”

“不会用，主席，”威利说，“我们不会揍他们。”

休斯顿还是不放心。“但愿我能信得过你，威利。你们要是非揍他们不可，那也得挑不会出血的地方下手。”

“是，主席！”威利说。

"你选定的那些人靠得住吗？"

"靠得住，主席。"

"好了。万一搞得不顺手，就来找我，我在右边那个犄角上，在舞场这一边。"

威利滑稽地敬了个礼，便出去了。

休斯顿说："我没把握。我只希望威利手下那些小伙子别打死人。警察为什么要来摧残这个收容所？他们为什么不让我们太平无事？"

第二清洁所派来的那个闷闷不乐的年轻人说："我在圣兰地产畜牧公司的农场上住过。实话实说，那儿每十个人就有一个警察管着。二百来人才用得上一个自来水龙头。"

那个矮胖的男人说："天哪，真可恶！你不说我也知道。我也在那地方待过。他们盖了一大片木棚子——三十五个一排，十五英尺深。总共倒有十个警察局的拘留所。哎呀，那些臭东西，离着老远就闻出来了。有一个警察倒向我说了真话。我们坐在那附近。'那些该死的官办收容所，'他说，'给人家热水用，这些人也就要用热水。给人用抽水马桶，他们也就非用抽水马桶不可。'他说：'你给那些讨厌的俄克佬用了那些东西，他们也就觉得非用不可了。'他又说：'那些官办的收容所里的人还开赤党大会。大家都指望着领取救济金呢。'"

休斯顿问道："难道没有人出来揍他吗？"

"没有。有个矮小的家伙，他说：'你说什么救济金？'

"'我说的就是救济金——我们纳税人拿出钱来，可让你们这些讨厌的俄克佬拿去了。'

"'我们也要缴营业税、汽油税和烟草税呀。'那个小个子说。他还说：'农场的场主从政府领到每磅四分钱的津贴——那不也是救济金吗？'他又说：'铁路和轮船公司都领津贴——那不也是救济金吗？'

"'他们做的是正当的行业。'那个警察说。

"'噢,'那小个子说,'要不是靠我们,地里的庄稼怎么收割?'"那个矮胖的男人四下里张望了一下。

"那个警察怎么说?"休斯顿问道。

"噢,那个警察气疯了。'你们这些可恶的赤党成天都在捣乱,'他说,'你最好还是跟我走吧。'他就把那小个子抓去关起来,说他是无业流民,叫他坐了六十天牢。"

"他要是有职业,那他们又怎么办呢?"蒂莫西·华莱士问道。

那个矮胖子笑起来。"你要知道,这里面自有文章,"他说,"你知道吧,凡是警察所讨厌的人都算是流民。他们之所以恨这个收容所,就是因为这个。警察不能进来。因为这里属联邦政府管,而不归加利福尼亚管。"

休斯顿叹了一口气。"我只希望我们能在这儿住下去。可是不久恐怕还是得离开这儿。我实在喜欢这地方,大家在一起过得挺好。天哪!他们为什么不让我们好好地过日子,却老要叫我们受罪,把我们关到牢里去呢?我敢对天赌咒,他们要是老给我们找麻烦,那就一定是想要逼得我们动武。"随即他又把声音平静下来,"我们非采取和平手段不可,"他提醒自己道,"委员会可千万不能冒火。"

第三清洁所那个矮胖子说:"谁要是以为这个委员会里尽是些废物和疯子,那就叫他来试试看吧。今天我那个清洁所里有人打架——都是女人。起初是对骂,后来又把垃圾摔来摔去,打起来了。妇女委员会解决不了,就来找我。要我把打架的事提到这个委员会来。我对她们说,她们应当自己处理妇女间的纠纷。这个委员会是不管摔垃圾打架那种事情的。"

休斯顿点点头。"你处理得好。"他说。

这时候黄昏降临了,天色越黑,弦乐队练习的演奏声仿佛也就越响亮了。电灯一亮,两个男人就到舞场上去,把接补的电线检查了一遍。乐队周围,孩子们挤得密密麻麻的。一个弹六弦琴的青年独自悠扬地弹唱起了《乡愁》曲，弹唱到第二段，就有三支口琴和一把提琴跟他合奏起来。人们从各自的帐篷里涌向音乐台，男的穿着干净的蓝斜纹布衣服，女的穿着格子布衣服。他们走近音乐台，便静静地站在那里等候，他们的脸在灯光下都显得喜气洋洋、全神贯注。

收容所的场地周围有一道高高的铁丝篱笆，纠察队员们沿着篱笆每隔五十英尺布置一个人，坐在草地上守着。

现在来宾的汽车开始到了，他们都是些小农户和其家属，还有从别的停宿场来的流民。每个来宾进大门的时候，都把邀请他的收容所住户的名字报了一下。

弦乐队奏起了一支苏格兰舞曲，奏得很响亮，因为他们已经不是练习演奏了。那些耶稣的忠实信徒都坐在各自的帐篷前面观望，脸上显出严肃和轻视的神色。他们没有彼此交谈，只是等着看邪恶的举动，他们脸上的神气表示他们看不起这整个的晚会。

在乔德家的帐篷里，露西和温菲尔德把他们那少量的晚餐咽下了肚子，随即就动身到音乐台那里去了。妈把他们叫回来，伸手托起他们的下巴，使他们的脸朝上，看看他们的鼻孔里面脏不脏，然后又揪着他们的耳朵，往里面看了看，她把他们打发到清洁所去，叫他们再洗一次手。他们从清洁所的后面偷着绕过去，一直奔向音乐台，站在乐队周围拥挤着的孩子们中间。

奥尔吃完了晚餐，费了半个钟头用汤姆的剃刀刮了刮脸。奥尔有一套合身的毛料衣服和一件条纹布的衬衫。他洗了澡，洗了脸，把他那直头发向后面梳理好了。在盥洗室里暂时没有别人的时候，他对着镜子朝自己笑了笑，显出一副迷人的样子，随即又扭转身来，斜过眼去看看自己微笑时的侧影。他套上了装饰用的紫色臂环，穿上了他那件贴身上衣。他又用一块手纸擦亮了他的黄皮鞋，这时候有个来迟了的人进来洗澡，于是奥尔便急忙出门，逍遥自在地朝音乐台走去，一双眼睛老在悄悄地寻找姑娘。在跳舞场附近，他看见了一个美丽的黄头发姑娘坐在一个帐篷前面。他侧着身子走上前，掀开上衣，露出他的衬衫来。

“今晚打算跳舞吗？”他问道。

那个姑娘掉过头去望着别处，没有回答。

“跟你谈谈话还不好吗？你跟我来跳舞怎么样？”接着，他又漫不经心地说，“我会跳华尔兹舞。”

那个姑娘羞答答地抬起头来，说道：“这并没什么稀罕的——谁都会跳华尔兹舞。”

“那可赶不上我。”奥尔说。音乐热闹起来，他便用一只脚踏着拍子。“来吧。”他说。

一个很胖的女人从帐篷里探出头来，对他皱皱眉头。“你走开，”她厉声说，“这姑娘订过婚了。她就要结婚了，她的未婚夫就要来找她。”

奥尔向那姑娘轻佻地眨眨眼睛，便踏着音乐的拍子，晃着肩膀，甩着胳膊，继续往前走去。那个姑娘在后面定睛望着他的背影。

爸放下他的盘子，站起身来。“走吧，约翰。”他说了这一句，又向妈解释道：“我们要找几个人谈谈找工作的事。”于是爸和约翰伯伯就向主任的屋子走去。

汤姆把一块买来的面包蘸着盘子里的肉汁吃了。他把盘子递给妈，她便把它放在热水桶里洗一洗，再交给罗莎夏去擦干。“你打算去跳舞吗？”妈问道。

“当然去，”汤姆说，“我在一个委员会里。我们要招待几个客人。”

“已经参加委员会了吗？”妈说，“我想这是因为你有了工作吧。”

罗莎夏转过身去，把那只盘子收好。汤姆指着她说：“哎呀，她的肚子大起来了。”

罗莎夏涨红了脸，又从妈手里接过一只碟子。“当然大了。”妈说。

“她也越长越漂亮了。”汤姆说。

罗莎夏的脸红得更加厉害，她把头低了下去。“你别说了吧。”她轻声说道。

“她当然更漂亮了，”妈说，“怀小孩的姑娘都是越来越漂亮的。”

汤姆笑起来。“她的肚子要是老像这样大下去，将来生下的孩子就得用手推车了。”

“你快住嘴吧。”罗莎夏说，随即她就走到帐篷里藏起来。妈咯咯地笑着说：“你不该惹她生气。”

“她喜欢听这种话。”汤姆说。

“我也知道她喜欢听，不过这还是使她难受。她因为想康尼，很伤心呢。”

“噢，她不如干脆把他忘了吧。他现在大概正在用功，准备当美国大总统呢。”

“别惹她心烦了，”妈说，“她心里很不是滋味。”

威利·伊顿慢慢地走过来，笑嘻嘻地说：“你是汤姆·乔德吗？”

“是的。”

“噢，我是娱乐委员会的主席。我们正在找你。有人向我提到了你。”

“好，我跟你一起去玩吧，”汤姆说，“这是我妈。”

“你好。”威利说。

“见到你真高兴。”

威利说：“先要派你站在大门口，然后你再到舞场上来。你要注意那些进来的人，把可疑的查出来。另外还有一个人跟你在一起。再往后我会叫你来跳舞，同时盯着他们。”

“好！包管你满意。”汤姆说。

妈担心地说：“不会出什么乱子吧？”

“不会，大婶，”威利说，“不至于出什么乱子。”

“绝不会，”汤姆说，“好，我就来。舞场上见吧，妈。”两个年轻人急忙向大门口走去了。

妈把洗好的盘子摆在一只木箱上。“出来吧。”她叫了一声。一听里边没有反应，她又说：“罗莎夏，你出来。”

姑娘走出帐篷来，继续擦盘子。

“汤姆不过是跟你开开玩笑。”

“我知道。我并不在乎，我只是讨厌人家望着我。”

“这可没办法。人家总是要看的。可是人家看见了大肚子姑娘，实在是高兴——这总是使人发笑、使人快活的。你不打算去跳舞吗？”

“想去——可是拿不定主意。我只是希望康尼在这儿才好。”她的声音响亮起来，“妈，我真希望他在这儿。我简直受不了。”

妈仔细望着她。“我知道，”她说，“可是，罗莎夏——你可别叫你一家人丢脸呀。”

“我没这个意思，妈。”

“噢，你可别叫我们丢脸。我们现在没什么丢脸的事，已经够受的了。”

姑娘的嘴唇颤动起来。“我——我不去跳舞了。我不能去——妈——救救我吧！”她坐下去，用两臂抱住了头。

妈在擦盘子的抹布上擦擦手，在女儿面前蹲下来，把两只手按在罗莎夏的头发上。“你是个好姑娘，”她说，“你一向是个好姑娘。我会照顾你。你别难过。”她的声调里流露出关心的语气，“你猜我们俩怎么办？我们到跳舞场上去，坐在那儿看看。要是有人请你跳舞——那我就说你不舒服。我会说你身体很弱。你可以听听音乐，开开心。”

罗莎夏抬起头来。“你不让我跳舞吗？”

“嗯，我不让你跳。”

“别让谁碰我。”

“不会。”

姑娘叹了一口气。她颓丧地说：“我不知道该怎么办才好，妈。我真是不知道，真是不知道。”

妈拍拍她的膝盖。“你瞧，”她说，“你瞧瞧我。我对你说吧。过一会儿，就不会太难过，过一会儿就好了。一定的。好，走吧。我们去洗洗脸，把我们的好衣服穿上，就到舞场旁边去坐着。”于是她领着罗莎夏到清洁所去了。

爸和约翰伯伯跟一群男人蹲在管理处的门廊旁边。“今天我们差点儿找到了工作，”爸说，“只不过迟了几分钟。他们已经雇好了两个人。嗐，这可真是件新鲜事。那儿有个工头，他说：‘我们刚才雇到两个两毛五的工了。当然，两毛的工我们是可以多用的。我们可以雇一大批两毛的工。你到你们那场子上去说，我们要雇一大批两毛钱一小时的工人。’”

蹲在那里的男人们紧张地动了一动。一个宽肩阔背的人，面孔完全被他的黑帽子的阴影遮住了，他用手掌拍拍膝盖。“这我知道，真可恶！”他嚷道，“他们可以雇到人。他们可以雇到饿肚子的人。两毛钱一小时，虽然没法养家糊口，可是你好歹会干。他们弄得你东奔西跑。他们简直是用拍卖的手段招募工人。天哪，再过些时候，他们说不定会叫我们倒贴钱去做工了。”

“我们本来也想干，”爸说，“我们没工作。我们很想干，可是那两个家伙在那儿，看他们那副神气，我们就吓得不敢答应了。”

戴黑帽子的说：“想起来真叫人生气！我给一个家伙做过工，他出不起钱收割庄稼。单是收割的工钱就比庄稼的卖价多，所以他急得没办法。”

“我想……”爸没说完就住口了。那围成一圈的人默默地等着他说下去。“——我刚才心里想，一个人只要有一英亩地就行了。我女人可以种点菜，养两头猪，喂几只鸡。我们男人呢，就可以出去找事，然后再回家去。孩子们也许可以上学。像这儿这样的学校，我可真是一辈子没见过。”

“我们的孩子进了这儿的学校，也很倒霉。”戴黑帽子的说。

“为什么？这儿的学校不是很好吗？”

“噢，一个穿得破破烂烂的孩子，光着脚，人家的孩子都穿着袜子和讲究的裤子，乱嚷乱叫：‘俄克佬！’我儿子进了学校，天天跟人打架。这他倒很在行。这小家伙力气可不小。天天都得跟人打架。回家来总是衣服撕破了，鼻子出血了。他妈就要揍他一顿，我叫她别打他。我说这可怜的小家伙，大家都揍他可不行。天哪！那些孩子中有的也被他揍了个痛快——那些穿讲究裤子的小杂种！唉！唉！”

爸着急地说：“唉，我们到底怎么办呢？我们的钱花光了。我有个儿子找到了一个短工，可是这养活不了我们。我要去干那两毛钱的活儿。我只好去了。”

戴黑帽子的抬起头来，在灯光下露出了他那留着短胡髭的下巴，还有他那长着络腮胡子、暴着青筋的脖子。“好吧！”他愤恨地说，“你去干好了。我是两毛半的工人。你只要两毛就干，那就把我的饭碗抢掉了。这么一来，我就得挨饿，我也只好把我的工作抢回来，只要一毛半就干。好吧！你赶快去上工吧。”

“哎，他妈的，我怎么办呢？”爸追问道，“我不能为了让你干两毛半的活儿，就饿死自己呀。”

戴黑帽子的又把头低下去，他的下巴又被帽子的阴影遮住了。“我不知道，”他说，“我真是不知道。一天干十二个钟头的活儿，肚子还得挨点饿，这已经够受了，可是我们还得时时刻刻担心。我的孩子吃不饱。我可不能老想个没完，他妈的！这真是逼得人发疯啊。”一圈子的人都神经紧张地把脚挪动了一下。

汤姆站在大门口，仔细看着进来参加舞会的人。聚光灯照射到他们脸上。威利·伊顿说：“你留神看着。我去叫朱尔·维德拉过来。他是彻罗基混血种，是个能干的小伙子。你留神看着吧，看有没有可疑的人。”

“知道了。”汤姆说。他看着那些农家的人进来，有的是梳辫子的姑娘，有的是打扮好了来跳舞的青年。朱尔走来站在他旁边。

“我来给你帮忙。”他说。

汤姆看看那鹰钩鼻，那棕黄色的高高的颧骨和瘦小的尖下巴。“人家说你是印第安混血种。依我看，你简直是十足的印第安人的模样。”

“不，”朱尔说，“只有一半。我倒巴不得自己是个纯种。那我就可以在保留地里分到一块地了。那些纯种的印第安人种着很好的地——有些人是那样。”

“留心看着那些人吧。”汤姆说。

来客从大门口一批批地进来，有的是农户，有的是沟渠旁边那些停宿场上的流民。孩子们极力要自由活动，沉着的父母却管着他们。

朱尔说：“这儿的舞会很有意思。我们这儿的人都是穷光蛋，只不过因为能请自己的朋友上这儿来跳舞，也就显得很神气，不免得意起来了。就凭了这儿的舞会，外面的人才看得起这儿的人。我在一个小农场做过工，那个农场的主人也上这儿跳舞来了。我亲自请他来，他也就来了。他说我们这儿的舞会是全县最体面的，男人们可以带着太太和女儿来参加。嘿！注意。”

三个年轻汉子正从大门进来——都是穿工装裤的工人。他们紧挨着，走在一起。门口的纠察队员盘问了他们一下，他们做了回答，便进了大门。

“仔细注意他们。”朱尔说。他走到那个纠察队员跟前去。“谁请他们三个来的？”他问道。

“四所里一个叫杰克逊的。”

朱尔回到汤姆旁边。“我想他们是我们要提防的人。”

“你怎么知道？”

“我也说不清，只不过有这种感觉就是了。他们好像有些慌张。你跟着他们进去，叫威利留心，再叫威利到四所去找杰克逊查对一下。叫他看看他们是不是好人。我在这儿待着。”

汤姆跟着那三个年轻汉子走了进去。他们慢慢地走到跳舞场，悄悄地在人群外边站定了。汤姆在乐队近旁看见了威利，便向他做了个手势。

“你有什么事？”威利问道。

“那三个人——在那边——你看见了吗？”

“看见了。”

“他们说是四所有个叫杰克逊的请他们来的。”

威利伸长脖子，看到了休斯顿，便叫他过来。“那三个家伙，”他说，“我们最好找到四所的杰克逊，问问他是不是请过他们。”

休斯顿转身便走了。不到几分钟，他就带了一个瘦削的堪萨斯人回来。“这就是杰克逊，”休斯顿说，“你瞧，杰克逊，你看见那三个年轻人了吗？”

“看见了。”

“噢，是你请他们来的吗？”

“不是。”

“从前见过他们吗？”

杰克逊向他们瞧了瞧。“见过的。在格利哥里奥的农场上跟他们一道做过工。”

“所以他们就知道你的名字了。”

“对了。那时候我就在他们旁边干活儿。”

“明白了，”休斯顿说，“你别到他们那边去。只要他们规规矩矩，我们就不撵他们出去。谢谢你，杰克逊先生。”

“办得好，”他对汤姆说，“我猜他们就是来捣蛋的。”

“是朱尔查出来的。”汤姆说。

“嗬，怪不得，”威利说，“他用那印第安人的灵性把他们认出来了。好吧，我要把他们这几个人向弟兄们交代清楚。”

一个十六岁的小伙子钻过人群跑来。他喘着气在休斯顿面前站住了。“休斯顿先生，”他说，“我照你的吩咐做了。一辆坐着六个人的汽车停在那些桉树旁边，还有一辆坐着四个人，停在北面的路上。我找他们借火。他们都带着枪。我看见了。”

休斯顿的眼色变得凶狠起来。“威利，”他说，“你确定一切都准备好了吗？”

威利高高兴兴地咧着嘴笑了笑。“当然准备好了，休斯顿先生。不会出什么乱子的。”

“好吧，可别伤人。千万记住。你要是沉得住气，就不妨平心静气地好好地对他们说，我很想见见他们。就在我的帐篷里。”

“我尽量把事情办好就是了。”威利说。

舞会还没有正式开始，但是威利却爬上了音乐台。“你们一对对好好挑选舞伴吧。”他高声说。音乐停止了。男男女女的孩子和青年跑来跑去，终于在广大的场子上配好了八对舞伴，等着跳舞。姑娘们把自己的双手放在身前，扭动着指头。小伙子们焦躁地踏着脚。场子周围坐着老年人，微微地笑着，拦着小孩，不让他们到场子里去。那些耶稣的信徒都绷着脸坐得远远的，盯着场上的“邪恶”行为。

妈和罗莎夏坐在一条凳子上看着。每逢有小伙子来请罗莎夏做舞伴，妈就说：“对不起，她身体不大好。”罗莎夏便涨红了脸，两眼露着喜色。

宣布节目的人走到场子中央，举起手来。“都预备好了吗？那么开始吧。”

乐队尖厉而又清脆地奏起了《小鸡舞》，提琴尖声地奏着，口琴吹出了鼻音和尖音，六弦琴的低音弦嘭嘭地响着。报告节目的人报完了节目，一对对舞伴就开始翩翩起舞，他们挽着手，搂着腰，一进一退地跳起舞来。报告节目的人兴头十足地踏着脚；装模作样、进一步退一步地摆着舞步，他一面报告节目，一面表演着那些花样。

“拉着女伴转一圈。手牵手，双双走。”音乐忽起忽落，人们移动着的鞋子在音乐台上踏着拍子，好像敲鼓一般。“向右转，向左转。甩开手——甩开手——背靠背。”节目报告人用高亢、颤动而又单调的声音唱着。现在姑娘们梳得很仔细的头发蓬乱起来了。小伙子们的额上冒出了汗珠。内行的人显着本领，跳着巧妙的交替舞步的花样。场子边上的那些老年人也跟上了音乐的节拍，轻轻地拍着手，踏着脚；他们眯眯地笑一笑，彼此望一望，点点头。

妈歪过头去，贴近罗莎夏的耳朵。“也许你不会想到，你爸年轻的时候，倒是很会跳舞呢，我一辈子没见过跳得有他那么好的。”于是妈微笑了。“这使我想起早年的光景。”她说。观众脸上的笑容也有着回想当年的意味。

“二十年前，马斯科基附近，有个带着提琴的瞎子——”

“我从前见过一个家伙，他能跳到空中把脚后跟连敲四下。”

“达科他的瑞典人——你知道他们有时候能跳出什么花样？把胡椒粉撒在地板上。牵起女人的裙子，叫她们活泼起来——就像打猎的小马一样。有时候瑞典人爱来这一手。”

在离得比较远的地方，那些耶稣的信徒看管着他们淘气的孩子。“你瞧他们真是胡闹，”他们说，“这些家伙简直是在骑着妖怪下地狱。我们这些敬神的人眼看着他们这么胡闹，真是难为情。”于是他们的孩子都不声不响，神经紧张起来。

“再跳一圈就歇歇吧，”报告节目的人用吟唱的声调说，“加油跳吧，我们快要休息了。”姑娘们也出了汗，她们红着脸，张着嘴，一本正经地跳着。小伙子们扬一扬头，把他们的长头发甩到后面，他们飞跃起来，踮着脚尖，咔嗒一声碰一碰鞋跟。一对对的舞伴忽进忽退地移动着，一时互相穿梭，一时向后退，一时又旋转着，音乐发出尖而脆的声音。

忽然间，跳舞停止了。跳舞的人都站着不动，精疲力竭地喘着气。

于是孩子们再也管不住了，他们冲到场子里，疯了似的彼此追逐起来，他们跑着、溜着，偷人家的帽子，揪人家的头发。跳舞的人坐下来，用手当扇子扇着风。乐队的人站起来，伸伸懒腰，又坐下去。那几个弹六弦琴的轻轻地拨动着琴弦。

过了一会儿，威利大声喊道："大家各自随意，再挑舞伴吧。"跳舞的人都连忙站起来，新来参加跳舞的人也奔上去找舞伴了。汤姆站在那三个年轻人身边，只见他们从场外拼命往里挤，向新搭好的一对舞伴冲过去。他向威利挥挥手，威利便对那个拉提琴的讲了一句话。拉提琴的用琴弓在弦上怪声地拉了一阵。二十个年轻人在舞场上慢慢地走过来。那三个人走到那对舞伴跟前时，其中一个说道："我要跟这位跳舞。"

一个金发白脸的小伙子吃惊地抬头说："她是我的舞伴。"

"你听老子说，你这小王八蛋……"

在远处的黑暗中，响起了一阵尖厉的口哨声。那三个人现在已经被围住了，他们每个都感到被人抓得紧紧的。接着包围他们的人成了一道围墙，从音乐台前慢慢地向外移动。

威利尖声叫道："奏乐！"音乐高声奏起来。报告节目的人宣布了舞曲的名称，音乐台上又响起了踏脚的声音。

一辆旅行汽车开到了大门口。司机喊道："让开。我们听见你们这儿出了乱子。"

那个纠察队员守住他的岗位。"我们没出乱子，你听听那音乐，你们是什么人？"

"是警察。"

"有搜查证吗？"

"只要出了乱子，我们就用不着搜查证。"

"噢，我们这儿并没出什么乱子。"看守大门的纠察队员说。

汽车上的人听到了音乐和报告节目的声音，接着就把汽车慢慢地向后退去，停在十字路口等着。

在那群移动着的人里面，那三个年轻人个个都被抓紧了手腕，嘴上都有一只手堵着。到了黑暗的地方，那群人就散开了。

汤姆说："这回可实在干得漂亮。"他从他的俘虏背后，反抓住他的两只胳膊。

威利从跳舞场跑到他们跟前。"干得漂亮，"他说，"现在只要六个人就够了。休斯顿要看看这几个家伙。"

休斯顿自己从黑暗中跑来了。"就是这几个人吗？"

"对了，"朱尔说，"他们走上去就找麻烦。可是他们根本没来得及动手。"

"我们来瞧瞧他们吧。"三个俘虏被扭转身来，面对着他。他们低下了头。休斯顿用手电筒在每张晦气的脸上照了一照。"你们为什么要干这种事？"他问道。没有回答。"他妈的，是谁叫你们来干的？"

"天大的冤枉，我们并没干什么。我们只是打算跳舞。"

"不对，你们不是想跳舞，"朱尔说，"你们要打那个小伙子。"

汤姆说："休斯顿先生，这几个家伙刚挤进去的时候，就有人吹口哨。"

"是的，我知道！警察也马上就到大门口来了。"他转过身来，"我们不会伤害你们。现在只是问问你们，谁叫你们来破坏我们的舞会的？"他等着回答。"你我都是自己人，"休斯顿很难受地说，"你们跟我们是一样的。你们怎么会上这儿来捣乱？这件事情我们全明白了。"他又补充说。

"唉，真他妈的，人总得吃饭啊。"

"噢，谁叫你们来的？谁出了钱叫你们来的？"

"我们没拿到钱。"

"你们也不会拿到钱了。打不成架，就拿不到钱。对不对？"

被抓住的三个人之中，有一个说："随你们怎么办。我们反正什么也不会说。"

休斯顿把头埋了一会儿，然后轻声说："好吧。不说就不说。可是你们得注意，千万别残害自己人。我们要好好地过活，要开开心心，还要维持秩序。别来破坏我们这种生活。你们想想吧，你们这种行为对自己也是有害的。"

"好了，弟兄们，叫他们从后篱笆爬出去。别伤害他们，他们是一时糊涂，不知道自己干的是什么事。"

一群人慢慢地向收容所后面走去，休斯顿目送着他们。

朱尔说："让我们好好踢他们几脚吧。"

"不，那可不行！"威利说，"我说过我们不能伤害他们。"

"只要轻轻地踢一脚过过瘾，"朱尔恳求道，"把他们踢出篱笆去就行了。"

"不行，老弟。"威利坚持说。

"你们听着，"他说，"这回我们饶了你们。可是你们得把这话带回去。要是再发生这样的事，我们就不管来的人是谁，一定要踢得他灵魂出窍，敲断他的骨头。你们快回去告诉你们那一伙人吧。休斯顿说你们是我们自己人——也许是吧。我可不愿意这么想。"

他们走近了篱笆。两个坐着的纠察队员站起身走过来。"有几个家伙要早点回家去。"威利说。那三个人爬过篱笆，便在黑暗中不见了。

于是其余几个人赶忙回到跳舞场上。《老丹达克》的乐曲从弦乐队那边传送过来，声音尖厉而凄凉。

离管理处很近的地方，那些男人还是蹲在地上谈话，尖厉的音乐也传到他们那边来了。

爸说："世道要变了。我也不知道是怎么个变法，也许我们这辈子看不到。可是变总是要变的。现在大家都有不安的情绪，谁都紧张得很，想不出办法来。”

那个戴黑帽子的又抬起头来，灯光落在他那硬邦邦的胡子上。他从地上拾起几块石头来，用拇指把它们当石弹弹了出去。“我也说不清。你说得对，变是要变的。有人告诉我俄亥俄州阿克伦地方的情形。那些橡胶公司里出了事。他们招了一些山里来的工人，因为他们只要很低的工钱就干。没想到这批山里来的工人也加入了工会。好家伙，这下子可闹翻了天。那些开铺子的老板和退伍军人都大嚷大叫：‘赤党！’他们只想把阿克伦的工会取缔掉。牧师们也宣传这件事，报纸上也极力鼓吹，橡胶公司把工人的铁镐把儿收起来，还买了瓦斯。哎呀，你真会以为那些山上来的工人是一群魔鬼呢！”他住了口，又找了几块石头来弹着玩。“还有，今年三月里，一个星期天，有五千个山里来的工人在郊外打了一次火鸡。他们五千个人带着枪，排队穿过市区，到郊外去打了一次火鸡，又排着队回来。他们就只干了这么一次，从此就太平无事了。当地的市民委员会发还了铁镐把儿，开铺子的老板照常营业，再也没有人被打，没有人被涂上柏油、贴上鸡毛示众，也没有人被杀了。”沉默了很久，然后戴黑帽子的又说：“这边的人真是太可恶了。他们烧掉那个停宿场，还乱打人。我心里在想，我们大家都有枪。也许我们应该组织一个打火鸡的会，每个星期天开个大会才好。”

大家都抬起头来看看他，又低下去望着地上，他们都焦躁地挪了挪脚，把全身的重量从一条腿移到另一条腿上。

第二十五章

加利福尼亚的春天是美丽的。漫山遍野的果树开着香花，像一片粉色和白色相间的浅水海面。多节的老葡萄藤上新生的卷须像瀑布似的披散下来，裹住了主干。碧绿的山头浑圆而又柔软，像女人的乳房一般。在种菜的平地上有长达一英里的成行的浅绿色莴苣和纺锤一般的小小的花椰菜，还有绿里带白的神奇的蓟菜。

随后树上的叶子展开了，果树上落下花瓣，把地面铺成了粉红色和白色。花蕊越长越大，颜色也渐渐变深了，开始长出果子：有樱桃和苹果，有桃子和梨子，还有把花包在果实里的无花果。全加利福尼亚的农产品都在迅速地成熟起来，果实长得沉甸甸的，果实的重量压得树枝下垂，底下必须支起小小的撑竿才行。

这样的丰产是靠一些有知识、有学问、有技术的人得到的，这些人对种子进行实验，他们不断地改进增产的技术，尽量设法使植物的根部能抵抗住地上的无数敌人：霉菌、虫害、锈病和枯萎病。这些人仔仔细细、坚持不懈地研究，力求把种子和根部改良到尽善尽美的地步。有些化学专家给树木洒除虫药水，用硫黄熏葡萄，割除果树上腐烂和有病害、有霉菌的部分。还有些预防病害的医生，他们在果园的边缘地带搜寻果蝇和日本甲虫，对有虫害的树木进行检疫和隔离，把那些树拔去烧掉，这都是些有学问的人。最聪明的是给幼树和小藤接枝的人，因为他们的工作又精密又细巧，跟外科医生的手术一样；他们必须具有外科医生的妙手和细心，才能把树皮削去，把接枝放好，把刀口包扎得不透气。这都是些了不起的人。

培植果园的工人们沿着一行行的果树走动着，他们把春天的杂草拔掉，埋在地里使泥土肥沃，他们把地面掘松，使表面的一层土壤能够保住水分，又挖成一些小坑，准备灌溉，还把杂草的根锄掉，不让它们吸去树木的水分。

果实时时都在长大，葡萄藤上的花一长串一长串地开放了。在这生长的季节，天气渐渐热起来，叶子变成了深绿色。梅子像绿色的小鸟蛋似的，长成长形，枝条让果实压弯了，坠在撑竿上。又硬又小的梨子成形了，桃子上也开始长出了茸毛。葡萄花撒落下细小的花瓣，那些又小又硬的小珠子变成了绿色的纽扣，那些纽扣又渐渐地大起来。在田地上工作的人们——小果园的主人——眼巴巴地望着，盘算着。这一年的出产一定是丰富的。于是人们高兴了，因为根据他们的经验，丰产是有把握的。他们用自己的知识把世界都改变了，把又矮又瘦的小麦变得又大又丰产了。小小的酸苹果也变得又大又甜，在果树中间生长着的老葡萄树，原来只能把它那小小的果实让鸟儿啄来吃，现在它却成了母树，嫁接了无数的新品种，有红的和黑的，有绿的和淡红的，有紫的和黄的；每一种都有各自的香味。在实验农场工作的人们培养出新品种的水果来了:油桃和几十种梅子，还有薄壳的核桃。他们不断地选种、接枝、变种，忙个不停，老催着自己苦干，也催着土地增产。

最初是樱桃熟了。一毛五一磅。糟糕，这样的价格，连采摘的工钱都不够呀。黑樱桃和红樱桃，又大又甜，让鸟儿把每一颗都吃掉了一半，黄蜂又嗡嗡地钻到鸟儿啄成的洞里去。果核落到地上，跟那粘在核上的破碎的黑果皮一起干掉。

紫色的梅子成熟起来，味道变甜了。哎呀！我们没法子采摘，也不能把它晒干，用硫黄熏制。我们出不起工资，无论工资多么低也没有办法。于是紫色的梅子铺满了地面。先是果皮有些发皱，成群的苍蝇飞来大吃特吃，山野里充满了果实腐烂的气味。果肉变成了黑色，全部的收成都在地上糟蹋了。

梨子也长得又黄又软了。五块钱一吨。五块钱就能收购四十箱，每箱装五十磅；花了工钱修剪枝条、喷杀虫药，还花了工钱培植果园——现在又要采摘、装箱、装车，把水果送交罐头厂，都要花钱——结果四十箱却只能卖五块钱。这可办不到。于是这种黄色的果子就沉甸甸地落到地上，摔出果汁来了。黄蜂钻进柔软的果肉里，到处都散发着发酵和腐烂的气味。

还有葡萄——我们不能酿成好酒。大家都买不起好酒了。把葡萄都割下来吧，不管是好的、烂的、虫吃过的葡萄，都摘下来。连梗子带脏土和烂葡萄都在一起挤汁吧。

这么一来，酒桶里就有霉菌和蚁酸了。

加上硫黄和丹宁酸吧。

发酵的气味并不是清香的葡萄酒气，而是腐烂的气味和药味。

啊，也好。这里面反正有酒的成分，总可以叫人喝醉的。

小农们眼看着债务像潮水一般向他们涌来。他们给果树喷过药水，可是没有收成可卖，他们修剪过枝叶，接过枝，却连果子都收摘不起。那些有学问的人费尽了心力，而果实却只好在地里腐烂，酒桶里腐臭的果汁散发着难闻的气味。尝尝酒——一点儿葡萄香味也没有，只有硫黄、丹宁酸和酒精的味道。

这种小小的果园，一到第二年，就要归并到大地产里去，因为债务会把园主逼死的。

这种葡萄园将要归银行经营。只有大业主才能生存下去，因为他们也开着罐头厂。四个梨子削了皮，对半切开，煮一煮装在罐头里，只要一毛五的成本。而且罐头梨不会坏，可以保存好几年。

腐烂的气息弥漫了全州，而清香的气味反而成了这个地方的苦难。那些能接枝，能改良种子，使它又大又丰产的人却想不出办法来，使饥饿的人吃到他们的产品。那些创造世界上新品种水果的人，创造不出一种制度来，使人们吃到他们的水果。于是衰败的气象笼罩了全州，像一场大难一般。

为了保持高价，葡萄的根和果树的根的繁殖作用必须加以破坏。这实在是世间最不幸、最痛心的事情。一车一车的橙子堆在地上被丢弃。人们从几英里外赶了来，要拿这些橙子，但这是办不到的事。如果让他们驾着车来白白地拾去，人家还肯出两毛钱买一打吗？于是拿橡皮管的人们把火油浇在那些橙子上，他们对这种罪行感到愤怒，也生那些来拿橙子的人的气。千千万万饥饿的人需要这些橙子——却偏有人把火油浇在那堆积成山的金黄的橙子上。

腐烂的气息弥漫了全国。

咖啡在船上当燃料烧。玉米被人烧来取暖，火倒是很旺。把土豆大量地抛到河里，岸上还派人看守着，不让饥饿的人来打捞。把猪宰杀了埋起来，让它烂掉，渗入地里。

这里有一种无处投诉的罪行。这里有一种眼泪不足以象征的悲哀。这里有一种巨大的失败，足以使我们一切的成就都垮掉。肥沃的土地，笔直的一排一排的树，坚实的树干，成熟的果实，全都完蛋了。患糙皮病快死的孩子们非死不可，因为农场老板得不到橙子的利润。[①] 验尸员在验尸证书上必须填上“营养不良致死”，因为食物只好任其腐烂，非强制着使它腐烂不可。

人们拿了网来，在河里打捞土豆，看守的人便把他们拦住；人们开了破汽车来拾取丢弃了的橙子，但是火油却已经浇上了。于是人们静静地站着，眼看着土豆顺水漂流，听着惨叫的猪被人在干水沟里杀掉，用生石灰掩埋起来，眼看着堆积成山的橙子坍下去，变成一片腐烂的泥浆。于是人们的眼里看到了一场失败，饥饿的人眼里闪着一股越来越强烈的怒火。愤怒的葡萄充塞着人们的心灵，在那里成长起来，结得沉甸甸的，准备着收获期的到临。

---

① 患糙皮病的人需要橙子的营养。

第二十六章

在青草镇收容所里，一天傍晚，长条的浮云笼罩着夕阳，映得云彩边上发红，乔德一家人吃完晚饭后没有散开。妈踌躇了一会儿，才动手收拾盘子。

“我们总得想想办法才行。”她说。她指着温菲尔德。“看看他那副神气。”她说。等他们都眼睁睁地看着那孩子的时候，她又说：“他在梦里只是乱翻乱扳。看看他那脸色。”全家的人又困窘地望着地上。“老吃煎面团，”妈说，“我们到这儿已经一个月了。汤姆干了五天活儿。你们其余的人呢，天天出去找工作，老找不到，说都不敢说。钱是用光了。你们都不敢说出来商量商量。每天晚上你们都只管吃饭，吃完就走开了。老是怕谈起来难受，不肯商量商量。唉，你们非谈谈不可了。罗莎夏快生孩子了，瞧她那脸色多难看。你们非商量商量、想想办法不可了。现在你们不想出点办法，谁也不许站起来。油只够再吃一天了，面粉可以吃两天，土豆够吃十天。你们坐在这儿，赶快动动脑筋吧！”

他们都望着地上。爸用折刀刮去厚指甲里的污垢。约翰伯伯揪着他坐的那只木箱上的一块碎片。汤姆捏着下嘴唇，从牙齿上翻下来。

他放开嘴唇，低声说：“我们一直在想办法，妈。自从用不起汽油以后，我们就靠两只脚到处跑。我们闯进每户人家的大门，走遍了每户人家，明知没有希望的地方，我们也去过了。这真叫人难受。明知找不着的东西，你也得出去瞎找一场。”

妈厉声说：“你不该垂头丧气。我们这一家正在倒霉，你更不该垂头丧气。”

爸把他那刮过的指甲查看了一番。“我们只好离开这儿了，”他说，“我们舍不得离开。这地方太好了，这儿的人也都挺好。现在恐怕还是得到胡佛村那种停宿场去才行。”

"噢，我们要是非离开不可，那就只好离开。最要紧的还是得有东西吃呀。"

奥尔插嘴道："我在卡车里存着一桶汽油。我没让什么人知道。"

汤姆微笑了一下。"奥尔这家伙尽管那么吊儿郎当，倒是挺有心机呢。"

"现在你们想想看，"妈说，"我再不能眼看着这一家人挨饿了。油只够一天吃的。我们就只有这么多了。罗莎夏快生孩子了，她得吃点好的才行。你们想想看！"

"这儿有热水和抽水马桶——"爸开始说。

"嗐，抽水马桶可不能当饭吃呀。"

汤姆说："今天有个人来，说是要招工人到马里斯维尔去摘果子。"

"噢，我们为什么不上马里斯维尔去呢？"妈问道。

"我也不知道，"汤姆说，"好像是不大妥当。他很着急，不肯说工钱多少。他说他也不知道究竟是多少。"

妈说："我们就上马里斯维尔去吧。我不管工钱多少，我们去就是了。"

"太远了，"汤姆说，"我们没钱买汽油。我们不能上那儿去。妈，你说我们应该想办法。我可是一天到晚都在想办法，没动过别的念头呀。"

约翰伯伯说："有人说北边有个地方，离图莱里很近，那儿的棉花快要收割了。据那个人说，这地方并不很远。"

"好吧，我们非走不可，还得赶紧去。我不想再在这儿待下去了，不管这地方多么好。"妈拿起她的水桶，走向清洁所去打热水。

"妈发脾气了，"汤姆说，"我看她早就冒火了，她简直气坏了。"

爸像宽了心似的说："噢，她总算把心事爽爽快快讲出来了。我夜里躺着，老是急得头上发烧。现在我们好歹可以痛痛快快谈一谈了。"

妈提着一桶冒着热气的水走回来。"怎么样，"她问道，"想出办法来没有？"

“正在想呢，”汤姆说，“现在我们就往北边去，到那种棉花的地方好不好？这一带我们已经走遍了，是没有工作的。我们收拾起来，赶快到北边去，怎么样？等到该摘棉花的时候，我们就在那儿了。我倒有点手痒，很想摘摘棉花呢。你还留着一满桶汽油吗，奥尔？”

“差不多——只差两英寸。”

“足够开到那地方的了。”

妈拿着一只盘子，举在水桶上面。“怎么样？”她追问道。汤姆说：“你赢了。我想我们大概要走。怎么样，爸？”

“我看我们只好走了。”爸说。

妈向他瞟了一眼。“什么时候走？”

“噢——不用等了。干脆就在明早走也好。”

“明早非走不可，我对你们说过，剩下的东西不多了。”

“唉，妈，你别以为我不想走。我有两个星期没吃到好东西了。我吃是吃饱了的，可是等于白吃，也没什么好处。”

妈把盘子投进水桶。“我们一早就动身。”她说。

爸把鼻子吸了两下。“年头好像是变了，”他讽刺地说，“从前是男人家出主意。现在好像要女人家出主意了。我看这样下去，非把棍子拿出来不行了。”

妈把湿淋淋的干净的铁盘子拿出来，放在一只木箱上。她一面做事，一面低头微笑着。“你去把棍子拿来，孩子他爸，”她说，“从前有东西吃，有房子住，你也许可以用你的棍子摆摆威风。可是你现在没有干活儿，想也不想，干也不干。要是你在干活儿，那你尽可以用你的棍子，把女人家收拾得服服帖帖，只敢哼哼鼻子，不敢说话。你现在拿根棍子来试试看，包管你不敢动手打女人，否则你就看我跟你对打，因为我也预备了一根棍子呢。”

爸怪难为情地苦笑了。“你说这种话，叫孩子们听见可不大好。”他说。

“你先让孩子们肚里有点腌肉，再来讲究别的吧，现在可管不着什么话该不该让他们听见。”妈说。

爸厌烦地站起身走开了，约翰伯伯跟着他。

妈一双手在水里忙着洗盘子，但是她却目送着他们，后来她对汤姆得意地说：“他现在好了。不那么泄气了。他多半是想要揍我一顿。”

汤姆笑了起来。“你是故意惹他生气的吗？”

“对啦，”妈说，“一个人老是愁来愁去，不久就会愁坏心肝，躺倒下来死掉的。你要是招他生气，他反而就好了。你爸他本来不说话，可是现在他可气坏了。现在他会对我发脾气了，他好了。”

奥尔站起身来。“我要顺着这条路走一趟。”他说。

“最好去看看卡车，把它弄好，准备明早动身。”汤姆提醒他说。

“已经弄好了。”

“要是还没弄好，我就叫妈来对付你。”

“弄好了。”奥尔顺着那一排帐篷大摇大摆地溜达过去。

汤姆叹了一口气。“我有些累了，妈。你也惹我生生气怎么样？”

“你是有脑筋的，汤姆。我用不着招你生气。我还得依靠你呢。除了你，那几个都不管事，像客人似的，你是不会泄气的，汤姆。”

责任落到了他身上。“我不爱管这些事，”他说，“我要像奥尔一样出去走走。我要像爸那样生生气，像约翰伯伯那样喝喝酒。”

妈摇摇头。“那可不行，汤姆。我知道你不会那么做。我从你小时候就知道。那可不行。有些人只顾自己，别的全不管。比如奥尔——他就只知道追女孩子。你从来就不是那样的，汤姆。”

“我一向是那样的，”汤姆说，“现在还是。”

“不，你不是那样的。你做事不单管你自己。他们把你关进牢里去的时候，我就知道。大家都夸你呢。”

“嗐，妈——别谈这些了。这是靠不住的，这全是你脑子里的想法。”

她把刀叉放在那一摞盘子顶上。“也许是吧。也许是我自己的想法。罗莎夏，你把这些东西擦干了收起来。”

姑娘气喘吁吁地站起来，大肚子在前面鼓着。她懒洋洋地走到木箱跟前，拿起一只洗好的盘子。

汤姆说：“肚子绷得那么紧，把她的眼睛都绷大了。”

“你别开玩笑了，”妈说，“她倒是很听话。你去向人家告别吧，爱找谁就找谁，随你的便。”

“好吧，”他说，“我要问问那地方有多远。”

妈对女儿说：“他说那句话，并不是要叫你难过。露西和温菲尔德在哪儿？”

“他们跟着爸溜走了，我看见他们了。”

“噢，让他们去好了。”

罗莎夏来回走动着，懒洋洋地做着事。妈细心地把她打量了一番。“你觉得很好吧？你的脸蛋儿有点浮肿呢。”

“人家说我该喝点牛奶，可是我没牛奶喝。”

“我知道。我们根本就没牛奶喝。”

罗莎夏闷闷不乐地说：“康尼要是没有跑掉，那他用功学习想想办法，我们现在也可以有一所小房子了。我需要喝点牛奶，就可以喝到了。那我就会生出一个好娃娃来。现在这个娃娃生出来是不会好的。我该喝点牛奶呢。”她伸手到围裙口袋里，摸出一点儿东西放进嘴里。

妈说：“我看见你在咬什么东西。你吃的是什么？”

“没什么。”

“告诉我，你咬的是什么东西？”

“只不过是一块熟石灰。找到了一大块。”

“嗐，那等于吃脏土呀。”

“我好像很想吃这东西。”

妈沉默了。她把两膝摆开，绷紧了裙子。“我明白，”她终于说，“我从前怀孕的时候，吃过煤块，吃过一大块煤。奶奶说我不该吃。你别再说肚里的孩子了，你最好连想都别去想它。”

“没有丈夫！又没有牛奶！”

妈说：“你要是身体好的话，我就要揍你。狠狠地打你一个耳光。”她站起来走进帐篷。随后她又出来，站在罗莎夏面前，把她的手伸出来。“瞧！”她手里拿着一副小小的金耳环，“这是给你的。”

女儿的眼睛亮了一下，接着她又望着旁边。“我还没穿过耳朵呢。”

“噢，我来给你穿。”妈急忙奔回帐篷里。她带了一只纸盒子回来。她在一根针上匆匆地穿上线，把两股线并起来，接连打了几个结。她又在另一根针上穿了线，打了结。她还从那盒子里找出了一个软木塞。

“这会痛！这会痛呀！”

妈走到她身边，把软木塞按在耳垂后面，然后将针往耳朵上一戳，插进软木塞里。

女儿猛地动了一下。“痛呀！戳得痛呀！”

“只不过这一下。”

“真的痛呀！”

“好吧，不要紧。先看看那只耳朵再说吧。”她按上软木塞，又戳穿了另一只耳朵。

“会痛的。”

“嘘！”妈说，“全弄好了。”

罗莎夏惊讶地望着她。妈把针一抽，把两根线上的疙瘩都拉着从耳垂上穿过。

“好了，”她说，“我们每天拉一个结，过两个星期，眼子就长好了，你就可以戴耳环了。这个现在是你的东西了，你可以收起来。”

罗莎夏轻轻地摸摸自己的耳朵，看看她手指上那些小小的血点子。

“并不痛，只觉得扎了一下。”

“你早就该穿耳朵了，”妈说。她看了看女儿的脸，得意地微笑了一下。“现在你把那些盘子全都收拾好。你的娃娃会长得很好的。差点儿没给你穿耳朵就叫你生孩子，现在你可以放心了。”

“这里面有什么道理吗？”

“噢，当然有道理，”妈说，“当然有道理。”

奥尔沿着那条路向跳舞场的音乐台走去。他在一个整洁的小帐篷外面轻轻地吹了一声口哨，然后又一路往前去。他走到空场地边上，便在草地上坐下来。

西边的浮云现在已经没有那红色的边缘了，中心部分是黑沉沉的。

奥尔抓抓他的腿，望望傍晚的天空。

过了几分钟，一个金发姑娘走了过来。她长得很漂亮，看起来很伶俐。她在他身边的草地上坐下，没有讲话。奥尔伸手搂着她的腰，用手指在那里抚弄起来。

“别这样，”她说，“弄得我发痒。”

“我们明天就要走了。”奥尔说。

她吃了一惊，定睛望着他。“明天？上哪儿去？”

“往北去。”他轻松地说。

“噢，我们不是快结婚了吗？”

“对啦，迟早的事。”

“你说很快就要结婚的！”她愤愤地嚷道。

“嗐，说快也得到快的时候呀。”

“你答应过了。”他的手指又往前抚弄过去。“你走开，”她嚷道，“你说过我们就要结婚的。”

“噢，我们当然是快结婚了。”

“可是现在你却要走了。”

奥尔追问道：“你怎么啦？你怀孩子了吗？”

“不，没有。”

奥尔笑了。“那我算是白费功夫了，嗯？”

她把下巴往外翘了一下，猛一跳，站了起来。“你走开，奥尔·乔德。我再也不要见你了。”

“噢，别生气。怎么啦？”

“你只想——随便胡闹一下。”

“等一等。”

“你以为我非跟你一道走不可。哼，我偏不！我的机会多得很呢。”

“等一等。”

“不，先生——你走开。”

奥尔忽然把身子往前一冲，捉住她的脚脖子，把她绊倒在地上。当她倒下去的时候，他就抓住她，一手把她抱着，一手按住她那骂人的嘴。她想咬他的手掌，但是他却把手掌在她的嘴上窝着，同时用另一只胳膊把她按住。过了一会儿，她就乖乖地躺在那里，再过一会儿，他俩就在干草地上一同哧哧地笑起来了。

“噢，我们很快就会回来，”奥尔说，“到那时候，我就有满袋的钱。我们就可以到好莱坞去看看电影了。”

她仰卧着。奥尔伏在她的身上。他看见明亮的金星照在她的眼睛里，又看见黑云也照在她的眼睛里。“我们可以坐火车去。”他说。

“你看要多久才能去呢？”她问道。

“噢，也许一个月吧。”他说。

晚上的黑影笼罩下来，爸和约翰伯伯跟别家的家长们蹲在管理处外面。他们谈论着这个夜晚，谈论着将来。小个子主任穿着一身磨损了的干净白衣服，把两肘支在门廊的栏杆上。他拉长着脸，有点累了。

休斯顿仰起头来看看他。“你最好是去睡一觉，先生。”

“我想我是该睡了。昨天夜里，三所里生了个孩子。我渐渐成了个内行的接生婆了。”

“谁都应该懂一点，”休斯顿说，“结了婚的人不能不懂。”

爸说：“我们明天早上就要走了。”

“真的吗？你们往哪边去？”

“打算到北边一点儿的地方去，想去赶上摘第一批棉花。我们在这儿没找到工作。我们没东西吃了。”

“知道那边有工作吗？”休斯顿问道。

“不知道，可我们知道这儿确实是没工作了。”

“稍迟一点儿就会有的，”休斯顿说，“我们打算在这儿守着。”

“我们并不愿意走，”爸说，“这儿的人都挺好——还有抽水马桶这些东西。可是我们却不能不吃饭。我们还有一桶汽油，这够我们赶一段短短的路。我们在这儿天天洗澡。我一辈子从来没这样干净过。真奇怪——我通常每星期只洗一次澡，并不觉得身上臭。可是现在呢，我要是不每天洗个澡，身上就发臭。不知道是不是多洗了澡才弄成这样？”

“也许你从前闻不到自己身上的气味吧。”主任说。

“也难说。我巴不得我们能住下去。”

小个子主任用两只手掌按住他的太阳穴。“我想今天夜里又有一个孩子要生了。”他说。

“我们家里不久也要生孩子了，”爸说，“我巴不得我们那个孩子能够在这儿生。我当然希望能在这儿生喽。”

汤姆、威利和那个混血儿朱尔坐在舞场的边上，摆动着脚。“我有一包‘达勒姆’，”朱尔说，“想抽烟吗？”

“当然想抽，”汤姆说，“好久没抽过烟了。”他把那支褐色的纸烟小心地卷了一卷，不让烟末子糟蹋掉。

“喂，老兄，眼看你们要走，我们真舍不得，”威利说，“你们都是好人呀。”

汤姆点着了纸烟。“这件事我想过很久了。天哪，我是巴不得能长住下来。”

朱尔把他的达勒姆牌香烟收回去。“这真是不大好，”他说，“我有个小女儿。原来我还以为到了这儿，她就可以上学。可是真糟糕，我们在一个地方老是待不了多久。老是东奔西跑，就只好拖延下来。”

“我希望我们别再住胡佛村了，”汤姆说，“那地方，我真是有些害怕。”

“警察把你们赶来赶去吗？”

“我怕的是我会杀人，”汤姆说，“我在那儿待了没多久，可是我老在冒火。警察来把我一个朋友抓了去，只是因为他说话不大合法。我简直一天到晚都在冒火。”

“你参加过罢工吗？”威利问道。

“没有。”

“嗐，我心里老在想。那些警察到处摆威风，为什么不到这儿来捣乱呢？你想是管理处里那个小个子把他们挡住了吗？不是的，伙计。”

“噢，到底是怎么回事？”朱尔问道。

“我告诉你吧。那是因为我们大家齐心合力。警察上这收容所来，就不能专找一个人的碴儿。他要找碴儿就得找全所的人的碴儿，那他又不敢。我们只要喊一声，就有两百个人出来。工会里一个做组织工作的人在路上讲过这个道理。他说我们到处都可以那么办。只要大家齐心。他们不会跟两百个人捣乱的。他们只能专找一个人的碴儿。”

“是呀，”朱尔说，“假如有了工会呢？那就得有领头的。他们只要把你们的头儿抓了去，那你们的工会还站得住吗？”

“噢，”威利说，“我们往后得把这个问题琢磨琢磨才行。我上这儿来已经一年了，工钱越来越低。现在谁也不能靠工作养活一家人，而且情况在一直坏下去。老待着不动，饿着肚子，那可不行。我不知道怎么办才好。要是一个人有几匹马，马不干活儿，他就得喂它们，那时候他不会发脾气。可是一个人雇了一批人给他干活儿，他却不管他们的死活。马比人还值钱得多啊？这道理我实在不懂。”

“我也莫名其妙，简直连想都不愿意想它，”朱尔说，“可是我不想又不行。我有个小女儿。你知道她长得多漂亮。有一个星期，这收容所里的人给了她一个奖品，因为她长得太漂亮了。唉，她往后怎么得了？她长得又高又瘦，越来越不行了。这实在叫我受不了。她多漂亮啊。我真想闯祸了。”

“怎么办？”威利问道，“你打算怎么办？——偷东西去坐牢呢，还是杀了人去受绞刑？”

“我不知道，”朱尔说，“想起来真伤脑筋，简直叫人发疯呀。”

“我往后想起这儿的舞会，多难受啊，”汤姆说，“这儿的舞会真是好极了，我一辈子没见过这么好的。噢，我要睡觉去了。再见。往后我还可以在别处跟你们见面。”他跟他们握握手。

“一定可以。”朱尔说。

“好，再见吧。”汤姆走到黑暗中去了。

在乔德家帐篷的暗处，露西和温菲尔德躺在他们的床垫上，妈躺在他们旁边。露西低声说：“妈！”

“怎么！你还没睡着吗？”

“妈——我们去的地方，会有槌球吗？”

“不知道。睡觉吧。我们清早就要动身。”

“噢，我巴不得我们能留在这儿，我们在这儿总能打到槌球。”

"嘘！"妈说。

"妈，今晚温菲尔德打了一个孩子。"

"他不该打人。"

"我知道。我对他说过，可是他还是打了，正打在那孩子的鼻梁上。我的天，流了好多血呀！"

"别这样说话，这么说话是不好的。"

温菲尔德翻了翻身。"那孩子说我们是俄克佬，"他用愤怒的口气说，"他说他不是俄克佬，因为他是从俄勒冈来的。说我们是可恶的俄克佬。我就揍了他一拳。"

"嘘！你不该打他。他骂你又不会伤害你。"

"噢！我可不肯让他骂。"温菲尔德凶狠地说。

"嘘！睡觉吧。"

露西说："他的血直往下流——全身衣服上弄得一塌糊涂，可惜你没看见。"

妈从毯子底下伸出一只手来，用指头在露西脸上弹了一下。小姑娘愣了一会儿，随即就抽抽噎噎地小声哭起来了。

爸和约翰伯伯在清洁所里坐在紧靠着的两个马桶间里。"临走上这儿来坐一次也不错，"爸说，"这地方可真好。还记得孩子们第一次冲水的时候，吓成什么样吗？"

"我头一回也并不觉得很自在。"约翰伯伯说。他把工装裤端端正正地从膝部拉起来。"我心里发慌呢，"他说，"我觉得有罪。"

"你不可能犯什么罪呀，"爸说，"你又没有钱。老是规规矩矩地待着。你胡闹一回至少要花两块钱。我们的钱总共都不到两块了。"

"是呀！可是我心里想着胡闹呢。"

"那不要紧。你心里想着胡闹，那又不要花钱。"

“那也是一样，反正不好。”约翰伯伯说。

“那可是便宜得多了。”爸说。

“胡闹到底不好，你别老不在乎。”

“我并不是不在乎。你尽管往下说吧。你只要喝醉了，就动邪恶的念头。”

“这我也知道，”约翰伯伯说，“老是这样。我干过的坏事，连一半都没说出来。”

“噢，那你就自己放在心里吧。”

“这些讲究的抽水马桶就勾起了我的邪恶念头。”

“那你就上外面的树林子里去方便好了。快，把你的裤子拉起来，我们该去睡觉了。”爸把他的工装裤背带拉端正，扣好了纽扣。他放水冲了马桶，定睛望着马桶里的水旋转，兀自出神。

妈把一家人叫醒的时候，天还没有亮。清洁所开着的门里闪射出低微的灯光来。沿路的各个帐篷里传来一阵阵各种各样的鼾声。

妈说：“喂！起来。我们要动身了。天快亮了。”她拿起手提灯吱吱响的罩子，把灯芯点着：“喂！大家都起来。”

帐篷里躺着的人都慢慢地蠕动起来。毯子和被窝掀开了，一双双睡眼迷迷糊糊地望了望灯光。她把衣服罩在自己穿着睡的内衣上。“我们没有咖啡了，”她说，“我还有几个面包。我们可以在路上吃。现在快起来，我们要装卡车了。快点。别吵，别吵醒了邻近人家。”

过了几分钟，她才把他们全都叫醒。“你们现在不许走开。”妈警告着孩子们。一家人穿好了衣服。男人们拆下了油布篷装好了卡车。“要装得好好的、平平的。”妈提醒他们说。他们把床垫铺在行李上，又把油布在撑竿上拴好了。

“好了，妈，”汤姆说，“卡车装好了。”

妈把一盘冷面包端在手里。“好吧。这些面包，每人拿一个，我们总共只有这些了。”

露西和温菲尔德各自拿了面包，爬上了行李。他们把毯子盖在身上，又睡起觉来，手里还拿着那又冷又硬的面包。汤姆坐到司机座位上，踩了踩起动机。机器噗噗地响了一阵，又停住了。

“你真该死，奥尔！”汤姆嚷道，“电瓶没电了。”

奥尔气冲冲地说：“他妈的，我没汽油，叫我怎么发动马达给它充电？”

汤姆忽然咯咯地笑起来。“嗐，我也不知道是怎么回事，反正总是你的错。你得去摇一摇才行。”

“我告诉你，这不能怨我。”

汤姆下了车，从车座底下找出摇把来。“那就怨我吧。”他说。

“把摇把交给我，”奥尔抓住了那根摇把，“把电门关上，别让摇把打断我的胳膊。”

“好吧。你快摇。”

奥尔用力把摇把摇了几转。汤姆小心地开开电门，机器转动了，哗啦哗啦、轰隆轰隆地响起来。他踏在油门上的脚抬了起来，使响声小下来。

妈爬上车来坐在他旁边。“我们把收容所里的人全都闹醒了。”她说。

“他们还可以再睡。”

奥尔从另一边爬上了车子。“爸和约翰伯伯爬到行李上去了，”他说，“他们打算再睡一觉。”

汤姆把车子向大门口开去。看守人从管理处出来，拿手电筒在卡车上照了一照。“等一等。”

“什么事？”

“你们销了号吗？”

“当然。”

“那么，我就把你们画掉了。”

“好吧。”

“你们知道往哪边去吗？”

“噢，我们打算到北边去试试。”

“噢，祝你们走运。”看守人说。

“也祝你走运。再见。”

卡车慢慢地绕过了那个大土墩，便到大路上了。汤姆照他先前开过的原路开过去，经过青草镇，再往西到了九十九号公路，沿着那条铺好的公路往北走，向贝克斯菲尔德开去。他开到市镇郊外的时候，天色渐渐亮了。

汤姆说：“你到处都能看见一些馆子。那些地方都卖咖啡。瞧，那边有个通宵营业的馆子。他们肯定预备了十加仑咖啡，全是热的！”

“唉，别说了。”奥尔说。

汤姆转过头去，咧着嘴对他笑了笑。“噢，我看你很快就勾搭上一个姑娘了。”

“那又怎么样？”

“他今早不高兴呢，妈。他可不好惹。”

奥尔气恼地说：“我打算快点自找出路。一个人如果没有家累，要闯出一条路来就容易得多了。”

汤姆说：“再过九个月你自己就有家了，我看见你到处胡闹。”

“你疯了，”奥尔说，“我打算找个汽车行里的活计，那我就可以上馆子吃饭……”

“再过九个月，你就有老婆孩子了。”

“我告诉你，我不会有。”

汤姆说：“你真是个聪明的小伙子，奥尔。你头上反正得挨一顿揍。”

“谁会揍我？”

“要揍你的人随时都有。”汤姆说。

“你觉得就因为你……”

“你们别吵了。”妈插嘴道。

“是我跟他开玩笑，”汤姆说，“我故意惹他生气。可是我并没有坏心眼儿，奥尔。我原来还不知道你那么喜欢那个姑娘呢。”

“我对什么姑娘都不大喜欢。”

“那么，好吧，不喜欢就不喜欢。我不跟你争了。”

卡车开到市镇的边上了。“瞧那些卖热狗的摊子，有好几百个呢。”汤姆说。

妈说：“汤姆！我还留着一块钱。你馋着想喝咖啡，要不要把这一块钱拿去花了？”

“不，妈！我只不过是说着玩儿罢了。”

“你要是嘴馋，很想喝的话，你尽可以拿去花了它。”

“我不要。”

奥尔说：“那么，就别再提咖啡了。”

汤姆沉默了好一会儿。“我好像老觉得是在走老路似的，”他说，“那天晚上我们就是顺着那条路过来的。”

“但愿我们一辈子也别再遇上那样的事了，”妈说，“那天晚上可真倒霉。”

“我也不愿意再碰到那种事情。”

太阳在他们右边升起来，卡车的阴影在他们旁边飞跑，掠过路边那些篱笆桩子。他们很快就开过了那个重建的胡佛村。

“瞧！”汤姆说，“那儿住上新来的一批人了。看去好像还是那个老地方。”

奥尔慢慢地消除了他那股别扭劲儿。“有人告诉我，说他们那些人有的挨过一二十次火烧。他说他们干脆只到柳树林子里去躲一躲，等事情过了，又出来搭起草棚。简直像土拨鼠。那个人说，他们这样弄惯了，根本就不再生气了。他们只是把这种事当作刮风下雨一样。”

“那天晚上的事，依我看，也的确像是刮风下雨。”汤姆说。他们在那条宽阔的公路上一直向前行驶。太阳的温暖使他们微微发颤。“现在早上冷起来了，”汤姆说，“冬天快到了。我只希望不到冬天，我们就能挣到些钱。冬天住帐篷是不大舒服的。”

妈叹了口气，把头抬起来。“汤姆，”她说，“我们到冬天得有个房子住才行。说实话，我们非有房子不可。露西的身体还好，可是温菲尔德却不大结实。下雨的时候，我们总得有个房子才行。我听说这一带下起雨来就像瓢泼似的。”

“我们会弄到房子的，妈。你放心吧。你反正会有房子住就是了。”

“只要有屋顶有地板就行了。就是别叫孩子们睡在地上。”

“我们想办法吧，妈。”

“我可不要叫你现在就着急。”

“我们想想办法吧，妈。”

“我有时候也发慌，”她说，“我没有从前那股劲头了。”

“你没那股劲头了，我还一直没看出来呢。”

“有时候我在夜里自己觉得泄气了。”

卡车头传来了一阵刺耳的嗞嗞声。汤姆抓紧了方向盘，把刹车杆往下一扳。卡车嘭的一声停住了。汤姆叹了一口气。“得了，这可怎么好！”他把身子往车座上一靠。奥尔跳下车去，跑到前面去看右边的车胎。

“好大的一颗钉子。”他喊道。

“我们还有补车胎的材料吗？”

“没有，”奥尔说，“全用光了。打补丁的橡皮还有一些，黏胶可一点儿也没有了。”

汤姆转过身去，晦气地向妈笑一笑。“你刚才不该提那一块钱，”他说，“我们可以想法子修补车胎。”他下了车，走到那只瘪了的车胎跟前。

奥尔指着瘪了的车胎上突出的一颗大钉子。“就在这儿！”

“哪怕全县只有一颗钉子，也正好让我们碰上了。”

“坏得厉害吗？”妈大声问道。

“不，不厉害，可是我们总得修一修。”

全家人接二连三地从卡车上爬下来。“戳穿了吗？”爸问道。随后他看见了那车胎，就不作声了。

汤姆把妈从车座上扶下来，从坐垫底下拿出那只装了补车胎材料的罐子。他摊开了一卷胶皮片，拿出胶浆管来，轻轻地挤一挤。“差不多干了，”他说，“也许还够用。好吧，奥尔。把后面两个车轮顶住，把车身撑起来。”

汤姆和奥尔一同认真地干开了。他们把石头顶在车轮后面，把起重架放在前轴底下，撬起车轮，使那破车胎不受车身的压力。他们把外胎取下来，找到了那个破洞，拿一块破布在汽油桶里蘸一蘸，把内胎上那个破洞周围擦干净。随后奥尔把内胎在膝头上绷紧，汤姆把胶浆管撕成两半，用他的小折刀把那一点点胶薄薄地敷在橡皮上。他细心地把胶浆刮匀。“现在让它干一干，我来割一块橡皮。”他把蓝色的补片割好，又把补片边上刮薄一点儿。奥尔把内胎绷紧，汤姆很细心地把补片贴了上去。“好了！现在把它拿到脚踏板上去，我拿锤子来敲一敲。”他小心地把那块补片敲了一阵，又把内胎拉一拉，仔细看了看补片的边缘。“行了！粘得很牢呢。装上去，我们来打气吧，看来你那一块钱还保得住，妈。”

奥尔说：“我们要是有一只备用车胎就好了。汤姆，我们总得买一个备用车胎，装好轮圈，打足了气。那我们就可以在夜里换车轮了。”

“我们要是有钱买备用轮胎，那还不如买点咖啡和肋条肉吃吃呢。”汤姆说。

早晨汽车稀稀落落的，在公路上来来往往地开着，太阳光照得地面渐渐热起来，天色也越来越亮了。西南方吹来一阵阵的和风，发出叹息般的声音，大山谷两边的高山在烟雾中模糊隐约地耸立着。

汤姆正在给车胎打气的时候，从北面开来一辆小汽车，在公路的对面停住了。一个棕色面孔的人穿着一身淡灰色的便服，从车上下来，穿过公路往卡车这边走来了。他光着头，微微地笑着，牙齿让棕色的皮肤衬托得特别洁白。他左手第三个手指上戴着一个很大的金质结婚戒指。他的背心上挂着一条细致的链子，那上面吊着一个金质小球。

"你好。"他愉快地说。

汤姆停住打气，抬起头来望了望。"你好。"

那个人用手指掠一掠他那又粗又短的灰白头发。"你们这些人要找工作吗？"

"当然要找，先生。哪个犄角儿都找遍了。"

"你们会摘桃子吗？"

"这种活儿我们还没干过。"爸说。

"我们什么活儿都能做，"汤姆连忙说，"不管有什么，我们都能摘。"

那个人抚弄着他那金质的小球。"喂，往北去四十英里，有很多活计，够你们干的。"

"我们很高兴去做，"汤姆说，"你告诉我们怎么走，我们快点赶去就是了。"

"好吧，你们往北走，先到皮克斯利，有三十五六英里的路程，到了那儿，就往东拐。再走六英里。随便找个人问问，胡珀农场在什么地方。你们到那边去找工作，多得很。"

"我们一定去。"

"你们知道另外还有人找工作吗？"

"当然有，"汤姆说，"前面那个青草镇的收容所里就有一大批人在找工作。"

“我要上那边去跑一趟。我们还可以用不少人。记住，先到皮克斯利，再往东拐，一直朝东就到胡珀农场了。”

“知道了，”汤姆说，“谢谢你，先生。我们找工作找得很急呢。”

“好吧。你们赶紧去好了。”他回到公路对面，爬上那辆小敞篷车，便开着往南走了。

汤姆使尽全身的劲打着气。“每人打二十下吧，”他嚷道，“一——二——三——四——”打到二十下，奥尔就把打气筒接了过去，后来爸和约翰伯伯也接着打了。车胎渐渐鼓起来，胀得很大，也很平滑。大家用气筒轮流打了三次。“把它放下来，看看怎样。”汤姆说。

奥尔把起重架卸掉，把汽车放平。“气是打足了，”他说，“也许打得太多了一点儿。”

他们把工具抛进卡车。“大家上车，我们要走了，”汤姆喊道，“我们终于找到工作了。”

妈又坐在当中。这回归奥尔开车了。

“开慢点吧。别烧坏了机器，奥尔。”

他们一路开去，穿过晨光照耀着的田野。山头上的雾散开了，那些山头清清楚楚地呈现出来，棕黄色中有一些深紫色的凹痕。卡车经过的时候，野鸽子从篱笆上一阵阵飞起来。奥尔不知不觉地增加了行车的速度。

“开慢点，”汤姆提醒他道，“开得这么快，怕要放炮。我们总得赶到那地方才行。也许今天就可以上工呢。”

妈兴奋地说：“有四个人干活儿，我也许马上就可以赊点儿账。我首先要买的是咖啡，因为你们很想喝，其次是面粉、发酵粉和肉。最好先别买肋条肉吧，留着往后再吃好了。也许到星期六吃倒不错。还得买肥皂，肥皂非买不可了。不知道我们要住在什么地方呢。”她连声唠叨下去。“还有牛奶。我得买点牛奶，因为罗莎夏该喝牛奶了。那位护士是这么说的。”

一条蛇一扭一扭地溜过了暖烘烘的公路，奥尔把车斜开过去，碾死了它，又回到原来的线路。

“是草蛇，”汤姆说，“你不该轧死它。”

“我恨它们，”奥尔笑嘻嘻地说，“各种蛇我都恨。一见到就恶心。”

上午在公路上行驶的来往车辆越来越多了，有的是销售员们坐的雪亮的轿车，车门上漆着他们的公司牌号，有的是装汽油的红色和白色的卡车，后面拖着丁零丁零响的铁链，有的是从批发的百货商店派出来送货的方门的大运货车。沿途的乡野很富庶。有枝叶茂密的果园，还有许多葡萄园，畦间铺着满地绿油油的长藤。此外还有瓜田和麦田。一所所白房子耸立在绿树丛中，房子上面开着玫瑰花。太阳发出金黄色的光，照得暖洋洋的。

在卡车的前座上，妈、汤姆和奥尔都高兴极了。“我真是好久都没这么痛快了，”妈说，“我们要是摘桃子摘得多，那么我们总可以租一所房子住上两个月。我们非有一所房子住不可了。”

奥尔说：“我打算积攒一点儿钱。先攒下钱，就可以到市镇上去，在汽车行里找个工作。住上一间屋子，在馆子里吃饭。每天晚上去看看电影。花钱不多。看那些西部牛仔片。”他两手抓紧了方向盘。

水箱噗噗地响着，咝咝地冒出蒸气。“你灌满了水吗？”汤姆问道。

“灌满了。风好像是从后面刮过来的。所以水箱就烧开了。”

“天气可真好，”汤姆说，“我在麦卡莱斯特做工的时候，常常想着自己要做的种种事情。我只想一直往地狱里去，绝不在半路上停下来。这像是很早很早的事了。好像我坐牢是几年以前的事似的。那儿有个看守管得很严。我很想跟他干起来。我想我就是从那时候起，一看到警察就冒火的。仿佛每个警察的嘴脸都跟他一样。他时常涨红了脸，看上去好像一头猪。人家说，他有个兄弟在西部。他时常把具结假释的犯人弄到他兄弟那儿去，一到那儿，他们就只好给他白做工。要是他们不服气闹起来，就要把他们送回监狱去，说是破坏了假释的保证。那儿的人就是这么说的。”

“别想这些了吧，”妈向他央求道，“我打算存下许多吃的东西，存下许多面粉和猪油。”

“想想也好，”汤姆说，“老想摆脱，可是它偏要蹿回我脑子里来。那儿有个怪人。我从来没对你们说到过他。他那神气像个悠游自在的懒汉。那家伙心眼儿倒是不坏。老是打算逃跑。大家都叫他懒汉。”汤姆兀自笑起来。

“别想这些事了。”妈央求道。

“说下去吧，”奥尔说，“讲讲那家伙的事情。”

“讲讲不碍事，妈，”汤姆说，“那家伙老是打算逃跑。他每次想好了办法，却不能放在心里，不一会儿就让大家都知道了，连看守长也瞒不住。他每次逃出去，人家总是把他抓住带回来。唔，有一次他想了个办法，打算从什么地方爬出去。当然，他也把这个计划透了出去，让所有的人都知道了，大家都一声不响。这下他就藏起来，大家还是一声不响。他不知从哪儿找到了一根绳子，翻过墙头爬出去。墙外有六个看守，拿着一只大口袋等着，这个懒汉揪着绳子悄悄地溜下去，他们拉开那口袋等着，他就恰好落到袋子里了。他们扎住袋口，又把他带回牢里来。大家都笑得要死。可是这么一来，这个懒汉却泄了气。他只是愁眉苦脸，哭哭啼啼，疯疯癫癫地走来走去，最后病倒了。这回把他的面子伤透了。他拿别针戳破了自己的手腕，流血死了，因为他伤了面子。他可真是一点儿坏心眼儿也没有。监狱里各色各样的古怪人都有。”

“别谈这些了，”妈说，“我认识弗洛伊德那个漂亮小伙子的妈。他也不是个坏孩子。只是人家逼得他无路可走。”

太阳渐渐上升，快到中午了，卡车的阴影越缩越短，终于缩到车轮底下去了。

“从这条路过去一定就是皮克斯利，”奥尔说，“我刚才看见一块路牌。”他们驶进了那个小镇，便向东转弯，开到一条比较狭窄的路上。这条路两边都是果园，像一条过道一般。

“但愿我们很容易就能找到那个地方。”汤姆说。

妈说：“那家伙说是胡珀农场。他说谁都可以告诉我们。但愿附近有个铺子。有四个人干活儿，也许可以赊点账吧。只要他们肯让我赊点账，我们就可以美美地吃一顿晚饭了。也许可以做一大锅炖菜呢。”

“还有咖啡，”汤姆说，“说不定还可以给我买一包‘达勒姆’香烟。我好久没抽过自己的烟了。”

前面路上老远的地方，挤着许多汽车，还有一长排白色的摩托车停在路边。“准是有车子坏了。”汤姆说。

他们开近的时候，一个州警穿着皮靴，束着黄皮带，从最后那辆停着的汽车旁边绕过来。他一举手，奥尔便把车停住了。那警察亲切地斜靠在车边上。“你们上哪儿去？”

奥尔说：“有人说顺这条路过去，有个地方招摘桃子的工人。”

“你们要做工，是不是？”

“对啦。”汤姆说。

“好吧。在这儿等一会儿。”他走到路边，向前面招呼，“又来了一辆。现在有六辆汽车等着了。最好把这一批放过去。”

汤姆喊道：“喂！怎么回事？”

那个巡警懒洋洋地走回来。“前面有点小小的纠纷。你们别着急，很快就可以过去，跟着走就是了。”

摩托车开动时隆隆的响声传了过来。一长列汽车向前移动着，乔德家的卡车就在最后跟着走。两辆摩托车领着路，两辆在后边跟着。

汤姆不自在地说：“不知究竟是怎么回事。”

“也许是路坏了。”奥尔估计道。

“用不着四个警察来给我们引路呀。我不喜欢这样。”

前头的摩托车开快了。一长列旧汽车也加快了速度。奥尔赶紧跟上最后那辆汽车。

“这一批都是我们自己一伙儿的人，全都是，”汤姆说，“我不喜欢这样。”

领头的两个警察忽然转了弯，离开那条路，进了一条铺着石子的宽阔的甬道。后面那些旧汽车都赶快跟上去。摩托车的发动机发着吼声。汤姆看见一排人站在路旁的干水沟里，看见他们张着嘴，仿佛是在喊叫，看见他们挥着拳头，脸上显出愤怒的神色。一个健壮的女人向那些汽车跑过来，可是有一辆轰隆轰隆的摩托车挡住了她的路。一道高高的铁丝网大门敞开了。六辆旧汽车驶进门以后，那扇大门又关上了。那四辆摩托车掉转了头，又朝他们来的那个方向驶回去。摩托车走了之后，就可以听见那条干水沟里的人们的吼声了。有两个男人站在石子铺地的甬道旁边。每人都带着一支滑膛枪。

有一个喊道：“往前去，往前去。他妈的，你们还等什么？”六辆汽车向前驶去，转了个弯，便忽然来到摘桃工人的停宿场了。

那里有许多小小的平顶方形棚屋，每个屋子都有一道门，一扇窗。这一簇棚屋就在一个方场上。场子边上有个蓄水槽，高高地耸立着。另一边有一家小杂货铺。每排方形棚屋的尽头都站着两个男人，带着滑膛枪做武器，衬衫上佩戴着银质的大星章。

六辆汽车停住了。两个管账的从一辆车走到另一辆车，逐一查问着。“要做工吗？”

汤姆回答道：“当然要做，可你这是干什么？”

“这不关你的事。要做工吗？”

“当然要做。”

“姓什么？”

“乔德。”

“几个男人？”

“四个。”

“女人呢？”

“两个。”

“孩子呢？”

“两个。”

“你们都能做工吗？”

“我想都可以。”

“好了。找六十三号房子。工钱是五分一箱。不许有弄坏的果子。好吧，快去。马上开始干活儿。”

那些汽车向前开动了。每个红色的方形棚屋门上都漆上了门牌号数。“六十号，”汤姆说，“这是六十号。准是往这边去。对，六十一、六十二。就在这儿哪。”

奥尔把卡车靠近那小棚屋的门边停下了。一家人从卡车上下来，惊慌地往四下里张望着。两个警察走了过来。他们仔细地看看每个人的面孔。

“姓什么？”

“乔德，”汤姆不耐烦地说，“喂，这是什么地方？”

一个警察拿出一张很长的名单。“不在这上面。你见过这几个人吗？查查执照看。不。没执照。我想他们也许合格。”

“喂，我告诉你们吧。我们并不会跟你们过不去。你们只要老老实实做工，少管闲事，那就行了。”这两个人突然转过身去走开了。他们走到那满地灰尘的小道尽头，在两只木箱上坐下，他们坐的位置正好能监视整条小道。

汤姆瞪眼望着他们的背影。“他们可真是有心叫我们在这儿过得自在呢。”

妈打开那所棚屋的门，一脚踏进去。地板上溅满了油脂。在一个小间里，摆着一只锈了的铁皮炉，此外就什么也没有了，这只铁皮炉架在四块砖上，锈了的烟囱耸出屋顶。屋子里充满了汗臭和油脂的气味。罗莎夏站在妈身边。“我们要住在这儿吗？”

妈沉默了一会儿。“噢，当然喽，”她终于说，“我们打扫干净以后，这地方并不算太坏。快擦擦地板吧。”

“我宁可住帐篷。”女儿说。

“这儿有地板，”妈提醒道，“下起雨来也不会漏。”她转向门口。“还是把行李卸下来吧。”她说。

男人们悄悄地卸下了卡车上的行李。一阵恐怖落到他们心上。那一大片棚屋沉寂无声。小道上走过一个女人，但是她却没有望他们一眼。她低着头，她那龌龊的柳条布衫下摆破得像一些小旗子似的。

露西和温菲尔德感到很扫兴。他们没有跑开去查看这个地方。他们紧靠着卡车站着，不离开家里的人。他们没精打采地向那条满地灰尘的小道两头望了望。温菲尔德找到了一截包扎用的铁丝，他来回地扭了几下，把它扭断了。他把最短的一截弯成了一个小摇柄，在手里转个不停。

汤姆和爸正在把床垫搬进棚屋去的时候，一个办事员来了。他穿着斜纹布裤，蓝衬衫，系着黑领带。他戴的是银框眼镜；从厚厚的镜片里看去，他的眼睛发红，没有精神，眼珠瞪得像小牛的眼睛一样。他向前探过身来，看看汤姆。

“我要帮你们登记一下，”他说，“你们有多少人打算做工？”

汤姆说：“四个男的，这儿的工作吃力吗？”

“摘桃子，”办事员说，“是计件工作。五分钱一箱。”

“总不会不让孩子们帮忙吧？”

“当然可以让他们干，只要他们当心。”

妈站在门口。“等我安排好了，我也可以出去帮忙。我们没东西吃了，先生。我们马上就可以领工钱吗？”

“噢，不行，不能马上领钱。可是你们可以拿工钱做抵，在那铺子里赊账。”

“好极了，快走快走，”汤姆说，“我只想今晚吃点肉和面包。我们上哪儿去，先生？”

“我现在就到那边去，跟我来。”

汤姆、爸、奥尔和约翰伯伯跟着他顺着那条满地灰尘的小道走过去，进了果园，在桃树林中走着。窄条的叶子渐渐变成淡黄色了。枝条上的桃子一个个像金黄透红的小圆球。果树中间有一堆堆的空木箱。摘桃子的人急匆匆地走来走去，从枝上摘下桃子装到桶里，然后放进木箱，再把木箱搬到点验站；站上有一堆堆装满的木箱等着装上卡车，办事员们便在那里等着查验摘桃工人的名字。

“这儿又来了四个。”引路的人向一个办事员说。

“好的。从前摘过吗？”

“没摘过。”汤姆说。

“噢，那可得当心。不许有弄破的，风吹掉的桃子也不要。你们摘的果子如果有弄破的，我们就不肯验收。那边有几只桶。”

汤姆提起一只三加仑的桶来，看了一下。“桶底满是洞呀。”

“对啦！”那个近视眼的办事员说，“这是防人家偷的。好吧——到那一段去摘。上工吧。”

乔德家的四个人各自拿了桶走进果园。“他们可真是抓得紧。”汤姆说。

“我的天哪，”奥尔说，“我宁可在汽车行里做事。”

爸已经服服帖帖地跟到园地上了。他忽然向奥尔转过身去。“你少说废话，”他说，“你老爱乱想，光会叫苦、瞎扯。你得赶快干活儿。你还不过这么大，看我揍你不成！”

奥尔气得满脸通红，叽里咕噜地发起牢骚来。

汤姆走近他身边。“得了吧，奥尔，”他心平气和地说，“面包和肉。我们得想法子买来吃才行。”

他们伸手摘下了果子，丢在桶里。汤姆急急忙忙地干着。一桶满了，两桶又满了。他把那两桶桃子倒在木箱里。一连摘了三桶，木箱就盛满了。“我挣到五分钱了。”他大声说。他端起那只木箱，连忙送到站上去。“这是五分钱的活儿。”他向那个点验员说。

那人向木箱里看了看，翻了翻一两个桃子。“放到那边去。这是废品。”他说，“我对你说过别弄破了。你是从桶里倒出来的，是不是？嗐，每个桃子都碰伤了。这一箱不能验收。你得轻轻地放进去，否则你就白干了。”

“唉——真倒霉……”

“你得慢慢干才行。你们动手之前，我就警告过你们了。”

汤姆晦气地把两眼耷拉下来。“知道了，”他说，“知道了。”他连忙回到其余那几个人跟前。“你们摘的恐怕也是往桶里倒的吧，”他说，“你们的跟我的一样。人家不肯验收。”

“哼，岂有此理！”奥尔开口道。

“得慢慢摘才行。不能往桶里丢。得轻轻地放在里面。”

他们重新开始了，这一次，他们把桃子轻轻放下。木桶满得比以前慢了。“我看我们可以想出个办法来，”汤姆说，“要是露西和温菲尔德，或是罗莎夏把桃子往木箱里放，我们就可以配合得好些。”他把刚装满的一箱搬到了站上。“这箱该值得五分钱了吧？”

点验员把桃子查看了一番，又往下面几层检查了一下。“这次好些了。”他说。他把那一箱收下。“别太急。”

汤姆赶快跑回去。“我挣到五分钱了，”他嚷道，“我挣到五分钱了。只要搞这么二十次，就挣到一块钱了。”

他们一直不停地干了整个下午。不久，露西和温菲尔德就找到了他们。“你们也得来干活儿，”爸对他们说，“你们把桃子小心地放进木箱。瞧，这样做，一个个地放进去。”

两个孩子蹲下身子，从身边那只桶里把桃子拣出来，另外还摆着一排桶，等着他们装进木箱。汤姆把那些盛满了的木箱搬到站上去。“七箱了，”他说，“八箱了。我们挣到四毛钱了。四毛钱可以买到挺好的一块肉吃。”

下午过去了。露西只想走开。“我累了，”她唉声叹气地说，“我该休息了。”

“你还得在这儿待着，干你的活儿。”爸说。

约翰伯伯摘得慢，他摘满一桶的时间，够汤姆摘两桶的。他的速度始终没有变。

后半下午，妈慢腾腾地出来了。“我早就想来，可是罗莎夏晕倒了，”她说，“她一下子就晕倒了。”

“你们吃了桃子吧，”妈对两个孩子说，“糟糕，会胀肚子的。”妈的矮胖身子急速地移动着。她不久就放下了桶，把桃子摘到她的围裙里兜着。太阳下山的时候，他们摘好了二十箱。

汤姆把那第二十箱在点验处放下。“一块钱了，”他说，“我们干到什么时候呢？”

“干到天黑，到看不见的时候为止。”

“好吧，现在我们可以赊账了吗？妈该去买点吃的东西了。”

“可以。现在我给你一张赊一块钱账的条子。”他在一张纸条上写了字，交给了汤姆。

汤姆把条子交给了妈。“办好了。你可以上那个铺子里去赊一块钱的东西。”

妈放下桶，把肩膀挺一挺。“头一次干这活儿，累坏了吧？”

“当然。我们马上就做惯了。快去买些吃的东西吧。”

妈说：“你喜欢吃什么？”

“肉，”汤姆说，“肉和面包，还要一大罐咖啡，还要糖。要老大的一块肉。”

露西哭着说：“妈，我们累了。”

“那么，跟我一块儿回去吧。”

“他们刚一开头，就嚷着累，”爸说，“他们简直野得像兔子一样。要是不管得严一点儿，他们会一点儿出息也没有。”

“等我们住定了，他们就可以上学。”妈说。她慢腾腾地走开，露西和温菲尔德怯生生地跟着她。

“我们天天都得干活儿吗？”温菲尔德问道。

妈停步等了一下。她牵着他的手一路走去。“这种活不吃力，”她说，“这对你有好处。你可以帮帮我们的忙。只要我们大家都干活儿，我们很快就可以住上好屋子了。我们大家都应当帮着干。”

“可是我实在太累了呀。”

“我知道，我也觉着累呢。个个都累坏了。还得想想别的事情，想想你们上学的问题。”

“我可不要上学。露西也不干。他们那些上学的孩子，我们看见过，妈！都是些坏蛋！管我们叫俄克佬。我们见过他们。我可不上学。”

妈怜悯地低下头看看他那乱蓬蓬的头发。“现在先别给我们找麻烦吧，”她央求道，“等我们站稳了脚跟，你尽管顽皮好了。现在可不行。我们现在太伤脑筋了。”

“我吃了六个桃子。”露西说。

“噢，那你就要拉肚子了。我们住的地方附近又没厕所。”

公司开的铺子是用波状铁皮盖的一个大棚子。没有摆货样的橱窗。妈推开铁纱门，走了进去。一个矮小得可怜的人站在柜台后面。他的头完全秃了，头皮是青白色的。焦黄的粗大眉毛像一座高高的拱门似的，长在他的眼睛上边，使他的脸显出受惊和慌张的样子。他的鼻子又长又细，弯得像鸟嘴一般，鼻孔里充塞着焦黄的细毛。他那蓝衬衫的袖子上套着黑色的布袖套。妈进门的时候，他正支着两肘靠在柜台上。

“你好。”她说。

他很感兴趣地把她打量了一番。他那双眼睛上的拱门变得更高了。“你好。”

“我有一张赊一块钱账的条子。”

“你可以赊一块钱的账，”他说着，便尖声哧哧地笑了，“是呀，您哪。赊一块钱的账——一块钱的账。”他把手向货架上一挥，“随你买什么。”他小心地把袖套往上拉了一拉。

“我打算买一块肉。”

“各种肉都有，”他说，“碎牛肉，你喜欢买点碎牛肉吗？两毛钱一磅，碎牛肉。”

“这不是太贵了吗？上次我买的时候，记得碎牛肉只要一毛五。”

“噢，”他哧哧地低声笑一笑，“是呀，这倒是贵一点儿，同时也可以说不贵。你到镇上去一趟，买两磅碎牛肉，差不多就得费掉你一加仑汽油。所以你要知道，在这儿买东西，并不算真贵，因为你省掉了一加仑汽油。”

妈厉声说：“你把这些东西贩到这儿来，用不了一加仑汽油呀。”

他开心地笑了。“你把事情看颠倒了，”他说，“我们并不是要买东西，我们是要卖东西。要是我们要买东西，那就不同了。”

妈把两个指头放到嘴边，皱着眉头想起心事来了。“看样子好像全是肥肉和软骨呢。”

“我不担保它烧得烂，”那个店员说，“我也不担保我自己来吃。有许多事都是我保证不了的。”

妈抬起头，对他狠狠地望了一会儿。她抑制住自己的火气。“你这儿便宜点的肉有没有？”

“熬汤的骨头，”他说，“一毛钱一磅。”

“那可是光骨头呀。”

“就是光骨头，”他说，“熬汤倒是挺好吃。光骨头。”

“有炖来吃的牛肉吗？”

“噢，有！当然有。两毛五一磅。”

“也许我买不成肉了，”妈说，“可是他们却要吃肉，他们说要吃肉。”

“谁都要吃肉的——都得吃肉。这种碎牛肉是挺好的东西。里面熬出来的油就用来做卤汁也好得很。一点儿不糟蹋。骨头也不用扔掉。”

“肋条肉要多少钱？”

“噢，你说到特别讲究的东西上来了。圣诞节吃的东西，感恩节吃的东西，三毛五一磅。我要是有火鸡，那还可以卖得便宜一些呢。”

妈叹了一口气。“给我两磅碎牛肉吧。”

“好吧，太太。”他把那浅色的肉舀出来，放在一张蜡纸上。“另外还要什么？”

“噢，要点面包。”

“就在这儿。挺好的大面包，一毛五。”

“那是一毛二的面包呀。”

“对啦，是的。你到镇上去买，就是一毛二。得用一加仑汽油。另外还要什么？土豆吗？”

“对，要土豆。”

“两毛半买五磅。”

妈气冲冲地向他走过去。“你的话我听够了。我知道镇上的价钱。”

那个矮子把嘴紧闭了一下。“那你就到镇上去买吧。”

妈看看自己手上的指节。“这是怎么回事？”她温和地问道，“这铺子是你开的吗？”

“不。我不过是在这儿做事。”

“你干吗要跟人家开玩笑？这对你有什么好处？”她仔细看看她那双发亮的打皱的手。那个小矮子不作声了。“这铺子是谁开的？”

“胡珀农牧有限公司，太太。”

“货价是他们定的吗？”

“是的，太太。”

她抬起头来，微笑了一下。“上这儿来买东西的人，个个都像我这么说话，都很生气吗？”

他迟疑了一会儿。“是的，太太。”

“你就是因为这个才跟人家开玩笑吗？”

“你这是什么意思？”

“干这种下流的事情。自己也觉得丢脸，对吗？只好奚落人，对不对？”她的声音是温和的。那个店员出神地看着她。他没有回答。“就是这么回事，”妈终于说，“四毛钱的肉，一毛半的面包，两毛半的土豆。一共是八毛。咖啡什么价钱？”

“最便宜的要两毛，太太。”

“那就是一块了。我们七个人干活儿，挣了这一顿晚饭。”她仔细看了看自己的手，“包起来吧。”她说得很快。

“好吧，太太，”他说，“谢谢你。”他把土豆装在一只纸袋里，细心地将袋口折了一折。他把眼睛向妈身上一溜，又收回去望着自己的工作。她定睛望着他，微笑了一下。

“你怎么干上了这么个差事？”她问道。

“一个人总得吃饭呀，”他开口说。然后又用带敌意的口吻说道：“一个人总有吃饭的权利嘛。”

“什么样的人呢？”妈问道。

他把四个纸包放在柜台上。“肉，”他说，“土豆，面包，咖啡。正好一块钱。”她把那张条子交给他，看着他把姓名和数量登了账。“好了，”他说，“我们互不欠账。”

妈拿起那些纸包。“喂，”她说，“我们喝咖啡还没有糖。我儿子汤姆想要吃糖。瞧！”她说，“他们在那边做工。你赊点糖给我，往后我再把条子送来。”

那个小矮子把视线移开——尽量使他那双眼睛离妈远一些。“这我可办不到，”他低声说，“这是规矩，我不能那么办，我会惹祸的，我的饭碗会保不住。”

“可是他们现在还在那园子里做工呀。他们还可以挣点钱，总不止一毛。给我一毛钱的糖吧。汤姆喝咖啡要放糖。他对我说过。”

“这我办不到，太太。这是规矩。没有条子不赊货，经理他老是这么说。不行，这我办不到。不，我办不到。他们会抓住我，他们常常抓住人呢。我办不到。”

“为了一毛钱吗？”

“不管什么事，太太。”他求饶似的望着她。过了一会儿，他脸上那副恐惧的神情消失了。他从自己的衣袋里拿出一毛钱来，丢在现金出纳机里。“好了。”他宽慰地说。他从柜台底下抽出一只小纸袋，把它吹开，舀了些糖装进去，称一称分量，再加了一些糖。“就这么办，”他说，“总算把问题解决了。你下回把条子拿来，我就可以收回这一毛钱。”

妈把他打量了一番。她盲目地伸出手去，把那一小袋糖放在她抱在怀里的那一堆东西上面。“谢谢你。”她轻轻地说。她迈步向门口走去，等她到了门口，她又转回身来。“我懂得了一个很好的道理，”她说，“天天都在体会这个道理，时时刻刻都在体会。你要是遭到了困难，或是受了委屈，有了急需要——那就去找穷人帮忙吧。只有他们才肯帮忙——只有他们。”铁纱门在她背后嘭的一声关上了。

那个小矮子把两肘靠在柜台上，用他那双吃惊的眼睛望着她的背影。一只胖胖的灰猫跳上了柜台，懒洋洋地走到他身边。它侧着身子在他的胳膊上磨蹭着，然后他伸出手去，把它拉过来靠着他的脸庞。那只猫响亮地呼噜了一阵，尾巴尖端来回地摆动着。

暮色深沉的时候，汤姆、奥尔、爸和约翰伯伯才走出果园，回到屋里来。他们的脚踏在路上，有些沉重的感觉。

“真想不到伸手摘摘果子也会累得腰酸背疼。”爸说。

“摘上两天就惯了，”汤姆说，“喂，爸，我们吃了饭，我打算出去看看大门外面那么吵吵闹闹究竟是怎么回事。我心里老想着这个。你去不去？”

“不，”爸说，“我想清静一下，光干活儿，什么也不想。他妈的，我老在动念头，简直把脑子都想烂了。我不去，我打算坐一会儿，就去睡觉。”

“你呢，奥尔？”

奥尔望着一边。“我打算先在这里面到处看看。”他说。

“噢，我知道约翰伯伯是不肯去的。我只好一个人去了。这事情真把我弄得莫名其妙。”

爸说：“外面有许多警察——我要是管这些闲事，恐怕会弄得更莫名其妙的。”

“也许晚上不会有警察吧。”汤姆估计着说。

“噢，我可不管它有没有。你最好别告诉你妈，你打算上哪儿去。你妈会提心吊胆，急得要命的。”

汤姆向奥尔转过脸去。“你不想去看看热闹吗？”

“我只想在这场子里到处去看看。”奥尔说。

“找姑娘，呃？”

“我只管自己的事。”奥尔刻薄地说。

“我还是打算去。”汤姆说。

他们从果园里走上红色棚舍之间的那条满地灰尘的小道。有些门口透出了微弱的黄色煤油灯光，门里半明半暗中有些人影在移动。一个看守仍旧坐在小道的尽头，把滑膛枪靠在膝上。

汤姆走过看守跟前的时候，停住了脚步。“有地方可以洗洗澡吗，先生？”

那个看守在朦胧的光线中把他打量了一下。他终于说：“看见那个蓄水槽了吗？”

“看见了。”

“那儿有个橡皮管龙头。”

“有热水吗？”

“嘿，他妈的，你把自己当成什么人了？难道你是摩根吗？”

“不，”汤姆说，“不，我当然不会那么想。再见，先生。”

那看守轻蔑地嘟囔着。“要热水，好家伙！往后就会要澡盆了。”他含怒地瞪眼望着乔德家四个人的背影。

另一个看守从尽头的棚屋那边绕过来。“什么事，麦克？”

“噢，又是那些讨厌的俄克佬。‘有热水吗？’他说。”

第二个看守把枪托放在地上。“只怪那些官办的收容所，”他说，“我想那家伙准是在官办的收容所里住过。我们不把那些收容所毁掉，就不会有太平日子好过。我准知道，他们还会要干净的被褥呢。”

麦克问道：“大门外面的情况怎么样——听到什么消息了吗？”

“噢，他们在外面整天乱嚷乱叫。州里的警察来管这件事了。他们把那些闹事的家伙收拾得够呛。我听说有个瘦长的坏蛋煽动大家捣乱。

据说今晚他们就要把他抓起来，抓走他以后，这场风潮就结束了。”

“要是解决得这么容易，我们就没事可干了。”麦克说。

“我们反正还是有事可干的。这些讨厌的俄克佬！你得时时刻刻盯着他们才行。这儿的情况倒像是风平浪静，可是我们随时都可以引起一点儿纠纷。”

“我看他们再削减工钱的时候，就会出乱子。”

“那当然喽。嗐，你别着急，别担心没事儿干——现在胡珀在这儿盯得很紧，你更用不着担心。”

乔德一家住的屋子里，柴火毕毕剥剥地响着。碎牛肉馅的面饼在油里煎得嗞嗞地响，溅出油来，土豆也煮开了，噗噗地响。满屋是烟，黄色的手提灯光在墙上投射了一片片黑沉沉的影子。妈在火边急忙地做菜，罗莎夏在木箱上坐着，把大肚子靠在膝上。

“现在觉得好些吗？”妈问道。

“闻到了做菜的气味，我就恶心。可是我又饿了。”

“到门口去坐着吧，”妈说，“我没办法，只好把这只木箱劈开来烧了。”

四个男人一个跟着一个进来了。“吃肉呀，好家伙！”汤姆说，“还有咖啡。我闻出来了。天哪，我真饿了！我吃了许多桃子，可是那不管事。我们上哪儿洗脸呢，妈？”

“到蓄水槽那儿去吧。就在那底下洗洗。我刚才打发露西和温菲尔德去洗了。”于是四个男人又出去了。

“快走开，罗莎夏，”妈吩咐道，“你要么就坐在门口，要么就坐在床上。我得把这只木箱劈掉了。”

女儿用两手支撑着站起来。她笨重地向一条床垫走过去，在那上面坐下。露西和温菲尔德悄悄地进来，默默地躲在墙边，想避开大家的注意。

妈向他们那边望过去。“我看你们这两个小东西总算走运，幸亏这儿不亮。”她说。她突然快步走到温菲尔德身边，摸摸他的头发。“噢，你们好歹总算是弄湿了一下，可是我敢说你们没洗干净。”

“没肥皂呀。”温非尔德诉苦道。

“没肥皂，这倒是实话。我买不起肥皂。今天没钱买。明天我们也许可以买吧。”她回到炉子旁边，摆好盘子，开始开晚饭，每人有两个面饼和一个大土豆，她又在每只盘子里放三片面包。平底锅里的肉全都盛出来了以后，她便把锅里的油在每只盘子里倒上一点儿。四个男人又进来了，他们脸上滴着水，头发湿得发亮。

“我要吃了。”汤姆喊道。

他们各自端起盘子，不声不响、狼吞虎咽地吃着，用面包抹净盘子里的油脂。两个孩子退到屋角去，把盘子放在地板上，随后便跪在食物面前吃，就像小动物一样。

汤姆咽下了他那最后一口面包。“还有没有，妈？”

“没有了，”妈说，“全在这儿了。你们挣了一块钱，这就是一块钱的东西。”

“就这么一点儿？”

“他们这儿的物价涨了。要是有办法，就得到镇上去买。”

“我没吃饱。”汤姆说。

“噢，明天你们干一整天活儿。明天晚上——我们就可以吃饱了。”

奥尔用袖子擦擦嘴。“我想到各处去看看。”他说。

“等一会儿，我跟你一道去。”汤姆跟着他出去了。在黑暗中，汤姆走到他弟弟身边。“你一定不肯跟我去吗？”

“不，我说过嘛，要到处去看看。”

“也好。”汤姆说。他转身顺着小道慢慢地往前走。那些棚屋里冒出来的烟低低地笼罩着地面，屋里的提灯把门窗的图影投射在小道上。人们坐在门口，向黑暗中望着。汤姆看见他们的头在转动，目光跟着他顺着小道往前移。到了小道尽头，那条黄土路继续向前伸展，穿过那收割了庄稼的田野，星光下可以看出一簇簇黑沉沉的干草堆。淡淡的一弯蛾眉月低垂在西面的天空，长长的银河明朗地悬在头上。汤姆的脚步在遍地灰尘的路上轻轻地响着，这条路在那些黄色的庄稼残梗衬托之下，好像一条黑补丁一般。他把两手插在衣袋里，拖着沉重的脚步向大门一路走去。紧靠路边出现了一道堤堰。汤姆听得见灌溉渠里潺潺的流水冲刷着岸边杂草的轻微响声。他爬上堤堰，向下面暗沉沉的流水望去，看见拉长了的繁星的倒影。州公路就在前面。飞驰而过的许多汽车灯光照亮了那条公路。汤姆又向那边走过去。他在星光下看得见那座高高的铁丝网大门。

一个人影在路旁动了一下。有个声音问道："喂——那是谁？"

汤姆停住脚步，站着不动。"你是谁？"

一个人站起身走过来。汤姆看得见他手里的枪。随即就有一支手电筒照到他脸上来了。"你打算上哪儿去？"

"噢，我想散散步。有法律禁止吗？"

"你还是改个方向走吧。"

汤姆问道："我连这道门也不能出去吗？"

"今晚不许出去。你得往回走，要不我就吹警笛，叫人来把你抓起来。"

"见鬼，"汤姆说，"我出不出去倒没关系。如果会引起纠纷，我不出去倒是不在乎。好吧，我往回走就是了。"

那个黑黑的人影缓和下来。手电筒也熄了。"要知道，这是对你自己有好处。你要是过去，那些疯狂的纠察队也许要抓住你。"

"什么纠察队？"

"那些可恶的赤党。"

"啊，"汤姆说，"我不知道他们的事。"

"你来的时候看见过他们，是不是？"

"噢，我看见了一大批人，可是那时候有许多警察在场，我也不知道那是怎么回事。我还以为是出了事故呢。”

“噢，你最好是往回走。”

“我走开就是了，先生。”他把身子一转，便开始往回走。他顺着那条路静悄悄地走了一百码，随后就停下来听一听。灌溉渠附近有一只浣熊发出吱吱的叫声，很远的地方还有一只拴住的狗的怒嗥声。汤姆坐在路边静听着。他听见一只夜鹰发出响亮而柔和的笑声，还听见一只爬行动物在残梗中间偷偷窜动的声响。他向两边的地平线查看了一下，两边都有一些暗沉沉的影子，后面没有什么东西衬托着。接着他便站起来，慢慢从右边走出那条路，走到遍地残梗的田里，他把身子弯得差不多跟干草堆一样低后走了过去。他慢慢地走动着，随时停下来听听。后来他终于到了一道绷着五条带刺铁丝的篱笆跟前。他在那篱笆旁边仰卧下来，把头钻到最低的一条铁丝底下，双手托住那根带刺铁丝，两脚在地上使劲，将身子从底下溜了过去。

他正想站起来的时候，一群人从公路边上走了过去。汤姆等他们走到老远的地方，才起来跟着他们走。他在路旁留心寻找帐篷。几辆汽车开过去了。一条小溪从田野中流过，公路连着一座混凝土的小桥跨过小溪。汤姆向桥的一边望了望。他看见深谷底下有个帐篷，里面点着一盏提灯。他望了一会儿，看见帆布篷上有一些人影。汤姆爬过一道篱笆，从灌木林和矮小的柳树中间慢慢地往下走，走到那个深谷，在那底下，他看见一条小溪旁边有一条小路。一个男人坐在帐篷前面的一只木箱上。

“你好。”汤姆说。

“你是谁？”

“我想——我是路过这儿。”

“这儿有你的熟人吗？”

“没有。我告诉你，我是过路的。”

帐篷里探出一个脑袋来。一个声音说道：“什么事？”

“凯西，”汤姆喊道，“凯西！哎哟！你在这儿干什么？”

“怎么，我的天哪，原来是汤姆·乔德呀！进来，汤姆，进来。”

“你认识他吗？”前面那个人问道。

“认识他？哎呀，怎么不认识！认识多年了。我是跟他到西部来的。进来吧，汤姆。”他抓住了汤姆的胳膊肘，把他拉进了帐篷。

另外还有三个男人坐在地上，帐篷当中点着一盏提灯。那几个男人怀疑地抬起头来看着。一个满面愁容的、黑脸蛋的人伸出手来。“见到你真高兴，”他说，“我听凯西说过。这就是你说的那位朋友吗？”

“是的！就是他。嗐，我的天哪！你家里人在什么地方？你上这儿来干什么？”

“噢，”汤姆说，“我们听说这边有工作。我们就来了，有一批州警察把我们赶进了这里的农场，我们摘了一整个下午的桃子。先前我看见有一批人在这儿大嚷大叫。他们什么也不肯告诉我，所以我就出来看看是怎么回事。你究竟是怎么上这儿来的，凯西？”

牧师向前探过身来，黄色的灯光落到他那高高的苍白的额头上。“监狱里真是个有趣的地方，”他说，“我这个人本来是像耶稣一样，到荒野去寻求真理的。有时我倒是差不多体会了一些道理。可是我进了监狱，才真正懂得了真理。”他那双眼睛又锐利又快活，“古老的大牢房里，经常都住满了犯人。新犯人进来，老犯人出去。我当然跟他们每个人都谈过话。”

“你当然要跟人家谈话喽，”汤姆说，“你老爱谈话。哪怕你上了断头台，你也会跟刽子手谈天的。像你这样多话的人，我可真是一辈子也没见过。”

帐篷里那些人都咯咯地笑了。一个满脸皱纹、神情憔悴的小个子拍了拍他的膝盖。“谈起来就没个完，”他说，“可是大家都喜欢听他神聊。”

“他从前是当牧师的，”汤姆说，“他说过吗？”

“当然说过。”

凯西咧着嘴笑了笑。“喂，诸位，”他继续说下去，“我开始明白了一些道理。牢里那些人有的是酒鬼，可是大多数却是因为偷东西被关进去的，而且所偷的多半是他们急需的东西，他们实在想不出别的办法。你明白吗？”他问道。

“不明白。”汤姆说。

“噢，你要知道，他们都是些好人。他们变成坏人，无非因为他们太穷，需要东西。我渐渐就明白了，一切乱子都是穷惹出来的。我现在还没把这个道理分析清楚。嗐，有一天，他们拿些酸豆子给我们吃。有个家伙吵起来，可是没人理会。他拼命地嚷。管理员走过来，往里面看了看，又走开了。接着又有一个家伙嚷起来。噢，你瞧，我们大家都嚷起来了。我们大家的喊声连成了一片，我告诉你吧，喊得就像牢房都要炸了似的。哎呀！这么一来，倒有了结果！他们跑了过来，另外拿了一些东西给我们吃——给我们吃。你明白吗？”

“还是不明白。”汤姆说。

凯西用双手捧着下巴。“也许我对你说不清楚，”他说，“也许你得自己去体会才行。你的帽子呢？”

“我没戴出来。”

“你妹妹好吗？”

“嗐，她的肚子大得像牛一样。我想她准是怀了双胞胎。她的肚子底下简直得装上车轮才行。现在她老是用双手捧着。你还没告诉我这儿出了什么事呢。”

那个面容憔悴的人说：“我们罢工了。这儿罢工了。”

“嗐，五分钱一箱倒是不多，可是总还可以吃饭呢。”

“五分？”那个面容憔悴的人说道，“五分！他们给你们五分吗？”

“是呀。我们挣到了一块半。”

帐篷里突然鸦雀无声了。凯西向帐篷外面的一片茫茫夜色呆呆地望着。“你听我说，汤姆，”他终于说，“我们也是上这儿来干活儿的。他们说要给五分。我们来的人多得要命。我们到了那儿，他们却说只给两分半了，这点钱连吃饭也吃不成，要是有孩子，那就——所以我们就说不干，他们就把我们赶走了。所有的警察都过来对付我们。现在他们又给你们五分了。等他们破坏了这场罢工之后——你想他们还肯给五分吗？”

“我不知道，”汤姆说，“现在是给五分。”

“你可得注意，”凯西说，“我们老是想设法住在一起，他们却把我们像猪一样赶开。把我们拆散。把大家打得落花流水。把我们像猪一样赶开。他们把你们也是当猪一样赶进去的。我们再也支持不住了。有些人两天没吃东西了。你今天晚上打算回去吗？”

“要回去。”汤姆说。

“好吧——你把这边的情形告诉里面的人。你说他们在叫我们挨饿，同时也在给他们自己背上戳一刀。因为只等人家把我们收拾完了，工钱马上就会跌到两分半。”

“我要告诉他们，”汤姆说，“可是我不知道怎么办。从来没见过那么多扛枪的人。说不定他们连说话都要禁止的。而且那里面干活儿的人一点儿闲空都没有。大家老是低着头，见了人连招呼也不打。”

“想法告诉他们吧，汤姆。只等我们被赶走，他们马上就只能挣两分半了。你知道两分半是怎么回事吗——要把一吨桃子摘好、搬好，才能挣到一块钱。”他把头低下去，“不行——这你可干不了。你挣到这点钱还不够买吃的东西。那简直吃不饱。”

“我一定设法告诉那些人。”

“你妈好吗？”

“很好。她喜欢那个官办的收容所。有洗澡间和热水。”

“是呀——我听说过。”

“那边倒是好得很，可是找不到工作，只好离开。”

“我也想到那种收容所去，”凯西说，“想去看看。听说那儿没警察。”

“大伙儿当自己的警察。”

凯西兴奋地抬起头来望着。“那儿也出过什么乱子吗？有没有打架、盗窃、喝酒这些事情？”

“没有。”汤姆说。

“噢，要是有人干了坏事——那怎么办？”

“把他从收容所赶出去。”

“这种人不多吧？”

“不多，”汤姆说，“我们在那儿住了一个月，只有一个坏蛋。”

凯西兴奋得两眼发亮。他向其他的人转过脸去。“你们明白了吗？”他大声说，“我早就告诉你们了。警察惹起的乱子多，平息的纠纷少。你听我说，汤姆。你想法叫里面的人出来。他们只要出来两天就行了。现在桃子都熟了。告诉他们吧。”

“他们不会出来的，”汤姆说，“他们能挣五分钱，别的事他们一概都不管。”

“可是一旦他们对罢工起不了破坏作用的时候，他们就挣不到五分了。”

“我想他们不会明白这个道理的。反正他们现在挣的是五分，他们也就只认这个。”

“噢，不管怎样，你对他们说说吧。”

“爸就不会干，”汤姆说，“我知道他这个人。他会说这不关他的事。”

“是的，”凯西心神不安地说，“我想这是实话。总得自己挨一顿打，他才会明白。”

“我们没有东西吃了，”汤姆说，“今天晚上我们可吃了肉。多倒是不多，可是我们总算吃到了。你想爸肯为了别人，自己不吃肉吗？而且罗莎夏也该喝点牛奶了。你想只为了大门外面有一批人在叫嚷，妈就肯叫那个娃娃饿死吗？”

凯西感伤地说：“我希望他们明白这个道理。我希望他们明白，只有这么一种办法，他们吃肉才有把握——唉，他妈的！有时候不免寒心。简直寒心透了。从前我认识一个人。我坐牢的时候，他被抓进来了。他要组织一个工会。工会已经成立起来，后来治安维持会把它破坏了。你猜怎么样？就是他原来出力帮助的那些人把他抛弃了。大伙儿都不理他，都害怕人家看见自己跟他在一起。他们说，‘你走吧。你在这儿对我们有危险’。哎，老弟，这可真是使他伤心呢。可是他却说，‘只要你懂得这个道理，也就不会难过了’。他说，‘比如法国革命吧——凡是那些想出革命主意的人都被人砍掉了脑袋。事情总是这样的’，他说，‘那是理所当然，毫不稀奇。你干这种事情，又不是为了开心。你是为了不得不干才干的，因为这是你的本分。你看看华盛顿吧’，他说，‘把革命搞好了，后来那些王八蛋却跟他作对。林肯也是一样。也是那班人嚷着要杀他。理所当然，毫不稀奇’。”

“这倒不像是开玩笑的话。”汤姆说。

“不，当然不是。这个坐牢的家伙，他说，‘总之，你尽你的力量干就是了。而且’，他说，‘你只要注意这么一点就行了：每次前进了一步，也许会倒退一点儿，可是绝不会完全退回原处。这是可以拿事实证明的’，他说，‘这么一想，干这种事就很有道理了。这就是说，表面上看来好像是白费力气，其实是不会的’。”

“这是空谈。”汤姆说，“老是这一套空谈。就拿我弟弟奥尔来说吧。他老在外面找姑娘。此外不管什么事他都不关心。过两天，他就会勾搭上一个姑娘。白天老想着这件事情，一到晚上就去干。什么前进、倒退或是往旁边走，他都一概不管。”

“当然，”凯西说，“当然。他只是在干他不得不干的事。我们大家都是这样。”

坐在外面的那个人拉开了帐篷的门帷。“他妈的，我受不了啦。”他说。

凯西朝外望着他。“怎么啦？”

“我也不知道。我浑身发痒，像猫儿似的着急。”

“噢，那是怎么回事？”

“我不知道。我好像听见了什么声音，仔细一听，又什么也听不到了。”

“你只不过是心神不定。”那个憔悴的人说。他站起来，走到外面。过了一会儿，他又向帐篷里看看。“天上有一大块乌云飘过。我看准会打雷。他身上发痒就是因为这个——有电。”他又把头转到外面去了。另外那两个人都从地上站起来，走到外面。

凯西轻声说：“他们都发痒。那些警察老在说，他们要来把我们打得落花流水，把我们赶出这个县。他们以为我是个头儿，因为我说话说得特别多。”

那张憔悴的脸又向里面看了看。“凯西，把提灯拧熄，快出来吧。出事了。”

凯西把灯头往下拧。火焰低下去，跳了几下，就熄灭了。凯西摸索着走出去，汤姆在后面跟着。“怎么回事？”凯西低声问道。

“我不知道。你听！”

沉寂中只听见一片蛙鸣。还有尖厉的蟋蟀声。但是在这些叫声中，也传来了一些别的声音——路上低微的脚步声，堤岸上泥土碎裂的响声，小溪旁边的灌木沙沙的响声。“说不清究竟是听见了什么声音。把人都弄糊涂了。真叫人不放心，”凯西安慰他们，“我们都有些紧张。说不清到底是怎么回事。你听见了吗，汤姆？”

“我听见了，”汤姆说，“真的，我听见了。我想是有些家伙从各方面上这儿来了。我们最好是离开这儿。”

那个面容憔悴的人低声说：“从那桥洞里钻出去——那倒是一条出路。我真不愿意离开我的帐篷。”

“走吧。”凯西说。

他们沿着小溪边悄悄地走过去。黑沉沉的桥洞就在他们前面。凯西弯身钻了进去，汤姆在后面跟着。他们的脚滑到水里去了，他们走了三十英尺远，弧形的桥洞使他们的呼吸发出了回声。后来他们到了桥的另一边，便直起了身子。

这时传来一声尖厉的叫喊：“他们在那儿呢！”两支手电筒的光照到他们这几个人身上，光束罩住了他们，刺得他们的眼睛都睁不开。“你们站着不许动。”这是黑暗中传来的声音，“就是他，脸上发亮的那个王八蛋，就是他。”

凯西盲目地望着手电的光发呆。他的呼吸急促起来。“听我说，”他说道，“你们这些人不知道自己干的是什么事。你们是在当帮凶，叫人家的孩子饿死。”

“住嘴，你这赤党王八蛋。”

一个矮胖的人走到亮光里来了。他拿着一根白色的新铁锹把。

凯西继续说：“你们不知道自己干的是什么事。”

那个矮胖子抡起铁锹把打过来。凯西闪避了一下，那粗大的木棒打中了他的额头，只听骨头咔嗒响了一声，凯西便往旁边一歪，倒出亮光外面去了。

“哎呀，乔治。我看你把他打死了。”

“拿手电筒照照他，”乔治说，“这王八蛋真活该。”手电筒的光往下照，搜寻了一会儿，便找到了凯西那被打破了的头。

汤姆低下头去看了看牧师。手电筒的光掠过那个矮胖子的两条腿和他那根白色的新铁锹把。汤姆悄悄地跳过去，他一把夺到了那根木棒，头一次，他知道没有打中，只打着了一边肩膀，但是第二次，他那狠狠的一击却打中了那家伙的脑袋，等到矮胖子跌倒了，他又在他头上揍了三下。手电筒的光乱晃起来。他听到了一阵阵的叫喊声，还有矮树林里嚓嚓的跑步声。汤姆站在那儿，俯视着倒在地上的人。随后一根木棒打中了他的头，这一棒是斜着打过来的。他觉得挨了这一棒，就像是触了电似的。接着他就低下身子沿着小溪跑去。他听见后面的啪啦啪啦的脚步声。他忽然转了个向，钻进矮树林，在野葛丛里藏了起来。他悄悄地躺在那里。脚步声走近了，手电筒的光顺着小溪的底下照射着。汤姆从野葛丛里爬上了坡顶。他钻进了果园。他仍然听得见叫嚷的声音和小溪下面追赶的脚步声。他弯下身子，从那锄过的地里跑过去，脚下的土块直打滚。在他前方，他看见那些长在灌溉渠边上围绕着农场的矮树林。他钻进篱笆，从葡萄藤和黑莓丛中侧着身子走过去。接着他又悄悄地躺下，大声地喘着气。他摸一摸麻木的脸和鼻子。鼻子被打破了，血顺着下巴往下直淌。他肚子着地，悄悄地趴了很久，才定下心来。接着他又慢慢地爬过水渠边上。他用冷水洗了洗脸，把蓝衬衫背后的下摆扯下一块，蘸了点水，按在他那被打破了的脸和鼻子上。水渗进肉里，有些刺痛和发烧的感觉。

乌云飘过了天空，一片黑暗衬托着天上的繁星。黑夜又沉寂下来了。

汤姆走到水里去，觉得脚不着底。他划了两下，游过水渠，吃力地爬上了对岸。他的衣服在身上贴住了。他一动就发出滴水的声音；他的鞋也咕叽咕叽地直叫。于是他坐下来，脱了鞋，倒出泥浆。他把裤脚管拧干，又脱下上衣，也拧干了水。

汤姆看见那些手电筒的光还在公路上一晃一晃地搜索水沟。他穿上鞋，小心地穿过只剩一片残梗的田野。他的鞋再也没有那咕叽咕叽的叫声了。他本能地向满地残梗的田野那一头走去，终于到了那条小道上。他很小心地走近了那些棚舍所在的场地。

一个看守觉得听见了什么响声，便大声喊道："那是谁？"

汤姆马上倒下去，仆在地上，一声不响，手电筒的光在他上面掠了过去。他悄悄地爬到了乔德家的门口。门上的铰链吱嘎响了一声。妈发出了镇定、沉着而又警觉的声音：

“什么在响呀？”

“是我。汤姆。”

“噢，你快点睡觉吧。奥尔还没回来。”

“他准是找到一个姑娘了。”

“快睡觉吧。”她轻声说，“在那边窗户底下。”

他找到了睡觉的地方，把衣服脱光。他哆嗦地盖上毯子躺下，他那被打破了的脸从麻木中苏醒过来，整个头痛得直跳。

又过了一个钟头，奥尔才回来。他小心地走近汤姆，踩着了汤姆的湿衣服。

“嘘！”汤姆说。

奥尔低声说：“你还没睡着吗？你怎么弄湿了？”

“嘘！”汤姆说，“明早告诉你。”

爸翻过身来仰卧着，他的鼾声夹杂着喘息，响遍了全屋。

“你身上冷吧？”奥尔说。

“嘘！快睡觉。”方形的小窗户在整个屋子的黑暗中显出了一块灰色。

汤姆没有睡觉。他那受伤的脸部神经又恢复了感觉，跳动起来，他的颧骨也痛起来了，他那被打破了的鼻子又肿又痛，肿胀的地方一跳一跳的，好像把他整个人往上一抛一抛似的。他定睛望着那方形小窗户，看见星星从窗户上方溜下来，慢慢就不见了。每隔一定的时间，他总听见守夜人的脚步声。

后来远处的雄鸡终于叫起来，窗户也渐渐发亮了。汤姆用指尖摸摸他那张肿了的脸，他一动，奥尔便在睡梦中发出呻吟，说起梦话来。

黎明终于来临了。在那些紧靠在一起的棚屋里，有了活动的声音，是折断柴枝的响声和锅子碰响的声音。妈在灰沉沉的光线中忽然坐起来。汤姆看得见她那睡肿了的脸。她向窗户望了好一会儿，随后她掀开毯子，找到了衣服。她依然坐着，只把衣服套在头上，举起双臂，让衣服套到腰上。她站起来，把衣服往下拉，盖住了脚脖子。接着，她小心地打着赤脚，踱到窗口，向外望了望。她一面瞪着眼看那渐渐亮起来的天光，一面用灵活的指头把头发拆散，一股股理齐，再梳成髻子。随后她在胸前交叉着双手，一动不动地站了一会儿。窗户的光线很分明地照亮了她的脸。她转身从那些床垫当中小心地走过去，找到了提灯。她揭开罩子，把灯芯点着了。

爸翻过身来，对她眨眨眼睛。她说："孩子他爸，你还有钱吗？"

"嗯？有。有一张六毛钱的条子。"

"噢，快起来，去买点面粉和猪油，快点儿。"

爸打了个哈欠。"也许铺子还没开呢。"

"叫他们开好了。总得让你们吃点东西才行。你们还得出去做工呢。"

爸勉强套上了工装裤，穿上了那件破上衣。他懒洋洋地走出门，一面打着哈欠、伸着懒腰。

两个孩子也醒来了，他们从毯子底下像耗子似的张望着。暗淡的光线照遍了全屋，但是太阳还没有出来，这种光线是灰白的。妈向那些床垫瞟了一眼。约翰伯伯醒了，奥尔还睡得很酣。她那双眼睛向汤姆转过去。她向他窥探了一会儿，随后就连忙走到他身边去。他的脸又肿又青，嘴唇和下巴上瘀结着黑血。打肿了的脸的皮肤绷得紧紧的。

"汤姆，"她低声说，"这是怎么回事？"

"嘘！"他说，"别大声说。我跟人家打了一架。"

"汤姆！"

"我实在忍不住，妈。"

她在他身边跪下。"你又闯祸了吗？"

他过了很久才回答。"是的，"他说，"闯了祸。我不能出去做工了。我得藏起来。"

孩子们用两手和两膝爬拢来，瞪着眼睛关切地望着。“他怎么啦，妈？”

“住嘴！”妈说，“去洗脸。”

“我们没肥皂了。”

“噢，用水洗洗好了。”

“汤姆怎么啦？”

“快住嘴。千万别告诉别人。”

他们退着走开，靠着老远的那一面墙蹲下来，知道自己不会再引起注意了。

妈问道：“厉害吗？”

“鼻子破了。”

“我是问这场祸事怎么样？”

“嗐，这场祸可闯得不小！”

奥尔睁开眼睛，望着汤姆。“哎呀，怎么！你闯了什么祸？”

“怎么啦？”约翰伯伯问道。

爸踏着沉重的脚步走进来了。“铺子正好开了。”他把一小袋面粉和一小包猪油放在炉子旁边的地板上。“什么事？”他问道。

汤姆用一只胳膊肘撑着身子待了一会儿，然后又向后躺倒了。“哎呀，我浑身没劲。我马上就告诉你们，让你们大家都知道。孩子们怎么样？”

妈向蜷缩在墙边的两个孩子看了一眼。“你们去洗洗脸吧。”

“不，”汤姆说，“得让他们听听。他们应该知道。要是他们不知道，反而会乱说。”

“到底是怎么回事呀？”爸急切地问道。

“我就告诉你们。昨天晚上，我出去看看外边究竟为什么那么乱嚷。没想到碰见了凯西。”

“牧师吗？”

“是的，爸。牧师，可是他在领导着人家罢工。他们来抓他。”

爸追问道："谁来抓他？"

"我不知道。就是那天晚上把我们赶到路上的那些家伙，带着铁锹把。"他停了一下，"他们把他打死了，打破了他的脑袋。我正在那儿站着。我气极了，夺过那根铁锹把来。"他一面说，一面回想起那个夜晚，那一片漆黑，那些手电的光，"我——我用棍子打倒了一个家伙。"

妈在喉咙里憋住了气。爸发呆了。"打死他了吗？"他小声问。

"我——不知道。我气极了。想要把他打死。"

妈问道："你让人家看见了吗？"

"我不知道，我不知道。我想是看见了的。他们把手电照到我们身上了。"

妈注视着他的眼睛呆看了一会儿。"孩子他爸，"她说，"劈开几只木箱吧。我们该做早饭了。你们得去做工。露西，温菲尔德，要是有人问你们——就说汤姆病了——听见了吗？你们要是说出去——他就会——让人抓去坐牢。听见了吗？"

"听见了，妈。"

"你当心管着他们点，约翰。别让他们对人家乱说。"爸把原来盛东西的那些木箱劈开，妈就生起火来。她和着面，把一壶咖啡放在火上煮。木片烧着了，火焰在烟囱里呼呼地响起来。

爸把木箱劈完了。他走到汤姆身边。"凯西——他是个好人。他为什么要管那些闲事呢？"

汤姆闷声闷气地说："他们是来做工的，原来说是五分钱一箱。"

"我们就是挣这么多钱呀。"

"是的。我们干的事原来是破坏了罢工。他们只给那些人两分半。"

"那连饭也吃不上呀。"

"我知道，"汤姆有气无力地说，"他们就是因为这个才罢工的。嗐，我看昨天晚上那些人已经把罢工破坏了。我们今天也许就只能挣两分半呢。"

“嗐，这些王八蛋……”

“是呀！爸。你明白吗？凯西终归还是个——好人。他妈的，我脑子里那个印象老去不掉。他躺在那儿——脑袋被打扁了，直往外流血。天哪！”他用手蒙住了眼睛。

“噢，我们怎么办？”约翰伯伯问道。

这时候奥尔已经站起来了。“哼，他妈的，我知道该怎么办。我打算离开这儿。”

“不，那可不行，奥尔，”汤姆说，“我们现在少了你可不行。我就需要你帮忙。现在我有了危险。只等我能站起来，我就得走。”

妈在炉子跟前做饭，她歪过头来听着，一边把油放在锅里，等油烧得嗞嗞响的时候，便把面浆舀进去。

汤姆继续说：“你得留下来才行，奥尔。你得照顾卡车。”

“噢，我不喜欢干这个。”

“没法呀，奥尔。这是你的亲人，你能帮助他们，我是要连累他们的。”

奥尔愤愤地咕噜着。“不知道为什么不让我到汽车行去找个工作。”

“往后再说吧，也许可以。”汤姆的眼光从他身上望过去，看见罗莎夏躺在床垫上。她的眼睛很大——睁得圆圆的。“别着急，”他向她喊道，“你别着急。今天想办法给你弄点牛奶来。”她慢慢地眨眨眼，没有回答他。

爸说：“我们得知道实情才行，汤姆。你究竟打死了那个家伙没有？”

“我不知道。那时候天很黑。又有人打了我一棍。我不知道。我希望是打死了。但愿我打死了那个王八蛋。”

“汤姆！”妈嚷道，“别这么说。”

小道上传来了许多汽车慢慢开动的响声。爸走到窗口前，朝外面望了一下。“有一大批新工人来了。”他说。

“我想他们准是把罢工破坏了，”汤姆说，“我想你们就要开始挣两分半了。”

“可是你尽管拼命干，也吃不上饭呀。”

“我知道，”汤姆说，“吃风刮掉的桃子吧。这也可以填饱肚子。”

妈翻一翻生面团，把咖啡搅动了一下。“听我说，”她说道，“今天我买些玉米面。我们吃玉米粥。只等攒下了买汽油的钱，我们就搬走。这可不是个好地方。我也不愿意汤姆一个人流落在外面。那可不行。”

“这么办不行，妈。我告诉你，我只能使你们受连累。”

她的下巴绷得很紧。“我们就得这么办。喂，快来吃，吃完好去干活儿。我洗洗脸马上就来。我们得挣点钱才行。”

他们吃的煎面团太烫了，烫得放进嘴里还在嗞嗞地响。咖啡被端了下来，倒在各人的杯子里，大家又喝了一些。

约翰伯伯对着他的盘子摇摇头。“看样子我们离不开这个地方。我想这准是我的罪过。”

“嗐，别说了！”爸说，“我们可没工夫谈你的罪过。快走，我们快去干活儿吧。孩子们，你们也来帮忙。孩子他妈说得对，我们得离开这儿才行。”

他们走了以后，妈拿着一只盘子和一只杯子走到汤姆身边。“你还是吃点才好。”

“我不能吃，妈。我痛得要命，不能嚼。”

“试试看吧。”

“不行，我不能吃，妈。”

妈在他的床垫边上坐下来。“你得告诉我，”妈说，“我得弄清楚这是怎么回事。我得弄明白才行。凯西干什么来着？他们为什么要打死他？”

“他只是站在那儿，有几支手电筒照在他身上。”

“他说了什么话？你还记得他怎么说的吗？”

汤姆说：“记得。凯西说：‘你们没有权力叫人饿死。’那个矮胖子就骂他是赤党王八蛋。凯西说：‘你们不知道自己干的是什么事。’那家伙就狠狠地打了他。”

妈低头望着地上。她把两只手扭在一起。“他就是这么说的吗——‘你们不知道自己干的是什么事？’”

“是的！”

妈说：“可惜奶奶听不到这句话了。”

“妈——我当时简直不知道自己在干什么，不知不觉就干了，连想都没想到自己会那么干。”

“你做得对。我巴不得你没有这么干，我巴不得你不在场，可是你干的事是应该的。我找不出你的错来。”她走到炉子跟前，把一块布蘸在洗盘子的热水里。“喂，”她说，“把它敷在脸上吧。”

他把那块热腾腾的布敷在鼻子和脸庞上，觉得太烫，畏缩了一下。“妈，今晚我打算逃跑。我不能使这件事连累一家人。”

妈气冲冲地说：“汤姆！有许多事我都不懂。但是你走掉了是不会使我们安心的。那只能弄得我们更伤心。”随后她又接着说下去：“从前我们自己有块地。那时候我们家是有个范围的。老的去世，小的又生出来，我们始终是一体——我们始终是一家——完整的、自由自在的一家。现在我们再也不那么自由自在了。我简直想不通。我们没法子自由自在了。奥尔——他老是胡思乱想，一心要独自去找出路。约翰伯伯一直是勉强撑着。爸失去了他的地位，再也不算是一家之主了。我们这一家散了，汤姆。现在已经不像一个家了。还有罗莎夏——”她回过头去望了一眼，看见女儿那双睁得大大的眼睛。“她快生孩子了，也没个家。我不知怎么办。我一直在尽力把这个家撑持下来。温菲尔德——老像这样下去，他会变成什么样子？越来越野了，露西也是一样——简直像野兽一样。什么依靠都没有了。别走吧，汤姆，留在家里帮帮忙吧。”

“好吧，”他疲倦地说，“好吧。其实我是不应当留下的。我知道。”

妈走到洗碗的盆子跟前，把那些铁盘洗净擦干。“你还没睡觉吧。”

“没睡过。”

“喔，那你快睡吧。我看见你的衣服湿了。我来把它晾在炉子旁边烤干。”她把事情做完了，“我现在去了。我也去摘桃子。罗莎夏，要是有谁来，就说汤姆病了，听见了吗？别让谁进来。听见了吗？”罗莎夏点点头。“我们中午就回来。睡一觉吧，汤姆。也许我们今天晚上就可以离开这儿。”她急忙走到他跟前，“汤姆，你不会溜出去吧？”

“不会，妈。”

“靠得住吗？你一定不会走掉吗？”

“不会的，妈。我留在这儿就是了。”

“好。记住，罗莎夏。”她走出去，随手把门关得紧紧的。

汤姆一动不动地躺着——随后一阵昏睡的浪潮把他掀到了昏迷状态的边缘，然后又慢慢地把他带回原处，再把他掀起来。

“喂——汤姆。”

“嗯？什么事！”他惊醒了。他望着对面的罗莎夏。她那双眼睛里闪出憎恨的光来。“什么事？”

“你杀人了吧！”

“是的。别嚷这么大声，你要叫人家听见吗？”

“我怕什么？”她嚷道，“那位太太告诉过我。她说犯了罪要有报应。她告诉过我。我想生个好孩子，还有什么希望？康尼走了，我又吃不到好东西，牛奶也喝不成。”她歇斯底里地提高了嗓门，“现在你又杀了人。这么一来，我生出来的孩子还会好得了吗？我知道——会成个怪胎——怪胎！我从来没跳过舞。”

汤姆爬了起来。“嘘！”他说，“你这么嚷，人家会进来呀。”

“我不管。我会生个怪胎！我可没跳过什么搂抱舞。”

他走近她身边。“别嚷。”

“你走开。你这已经不是头一次杀人了。”她歇斯底里大发作，脸涨得通红。她的话含含糊糊。“我看都不要看你。”她用毯子盖住了头。

汤姆听到了一阵哽住喉咙的、闷住的哭声。他咬住下唇，定睛望着地板。然后他走到爸的床边。床垫边上，有一支又长又重的来复枪放在底下，那是一支扣扳机的点 38 口径温彻斯特枪。汤姆拿起枪来，退开枪膛,看见里面装着子弹;他又试了试枪机。然后他才回到自己的床垫上。他把枪放在身边的地板上，枪托朝上，枪筒朝下。罗莎夏的声音低下来，成了微弱的呜咽。汤姆又躺下来，把身子盖好，他用毯子遮住他那张肿脸，留了一个小小的透气的孔道。他叹着气说:“天哪，唉，天哪！”

外面有一队汽车开过，还有些说话的声音。

“多少人？”

“只有我们三个。给多少工钱？”

“你到二十五号房子去。号数就在门上。”

“知道了，先生。给多少工钱？”

“两分半。”

“唉，真糟糕，那连饭也吃不成呀。”

“我们就出这个价钱。有两百人从南边来了，都愿意挣这个工钱。”

“可是，天哪，先生！”

“走吧。干就干，不干就滚蛋。我没工夫跟你废话。”

“可是——”

“听见了吗？工钱又不是我定的。我不过是查点查点人数，放你们进来。你愿意干就干，不干就回去。”

“二十五号吗，你说？”

“是的，二十五号。”

汤姆在他的床垫上迷迷糊糊地睡着了。屋子里有一点儿悄悄的响声惊醒了他。他伸手摸到那支枪，紧紧地握住了枪柄。他把脸上盖的东西掀开。罗莎夏站在他的床垫旁边。

“你要干吗？”汤姆问道。

“你睡吧，”她说，“你只管安心睡好了。我来守门。谁也不许进来。”

他打量一下她的脸色。“好吧。”他说，于是他又用毯子把脸盖住了。

天色开始黑下来的时候，妈回到了棚屋。她在门口停了一下，先敲敲门，才说：“是我。”为的是不叫汤姆着慌。她推开门，带着一袋东西进来。汤姆醒了，在床垫上坐起来。他的伤口已经干了，绷得很紧，因此没有破的皮肤显得亮晃晃的。他的左眼几乎像是闭着的一样。“我们出去以后，有人来过吗？”妈问道。

“没有，”他说，“没有谁来。我听见他们又把工价减低了。”

“你怎么知道？”

“我听见有些人在外面谈。”

罗莎夏无精打采地抬起头来望着妈。

汤姆用大拇指指着她。“她刚才乱嚷起来，妈。她觉得一切的祸都是对她的报复。我既然惹得她这么烦躁，那我还是走了才好。”

妈向罗莎夏转过脸去。“你在干什么？”

女儿怨恨地说：“尽碰着这种倒霉事，我怎么会生得出一个好娃娃呢？”

妈说：“小声点！你先住嘴。我知道你心里难受，我知道这也不能怪你，可是你得闭住嘴才行。”

她又转回头来，对汤姆说：“别管她，汤姆。怀了孩子实在难受得要命，我还记得那是个什么滋味。快生孩子的时候，什么事情都好像箭似的射到你心上来，别人说的话好像句句都是侮辱你，什么都好像在跟你作对。你别放在心上。这不能怪她。她的心情就是这样。”

“我并不愿意叫她伤心。”

“小声点！不许再说了。”她把她的口袋放在冰冷的炉子上。“简直没挣到什么钱，”她说，“我跟你说过，我们要离开这儿。汤姆，你想办法弄点柴火来。不行——你不能动。现在我们只剩下这一只木箱了，把它劈开吧。我叫他们那些人回来的时候在路上拾点柴火。我们要吃玉米粥，还要放点糖。”

汤姆站起来，把那最后的一只木箱踩碎了。妈在炉子的一头小心地生起火来，只让火焰通过一个炉孔。她盛满了一壶水，放在火上。水壶让火焰直接烧着，便咕咚咕咚地响起来，还嗞嗞地冒气。

“今天摘了多少？”汤姆问道。

妈把一只杯子伸进她那盛玉米面的袋子。“我不愿意谈这个。今天我想起他们从前多么爱说笑话。现在这样我可不喜欢，汤姆。我们再也不说笑话了。现在说起笑话来，也总是些无聊的、哭笑不得的笑话，一点儿也没趣味。今天有人说，‘经济萧条已经过去了。我看见一只长耳兔，没人追它’。另外有个人说，‘并不是因为这个。那是因为大家没工夫打长耳兔了。你得把它捉来，挤了奶，就把它放掉。你看见的那只大概就是挤干了奶的’。我就是这个意思。这种笑话并不怎么有趣，还不如从前约翰伯伯开的那个玩笑好。他叫一个印第安人信了教，把他带到家里来，那个印第安人把口袋里的豆子吃得精光，还把约翰伯伯的威士忌酒偷跑了。汤姆，你拿一块布蘸点凉水，敷在脸上吧。”

天色更加暗了。妈把提灯点亮，挂在一颗钉子上。她添旺了火，把玉米面慢慢地倒在热水里。“罗莎夏，”她说，“你能把这玉米粥搅一搅吗？”

外面有一阵啪嗒啪嗒的跑步声。门被冲开了，嘭的一声碰在墙上。露西跑了进来。“妈！”她喊道，“妈！温菲尔德晕倒了！”

“在哪儿？告诉我！”

露西喘着气说：“脸色发白，晕倒了。吃的桃子太多，泻了一整天。刚才晕倒的。脸色发白！”

“你带我去！”妈吩咐道，“罗莎夏，你看好玉米粥。”

她跟露西出去了。她跟着小女儿，吃力地顺着小道跑。在黄昏中，三个男人向她走过来，当中的那个抱着温菲尔德。妈跑到他们跟前。“是我的孩子，”她喊道，“交给我吧。”

“我替你抱着吧，大嫂。”

“不，还是交给我吧。”她抱起那孩子往回走；随即她又清醒过来。“谢谢你们。”她对那三个人说。

“别客气，大嫂。这孩子身体弱得很。看样子好像是肚里有虫。”

妈急步跑回来，温菲尔德浑身发软，在她怀里耷拉着。妈把他抱到屋里，跪下来，把他放在一条床垫上。“告诉我。你怎么啦？”她问道。他迷迷糊糊地睁开眼，摇一摇头，又闭上了眼睛。

露西说：“我告诉你了，妈。他泻了一整天，隔一会儿就泻一回。桃子吃得太多了。”

妈摸摸他的头。“没有烧。可是他脸色发白，困极了。”

汤姆走过来，取下提灯。“我知道，”他说，“他饿坏了，没力气。买一听牛奶，给他喝喝吧，把牛奶掺在玉米粥里给他喝。”

“温菲尔德，”妈说，“你觉得怎样，告诉我吧。”

“头晕，”温菲尔德说，“简直晕得团团转。”

“没见过泻得这么厉害的。”露西神气十足地说。

爸、约翰伯伯和奥尔走进屋来。他们都捧着许多柴枝。他们把手里捧着的东西放在炉子旁边。“什么事？”爸问道。

“温菲尔德病了。他得喝点牛奶。”

“我的天哪！我们大家都得吃东西呀！”

妈说：“今天我们挣到多少？”

“一块四毛二。”

“噢，你快去买一听牛奶来给温菲尔德喝。”

“他怎么会病了？”

“我不知道为什么，反正他是病了。快去！”爸咕噜着走出门去。“你在搅玉米粥吗？”

“是的。”罗莎夏为了要证明她在干，就搅得更快了。

奥尔抱怨道：“我的天，妈！我们一天干到黑，难道就光吃点玉米粥吗？”

“奥尔，你知道我们打算离开这儿。我们挣来的钱都得留着买汽油。你知道吧？”

“可是，哎呀，妈！要干活儿，就得吃肉呀。”

“你给我老老实实地坐着，”她说，“我们有件顶要紧的事情，得先把它对付了才行。你知道那是什么事吧？”

汤姆问道：“是不是为了我？”

“我们吃完了再谈吧，”妈说，“奥尔，我们剩下的汽油还够开一段路，是不是？”

“油箱里还有四分之一。”奥尔说。

“我希望你快告诉我。”汤姆说。

“等一等，往后再谈。”

“喂，玉米粥得一直搅动，不能停手。我来煮点咖啡吧。你们可以搁点糖在粥里或是咖啡里。两样都搁糖，那可不够。”

爸拿着一听细高罐头装的牛奶回来。“一毛一。”他恨恨地说。

“好了！”妈接过那听牛奶，把它戳开了。她让那很浓的奶汁流到一只杯子里，递给汤姆。“拿给温菲尔德。”

汤姆跪在床垫旁边。“来，你喝点这个。”

“我不能喝，我喝了全会吐掉。别管我吧。”

汤姆站起来。“他现在喝不下，妈，等一会儿吧。”

妈把那只杯子拿去放在窗台上。“你们谁都别动它，”她警告道，“这是给温菲尔德喝的。”

“我没喝过牛奶，”罗莎夏沉着脸说，“我该喝一点儿。”

“我知道，可是你还能站得稳。这小东西却躺下了。玉米粥很稠吧？”

“是的。快要搅不动了。”

“好了，我们吃吧。糖在这儿，每个人大约有一调羹。放在粥里或是咖啡里都行。”

汤姆说：“我倒喜欢在粥里放点盐和胡椒。”

“搁盐倒随你的便，”妈说，“胡椒可用完了。”

木箱全都烧掉了。一家人都坐在床垫上吃玉米粥。他们盛了又盛，后来差不多把锅子舀光了。“留点给温菲尔德吧。”妈说。

温菲尔德坐起来喝了牛奶，马上就嘴馋起来了。他把那只熬玉米粥的锅子夹在两腿之间，吃完了剩下的粥，又把锅边上结的粥皮也刮下来。妈把牛奶罐头里剩下的奶倒在一只杯子里，悄悄地递给罗莎夏，叫她在角落里偷偷地喝。她把热腾腾的黑咖啡倒在几只杯子里，递给大家。

“现在你说说打算怎么办吧？”汤姆问道，“让我听听。”

爸不安地说：“我看别让露西和温菲尔德听见才好。叫他们出去好不好？”

妈说：“不。虽然他们还不是大人，可得叫他们说话做事像大人一样。这是没有办法的。露西——你和温菲尔德可不许把你们听到的话说出去，要不就把我们全毁了。”

“我们不会说的，”露西说，“我们是大人了。”

“噢，那就不作声好了。”一杯杯的咖啡放在地板上。提灯里那一道又短又粗的火焰，像一只粗短的蝴蝶的翅膀似的，在墙壁上投射了一片暗淡的黄色。

“现在你说吧。”汤姆说。

妈说道：“孩子他爸，你说吧。”

约翰伯伯出声地啜着他的咖啡。爸说：“噢，你说得不错，他们果然把工钱减低了。有一大批新来的摘桃子的工人，他们饿得要命，只要有面包吃，就肯摘。你找到一棵桃树，别人却抢了先。所有的果子马上就会摘光。只好另外找一棵树。我看见有人吵架——一个人说那是他的树，另一个人也要在那棵树上摘。这批人是从埃尔森特罗那么老远的地方招来的，都饿得要命。为了一块面包，一天干到黑。我对那个点验员说：'两分半一箱，我们干不了。'他就说：'那么，就请便吧，你们尽管走。这些人可以干。'我说：'他们吃饱了，也就不肯干了。'他就说：'见鬼，还不等到他们吃饱，我们这些桃子早就通通摘完了。'"爸住了口。

"真邪气，"约翰伯伯说，"据说今天晚上还有两百多人要来。"

汤姆说："真的吗！可是还有一件事怎么了？"

爸沉默了一会儿。"汤姆，"他说，"看来好像是你干的。"

"我想大概是。还没弄清楚，不过我觉得是这样。"

"大家似乎是不大爱谈别的事，"约翰伯伯说，"他们派出了一队队的警察，还有人说要用私刑处死那个凶手——当然是说等他们把那家伙捉到的时候。"

汤姆斜过眼去看看那两个瞪大着眼睛的孩子。他们难得眨一眨眼睛。他们仿佛唯恐一眨眼睛，就会漏听掉什么事情似的。汤姆说："噢——干这件事情的人，他是在人家打死了凯西之后才干的。"

爸插嘴道："他们的说法却不是这样的。他们说是他先动手的。"

汤姆深深地叹了一口气："唉！"

"他们放出话来，鼓动大家反对我们这些人。这是我听见人家说的。那都是些杀人不眨眼的家伙。他们说要捉拿那个人。"

"他们知道他像什么样儿吗？"汤姆问道。

"不大清楚——可是我听说，他们觉得他是受了伤的。他们认为——他会……"

汤姆慢慢地举起手来，摸摸他那破了的脸庞。

妈嚷道："他们说得不对！"

"你放心，妈，"汤姆说，"他们瞎猜一气。那些杀人不眨眼的家伙存心跟我们作对，反正爱怎么说就怎么说吧。"

妈从昏暗的灯光里窥探汤姆的脸，特别注意看他的嘴唇。"你答应过了。"她说。

"妈，我——这个人也许应该走开。要是这个人干错了一件事，他心里也许会想：'好吧，那我就自作自受吧。我做错了事，就得自己担当。'可是这个人并没把事情做错。他好比弄死了一只黄鼠狼，并不会觉得那是什么过错。"

露西插嘴道："妈，我和温菲尔德都知道了。他不必老给我们说什么这个人那个人。"

汤姆咯咯地笑了起来。"噢，这个人并不打算让人绞死，因为他往后还要再干这种事呢。可是他也不肯让自己家里人受连累。妈——我非走不可。"

妈用手指捂住嘴，轻咳一声，清了清嗓子。"你不能走，"她说，"到别处去是藏不住的。谁也信不过。可是家里的人是靠得住的。我们可以把你藏起来，我们可以照顾你的饮食，让你的脸慢慢好起来。"

"可是，妈……"

她站了起来。"你别走。我们带你走好了。奥尔，你把卡车倒开到门口来。我已经想好了办法。我们放一个床垫在底下，汤姆赶快爬上去，我们再拿一个床垫叠起来，做成一个洞，他就可以躲在那个洞里，然后我们再在四面堆起东西来，把那个洞挡住。他可以从一头透气。别争了。我们就这么办吧。"

爸抱怨道："男人家好像再也没有说话的资格了，她真是个泼辣货。往后我们安顿下来了，我要揍她一顿才行。"

"到那时候再说吧，"妈说，"打起精神来，奥尔。天色够黑的了。"

奥尔走出去，到了卡车跟前。他把这个东西打量了一下，随即倒开着退到台阶前面。

妈说:“赶快！把床垫放好！”

爸和约翰伯伯把一个床垫从卡车的后门搬上车去。“再把那个搬上去吧。”他们又把另一个床垫甩上去。“好了——汤姆，你跳上去，钻在底下。赶快。”

汤姆连忙爬到车上，再躺下来。他把一个床垫铺平了，再把另一个拉到自己身上。爸把上面那个床垫两边朝下弯起来，使它做成拱门状，盖住了汤姆。他可以从卡车的边架看见外面。爸、奥尔和约翰伯伯迅速地把行李装上卡车，把一些毯子堆在汤姆的洞穴上面，两边摆上一些水桶，又把最后的一张床垫放在后面。深锅、浅锅和换洗衣服都乱七八糟地放在车上，因为盛这些东西的木箱已经烧掉了。他们快把行李装齐的时候，一个看守背着滑膛枪走近前来。

“你们这是干什么？”他问道。

“我们打算上别处去。”爸说。

“为什么？”

“人家给我们找到了工作——挺好的工作。”

“真的吗？在什么地方？”

“在青草镇那边。”

“让我来检查检查吧。”他把手电筒照到爸的脸上，又照了照约翰伯伯和奥尔的脸。“你们不是还有一个人在一起吗？”

奥尔说:“你是说那个搭揩油车的家伙吗？那个脸色发白的矮小个子吗？”

“是呀。我想他是那个样子。”

“我们是来的时候在路上让他搭车的。今早减了工钱的时候，他就走掉了。”

“再说说，他是什么模样？”

“矮个子。脸色发白。”

“今早他脸上有伤痕吗？”

“我一点儿也没看见，”奥尔说，“汽油泵现在卖油吗？”

“卖，一直到八点。”

“上车吧，”奥尔喊道，“我们要想在天亮以前赶到青草镇，那就得赶快。坐在前面吧，妈？”

“不，我要坐在后面，”她说，“孩子他爸，你也坐在后面吧。让罗莎夏跟奥尔和约翰伯伯坐在前面好了。”

“把那张工钱条子给我，爸，”奥尔说，“我要想法买点汽油，找点零钱。”

看守望着他们顺着小道开过去，向左转弯，开到了汽油泵旁边。

“添两加仑。”奥尔说。

“你们去的地方不远吧？”

“不远。我把这张工钱条子给你，可以找点零钱吧？”

“那恐怕不行。”

“你瞧，先生，”奥尔说，“我们要是今晚能赶到，就可以得到一份很好的工作。要是赶不到，那就要错过机会了。请你做做好事吧。”

“好吧。你在条子上签个字，算给我吧。”

奥尔下了车，从那辆哈得逊卡车的车头绕过来。“我当然要签字。”他说。他旋开了水箱盖子，灌满了水。

“你说要两加仑，是不是？”

“对，两加仑。”

“你们往哪边去？”

“往南去。我们找到工作了。”

“真的吗？工作可是难得呀——固定的工作。”

"我们有个朋友,"奥尔说,"给我们找好了工作,只等着我们去。好吧,再见。"卡车掉转头,颠簸着开过那条土路,开到大路上了。微弱的车灯一路晃动着,右边的车灯因为线路接触不好,老是忽明忽灭。每逢车身跳一下,车底散置着的锅子和盘子就乒乒乓乓地响起来。

罗莎夏低声地呻吟着。

"不舒服吗?"约翰伯伯问道。

"是的!老是不舒服。巴不得在一个清静地方好好坐一坐。我真后悔离开家乡到这地方来。我们要是在老家,康尼就不会走掉。他会学好一种本事,找到一个职业。"奥尔和约翰伯伯都没有搭理她。他们一听她说到康尼,就觉得很难受。

在农场的白漆大门口,有个看守走到卡车旁边。"你们走了就不回来了吗?"

"是的,"奥尔说,"往北去。找到工作了。"

看守把手电筒照到卡车上,又往车篷里照了一下。妈和爸呆呆地望着那道亮光。"好吧。"看守把大门推开了。卡车向左转了弯,一直向一〇一号那条南北大公路开去。

"我们上什么地方去,你有主意吗?"约翰伯伯问道。

"没有,"奥尔说,"只不过是瞎跑,他妈的,真叫人跑腻了。"

"我快生了,"罗莎夏带着要挟的口气说,"最好能找个好地方给我住下。"

初降的霜冻使夜里的空气有些寒冷了。路边果树上的叶子已经开始飘落。妈在车上的行李上坐着,背靠着边栏,爸坐在妈的对面。

妈喊道:"你还好吧,汤姆?"

后面传来了他那闷沉沉的声音。"这里闷得很。我们完全开出农场的地界了吗?"

"你当心点,"妈说,"也许还会有人叫我们停车。"

汤姆把他那个洞掀开了一边。在卡车上的朦胧暗影中，那些锅子乒乒乓乓地响着。“我随时可以把它拉下来，”他说，“我不愿意老在这底下藏着。”他用胳膊肘支着身子歇一歇。“哎呀！天冷起来了，是不是？”

“有黑云了，”爸说，“有人说冬天要到得早呢。”

“是从松鼠在树上做的窠来看呢，还是从草籽来看？”汤姆问道，“真是，从什么都能看出天气的变化。我想一定有人能从一条旧裤子推测天气呢。”

“我不知道，”爸说，“反正我觉得冬天快到了。要知道这儿的天气变化，得在这儿住久了才行。”

“我们往哪边走？”汤姆问道。

“我不知道。奥尔是往左边拐的弯。他好像是往我们来的那条路上开回去。”

汤姆说：“究竟走哪条路好，我也不敢说。只觉得我们要是走公路干线，就容易碰到警察。他们一看我这副脸，马上就会把我抓去。也许我们应该走小路才好。”

妈说：“在后面敲一敲，叫奥尔停车吧。”

汤姆用拳头敲敲前面的挡板，卡车便在路边停住了。奥尔下了车，走到后面来。露西和温菲尔德从毯子底下向外偷看着。

“什么事？”奥尔问道。

妈说：“我们得商量商量该怎么办。也许我们应该顺小路走才好。汤姆这么说。”

“这是为了我这张脸，”汤姆解释道，“谁都看得出。随便哪个警察都会把我认出来。”

“噢，你要往哪边去呢？我想往北去，我们原来在南边。”

“对，”汤姆说，“你只要在小路上开就行了。”

奥尔问道：“停下车来睡一觉，明天再走好吗？”

妈连忙说："现在还不是时候，再开远一点儿吧。"

"好吧。"奥尔回到他的座位上，继续向前开去。

露西和温菲尔德又把头蒙起来。妈喊道："温菲尔德好了吗？"

"他全好了，"露西说，"他睡了一觉呢。"

妈靠在卡车的边栏上。"好像做贼似的，老让人家在后面追，真不是个滋味。我心里真有点难受。"

"谁都难受，"爸说，"不管是谁。今天人家打架，你看见了吧？人到这儿就变了。从前在那官办的收容所里，我们并不难受呀。"

奥尔向右转，开到了一条石子路上，黄色的车灯在路面上颤动着。现在已经看不见果树了，遍地都是棉花。他们在棉花地里往前行驶了二十英里，沿着乡间的小路东拐西拐，那条路跟一条有矮树林的河平行，后来从一座混凝土的桥上转过去，又沿着那条小河的对岸前进。走了一阵之后，车灯在河边照出了一排红色大货车，都是卸了轮子的；路边有一块大木牌上写着："招雇摘棉工人。"奥尔把车子开慢了一些。汤姆从卡车的边栏往外窥探。走过了那些大货车约有四分之一英里之后，汤姆又在车上敲一敲。奥尔在路旁停下来，下了车。

"这回又是什么事？"

"把发动机关了，爬到这上面来吧。"汤姆说。

奥尔回到驾驶座上，把车子开到干水沟里，把车灯和发动机一齐关上。接着走出驾驶室，从车后的挡板上爬上去。"好了。"他说。

汤姆从那些锅子上面爬过去，跪在妈面前。"瞧，"他说，"木牌上说他们要招摘棉花的工人。我看见那块木牌了。我一直都在考虑，怎样才能跟你们在一起，又不给你们惹祸。等我的脸好了，那也许就不要紧，现在可不行。你们看见后面那些卡车了吧？摘棉花的工人就住在那里面。也许那儿有工作。你们就到那儿去干活儿，住在一辆汽车里，好不好？"

"你怎么办呢？"妈问道。

“噢，你看见那条满是矮树的小溪了吧？我可以藏在那些矮树里，不给人家看见。到了晚上，你们可以送点东西来给我吃。后面不远的地方，有一条干沟。我也许可以在那儿睡觉。”

爸说：“唉，我真想摘摘棉花！那边有工作，我知道。”

“住在那些汽车里也许挺不错吧，”妈说，“又清爽又干燥。你想那边的矮树够你藏身吗，汤姆？”

“当然够。我留心看过。我可以收拾一个小地方，藏起来。等我脸上一好，我就出来了。”

“你会长个很大的疤。”妈说。

“怕什么！谁都有疤呀。”

“从前我一天摘过四百磅，”爸说，“不消说，那是赶收成好。要是我们大家来摘，总可以挣点钱吧。”

“还可以买点肉吃吃，”奥尔说，“现在我们怎么办？”

“开回那儿去，在卡车上睡到天亮，”爸说，“早上就可以找到工作了。我在黑地里也看得见那些棉桃呢。”

“汤姆怎么办？”妈问道。

“你们且不要顾我，妈。我带上一条毯子就行了。开回去的时候，你们注意看看。有一条挺干净的干沟。你们给我送点面包、土豆或是玉米粥，就放在那儿好了。我自己会来拿。”

“好！”

“我看这个主意倒不错。”爸说。

“的确是个好主意，”汤姆也坚持着说，“等我的脸好一点儿，我也出来摘棉花。”

“噢，好吧，”妈表示同意，“不过你可别冒失。暂时千万别让人家看见。”

汤姆爬到卡车背后。“我只带这条毯子去就行了。往回开的时候，你注意那条干沟吧，妈。”

“当心，”她央求道，“你要当心呀。”

“你放心吧，”汤姆说，“我一定当心。”他翻过车后面的挡板，下了车，往那干沟下面走。“再见。”他说。

妈眼看着他的身影在夜色里模糊下去，终于在小溪的矮树林中消失了。“天哪，但愿平安无事。”她说。

奥尔问道：“你要我现在就把车子开回去吗？”

“是呀。”爸说。

“开慢点，”妈说，“我要看清楚他说的那条干沟在哪儿。我得看清楚才行。”

奥尔在那条狭窄的路上倒来倒去，才把卡车掉过头来。他慢慢地开回那排大货车旁边。卡车的车灯照亮了那些搭在宽阔的车门上的踏板。车门都是黑沉沉的。夜里没有人走动。奥尔把车灯关上了。

“你跟约翰伯伯从后面爬上去，”他对罗莎夏说，“我就在车座上睡吧。”

约翰伯伯扶着那大肚子的姑娘从车尾的挡板爬上去。妈把那些锅子堆在一个小小的地方。一家人就在卡车后面紧紧地挤在一起躺着。

一辆大货车里有个娃娃哭了，哭声又长又尖。一只狗喷着鼻子，嗅东嗅西地跑出来，绕着乔德家的卡车慢慢地打转。河底下传来了淙淙的水声。

第二十七章

招雇摘棉工人——路上的招贴，散出去的传单，橙黄色的传单——都说要招雇摘棉工人。

顺此路前去，木牌上是这么写的。

那些深绿色的棉秸上棉铃成串，沉甸甸的棉桃在荚壳里夹着。白色的棉花像玉米花似的爆出来。

手痒得很，只想摸摸那些棉桃。用指尖轻轻地摸一摸。

我是熟练的摘棉工人。

那是招工的人，就在那里。

我要摘棉花。

有袋子吗?

噢，没有，我没袋子。

你得花一块钱买袋子。从你头一回摘的一百五十磅里扣除。在地里摘第一遍是八毛钱一百磅。第二遍是九毛。你上那儿去取袋子。一块钱。你要是没现钱，我们可以从你头一回摘的一百五十磅里扣。这是很公道的，你也知道。

这当然很公道。挺好的布袋，可以用一季。等你拖来拖去磨破了，就可以掉过头来再用。把开口的一头缝上，破了的一头拆开就是了。一直用到两头都破了，那也还是一块好布呢！做一条夏天穿的裤衩倒挺好。还可以做短睡衣。噢，摘棉花的袋子真是个好东西。

把它挂在腰上吧。拴上带子，在两条腿中间拖着走。起初拖着倒挺轻。你用指尖摘下棉花，送到两条腿中间夹着的袋子里。孩子们在后面一路跟着，他们是没有袋子的——或者用一只小口袋，或者就放在老头儿的袋子里。后来越拖越重了。身子往前歪，一路拽着走。我是摘棉花的老手。手指很灵巧，专找棉桃。一面摘，一面走，一面聊天，也许还唱唱歌，直到袋子重起来。手指是很灵巧的，能自然地摘到棉桃。眼睛虽然看着手在摘，其实却用不着眼睛。

大家在一行行的棉秸当中谈着话——

家乡有个女人，不说出她的姓名吧——忽然生下个黑孩子。原来谁也不知道。谁也没把那个黑鬼查出来。这个女人再也抬不起头来了。可是我却不由得要说句公道话——她是个摘棉花的好手。

现在袋子重起来了，把它推着往前走吧。夹紧屁股往前拽，像一匹种地的马似的。孩子们摘了棉花往老头儿的袋子里放。这里的收成好得很。低地的棉花长得稀一些，种得稀，结得多。从来没见过有加利福尼亚这么好的棉花。这是长纤维的棉花，一辈子没见过这么好的。种这种棉花，很快就把地种坏了。要是有人打算买一块棉花地——还是别买，去租来用吧。等种不好棉花的时候，就搬到别的地方去好了。

一行行的人在地里走动着。手指是灵巧的。手指好像有眼睛，伸进伸出，找得着棉桃。简直不大用得着眼睛看。

即使我眼睛瞎了，我也管保能摘棉花。因为我把棉桃摸熟了。摘得干干净净，干净极了。

袋子装满了。拿去过磅吧。于是争吵起来了。过磅的人说你掺着石头加了分量。他又怎么样呢？他的磅秤不灵活。有时他的话是对的，你的袋子里的确有石头。有时你的话是对的，他的磅秤的确有毛病。有时双方都对:石头也有,秤也不准。老是争吵,老是打架。你把脖子梗起来。他也梗起脖子来。这么几块石头有什么关系？也许只有一块，有四分之一磅重吗？老是争吵。

带着空袋子回来。我们自己也得记账。把分量记上。非记不可。如果他们知道你记账，他们就不敢骗你。如果你自己不把分量记清楚，那就只好靠上帝保佑了。

这种工作倒不错。孩子们到处跑动。听说过摘棉机吗？

噢，我听说过。

你想那种机器会不会开到这儿来？

噢，如果开到这儿来——有人说那就要把手摘的工作打倒了。

夜晚降临了。大家都累得精疲力竭。可是摘得挺好。挣到了三块钱，我和老婆和孩子们。

一辆辆的汽车向棉花地里开过去。棉花地里有了停宿场。装着网子的高大卡车和拖车上堆着高高的白色生棉花。棉花挂在铁丝篱笆上；风一吹，就有小棉花球在地上打滚。干干净净的雪白的棉花，被送到轧棉厂里去。鼓鼓胀胀的大捆棉花被送到打包房去。棉花粘在你的衣服上，粘在你的胡髭上。擤擤鼻子吧，你的鼻孔里也有棉花呢。

驼着背一路走着，要趁天没有黑把袋子盛满。灵活的手指在棉桃里摸索着。老是拱着屁股，拖着袋子往前走。到天黑的时候，孩子们都累了，他们在耕作地里容易绊倒。太阳下山了。

但愿这种工作能多做几天。天知道，钱虽然挣得不多，但我还是希望这种工作能继续做下去。

公路上有许多破旧的汽车集结起来，那都是传单引来的。

有棉花袋子吗？

没有。

那么，你得花一块钱买。

如果我们只有五十个人，那就可以多干几天，但是这里却有五百个人。这种工作根本就干不长。我知道有个人老是挣不出他那买袋子的钱。每次找到活儿干，他都得买一只袋子，可是不等他摘够分量，地里的工作就做完了。

无论如何，千万要攒下一点儿钱！冬天快到了。加利福尼亚一到冬天，就根本找不到工作。趁天还没有黑，把袋子装满吧。我看见那家伙放进了两块土呢。

嗐，见鬼！何必太老实？我只要抵过磅秤上缺的分量就行了。瞧，这就是我的账，三百二十磅。对！

天哪，他一句也不争！他的秤准是有毛病。噢，这一天总算搞得不错。

据说路上还有一千人到这个农场上来。明天我们就要跟人家抢起来了。我们得拼命地摘棉花才行。

招雇摘棉工人。摘的人越多，棉花被送到轧棉厂去也越快。

现在来到摘棉工人的停宿场了。

天哪，今天晚上要吃肋条肉呀！我们有钱买肋条肉了！那个小家伙累坏了，搀他一下吧。快去给我们买四磅肋条肉来。老婆子如果还不太累，她今天晚上还可以做些好吃的面饼呢。

第二十八章

大货车一共有十二辆，头尾相接，停在小河边上的一小块平地上。六辆一排，排成两行，车轮都卸掉了。宽大的滑动车门外面搭着木条拼成的踏板，上车下车都从这上面走过。这些大货车成了很好的住宅，不漏雨，也不透风，那里面住得下二十四户人家，每辆车子前后两头各住一家。没有窗户，可是宽大的车门是开着的。有几辆车里，当中挂着一块帆布，当作间壁，其余的车里只有门的位置作为分界。

乔德一家人住进了末尾的一辆大货车里的一头。先前住的一户人家装了一只带烟囱的火油箱做炉子，并且在车壁上挖了一个通烟囱的洞。尽管开着那宽大的车门，车子两头还是黑沉沉的。妈在当中挂起了那块油布。

“这地方很清爽，”她说，“除了官办的收容所，我们还没住过这么好的地方。”

每天夜里，她把那些床垫铺在货车的底板上，第二天早上再卷起来。每天他们都到地里去摘棉花，每天晚上都吃一顿肉。有一个星期六，他们把卡车开到图莱里去，买了一只铁皮火炉，几条新的工装裤，奥尔、爸、温菲尔德和约翰伯伯每人一条，他们又给妈买了一件衣服，把妈那件顶好的衣服给了罗莎夏。

“她的肚子太大，”妈说，“现在给她买新衣服，那只是白糟蹋钱。”

乔德家是幸运的。他们来得早，总算赶上了大货车上还有空位。后到的人搭的帐篷塞满了那块小小的平地，而那些住大货车的都算是老资格，也可以说是贵族。

那条狭窄的小河缓缓地流着，从柳树丛中流出来，又向柳树丛中流过去。每辆大货车前面都有一条踏得很结实的小路，通向那条小河。那些大货车之间绷着晾衣服的绳子。这些绳子上天天都挂满了晾晒的衣服。

傍晚，他们从棉花地里走回来，腋下夹着叠好的棉花袋子。他们走进那家开在十字路口的铺子，许多摘棉工人都在那里购买日用品。

“今天挣了多少？”

“我们干得很好，今天我们挣了三块半，巴不得能干久一点儿。孩子们也渐渐摘得好了。他们妈给他们每人做了一只小口袋。他们拖不动大人的袋子。摘来就塞在我们的袋子里。新做的小口袋是用两件旧衬衫拼成的。倒是挺合用。”

妈走到卖肉的柜台跟前，她用食指按着嘴唇，在她的指头上吹一口气，深深地思量着。“买点排骨也好，”她说，“多少钱？”

“三毛一磅，太太。”

“好吧，我要三磅。再要一块炖来吃的好牛肉，明天叫我的女儿来炖。还要一瓶牛奶，给我的女儿喝。她嘴馋得很，只想喝牛奶。快要生孩子了，女护士叫她多喝些牛奶。让我想想看，土豆我们还有。”

爸手里拿着一罐糖浆走过来。“把这个买去吧，”他说，“可以做些煎饼吃。”

妈皱皱眉头：“哦——也好。喂，我们买这个。行——好在我们的猪油还多得很。”

露西走过来，她手里拿着两大盒爆米花，眼睛里带着探问的神气，只要妈的头一点或是一摇，就可以使她的疑问变成悲剧或是惊喜。“妈？”她举起那两只盒子来，上下摇晃了一阵，使它们引人注意。

“你快把这东西放回去——”

露西眼睛里的悲剧开始形成了。爸说：“这只要五分钱一盒。这两个小东西今天干活儿干得挺不错嘛。”

“噢，好吧……”惊喜的神色又悄悄地在露西的眼睛里流露出来了。

露西转身跑掉了。她在往门口去的半路上，抓住温菲尔德，把他推着跑出门，钻到茫茫夜色中去了。

约翰伯伯拿起一双黄皮掌心的帆布手套，试了一试，又脱下来放回原处。他渐渐移步到放酒的架子跟前，站在那里，查看那些酒瓶上的标签。妈看见了他，便叫了一声爸，一面把头向约翰伯伯那边歪了歪。

爸踱到他跟前。“想喝酒吗，约翰？”

“不，我不想喝。”

“等棉花摘完了再说吧，”爸说，“那时候你就可以喝个痛快了。”

“我一点儿也不难受，”约翰说，“我干活儿很卖力气，觉也睡得好。也不做梦，也不胡思乱想。”

“刚才你望着那些瓶子直淌口水呢。”

“我连看也没怎么看呀。真奇怪。我想买些东西，都是我用不着的东西。我想买一把刮脸的保险刀。那边摆着的那种手套，我也想买一双。便宜得很呢。”

“戴了手套可不能摘棉花。”爸说。

“我知道。再说我也用不着什么保险刀。那边摆着那些东西，你就想买，也不管用得着用不着。”

妈喊道：“走吧。我们什么都买齐了。”她拿着一纸袋的东西。约翰伯伯和爸每人拿着一包。露西和温菲尔德在外面等着，眼睛睁得很大，嘴里塞满了玉米花，腮帮子鼓得很大。

“我看你们不打算吃晚饭了吧？”妈说。

人们接二连三地向大货车的停宿场走去。帐篷里都点上灯了。烟囱里冒着烟。乔德家的人从踏板爬上车去，进了大货车里他们占的那一头。罗莎夏坐在火炉旁边的一只木箱上。她把火生起了，那铁皮火炉烧成了葡萄酒的颜色。“你买了牛奶吗？”她问道。

“买了。喏，就在这儿。”

“给我吧。中午以后，我还没吃过呢。”

“你以为这也像药一样？”

“那个女护士是这么说的。”

“土豆你已经弄好了吗？”

“在那儿——削过皮了。”

“我们要把它煎一煎，”妈说，“我们买排骨了。把土豆切开，放在那只新煎锅里，加上一只洋葱。你们几个人出去洗洗脸，提一桶水来。露西和温菲尔德在哪儿？他们也该洗洗脸。他们每人都买了爆米花。”妈对罗莎夏说，“每人买了一整盒。”

男人们走出去，在小河里洗了脸。罗莎夏把土豆切成片，放进煎锅里，用刀尖拨一拨。

忽然有人把那块油布拉开了。一张健壮的流着汗的脸从大货车的另一头向这边看。“你们一共挣了多少钱，乔德太太？”

妈转过身来。“噢，你好，温赖特太太。我们总算不错。三块半。准确数是三块五毛七分。”

“我们挣了四块。”

“噢，”妈说，“当然喽，你们人多呀。”

“是呀。乔纳斯也长大了。咦，你们要吃排骨吗？”

温菲尔德从门口悄悄地进来了。“妈！”

“你先住嘴。是的，我们家几个男的都喜欢吃排骨。”

“我在煮腌肉，”温赖特太太说，“你闻得出煮腌肉的味道吗？”

“闻不出——这儿的土豆里搁了洋葱，气味很大，把你那边的肉味盖住了。”

“腌肉快烧焦了！”温赖特太太叫了一声，便把头猛一下缩回去了。

“妈。”温菲尔德说。

“什么？你吃爆米花吃坏了吧？”

“妈——露西说出去了。”

“说出什么？”

“说汤姆的事儿。”

妈瞪着眼睛问道：“说出去了？”于是她跪在他面前。“温菲尔德，她对谁说了？”

温菲尔德不知如何是好。他向后退开。“噢，她只说了一点儿。”

“温菲尔德！你快告诉我，她说了些什么话。”

“她——她没把她的爆米花全吃完。她留着一点儿，一口只吃一颗，慢慢地吃，就像她平常吃东西那样，她说：‘我猜你准在后悔没留下一点儿。’”

“温菲尔德，”妈追问道，“你快告诉我。”她不自在地回头望望那块油布，“罗莎夏，你过去跟温赖特太太谈谈话，别让她听见。”

“这儿的土豆怎么办？”

“我来管吧。你快去。我不愿意让她在挡子那边偷听。”姑娘吃力地往汽车那头走，从那块挂着的油布旁边转过去。

妈说：“温菲尔德，你快告诉我。”

“我刚才说过，她一口只吃一小颗，还把一些爆米花掰成两半，好吃得久一些。”

“说下去，快。”

“噢，有几个孩子走过来。当然喽，他们很想吃一点儿，可是露西却慢慢地啃着啃着，一点儿也不肯给他们。所以他们就生气了。有一个孩子就抢去了她的爆米花盒子。”

“温菲尔德，你快说那件事呀。”

“我在说哪，”他说，“这么一来，露西也生气了。她追他们，先打了一个，又打一个，后来有个大女孩子走过来揍了她一下。揍得很凶。这下子露西就哭起来了，她说她要找她的大哥哥来，杀掉那个大女孩子。那个大女孩子说：‘啊，真的吗？原来她也有个大哥哥呢。’”温菲尔德说得连气都喘不过来，“这下子她们又打起来了，那个大女孩子把露西狠狠地揍了一顿，露西就说她哥哥会把那大女孩子的哥哥杀掉。那大女孩子说，说不准是她哥哥把我们的哥哥杀掉呢。一听这话……一听这话，露西就说，我们的哥哥已经杀掉两个人了。那个大女孩子说：‘啊，瞎说！你真会撒谎呀！’露西又说，瞎说？噢，我们的哥哥杀了人，现在正在藏着，他也能把那个大女孩子的哥哥杀掉。后来她们就对骂起来，露西还扔了一块石头，那个大女孩子跑来追她，我就回家来了。”

“啊，糟糕！”妈浑身无力地说，“啊！真是老天爷瞎了眼呀！我们怎么办？”她用一只手按着额头，揉揉眼睛，“我们现在怎么办？”烧焦了的土豆的气味从呼呼响着的炉子上冒出来。妈机械地过去，把土豆翻了一翻。

“罗莎夏！”妈喊道。那姑娘从油布挡子那边钻过来。“你来做菜吧，温菲尔德，你出去把露西找回来。”

“要打她吗，妈？”他怀着希望问道。

“不。在这地方简直是一点儿办法也没有。我真不懂，她非那么说不行吗？不，打她是没有好处的。你快去，把她找回来。”

温菲尔德向车门跑过去，他遇到了那三个男人走上踏板，于是他便站在一边，让他们进来。

妈小声说：“孩子他爸，我有话跟你说。露西对几个孩子说出去了，她说汤姆藏起来了。”

“什么？”

“她说出去了。跟人家打起架来，就把这话说出去了。”

“唉，这个小畜生！”

“不，她不懂说那种话有什么利害关系。你听我说，孩子他爸。我要你在这儿待着，我出去找汤姆，把这事情告诉他，我得叫他当心。你在这儿待着，注意有什么事没有。我带点吃的给他。”

“好吧。”爸同意道。

“露西做错的事，你连提都别对她提。我会告诉她。”

就在这时候，露西进来了，温菲尔德跟在她后面。那小姑娘全身都弄脏了。她的嘴上有些黏液，鼻子打坏了，还在滴血。她显得又羞又怕。温菲尔德得意扬扬地跟着她。露西狠狠地向四周张望了一下，随后却走到车子的一个角落里，把背往那儿一靠。她脸上满是又羞愧又凶狠的复杂表情。

“我对她说过她闯了祸。”温菲尔德说。

妈把两块排骨和几只煎土豆放在一只铁皮盘里。“住嘴，温菲尔德，”她说，“她吃了人家的亏，用不着再叫她受委屈了。”

露西的身子猛地从汽车的角落里冲过来。她抱住了妈的腰，把头钻到她怀里，她那憋住的低泣声使她全身震颤起来。妈竭力想叫她松手，但是她那些弄脏的手指却抓得紧紧的。妈轻轻地摸一摸她后脑勺上的头发，拍拍她的肩膀。“别哭了，”她说，“你是不懂事呀。”

露西抬起她那有血迹和泪痕的脏脸来。“他们抢了我的爆米花！”她嚷道，“那个臭丫头，她打我……”她又大哭起来了。

“嘘！”妈说，“别这么说，听话。你松手，我要出去了。”

“你怎么不揍她，妈？要不是她吃爆米花招人生气，根本就不会出事。快，揍她一顿呀。”

“你别管闲事，先生，”妈狠狠地说，“你自己倒要挨顿揍呢。快松手吧，露西。”

温菲尔德退到一条卷起的床垫旁边，他冷眼地、呆呆地看着家里的人。他自己布置好了一个防守的阵势，因为露西一有机会就会向他进攻，这是他心中有数的。露西很伤心，她悄悄地走到汽车的另一边。

妈拿一张报纸盖住那只铁皮盘。“我现在要去了。”她说。

“你自己什么也不吃吗？”约翰伯伯问道。

“不忙。等我回来再吃吧，现在我吃不下。”妈走到开着的车门口，她让自己小心走稳，顺着那陡峭的、钉着横木的踏板下去了。

在那排大货车靠小河的一边，紧紧相连地搭了许多帐篷，帐篷的拉锁彼此交叉着，一个帐篷的木桩子钉到另一个帐篷的帆布边上。灯光映在布篷上，所有的烟囱都冒着烟。男男女女站在门口谈天，孩子们疯了似的跑来跑去。妈大模大样地顺着那排帐篷往前走。一路上到处都有人招呼她。“你好，乔德太太。”

“你好。”

“送东西出去吗，乔德太太？”

“那边有个朋友。我要带点面包回来。”

她终于走到了那排帐篷的尽头。她停下来，向后面望了望。停宿场上已经点上了一片灯光，那里传来许多人说话的低微而嘈杂的声音。时而有一个比较粗气的声音透出来。空中弥漫着烟的气味。有人轻轻地吹奏着口琴，一句歌词吹了一遍又一遍，老想吹得悦耳一些。

妈钻进了小河边上的柳树丛。她离开那条小路，躲在旁边，悄悄地等着，想听听后面是否有人跟着。一个男人顺着那条小路走向停宿场去，一面走，一面把背带往上推一推，扣一扣工装裤上的纽扣。她很安静地坐在那里，他走过去，并没有看见她。她坐了五分钟，然后站起来，慢慢地沿着小河边的小路走去。她走得很轻，潺潺的流水声把她踩在柳叶上的脚步声盖住了。小路和溪流向左一拐，又向右一弯，终于靠近了公路。在灰白的星光下，她看得见小溪的岸边和那沟渠里的一个黑沉沉的圆洞；她给汤姆送去的食物每次都是放在那个地方。她小心地向前走去，把她的纸包塞进那个洞里，再把留在那里的空铁盘拿回来。她在柳树丛中悄悄地往回走，钻进一个矮树林，便坐下来等着。从杂树丛当中，她看得见那沟渠里的黑洞。她抱着双膝，悄悄地坐着。不到几分钟，矮树丛里又热闹起来了。田鼠小心地在树叶上跑动。一只黄鼠狼漫不经心地沿着小路踏着迟钝的脚步慢慢地走着，身上发出一阵微微的臭气。随后一阵风轻轻地吹动了柳树，仿佛要测试测试它们似的；随即就有一些金黄的叶子纷纷飘落到地上了。忽然一阵狂风卷来，摇撼着那些树，叶子便像暴雨似的落下来。妈觉得有些树叶落在她的头发和肩膀上。天空浮起了一大片乌云，遮住了星星。大滴的雨掉下来，响亮地在落叶上溅着，随后乌云飘开了，星星又显露出来。妈打了一阵寒战。风吹过去了，矮树丛里变得静静的，但是那小河沿岸的树木还飒飒地响个不停。后面的停宿场上传来了一阵轻松而又尖厉的小提琴声，演奏的人正在试奏着一支曲子。

妈从她左边的远处听到了树叶当中一阵悄悄的脚步声，于是她的神经紧张起来。她放开双膝，直起头，为的是要听得清楚些。那脚步声停止了好一会儿，才又开始响起来。一根蔓藤在干叶子上沙沙地响了一下。妈看见一个黑沉沉的人影悄悄地来到了亮处，慢慢地走近那条沟渠。那黑沉沉的圆洞让他遮住了一会儿，于是那人影又走回去了。她低声喊道："汤姆！"那人影站住了，一动不动，蹲着身子，靠地面很近，简直像一棵树桩子一般。她又喊道："汤姆，喂，汤姆！"于是那人影又移动了。

"是你呀，妈？"

"就在这儿。"她站起来，向他走去。

"你不该来。"他说。

"我有要紧的事来找你，汤姆。我有话要跟你说。"

"这地方离小路太近，"他说，"只怕有人走过。"

“你不是有个地方吗，汤姆？”

“是的——可是如果——嗐，假如有人看见你和我在一起——那全家可就都要糟糕了。”

“我非来一趟不可，汤姆。”

“那么，跟我来吧。悄悄地走。”他在水里随意地蹚着，走过小溪，妈跟着他。他穿过矮树丛，到了林子另一边的田野上，沿着田畦往前走。渐渐变黑的棉花梗在地面上显得很分明，还有几团棉花挂在那些梗子上。他们沿着田野边上大约走了四分之一英里，于是他又钻进了矮树林。他走近一个浓密的野黑莓树丛，偏过身子去，把一堆藤蔓拉开。“你得爬着进去。”他说。

妈用两手和两膝着地爬进去。她感觉地上有沙子，后来那个树丛里黑沉沉的枝叶就不再碰着她了。于是她在地上摸到了汤姆的毯子。他把那堆藤蔓放回原处。洞穴里没有亮光了。

“你在哪儿，妈？”

“在这儿，就在这儿。说话小声点，汤姆。”

“别担心，我过的一向是兔子似的日子。”

她听见他揭开了包铁盘子的纸。

“有排骨，”她说，“还有煎土豆。”

“好家伙，还是热的呢。”

妈在黑暗中一点儿也看不见他，但是她却听得出他嚼东西和撕肉的声音，也听得出他咽食物的声音。

“藏在这地方倒是很好。”他说。

妈不自在地说：“汤姆——露西把你的事说出去了。”她听见他使劲咽了一口。

“露西？为什么？”

“噢，这不怪她。她跟人家打架，就说她哥哥要把另外那个女孩的哥哥打一顿。你知道她们那一套。后来她就说，她哥哥杀过一个人，正在藏着呢。”

汤姆咯咯地笑了。“出了我这桩事情，我老是叫约翰伯伯随时管住他们，可是他总不肯管。不过那种话究竟只是孩子话，妈，没关系。”

“不，并不那么简单，”妈说，“那些孩子会把这话到处说，这么一来，大人听到了又到处说，过不多久，他们就可能找一批人来追查这个案子，很可能。汤姆，你现在非走开不可了。”

“我一直就是这么说的。我老是担心有人看见你把东西放在那沟里，那么就会引起别人的注意了。”

“我知道，可是我总希望你在身边。我很替你担心。我一直看不见你，现在还是看不见。你的脸怎么样？”

“好得很快。”

“过来，汤姆。让我摸摸看，靠拢来吧。”他爬到妈身边。在黑暗中，她伸出手去摸到了他的头，于是她的手指往下移，摸到了他的鼻子，再摸到左颊上。“你结了个很厉害的疤。你的鼻子全歪了。”

“这也许是件好事，也许谁也不认得我了。要是我没留下手印，那我可真是高兴极了。”他又吃起东西来了。

“嘘，”她说，“你听！”

“那是风，妈。是风，不要紧。”一阵暴风顺着小河刮过来，刮得树木哗啦啦地响。

她向他的声音那边爬过去。“我要再摸摸你，汤姆。这么黑，我好像瞎了眼似的。我要记着，哪怕是只凭我的手指摸过几下，手指也是有记性的。你非走开不可了，汤姆。”

“是呀！我一开始就想到了。”

“我们搞得很好，”她说，“我偷偷地攒了一些钱。伸过手来，汤姆。我这儿带来了七块钱。”

“我不能拿你的钱，”他说，“我有办法混下去。”

“伸过手来，汤姆。你要是不带点钱去，我会睡不着觉的。也许你得搭公共汽车，或是有什么别的用场。我希望你跑远一点儿，跑出三四百英里以外去。”

“我不要这钱。”

“汤姆，”她严厉地说，“你把这钱拿去。听见了吗？你不应该叫我伤心。”

“你这样做不太合适。”他说。

“我想你也许可以到一个大都市去。洛杉矶也好。到了那儿，人家就不会再找你了。”

“唔，”他说，“你听我说，妈。我日日夜夜一个人藏着。你猜我心里想着谁？凯西！他谈过许多道理。常常使我讨厌。可是现在我却想到了他所说的话，我还记得——句句都记得。他说有一次，他跑到荒野上去寻找他自己的灵魂，他发现并没有什么灵魂是属于他自己的。他说他觉得自己的灵魂不过是一个大灵魂的一小部分。他说荒野不好，因为他那一小部分灵魂要是不跟其余的在一起，变成一个整体，那就没有好处。真奇怪，我怎么还记得这么清楚。当初我还以为根本没有用心听呢。可是现在我明白了，一个人离开了大伙儿，那是不中用的。”

“他是个好人。”妈说。

汤姆继续说下去：“有一回他背过一段《圣经》上的话，听起来并不像那该死的《圣经》。他把那段话讲了两遍，我就记住了。他说那是《传道书》上的。”

“那是怎么说的，汤姆？”

“这么说的，‘两个人总比一个人好，因为两人劳碌同得美好的效果。若是跌倒，这人可以扶起他的同伴。若是孤身跌倒，没有别人扶起他来，这人就有祸了’。这是那段话的前半截。”

“说下去吧，”妈说，“说下去吧，汤姆。”

“只有一两句了。‘再者两人同睡，就都暖和；一人独睡，怎能暖和呢？孤身一人会被攻击，若有两人便能抵挡他。三股合成的绳子，不容易折断。’”

“这是《圣经》吗？”

“凯西说是的。他把这叫作《传道书》。”

“嘘——你听。”

“那是风，妈。我听惯风了。我老是想着，妈——平常传道的话多半是说我们常常碰到的贫穷，你要是什么都没有，那就抄着手不管，你死了之后，就可以吃金碟子盛的冰淇淋了。现在这《传道书》上却说两个人合着做事，得到的报酬要好一些。”

“汤姆，”她说，“你打算怎么办？”

他沉默了好久。“我想到了那官办的收容所里的情形，想到了我们在那儿大家照顾自己的事，如果发生了争吵，也由大家自己来处理；那儿没有摇晃着枪的警察，可是秩序却比有警察还好。我很纳闷，为什么不能到处都像那样过日子。把警察赶走就是了，因为他们不是我们自己的人。大家为了自己的事在一起工作——大家在一起种自己的地。”

“汤姆，”妈又说了一遍，“你打算怎么办？”

“照凯西那么干。”他说。

“可是人家把他打死了呀。”

“是的，”汤姆说，“他躲慢了一点儿。他并没犯法，妈。我心里琢磨了许多事情，想到了我们老百姓过着猪一样的日子，好好的肥沃的土地却让它荒着，一个人管着一百万英亩地，却有上十万能干的庄稼人挨饿。我老在瞎想，要是我们全体老百姓聚拢来大嚷大叫，像胡珀农场上那些少数人那么叫嚷一下……”

妈说：“汤姆，他们会把你赶走，把你干掉，就像他们对付小弗洛伊德一样。”

“他们反正是要赶我的。他们到处都在赶我们老百姓呢。”

“你不打算杀人了吧，汤姆？”

“那可难说。我在想，人家既然把我当成坏人，我说不定还会杀人——唉，这事情我还没想清楚呢，妈。别再叫我着急了吧，别叫我难受了。”

他们在那漆黑的藤蔓挡住的洞里，悄悄地坐着。妈说：“往后我怎么打听得到你的消息呢？他们也许会把你杀了，我却不知道。他们也许会伤害你。我怎么知道呢？”

汤姆不自在地笑着说：“嗐，也许凯西说得对，一个人并没有他自己的灵魂，只是一个大灵魂的一部分——那么……”

“那么怎样，汤姆？”

“那也就不要紧了。那么，我就在暗中到处隐藏着。到处都有我——不管你往哪一边望，都能看见我。凡是有饥饿的人为了吃饭而斗争的地方，都有我在场。凡是有警察打人的地方，都有我在场。嗐，我希望凯西知道才好，人生气的时候，就大嚷大叫，我也会陪着他们嚷；饿着肚子的孩子们知道晚饭做好了的时候，就哈哈大笑，我也会陪着他们笑。我们老百姓吃到了他们自己种出的粮食，住着他们自己造的房子的时候——我都会在场。你明白吗？天哪，我像凯西一样在说话呢。这是因为我常常想到他。有时候我仿佛还看得见他呢。”

“我不懂，”妈说，“我不大明白。”

“我自己也不明白，”汤姆说，“这不过是我在心里想着的事情。你不到处走动，心里就免不了要胡思乱想，你该回去了，妈。”

“那么，你把这点钱拿着吧。”

他沉默了一会儿。“好吧。”他说。

“还有，汤姆，往后——等事情过去了，你再回来。你会找得到我们吧？”

“准能找到，”他说，“你快走吧。喂，把手伸给我。”他牵着她走到洞口。她的手指抓住了他的手腕。他把藤蔓撩到一边，跟着她出去。“你往那块地里走，看见一棵大枫树，就蹚过小河。再见。”

“再见。”她说着，便迅速地走开了。她的眼睛又湿又火辣辣的，但是她却没有哭出来。她穿过矮树林的时候，满不在乎地踩在树叶上，发出响亮的脚步声。她走着的时候，稀疏的雨大滴大滴地从阴沉的天空上开始落下来，沉重地在干树叶上溅着。妈停住了脚步，在滴着雨水的矮树林里静静地站了一会儿。她转过身来——向那堆藤蔓往回走了三步，然后又连忙往回转，向那些大货车的停宿场走回去。她一直走到涵洞旁边，爬上去到了公路上。现在雨已经过去了，天空却还布满了阴云。她听见后面有脚步声，于是她慌张地转过头去。一道暗淡的手电筒光在路上闪动着。她又回头往家里走。一会儿，有个男人赶上了她。他客气地把手电筒一直照着地上，没有照到她脸上来。

“你好。”他说。

妈说道：“你好。”

“看样子也许要下雨了。”

“我希望别下雨才好。一下雨就摘不成棉花了。我们要摘才行。”

“我也急着要摘。你就住在那边的场子上吗？”

“是的，先生。”他们在路上一同走着。

“我有二十英亩棉花。稍迟了一点儿。现在总算可以摘了。我打算上那边去，雇几个人来摘。”

“你一定雇得到。摘棉花的季节快结束了。”

“希望是这样。我的地就在那边，离这儿只有一英里。”

“我们有六个人，”妈说，“三个男人和我，还有两个孩子。”

“我来竖一块牌子吧。两英里路——从这条路过去。”

“我们一早就来。”

“我希望别下雨。”

“我也是一样，”妈说，“二十英亩摘不了多久。”

“摘得越快，我越高兴。我的棉花已经迟了。直到最近才长好。”

“你给多少工钱，先生？”

“九毛。”

“我们来摘好了。我听说明年只有七毛半，甚至只有六毛。”

“我也听说了。”

“那会出乱子的。”妈说。

“一定会，我知道。像我这种小角色毫无办法。协会规定了工钱的标准，我们必须照办。如果不照办——我们的农场就搞不成了。小人物随时都在受排挤呢。”

他们来到了停宿场。“我们一定去，”妈说，“这儿摘棉花的工作剩得不多了。”她走到末尾的大货车旁边，爬上了踏板。微弱的提灯光在车里照出了阴沉沉的影子。爸、约翰伯伯和一个上了年纪的男人靠着车壁蹲着。

“喂！”妈说，“你好，温赖特先生。”

他抬起一张清秀整洁的脸来。他那两道隆起的眉毛底下，长着一对深沉的眼睛。他的头发青里透白，长得很细。一片银白色的胡子遮住了他的嘴和下巴。“你好，大嫂。”他说。

“我们明天要上别处去摘棉花了，”妈说，“往北一英里。有二十英亩地。”

“最好是开着卡车去，我想，”爸说，“去早点可以摘得多一些。”

温赖特急切地抬起头来。“我们也可以去摘吧？”

“当然可以。我跟那个人走了一段路。他是来招摘棉花的工人的。”

“这儿的棉花快摘完了。摘第二遍只能摘很少。摘第二遍很不容易挣钱。第一遍已经摘得很干净了。”

“你们一家人也许可以搭我们的车，”妈说，“汽油钱平摊好了。”

“噢，那可承情了，大嫂。”

“我们双方都有好处嘛。”妈说。

爸说：“温赖特先生——他有点担心的事来跟我们谈谈。我们刚才正在谈着呢。”

“什么事？”

温赖特低头望着地上。“我们的阿琪，”他说，“她是个大姑娘了——快到十六岁，长大了。”

“阿琪是个漂亮姑娘。”妈说。

“听他说完吧。”爸说。

“噢，她跟你的儿子奥尔，他们每天晚上在外面溜达。阿琪是个很健康的好姑娘，应当有个丈夫了，否则她也许会出岔子。我们家里从来没出过什么岔子。可是我们这么穷，怎么办，我太太和我都很焦心。万一她出了岔子可怎么好？”

妈摊开一个床垫，坐在上面。“他们现在出去了吗？”她问道。

“老是出去，”温赖特说，“天天晚上。”

“哼。奥尔是个好孩子。这几天他好像一只农家饲养的雄鸡，其实他倒是个稳重的好孩子，我也不指望能有个比他更好的儿子了。”

“噢，我们并不是抱怨奥尔这个小伙子。我们喜欢他。可是我太太和我担忧的是——唉，她是个长大了的姑娘了。如果我们离开这儿，或是你们走了，我们发觉阿琪出了岔子，那可怎么好？我们这一家还没出过丢脸的事呢。”

妈温和地说：“我们尽量注意，不让你们丢脸。”

他连忙站起身来。“谢谢你，大嫂。阿琪是个长大了的姑娘，像娘们儿似的。她是个好姑娘——又聪明，又听话。要是你们肯费心，不叫我们丢脸，我们可真要谢谢你们。这不能怪阿琪。她已经长大了。”

“孩子他爸会跟奥尔去谈的，”妈说，“孩子他爸要是不干，我就来谈。”

温赖特说：“那么，再见吧，我们真是谢谢你。”他从油布挡子旁边绕过去了。他们听得见他在车上的另一头小声谈着，说明他来办交涉的结果。

妈静听了一会儿，随即说道：“你们两个都过来，坐在这儿。”

蹲着的爸和约翰伯伯费劲地站了起来。他们坐在妈身边的床垫上。

“孩子们在哪儿？”

爸指着角落里的一张床垫。“露西揪着温菲尔德，咬了他一口。我叫他们两个都躺下了。也许已经睡着了。罗莎夏跟她认识的一个女人坐在外面。”

妈叹了一口气。“我找到汤姆了，”她低声说，“我——打发他到远处去了。到老远的地方去了。”

爸慢慢地点点头。约翰伯伯把下巴垂到胸脯上。“此外也没有办法，”爸说，“你想他还有别的办法吗，约翰？”

约翰伯伯抬起头来望着。“我想不出什么办法，”他说，“我仿佛老是迷迷糊糊的。”

“汤姆是个好孩子，”妈说，随后她又抱歉似的说，“我刚才说要跟奥尔谈谈，那并没什么不好的意思。”

“我知道，”爸心平气和地说，“我已经不中用了。我时刻想着过去的情形。一天到晚老想着家乡，现在我再也见不到家乡了。”

“这地方比家乡风景好，地也好一些。”妈说。

“我知道。可是我老是想着家乡，这里的情形我就像看不见似的。我想着那棵柳树现在该掉叶子了。有时候还想到要修补南边篱笆上的那个破洞呢。真是怪事！女人家当家做主了。女人家叫我们干这干那，叫我们上这儿上那儿。我还满不在乎呢。”

“女人比男人更善于适应环境，”妈用安慰的口吻说，“女人全靠她的一双手过活。男人全靠他的脑子过活。你别发愁。也许——也许明年我们就可以弄到一块地了。”

“现在我们还什么也没有，”爸说，“马上就有很长的一段时间——没有工作，没有收成。那时候我们怎么办？我们怎么能弄到东西吃呢？你要知道，罗莎夏生娃娃的日子也不远了。急得我想也不敢想。为了要避开这些念头，我就回想起从前的光景来了。我们这辈子好像是完蛋了。”

“不，没有完，”妈笑了笑，“没有完，孩子他爸。这又是女人家懂得的一个道理。我看出来了。男人的生活总是不断地发生急促的变化——孩子出世，大人死掉，这是一变；置了几英亩地，又把它丢掉，这又是一变。女人呢，她的生活老是像河水似的流个不停，像涡流似的，像小瀑布似的，老是向前流着。女人对生活的看法就是这样。我们不会消灭的。人们都在前进——也许有些变故，不过好歹总是在前进。”

“你有什么根据？”约翰伯伯急切地问道，“有什么办法能使一切事情不要停顿下来；有什么办法能使人不感到厌倦，再也不会放弃希望呢？”

妈思索了一会儿。她用一只手搓搓另一只手发亮的手背，把右手的手指插到左手的指缝中间。“这很难说，”她说道，“依我看，凡是我们干的事情，都是以前进为目的的。我的看法就是这样。就连饿肚子——害病，都有意义；有的人尽管死了，剩下的人却更坚强了。总得把眼前的日子过好，一天也不能放松。”

约翰伯伯说：“她当初要是不死多好……”

“尽量把眼前的日子过好吧，”妈说，“别发愁。”

“明年家乡的年成也许会好呢。”爸说。

妈说：“听！”

踏板上有一阵缓缓的脚步声，随后奥尔就从油布挡子旁边进来了。“喂，”他说，“我还以为你们已经睡着了呢。”

“奥尔，”妈说，“我们正在谈话。过来，坐在这儿。”

“唔——好吧。我也正想谈谈。我不久就要走了。”

“你不能走，我们这儿需要你。你为什么要走？”

“噢，我跟阿琪·温赖特，我们想要结婚了。我打算在汽车行找份工作，我们可以暂时租房子住，那么……”他火气十足地抬头一望，“噢，我们打定了主意，谁也阻挡不住！”

大家都瞪着眼睛望着他。“奥尔，”妈终于说，“我们很高兴。真是高兴得要命。”

“真的吗？”

“怎么，当然高兴喽。你是成年人了，你应该有个老婆。可是现在先别走，奥尔。”

“我答应阿琪了，”他说，“我们非走不可。我们再也熬不下去了。”

“你等春天再走吧，”妈央求道，“只要等到春天就行了。你等到春天不行吗？谁开卡车呀？”

“……”

温赖特太太从油布挡子旁边探过头来。“你们听说了吗？”她问道。

“噢，刚才听说了。”

“哈哈！可惜我——可惜没有喜糕。我很想做一块——做一块喜糕什么的才好。”

“我来煮点咖啡，做几个饼吧，”妈说，“我们有糖浆。”

“啊，太好了！”温赖特太太说，“好吧，我拿点糖来，把糖放在饼里。”

妈折了一些柴枝放在炉子里，做晚饭剩下的木炭把那些柴枝烧着了。露西和温菲尔德像寄居蟹出了贝壳似的，从床上爬下来了。他们起初很小心，他们注意地看了看人家是否还把他们当作犯人。一看谁也没有注意他们，他们就胆大了。露西用一只脚一直跳到门口，又跳回来，始终没有触到车壁。

妈正把面粉往一只碗里倒的时候，罗莎夏也爬上踏板来了。她踩稳脚步，小心地走上来。“什么事？”她问道。

“噢，有好消息！”妈喊道，“奥尔和阿琪·温赖特打算结婚了，我们要给他们庆祝庆祝。”

罗莎夏一声不响地站着。她慢慢地看看奥尔，他站在那里，显出很尴尬的样子。

温赖特太太从车子的那一头喊道：“我正在给阿琪穿一套新衣服。我马上就过来。”

罗莎夏慢慢地转过身去。她回到宽大的车门口，从那踏板上缓步走了下去。一到地面，她就慢慢地走向那条小溪和溪边的小路。她走上妈走过的那条路——进入了柳树林。这时候的风刮得小一些了，矮树丛发出轻微的飒飒响声。罗莎夏跪在地上，爬进矮树林的深处。浆果的藤刺着她的脸，挂着她的头发，可是她满不在乎。直到后来，她觉得那些杂树触到了她整个身子的时候，她才停下来。她挺直身子仰卧着。她感到肚子里的胎儿沉甸甸的。

在那黑沉沉的车里，妈惊醒了，她掀开毯子爬了起来。开着的车门口，透进了一点儿灰白的星光。她走到门前，站在那里望着外面。东方的星斗暗淡下去了。风在柳树林上轻轻地吹着，小溪里传来了汩汩的水声。停宿场上的人家大半还在睡着，只有一个帐篷前面生了一堆火。

有一些人围着火站在那里取暖。他们搓着手，面对火光站着，妈从那堆新生起来的跳动着的火光里，可以看见他们。随后他们背过身去，把双手伸到后面。妈向外面望了好一会儿，交叉着双手放在身前。时强时弱的风飞快地刮起来，一阵又过去了，于是空中便有了一股霜冻的寒气。妈哆嗦了一下，搓一搓手。她悄悄地走回来，在提灯旁边摸到了火柴，接着提起灯罩，她点着了灯芯，看着它发出一道蓝色的火焰，过了一会儿，才向周围射出一圈黄色的光。她把提灯拿到炉子旁边放下，一面把干枯的树枝折断，投进炉子。不一会儿，火便呼呼地冲上烟囱了。

罗莎夏费劲地翻过身，坐了起来。“我这就起来了。”她说。

“你怎么不再躺一会儿，等暖和一点儿再起来呢？”妈问道。

“不，我要起来。”

妈从桶里舀了水，把咖啡壶盛满，搁在炉子上，又放了许多油在平底煎锅里，搁在火上，烧开了要炸玉米面包。“你有什么心事？”她低声问道。

“我要出去。”罗莎夏说。

“上哪儿去？”

“出去摘棉花。”

“你不能摘，”妈说，“你怀胎的月份太大了。”

“并不算大，我要去。”

妈把咖啡量着放进水里。“罗莎夏，你昨天晚上没吃煎饼。”女儿没有回答。“你为什么要摘棉花？”还是没有回答。“是不是为了奥尔和阿琪？”这一回妈仔细望着她的女儿。“噢，你不用去摘。”

“我要去。”

“好吧，可是你别太累了。”

“起来，爸！醒来！快起来吧！”

爸眨眨眼，打了个哈欠。“还没睡够呢，”他呻吟道，“昨晚睡觉的时候，准是快十一点了。”

“你们大家都起来，洗洗脸。”

车上住的人慢慢活动起来了，他们从毯子里钻出来，左歪右扭地穿上了衣服。妈切了腌猪肉，放在另一只平底煎锅里。“出去洗洗脸。”她吩咐道。

车上的那一头有了一道亮光。温赖特那边传来了折柴枝的响声。“乔德太太，”那边喊道，“我们正在收拾。快收拾好了。”

奥尔咕噜道：“我们何必起得这么早？”

“只有二十英亩呢，”妈说，“应该早点到那边去。棉花剩得不多了。应该趁它没被摘完就赶到那边。”妈催着他们穿衣服，吃早饭。“快喝咖啡，”她说，“该动身了。”

“天不亮我们可不能摘棉花呀，妈。”

“天亮了我们总得到那边才行。”

“也许还湿着呢。”

“雨下得不大。快！快喝咖啡吧。奥尔，你喝完了赶快去把发动机开动起来。”

她喊道：“你们快准备好了吧，温赖特太太？”

“正在吃饭。马上就行了。”

汽车外面，停宿场上的人都活动起来了。那些帐篷前面烧着火。大货车上的烟囱里冒着烟。

奥尔把咖啡搅动了一下，喝了一嘴渣子。他走下踏板，把渣子吐掉了。

“我们准备好了，温赖特太太。”妈喊道。她向罗莎夏转过脸去。她说：“你应该留下。”

女儿咬紧了牙关。“我要去，”她说，“妈，我一定要去。”

“嗐，你没袋子。你也拖不动袋子。”

“我摘到你的袋子里好了。”

“我还是希望你别去。”

“我偏要去。”

妈叹了一口气。“我会注意看着你。可惜我们请不起医生。”罗莎夏在车上心神不定地走动了一会儿。她穿上一件薄上衣，又把它脱掉。“带一条毯子吧，”妈说，“如果你要休息，就不会着凉了。”他们听见卡车的发动机在大货车后面轰隆轰隆地响起来。“我们走得最早，”妈兴高采烈地说，“好吧，各人把袋子带去。露西，我用旧衬衫给你缝的布袋，你可别忘了带去呀。”

温赖特和乔德两家人在黑暗中爬上了卡车。黎明到来了，但是来得很慢，天色是灰白的。

“往左拐，”妈对奥尔说，“我们走过的地方，会有一块牌子。”他们沿着那条黑沉沉的路开去。另外还有一些汽车跟着他们，后面的停宿场上又有好些汽车在开动，一家家的人成群地挤上车去；一大批汽车开到公路上，都向左拐了弯。

公路右边的一个邮筒上系着一块纸牌子，上面印着蓝字：招雇摘棉工人。奥尔把卡车开进了入口，来到仓棚的空场上。那儿已经停满汽车了。白色仓棚的一头有一只电灯泡，照着男男女女的一群人，站在磅秤旁边。他们的袋子卷着，夹在腋下。有几个女人把袋子挂在肩膀上，搭到前面。

“我们来得并不像我们想的那么早。”奥尔说。他把卡车开到一道篱笆跟前停下。两家的人都下了车，去加入那等候的人群，另外还有好些汽车也从路上开进来停下，于是又有好些人家加入了这一群。在仓棚尽头的灯光下，主人把他们的名字登记下来。

“霍利？”他说，“霍——利，对不对？你们几个人？”

“四个。威尔——”

“威尔。”

“本顿——”

“本顿。”

“阿米莉亚——”

“阿米莉亚。”

“克莱尔——”

“克莱尔。下一个是谁？卡彭特？几个人？”

“六个。”

他把他们的姓名登记在簿子上，留出一些空白来填分量。“你们有袋子吗？我有几只。你们得花钱买，一块钱一只。”一辆辆的汽车涌进了空场。主人把他那羊皮里子的皮夹克拉上拉链围着脖子。他担心地望望那条车道。“来了这么多人，这二十英亩可摘不了多久。”

孩子们爬到装棉花的大拖车上，把脚趾插进铁丝网的边栏。“下来，”主人叫道，“快下来。你们会把铁丝网弄松的。”于是孩子们慌慌张张、不声不响地慢慢爬了下来。灰蒙蒙的黎明降临了。“我得扣掉露水的分量，”主人说，“等太阳出来了再改办法。好吧，你们愿意去摘，就可以动手了。有这么亮，看得见了。”

人们急忙跑到棉花地里，各自占了一行。他们把袋子系在腰上，使劲拍拍手，使僵硬的指头暖和起来，因为摘棉花是必须手指灵巧的。朝阳在东边的山头上透出了彩霞，广阔的光线在一行一行的棉花上移动着。公路上还是有许多汽车开进来停在空场上，直到把整个场子挤满了，才停在公路两边。风在田野上轻快地吹过。“我不知道你们这么多人怎么都找到这儿来了，”主人说，“准是有人瞎造谣。这二十英亩地不到中午就可以摘完。姓什么？休姆？多少人？”

那一排人在地里移动着，强烈的西风吹动着他们的衣服。他们的手指飞到裂开的棉桃上，又飞到他们拖着的那些逐渐加重的长袋子里。

爸对他右边一行的那个人说话了。“要是在老家，刮这种风就要下雨。好像有点霜冻，可能不会下雨吧。你到这地方有多久了？”他一面说话，一面用眼睛注意着工作。

他旁边那个人并没有抬起头来。“我到这儿快一年了。”

“你看是不是要下雨？”

“说不准，这并不是我不客气。在这儿住一辈子的人也说不准。这儿的雨不下则已，一下就是专给庄稼捣蛋的。这儿的人都这么说。”

爸连忙望了一下西方的山头。大堆的灰云乘风急速地飘过山顶。“那些云看上去好像是带雨的。”他说。

他身边那个人偷偷地瞟了一眼。“说不准。”他说。棉花地上的人都回过头来看看那些云团。随后他们把身子弯得更低了，他们的手飞快地摘着棉花。他们拼命地摘着，拼命地争取时间，拼命地拖着沉重的棉花，拼命和将要下的雨竞赛，大家也互相竞赛——只有这么多棉花可摘，只有这么多钱可挣了。他们到了棉花地的另一边，各自跑过去另找了一行来摘。现在他们顶着风，也看得见高空的灰色的云块向初升的太阳飘去。路旁又停了好些汽车，新到的摘棉工人又来登记了。他们这一排人像疯了似的从田地对面移动过来，在尽头过了磅，在各人的棉花上做了记号，把分量记在各人的本子上，于是又向别的行列跑去。

十一点，棉花地上的采摘工作结束了。装着铁丝网边栏的卡车后面挂上了铁丝网边栏的拖车，开到公路上，向轧棉厂开去了。棉花飞出了铁丝网的空眼，小团小团的棉花在空中飘着，附在路边的草上晃动。摘棉工人们大失所望地回到了空场上，站成一行，等着领工钱。

“休姆，詹姆斯。两毛二。拉尔夫，三毛。乔德，托马斯，九毛。温菲尔德，一毛五。”钱是一摞一摞放着的，有银币、镍币和铜币。每个人在领钱的时候，都看看自己的本子。“温赖特，阿格尼斯，三毛四。托宾，六毛三。”那一排人慢慢地移动过去。各家的人默默地回到自家的汽车上。然后他们都慢慢地开走了。

乔德和温赖特两家人在卡车里，等着车道空出来。他们还在等着的时候，雨点就开始落下了。奥尔把手伸到驾驶台外面去试探了一下。罗莎夏坐在当中，妈坐在外边。那姑娘的两眼又呆滞下来了。

“你不该来的，”妈说，“你顶多不过摘了十三四磅。”罗莎夏低头看看她那膨胀的大肚子，没有回答。她忽然打了个冷战，把头抬得高高的。妈仔细盯了她一会儿，把自己的棉花袋子摊开，搭在罗莎夏的肩上，又把她拉过来紧靠着自己。

那条路终于空出来了。奥尔启动了发动机，把车子开到了公路上。时落时止的大雨点洒了下来，溅在路上；卡车一路开着前进的时候，雨点渐渐变得又细又紧了。雨在卡车的驾驶室上打得很响，就是在那破旧的发动机的隆隆声中也听得见。温赖特和乔德两家人坐在卡车底板上，把他们的棉花袋子盖在各人的头上和肩上。

罗莎夏靠在妈的胳膊上，急剧地打着哆嗦，于是妈喊道："开快点，奥尔。罗莎夏打冷战了。得用热水烫烫脚才行。"

奥尔把那轰隆轰隆的发动机开快了，他开到大货车的停宿场时，便一直向那些红色车子开去。车还没有停好，妈就发起命令来了。"奥尔，"她吩咐道，"你跟约翰和你爸快到柳树林子里去，尽量捡一些干树枝来。我们得烤烤火才行。"

"不知道车顶会不会漏水。"

"不会，我想是不会的。车上又清洁又干燥，可是我们得弄些柴火才行。得烤烤火。把露西和温菲尔德也带去，他们可以拾些小树枝。罗莎夏身体不大好。"妈下了车，罗莎夏竭力想跟着下去，可是她的两膝直不起来，所以她便沉重地坐在脚踏板上了。

胖胖的温赖特太太看见了她。"怎么啦？她要生了吗？"

"不，我想还不到时候，"妈说，"打冷战呢，也许是着了凉。帮帮忙，好吗？"两个女人便搀着罗莎夏。走了几步，她的力气又恢复过来了——两腿又架得住身子了。

"我好了，妈，"她说，"只在车上难受了一会儿。"

两个年长的女人扶着她的两肘。"用热水烫烫脚。"妈很有经验地说。她们扶着她走上踏板，进了大货车。

"你给她揉揉，"温赖特太太说，"我来生火。"她用剩下的几根柴枝在炉子里生起了很旺的火。这时候雨下得很大了，往车顶上哗哗地泼下来。

妈抬起头来望望车顶。“谢天谢地，我们幸亏有个不漏雨的车顶，”她说，“那些帐篷无论怎么好，总是漏水的。只烧一点点水就行了，温赖特太太。”

罗莎夏静静地躺在床垫上。她让她们给她脱了鞋，揉着脚。温赖特太太俯身望着她。“你觉得疼吗？”她问道。

“不，只是觉得不舒服，有点难过。”

“我有止痛药和泻盐，”温赖特太太说，“你要用的话，可别客气，千万别客气。”

那姑娘急剧地打着冷战。“给我多盖点东西吧，妈。我冷得很。”妈把所有的毯子拿过来，全盖在她身上。车顶上的倾盆大雨哗啦哗啦地响。

后来那些拾柴的人回来了，他们满抱着柴枝，帽子和衣服都是湿淋淋的。“哎呀！雨大得很，”爸说，“一下子就让人浑身湿透了。”

妈说：“还不如回去再弄些来。很快就会烧完的。天快黑了。”露西和温菲尔德湿淋淋地走进来，把手里的柴枝抛在柴堆上。他们转身又要去。“你们留下，”妈吩咐道，“站在火边烤干吧。”

那天下午的雨下得遍地都是一片银白色，路上的积水闪闪发光。棉秸似乎时时都在变黑，皱缩起来。爸、奥尔和约翰伯伯一次一次地跑到矮树林里，搬回一捆捆的枯柴来。他们把柴堆在门口，一直堆得快要碰着车顶了。后来他们终于停下来，向炉子跟前走去。一道道的水从他们的帽子流到肩膀上。他们的上衣边上也滴着水，走起路来，鞋子便发出叽咕叽咕的响声。

“好了，把衣服脱掉吧，”妈说，“我煮了挺好的咖啡给你们几个人喝。你们都有干的工装裤，可以换上。别站在那儿。”

天黑得早一些。一家家的人在那些大货车里挤在一起，听着车顶上倾泻的雨声。

第二十九章

在沿海的那些高山和溪谷的上空，灰色的云团从海洋向陆地上飘来。大风在高空刮得很猛，却又听不出声息，刮到树丛中才发出飒飒的响声，刮到大树林里就呼呼地吼叫起来。乌云零零碎碎地飘来，有的是一团一团，有的是一卷一卷，有的像灰色的巉岩，这些云堆集在一起，在西面的低空停滞下来。随后风停息了，把这些密密实实的浓云甩在天边。雨开始下起来，一时是暴风骤雨，一时又暂停，一时又像瓢泼一般；然后渐渐变成了单调的节拍，小小的雨点均匀地响着；一眼望去，只见灰蒙蒙的一片，使中午的天光变成朦胧的暮色了。起初，干燥的大地吮吸着水分，变黑了。地里喝了两天雨水，终于喝够了。于是到处出现了许多泥潭，田野的低洼地方形成了一个个的小湖。这些泥泞的小湖高涨起来，下个不停的雨飘打着亮晃晃的水面。后来那些高山也吸足了雨水，于是山边的洪水涌入溪流，使它们湍急起来，哗啦哗啦地顺着深深的峡谷向山下奔流。雨还是连绵不断地下着。溪流和小河泛滥到两岸，冲击着柳树和树根，使柳树深深地弯到急流里，把白杨连根冲掉，整个儿拖倒。泥浆水沿着两岸翻腾着，终于涨上了岸，泛滥到田野、果园和那些只剩下黑色梗子的棉花地里。平坦的田野变成了广阔的、灰色的湖泊，雨在那水面上飘打着。随后雨水又倾泻在公路上，汽车慢慢地行驶着，划开前面的水，车后掀起一道翻腾的泥浆。大地在雨水的飘打下低语着，翻腾的洪水在溪流中狂奔，发出澎湃的吼声。

第一阵雨开始落下的时候，流离的人们挤在各自的帐篷里，说这雨不久就会过去，又有人问，大概还得下多久？

到了地面有了水潭的时候，人们便拿着铲子冒雨出去，在他们的帐篷周围筑起小小的堤堰。大雨打在布篷上，渐渐淋透了帆布，大量地流下来。随后那些小小的堤堰也被冲掉，外面的水终于流到里面，水把床褥和毯子都弄湿了。人们穿着湿衣服坐在那里。他们叠起木箱，把木板搭在木箱上。于是，他们就日日夜夜地坐在那些木板上。

许多旧汽车停在那些帐篷旁边，水弄湿了发动机的点火线，弄坏了汽化器。那些灰色的小帐篷竖在湖泊里。人们终于非搬动不可了。但是汽车却因为电线漏电，经常开不动，即使机器转动了，车轮也陷入了深深的泥浆。于是人们只好抱着湿了的毯子蹚着水离开。他们抱着孩子，背着年纪大的人，一路溅着水走。如果高地上有个仓棚，那些打着哆嗦的、走投无路的人便会在里面住满。

于是有些人就去找救济机关求助，但是他们最后却都愁眉苦脸地回到自己的家人这里来了。

救济机关是有章程的——你必须在当地住满一年，才能领救济金。他们说政府会想办法救济，可是不知道要等到什么时候。

渐渐地，最大的恐怖降临了。

将有三个月找不到工作。

人们在那些仓棚里挤坐在一起，恐怖笼罩着他们，他们的脸色都吓得发白了。孩子们饿得哭叫起来，大家都没有吃的东西。

于是疾病发生了，有肺炎，还有麻疹，一直出到眼睛周围和耳朵背后。

雨还是下个不停，水在公路上流着，因为水沟里已经容不下水了。

于是一些湿淋淋的男人从帐篷里和那些拥挤的仓棚里成群地走出来，他们的衣服又湿又破，鞋子都像泥团一般。他们蹚着水到市镇上去，到乡村的铺子里去，到救济机关去，低声下气地讨食物，请求救济，或是设法偷盗和行骗。在这种乞求之下，在这种卑下的举动之下，渐渐有一股绝望中的怒火开始在心头燃烧了。在小镇上，居民们对这些湿淋淋的人的怜悯变成了愤怒，而对这些饿汉的愤怒又变成了对他们的恐惧。于是镇长们便派出大批警察，赶快购买了枪械、催泪弹和弹药。饿汉们走投无路，便涌到铺子后面的小巷里去讨面包、讨烂菜，逢到可以偷窃的时候，就偷些东西。

因病急得发疯的人敲着医生的门，医生却都是很忙的。悲伤的人在乡村的铺子里留下话来，请验尸所派一辆汽车去。验尸员并不太忙。验尸员的车子从泥泞中开过来，把尸首载走了。

无情的雨稀里哗啦地下着，溪流漫过了两岸，泛滥到田野里。

大家在棚舍里挤着，在干草堆上躺着，饥饿和恐怖逐渐酿成了愤怒。于是男孩们走出去，不是去讨饭，而是去盗窃；男人们也软弱无力地走出去，打算行窃。

镇长们又派了一些警察，添了枪械；住在舒适的房屋里的人们对于这些流离失所的人，起初感觉怜悯，随后便感觉厌恶，最后终于感到憎恨了。

在漏水的仓棚的湿草堆上，患着肺炎、气喘吁吁的妇女们生下了孩子。老年人蜷缩在屋角里，就那样死去，使验尸员无法把他们的身子弄直。到了夜里，饿疯了的人大胆地走向鸡棚，抓起叽叽叫的小鸡就跑。如果有人对他们开枪，他们也不跑，只是满腔怒火地溅着水走开，如果被人打中了，他们就有气无力地跌倒在泥潭里。

雨停了。田野里积着水，映出灰白的天空，遍地流着水，沙沙地响。于是男人们走出了仓棚，走出了棚舍。他们蹲下来，望着淹没了的土地。他们都不声不响。有时候，他们会很小声地谈几句话。

不到春天绝不会有工作。没有工作。

没有工作——那就没有钱，没有东西吃。

人养了一群马，用它们来种地，在它们不干活儿的时候，并不会想到把它们赶出去挨饿。

它们是马——我们是人。

女人盯着男人，要看看他们是否终于泄气了。妇女们不声不响地站在那里看着。凡是有一些男人聚在一起的地方，他们脸上的恐惧都消失了，变成了愤怒。于是妇女们便宽慰地叹气，因为她们知道可以放心了——男人们并没有泄气。只要恐惧能变成愤怒，那就永远不会泄气。

草的嫩芽从大地钻出来，几天工夫，山头便透出初春的淡绿色了。

第三十章

在大货车的停宿场上，许多泥潭里都积满了水，雨点溅起了泥浆。

小河的水渐渐漫上了岸，流向那停着大货车的一片低洼地里。

下雨的第二天，奥尔从大货车当中取下了那块油布。他把它拿去铺在卡车头上，然后便回到大货车里，在他的床垫上坐下。这么一来，没有了遮挡，大货车上的两家便成为一家了。男人们坐在一起，精神颓丧。妈在炉子里烧着微火，总是烧着几根枝条，把大块的柴保存下来。大货车的车顶几乎是平的，倾盆大雨向车顶泼下来。

到了第三天，温赖特夫妇焦急起来了。“也许我们还是得离开才行。”温赖特太太说。

妈竭力挽留他们。“你们到哪儿去，才能找到靠得住不漏雨的地方？”

“我不知道，可是我觉得我们非走不可。”她们彼此争论着，妈便看看奥尔。

露西和温菲尔德勉强玩了一会儿，没有劲头，也呆滞下来，雨还是在车顶上像敲鼓似的打着。

第三天，在咚咚的雨声之中，可以听见小溪里哗哗的流水声。爸和约翰伯伯站在开着的门口，望着那涨水的小溪。在停宿场的两头，水快涨到公路上来了，但是水流到停宿场后面却绕了道，因为公路的路坎护着停宿场的背后，溪水绕到前面才把停宿场包围起来。爸说：“你看怎么样，约翰？我看小河里的水涨上来，会把我们淹了的。”

约翰伯伯张开嘴，搓搓他那长满胡楂的下巴。“是呀，”他说，“那可不敢保证。”

罗莎夏患着严重的感冒躺下了，她脸上烧得通红，眼睛烧得发亮。妈拿着一杯热牛奶坐在她身边。“来，”她说，“把这个喝下去。里面搁了腌肉的油，可以长点力气。来，把它喝了吧。”

罗莎夏虚弱无力地摇摇头。“我不饿。”

爸用指头在空中画了一个弧形。“我们要是大家拿铁锹去筑起一道堤坎来，准能把水挡住。只要从上面那头一直筑到底下那头就行了。”

“是呀，”约翰伯伯同意道，“也许可以。只是不知道别人肯不肯干。也许他们宁可搬到别处去。”

“可是这些车子里倒是干的，”爸坚持说，“像这样好的地方，再也找不到。你等一等。”他从车上的柴堆里抽出一根树枝。他跑下踏板，溅着泥浆走到小河边上，把那根树枝笔直地插在湍急的水边。插好以后，他立即回到大货车上来。“糟糕！浑身都湿透了。”他说。

两个人都注意看着水边那根小树枝。他们看见小河里的水在树枝周围慢慢地涨上来，爬到了河岸上。爸在门口蹲下来。“涨得很快呢，”他说，“我想我们应该去找别人家商量商量。看他们肯不肯来帮忙筑堤。要是他们不干，那就只好离开这儿了。”爸向车上温赖特家那一头望过去。奥尔跟他们在一起，坐在阿琪身边。爸走到他们那边。“水涨了，”他说，“我们来筑一道堤怎么样？只要大家肯出力，我们就可以搞得成。”

温赖特说：“我们正在商量呢。也许我们还是应该离开这儿。”

爸说：“你到各处都看过了。你知道我们还有多少机会能找到一个干燥的地方来安身。”

“我知道，可是反正到处都是一样——”

奥尔说：“爸，要是他们走，我也要走。”

爸吃了一惊。“你不能走，奥尔。这卡车——我们没法子开车呀。”

“我不管。我跟阿琪反正得在一起。”

“你们先等一等，”爸说，“上这儿来吧。”温赖特和奥尔站起来，走近门口。“你懂吗？”爸指点着说道，“只要从那头筑一道堤到底下那头就行了。”他望着他插的那根树枝。河水现在在那根树枝周围打漩，已经爬上了河岸。

“干起来挺费劲,就是修好了,水也许还是要漫过来。”温赖特反对道。

“噢，我们反正没事，还不如干点活儿好。我们再也找不到这样干净的地方了。喂，走吧。我们去找别人谈谈看。只要大家肯出力，我们就可以修成了。”

奥尔说：“如果阿琪要走，我也要走。”

爸说：“你听着，奥尔，要是别人不干，那么我们大家都得走。来吧，我们去跟人家谈谈看。”他们耸着肩膀跑下踏板，向隔壁的大货车跑去，爬上踏板走进了那开着的车门。

妈在炉子跟前,添了几根柴枝到那微弱的火焰上。露西紧靠着她。“我饿了。”露西凄惨地说。

“不，你不会饿的，”妈说，“你吃过很多玉米粥了。”

“我很想有一盘爆米花。闲着没事干，真没趣儿。”

“往后会有趣的，”妈说，“你先别忙。不久就会好玩了，不久就会好玩了，不久就会有一所房子和一块地了。”

“我很想有一条狗。”露西说。

“我们会有狗，也会有猫。”

“黄猫吗？”

“别打搅我，”妈央求道，“别把我缠得心慌，露西。罗莎夏病了。你乖一会儿吧，往后就好玩了。”露西嘟囔着走开了。

罗莎夏盖着许多毯子躺在床垫上，这时忽然从她那里传来了一声尖厉而急促的叫喊，只喊到半截就中断了。妈转过身去，走到她身边。罗莎夏憋住气，两眼充满了恐怖。

“怎么回事？”妈喊道。女儿透了一口气，又憋住了。妈忽然把手伸到毯子底下。接着她便站起来。“温赖特太太，”她喊道，“啊，温赖特太太！”

那个胖胖的小个子女人从车子那头走过来。“叫我吗？”

“你看！”妈指着罗莎夏的脸。她的牙齿咬住了下嘴唇，额头上满是汗，眼睛里发出恐怖的闪光。

“我看是要生了，”妈说，“早产。”

姑娘大声吁了一口气，轻松下来。她放松了嘴唇，闭上了眼睛。温赖特太太朝她俯下身来。

“你是不是肚子忽然疼得厉害？快告诉我。”罗莎夏虚弱地点点头。温赖特太太向妈转过头去。“不错，”她说，“快生了。你说早产吗？”

“也许是感冒招来的。”

“噢，她应该站起来。应该走动走动。”

“她走不动，”妈说，“她没力气。”

“噢，她应该走走。”温赖特太太显得沉着而稳重，像是很有把握的样子。“我接生过许多次，”她说，“快来，我们把车门关上，只留一点儿缝。别叫风吹着。”两个女人把那道沉重的活门推上，只留下一英尺宽的门缝。“我去把我们的灯拿过来。”温赖特太太说，她的脸兴奋得发紫了。“阿琪，”她喊道，“你照顾好这两个孩子吧。”

妈点点头。“好孩子，露西！你和温菲尔德跟阿琪下车去，快走。”

“为什么？”他们问道。

“叫你们走就走吧。罗莎夏要生孩子了。”

“我要看看，妈，请你让我看吧。”

“露西！你快走，快走。”听到这种声气，就再也没有争论了。露西和温菲尔德很不高兴地下车去了。妈点着了提灯。温赖特太太把她那盏罗彻斯特灯拿过来放在地上，周围透亮的灯光把大货车里照得亮堂堂的。

露西和温菲尔德站在柴堆后面，悄悄地看着。“要生孩子了，我们偏要看看，”露西小声说，“你可别作声，妈不许我们看。她要是往这边望过来，你就蹲下，藏在柴堆后面，我们还是看得见。”

“见过这种事情的孩子可不多。”温菲尔德说。

“根本就没有小孩儿看见过，”露西得意地说，“只有我们。”

在那床垫旁边，妈和温赖特太太正在亮堂堂的灯光下商量着。她们的声音比那闷沉沉的雨声稍微高一点儿。温赖特太太从她的围裙袋子里拿出一把削果皮的小刀子，插在床垫底下。“这也许不大好使，”她抱歉似的说，“我们家的人向来是使这个。反正不会出毛病就是了。”

妈点点头。“我们使犁头。我想只要是有刃口的东西，只要能止住产痛，那就能使。我真希望不是难产就好了。”

“现在你觉得还好吗？”

罗莎夏紧张地点点头。“要生了吗？”

“对啦，”妈说，“要生个好娃娃了。你得听我们的话才行，你觉得能站起来走走吗？”

“我可以试试看。”

“这才是个好女儿呀。”温赖特太太说，“这才真是个好女儿呀。我们会帮你的忙，亲爱的。我们搀着你走。”她们扶着她站起来，用别针把一条毯子别在她的肩上。于是妈在一边扶着她的胳膊，温赖特太太在另一边扶着。她们扶着她走到柴堆旁边，又慢慢地转身扶着她走回来，这样来回走了几次。雨还是在车顶上咚咚地敲打着。

露西和温菲尔德看得心焦了。“她什么时候才生呢？”温菲尔德问道。

“嘘！别多嘴。她们会不许我们看的。”

阿琪也来到柴堆后面，和他们站在一起。阿琪的瘦脸和黄头发在灯光下显露出来，她的头部在车壁上投射了影子，鼻子又长又尖。

露西低声说："你看见过生孩子吗？"

"当然看见过。"阿琪说。

"嗐，她什么时候才生呢？"

"啊，还早得很，早得很。"

"到底还要多久？"

"也许要到明天早上吧。"

"见鬼！"露西说，"那么，现在守着也是白搭。啊！你瞧！"

那三个走动的女人停住了。罗莎夏的手脚发僵，她痛得哭起来。她们让她躺在床垫上，她呻吟着，捏紧了拳头，她们替她擦着额头的汗。妈温和地对她说话。"不要紧，"妈说，"马上就好了——就好了。捏紧拳头吧，牙齿咬紧嘴唇。这就好了——这就好了。"一阵疼痛过去了，她们让她休息一会儿，随即又扶着她站起来，两个人在产妇两次阵痛之间扶她来回走动，走了一回又一回。

爸从门口狭窄的隙缝里探进头来。他的帽子滴着水。"你们为什么把车门关上？"他问道。接着他看见了走来走去的三个女人。

妈说："她到时候了。"

"那么——那么，我们即使要走，也不能走了。"

"不能走。"

"那么我们就得把堤坎筑起来。"

"非筑不可。"

爸从泥浆里哗啦哗啦地蹚到小河边。他那做标记的树枝已经有四英寸淹在水里了。有许多男人站在雨里。爸喊道："我们非筑堤坎不可了。我女儿快生孩子了。"那些人便在他身边围拢来。

"生孩子？"

"是呀。我们现在走不成了。"

一个高个子说："又不是我们的孩子。我们可以走。"

"当然喽，"爸说，"你们可以走。你们走吧。谁也不会拦着你们。反正只有八把铁锹。"他奔到河岸最低的地方，把铁锹插进烂泥里。那一锹泥土挖起来的时候，发出吮吸似的声音。他又把铁锹插下去，把烂泥堆在河岸低洼的地方。其余的人也排列在他身边，动手干起来。他们把泥土堆成了一条长堤，没有铁锹的人便折下柳枝，编成一些水篦子，插在堤岸上。这些人心头都鼓起了工作的热情，战斗的热情。一个人刚把铁锹放下，另一个人又拿起来了。他们把上衣和帽子都脱掉了。他们的衬衫和裤子紧贴着身子，他们的鞋都变成了怪模怪样的泥块。乔德家住的大货车上传来了一阵尖厉的叫声。这些人停下来，不安地静听了一会儿，然后又拼命干起来。那小小的泥土筑成的堤越修越长，一直伸展到两端与公路的路坎相接了。他们终于疲乏了，铁锹动得慢起来。小河里的水也涨得慢一些了，它绕到最初堆起泥土的地方才冲上岸来。

爸得意地大笑了。"要不是我们筑了堤，水也许涨上来了！"他喊道。

小河慢慢地往那新修的堤坎上涨，冲击着柳条编的水篦子。"再加高些！"爸喊道，"我们得把它再筑高些！"

到了黄昏时分，工作还在继续进行。这时候那些人干脆就不知疲劳了。他们的脸都发呆，毫无表情。他们像机器一般，急剧地工作着。天黑了之后，女人们都把提灯放在车门口，还把一壶壶的咖啡放在顺手的地方。女人们一个个都跑到乔德家住的大货车旁边，挤进里面去。

产痛现在一阵紧似一阵了，每隔二十分钟就要发作一次。罗莎夏已经不能控制自己了。在剧烈的阵痛之下，她号叫得很剧烈。邻近的妇女们望着她，在她身上轻轻地拍一阵，然后就回到各自的车上。

妈现在把火烧旺了，所有的锅子都盛满了水，搁在炉子上烧热。每隔一会儿，爸就要向车门里看一眼。"顺当吗？"他问道。

"噢！我想是顺当的。"妈叫他安心。

天色更暗的时候，便有人拿出手电筒来，照着做工。约翰伯伯拼命地干，把烂泥堆在堤坎上。

“你别干得太猛吧，”爸说，“这样要累坏的。”

“我没办法。我听了那叫声就受不了。这好像——这好像当初……”

“我知道，”爸说，“可是你别这么紧张吧。”

约翰伯伯哭丧着脸说：“我要跑掉了。天哪，我除了干活儿，就只好跑掉。”

爸从他这边转过头去。“看看那根做标记的树枝，水涨到多高了？”

那个拿手电筒的人用光照着那根树枝。雨在手电光里划出发白的线条。“还在涨。”

“现在涨得慢些了，”爸说，“河对岸会淹到老远去。”

“水反正还是在涨。”

妇女们又把咖啡壶盛满，摆到外面去。越到夜深，那些人的动作就越慢，他们提起沉重的脚时，简直像拉犁的马一般。堤上的泥堆得更多，柳条的水篦子也夹得更多了。雨还是不停地下着。手电筒照到每个人脸上的时候，一双双的眼睛都显得发呆，每人脸上的肌肉都一条条地鼓起来。

大货车上传来的号叫声持续了好久，最后终于沉寂了。

爸说：“孩子生下来了，我老婆会叫我的。”他继续沉闷地铲着泥。

溪流翻腾着，冲击着堤岸。后来从上游方面传来了哗啦一下的响声。手电筒的光照出了一棵倒下去的白杨。大家都停下来望着。那棵树的枝条沉到水里，随着激流转了个方向，同时河水冲刷着细小的树根，把它们冲了出来。那棵树慢慢地离开了河岸，又慢慢地随着流水往下走。疲乏的人们张大着嘴望着。那棵树慢慢地顺流而下。后来有一根树枝挂住了一棵残株，停滞下来。树根很慢很慢地转过来，挂住了新筑的堤岸。后面的水往上涌。于是那棵树一动，便把那道堤拉破了。一股细流溜进来。爸向前一扑，用泥堵塞了那个决口。水又在那棵树后面往上涌。于是那道堤很快就被冲垮了，水淹到了脚脖子，淹到了膝盖。那些人一哄而散，都跑掉了。那股急流顺畅地冲进了那块平地，冲到那些大货车和汽车底下。

约翰伯伯看见水冲进来了。在暗淡的夜色中，他看得见那种情景。他不由自主地被自己的体重拽下去了。他跪倒在地，汹涌的流水围着他的胸部回旋。

爸看见他跪倒下去。"嘿！怎么啦？"他把他扶起来。"你病了吗？走吧，车身高着呢。"

约翰伯伯抖擞了精神。"不知怎么的，"他抱歉似的说，"两腿发软。简直支持不住了。"爸扶着他向那些大货车走去。

那道堤被冲垮的时候，奥尔转身跑了。他的脚吃力地移动着。他走到卡车跟前的时候，水已经淹到了他的小腿。他掀开盖在卡车头上的油布，跳上车去。他踩一踩马达。发动机转了几下，可是没有马达的响声。他让发动机停了一下。随后电池又转动那受潮的马达，转得越来越慢，但始终没有突突的响声。一遍又一遍，越转越慢了。奥尔把火花塞间隙调大一些。他伸手到车座底下摸到了摇把，跳出车来。水涨到脚踏板以上了。他跑到车子前头。插摇把的洞口已经淹在水里了。他慌张地插上摇把，转了几下，每转一下，他那捏住摇把的手就在慢慢流着的水里溅起水花。他终于泄气了。马达浸满了水，电瓶也漏电了。在稍高一些的地方，有两部汽车在开动，车灯也拧亮了。那两部汽车在泥浆里挣扎着前进，轮子却陷入了烂泥，到后来那两个开车的人终于只得刹住了车，一声不响地坐着，望着车灯的光。雨在车灯的光里划出了许多白线。奥尔慢慢地绕过卡车，走上车去，关掉了发动机。

爸走到踏板跟前的时候，看见下面那一头浮在水面上。他把它踩下水去，使它陷在泥里。"你能不能走上去，约翰？"他问道。

"我不要紧。往上走吧。"

爸小心地爬上踏板，从那狭窄的门缝里挤进车去。两盏灯都拨小了亮光。妈坐在床垫上罗莎夏的身边，用一块纸板扇着她那沉静的脸。温赖特太太塞了一些干柴枝到炉子里，一股带湿气的烟从火炉盖周围钻出来，使车子里充满了烧绸布似的气味。爸进来的时候，妈抬头向他看了一眼，随即又垂下了视线。

“她——怎么样？”爸问道。

妈没有再抬头来看他。“我想是很好。她睡着了。”

空气中有一股产房里的气味，又臭又闷。约翰伯伯爬了进来，靠着车子边上挺直身子站着。温赖特太太放下了工作，来到爸跟前。她拉着他的胳膊肘，向车子的角落里走去。她拿起一盏提灯，照在角落里的一只苹果箱上。一张报纸上躺着一具发青的蜷缩的小尸体。

“一点儿气也没有了，”温赖特太太小声说，“生下来就是死的。”

约翰伯伯转过身来，有气无力地拖着脚步走到车上阴暗的那一头。现在车顶上的雨声小下来了，他们听得见约翰伯伯从黑暗中发出的一阵疲乏的鼻伤风的声音。

爸抬起头来看看温赖特太太。他从她手里接过提灯来，把它放在卡车的底板上。露西和温菲尔德在他们自己的床垫上睡着了，他们用胳膊盖着眼睛，挡住了光线。

爸慢慢地走到罗莎夏的床垫旁边。他想蹲下去，但是他的两腿太疲乏了，他只好跪下。妈用她那块方形的纸板来回地扇着。她向爸望了一会儿，两眼睁得很大，呆呆地瞪着，好像梦游人的眼睛一般。

爸说：“我们——总算——尽了力了。”

“我知道。”

“我们干了一整夜。一棵树把那道堤剐破了。”

“我知道。”

“你听得见车底下的水响吧？”

“我知道。我听见了。”

“你想她不要紧吗？”

“我不知道。”

“我们一点儿办法也没有吗？”

妈的嘴唇又白又僵。“没什么办法了。只有一个办法，我们已经试过了。”

“我们一直干着，累得要命，想不到那棵树……雨倒是下得小一点儿了。”妈看看车顶，又低下头来。爸非说话不可，于是他又说下去。“我不知道水会涨到多高。也许会把这辆车子淹掉。”

“我知道。”

“你什么都知道。”

她不作声了，那块纸板慢慢地来回动着。

“我们做错了吗？”他辩解道，“难道还有别的好办法吗？”

妈用一种奇特的眼光看了他一眼。她的白嘴唇上含着笑意，流露出恍恍惚惚的怜惜心情。“别埋怨自己吧。嘘！不要紧的。总会起变化的——整个儿会起变化。”

“这水也许会……我们也许还是得走才行。”

“到该走的时候——我们就走。非做不可的事，我们就得做。现在先别作声，怕把她吵醒了。”

温赖特太太折了一些柴枝，塞到那带湿气的、冒烟的火里。

外面传来了一个愤怒的声音。“我要亲自进去看看那个王八蛋。”

接着车门外又传来奥尔的声音：“你打算上哪儿去？”

“要进去找乔德那王八蛋。”

“不，你不能进去。你怎么啦？”

“要不是他出那个筑堤的傻主意，我们早就离开这儿了。现在我们的汽车开不动了。”

“你以为我们的汽车就在路上开着走吗？”

“我要进去。”

奥尔的声音是冷冰冰的。“那你就得打进去。”

爸慢慢地站起来，走到门口。“好吧，奥尔。我出来了。不要紧，奥尔。”爸溜下那踏板。妈听见他说：“我们有病人，跟我上这儿来吧。”

现在车顶上的雨只是轻轻地滴着，新起的风把一阵阵的雨吹散了。温赖特太太从炉子那边走过来，低头望望罗莎夏。“天快亮了，大嫂。你怎么不睡一会儿呢？我来陪她。”

“不，”妈说，“我不累。”

“我才不信呢，”温赖特太太说，“喂，你快躺一会儿。”

妈用纸板慢慢地扇着。“你对我们真好，”她说，“我们要谢谢你。”

那个健壮的女人微笑了一下。“用不着谢。大家的境况都不好。假如我们病倒了，你们也会帮我们的忙呀。”

“是的，”妈说，“当然会帮忙。”

“谁都是一样。”

“谁都是一样。从前总是先顾到自己一家人，现在不是这样了。对谁都是一样。日子过得越不顺当，越要多帮人家的忙。”

“我们没法救活这孩子。”

“我知道。”妈说。

露西深深地叹了一口气，挪开了盖在眼睛上的胳膊。她对着那盏灯迷迷糊糊地看了一会儿，然后转过头来望着妈。“生了吗？”她问道，“孩子生出来了吗？”

温赖特太太拿起一只袋子，盖在角落里的苹果箱上。

“娃娃在哪儿？”露西追问道。

妈舔湿了一下嘴唇。“没有娃娃，根本就没什么娃娃，我们弄错了。”

“唉！”露西打了个哈欠，“我就盼着生个娃娃呢。”

温赖特太太在妈身边坐下，把她手里的纸板接过来扇风。妈把两手抱在怀里，罗莎夏还在精疲力竭地睡着，妈那双困乏的眼睛始终没有离开她的面孔。“来，”温赖特太太说，“躺下来歇歇。你就躺在她身边好了。她只要大声出口气，你也会醒过来。”

“好吧，我就躺下。”妈倒在床垫上，在睡着的女儿旁边伸直了身子。温赖特太太便坐在地上守着。

爸、奥尔和约翰伯伯坐在车门口，望着青灰色的黎明来临。雨已经停了，但是天空还有许多阴沉沉的浓云。阳光一照，就在水面上反射出来。他们几个人看得见小河里的急流卷着黑沉沉的树枝、木箱和木板之类的东西，飞快地往下翻腾。河水流进了停放大货车的那块平地。那道堤已经无影无踪了。急流在这片平地上停住了。洪水的两边镶着黄色的泡沫。爸把上身钻到门外，把一根树枝放在踏板上，稍微超出水线一点儿。大家看着水慢慢地涨到树枝跟前，把它轻轻托起，漂走了。爸又拿一根树枝放在离水面一英寸的地方，退回原处看着。

“你们看水会涨到车上来吗？”奥尔问道。

“说不准。山上还有许多水要冲下来呢。说不准。也许还要下雨呢。”

奥尔说：“我一直在想。要是水涨到车上来，所有的东西都要浸湿了。”

“是呀。”

“噢，水涨到车上，顶多不过淹掉三四英尺，因为它还要流过公路去，先往远处流。”

“你怎么知道？”爸问道。

“我从车子那头测量了一下。”他举起一只手来，“大约会涨到这么高。”

“不错，”爸说，“可是那又怎样呢？我们反正不能待在这儿。”

“我们只好待在这儿，卡车在这儿呢。大水退了之后，要过一个星期，才能把这儿的水排尽。”

“噢——你有什么主意？”

“我们可以把卡车的边栏拆下来，在这里搭个台子，上面可以堆东西，也可以坐人。”

“是吗？我们怎么做饭——怎么吃呢？”

“嗐，这么办，我们的东西总不会弄湿呀。”

外面的光线越来越强了，那灰白色的光像金属的闪光一般。第二根树枝又从踏板上漂走了。爸又在较高的地方放了一根。“的确还在往上涨，”他说，“我想我们最好还是那么办吧。”

妈在睡梦中不自在地翻着身，突然把眼睛睁得大大的，露出惊恐的神色。她尖声惊叫道：“汤姆！啊，汤姆！汤姆！”

温赖特太太说了些安慰的话。那双眼睛眨了一下，又闭上了。妈在梦中扭动着身子。温赖特太太站起来，走到门口。“嘿！”她轻轻地说，“我们一时反正出不去了。”她指着车上放着苹果箱的那个角落，“那玩意儿老搁着可不行。只能惹起麻烦，也叫人伤心。你们可以把它拿出去埋掉吗？”

几个男人都不作声。后来爸终于说：“我想你说得对。只能叫人伤心。可是这样埋掉是违法的。”

“有许多违法的事情，我们都不得不做。”

“不错。”

奥尔说：“我们应该趁水还没涨得太高，赶快把卡车的边栏拆下来。”

爸向约翰伯伯转过脸去。“你把它拿去埋掉，奥尔和我去把那木板拆到车上来，好吗？”

约翰伯伯很不高兴地说：“怎么要我去干这件事情？你们两个为什么不去？我不爱干。”随后他又说：“也好，我去干。不要紧，我去。好吧，拿来给我。”他的声音越说越大了。“好吧，拿来给我。”

“别把他们弄醒了。”温赖特太太说。她把那只苹果箱搬到门口，把袋子拉得端端正正，盖在箱子上。

“铁锹就在你背后。”爸说。

约翰伯伯用一只手拿起铁锹。他溜出门口，踏进那缓缓流着的水里，他的脚还没有着地，水就差不多淹到他的腰部了。他转过身来，把那只苹果箱夹在另一只胳膊的腋下。

爸说：“快走，奥尔。我们去把那些木板搬上车来。”

在灰蒙蒙的晨光里，约翰伯伯蹚着水绕过大货车的后面，经过乔德家的卡车，爬上那滑溜溜的路坎，到了公路上。他顺着公路走去，经过停放大货车的平地旁边，终于来到了汹涌的急流迫近路面的地方，那儿的路旁长着一行柳树。他把铁锹放下，捧着那只木箱，侧身穿过矮树丛，直到急流的边上。他在那里站了一会儿，看着大水翻腾过去，在柳树干当中留下了黄色的泡沫。他把那只苹果箱贴住胸膛捧着。然后他弯下身去，把木箱放在急流里，用手扶正了一下。他凶狠地说道：“你下去告诉他们，漂到街上去烂掉，这就会使他们明白了。你可以用这个方法喊一喊冤。连你是男是女都不知道。我也不打算弄明白了。你快漂下去，躺在街上。那么他们也许就会明白。”他把木箱轻轻地推到急流里，让它漂走。木箱往水里沉下了一点儿，掉过头来，打了一个回旋，便慢慢地翻了。木箱上盖着的袋子漂走了，那木箱让急流卷着，也迅速地漂开，在矮树林后面不见了。约翰伯伯拿起铁锹，便飞快地回到大货车那边去了。他踩在水里，蹚着水走到卡车旁边，爸和奥尔正在那里忙着，把那些一英尺宽、六英尺长的木板拆下来。

爸远远地向他望过去。“办好了吗？”

“好了。”

“喂，你瞧，”爸说，“你要是来帮着奥尔干，我就到铺子里去买点吃的东西来。”

“买点腌肉吧，”奥尔说，“我想吃肉。”

“我会买的。”爸说。他从卡车上跳下来，约翰伯伯便接替了他。

他们把那些木板推进车门的时候，妈已经醒过来坐着了。“你们在干什么？”

“打算搭个架子，免得浸水。”

“为什么？”妈问道，“这里是干的呀。”

“马上就不会干了。水涨上来了。”

妈吃力地站起来，走到门口。“我们得离开这儿才行。”

“不行，”奥尔说，“我们的东西全在这儿，卡车也在这儿，我们所有的一切东西都在这儿。”

“你爸在哪儿？”

“买早餐去了。”

妈望着下面的水。现在水离车上的底板只差六英寸了。她回到床垫旁边，望着罗莎夏。女儿扭过头来呆呆地望着她。

“你觉得怎么样？”妈问道。

“累，累得要命。”

“我要给你弄点早饭吃吃。”

“我不饿。”

温赖特太太走到妈身边。“她的气色很好。总算很顺当。”

罗莎夏用眼色向妈探询，妈竭力想避开她的问题。温赖特太太走到炉子跟前。

“妈。”

“怎么？你要什么？”

“小东西——怎么样？”

妈没法再隐瞒了。她跪在床垫上。“你还可以再生呢，”她说，“我们想尽办法了。”

罗莎夏挣扎着把身子撑起来。“妈！”

“这是没奈何的事。”

女儿又躺倒了，她用两臂遮住了眼睛。露西悄悄地走拢来，低下头惊恐地望着。她鲁莽地轻声说道："妈，她病了吗？她会死吗？"

"怎么会死？她就快好了。不要紧。"

爸捧了一大堆纸包走了进来。"她怎么样？"

"很好，"妈说，"她快好了。"

露西向温菲尔德报信去了。"她不会死。妈说的。"

温菲尔德摆出一副大人的派头，用一块小木片剔剔牙齿，说道："我早就知道。"

"你怎么知道？"

"我不告诉你。"温菲尔德说着，吐出了一小片木屑。

妈用最后的树枝生起火，煮了腌肉，做了卤汁。爸带来了现成的面包。妈看见买来的面包，就皱皱眉头。"我们还有多余的钱吗？"

"没有了，"爸说，"可是我们太饿了。"

"所以你就买了现成的面包。"妈指责道。

"嗐，我们实在饿得要命。干了一整夜的活儿。"

妈叹了一口气。"现在我们怎么办呢？"

他们吃饭的时候，水越涨越高。奥尔大口咽下了自己的那份食物，便和爸搭开了那个台子。五英尺宽，六英尺长，离底板四英尺高。水涨到门边上来了，仿佛迟疑了好久，然后才慢慢地流到车里的底板上。外面又下起雨来了，还是像先前一样，大滴大滴地溅在水面上，沉闷地打在车顶上。

奥尔说："快来，我们把床垫全都搬上去。把毯子也放上去，免得弄湿了。"他们把东西都堆在那个台子上，水也慢慢地淹到底板上来了。爸和妈，奥尔和约翰伯伯，每人揪着一只角，把罗莎夏的床垫连人抬起来，放到那堆东西上面。

女儿表示反对："我会走。我好了。"一层薄薄的水慢慢地淹到底板上。

罗莎夏向妈低声说了句话，妈便伸手到毯子底下，摸摸她的乳房，点点头。

温赖特一家人在大货车的另一头乒乒乓乓地敲着，搭起他们的台子。雨紧了一阵，便过去了。

妈低下头去看看她的脚。现在车上的底板已经淹了半英寸深的水了。“喂，露西——温菲尔德！”她心烦意乱地喊道，“快爬到那堆东西上头去。你们会着凉的。”她看着他们稳稳当当地爬上去，局促地坐在罗莎夏身边。她忽然说道：“我们还是得离开这儿才行。”

“不行，”爸说，“奥尔说得对，我们的东西都在这儿。我们打算把货车门卸下来，多弄些地方坐坐。”

一家人挤在那个台子上，一声不响，心里都很烦躁。车里的水涨到六英寸深的时候，大水才平稳地漫过路坎，流到另一边的棉花地里。那一天一夜，男人们都湿漉漉地并排躺在大货车的门上。妈躺在罗莎夏身边。有时候妈对她咬耳朵说些话，有时候她又悄悄地坐起来，脸上挂着愁容。她把剩下的面包在毯子底下藏起来。

现在雨已经变成断断续续的了——一时斜风细雨，一时又平静下来。第二天早上，爸蹚着水走出停宿场，衣袋里揣回来十个土豆。他从大货车的里层砍下一些板子，生了火，把水舀到锅里，妈这会儿却绷着脸望着他。一家人用指头拿起滚烫的土豆来吃。这点最后的食物吃完了之后，他们便瞪眼望着那灰蒙蒙的水；到了夜里，他们很久都没有躺下来。

早晨来到的时候，他们神经紧张起来了。罗莎夏对妈低声说了句话。

妈点点头。“对，”她说，“到时候了。”于是她向男人们躺着的车门那边转过脸去。“我们要离开这儿，”她凶狠地说，“到高点的地方去。不管你们去也好，不去也好，反正我要带罗莎夏和两个小东西走了。”

“那不行呀！”爸有气无力地说。

“那么，好吧。你总可以把罗莎夏背到公路上再回来吧。现在不下雨了，我们要走。”

"好吧，我们走。"爸说。

奥尔说："妈，我不去。"

"怎么不去？"

"噢——阿琪——她跟我……"

妈微笑了一下。"当然喽，"她说，"你留在这儿吧，奥尔。照顾这些东西。只等水退了——我们就回来。快走，要不又要下雨了，"她对爸说，"走吧，罗莎夏。我们要到一个干燥的地方去。"

"我能走。"

"到了路上，也许可以稍微走一走。你弯下背来，孩子他爸。"

爸跳下车去，站在水里等着。妈搀着罗莎夏从那台子上下来，走到车门口。爸把她抱起来，尽量举得高高的，小心地从那深水里拼命往前走，绕过大货车，走到公路上。他把她放在地上，扶着她站稳了。约翰伯伯背着露西跟上来。妈跳到水里，她的裙子在水面漂了一会儿。

"温菲尔德，骑在我肩膀上。奥尔，只等水一退，我们就回来。奥尔……"她停了一下，"要是——汤姆来了——告诉他，说我们会回来。叫他当心。温菲尔德！爬到我肩膀上来——对啦！脚别动。"她从那齐胸口深的水里歪歪斜斜地走过去。到了公路的路坎上，他们便把她拽上了公路，把温菲尔德从她肩膀上抱下来。

他们站在公路上，回过头去望着那片茫茫大水，望着那些浸在水里的深红色大货车，还有那些卡车和汽车。他们站着的时候，一阵蒙蒙细雨又开始下起来了。

"我们得赶快走，"妈说，"罗莎夏，你觉得能走吗？"

"有点晕，"女儿说，"好像让人打了似的。"

爸抱怨道："光说走，我们往哪儿走呀？"

"我不知道。走吧，你扶着罗莎夏。"妈搀着女儿的右臂，爸搀着她的左臂，叫她走稳。"总得到一处干燥的地方去。你们几个人两天没穿干衣服了。”他们沿着公路慢慢地走着，听得见路旁的小河里急流的水声。露西和温菲尔德走在一起，他们在路上使劲地踏着脚，慢慢地一路走着。天色暗下来，雨下得更紧了。公路上没有车辆行驶。

“我们得赶快走才行，”妈说，“要是女儿一身湿透了——那可不知道她会病成什么样子。”

“你还没说出我们赶到什么地方去呀。”爸讥讽地提醒她道。

那条路沿着小河转过弯去。她寻找着耕地和被水淹没的田野。在远离大路左方的一座微微隆起的山冈上，耸立着一个被雨水泡得发黑的仓棚。“瞧！”她说，“瞧那儿！我敢保证那个仓棚里是干的。我们上那儿去，待到雨停的时候。”

爸叹了一口气。“只怕要让那边的东家赶出来呢。”

在前面的路旁，露西看见了一个红点子。她飞跑到那边。那是一棵瘦瘦的野生天竺葵，上面还有一朵遭过雨打的花。她把那朵花摘下来，小心地扯下一个花瓣，贴在鼻子上。温菲尔德跑过去看。

“给我一瓣吧。”他说。

“不给！这全是我的，是我找到的。”她又把一片红花瓣贴在额头上，活像一颗鲜红的小鸡心。

“喂，露西！给我一瓣吧。快给我。”温菲尔德伸手去抢她手里的花，没有抢着，露西便摊开手掌打了他一耳光。他吃惊地站了一会儿，随后他的嘴唇发颤，眼睛里泪汪汪了。

其余的人赶了上来。“你们在干什么？”妈问道，“你们在干什么？”

“他要抢我的花。”

温菲尔德哭着说：“我——我只要讨一瓣——贴在鼻子上。”

“给他一瓣吧，露西。”

“叫他自己去找，这是我的。”

“露西！你给他一瓣。”

露西听出了妈的声调很严厉，便改变了策略。“好吧，”她故意装作和气的样子说，“我来给你贴一瓣。”大人又向前走去了。温菲尔德把鼻子一直伸到她手边。她用舌头舔湿了一片花瓣，使劲冲着他的鼻子贴上去。“你这小王八蛋。”她小声说。温菲尔德用指头摸到了那花瓣，便在鼻子上把它按紧一下。他们随后便从后面赶紧追上去。露西觉得玩笑已经开完了。“拿去，”她说，“这儿还有好些。贴几瓣在你额头上吧。”

大路右边传来了一阵急促的雨声。妈喊道：“赶快跑。大雨来了。我们从这道篱笆穿过去吧。这条路短些。快跑！鼓一把劲吧，罗莎夏。”他们把那姑娘半扶半拖地带过那条水沟，又搀着她穿过那道篱笆。一会儿，暴风雨便向他们袭击过来了。大雨淋到了他们身上。他们在泥泞中艰难地前进，爬上了那个小小的山坡。雨下得很紧，几乎使仓棚看不见了。雨声嘘嘘地响，哗啦哗啦地响，风越刮越大，吹着大雨往前跑。两个人扶着罗莎夏走，她脚下滑溜溜的，只好勉强拖着步子走。

“孩子他爸！你能背她吗？”

爸弯下身去，把她背在背上。“我们反正是湿透了，”他说，“快跑。温菲尔德——露西！快往前跑。”

他们气喘吁吁地跑到了那个被雨水浸透的仓棚，踉踉跄跄地走进那敞着的一头。这一头没有门。几件锈了的农具散置着，一把圆盘耙，一架破栽种机，还有一只铁轮子。雨飘打着屋顶，水从屋檐上流下来，像门帘似的遮住了进口。爸把罗莎夏轻轻地放在一只油污的木箱上。“谢天谢地！”他说道。

妈说：“也许里面有干草。瞧，那儿有一道门。”她把那扇铰链长了锈的门推开了。“这儿有干草，”她喊道，“你们快进来吧。”

里面是黑沉沉的。板缝当中钻进了一点儿光来。

“躺下吧，罗莎夏，”妈说，“躺下来休息休息。我来想法把你身上弄干。”

温菲尔德说："妈！"屋顶上的大雨声盖住了他的声音。"妈！"

"什么事？你要什么？"

"你看！那个旮旯里。"

妈望了一眼。黑暗中有两个人影：一个仰卧着的男人和他身边坐着的一个男孩子。他那双眼睛睁得很大，直勾勾地望着这些新来的人。妈向那边望着的时候，那孩子慢慢地站起，向她走过来。他用哭哭啼啼的声音说："这地方是你们的吗？"

"不是，"妈说，"我们是来躲雨的。我们有个生病的女儿。你们有干的毯子吗？我想借来用一下，好把她的湿衣服换掉。"

那孩子回到角落里去，拿了一条脏了的被子来递给妈。

"谢谢你，"她说，"那个人怎么啦？"

那孩子哭丧着脸，呆板地说："起初他害了病——现在他快饿死了。"

"什么？"

"快饿死了。是在棉花地上得病的，他六天没吃东西了。"

妈走到那角落里，低下头去看了看那个男人。他大约有五十岁，他那长着胡髭的脸瘦得可怕，睁开的眼睛迷迷糊糊，呆呆地瞪着。那孩子站在她旁边。"是你爸吗？"妈问道。

"是的！他老说不饿，要不就是说他刚吃过，把吃的东西都给了我。现在他太虚弱了，简直不能动。"

哗啦哗啦的暴雨渐渐小下来，屋顶上只有和缓的簌簌细雨声了。那个憔悴的男人把嘴唇动了一下。妈跪到他身边，把她的耳朵移过去听。他的嘴唇又动了一下。

"好啦，"妈说，"你放心。他不要紧。你等一下，我去把我女儿的湿衣服脱下来换一换。"

妈回到女儿跟前。"快把衣服脱下来吧。"她说。她提起那条被窝，把她挡起来，免得人家看见。等她脱光了，妈便把那条被窝裹在她身上。

那孩子又在她身边解释说："我不知该怎么办。他说他吃过了，要不就是说他不饿。昨天晚上，我出去敲破了人家的窗子，偷了一个面包。劝他嚼了咽下去。可是他全都吐出来了，后来他就更没劲了。他得喝点汤或是牛奶才行。你们有钱买牛奶吗？"

妈说："不要紧。别着急。我们可以想想办法。"

那孩子忽然喊道："他快死了，真的！他快饿死了，真的。"

"嘘。"妈说。她望着爸和约翰伯伯，他们无可奈何地站在那里，瞪眼望着那个病人。她又看看裹在被子里的罗莎夏。妈的视线从罗莎夏的眼睛上离开了一会儿，然后又收回视线来望着她。于是这两个女人心心相印地彼此望了一会儿。女儿的呼吸变得短促而且喘急了。

她说："行。"

妈微笑了。"我估计你会同意。我早就料到了！"她低下头来看看她那紧握在怀里的一双手。

罗莎夏低声说："你们——你们大家——都出去，好吗？"屋顶上的雨声簌簌地响着。

妈向前弯过身去，用手掌把女儿额上的乱头发往后理了一理，在那额头上吻了一下。妈急忙站起来。"走，你们这几个人，"她喊道，"你们都出去，到农具棚里待着。"

露西张开嘴要说话。"别作声，"她说，"别作声，快出去。"她把他们赶出门去，牵着那孩子一道走，接着她便把那扇叽嘎响的门关上了。

在那响着细雨声的仓棚里，罗莎夏呆呆地坐了一会儿。然后她把困乏的身子挺起来，裹上那条被子。她慢慢地走到那角落里，站在那里低着头，望着那张憔悴的脸，看着那双张得很大的、吃惊的眼睛。随后她慢慢地在他身边躺下。他慢慢地摇摇头。罗莎夏把那条绒被松开一边，露出她的乳房来。"你得吃一点儿才行。"她说。她扭动着身子靠拢他，把他的头拉了过来。"吃吧！"她说，"吃吧。"她伸手到他的头下面，把它托着。她的手指轻轻地摸着他的头发。她看看上面，又看看仓棚外面，渐渐合拢嘴唇，神秘地微笑着。

图书在版编目（CIP）数据

愤怒的葡萄 /（美）约翰·斯坦贝克著；胡仲持译 .-- 杭州：浙江人民出版社，2021.12

ISBN 978-7-213-10273-8

Ⅰ．①愤… Ⅱ．①约… ②胡… Ⅲ．①长篇小说－美国－现代 Ⅳ．① I712.45

中国版本图书馆 CIP 数据核字（2021）第 183995 号

愤怒的葡萄
FENNU DE PUTAO
[美] 约翰·斯坦贝克　著　胡仲持　译

出版发行	浙江人民出版社（杭州市体育场路 347 号　邮编　310006）
责任编辑	祝含瑶
责任校对	戴文英　何培玉
封面设计	谈　天
电脑制版	晴　天
印　　刷	嘉业印刷（天津）有限公司
开　　本	840 毫米 ×1194 毫米　1/32
印　　张	17
字　　数	400 千字
版　　次	2021 年 12 月第 1 版
印　　次	2021 年 12 月第 1 次印刷
书　　号	ISBN 978-7-213-10273-8
定　　价	68.00 元

如发现图书质量问题，可联系调换。质量投诉电话：010－82069336